2018年度中国作家协会重点作品扶持项目

大漠航天人

戈壁绿影 ◎ 著

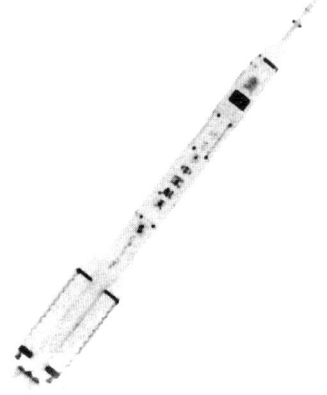

山西出版传媒集团　北岳文艺出版社

·太原·

图书在版编目（CIP）数据

大漠航天人 / 戈壁绿影著. — 太原：北岳文艺出版社，2019.10
ISBN 978-7-5378-5980-6

Ⅰ. ①大… Ⅱ. ①戈… Ⅲ. ①长篇小说—中国—当代
Ⅳ. ①I247.5

中国版本图书馆CIP数据核字(2019)第149378号

大漠航天人

戈壁绿影 / 著

出品人 续小强	出版发行：山西出版传媒集团·北岳文艺出版社 地址：山西省太原市并州南路57号　邮编：030012 电话：0351-5628696（发行部）　0351-5628688（总编室） 传真：0351-5628680
选题策划 刘文飞	网址：http://www.bywy.com　E-mail：bywycbs@163.com 经销商：新华书店 印刷装订：山西人民印刷有限责任公司
责任编辑 刘文飞	开本：787mm×1092mm　1/16 字数：445千字
书籍设计 张永文	印张：25.5 版次：2019年10月第1版 印次：2025年1月山西第2次印刷
印装监制 巩璠	书号：ISBN 978-7-5378-5980-6 定价：59.80元

本书版权为本社独家所有，未经本社同意不得转载、摘编或复制

献给为中国航天事业默默奉献的普通人

目录

引　　子　　　　　　　　　　　/ 001
第 一 章　回国学习　神秘西行　/ 002
第 二 章　奋战风沙　组建靶场　/ 010
第 三 章　夫妻奇遇　专家撤离　/ 021
第 四 章　发射成功　文件丢失　/ 033
第 五 章　抗争饥饿　打猎迷路　/ 046
第 六 章　负伤休假　导弹爆炸　/ 057
第 七 章　痛定思痛　家属随军　/ 067
第 八 章　路遇风沙　搬进新家　/ 078
第 九 章　老婆生气　丈夫想招　/ 084
第 十 章　荣芳产子　志军偷饭　/ 094
第十一章　大海烫伤　发射成功　/ 106
第十二章　志军挨打　王来牺牲　/ 119
第十三章　两弹结合　众志成城　/ 134
第十四章　儿子偷枪　父挨批斗　/ 145
第十五章　对父生怨　疏散风波　/ 158
第十六章　志兵参军　小妹返乡　/ 168
第十七章　军号立功　发射失败　/ 178
第十八章　乡亲拥军　卫星上天　/ 187
第十九章　沙暴逃生　压力山大　/ 199
第二十章　儿拦火车　父写检查　/ 210

第二十一章	志兵上学	志军下乡	/218
第二十二章	光宗出走	孔父要饭	/229
第二十三章	志军参军	父亲相送	/239
第二十四章	战友情深	阴阳两隔	/252
第二十五章	父子和好	梁秀情深	/265
第二十六章	志军订婚	孔文判刑	/278
第二十七章	爱情升华	洲际导弹	/290
第二十八章	女儿考学	老母去世	/303
第二十九章	一箭三星	离休前后	/312
第 三 十 章	兄弟怪罪	夫妻互责	/326
第三十一章	父母分居	儿女着急	/339
第三十二章	老家来信	云开雾散	/350
第三十三章	拔河认婿	女儿出嫁	/364
第三十四章	梁秀谈爱	梦月伤情	/377
第三十五章	志军病逝	天地动容	/386
第三十六章	陵园宣誓	再铸辉煌	/393

附　记　/398

后　记　/400

引 子

中国人民志愿军第二十兵团某连在无名高地已经坚守了一天一夜,打退了敌人一次又一次疯狂的进攻,虽已伤亡过半,士气仍然高昂。连长潘大海在阵地上瞪着眼睛大声呼喊:"我们尖刀连是打胜仗的钢铁连队,同志们,坚持住!胜利一定是属于我们的!"

突然,天空传来了一阵轰鸣,几架敌机嚎叫着飞了过来,潘大海命令战士们在战壕里隐避,自己抱着机关枪打飞机。飞机下的"蛋"在他的身旁接连爆炸,气浪将他掀倒在一个弹坑里,飞溅的泥土和石块瞬间将他掩埋,待战友们把他拽出来时,一个弹片已插进了他的肩头。

血淋淋的潘大海看着被炸得七零八落的战士肢体,愤怒地骂道:"狗日的美国鬼子,你以为你的武器好就能打垮我们?没门儿!我们不怕你!我们一定要把你打回老家去!"

他在心里呼喊:"我亲爱的祖国啊,请你赶紧造出能打飞机的好武器吧,让战士少流血,少牺牲,帮助我们打胜仗啊!"

第一章　回国学习　神秘西行

一九五八年三月初，一列闷罐子车在夜色里飞奔。志愿军将士们身穿皮大衣，头戴皮帽子，全副武装坐在车厢的地板上休息。潘大海却毫无睡意，他的耳畔再次回响起回国前领导人的讲话："从朝鲜撤出，不是说你们的任务减轻了，不要以为可以回国休息一下了，回家走走，休息休息，玩耍玩耍，这不是毛主席的思想，不是中央的方针。你们晓得，一个任务完了，休息几天，马上又有第二个任务交给你们。我们紧跟着有新的军事工作等待展开，你们不能松懈，要迎接新的艰巨任务，这样你们才能称得上是光荣的志愿军，也才能配得上大家给你们的尊称——最可爱的人。你们不仅要在朝鲜是最可爱的人，回去也要做最可爱的人。"

潘大海认为，军人的天职就是打仗，而且是打胜仗！所以，这个新任务肯定还是打仗，可是跟谁打仗呢？他却想不出来。

两天后的傍晚，列车喘着粗气停在了北京丰台的老火车站，空荡荡的站台上没有欢迎志愿军英雄胜利回国的人群、鲜花和锣鼓，只有漫天飞舞的雪花静悄悄地迎接着英雄儿女的归来。

志愿军将士全体下车，集合，列队，点名，重新整队，井然有序。

不久，嗅觉灵敏的美国中央情报局向白宫呈送了一份报告，内称，中共驻西海岸的志愿军第二十兵团突然于近日秘密失踪，现去向不明……

丰台郊区的一间小平房，住着年轻的农村妇女金小妹和她的两个儿子，大的五岁，小的才两岁。这天晚上，等孩子们睡着后她把脏衣服洗了并烤干，刚吹灯躺下，门外传来一阵轻轻的敲门声。金小妹点灯开门，看到雪地上有个"雪人"正咧着大嘴冲她傻笑，她心头一热，立即把"雪人"拽进了家。

她哭着对"雪人"说："你……回来了？"

"雪人"笑着对她说:"我回来了!"

她帮"雪人"扫去身上的雪花,"雪人"立刻变成了威武的军人,军人走到床边俯下身子看孩子,看了这个看那个,嘿嘿直乐。她要帮军人取下身上的背包和枪,军人说:"不用了,我马上就得走。"

"去哪儿?"

"保密。"

"去干啥?"

"打仗。"

"跟谁打仗?"

"保密。"

"我去给你烙张饼。"

"有现成的吃口就行。"

金小妹拿出两个冷窝窝头递给军人,站在一旁眼泪汪汪地打量他:他的眼睛还是那么大、那么亮,人却比以前黑了、瘦了。军人啃着窝窝头,瞪着大眼睛,细细地端详她:黑亮亮的齐耳短发包裹着秀气的脸庞,黑黑的眸子里闪着泪花,那副梨花带雨、我见犹怜的模样让他心动。吃完窝头的他咬咬牙,快步走出家门,她流着泪紧跟在他的身后。

他对她说:"带好我们的儿子,这是我交给你的任务。"

她点头时泪落如雨,他拉她入怀,疯狂亲吻着她脸上的泪珠,然后推开她,转身就走。片刻,他就完全消失在雪夜里。她凝视着他远去的方向,在寂静的雪夜里呼喊:"潘大海!你的仗啥时候才能打完啊?"

天刚蒙蒙亮,全副武装的潘大海来到持着双岗的大门前,掏出介绍信给哨兵,哨兵看后给他敬礼,请他进去。

他走进院子里的一个老式楼房,上楼,走进一个大房间,房间里有几个身穿陆军、海军、空军军服的军人起立给他敬礼。

他连忙摆手:"不用客气,我是来报到的。"他们说:"我们也是来报到的。"他问上尉:"你是空军?"空军上尉说:"是。"他问中尉:"你是海军?"海军中尉说:"对。"他看到那位漂亮的女少尉惊讶地自言自语:"怎么还有女的?"

待他们报到完毕,列队向小礼堂走去,小礼堂的四周戒备森严,布满了持枪的岗哨。

小礼堂里坐满了身穿各军兵种军装的男女军人，首长在台上讲话："同志们，为了打破帝国主义的军事封锁，为了增强我们的国防力量，提高我国的国际地位，我们必须要把1059搞成！我命令你们，用这三个月的时间，把1059技术给我吃下去，消化掉，长成肉……"

潘大海悄声问坐在身边的空军上尉："1059是啥意思？"空军上尉没理他。

首长继续说："吃下去，就是把1059勤务指南一字不落地读完读懂；消化掉，就是要弄清工作原理；长成肉，就是要编写出测试发射的操作规程，把它变成自己的东西。大家要把这次的学习任务完成好，考试不及格者不得参加试验任务！"

潘大海跟大家一起鼓掌。

第二天，潘大海和"三军"就坐在了明亮的教室里，一位陆军中尉站在教室的讲台上说："我叫孔文，是咱们班的班长，老师根据每个人的文化程度分了三个学习小组，现在请大家按照学习小组的次序重新入座。"

在他的指挥下，空军上尉罗恩泽、陆军上尉潘大海、陆军中尉孔文、陆军少尉斯小川和小青（女）等七人坐成了一列纵队。

孔文说："我们是第一学习小组，组长由大学生罗恩泽同志担任。"

潘大海小声嘟囔："大学生就了不起呀？他打过仗吗？"

三个学习小组组合完毕，苏联大尉教员带着中方翻译走上讲台，翻开教案开始讲课，他说一句，翻译译一句。

他说："我讲课时你们可以记笔记，下课后笔记本要交到保密室去保管，不许带出教室，这是你们的保密条例规定的。"等翻译译完后又说："在这三个月的时间里，我们要集中学习导弹类型、导弹飞行原理、导弹系统、导弹发射装置、火力控制系统、典型导弹型号的战术技术及性能。"

翻译请他再说一遍，他又说了一遍。翻译红着脸，不好意思道："对不起，我没听懂，请您再说一遍好吗？"

苏联教员把教案摔在了桌子上，脸都气歪了。这时，白白净净的罗恩泽站起来，用甜腻腻的上海普通话把刚才苏联教员说的话准确地翻译了出来。

苏联教员指着翻译和罗恩泽声嘶力竭："你，出去！你，上来。"

翻译羞愧地走出教室，罗恩泽走上讲台，这一幕把潘大海惊得目瞪口呆。

放学后，学员们排队去大食堂吃饭，一个小组坐一桌。吃的是玉米面糊、窝窝头、黑面馒头、几盘青菜和咸菜。组长罗恩泽问大家:"上课的内容你们都记下来了吗?"孔文说:"我只记了个大概。"小青说:"我也是,讲得太快了。"斯小川说:"浪跟滴。"潘大海问:"'浪跟滴'是啥意思?"大家摇头。罗恩泽说:"'浪跟滴'就是'就是'的意思。"斯小川高兴地说:"浪跟滴!"罗恩泽问潘大海:"你记笔记了吗?"潘大海说:"我一个字都没记,他讲的这些破玩意儿我根本就听不懂。军人的天职是打仗,坐在教室里当学生,应该是我儿子。哎,罗组长,你有儿子吗?"罗恩泽摇头。孔文说:"记了笔记又有啥用啊?笔记本又不让带出教室,复习时想看一眼都不行。"斯小川和小青说:"浪跟滴。"罗恩泽:"这样下去可不行。"大家说:"浪跟滴。"罗恩泽想了想说:"要不这样,咱们把重要的东西先记在手上和胳膊上,他们总不能把咱们的手和胳膊都交到保密室去吧?"大家说:"浪跟滴!"罗恩泽对潘大海说:"我没打过仗,没有战斗经验。但我有学习经验,你有不懂的地方可以问我,我希望你不要拖小组的后腿。"大家用殷切的目光凝视着潘大海:"浪跟滴!"潘大海咬着牙说:"没问题。"

下午上课,大尉教员给大家讲导弹的分类。潘大海记笔记时铅笔芯断了,他边削铅笔边嘟囔:"你净给我捣蛋。"

苏联大尉教员瞪了潘大海一眼,潘大海毫不客气地回瞪了他一眼,教员继续讲课:"从地面发射攻击地面目标的叫地地导弹,从地面发射攻击空中目标的叫地空导弹。"

潘大海刚写了几个字,铅笔又断了,他把铅笔拍在桌子上说:"你能不能不给我捣蛋啊!"

苏联大尉不高兴了,指着他说:"你,出去!"

潘大海回指着他说:"这是在我们国家,你凭啥让我出去?"

苏联大尉恼羞成怒:"我命令你,出去!出去!!"

潘大海拂袖离去。

潘大海立正站在教导队的首长面前,首长问他:"你是二十兵团的老兵?"潘大海说:"是。"首长说:"你在朝鲜作战时,最大的感受是什么?"潘大海说:"美国鬼子的飞机太猖狂了,我们国家要是有专门打飞机的大炮就好了。"首长说:"美军的陆海空三军早就装备了多种用途的导弹了,他们还有原子弹,他们每时每刻都用那些核武器吓唬我们!因为这些东西我们国家没有!同志啊，大炮在高尖端的导弹和原子弹面前又算得了什么！我给你讲讲啥叫导弹……"

这时的潘大海才知道，导弹能远程打飞机！1059就是导弹的代号！国家要搞导弹了！

首长还对他说："那些苏联专家是国家花大价钱请来的，咱们现在是在求着人家给咱们传授导弹的技术，这是多好的学习机会呀，你为什么就不知道珍惜呢？我告诉你，教导队党委已经做出决定，学员考试成绩不及格者，一律给我脱军装滚蛋，你要是不想再穿这身军装了，你就回去继续削你的铅笔！"

潘大海慌了："我十六岁就参军了，部队就是我的家，我不能脱军装。只要咱们国家有了导弹，我们就一定能再打胜仗！首长，放心吧，我要把这次学习导弹技术当成最大的战役来打，我一定要打好这一仗！我一定能打胜这一仗！"

潘大海为了打胜这一仗想尽了办法。他打心眼里不喜欢娘娘腔的罗恩泽，但为了在学习上得到罗恩泽的帮助，他帮罗恩泽打水、打饭，整理床铺，他对罗恩泽恭恭敬敬，惟命是从。

他把所有的时间都用在了学习上，就连晚上说的梦话都是在背诵齐奥尔科夫斯基公式。

罗恩泽想从苏联教员那里多抠出一些导弹知识，他和潘大海商量贿赂一下苏联教员，潘大海立刻积极响应，坚决执行。他自掏腰包买来烧鸡和二锅头，晚上和罗恩泽一起把苏联教员给约出来。好久没闻到酒香的苏联大尉高兴得手舞足蹈，罗恩泽对他说："亲爱的大尉同志，我能问您几个问题吗？"大尉举着鸡腿说："请问吧！"

罗恩泽问："导弹上天后，如何控制？"苏联教员答："可以用光学仪器测量。"罗恩泽："万一光学仪器跟不上，怎么办？"苏联教员说："你问的这个问题很重要，我断定，你将来会成为一个了不起的导弹专家。下次我把我的笔记本拿来给你看，你就明白了，但是，我要求你们给我保密。"罗恩泽说："没问题！"

为了这个下次，囊中羞涩的潘大海不得不卖掉了大胡子营长留给他的那块手表。

寂静的夜晚，大树下，苏联教员高兴地啃着半只烤鸭，喝着二锅头，罗恩泽奋力地抄写苏联教员的笔记，潘大海给罗恩泽打着手电筒照亮。

三个月过去了，首长宣布考试成绩，潘大海成绩合格。他激动地跑到小树林里对着天空呼喊:"我及格了,我打胜仗了!"

晚上,潘大海躺在床上浮想联翩。他想起了美国鬼子从飞机上扔下的大炸弹,想起比大炸弹更厉害的导弹和原子弹,翻来覆去睡不着。他把罗恩泽从床上拽起来:"你说,咱们费劲巴拉地学那个齐奥尔科夫斯基公式往哪儿用?导弹在哪儿?发射场在哪儿?"

罗恩泽不紧不慢地回答:"你问我,我问谁?"

教导队给潘大海放了半天假,让他把家从丰台搬到北京左家庄的部队留守处。

新家是一幢法式老楼,两居室被安排入住了两户人家,一户住在南屋,潘大海家住在北屋。金小妹对他说:"就这一间屋子,孩子长大了咋住呀?"他说:"我不在家,你们娘仨够住了。"

"你去哪儿?"

"前边儿。"

"前边儿在哪儿?"

"不知道。"

"前边儿就是前线吧?这么说你还要去打仗?"

"当然。"

"我给你烙张饼。"

"来不及了。"

金小妹担心丈夫,却从不说出口。她默默地流泪,两个孩子看见妈妈哭,跟着哭。潘大海走了,金小妹捶着床板哭号:"你哪来的那么多仗要打呀!"六岁的大儿子潘志兵拽着妈妈衣襟:"妈,我爸走了。"金小妹打开房门冲出去,冲着潘大海乘坐的汽车背影呼喊:"你早点儿回来,我和孩子在家等着你……"

一列闷罐子车神秘地向西进发。车厢里,坐着六十多位全副武装的陆海空军官,潘大海、罗恩泽、孔文和斯小川都坐在其中。

列车在一个小火车站停下,军官们有秩序地下车,坐在站台上等着吃饭。从别的车厢陆续下来了十几位老百姓,坐在他们旁边。潘大海奇怪地问:"这么秘密的军事行动怎么会有老百姓参加?"有人说:"可能是担架队吧。"小青和几个女军人从另一节车厢走了下来,有人惊呼:"快看,小青也来了。"潘大海说:"女的来凑什么热闹?"孔文说:"女的嘛,做做战前宣传鼓动工作,战时救治伤员呗。"潘大海想起以前打过的战役,坚定地说:"咱们这是要打大仗了。"他们几个齐呼:"浪跟滴!"

饭后,军列继续向西进发。

几天后的一个黄昏,列车在一个小火车站停靠,有人抬着一筐筐冒着热气的大包子往各个车厢上送。潘大海咬了一口包子:"哇,好香的肉包子!"孔文说:"同志们,大家多吃点,这也许就是战前最后的晚餐。"车厢内所有人齐呼:"浪跟滴!"

吃完包子,潘大海问罗恩泽:"你这个文化人是咋混进我们这支神秘的革命队伍里来的?"罗恩泽说:"有一天,师长把我叫到办公室对我说,你的档案让上面的人给调走了,这次调动干部我是没权说话的,把你调到哪儿去我也不知道,我是真想留下你,可我真的是挡不住,你就执行命令吧。"潘大海说:"我跟你一样,也是啥都不知道。我就知道是去执行一项极为特殊、保密性极强的任务。参加这项任务的每个人员都必须接受总政的"三好三清"的政治审查。"罗恩泽说:"三好是政治条件好、身体条件好、文化素质好;三清是本人历史清楚、家庭出身清楚、社会关系清楚。"潘大海说:"政审可是个硬杠杠,之前有个战友准备和我一起来,经调查,他老婆的叔叔跟老蒋跑到台湾去了,组织上立刻就把他的名字给划掉了,把他给急得马上要跟他老婆离婚。哎,罗组长,你有老婆吗?"罗恩泽说:"我有没有老婆和你有关系吗?"

晚上,潘大海靠在罗恩泽的肩头说梦话:"给我狠狠地打!机枪,快!……跟踪,测量、公式……公式……敌人上来了,吹冲锋号!"被他惊醒的军官们相互寻问:"啥情况?"罗恩泽把潘大海推醒,潘大海问:"到地方了?"罗恩泽说:"没有。"潘大海转身又睡着了。

天亮了,军列继续向西行驶,闷罐子车厢的一侧大门敞开着,军官们看到列车经过火车站时,站牌用麻袋或者草袋子都给遮盖住了。列车要把他们带到哪里去?他们执行的任务到底是什么?为什么这次行动会如此保密?谁都说不清。他们的视线从敞开的车门投向后退的荒滩和连绵不绝的山峰。

罗恩泽查看地图,指着山脉说:"这是祁连山。"潘大海问他:"山的那头是哪里?"

"不知道。"

"你不是文化水平高吗?"

"我的文化水平就是比你高,要是没有我,你能考试过关吗?"

"学文化,你是我的老师,上前线打仗,我这个英雄连长就是你的老师。"

"英雄连长了不起啊!"

"不服气呀？朝鲜战争的最后一个战役就是我们兵团给解决的，我们连就是这个战役的尖刀连。是我们把那个美军上将克拉克逼得不得不在朝鲜停战协议上签字的，大家说，我们连是不是了不起啊？"

有人说："二十兵团在朝鲜的名声，那可是响当当、硬邦邦啊。"

罗恩泽沉吟道："可是二十兵团回国后怎么就再没有消息了呢？一个英雄的兵团，不可能就这样销声匿迹了，一定是明修栈道，暗度陈仓。"潘大海把嘴一撇说："上面的战略部署轮得着你瞎操心呀？咱们这是去哪儿你知道吗？"罗恩泽说："这也不该是我瞎操心的事儿吧。"

罗恩泽继续看地图，自言自语："再往前，就是国境线了。"潘大海惊呼："咱们又要出国作战了？"

"孙子曰，兵者，国之大事，死生之地，存亡之道，不可不察也。"

"啥意思？"

"一切皆有可能。"

火车喘着粗气在寂静的荒原停下，全体官兵下车列队，老百姓从列车上往车下滚动大缸，搬运咸菜坛子、石磨、簸箕、铁锹、镐头、木匠工具等。

列车前方的铁路正在修建中，一群身穿旧军装的官兵在忙着铺设铁轨，他们抬着装满石渣的大筐、铁轨、枕木呼喊着口号一路小跑。

有位大尉军官前来接应他们，列队，点名。潘大海、罗恩泽、孔文、斯小川等又站在了同一个队列里。铁道兵抬着铁轨从他们的身旁经过，那个喊号子的声音让潘大海一惊，他试探性地寻问："胡营长，是你吗？"

那个声音立刻回过头来找他，潘大海看到他的一刹那，眼泪夺眶而出。他大声哭喊："大胡子，你还活着啊，我是潘大海呀！"突然，抬铁轨的一名战士猝然倒地，被潘大海称为"大胡子"的人示意大家继续前进，他弯腰背起那个战士，朝另一个方向奔去。

潘大海哭喊着去追赶大胡子，被罗恩泽和孔文给拖了回来。

第二章　奋战风沙　组建靶场

罗恩泽和孔文把潘大海拽上了一辆大卡车。

卡车向荒原深处驶去，站在车上的潘大海冲着大胡子奔跑的方向高喊："大胡子，我会来看你的！"罗恩泽问他："那块手表是他的？"潘大海说："是，他负伤后把手表给我，命令我代替他指挥战斗，我命令司号员把他背下去，可是当我们打扫战场的时候，我却看到了司号员的遗体！有人说大胡子可能被炮弹给炸没了……真没想到哇，我能在这儿遇见他！"孔文说："战友重逢，值得庆祝！"大家说："浪跟滴！"

有人问接应他们的大尉军官："我们这是去哪儿？"大尉回答："营地。"潘大海问："修铁路的兄弟部队和我们是一回事儿吗？"大尉嗯了一声。潘大海又问："跟我们一起来的老百姓，还有他们带来的那些坛坛罐罐，跟我们也是一回事儿吗？"大尉又嗯了一声。

汽车颠簸前行，路遇散落在戈壁滩的一个又一个空油桶，有人问这些油桶是怎么回事，大尉说："这是飞机丢下的路标。"

这些路标让潘大海既兴奋又糊涂，空军都参加了！还有铁道兵和老百姓也都参加了，这到底是一场什么样的战役啊？敌人到底是谁呢？

汽车停在一处相对平坦的戈壁滩，大尉让大家下车，有几个战士给他们送来了铁锹和铁镐。

大尉对他们说："同志们，眼前这片戈壁滩就是我们的营地，大家要抓紧时间给自己挖个地窝子住，戈壁滩的气候变化无常，没有个窝住，到了晚上可就有的罪受了。"

潘大海说："住着什么急呀，我认为啊，咱们当务之急应该抓紧时间修筑工事，打仗没有工事是要死人的。"大尉说："在戈壁滩没有地窝子住，也会死人的。"潘大海不服气地说："我们在朝鲜打仗的时候，天当被地当床，趴在雪地里打伏击，照样打胜仗！"大尉说："闭上你的臭嘴，执行命令！"

大家解下背包，架好枪，开始挖地窝子。在大尉的指挥下，他们挖好了一个大坑，有战士给他们送来了几根木头和一些红柳树枝，盖在大坑上做屋顶，把和好的泥巴再糊在屋顶上。等地窝子修好时，天完全黑了下来。一位系着白围裙的小战士提着一小桶玉米面糊和一饭盆窝窝头走了过来。

大尉说："开饭了。"孔文对大尉说："请你跟我们一块儿吃吧。"小战士说："他是咱们的连长。"大尉连长说："你们吃吧，我到别处去看看。"

潘大海和孔文接过小战士手里的饭桶和饭盆，走进了地窝子。潘大海他们几个灰头土脸地坐在背包上吃饭，从外面传来呜呜的狂风怒吼的声音。孔文咽下一大口玉米糊说："要是这个老鼠洞坍塌了，咱们就被活埋了。"突然，房顶有沙土往下掉，大家护着饭碗快速地喝面糊，一大块沙土直接砸在了潘大海的头上和碗里。

潘大海放下碗说："你们听听外面这动静啊，嗷嗷的，好像有千军万马在冲锋，风能刮出这种阵势来，我还是头一回遇到。"罗恩泽说："这儿的敌人可不太好对付啊。"潘大海说："只要武器好，啥敌人我都不怕。"罗恩泽说："你刚才说什么？武器？咱们上大课时学的就是高尖端武器试验啊。"潘大海说："那都是纸上谈兵，有啥用啊？还白白搭上了大胡子的那块手表。"罗恩泽自言自语："导弹发射……要发射导弹就得先建个专门的靶场……"潘大海来了精神："你的意思是说，咱们要在这儿建立导弹综合试验靶场？"罗恩泽说："太有这种可能了。"潘大海激动了："太好了，我做梦都希望咱们也能造出高尖端的武器，要真是这样，中国军队就要在咱们的手里强大起来了！太好了，真是太好了呀……"

罗恩泽、孔文、潘大海、斯小川齐声说："浪跟滴，浪跟滴啊！"

正说着，一阵狂风将地窝子的屋顶给撕开了一个大口子，孔文惊恐地大叫："老鼠洞真的要塌了，赶紧逃命吧……"

地窝子坍塌了。狂风怒吼，风沙弥漫。潘大海从沙土堆里钻出来大喊大叫："都还活着吗？罗恩泽！你在哪儿啊？你要是没死就赶快吱一声，姓罗的，你不能就这么死了，当逃兵可耻你知道吗？"斯小川把罗恩泽从废墟里往外拽，潘大海赶紧过来帮忙："好死不如赖活着，你能活着真是太好了。"罗恩泽吐着嘴里的沙土："呸，呸，你还赖活着呢，我怎么敢死啊！"

不远处传来"砰"的一声枪响，有人高喊："快来人啊！快来抢救炊事班的帐篷！"潘大海他们手拉着手顶着狂风朝着枪响的地方奔去。

一顶帐篷在空中飞舞，潘大海跳起来拽住了帐篷的绳子，有人高喊："快撒手，危险！"潘大海死拽着绳子就是不撒手，帐篷拖着他时而飞离地面，时而摔在地上，罗恩泽扑上去抱着了潘大海的腰，孔文拽住了罗恩泽的腿。人们都跑过来帮忙，人与帐篷滚在了一处。

　　笼屉盖像车轮似的在空中飞转，几个人冲上去把棉被盖在了笼屉上，用身子压住棉被，保住了笼屉里的窝窝头。

　　送饭的小战士追赶被大风吹跑的咸菜坛子，好不容易抱住了一只坛子，却被另一只飞过来的坛子击中了头部。他抱着坛子摔倒在了地上，脑袋成了血葫芦……

　　风沙弥漫，潘大海和战士们在狂风中抢夺锅碗瓢盆等物资，风的呼啸声、物品撞击声与人们的喊叫声响成了一片。

　　一位女技术员因追赶图纸被狂风吹跑，风中的她如同一片树叶在空中翻滚、飘落，终于抓住了图纸。她抱着图纸与狂风抗争，被一丛骆驼刺给挡住，她死死地抱着那卷图纸，喘息、挣扎、抽搐……

　　天亮了，风停了。奋战了一宿的人们喘着粗气累倒在地上，休息了一会儿，他们开始收拾残局。潘大海和罗恩泽把炊事员小战士抬到平坦处放好，罗恩泽摘下小战士的白围裙盖在他血肉模糊的脸上。

　　斯小川端着盆子，捡拾从破坛子里掉出来的咸菜疙瘩。

　　潘大海怒吼："这他妈的打的是什么破仗啊？还没看见敌人在哪儿呢，我们就开始死人了！"他夺过斯小川手里的盆子狠狠地摔在了地上，咸菜疙瘩滚了一地。斯小川边捡咸菜边哭："这可是他用命换回来的呀！"

　　大尉连长走过来，他鼻孔里塞着带血的纸团："有人说我们还没发现敌人在哪儿就开始死人了，好吧，现在就让我来告诉你们，我们的敌人是谁，我们的敌人就是这个恶劣的生存环境。如果我们连这个敌人都战胜不了，那我们就不是革命军人，就不是共产党员！同志们，现在不是难过的时候，我们要赶快帮助炊事班扎好帐篷，炊事班马上做饭。饭后，一排和二排去戈壁滩找回被风刮走的物品，剩下的人员修整坍塌的地窝子。"

　　吃饭时，潘大海看着手里的咸菜疙瘩，仿佛又看到了在风中翻滚的咸菜坛子和小战士满头的鲜血，他把那块咸菜装进了上衣口袋。

　　地窝子修好后，几个战士抬着蜷曲成一团的女技术员回来了，女技术员的怀里还紧紧抱着那卷图纸。大家把她轻轻放在被坛子砸死的小战士的身旁，有人费劲地把图纸从她的怀里拽了出来。

女技术员和小战士的壮烈牺牲，令潘大海悲痛万分。他原以为烈士和英雄只能在战场上产生，今天，他亲眼看到了在狂风里奋战的战友，看到他们用生命抢回的图纸和咸菜，他认定他们的行为是英雄的行为，可是，他们会有烈士和英雄的称谓吗？

晚上，地窝子里冷得跟冰窖似的，潘大海冻得睡不着，他挤进了罗恩泽的被窝。罗恩泽惊叫："哎呀，你的臭脚丫子也太冷了呀。"潘大海冻得声音发抖："挤在一起暖和点嘛。同志们，大家都挤在一起睡吧，相互取暖，千万别冻病了。"孔文说："听说中队要让咱们打土坯，每人每天要打五十个土坯呢。"罗恩泽说："等土坯打够了，房子就能盖起来了，有房子住就好过多了。"斯小川说："浪跟滴。"

外面起风了，潘大海的呼噜声和呜呜的风声此起彼伏，遥相呼应，罗恩泽用棉帽子捂住了自己的耳朵。

天亮了，一缕阳光照进了地窝子，潘大海起床把门打开，他们每个人的身上、脸上、被子上都落了一层厚厚的沙子，好几个人的鼻子都在流血，大家又忙着堵鼻子。

孔文说："这是什么鬼地方呀，睡了一晚上，嗓子眼就跟着了火似的干疼。"潘大海说："多喝点水吧。"罗恩泽说："这儿的水又苦又涩，实在是太难喝了。"孔文和斯小川说："浪跟滴。"潘大海说："有水喝总比没水喝好吧？我们打仗那会儿，连马尿都喝不上，不也都过来了吗？哼，没打过仗的人就是娇气。"罗恩泽不服气了："你说谁娇气了？"

大卡车在铁路旁颠簸行进，不远处修铁路的铁道兵扛着枕木和铁轨在奔跑，站在卡车上的潘大海在奔跑的人群中急切地寻找。

胡营长和他的战友们把扛来的枕木扔到路基上，满头大汗，呼吸急促，剧烈的咳嗽憋得他满脸通红。战士们让他休息一下，他摆摆手，示意大家继续去扛枕木。

潘大海看见了胡营长，在汽车上跳着脚呼喊："大胡子，我是大海，我是潘大海呀！"孔文和斯小川帮着潘大海呼喊："大胡子，我是大海，我是潘大海呀！"罗恩泽向连长请求："连长，求你了，停下车让潘大海去见见大胡子吧。"

胡营长听到了潘大海的呼唤，大声地咳着，寻找着，一大口鲜血从他的嘴里喷射出来，猝然昏倒在地。潘大海看到这一切心痛无比，疯了似的飞身跳下车，向大胡子跑去。连长指挥卡车向大胡子靠拢。潘大海拨开众人，跪在地上抱起大胡子拼命哭号："大胡子，我来了，大海来看你来了，你快醒醒啊！"

连长命令："快，把伤员抬上汽车，送卫生队！"

大胡子醒了，他盯着潘大海的脸，嘴唇嚅动却发不出声音，潘大海轻声说："我是潘大海，大胡子，我终于找到你了！没事儿，你就是太累了，你在战场上负过那么多次伤都没事儿，你不会有事儿的！"

胡营长的眼帘闭上了，他清瘦的脸颊竟有了几分笑意。潘大海抱着大胡子渐渐冷却的身体痛哭。

人们把大胡子安葬在了铁路边儿的一丛红柳旁，铁道兵的领导说："这是胡营长的遗愿，就让这株红柳做他的墓碑吧。"连长带着罗恩泽等人和铁道兵的战友们一起给大胡子敬礼，做最后的告别。

潘大海跪在胡营长的坟茔前久久不肯离去，他跟胡营长絮絮叨叨地说着憋了好多年的心里话。他问自己："如果大胡子牺牲在朝鲜战场上，一定是英雄，现在他活活累死在了铁路工地上，还能算是英雄吗？他没有墓碑，没有墓志铭，多少年以后，还会有人记得他吗？"潘大海在心里呼喊："不管别人怎么看，他在我的心里就是英雄！我会永远记得他！"

装好煤的汽车停在了潘大海的身旁，连长和罗恩泽从车上下来，把潘大海拽起来。潘大海给大胡子敬了个军礼，他想给大胡子留点啥当作供品，他摸遍了全身，摸出了那一小块咸菜，他把咸菜郑重地摆放在了大胡子的墓前。

胡营长的牺牲，让潘大海极受震撼。他的话越来越少，干活却越来越拼命。别人每天打五十个土坯，他打六十多个。罗恩泽劝他干活别太不要命了，他说："我干活不要命，可是我的命还在，我活着就应该替大胡子多干点儿，不然我活着还有啥意思？"

一九五九年三月，当得知第一试验部发射试验大队在北京成立，这片戈壁滩将是中国第一个高尖端武器综合试验靶场时，潘大海喜极而泣。

几个月后的一天，戈壁滩风和日丽，红旗飘扬，锣鼓喧天，在"热烈欢迎苏联专家"的大红横幅下，潘大海和上万名官兵穿着整洁的军装，腰上系着大红绸子，列队迎接到来的苏联专家。

几辆伏尔加轿车朝他们开了过来。广播喇叭里响起了"解放区的天是晴朗的天"的歌曲，所有人跟着歌曲挥舞着大红绸带，笨拙地扭起了秧歌。轿车停了，从车上下来了几十位苏联专家，其中有给潘大海他们上过课的那个苏联大尉教员。专家们高兴地走在秧歌队伍当中,向大家挥手。

罗恩泽对潘大海说:"英雄连长同志,你又该当学生了,你怕不怕哟?"

潘大海说:"兵来将挡,水来土掩,战场上的仗我能打赢,教室里的仗我也一定能打赢!"

苏联大尉教员来到罗恩泽和潘大海面前,与他们热烈拥抱。

罗恩泽和斯小川被调去协助苏联专家工作,潘大海和孔文为他俩送行。潘大海说:"请这些老大哥到戈壁滩来,国家是花了大价钱的,这都是人民的血汗钱,可不能白花了,你们得想办法挖出点他们的真东西来。"

罗恩泽看看四下没人,压低声音说:"他们从苏联运过来了一些设备,你们知道这些设备都是干什么用的吗?"

潘大海和孔文摇头。

罗恩泽说:"那天首长对我们说,目前中国的发射场还是一片空白,我们对导弹这玩意儿还一无所知,为了能让中国的导弹顺利上天,你们要伺候好苏联老大哥,要向人家虚心地学习。首长还说,伺候好他们是政治任务,任何人都不能讲价钱。"

潘大海欢呼:"太好了!咱们国家要造自己的导弹了!"

罗恩泽说:"这是发射导弹,不是放鞭炮,咱们没技术,得向人家好好学习。"

潘大海紧握着罗恩泽的手,语重心长道:"你一定好好学,学好后回来教我们。"

罗恩泽和斯小川走后,潘大海和孔文兴奋地扭起了秧歌:"解放区的天是晴朗的天,解放区的人民好喜欢……"

官兵们以班为单位围成一圈,蹲在地上吃饭,中间是一大碗咸菜疙瘩,他们每人分到一个小小的野菜窝窝头、一个小黑馒头和一个煮土豆,碗里是稀的能照见人影的青稞粥。炊事员提着粥桶给大家添粥:"谁还要粥?"有个战士说:"这青稞稀饭喝着苦,喝到肚子里更苦,拉稀不说,肚子还整天发胀。"

连长端着一碗青稞粥走过来说:"同志们,大家每天都吃不饱,吃不饱干活时没劲儿,还冒虚汗。基地首长为了能让我们吃上饱饭想尽了办法,前几天,他们派人去附近的村子给大家采购粮食,谁知村子里的好些人都饿死在家里了,活着的人饿得连埋葬亲人的力气都没有了。我们是人民的子弟兵啊,我们无论如何也不能眼看着我们的亲人被活活饿死而不闻不问吧！同志们，党考验我们的时候到了！基地号召我们要积极开展节粮运动，机关干部每人每月节约一斤粮，基层官兵每人每月节约半斤粮，把节约的粮食全部用来救济附近的老百姓，同志们，你们有意见吗？"

全体干部战士齐声回应："没意见！"

"谢谢同志们！可是这样一来，大家还得继续挨饿啊，请你们再坚持一下，上级首长知道咱们的困难，他们一定会想办法的。同志们，战争年代我们不怕死，和平年代我们能不能做到不怕饿？"

干部战士立刻回应："能！"

"谢谢同志们，我代表危在旦夕的老百姓谢谢同志们了！"

连长给大家敬礼，潘大海起身接过炊事员手里的饭桶大声吆喝："有谁还要青稞粥？同志们，多喝几碗青稞粥吧，这个青稞粥虽然不太好喝，可它是正宗的粮食啊！是粮食就有营养，有营养就能给我们长力气，谁还要青稞粥？"

大家纷纷请他添粥。潘大海给大家盛粥，吆喝声愈加响亮："粥来了，香喷喷的青稞粥来了，请同志们吃好喝饱，喝饱吃好！谁还要青稞粥？"

一九五九年这一年，基地在极度困难的情况下，硬是拿出了一万多公斤粮食、六百五十套棉衣，救济基地附近的老百姓。

靶场的发射大队由两个发射中队、一个技术中队和化验室勤务分队等部门组成，连长任发射一中队的中队长，潘大海任一中队二分队队长，孔文任二分队副队长，罗恩泽任二分队技师。

这天，在二分队的帐篷会议室里，潘大海组织召开二分队第一次全体会议。沉闷了许久的潘大海此时亢奋无比："我们二分队那可是发射中队的心脏啊，二分队的主要任务是啥？是负责导弹的发动机检查和推进剂加注啊！那发动机又是啥？发动机就是导弹的心脏啊！没有发动机，导弹就发射不出去，对吧？推进剂是啥？推进剂就是导弹的动力，导弹要是没有了心脏和动力，还能算是导弹吗？对不对呀同志们？"

中队长悄悄走进来，示意马小柱不要出声。

有人问潘大海："别的分队就不重要了吗？"

潘大海说："谁说别的分队不重要了？重要，但是重要和重要它不一样啊。这就好比当年我们在朝鲜战场上打仗，我是尖刀连的连长，打仗的时候，我们连的这把尖刀就必须要扎进敌人的心脏，所以在战场上我的连要冲在最前头，那些兄弟连队呢，有打阻击的，有打增援的，有围歼敌人的，还有打扫战场的，他们也很重要，没有他们，就解决不了战斗，谁能说他们不重要啊？"

小青用崇拜的眼神看着潘大海，中队长却皱起了眉头。潘大海见中队长来了，忙上前迎接："中队长，你来了咋也不提前说一声呢？"

中队长说："我是来旁听的，开你的会吧。"

潘大海在会上自豪地说："党中央和毛主席把这么重要的任务交给了我们，这是我们的福气！同志们，我们就是导弹发射的尖刀分队！我们一定要打好这一仗！那些野心家们总拿着他们的武器吓唬我们，等我们有了自己的导弹，就不会再怕他们了！他们想在世界上称霸，我们决不答应。同志们，中国的国防就要在我们这些人的手里强大起来了，你们高兴吗？"

大家欢呼："高兴！"

潘大海乐得哈哈大笑道："是呀，这几天我是太高兴了，太激动了啊！咱们那么大的国家，目前只有这一个导弹试验靶场基地，全军那么多的军人，只有我们这些人能参加导弹试验，只有我们二分队在负责导弹的发动机检查和推进剂加注，这个机会实在是太难得了！同志们，我们一定要打好这一仗。现在请一中队队长给我们讲话。鼓掌！"

二分队全体鼓掌。

中队长说："你们的潘分队长把你们的二分队都快吹到天上去了，你们的任务是非常重要，但不能说全中队只有你们分队最重要。每个分队都有每个分队的任务和特点，少了哪个分队都不行！这是导弹试验，不是谁在自家门前种自留地，发射大队是一盘棋、一杆枪，少了谁都不行。潘大海他们刚到这儿的时候，看到一些工人师傅在搬运大缸、簸箕、石磨和坛坛罐罐，这些东西是用来做酱油做豆腐和腌咸菜用的，你能说他们不重要吗？这就好比是下棋，好比是排兵布阵，潘大海同志，请你说说，哪个棋子它不重要？哪个阵地他不重要？"

挨了批评的潘大海乐呵呵地说："我错了！我在这里给大家做个检讨，我不该有本位主义思想，我改，我一定改！"

中队长又说："同志们，国家把这么重要的任务交给我们，是我们的光荣，靶场党委号召大家，要先工作，后生活。没办法呀同志们，咱们国家很穷，我们现在是勒紧了裤腰带在搞导弹事业，这个事业搞不成，我们的国家会更穷。为了我们的国家不再穷下去，我们就不能怕艰苦，你们说对不对呀？"

全体官兵齐呼："对！"

傍晚，基地给官兵们放电影，干部战士全都换上了干净的军装，他们背着背包，扛着枪来到指定的位置，把背包放在地上，整齐地坐在背包上，把枪靠在肩上，然后各单位开始唱歌、拉歌，雄壮的歌声此起彼伏。

潘大海悄声问罗恩泽："电影是啥玩意儿？"

罗恩泽说："一会儿你就知道了。"

电影开演了，潘大海和战士们惊奇地张着大嘴，瞪着大眼睛盯着银幕。正看得入迷，起风了，风刮得银幕哗拉拉地响，银幕在风中不停地晃动，上面的人影变得忽小忽大，忽瘦忽胖，官兵们个个笑得前仰后合。风越刮越大，银幕被风吹得卷了上去，眼看着就有被刮走的危险，潘大海、孔文、斯小川和几个战士冲了上去，他们分别站在两旁，拽住了银幕下方的绳子。

银幕的前后，是上万名席地而坐的军人，银幕的左右，是一群拼命拽着绳子的官兵。拽绳子的人一面拽着绳子，一面歪着脑袋盯着银幕。

苏联大尉专家看到这情景哈哈大笑，罗恩泽走过去对他说："尊敬的专家同志，在戈壁滩看电影是不是特别有意思？"

苏联大尉指着在银幕下拽绳子的官兵说："太有意思了！太有意思了呀！"

这天，潘大海带领大家修整场坪，马小柱的镐头突然飞了出去，碰到了潘大海的额头，潘大海摔倒时胳膊骤然着地，疼得他眼冒金星。罗恩泽扶起潘大海，孔文和斯小川也跑了过来，小青用毛巾包住他受伤的头部。马小柱吓坏了，一个劲儿地说："对不起，都怪我，分队长，你处分我吧！"

马小柱和罗恩泽架着潘大海来到帐篷卫生所，马小柱对戴着大口罩、穿着白大褂的女军医说："他的额头让镐头给碰伤了，胳膊也不能动了，您快给看看吧。"

女军医抓住潘大海的胳膊轻轻地摸了摸，猛然用力一抖，只听见"咔嚓"一声，猝不及防的潘大海疼得大叫了一声。罗恩泽对女军医嚷道："你就不能轻点啊，你这样用蛮力，他很疼的呀。"女军医没理他，对潘大海说："你试着动动胳膊。"罗恩泽忙说："千万不要动，他的胳膊可能是骨折了，你们这儿有没有骨科大夫啊？"

潘大海试着动了动胳膊，高兴地说："哈哈，神了，一点儿都不疼了，您就是神医啊！"

女军医开始给潘大海清洗头部的伤口，给他缝针，女护士在旁边帮忙。包扎好后，女军医取下医用手套，摘掉口罩对他们说："回去后要注意个人卫生，瞧你们一个个的，都脏成啥样了。"她问潘大海："你叫什么名字？"马小柱说："他是我们的分队长，叫潘大海。"女军医一边收拾医疗器具一边对女护士说："你登记一下。"

潘大海发现罗恩泽的眼睛直勾勾地盯着女军医，就踢了他一脚，以示警戒。没想到罗恩泽竟然上前抱住了女军医："荣芳！夏荣芳，我是恩泽，我是你的恩泽啊！"

女军医瞪着迷茫的大眼睛："啊？你是恩泽？真的是你吗？你怎么这么黑？这么脏？这么瘦？你的声音怎么变得这么苍老？"

罗恩泽抱住了女军医，哽咽地说："我亲爱的荣芳，你怎么会出现在这里呀？我做梦都想不到能在这儿看到你！我……我想你啊！"

马小柱拽着傻怔怔的潘大海从帐篷里出来。

夏荣芳医生对罗恩泽说她到基地已有些日子了，她把他们三岁的女儿也带来了。罗恩泽要立刻见女儿，夏荣芳说她也不知道女儿现在在哪儿。罗恩泽惊叫："你把孩子给弄丢了？"

她笑着说："没丢，看把你给吓的。这个地方只有咱这一个孩子，大家都很喜欢她，谁见了都想抱抱，她也不认生，只要是穿军装的，谁抱都行，大家都把最好吃的留给她吃，用最暖和的大棉衣包着她，你就放心吧，你的女儿她不会受委屈的。"

罗恩泽说："我找我的女儿去，我太想她了！"

罗恩泽站在卫生队的帐篷门口大喊大叫："梦月，我的女儿，你在哪儿？你们谁把我的梦月给抱走了？快点还给我呀！"

一个女干部把小梦月抱过来，对夏荣芳说："这孩子有点蔫，不会是生病了吧？"夏荣芳从女儿的口袋里掏出了几粒油炸花生米，说："我看这孩子是吃多了，我给她吃点消食的药就没事儿了。"女干部说："一定是苏联专家给的，只有他们才有花生米。"女干部放心地走了。

罗恩泽抱起女儿亲了又亲，让女儿叫他爸爸。小梦月说："爸爸臭。"夏荣芳笑着说："你也太脏了，孩子都嫌你了。"罗恩泽委屈地说："这个地方没有办法洗澡，没有时间洗衣服，我能干净得了吗？"

几天后，熄灯前，大家整理地铺准备休息，罗恩泽说："那天，我们跟一个苏联少校学习安装设备，有一个学员把一个零部件给装错了，那少校当着所有人的面，指着那个学员破口大骂'蠢猪、笨蛋！你们这是在犯罪！你们这些中国人，素质太差！太没文化！'。"潘大海惊讶地问："他竟敢这么辱骂你们？"罗恩泽和斯小川说："浪跟滴！"孔文问："你们没反抗？"罗恩泽和斯小川说："浪跟滴。"潘大海气愤地说："你们为什么不反抗？"罗恩泽说："当时首长也在场，首长都没说话，我们敢说啥！事后首长还对我们说'人家是老师，我们是学生，只要老师愿意教我们，挨骂受委屈都不算啥'。"潘大海怒吼："他辱骂的是咱们中国人，这可不是一般的委屈！"罗恩泽说："首长说，只要我们能跟老大哥学到真东西，我们怎么伺候他们都行，他们怎么骂我们，我们都得忍。"孔文说："唉，人在屋檐下，不得不低头啊！"潘大海气哼哼地说："头可以低，但腰不能弯！"大家齐声说："浪跟滴！"罗恩泽说："中国人要想在世界上挺起腰杆子来，我们这些人现在就必须学会低头，学会弯腰！"潘大海瞪着大眼睛盯着罗恩泽，人们不再说话，地窝子里寂静无比，空气仿佛都凝固了。

夏荣芳在门外高喊："我能进来吗？"

第三章　夫妻奇遇　专家撤离

斯小川把门打开，夏荣芳背着药箱抱着女儿走了进来，她是来给潘大海换药的。罗恩泽把夏荣芳和女儿介绍给大家。

罗恩泽回想起和妻子相遇时的情景，仍然非常激动："我们到这儿来是严格保密的，我们的纪律是上不告父母，下不告妻儿，我去哪儿她不知道，她到这儿来我也不知道。在这么特殊的情况下，我们却能意外地相聚，真是人间奇迹呀！"孔文说："我们应该把这个奇迹发扬光大，应该想办法让他们一家三口真正的团聚。"大家说："浪跟滴！"

第二天，潘大海、孔文他们利用业余时间给罗恩泽一家挖地窝子，夫妻奇遇的故事不胫而走，陆续有干部战士、医护人员跑来帮忙，干活的人越来越多，新的地窝子很快就建好了。

新地窝子里有用土坯垒成的一个小桌子和两个小凳子，一个小皮箱摆放在桌子上。地上是新铺的麦草，麦草上摆放着两套叠得方方正正的军用被褥。潘大海环顾了一下地窝子朗声大笑："我宣布，罗恩泽、夏荣芳，小梦月入洞房，闲杂人等都给我撤了。"

人们走后，夏荣芳依偎在罗恩泽的怀抱里，深情地说："能在这儿遇到你，我们一家三口能在这个地方住在一起，这是我做梦都想不到的呀！恩泽，咱们是不是太幸福了！"

罗恩泽拥抱着妻子，哽咽着说不出话来。

不知从什么时候起，小青姑娘的心里住进去了一个人，那个人时而张狂，时而愤怒，时而兴奋，他的大眼睛射出的光芒，日夜在她的心头闪烁。

一个月光如同白昼的夜晚，潘大海一行人开完会往回走，小青叫住潘大海说:"今晚的月亮真美。"潘大海说:"嗯,戈壁滩的月亮很干净,你有啥事儿?"她羞怯地说:"我喜欢你。"潘大海说:"不行!我有老婆孩子,你喜欢谁都不能喜欢我!"

她说:"你一个大英雄和农村的老婆能有啥共同语言?你们的婚姻是封建的,没有爱情的婚姻是痛苦的,你早就应该勇敢地推翻那个封建婚姻了。"

他说:"小丫头片子!你懂什么?算了,我就当你什么都没说,我什么都没听见,告诉你,我什么都没听见!"

潘大海气喘吁吁地跑回地窝子,一屁股坐在了地铺上。有人问他:"你咋了?被狼撵了?"马小柱说:"这儿有狼吗?"孔文说:"瞧你这失魂落魄的样儿!嘿嘿,你这只大黑兔,遇到小白狼了吧?"潘大海说:"别瞎扯了,快睡吧,明天还有好些事儿呢。"

基地的南边有一条大河,名叫弱水河,老百姓称它为黑河。大河两岸生长着美丽的胡杨树。夏天的弱水河畔景色很美。夕阳给大河披上了一层艳丽的纱幔,给胡杨穿上美丽大氅。

此时的潘大海在河边钓鱼,马小柱站岗放哨。胡杨树下,苏联大尉手里拿着一根小木棍,一边比画一边对罗恩泽和斯小川说:"这好比是一枚导弹,导弹在飞行中一般分三个阶段,初始阶段、运行阶段和落点阶段,由于导弹在每个阶段的飞行状态和飞行速度是不一样的,每个阶段的数据也就各不相同,所以,我们在计算导弹飞行中的弹道数据时,计算方法的推导步骤也各不相同。"

潘大海钓上来了几条鱼,马小柱用红柳枝把鱼串成串,放在火上烤,他们一边钓鱼,一边烤鱼,并东张西望地环视着四周。

罗恩泽说:"亲爱的大尉老师,你能把弹道测量的计算公式写给我们吗?"苏联大尉教员沉吟道:"那个公式很长,很复杂,我可以写给你们,但是,光有那个公式是不够的,你们必须要知道这个公式的测算方法和推导过程。嗯,好香啊!"

潘大海把烤好的鱼拿了过来。苏联大尉教员高兴地说:"哇!我每次见到潘都会有意外的惊喜,潘,我喜欢你!"潘大海说:"对不起,亲爱的大尉老师,在这个荒凉的地方,我是弄不来二锅头的。"苏联大尉教员说:"你们专门给我钓鱼、烤鱼,让我很感动!明天,不,后天,还是这个时间,你们再到这儿来吧,我会把公式带给你们,并且教会你们公式的测算方法和推导过程。这是我们之间的秘密,你们要为我保密。"罗恩泽说:"我们一定为你保密。"苏联大尉教员说:"你们不要认为我是因为吃了你们的烤鱼才教你们的,我是被你们真诚的心所感动,你们实在是太不容易了。"

三月,春风还没有吹到这个荒瘠的地方,寒冷的北风仍旧呜呜地吹。潘大海带领着他的二分队官兵站在汽车上,几辆汽车在光秃秃的戈壁路上颠簸前进,来到一处空旷的地方,全体下车支帐篷。

有人问:"潘分队长,咱们为啥要把帐篷支在这个荒凉的地方啊?"潘大海说:"一切行动听指挥,领导让干啥咱就干啥,知道的不说,不知道的不问,保密守则你们没学过呀?"

一中队长走了过来,他检查了一下刚支好的帐篷说:"这绳子都没拽紧,这样松松垮垮的可不行啊,大风一刮还不都给掀了盖儿了?"

潘大海命令马小柱:"把每一顶帐篷都给我认真去检查一遍,让战士们把所有的绳子都给我拽紧了。"

马小柱跑步执行命令去了。中队长对潘大海说:"从你们二分队开始安排站岗和干部查岗。"他看看四下无人,小声问他:"听说你们跟一个老毛子交上朋友了,他经常给你们吃小灶,有这回事儿吗?"潘大海点头。中队长小声说:"事儿可以做,但话不能说,把嘴都给我闭紧了。"潘大海问:"啥意思?"中队长说:"没啥意思,我啥都没说,你该干啥干啥,记着把帐篷都给我扎牢实点啊。"中队长走了,潘大海在心里嘀咕:"没啥意思,这没啥意思是啥意思?"

熄灯哨一响,各个帐篷里的灯光立刻全都熄灭了。

夜深人静,月亮出奇的大,月光把戈壁滩幻化出各种奇异景象。潘大海系着武装带,背着枪走出帐篷,外面气温低,他把棉帽整了整,从隐蔽处传来哨兵的问话:"谁?"潘大海说:"我,为啥不问口令?"哨兵回答:"忘记了。"

喜子斜挎着枪从隐蔽处走出来说:"潘分队长,你查岗啊?"潘大海生气地说:"你这枪是咋背的?"喜子立刻把枪背好,潘大海又问:"口令!"

"我……我真的给忘了。"

"哨兵的职责是什么?"

"哨兵要了解执勤目标和周围的敌情。要熟悉有关制度规定,牢记并正确使用口令……"

"你还是个军人吗?你怎么连口令都能忘了?你的警惕性跑到哪里去了?要是有情况怎么得了?"

"这儿荒无人烟的,能有啥情况?"

突然，狂风大作，把他们附近的帐篷给掀开了一个角，喜子立刻扑上去压住帐篷。他大叫："分队长，有情况！"

风刮起的沙石打在潘大海的脸上，他顾不得疼，拉起喜子，命令他赶快去叫醒中队领导！潘大海吹响哨子，大声呼喊："赶快起床，大风来了，打好背包，原地不动，看管好个人物品！"

喜子也边跑边喊："大风来了，赶快起床，原地不动，看管好个人物品。"

潘大海到各个帐篷吹哨子，喊话。

罗恩泽一轱辘从地铺上爬了起来，大声呼唤："快起床！狂风来了，我出去看看。"

大家快速起床，帐篷有掀开的地方，他们扑上去保护帐篷。罗恩泽快速跑了出去，几个干部也跟了出去。

女军人的帐篷被风吹得鼓了起来，帐篷里发出一阵阵的尖叫声，潘大海带几个干部跑过去帮助女军人保护帐篷。潘大海大喊："大家不要乱，抱好自己的被子，挤在一起，快蹲下！"

一阵狂风把小青连人带被子给卷了起来，潘大海跳起来飞身把她抱住，小青吓得紧紧抓着潘大海不松手，潘大海喊："快松手。"小青听出潘大海的声音，不但不松手，反而抱紧了他。潘大海挣开小青的手，把她按蹲在地上。

一名女兵高喊："不好了，气象观测记录本被风给刮跑了。"她顺着风飞了出去。潘大海想抓住那个女军人，没抓住。风的呼啸声、沙石的敲击声、帐篷被吹倒的哗哗声、物品撞击发出的噼啪声、人们的喊叫声，响成了一片……

小青抱着被子蹲在地上，一脸幸福的模样。

天亮了，风渐渐小了，到处是东倒西歪的帐篷和疲惫不堪的官兵。一个干部在向中队长汇报："全中队十五顶帐篷，被风刮跑了四顶，刮倒了六顶，撕裂了三顶。"

中队长问："人员情况怎么样？"

"轻伤九人，五人失踪，其中有一名六分队气象观测的女兵。"

"去找，马上组织人去找，一定要找到他们。"

中队长、潘大海、罗恩泽，还有一百多名干部战士，排成一大排，在戈壁滩上艰难地寻找，他们见到图纸就捡，见到物品就翻，见到可疑的沙堆就挖。

戈壁滩上时有被骆驼草挂住的各色衣物，战士们把衣物捡起来挂在身上。马小柱发现左前方有三个人影儿，他高喊："分队长，你快看！那边儿……"潘大海带领大家朝那三个身影跑了过去，大家边跑边喊："哎，我们在这儿呢!"

喜子和一个战士扶着一名女兵跟跟跄跄地朝他们走了过来,他们满面沙尘,疲惫不堪。喜子挣扎着给潘大海敬礼,他嗫嚅着,却发不出声,礼还没敬完就昏了过去。潘大海上前抱住了他,喜子的两只手肿得像馒头,血都凝成了黑色。

女兵哭着说:"风实在是太大了,我被大风吹得根本就站不住,也不知道过了多久,迷迷糊糊的,我就被他给拽住了。他让我抱着他的腿,他双手拽着骆驼刺,我们这才固定了下来。要是没有他,我都不知道我现在会在哪儿。"

女兵从怀里掏出两个记录本给大家看:"我们找到气象观测本了,这可是我们气象观测站人员的全部心血啊!"

潘大海背着昏迷的喜子,另一个战士背着女兵往回走。喜子醒过来哭了:"分队长,你把我放下来吧,我咋能让你背着我呢?"潘大海说:"你是我兄弟,我咋就不能背你呢?"喜子愧疚地说:"我不配当你的兄弟,我没背好枪,也没站好岗,我错了,我要请求大队给我处分。"潘大海语气温柔地说:"你及时把狂风到来的消息通知了中队领导,你在狂风里救回了战友,你还帮你的战友找回了气象观测记录本,喜子,你是好样儿的!"

喜子趴在潘大海的背上呜呜地哭,潘大海的鼻子一阵阵的发酸。

第二天晚上,孔文把潘大海从宿舍里叫出来说:"老潘,喜子在站岗时把口令都给忘了,这么严重的事儿你为啥不告诉我?"

"你是怎么知道的?"

"中队长批评我了,他说我这个副分队长又聋又瞎。"

"这个喜子呀,尽给我没事找事儿。"

"啥意思呀,你?"

"喜子站岗时是忘记了口令,我当时也很生气,就在这时,狂风来了,我命令他去叫醒中队干部,他二话没说就跑去了,叫醒中队干部以后,自己也被风给刮跑了。他在风里挣扎时救了一位女战士,还帮着那位女战士找回了气象观测本……"

"功是功,过是过。"

"他的手肿得跟大馒头似的,咱们做领导的咋能忍心死抓着那点过不放呢?"

"这么严重啊?难怪中队长批评我,我还真是又聋又瞎呀。"

发射大队的领导们正在帐篷办公室里说事儿,潘大海在帐篷外喊报告。大队长让他进来,潘大海进来给大队长敬了个军礼,说:"报告大队长,我给你汇报一下哨兵站岗的事,刮大风那天是我查岗,详细情况……"大队长打断了他的话说:"我都知道了,你回去吧。"潘大海说:"请求大队不要处分他。他在狂风中救了一个女兵,还帮那位女兵找回了气象记录本。"

"我知道。"

"刮大风的时候,我命令他去通知中队领导。"

"他任务完成得很好。"

"他的双手被骆驼刺严重扎伤。"

"我知道。"

潘大海没想到大队长啥都知道,愣在了那里。大队长说:"你说完了就快走吧,我们正在开会呢。"

潘大海给大队长敬了个礼,转身走了出去。

走出帐篷,他才想起要说的话还没说,想再进去接着说,被哨兵给拦住,只好蹲在帐篷门口等待会议结束。

会议的气氛有些紧张,大家的表情都十分严肃。有人对大队长说:"我们去中苏边境接收液氧,在边境一等就是两个多月,战士们每天蹲在绥芬河车站,饿了,啃几口干粮,渴了,喝口凉水,天天眼巴巴地盼啊,可就是见不到一辆液氧槽车过来。那几天把基地首长给急的,隔三差五地给北京打电话,后来,等到了一封电报。电报上说,苏联国防部已电告中国国防部,因西伯利亚液氧厂发生了不可抗拒的事故,不再生产液氧,苏联方面因此无法履行合同。"

众人议论纷纷:"这不是他妈的坑人吗?老毛子把我们都给耍了。"

门外哨兵喊报告,大队长不耐烦地喊了一嗓子:"谁呀?进来!"哨兵进来说:"报告大队长,潘分队长蹲在门口不走,我让他离开,他不听。"大队长喊:"潘大海,你给我滚进来。"潘大海跑步进来,大队长气呼呼地问:"你蹲在我的门口想干啥?你没看见我们正说事儿呢吗?"

"刚才有句话我忘了说。"

"快说。"

"对战士的处分要慎重。"

"把话说清楚!"

"大队不该处分喜子。"

"胡说八道,谁说大队要处分喜子了?"

潘大海哑口无言，紧忙敬礼退出，刚走出门口，就被大队长的怒吼声吓了一跳："想卡咱们的脖子，没门！为了中国的导弹事业，不管有多难，咱们一定要有一种不达目的不罢休的劲头！"

回去后，潘大海跟罗恩泽说："什么破老大哥，我看他们比南霸天还坏！"罗恩泽说："在中国的导弹试验问题上，他们有最终的决定权。"

潘大海心里很不服气，但他知道，人家现在是老师，过去的老师都可以随便打学生的手板，现在他们当然可以随意卡我们的脖子了。他想起首长说过的话："咱们现在弯着腰，就是为了将来直起腰，现在我们要对他们服务好，要跟他们学技术。"

让他没想到的是，服务好是要付出代价的。

天气渐渐热了，几十吨国产液氧，在发射场蒸发的数量逐渐加大，为了安全起见，基地决定将这批液氧全部倒掉。

发射一中队将这个任务交给潘大海的二分队。潘大海领受这个任务时心里头有一百个不情愿："我们二分队是加注燃料的，不是糟蹋燃料的，这个败家子我不当，这个活儿我不干！"中队长说："这是命令！"

潘大海的心情十分沉重，他对罗恩泽说："我们中国人凭啥要听外国人的摆布啊！我找他们理论去！"说着，他就跑了出去。罗恩泽不放心，紧跟在他的后面。

潘大海在戈壁滩疯跑，罗恩泽在后面猛追，马小柱也跟了上来，小青不知道是什么情况，也跟着他们跑。罗恩泽高喊："快，抓住他！"马小柱飞快地跑上去，一把拽住了潘大海。潘大海想甩开马小柱，马小柱死拽着他不撒手，潘大海把马小柱摔倒在地上，罗恩泽气喘吁吁地跑过来对潘大海喊道："老潘，你看清楚，他是马小柱！"潘大海松开马小柱，坐在地上喘粗气，待气喘匀后给马小柱道歉："小柱，对不起，我摔疼你了吧？"马小柱流着泪说："我不疼，分队长，我知道，你在生他们的气，是他们对不起我们。"

潘大海站起来对着空旷的戈壁滩怒吼："你们都是王八蛋，你们口口声声同志加兄弟，口口声声社会主义大家庭，原来都他妈的是在放狗屁啊！"

罗恩泽劝他："行了，喊几嗓子解解气就行了，忍忍吧。"

小青义愤填膺地说："凭啥要忍？大海，咱们不能再忍了，我支持你！对他们咱们不能忍，对你的封建婚姻也不能再忍！"小青后面那句话把罗恩泽和马小柱惊得面面相觑。

潘大海对小青吼道:"你在瞎说什么呢,你?你走!走!"

小青意志坚定:"我就不走!我知道,你是爱我的,那天你抱着我的时候,我能感受到你的温度和感情,你别不承认。我喜欢你,这辈子,我跟定你了。"

罗恩泽和马小柱都吃惊地张大了嘴巴。

潘大海急得大喊大叫:"你胡说八道,那天刮狂风,我要是不抱住你,你早就让风给刮跑了。"罗恩泽哈哈大笑说:"行了,咱们快回去吧,你这个分队长还得好好计划一下明天怎么往戈壁滩倾倒液氧呢。"潘大海说:"好好的东西就这么糟蹋了?不行,你得跟我一块儿去找他们理论去。"罗恩泽说:"我不去,你也不能去!首长说了,这事儿必须得忍!这是命令!"小青拉着潘大海的手,动情地说:"大海,咱们回去吧。"潘大海甩开小青的手道:"一边儿去!告诉你啊,我跟你没关系。"小青说:"我懂,咱们现在没关系,以后会有关系的,我等你,等多久都行。"潘大海怒眼大睁道:"我再给你说一遍,我有老婆,请你离我远点儿,滚,你给我滚!"小青哭着跑开了。

大片的残阳把天空染得血红,几辆液氧槽罐车和消防车在戈壁滩的残阳中徐徐前行。坐在其中一辆槽罐车内的潘大海眉头紧锁,喜子坐在他身旁嘟嘟囔囔:"战友们费了那么大的劲儿运来的液氧,就这么说倒就给倒了?全国人民勒紧裤腰带支持咱们搞导弹,这可都是人民的血汗啊。"潘大海叹了一口气说:"这批液氧也算是立了功的,咱们用它进行了五次加注和泄出的合练。"喜子说:"分队长,咱们自己生产的液氧都是合格的呀,就这么倒了,多可惜呀!"潘大海咬着牙说:"你以为把液氧倒了我不心疼啊?咱们的液氧再好,他们不让用,你说咋办?"

戈壁滩上,液氧槽罐车按车距五十米一字排开,几辆消防车在后方二十米处摆开待命。数千名官兵远远站在一旁为液氧送行。

潘大海吹哨后高喊:"准备!"

槽罐车的操作手迅速连接泄出管道,消防车的操作手也快速连上消防管道,潘大海深深吸了口气,咬着牙下达了他有生以来最不情愿下达的口令:"泄出液氧!"

各槽罐车的操作手打开阀门,只听见一阵嘶嘶的响声,管口处传来哗哗的流淌声,液氧在空气中迅速膨胀、蒸发、汽化,立即变成缕缕白烟,白烟越冒越多,越积越大,不一会儿就遮住了半个天空。

官兵们看着液氧白白地流出,个个都泪流满面。

潘大海把牙咬得咯咯响，突然，他把拳头狠狠地砸在戈壁滩的砾石上，手指血迹斑斑。

这些天以来，因为液氧的事儿，潘大海的心里很不痛快。偏偏在这个时候，被爱情冲昏了头脑的小青，把她和他的爱情臆想成佳话到处传播，他听闻后忐忑不安。他知道，在部队，生活作风问题不是小问题，他潘大海决不能在这上头摔跟头。如果是打仗，他会勇敢地面对，但在这个问题上，他深不得浅不得。他无计可施，手足无措了。

他找到中队长寻求帮助。中队长盯着他说："人家多好的一个姑娘啊，要文化有文化，要长相有长相，要不你就把你那个农村的老婆休了，把她娶了得了。"

潘大海急得直跺脚："我是共产党员，我咋能干那种缺德事儿呢？"中队长笑着说："婚姻自由，你没看见有不少人都换老婆了？"潘大海说："别人换老婆行，我绝对不行！我老婆是在我最困难的时候跟的我，我说啥也不能在半道上扔下她。"中队长说："你既然不想换老婆，你招惹人家干啥？"潘大海委屈极了："我都快要忙死了，我每天的感觉除了累就是饿，我哪还有那根闲筋呀？"中队长哈哈大笑："基地已经调她去做宣传工作了，明天她就去报到，你去送送她吧，把你的意思跟人家讲清楚，说话时注意点分寸，别伤了人家的心。"

第二天，潘大海叫上马小柱为小青送行。潘大海背着小青的行李，马小柱提着她的东西。小青问他："你说实话，你和你的农村老婆有感情吗？"

潘大海说："我们的感情没必要向你汇报，你不懂。"

"你知道吗？我这是头一次真心喜欢上一个人，你是我的初恋。"

"你这叫瞎恋！告诉你，我心里装的全是我的老婆孩子，没任何人的位置。"

"唉，以后我再也不敢轻易喜欢上一个人了。"

"傻丫头，你不管喜欢谁，都要先看看人家有没有老婆。俗话说得好，宁拆十座庙，不破一处婚。为什么？因为拆散别人的婚姻缺大德！"

"对不起……"

"那天我的态度不好，请你原谅。"

"是我不好……"

小青哽咽了。潘大海拦住了一辆去基地的大卡车，把小青送上了车。小青向他们挥手告别，眼泪哗哗地流。

苏联大尉教员给潘大海打电话，说有急事要见他们，还说在老地方见。潘大海、罗恩泽还有斯小川疾步来到弱水河畔，看见苏联大尉早已默默伫立在河边。

潘大海说："我们来得急，没带钓鱼的东西。"

大尉说："我叫你们来，不是要吃你们的烤鱼，我是要告诉你们，我们要走了。"

"你要走了？为什么？"

"不是我要走了，是我们全体都要走了。这是上面的命令，为什么我也不知道。"

"导弹还没有发射试验呢，这个时候你们却要离开？"

"没办法，我只能表示深深的歉意。感谢你们一直以来对我的关心和爱护，我会把我们的友谊放在心里。我相信，没有我们，你们的导弹也一定能发射成功，因为你们与这片土地一样，是伟大而神奇的。"

"你们不能不走吗？"

"不能。我叫你们来，就是要告诉你们，在发射场工作，要技术过硬，要沉着冷静，还要注意老鼠，老鼠喜欢啃电缆线，你们可别小瞧了它。"

他环顾左右，悄声说："你们要注意，我们为你们提供的资料有的能用，有的不能用。"

罗恩泽问："什么样的能用，什么样的不能用？"

"试验阶段的不能用，成功阶段的能用。"

"不能用，你们为什么还要提供给我们？"

"这是上面的命令。"

"为什么试验阶段的不能用？"

"试验阶段的资料大部分都是我们丢弃的资料，在实际操作中几乎没有什么用，你们不要把时间浪费在这上面。"

"谢谢你，亲爱的大尉同志！"

"我在这儿的工作还没有做完，就不得不离开，这让我深感不安。我没能善始善终地完成这项工作，是我最大的遗憾。还有，希望你们以后要重视计算机。"

"计算机？"

"对，是计算机。计算机相当于人的大脑，搞导弹必不可少，没有计算机，将来远程导弹的设计和试验就根本无法进行。好了，我的朋友们，再见了，如果有一天，你们的导弹发射成功了，别忘了我。"

潘大海和罗恩泽说："我们会永远记着您的。"

苏联大尉、潘大海、罗恩泽、斯小川把手握在一起，齐声说："浪跟滴！"

几辆伏尔加轿车在戈壁路上飞奔，卷起了阵阵尘烟。潘大海和罗恩泽远远地看着轿车渐行渐远，潘大海说："狐狸尾巴终于露出来了，他们早就该滚蛋了。"

罗恩泽说："这是预料之中的事儿，是脓包总是要破的，与其包着捂着，还不如挑破了痛快。"

"我就不信了，没有他们，咱们就搞不成导弹！"

"他们单方面撕毁合同，在关键时刻宣布撤退所有在华的专家，就是想要看咱们的笑话。中央和基地对此早有准备，看着吧，好戏就要开场了。"

"哼，总算是解脱了，咱们也该甩开膀子大干一场了。"

在三号阵地上，"'101'任务誓师大会"的大横幅会标红彤彤地闪亮在天地之间。上万名干部战士全副武装，席地而坐。基地首长在台上讲话："同志们，咱们这次发射的不是一般的导弹，而是一枚争气弹！希望同志们鼓起劲儿来，为我们的国家争气！我就不信了，离开了他们苏联人，我们中国人就发射不了导弹，同志们，有没有这个信心？"

官兵们喊声如雷："有！有！！"

誓师大会结束后，发射大队立刻召开党委会。大队长说："我们发射大队有两个发射中队，第一发射中队和第二发射中队，可是101任务只能有一个中队参加，这几天啊，我的大队部门槛都快让你们两个中队的领导给踏平了，那决心书、血书像雪片似的全都飞到我这儿来了，你们两个中队都想打第一枚导弹，谁也不服谁，谁也不让谁，怎么办呢？你们说，怎么办呢？"

一中队队长说："我们是第一中队，这次任务理应让我们先上。"

二中队队长说："我们第二中队的全体官兵，为了能打好这发争气弹，早就做好了各方面的心理准备和技术准备！应该让我们先上！"

"我们一中队也早就做好了各方面的准备工作！我们的技术力量雄厚，管理人员都是内行，应该让我们先上。"

"让我们先上。"
"让我们先上!"
"我们先上!"
"我们先上!"

第四章　发射成功　文件丢失

正在两个中队争持不下的时候,从窗外传来了一阵嘹亮的歌声。大队领导和两个中队长推开了窗子。

窗外,两个中队的干部战士全体守候在院子里,焦急地等待着大队党委的最后决定,他们为了显示各自的实力,先是比赛唱歌,各唱各的,使劲地唱,闭着眼睛吼。潘大海、孔文、喜子和斯小川、马小柱他们干脆抬着锣鼓来到现场,敲锣打鼓;二中队的干部战士也抬来了锣鼓,使劲地敲打,小小的院落锣鼓喧天,震耳欲聋。

潘大海带头喊口号:"一中队不打导弹誓不罢休!"

一中队的干部战士扯着嗓子齐声高喊:"一中队不打导弹誓不罢休!"

二中队也喊口号:"二中队不打导弹决不睡觉!"

二中队全体齐声呼喊:"二中队不打导弹决不睡觉!"

大队领导们不知道说什么好,大队长看看大家,喊了一嗓子:"行了,都别争了!"

两个中队长跑到窗子前对窗外打手势,屋里屋外顿时安静了下来。

大队长说:"这样吧,就按照大队的序列编号,来决定参加任务的顺序,这样谁都没意见了。也就是说,第一枚导弹,一中队打,第二枚导弹,二中队打,就这么定了,谁都别争了,都给我回去睡觉!"

窗外,一中队的干部战士欢呼雀跃,敲锣打鼓,潘大海带头扭起了秧歌,他们唱着跳着往回走:"解放区的天是晴朗的天,解放区的人民好喜欢……"

站在窗前的大队领导们被一中队的官兵给逗乐了:"哈哈哈,瞧他们,真是一群疯子!"

大家都开心地笑了。

在装备库房里，一中队的官兵已全体集合，中队长站在队伍前大声说："我们在中国的第一个导弹综合试验靶场上，就要发射试验第一枚导弹了。中国没有导弹的历史就要在咱们的手上彻底结束了！我们要用科学求实的精神，用严肃认真的态度来完成祖国交给我们的神圣任务，同志们，有没有信心？"

全中队官兵齐声呼喊："有！"

中队长发出命令："请各分队做好准备！"

各分队带队集合，潘大海在二分队队伍前面做战前动员："同志们，咱们要让那帮老毛子王八蛋好好看看咱们中国人的能力和志气，没有他们那些个臭鸡蛋，咱们照样也能做出香喷喷的槽子糕！全体上车！"

二分队全体官兵登上装备车，三、四分队也分别登了各自的装备车，二十一辆装备车徐徐驶出装备库房，向三号阵地浩浩荡荡地驶去。

车队驶进三号阵地，依次整齐地停靠在南场坪的进出口路上，苏制1059导弹昂首屹立在发射场坪中央，所有人员立即被吸引，神圣感骤然而生。

值班员高喊："全中队集合！"

全体发射中队在阵地上集合，几个分队长迅速整队后，跑步带队到发射场坪。中队长来到队伍前面高喊："同志们！"

唰！全体人员立正！

中队长说："导弹转运起竖很顺利，现在，序幕已经拉开，后面还有更多更重要的工作在等待着咱们来完成，苏联专家曾经以各种理由卡我们，今天，也就是他们撤走的第十七天，我们要靠自己的力量和智慧，亲手把我国的第一枚导弹发射上天，大家有没有信心？"

"有！"

"好！让那些反对和阻挠我们发射第一枚导弹的人都见鬼去吧！全体注意，立正，稍息，我命令，现在开始进行导弹测试检查！"

"坚决完成任务！"

各分队把人员带开，开始了紧张的测试工作。

基地准备发射首枚导弹的消息在内部快速地传播，大家都想看看导弹是什么样子，各级领导、机关干部、工作人员、穿着工作服的炊事员等都闻讯跑过来观看，发射场人声鼎沸，热闹非凡。

潘大海跑向值班首长敬礼："报告首长，按照发射场安全警卫规定，加注期间，所有人员都要离开现场，不能参观。"

值班首长说:"自己的导弹为什么不能参观?他们都是从事导弹发射这项伟大事业的人员,为什么不能参观?"

"不是不能参观……"

"就是嘛,你刚才还说不能参观。"

潘大海急了,声音明显拔高:"按照安全警卫规定,按照勤务指南要求,在加注阶段就是不能组织参观!因为加注很危险。如果导弹的贮箱或管路的密封性能有一丁点的瑕疵,在高速高压的冲击下,就有可能造成泄露,泄露的酒精只要碰到火星,都会引起燃烧爆炸。因此,严格规定进入发射场人员不准携带火种,不准穿带钉子的鞋,不准穿摩擦产生静电的衣服,加注人员需穿防护服,不是直接指挥加注的人员绝对禁止接近加注现场!"

值班首长愣住了。潘大海说:"首长,请您带头离开这里。"

值班首长还想再说什么,指挥发射的首长吹响了哨子,他手拿着扩音器高喊:"警卫人员负起责任,现在开始组织清场!所有参观人员,立即撤到转运间以外,各位首长请到地下室指挥间就位。"

随着他的喊声,警卫班人员立刻出动,迅速驱赶人员离开现场,值班首长离开时,对潘大海挥手表示歉意。

一眨眼的工夫,场坪上只剩下了潘大海分队的加注人员。指挥发射的首长站在潘大海的旁边,潘大海看了他一眼,欲言又止。

首长对他说:"别看我,指挥加注。"

潘大海说:"是!开始加注!"他把首长挡在了自己的身后,准备随时保护他。

喜子和他的战友们开始加注,不一会儿导弹外壳迅速结满了白霜,潘大海紧张地盯着导弹。喜子报告:"分队长,加注完毕。"潘大海对首长说:"加注完毕,一切顺利。首长同志,这里很危险,请您去地下室!"首长说:"是,我马上离开。"

指挥发射的首长走进地下室,参试人员各就各位,正在紧张地工作。一位干部对首长汇报:"光测、遥测系统工作正常,通信系统工作正常,落区设备运转正常!"

有人喊口令:"十分钟准备!"

首长用潜望镜观察发射场坪,不同腔调的口令声音此起彼伏。

"一分钟准备。""接通舵机。""舵机接通。正常。""接通瞄准。""瞄准接通。正常。""十、九、八、七、六、五、四、三、二、一,点火!""点火成功!"

导弹尾部喷出一缕火光,地下室的口令声仍在继续:"主级!""起飞!"

导弹在五彩火光的烘托下,离开发射台,离开大地,冲天而起。

1059导弹尾部喷着长长的火焰,火焰时伸时缩,闪闪发光,上圆下尖,由里向外,白里有红,红中又裹着橘黄,像个长长的感叹号,越飞越远,越飞越小,随着导弹远去,又拖出了一条长长的白烟,白烟不断翻滚膨胀,越来越粗,越来越淡,像一条巨龙摆着长长的尾巴,向遥远的天际飞去。

发射场的地下室里,有人高喊:"落区发现目标!"首长激动地回过头来大声宣布:"导弹飞行试验成功!"

地下室里的人们一下子沸腾了:"成功了!""1059成功了!""咱们的第一枚导弹终于发射成功了!"欢呼声此起彼伏,大家跳跃、握手、拥抱……在苏联专家撤走的第十七天,我国第一枚使用国产推进剂的苏制地地导弹发射成功。

发射场坪上站满了人,笑声、喊声、欢呼声、祝贺声此起彼伏,汇成了欢乐的海洋。炊事员们手里提着饭勺等炊具敲敲打打。"毛主席万岁!""共产党万岁!""祖国万岁!"口号声一浪高过一浪。罗恩泽望着沸腾的人群长长地出了一口气,他对站在身旁流着眼泪跳着脚喊口号的潘大海说:"潘大海同志,现在,你还只认枪杆子吗?"潘大海说:"我当然要认了,导弹就是我的枪杆子,有了它,我就更加坚定了打胜仗的决心,导弹能让咱们中国人的腰杆子挺起来,从此以后,我不会再眼红人家的飞机能下蛋了,你说我能不认吗?"孔文大声说:"这枚导弹是他们制造的,早晚有一天,我们会成功发射咱们中国人自己研制的导弹。"

二分队所有官兵齐声呼喊:"浪跟滴!浪跟滴!!"

金小妹在北京的家里抱着三岁的儿子小军,指挥七岁的大儿子小兵给潘大海写信。小兵写完信后打了个哈欠说:"妈,我爸他咋还不回来呀?我都快忘了他长啥样儿了。"

"你爸在前边儿打完胜仗就回来了。"

"我们老师说全国早都解放了,我爸咋还打仗呢?"

"又问,忘了你爸咋跟你说的了?"

"知道的不说,不知道的不问。"

"快去睡觉吧,明天还要上学呢。"

小兵和小军都睡了，金小妹坐在床边发呆："大海呀，你的邮寄地址是兰州市27支局，说前边儿还很远，到底在哪儿呀？你的仗啥时候才能打完啊？"

开饭了，在两排干打垒土房子围成的小院子里，干部战士围成几个大圈儿蹲在地上吃饭，圈内的一只饭盆里是稀玉米面糊，一只大碗里放着咸菜疙瘩，戴着围裙的炊事员端着大盆给大家发主食——每个人一个小黑面馒头和一个小玉米面野菜窝窝头。

潘大海把分给他的黑面馒头装进衣兜，一只手端着饭碗，另一只手拿着咸菜和窝窝头走过来，笑呵呵地对战士们说："同志们，大家辛苦了，请大家吃好喝饱，喝饱吃好。"有人说："这喝饱了也只能是顶一时的饱，一泡尿完了准饿。"又有人说："我白天干活直冒虚汗，晚上睡觉做梦到处找吃的，唉，这人哪，要是不用吃饭就好了。"

罗恩泽几口吃完了自己的饭，把潘大海拉到一边儿，悄声地说："战士们吃不饱就没力气干活，这么下去可不行啊！"

潘大海说："我知道战士们吃不饱，可眼下这粮食不够吃，有啥办法？咱们当干部的在这个时候可不能乱了阵脚，再说了，这困难都是暂时的。"

"这暂时的困难就能让战士们趴下，现在任务这么重，没有力气哪行？咱们总得想想办法呀。"

"你给我小声点！一到关键的时候你就沉不住气，你们文化人缺少的就是我们共产党人的那股子硬劲儿。"

"你少跟我来这套，别忘了，我也是共产党员。同志，光有硬劲儿是不行的，咱们得想办法别让战士们饿趴下才是正事儿。"

"如果我们多捞点鱼，煮上一大锅鱼汤，是不是也能给战士们补充点营养呢？"

"对呀，你还给老毛子钓过鱼呢，咱们可以钓鱼呀。"

"钓不行，太慢。咱们利用休息时间到河里去打鱼。吃完饭，让战士们拿上蚊帐，我带着他们下河去打鱼，你带着不会水的战士在岸上收鱼。"

"要不要跟中队长说一声？"

"不用，等我们打到鱼了，给中队送些去，那时候再说也不晚。"

弱水河畔，阳光灿烂。潘大海带领着十几个会水的战士脱了衣服下河用蚊帐捕鱼，他们把捕到的巴掌大的鱼扔到岸上，罗恩泽、孔文、马小柱提着水桶在岸上抓鱼，大家兴奋得嗷嗷直叫。

喜子抱着一个保密包跑过来喊潘大海："潘分队长，有份文件需要你签字，中队长等着要呢。"

潘大海答应着把手里的活儿交给身边的战士，向岸边走去。马小柱抓到手里的鱼逃跑了，鱼在岸边蹦跳，马小柱在岸边追赶，鱼和马小柱先后掉到了河里。

潘大海站在岸边擦手，接过文件刚要签字，听到有人高喊："马小柱掉河里了！"

潘大海把文件扔给喜子，立即扑到河里去救人，喜子没接住文件，风把文件吹进了河里，喜子在岸边打捞，没捞着。

在水里瞎扑腾的马小柱被潘大海救起，战士们把他拽上岸。喜子看到文件被水冲走了，扑进水里去捞，滑倒在河里，水没过了他的头。潘大海手疾眼快，把喜子给捞了起来，喜子吐着水大叫："文件！文件！"

潘大海在水里找文件，找了好几个来回都没找着。大家都帮着找，也没找着。喜子急哭了："这可咋办啊，那可是保密文件啊！"

潘大海急眼了，他跟大家继续找文件。岸上的罗恩泽急得眉头紧锁，他想了想，把喜子叫了过来，跟他说了几句话。喜子帮着罗恩泽把几个水桶里的鱼倒在一个水桶里，罗恩泽交代马小柱提着大半桶鱼，和喜子开着吉普车走了。

中队长和指导员从外面回来，端着军用茶缸喝水，中队长抹抹嘴，兴奋地说："真是太好了，我们国家终于有了自己研制的导弹了，这么些年了，想想可真是不容易啊！"

指导员说："万事开头难，咱们这只是刚刚开个头，以后的任务会更重大，咱们肩上的担子可不轻啊。"

中队长说："咱们的责任越重大，就越光荣！一个国家要想不受他人的欺负，必须得有强大的国防。咱们有幸……"

门外有人大声喊报告，打断了中队长的话。指导员命令他进来。罗恩泽走进来说："中队长、指导员，我是来给我们二分队队长潘大海请功的，部队吃不饱，有好些战士都快顶不住了，他想出了一个用蚊帐捕鱼的好办法，他刚才带领战士们捕捞了一些鱼，让我给你们送来。"

湿淋淋的喜子提着大半桶鱼进来。中队长和指导员高兴地看水桶里的鱼，指导员说："好哇，捕鱼，我看这个办法可以普及到全中队，还可以普及到全基地嘛。"中队长说:"哈哈,潘大海这个愣头小子还真行!我咋就没想到呢?哦,对了,他是在海边长大的,难怪他能想到捕鱼。嘿,这些鱼的个头还不小呢。"

喜子怯怯地说:"潘分队长在捕鱼时为了救人,他……"

中队长打断了喜子的话:"你也下河去了?我让你签的文件呢?"喜子胆怯地嗫嚅着,中队长顺着喜子的眼神去看罗恩泽。

罗恩泽说:"潘大海带领战士们捕鱼时,一个不会水的战士掉进河里,分队长为了救他,把文件掉进了河里……"

中队长瞪大了眼睛:"然后呢?"

"我们来的时候,分队长还在带着大家在河里拉网式地寻找……"

中队长一脚踢翻水桶,冲罗恩泽和马小柱咆哮道:"你们不去帮着他找文件,来给我送什么鱼呀?"

鱼儿在地上活蹦乱跳,喜子流着泪往桶里捡鱼。

指导员对中队长说:"他们这是打着送鱼的幌子,来给你我送信儿的。"

中队长说:"咱们去河边看看那个愣头小子找到文件了没有。"

"别去了,要是能找到,他们就不会来送鱼了。"

"那可是份机密文件啊,就这么丢了?潘大海!我要处分你,我要撤你的职!"

"你现在就是把他给毙了,文件也找不回来了,咱们还是赶紧先想个补救的措施,看看怎么能把损失降到最小。"

罗恩泽说:"指导员说得对,就算是文件找着了,在水里浸泡过也不能再用了呀。"

中队长说:"文件可以上报基地重写,时间还来得及,对导弹发射不会有太大的影响。只是那份原件要是流传出去,就是严重的泄密事件。这个责任谁都担当不起的呀!"

喜子哭着说:"潘分队长把文件交给我时,我没接住,都是我的错呀。"

中队长怒吼道:"别哭了!你是军人,不是个孩子!你们都给我马上回去,去看看潘大海找到文件了没有,找到没找到,都要向我汇报!"

罗恩泽和喜子应着,跑了出去。

天渐渐暗了下来,潘大海和干部战士还在河里寻找文件,马小柱在岸边急得直跺脚。喜子跑回来,颤声对潘大海说:"天都快黑了,你们快点上来回去吃饭吧！"

潘大海和战友们上岸穿衣服，喜子告诉潘大海，罗恩泽把文件掉水里的事儿向中队长汇报过了。

潘大海瞪着眼睛说："好你个姓罗的，你不想法儿帮我也就算了，还给我来了个落井下石。喜子，你不会也跟他一块儿去打我的小报告了吧？"

喜子说："我去了，分队长，罗恩泽他不是去打你的小报告，他是为了你好。他说，咱们要顾全大局，文件丢了，你的心里已经够难受了，要是再因为丢失文件而拖了导弹试验的后腿，你会难受死的。"

潘大海点头默认。喜子说："中队长说，文件可以重写，时间还来得及，不会影响到导弹发射。他最担心的是……"

潘大海打断喜子的话："泄密？"喜子点头。

潘大海心急如焚，他让其他人回去吃饭，自己留下来继续寻找文件。马小柱也想留下来，他不让。正在他们僵持不下的时候，罗恩泽开着吉普车过来了。

罗恩泽把吉普车停在潘大海身边，对马小柱说："你们都回去吧，这儿有我呢。"

大家登上大卡车走了。

罗恩泽从吉普车上拿出一个饭盒递给潘大海，潘大海阴沉着脸说："不吃。"罗恩泽问他："你是跟饭有仇还是跟我有仇？"潘大海没回答，他在岸边搜索寻找，罗恩泽对他说："我把咱们丢失文件的事儿跟中队长汇报过了。"潘大海心里有气，话也说得冲："你没看我还在继续找呢吗？"

"就算是找着了，文件被水泡过也不能用了。"

潘大海用鼻子哼了一声。

罗恩泽又说："我把你救人的事儿也跟中队长汇报了。"

潘大海终于找到了发火的契机："你提那事儿干啥呀？那件事儿掩盖不了这件事儿，它们根本就不是一回事儿。我弄丢的是保密文件，我这回犯的是罪，不是错！"

罗恩泽不紧不慢地说："没你说得那么严重，它就是个意外，中队会全面考虑的……"

"你别在我耳边瞎嚷嚷了行不行啊？你还嫌我不够烦啊？你给我滚远点儿！"

"好，我滚。饭盒里有馒头，记着吃。"

罗恩泽把饭盒递给潘大海,潘大海不接。罗恩泽说:"我不能走,我对你不放心,我得陪着你。"潘大海瞪了罗恩泽一眼:"你真烦人,算了,这天黑得啥都看不见了,回吧。"潘大海和罗恩泽开着吉普车回营地去了。

潘大海回来后,阴沉着脸坐在地铺上啃馒头,孔文递给他一杯开水,劝他想开点,他不接水也不搭话,孔文只好把茶缸放在他面前。

熄灯的哨子响了,各个帐篷都关了灯。潘大海没脱衣服就倒在了地铺上,戈壁滩的夜晚出奇地宁静,潘大海的心里却不安宁,如果那份文件真的泄密了,那他就是国家的千古罪人,不行,必须得找到文件!他悄悄起身,蹑手蹑脚地往外走。

住在另一个帐篷的罗恩泽躺下后,翻来覆去地睡不着,文件顺着河水会飘向何处?文件被水泡过后字迹是否还清楚?如果字迹看不清就不会泄密了。想到这儿,他一轱辘从床上爬起来,摸黑找到半张文件稿纸浸泡在水盆里然后才去睡觉。

潘大海从帐篷里出来,躲过哨兵,向弱水河畔的方向走去。潘大海在戈壁滩独行。月亮升起来了,如水的月光使得戈壁滩愈加宁静,愈加深邃。星光灿烂,夜风习习,沙包、骆驼刺、芨芨草在月光下形成大小不一的黑影,黑影在风中摇曳,在月光下变幻莫测。

潘大海迷路了。他爬到沙梁的高处四下瞭望,看到远处有闪烁的灯光,他朝灯光走去。走着走着,那灯光又没有了,他看天上的星星,努力辨认方向,他掏出手帕试风向,手帕被风吹走了,他顺着风,踉跄地走着……

出早操时,罗恩泽没看见潘大海,就问孔文。孔文说:"昨晚他回来吃完馒头就躺下睡了,起床后我才发现他不在,你说他会不会因为文件泄密的事儿想不开呀?"

罗恩泽说:"他潘大海是谁呀?他是一块被战争淬过火的钢,你说他想不开?笑话!他一定去找文件了。"

罗恩泽叫上喜子准备开着吉普车去找潘大海,正要发动汽车,中队长出现在他们前面。

中队长问潘大海在哪儿,罗恩泽说可能去找文件了。

中队长严肃地说:"熄灯不久他就出去了,直到现在他还没有回来。他擅自离开部队整整一宿,这是什么性质的问题啊?有人对我说,对潘大海的泄密事件一定要严肃处理,要杀一儆百;还说,他不光是泄密,还是叛逃,这要是在战场上，都够枪毙的了！"

"中队长，前几天发生了一件事，不知道您知道不知道？"

"啥事儿？"

"那天我到飞机场去办事儿，基地的一个司机看到机场停有飞机，好奇地探出头来看了一眼，就让保卫部门给抓到指挥所审问去了。"

"什么？他们也太神经过敏了吧？"

"咱们的文件都是油印的，字迹经水泡后就会掉色，字迹就会变得模糊不清，这是昨天晚上我专门把半张废文件纸泡在水盆里的试验结果，所以，那份机密文件只是损毁，不会泄密。这是其一。其二，就因为潘大海离开了营地一晚上，就说他是叛逃，是不是也太神经过敏了？我想他可能迷路了，我们正准备去找他。"

中队长说："要找就开大卡车去找，再多叫些人，带上报话机，随时保持和中队的联络。我去靶场开会，就不跟你们去了。"

罗恩泽和喜子找人找车去了。孔文不知道从什么地方钻出来对中队长说："说不定潘大海早都越过边境线了。"

中队长说："没有事实根据的话不要乱说。"

孔文说："现在靶场正在轰轰烈烈地大抓保密工作，潘大海这回可是撞在枪口上了呀！"

中队长说："潘大海他不可能叛逃，他只是迷路了，你马上带人去找他，一定要把他给我找回来！"

大卡车在茫茫的戈壁滩上行驶，孔文、罗恩泽带着大家，站在卡车的车厢上，他们身上背着老式的报话机，罗恩泽用望远镜瞭望。

马小柱拼命呼喊潘大海的名字，喜子说："你别喊了，他根本就听不到。"马小柱说："都怪你，要不是你把文件拿到河边去，分队长就不会受这个罪了。"喜子说："要不是分队长为了救你，文件怎么可能会掉进河里？"马小柱说："要不是因为你也掉进水里，分队长为了捞你，文件怎么可能会丢失？"

孔文吼道："别吵了！让你们来不是为了吵架的，你们都给我把眼睛瞪大点，看仔细了。"

大家瞪大眼睛仔细搜索，突然，马小柱看到电线杆上的手帕，他惊呼："快看！分队长在那儿呢！"

孔文让汽车停下："在哪儿？""在上面，在电线杆的上面。"马小柱回答。

"他怎么可能会到电线杆的上面去,哎呀,真的在上面!"大家看到了电线杆上面有块手帕在风中飞舞。

马小柱和喜子跳下卡车,马小柱拿出他的弹弓,捡块小石头,对准了手帕打过去,手帕掉了下来,喜子捡起手帕交给罗恩泽。马小柱激动地直嚷嚷:"这就是潘分队长的手帕,是他的手帕没错!"罗恩泽用手帕试了一下风的方向,孔文立即发出命令:"向西开,快!"

正午时分,太阳把光秃秃的戈壁滩烤成了一张焦黄的大饼,潘大海在这张大饼上翻滚、挣扎。他嘴唇干裂,眼睛里布满了血丝,跌倒了爬起来,爬起来了又跌倒。他在心里对自己说:"我不能死在这儿,要死我也得死在战场上,死在这儿我就是逃兵,我不能当逃兵,我不能死在这儿……"

恍惚中的潘大海看到了那条大河,还看见了罗恩泽和马小柱在河畔冲他招手,还听见了他们在喊"潘大海,我们来了",他激动得晕了过去。

卡车停在潘大海的身边,马小柱和喜子跳下车把潘大海抱了起来,他们哭喊着:"潘分队长,我们可找到你了……"

在靶场的党委扩大会议上,首长说:"同志们,目前保密的形势很严峻。毛主席曾对我们说过,保密工作要十分注意,九分不行,九分半不行,九分九也不行,非十分不可。保密工作的重要性大家都知道,这里不必多说。现在我们讨论一下发射一中队二分队队长潘大海的问题,他在率队捕鱼时因为救人将机密文件不慎掉进河里丢失了。"

另一位首长说:"他丢失的是保密文件,谁知道这份文件的机密会不会给泄露出去呢?关键是,他弄丢了文件以后,不能正确对待,还采取了擅自出走的行动,难怪有人怀疑他是叛逃。我认为,对这种行为必须要严惩,我建议给予潘大海降职降衔处理。"

一中队指导员说:"咱们的文件都是油印的,字迹经水泡过后因褪色而模糊不清,我们中队的罗恩泽技师专门做过这方面的试验。文件掉进河里时,河里都是自己人,他们当时正在河里捕鱼,如果文件顺着河水飘去了别处,经过长时间的浸泡,字迹早就没有了,所以不可能泄密。"

一中队中队长说:"潘大海弄丢文件后非常着急,想找回文件的心情也十分急切,他是晚上去找文件时迷的路,第二天中午才回来。"

有人问:"他是自己回来的,还是部队给找回来的?"一中队队长说:"是我们找回来的,我们找到他时,他已晕倒在回部队的路上。"

领导们纷纷发表自己的意见。

"潘大海是因为救人才弄丢了那份机密文件，他本人平时表现也不错，我觉得降职降衔处分有些过重了。"

"年轻人，哪能不犯错误呢？作为上级，不能总揪着部属的缺点不放，既然他回来了，说明他已经认识到了自己的错误，愿意回来改正错误，这样的人应该给他一个改正错误的机会，惩前毖后，治病救人嘛。"

"他是为了寻找文件才擅自出走的，方法虽不可取，但也情有可原。"

首长问："发射一中队的意见呢？"一中队指导员说："我们的意见是，给予潘大海同志记大过处分。"首长说："同意发射一中队意见的请举手。""好，全体通过，经靶场党委集体研究决定，给予一中队二分队队长潘大海同志记大过处分。"

潘大海发了疯似的在戈壁滩上狂奔，罗恩泽远远地跟在他的后面。他跑累了，就躺在地上，脱下军帽盖在脸上。罗恩泽走到他身边，默默地看着他。

潘大海说："你是来看我笑话的吗？"

罗恩泽说："对，我就是想看看是石头硬还是处分硬。"

"我就是茅粪坑里的臭石头。"

"关键的时候，臭石头扔出去也是战斗力。"

潘大海哼了一声。罗恩泽说："记大过处分对你来说是有点儿冤，不就是弄丢了一份文件嘛，多大点儿事儿呀！"

"那份文件有多重要，你比我心里清楚。"

"你还知道那份文件的重要性啊，给你个处分不应该吗？你还有啥好委屈的呀？"

"我没觉得委屈，我就是觉得窝囊！"潘大海站起来说，"在战场上打仗，只要是想尽办法把敌人给揍趴下就是胜利，可是你看现在，唉！"

潘大海对罗恩泽说："那个骆驼草不能再吃了，那玩意儿有毒，吃得人全身浮肿，这个事儿我得跟大队说说去。"

"大队早就知道了，已经下令把部队采集来的骆驼草烧了。"

"额济纳牧民把咱们打沙枣毁坏了沙枣树的事给捅出去了，沙枣说啥也不能再打了，再说那沙枣树也早让咱们给打秃了。"

"是呀，靶场已派专人去给人家道过歉了。"

"可咱们的战士吃不饱哇，这个不能吃，那个不让吃，你说这可咋办呀？"

"看来你没被处分打趴下。"

"活着就不能趴下。"

因为吃不饱，靶场的人们营养严重不良，好些人都得了夜盲症。这天，马小柱走路时撞到了墙角上，把头给撞得鲜血直流。喜子把他送到卫生所去包扎，潘大海和孔文闻讯赶来看他，马小柱说："我的眼睛以前是晚上看不见，现在白天也看不见了。"夏荣芳医生说："马小柱得的是夜盲症，是营养不良引起的眼部疾病，部队患夜盲症的战士现在是越来越多了。"潘大海问："有办法医治吗？"夏医生说："有，多吃点有营养的东西就会慢慢好起来。"夏医生小声地告诉他："马小柱撞到了头部，可能会对他的眼睛造成不良的影响。"

马小柱问："你们在说啥呢？我是不是瞎了呀？"

潘大海说："小柱，你不会瞎的，夏医生说了，等咱们部队条件好了，你多吃点有营养的东西，眼睛就会好起来。"

潘大海把马小柱交给喜子照顾。

第五章　抗争饥饿　打猎迷路

　　喜子牵着马小柱的手坐在帐篷外面的一块大石头上,看着天上的星星问他:"小柱,你能看到天上的星星吗?"
　　马小柱使劲摇头。
　　"小柱,你想家吗?"
　　"我没有父母,部队就是我的家。"
　　"潘分队长怕你心里闷,托人给你买了一把口琴。"
　　喜子把口琴交给马小柱,马小柱吹口琴。

　　潘大海和孔文在帐篷里写材料,马小柱提着一只暖瓶摸索着走了进来,他撞在桌子上,把暖瓶给撞碎了。
　　孔文说:"你怎么这么不小心啊?烫着了没有?"
　　潘大海说:"小柱,你啥都别干,等咱们的生活条件好了,你的眼睛就会好的,你去吹口琴吧。"
　　马小柱出去吹口琴了,中队的通信员进来递给潘大海一封信。潘大海接过信,高兴得手舞足蹈:"哈哈,我儿子来信了!"
　　潘大海正在看信,罗恩泽走进来,兴奋地说:"导弹已经进场了,二中队一大早就到发射场去了。这发导弹是咱们国家自己研制的,二中队可算是逮着机会了。"
　　潘大海想去发射场看看,罗恩泽说:"就怕人家二中队不欢迎咱们。"潘大海来了犟劲儿:"我们是去看看能不能给他们帮上忙,他们为啥不欢迎啊?"说着,拉着罗恩泽跑了出去。
　　在三号发射场,二中队正在做战前动员,潘大海和罗恩泽站在一旁观看。

二中队队长说:"上面来了二十多位将军来观看咱们的导弹发射,聂帅亲自带队,钱学森院长也来了,就连一中队的战友们都来看我们来了。同志们,咱们能不能打赢这一仗?"

二中队全体立正,高喊:"能!"

有个干部过来对潘大海说:"加注马上就要开始了,请无关人员马上离开。"

潘大海说:"我不是无关人员,我是一中队二分队队长潘大海,我是来帮忙的。"

那个干部说:"谢谢潘分队长,如果我们需要你们的支援,会及时通知你们的。现在,请你们马上离开。"潘大海和罗恩泽不得不离开发射场。

二中队的加注人员开始加注。潘大海他们来到距离发射场两公里处的转运间外观看发射。

一九六〇年十一月五日十一时三十分,导弹轰的一声,冲天而起。中国成功发射了第一枚自己研制的导弹!这是多么振奋人心的消息呀!

领导的声音在发射场的上空回响:"今天,在祖国的地平线上,属于新中国的第一枚地地导弹冲天而起,这表明中国人民解放军有了自己的战略武器,这是我国军事装备史上一个重要的转折点,是我军军事实力一次质的飞跃。我们将以这颗导弹为基础,研制出更多更好更先进的导弹武器,同志们,让我们张开双臂,迎接这一天的早日到来!"

潘大海、罗恩泽和所有参加试验的官兵们激动得热泪盈眶,他们呼喊口号,蹦着跳着……

孔文副分队长带队出早操,潘大海跟在队伍的后面。跑着跑着,一个战士晕倒了,两个战士把晕倒的战士架出了队列,接着又有战士晕倒了。潘大海喘着粗气说:"同志们都没力气了,休息一下吧。"

部队原地休息,大家都累得气喘吁吁。罗恩泽说:"我看以后这个早操就别出了。"

孔文说:"出早操是部队的传统。"

"那就改变个方式吧。"

"咋改变?"

"把跑步改成打太极拳,太极拳的动作缓慢,也能强身健体。"

孔文说:"那就试试吧。"

二分队全体官兵跟在罗恩泽的屁股后面学起了太极拳。中队长和指导员在不远处好奇地观看。指导员问:"他们在干啥呢?"中队长答:"打太极拳,不过这太极拳让他们打得比他们扭的秧歌还难看。"

"战士们吃不饱,都没劲儿出早操了。"

"这样下去可不行,要不再组织部队打一次黄羊吧?"

"让潘大海带着二分队和勤务分队去吧,潘大海干这个内行。"

开饭了,潘大海和战士们围成圈儿蹲在地上吃饭,菜是一盆黑乎乎的熬干菜,每人领到一个掺有各种野草磨成粉的黑面馒头、一个窝窝头,碗里是很稀的青稞粥。

潘大海把小黑馒头装进口袋,几口喝完了碗里的青稞粥,拿着小窝窝头边吃边往院外走。罗恩泽赶忙跟了过来。罗恩泽问他:"啥时候走?"潘大海答:"马上就走。"

"黄羊都快被打绝了,咱们这是在造孽呀!"

"只要黄羊能让战士们填饱肚子,造孽就造孽吧!"

"你留在家里,我和孔副分队长去吧。"

"就你那个臭枪法,去了有啥用?真不知道你这个兵是咋当的!"

"我开车比你强。"

"咱们这是去打猎,又不是比赛开车。哦,对了,我差点给忘了,二中队的二分队长想请你去给他们上上理论课,你快去吧,打猎的事儿有我呢。"

饭后,二分队和勤务分队的人员背着枪,集体登上了几辆大卡车,大卡车的前方是潘大海和喜子乘坐的吉普车。罗恩泽专门过来叮嘱喜子:"你的任务就是跟紧了潘分队长。"又对潘大海说:"你开车时小心一点儿。"

潘大海得意地说:"小看我?在朝鲜战场上我啥车没摸过?老美的大坦克我都能鼓捣得到处疯跑。你快去上你的课吧。"

自从来到靶场,打猎就成了他最痛快的事儿!

天渐渐暗了下来,茫茫的戈壁滩,在夜幕的笼罩下变得神秘,潘大海把打死的猎物扔到车上,开车寻找打猎小分队。此时,他已经饿得头昏眼花,眼前闪烁着无数的小星星。他怕自己晕过去,把车停下闭着眼睛休息一下,等他再睁开眼睛时,天已经大亮。

他一口气喝干了水壶里的水,开着车继续前行。汽油燃尽了,车彻底趴窝。没有了马达轰鸣声和枪声的戈壁滩显得格外寂静。

潘大海迷路了。他想鸣枪通知战友,长枪短枪里都没有了子弹,口袋里的备用军粮小黑馒头早就给了喜子,此时的他已是弹尽粮绝。

他把汽车水箱里的水放进水壶,背着枪,下车步行。他扯了把骆驼草放进嘴里使劲地嚼,嘴被骆驼刺扎得鲜血直流。他看到不远处的胡杨林里有一个小白点,就艰难地向着小白点走去,走着走着便跌倒了,再没有力气站起来,就拼命地爬,直到昏过去。

放羊的蒙古族大姐发现了他,使劲儿把潘大海背在身上,走了几步,因体力不支摔倒了。她爬起来找来了一簇红柳树枝,把潘大海搬到红柳枝上,她使劲儿拽着红柳枝走,她放的几只羊跟在她的身旁咩咩地叫,她走得十分艰难,蒙古大哥发现她,把潘大海背起来。

打猎小分队的官兵们返回驻地,在食堂门前列队吼唱饭前歌。

孔文副分队长问罗恩泽:"潘分队长回来了吗?"

罗恩泽说:"没有哇,他不是跟你们在一起吗?"

孔文说:"潘大海自己开着车去追赶黄羊,我还以为他早就回来了呢。"

罗恩泽大声地说:"什么?你们把老潘给整丢了?都别唱了,马上去找人!"

歌声停止了。孔文说:"都累了一天了,先让大家吃饭吧。"

罗恩泽吼道:"吃什么吃,潘大海是死是活都不知道,你还能吃得下去饭啊?"

斯小川和官兵们齐声说:"浪跟滴!"

罗恩泽急切地说:"让大家把饭带在路上吃,找人要紧,孔副分队长,你快下命令吧!"

孔文通知炊事班的同志把晚饭分给大家,把每个人的水壶都灌满开水,汽车加满汽油。

罗恩泽对喜子怒吼:"走的时候我是怎么嘱咐你的啊?你是不是听不懂人话啊?要是潘分队长有什么三长二短,我枪毙了你!"

喜子呜呜地哭,马小柱摸索着走了过来,把自己的挂包和水壶都交给了喜子:"你要是不把潘分队长找回来,我跟你没完!"

哨声响起来了,孔文、罗恩泽、斯小川和喜子带领部分官兵登上大卡车出发了。他们顶着风啃着窝窝头,孔文把罗恩泽的窝窝头和黑馒头递给他,罗恩泽咬了一口,直着嗓子费了好大的劲儿才咽了下去,又把窝窝头和馒头都装进了衣兜。

汽车在戈壁滩颠簸前进,扬起了阵阵的尘烟。

在白色的蒙古包里,昏迷的潘大海躺在蒙古大哥的怀里,大姐给他喂奶茶。大哥说:"他这是饿的,奶茶能把他救活。"大姐说:"就是他们占了我们的牧场,解放军要牧场干什么?"大哥说:"那是国家的事儿,国家的事儿都是比天还要大的事儿,这些事儿你不懂,我也不懂。"

喂完奶茶,大哥帮着大姐把潘大海的脏军装脱了下来,给他盖好被子,大姐轻轻擦试他满面的沙尘和嘴角上的血迹。

蒙古大哥说:"他们的人一定在到处找他,我出去看看。"

蒙古大哥出去了。蒙古大姐把潘大海的脏军装清洗干净,在火上烤干。她找出针线给潘大海缝补军装,边补边哼唱蒙古长调,悠扬的长调在蒙古包里回荡。潘大海慢慢睁开了眼睛,蒙眬中,他好似看到了他的母亲,潘大海流着泪声音微弱地喊了一声"娘",又昏睡了过去。

官兵们在戈壁滩寻找了一夜,呼喊了一夜,个个都十分疲惫。天亮时,喜子在望远镜里看到了潘大海的吉普车,他欢呼着:"吉普车!潘分队长的吉普车!"罗恩泽长长出了一口气:"可算是找到你了。"

大卡车向着吉普车的方向驶去。到了吉普车跟前,大家只看到车上有五只黄羊,但没看到潘大海。

罗恩泽检查完汽车说:"汽车没油了,水箱里的水也没有了,他能去哪儿呢?"孔副分队长让大家散开,在汽车附近寻找,说:"车在这儿,他不可能走得太远。"

斯小川发现汽车前面有一条长长的爬痕,他哭着说:"这一定是潘分队长留下的,他这是在爬呀!"

孔文说:"快!顺着爬痕找!一定要找到他!"

大家顺着爬痕向前寻找,找了一会儿,爬痕没有了。大家急得无计可施,罗恩泽含泪大声呼喊:"潘大海,你这个混蛋,你在哪儿呀……"喜子哭喊:"潘分队长,你在哪儿呀?"大家呼喊:"潘分队长,你在哪里呀?"

蒙古大哥骑着马跑了过来,他用蒙语对解放军官兵们说:"你们的人在我家呢。"他看到大家茫然的眼神,改用生硬的汉话说:"你们,跟我来。"

蒙古包里，潘大海似乎听到有人在叫他，他猛然睁开了眼睛，蒙古大姐把补好的军装帮他穿上，把一大碗汤面片递到他的手里，潘大海接过大碗，把面片汤喝得山响。

蒙古大哥带着大家来到蒙古包前，罗恩泽大声喊叫："潘大海！"战士们也跟着一块儿喊："潘分队长！"孔文命令："大家原地休息，喜子，你跟我们进来。"

潘大海听到外面有人喊他，大声回答："我在这儿呢！"

罗恩泽、孔文、喜子走进蒙古包。喜子扑到潘大海的身上，哽咽着说："潘分队长，可算是找到你了，我们找了你整整一个晚上，你吓死我了呀……"

蒙古大姐提着茶壶，蒙古大哥抱着一摞茶碗走出蒙古包。

蒙古包外，大家累得坐在地上东倒西歪，斯小川看到蒙古大哥和蒙古大姐从蒙古包里出来，说："同志们，咱们站好队，解放军应该有个解放军的样子。"

干部战士在蒙古包外列队，蒙古大哥和蒙古大姐给战士们挨个倒奶茶，战士们一一给他们敬礼，喝茶。

蒙古包内，罗恩泽对潘大海没好气地说："你还活着？我以为你早就死了呢。"潘大海笑着说："我活着你不高兴啊？"罗恩泽说："我当然不高兴了，你一贯把我的话当成耳旁风，怎么样？差点没命了吧？我们眼睛都不眨地溜溜找了你整整一个晚上啊，你呀你呀，你欠战士们多大的人情，你知道吗你？"

潘大海愧疚地说："我……我对不起同志们。"

罗恩泽继续说："哼，我就知道你死不了，你潘大海是啥人啊？你就是那大粪坑里的石头，又臭又硬，这臭石头的命怎么可能说没就没了呢！"

喜子捂着嘴偷乐。潘大海说："我怎么敢丢下你自己去死呢，我死了你活着还有啥意思呀？"

罗恩泽笑着说："老潘啊，我是越来越佩服你胡搅蛮缠的这张嘴了。"

"说实在的，要不是蒙古大姐救了我，我还真是再也见不到你们了。唉，想当年我打了那么多的恶仗硬仗都没事儿，谁能想到在戈壁滩我差点翻了自己的小船。"

"就你那股硬劲儿，连神灵都惧怕三分，你的小船一时半会儿翻不了。"

蒙古大哥和蒙古大姐从外面回来。罗恩泽和孔文上前握住蒙古大哥和蒙古大姐的手，真诚地说："大哥，大姐，感谢你们救了我们的同志，我们会永远记住蒙古人民的恩情！谢谢！"

潘大海、孔文、罗恩泽和喜子走出蒙古包。潘大海指着门前的胡杨树问罗恩泽："这是啥树啊？支楞八翘，模样怪怪的。"罗恩泽说："这是胡杨树，它与一般的树不同，它能忍受荒漠中干旱、多变的恶劣气候，对盐碱有极强的忍耐力。胡杨树活着不容易死，死了不容易倒，倒了不容易朽，再没有比胡杨树更加坚忍的树了。"潘大海由衷地说："真是棵英雄的树哇！"

官兵们在蒙古包前列队鼓掌，潘大海给战士们敬礼："同志们好，大家辛苦了！"战士们给他回礼："潘分队长好！"

潘大海给蒙古大哥和蒙古大姐敬礼："感谢大哥大姐的救命之恩！"

孔文发布命令："全体都有，立正，向我们的蒙古族亲人，敬礼！"

全体官兵给蒙古大哥和蒙古大姐敬礼，齐呼："感谢蒙古族亲人的救命之恩！"

几个战士把吉普车上的两只黄羊抬下来放在了蒙古包门前，潘大海、罗恩泽、喜子坐上了吉普车（吉普车已加了水和油），孔文带着干部战士登上了大卡车，大家向蒙古大哥和蒙古大姐挥手告别。

吉普车颠簸前行，潘大海望着茫茫的戈壁滩出神。罗恩泽问他："想什么呢你？是不是想着回去怎么写检讨和挨处分？"

潘大海说："我潘大海就是出生入死的命，可是这次的感觉还真他娘的和以往不一样。"

"老潘啊，我想问你点事儿，也不知道该不该问，你要是介意呢，我就不问了。"

"有话就说，有屁就放。"

"那我就放了啊，你快死的时候，都想啥了？"

"我啥都没顾上想就啥都想不起来了，唉，我要是真的就这么死了，连句话都没给我老婆留下。"

"原来你最惦记的人是你老婆呀，你老婆对你好吗？"

"当然好了，那是蛤蟆吃秤砣，铁了心的好。"

"你用的啥损招儿让人家对你这么好呀？"

"别的事儿都可以用损招儿，就这事儿他娘的不行。我跟你说吧，我们两家是邻居,小时候我们就认识。那年我休假回家看我娘,正好她在我家帮着我娘缝被子,她看到我时,羞答答地叫了我一声哥就走了,当时我就感到奇怪,她小时候一头黄毛乱糟糟的,小脸黄黄的,长的也不咋地呀,可谁知道这一长大了还挺好看。第二天,我就让我娘去她家给我提亲,没想到她爹说啥都不同意把她嫁给我,把我给愁的呀。"

"姑娘自己愿意吗?"

"她当然愿意了,这事儿还是她主动提出来的呢。"

"那她爹为什么不同意呀?"

"她爹拥护共产党,也支持解放军,但就是不想把闺女嫁给当兵的。他说,当兵的见天的打仗,今天是人,也许明天就变成了鬼,他不能眼睁睁地看着他的亲闺女一眨眼的工夫就变成了小寡妇。"

"后来呢?"

"后来我就偷偷带她回部队了。"

"什么?你把人家大姑娘给拐走了?你可真行啊你。那是个多封建的年代啊,好人家的姑娘能跟你私奔,那得下多大的决心呀,就冲这一点儿,你这辈子都应该好好地待人家。"

"这还用你说啊,她把命都交给了我,我把我的一切也都交给了她。"

"在这个极度保密的地方,咱们就是死在这儿了都没人知道。"

"咱们对得起自己的良心就行了,干吗非要让别人知道啊。"

"你说咱们这是图啥呀?"

"我们在朝鲜打仗的时候,吃亏就吃在他娘的武器不如人。唉,那么多年轻的战士白白地牺牲了,他们也都是父母养的呀,你说他们图的又是啥?现在,我们这么大的一个国家,目前只有这一个导弹试验基地,国家有那么多的人,只有我们这些人在发射试验导弹,你说党有多信任我们呀,就冲这一点,咱们遭多大的罪都值了。"

"塞翁失马,焉知非福,武器虽然重要……"

"不是虽然重要,是非常重要!特别重要!中国要富强,就必须有强大的军队来保护,军队没有先进的武器怎么能强大?你虽然有文化,可你骨子里就是个车夫,你没跟敌人面对面地打过仗,你不懂。这样跟你说吧,咱们国家要是永远在武器方面不如人,那在世界上就永远都抬不起头来。"

"好!你的那股硬劲儿没垮,还在。"

"哈哈,你把政治思想工作都做到我头上来了?你可真行啊你!哎,停车!

那儿有只黄羊，快把你的枪给我，快点呀！"

罗恩泽看了一眼黄羊说："我枪里没子弹了。"

"军人的枪里咋可能没有子弹呢？"潘大海夺过罗恩泽身上背的手枪，抬手"砰"的一声，不远处的那只黄羊应声倒下。罗恩泽把车停下对潘大海怒吼："潘大海，你也太残暴了！你还有没有点儿人性啊？你没看见那是只怀了孕的母羊啊？"

"她怀孕了就不是羊了吗？我才不管她怀孕不怀孕呢，她能让我们的战士填饱肚子那才是正事儿，别的我不管，也管不着。"

"你这是在杀鸡取卵！你这是丧尽天良！像你这样残暴下去，黄羊迟早会在咱们的手上绝迹，你这是在犯罪你知道吗？"

"你少他娘的在这儿给我扣大帽子，我犯罪？笑话！我问你，是黄羊重要还是我们的战士重要？你呀，你小资产阶级的臭毛病再不改，你早晚要犯错误，犯大错误。"

喜子把黄羊扛回来，罗恩泽下车帮忙，谁知刚下车就晕倒了。潘大海呼喊着罗恩泽的名字跳下汽车，他抱起罗恩泽问喜子这是怎么了。喜子说："罗技师着急找你，连晚饭都没顾上吃，又忙活了一夜……"潘大海用手打自己的头："我就是个浑蛋啊！"他和喜子把罗恩泽抬上汽车，流着眼泪给罗恩泽喂水，喃喃地说："对不起，对不起……"

罗恩泽苏醒了，潘大海从他的口袋里摸出一个窝窝头，让喜子掰开喂给他吃，自己泪流满面地开车。

潘大海回来后，立刻跑到中队去汇报情况，要求组织上给他处分。中队长瞪了他一眼，开门出去了。潘大海茫然地看着指导员，指导员说："你看我干什么，以后少给我们找点事儿就行了，快回去吧。"

开饭前，中队长在队伍前讲话："因为营养不良，有好些同志得了夜盲症，靶场专门给我们发射大队调配了一批黄豆，每人每月两斤。同志们，两斤就不少了，这批黄豆，靶场首长没有，别的部队也没有。这是靶场首长对我们发射官兵的特殊关怀，我们要在这个非常时期，把各项试验任务完成好，我们要对得起各级首长对我们的关怀，对得起这些来之不易的黄豆！"

官兵们排着队打饭，每人两个黑馒头、一个土豆、一小碗白菜汤，一个炊事员给大家分煮熟的黄豆，他盛一勺，晃成大半勺后把黄豆放进战士的碗里。喜子要打两份黄豆，炊事员说："每人只有一份。"喜子说："这份是马小柱的。"

炊事员给马小柱碗里的黄豆盛得多一点,给喜子盛时,勺子晃得狠了一点,喜子碗里的黄豆明显少了许多。

喜子端着马小柱和他的饭菜边走边嘟囔:"不公平,欺负人!"他把黄豆和饭菜交给马小柱,把自己的那份黄豆又给马小柱的碗里倒了一点儿。轮到潘大海打黄豆时,潘大海对炊事员说:"同志,你手里的勺子能不能不晃啊。"炊事员说:"不晃不够分啊。"

潘大海说:"你这样晃有时晃得多,有时晃得少,不公平,同志们会有意见的,要不你这样,你盛好黄豆后,用一根筷子在勺子上刮一下。"

炊事员试了试说:"这个办法好,谢谢潘分队长。"

潘大海把他的那份黄豆倒给了马小柱一半、喜子一半。他对马小柱说:"小柱,多吃点儿黄豆,你的眼睛就能看见了。"

金小妹抱着四岁的儿子小军在听七岁的儿子小兵读信:"小兵的来信我收到了,我在前边儿挺好的,你和孩子不用惦记我。潘大海。"

金小妹问儿子:"就这么几句话?"

小兵说:"嗯,就这么几句话。"

金小妹愣了一会儿说:"吃饭吧。"

小兵几口就喝完了自己碗里的稀面条,他问正在喂弟弟的妈妈:"还有面条吗?"

"有,在锅里,你自己去盛吧。"金小妹说。

小兵打开锅盖,锅里只剩下小半碗的稀面汤了,他看看妈妈,看看面汤,舔舔嘴巴,懂事地放下了碗筷。金小妹喂完小军,对小兵说:"妈出去一会儿,你带好弟弟。"

金小妹挎个篮子出去了,小兵哄小军坐在床上玩儿,一会儿,金小妹挎个篮子从外面进来,她从篮子里取出干草和干树叶在盆子里洗洗,放在锅里煮,小兵说:"妈,这能吃吗?"金小妹说:"能,妈小时候吃过。"

金小妹头晕得差一点摔倒,把小兵给吓坏了。金小妹吞吃煮好的树叶和干草,对儿子说:"别怕,妈没事儿。"小兵说:"妈,我爸在前边儿也吃草吗?"金小妹头一歪昏倒在地上,小兵哭着想拽妈妈起来,拽不动,他跑出去找人。

小兵叫来了两个身穿白大褂的军医叔叔,军医把金小妹抬到床上,给她打针,好一会儿,金小妹才醒了过来。医生问她:"你吃啥了?"小兵把煮过的干草树叶拿给军医叔叔看。一个军医说:"她这是饿的。"另一个军医说:"我去向教导员汇报,她家肯定是断粮了。"

小兵吓得直哭:"妈,你这是怎么了呀?我害怕!爸爸,你回来看看妈妈吧。"军医叔叔抱起了小兵,给他擦眼泪:"孩子,想爸爸了是吗?"

"想,我想让爸爸回来。"

门开了,出去的军医和教导员快步走了进来,教导员手里提了一小布口袋粮食。军医的手里提个大饭盒,他把饭盒里的稀饭倒进碗里,递给醒过来的金小妹,说:"嫂子,家里没粮了,你跟我们说一声呀。"

军医叔叔分别喂小兵和小军喝稀饭。小兵说:"叔叔,我爸在前边也能吃到这么好吃的稀饭吗?"

中队长在大会上讲话:"同志们,这个冬天不好过啊,大家吃不饱,肚子里没食就会格外冷啊!怎么办呢?《国际歌》告诉我们,从来就没有什么救世主,也不靠神仙皇帝。要创造人类的幸福,全靠我们自己。我们要学习南泥湾的精神,要自己养活自己。靶场号召大家行动起来,自己动手,兴建水库,种菜种粮,度过灾荒!从明天起,我们在保证试验任务的前提下,每个分队都抽出一些人员,参加靶场的水库修建和平田整地建设,食堂也要行动起来,到工地去捡草根芦苇根野蒜头什么,把能吃的能嚼的都给我捡回来。"

西北风呜呜地吹,潘大海带领大家刨地,挖树根,修整土地。有几个人学潘大海的样儿,脱掉了棉衣,只穿一件衬衫,汗水湿透了他们的衬衣,风一吹,冻成了冰,背一抖,咔嚓、咔嚓响。马小柱站在一旁为大家吹口琴。

斯小川使劲儿挖着树根,他手上的冻疮已红肿溃烂,孔文让喜子给斯小川上药。潘大海把自己的手套摘下来给斯小川戴上。喜子使劲儿地拽着树根,树根拽了出来,他却摔倒在地上,费了好大的劲儿才爬起来。

潘大海对大家说:"同志们,我知道你们都很饿,我也很饿。同志们,等我们平整好了土地,就可以播种了,到了秋天,我们就能吃上饱饭了。"

晚饭后,潘大海去工地修理小水渠,二分队的官兵默默跟在他的身后……

第六章 负伤休假 导弹爆炸

潘大海和战友们开荒平整土地，马小柱也在摸索着干活，潘大海看到他的前面有个大坑，跑过去拽住他，因跑得急，胳膊被刨起来的树根重重地刮了一下。潘大海的胳膊鲜血直流，把棉衣都给浸透了。

喜子跑过来训斥马小柱："你看你，净给我们捣乱！不让你来，你偏来。"

潘大海说："别怪他，是我自己不小心。"

马小柱哭了："潘分队长，对不起，我不是故意的，我看不见，我真的是看不见啊！老天啊！我也长着眼睛啊，可我为啥就看不见啊！"

潘大海咬着牙关说："你的眼睛会好的。"

马小柱哭着说："潘分队长，你伤到哪儿了呀？伤得重不重呀？我错了，我再也不给大家找麻烦了呀。"

孔文和喜子把潘大海送走了，罗恩泽对马小柱说："小柱，别哭了，你就坐在这儿，给大家吹口琴吧。"马小柱流着泪吹口琴。

晚上，金小妹等孩子们睡了洗衣服，门外有人敲门。她把门打开，门外的潘大海的胳膊挂在胸前，他冲她咧嘴傻笑，身子一歪晕倒在地上，她把他连拉带拽弄到床上，流着泪跑了出去。

金小妹带着一个男军医和一个男护士进来，军医背着药箱，护士扛着一副空担架，医生给潘大海检查胳膊，护士给他量体温。

医生对金小妹说："他在发高烧，他的伤口已经感染化脓，必须马上住院治疗。"金小妹说："在战争年代，他也是受伤了才不得不回家来，全国都解放了，他咋还这样啊？"护士说："听说那个前边儿特别艰苦，从前边儿带病回来休假的有好几个人了，我还听说有人在前边儿牺牲了呢。"

军医说:"嫂子,他没伤到骨头,住几天医院就会好的,我们把他抬走了。你就别跟着去了,家里还有孩子呢。"

第二天一大早,金小妹就去医院看潘大海。她放下用毛巾包裹着的饭盒,出去端了一盆水给潘大海洗脚。潘大海醒了,他茫然地环顾四周,不知自己身在何处。

金小妹说:"醒了?这是医院,你刚进家就晕过去了。你呀,你这是咋受的伤啊?还疼吗?"

潘大海说:"我干活时不小心碰伤的,早就不疼了。"

金小妹给潘大海洗脸洗手换衣服:"你咋伤成这样了才想起来回家呀?那个前边儿就没有医生吗?你没让医生给你好好看看啊?"

"看了,伤口都给缝上了,医生说没伤到骨头,我急着回家来看你们,可是这路上一走就是一个礼拜,没办法换药才弄成这样的。"

"你没伤的时候咋不回家来呀?我还不知道你?哎?你是咋回来的?"

"坐火车回来的。"

"坐火车咋还走了一个礼拜呀?你的前边儿到底在哪儿呀?算了,我问也是白问。要不是你干不了活儿了,不得不找个地儿眯着养伤了,你咋能想起来你还有这个家呀!"

"说真的,我在前边儿真想你们呀,我想你们的时候,我就拿出小兵给我写的信看。哎,这俩臭小子都还好吧?他们知道我回来了吗?"

"我没告诉他们你回来了,他们都上学去了。"

"小军这么小就上学了?"

"你不知道小军这孩子有多淘,一眨巴眼的工夫他就能给我惹点儿祸出来,气得我是哭笑不得啊。小军可不像小兵那么乖,他肯定是随你了,一点儿都不让人省心。我管不了他,就让学校去管他吧,有小兵带着他,我也放心。"

金小妹给潘大海清洗完毕,说:"吃饭吧,看我给你做啥好吃的了。"金小妹打开饭盒让潘大海看,潘大海惊呼:"哇,大米饭,干烧鱼,真香啊,我都好久没闻到这么香的味道了,有老婆真好。嗯,没在海边生活过的女人,是做不出这个味道来的。"

潘大海伤好后出院回家,金小妹对孩子们说:"你们快看看这是谁?"

小兵看潘大海,又去看挂在墙上的潘大海的照片。小军问:"叔叔,你是谁呀?"潘大海大笑:"小猴崽子,你不认识我了?小兵,好好看看我是谁?我是你们的爸爸呀。"

小兵问金小妹："妈,他真的是我爸吗？"

金小妹说："对,快叫爸呀。"

小兵怯声声地叫了声爸,潘大海抱着小兵亲吻,小军抱着妈妈的大腿好奇地看着他们。

潘大海放下小兵,对小军说："过来,让爸也亲亲你。"小军吓跑了。

金小妹在灯下纳鞋底子,小军和小兵躺在床上,潘大海坐在他们的床边儿看他们,怎么也看不够。小兵让他讲故事,小军说："我也想听故事。"

潘大海对小军说："你叫我爸,我就给你讲故事。"

小军说："我爸是解放军,你不是解放军,你不是我爸。"

金小妹说："傻孩子,他就是你爸。"

小军噘着小嘴看看金小妹,又看看潘大海,就是不吱声。金小妹把潘大海的军装拿过来给小军看,小军还是不吱声。潘大海把军装穿上,小军这才怯怯地叫了声爸,随后扑到潘大海怀里哭喊："爸,你为啥总不回家,你为啥总也不回家呀！"

金小妹流泪了,潘大海抱起小军,哈哈大笑地说："你这个只认衣服不认人的小猴崽子！孩子们,你们想听什么故事？"

小军脸上挂着泪珠,兴奋地高喊："我要听打仗的故事。"

小兵说："我想听前边儿的故事。"

金小妹抹着眼泪说："我也想听,你就说说你的前边儿吧。"

"那我就给你们说说啊。那个前边儿离咱们北京很远,那儿的太阳特别明亮,天空也特别蓝,天上的云彩特别干净,特别的漂亮。前面儿有山,可是山不高,山上不长树也不长草。前边儿有河,河面不算太宽,但河里有鱼,都是巴掌大的大头鱼。河的两岸边儿还有树,有草。草丛里有野兔、野鸡,还有小刺猬。前边儿有一种树,树的名字叫胡杨,等到秋天的时候啊,胡杨树的叶子全都变成了金黄色,太阳一照,金灿灿的,可好看了。胡杨树生长在河的两岸,像卫兵一样给大河站岗。那条大河在胡杨树的护卫下,静静地流淌,哗,哗……"

俩儿子都睡着了,金小妹对潘大海说："别看孩子们不敢认你,你不在家的时候他们可是天天都在念叨你。"

"我知道,我在前面儿想你,想孩子,特别想。"

"我也想你啊,这想人的滋味真是不好受呀……"

几天后的一个早晨,两个孩子睁开眼睛找爸爸,妈妈告诉他们："爸爸走了，回前边儿去了。"小军放声大哭："爸，你咋走了呀？我们好不容易才有了爸呀！"小兵哭着说："我要是不睡觉就好了，我就可以看着他，不让他走了，爸，你走咋也不跟我们说一声啊！"

妈妈和孩子们哭成了一团。

春天，官兵们在平整好的土地上耕种，几个人在前面拉犁，一个人在后面扶犁。扶犁的人没扶好跌倒了，前面拉犁的人们便全体摔倒，他们重整旗鼓，再次拉犁，再次跌倒。拉犁的潘大海从地上爬起来，过去拍了拍扶犁人的肩膀，示意他到前面去拉犁，自己扶犁。

潘大海清了清嗓子大声说："同志们，听我的口令，立正！稍息！齐步走！自力更生！丰衣足食！"拉犁的人跟着他有节奏地喊着号子，稳稳地朝前走去。

马小柱背着一大堆水壶，夏荣芳背着药箱，牵着马小柱的手来到田边。夏荣芳看着拉犁的场面笑着说："你们这个潘分队长呀真像个生产队长。"马小柱高喊："哎，水来了！快来喝水呀。"夏荣芳高喊："哎，药来了，有病有伤的到我这儿来取药啊！"

大田里的庄稼出苗了，绿油油的望不到边，喜子牵着马小柱的手来到地头："咱们种的麦子都长出来了，到了秋天，咱们就有大馒头吃了。"马小柱咽了口吐沫："有馒头吃了，我的眼睛就能看见了，真是太好了！"

几个月后，发射大队的领导在大会上说："同志们，咱们开垦的这片土地它是盐碱地，全靶场上万亩的麦田啊，却只收获了几千斤的小麦。不过咱们的蔬菜长势很好，明年，咱们再想办法，种麦子不行，咱们就种别的。情况总会好起来的。眼下的形势很严峻啊，部队马上就要断粮了，中央领导都知道了咱们的情况，为咱们导弹部队化斋，他说，咱们导弹部队，是全军的宝贝疙瘩，可是现在，这支部队没有粮食吃了，我们总不能让中国的导弹饿着肚子飞上天去吧。中央领导对各大军区的首长们说，我希望你们要像关心自己的亲兄弟一样，紧一紧自己的裤腰带，一定想办法支持他们一下。军内外不少领导都在为咱们部队吃饭的问题四处奔忙，他们为咱们基地筹集了一批粮食，可是，这批粮食一到清水就被当地的老百姓给抢了，这些粮食都是兄弟部队从牙缝里抠出来的，是咱们的救命粮啊。可是老百姓也饿呀，当他们听说这是部队的救命粮时，大部分老百姓都把抢到手的粮食又给送了回来。同志们，老百姓是我们的衣食父母啊，我们总不能眼睁睁地看着他们饿死，所以基地首长下令，把那批粮食的分给老百姓一部分。老百姓接到粮食时，都给我们的官兵跪下了……"他哽咽地说不下去了。

政委站起来说："这批粮食到了基地，炊事员打开粮袋，发现里面有一卷一卷的纸条和一张张的粮票，粮票有一两二两的，半斤一斤的，纸条上写的是捐献者的名字，我拿来了其中的一张小纸条，我读给大家听听：火箭部队的叔叔阿姨们，我是武汉八一小学三年级的小学生，我听爸爸妈妈说，你们已经没有粮食吃了，我很难过。我没有钱，我从午餐里节省下来了二两粮票送给你们，请收下我的一点心意。一个热爱你们的小朋友。"政委流着泪把纸条让大家传看，与会人员个个都激动得热泪盈眶。

大队长说："同志们，我们这是从孩子的嘴里抢食儿吃啊！不错，我们是遇到了困难，遇到了很大的困难，全国人民和兄弟部队就跟这个孩子一样，把他们从牙缝里抠出来的粮食送给了我们，我们一定要记住，我们吃的是百家饭，这些粮食里有全国人民对我们的希望，这些粮食我们可不能白吃啊！"

开饭了，二分队食堂的餐桌上摆放着大米饭和红烧肉，官兵们端坐在饭桌前，静候开饭的命令。中队长陪着几位靶场的领导走进食堂，值班干部发出口令："起立！"全体就餐人员唰地站了起来，潘大海跑步来到领导们面前报告："报告首长同志，发射中队二分队正在准备用餐，请首长同志和我们一起用餐！"

全场响起了热烈的掌声，首长示意大家都坐下。

首长笑着说："我们是来看你们吃饭的，你们吃的饭是中央首长向海军和几个大军区募捐来的。同志们，这是全军将士对咱们的一片心意呀，是军委领导对我们的关怀。聂帅还特意打电话给我，说这些好吃的都是给试验一线人员准备的，你们是一线技术部队，是聂帅的宝贝啊，你们应该吃，我们不能吃。"

潘大海再次发出邀请："请首长和我们一块儿吃饭。"官兵们站起来齐声说："请首长和我们一块儿吃饭。"

首长说："谢谢同志们，这些粮食靶场领导一两都没有，大队领导也是一两也没有。我向首长保证过，要是哪位领导吃了一两，查出来立刻开除他的党籍。同志们，你们吃吧，希望你们吃出好的身体，吃出新的干劲，吃出战胜困难的勇气，吃出完成发射任务的信心来！"

官兵们感动得流出了眼泪，有人竟哭出了声儿。潘大海哽咽着说："感谢首长关怀，坚决完成任务！"官兵们齐声说："感谢首长关怀，坚决完成任务！"

领导们走后，潘大海说："同志们，放在大家面前的这些大米饭和红烧肉香不香啊？"官兵们大声说："香！"

"香，实在是太香了呀！咱们多久没吃过白米饭了？多久没吃过红烧肉了？可能连咱们自己都记不清了，可是首长记得，中央的领导记得！为了能让咱们吃上这些久违的好饭好菜，费了多大的心思啊。同志们，在这个特殊的时期，就连毛主席都不吃肉了，可是咱们还有肉吃，这是为什么？"

全体官兵呼喊："坚决完成发射任务！"

潘大海发出命令："坐下！"全体官兵唰的一声全体落座。"吃饭！"大家开始吃饭。潘大海把碗端起来又放下，对喜子说："把我的那份儿饭装进饭盒，我待会儿再吃。"罗恩泽小声问他："你不好好吃饭，搞什么名堂？"潘大海回答："谁说我不好好吃饭了？我要慢慢地吃，细细地品。像你们这样狼吞虎咽的，能吃出啥滋味来啊？"

罗恩泽疑惑了："一个大老粗，平时吃饭都跟打仗似的，这会儿要细细地品，我没听错吧？"

喜子把饭盒交给潘大海，潘大海对他说："请你把它送到罗技师的住处去。"

"那你吃啥？"

"执行命令。"

"是！"

夏荣芳饭后回到家刚坐下，喜子进来把饭盒交给她，告诉她这是潘分队长专门给她留的。喜子放下饭盒就走了。夏荣芳打开饭盒看到大米饭和红烧肉时惊呆了，她捏了一块肉放进嘴里，久违的肉香迅速传遍了她全身的每一处细胞和每一根神经，她微闭双目细细咀嚼，眼前却浮现出了女儿的泪脸，她的心抽搐了。

罗恩泽进家从夏荣芳手里夺过饭盒一阵风似的跑了出去。罗恩泽是很会疼老婆的上海男人，他对妻子的无微不至早就成了他们家庭生活的常态，可眼下的罗恩泽抢走了老婆手中的美味。夏荣芳悄悄地跟在罗恩泽的身后，想知道这是为什么。

此时的潘大海正坐在办公桌前发呆，罗恩泽进来对他说："你不是说你要把饭带回去细细地品吗？这盒饭为什么跑到我家去了？"

"这么好的饭菜,毛主席不吃,聂帅不吃,靶场的首长们也不吃,我潘大海有什么资格吃啊?"

"聂帅亲自给我们送来了救命军粮,这对我们来说,既是动力也是压力。不管是动力还是压力,比政治思想工作更有说服力,这个机会你可不能错过。"

"我就是在思考这个问题,你有啥好的想法吗?"

罗恩泽把盒饭塞到潘大海的手里:"你的好意我心领了,你这么做让我情何以堪?"

"多大点事儿呀,还情何以堪了?你啥时候也学会胡搅蛮缠了?"

"近朱者赤,近墨者黑,我整天跟你这个爱胡搅蛮缠的人搅在一起,我能不好好学习天天向上吗?"

"你们家有孩子。"

"孩子早就让夏荣芳给送回老家去了。"

"小夏医生很辛苦,应该好好补补。"

"她是我的老婆,不用你瞎操心。"

夏荣芳跟着罗恩泽来到了潘大海的办公室门外,她趴在窗户上,只看见他们俩的嘴巴在动,却听不见说什么。她看到罗恩泽把饭盒塞到潘大海的手中,看到潘大海狼吞虎咽地吃着这盒饭。她满腹狐疑地怅然离去。

夜深人静,罗恩泽蹑手蹑脚地回到家上床休息,夏荣芳问他那盒饭是怎么回事。罗恩泽笑着说:"我向你汇报,今天我们分队改善伙食,我很想把我那份儿留给你吃,可我又怕让战士们看见了影响不好,那盒饭是……"

夏荣芳打断了他的话说:"那盒饭是潘分队长特意给我留的,你凭啥从我的手里抢过去再给他送去呀?"

"你跟踪我?你啥时候改行当侦察兵了?"

"你用我的那盒饭去拍他的马屁,你给他塞饭盒时卑躬屈膝的样儿,我看着特别的恶心!"

"我拍马屁?我卑躬屈膝?我和他是同级,有那个必要吗?荣芳,事情不是你想的那样儿,那盒饭的确是潘大海留给你的,你听我慢慢说……"

罗恩泽用被子拥着夏荣芳说:"你知道他说什么吗?他说,毛主席都不吃肉了,我凭什么吃肉哇?哼,他也不看看他自己是谁。"

"原来是这样啊,你要是能早点告诉我就好了,那大米饭和红烧肉实在是太香了,唉,刚勾出我的馋虫来,就让你给抢走了,真讨厌。"

"对不起,你跟着我受苦了。"

"我声明啊,我是跟着党,不是跟着你。恩泽,我吃肉的时候,脑子里全都是梦月,我每天晚上做梦都能梦到她,恩泽,我想孩子了。"

"我也想……"

罗恩泽说着说着睡着了,夏荣芳给他盖好被子,自己也躺下睡了。

中队长在办公室看文件,潘大海在门外喊报告,中队长问:"是潘大海吗?快进来!"潘大海进来。中队长说:"潘大海,你的报告写得很好,里面这几句话我特别的赞同。打仗的时候,作风是战斗力,导弹试验的时候,作风仍然是战斗力!对待导弹试验的每项工作,我们都应该拿出打仗的精明与气魄,那些不利于我们打胜仗的因素,统统都是我们的敌人。好哇!说得好哇。"

"我只是说出了我个人的一点想法。"

"这个想法很好!你知道吗?现在到处都在刮浮夸风。他们把牛都快吹到天上去了,说什么'人有多大胆,地有多大产'。"

"这地能产多少粮食跟胆量有啥关系啊?怪不得我听到靶场也有人在传'只要有胆量,导弹飞上天'。原来是从这儿来的啊。"

"是呀,靶场试验最怕的就是这种吊儿郎当的游击习气,最怕这些说大话、弄虚作假的作风,最怕不按勤务指南操作,不懂装懂不按科学规律办事的操作人员。好作风都是从小事儿一点一滴养成的。'东风二号'导弹已经进场了,这颗导弹是咱们自己设计和独立研制的第一枚中近程导弹,射程有一千二百公里至一千五百公里,比'东风一号'导弹的射程增加了很多。这次的任务可不同上次啊。"

"只要导弹本身的质量没问题,咱们就一定能完成发射任务。"

"对,我们要全力以赴,拿出你的打仗作风,认真细致地完成好这次任务。你的这个报告经中队研究决定,先发到各分队去,听听大家的反应,然后再整理上报给发射大队。"

潘大海和罗恩泽在办公室争吵得面红耳赤。罗恩泽用甜腻腻的上海话慢条斯理地说:"试验本身就有成功和失败两种可能,失败是成功之母嘛。"

潘大海急赤白脸地说:"我们这是在打仗,打赢了,是军人的本分,输了,我们就是人民的罪人,所以,我们必须得赢!"

"这是试验,试验跟打仗不是一回事儿。"

"就是一回事儿!"

"你这个生产队长,就是一根筋,我跟你说不明白!"

"我再说一遍,我是发射中队的分队长,不是生产队长。"

马小柱在门外喊报告,潘大海让他进来,问他有什么事儿。马小柱说:"咱们又要发射导弹了,我请求你们同意让我站在离发射场最近的地方,我的眼睛虽然看不见了,可是我的耳朵还听得见,你们就让我再听听这次发射的声音吧,听完这次发射,我的心就踏实了,就再也不会影响你们的工作了。"

潘大海当场拍板:"没问题!"

一九六二年三月二十一日,我国自行研制的DF-2导弹加注完毕。发射场上,初升的太阳照在大地上,也照在昂首屹立的导弹的身上,潘大海带领着加注人员跑步离开了发射场。他们来到距离发射场两公里处的转运间,喜子牵着马小柱的手站在转运间门外等候。

三发红色信号弹从三号发射场上空升起,大家看着天上的红色信号弹,神色庄严,潘大海看着手表大声宣布:"五分钟准备!"

三发绿色信号弹从三号发射场上空升起,潘大海大声说:"一分钟准备!"

所有人的眼睛都紧紧盯着前方。突然,只见呼地一闪,导弹尾部喷出一股火光,火光越来越大,接着,传来震耳欲聋的声音,大地震动了!

喜子惊呼:"小柱,咱们的导弹飞起来了!"马小柱全神贯注地聆听:"喜子,我听到了!声音好大,好有劲儿!喜子,它飞得漂亮吗?"喜子说:"漂亮,它飞得太漂亮了!"

导弹离开了发射台,拖着一条长长的火龙,直刺苍穹。站在转运间门口的所有人都张大嘴巴,睁大眼睛盯着天空中飞翔的导弹,火箭拐弯了,斯小川说:"转弯了!成功了,我们成功了!"所有人都大声说:"浪跟滴!"

罗恩泽看了一下自己的手表,指针指向九时零五分。突然,导弹尾部吐出一团火光,随后导弹开始左右摆动。罗恩泽大叫:"不好,姿态失稳!"导弹在五百米的上空轰然爆炸,随着一团浓烟向四面八方扩散,导弹解体为两大块和无数的小块,七零八落地四散开来,不一会儿,两大块残骸先后坠地,大片火光再次冲天而起,巨大的烟尘笼罩着发射场的上空。

随着导弹残骸坠地的一声巨响,转运间的一扇窗户哐当一声掉了下来,众人在哗啦啦的玻璃破碎声中目瞪口呆。潘大海紧咬牙关,有人哇的一声哭了。

喜子悲痛万分地对小柱说:"咱们的发射失败了。"

马小柱惊恐万状:"啊?这怎么可能啊!"

几位首长从敖包山指挥所里跑了出来,他们钻进吉普车,后边又有几位领导跑了出来,他们登上汽车跟着首长的吉普车直奔导弹坠毁现场。

潘大海在路上狂奔,他的身后紧跟着罗恩泽、孔文、斯小川,喜子拉着马小柱的手,马小柱摔倒了,喜子把他拽起来继续奔跑。参试的官兵们都流着泪向导弹坠毁的现场奔跑。

坠毁现场弥漫的烟尘还没有完全散去,大深坑里躺着摔成两段的导弹残骸,酒精贮箱摔瘪了,液氧贮箱被炸成了四瓣,坑里横七竖八地躺着黑色、黄色、蓝色、灰色的仪器和零部件,它们大都是缺胳膊断腿、开膛破肚,有的还冒着火苗。坑的四周,散落着三三两两的弹壳和电缆气管等导弹残骸。

发射首长痛苦地捂着胸口发布命令:"通知发射试验大队,立刻警戒现场,任何人不得靠近。通知电影制片室,拍摄坠毁现场。报告国防科委,中近程地地导弹首飞试验失败。"

随着几声"是"的应答,有关领导领命跑步离开。有位领导说:"咱们没有做失败后如何处置的准备工作,没有警戒人员,怎么警戒?"

潘大海说:"我建议,把你们为了欢庆胜利组织的锣鼓队调过来。"

首长同意,那位领导领命跑步离去。潘大海向大家呼吁:"来吧,同志们,让我们拉起手,保护现场。"

他和战友们拉起手,其他在场的人员也都加入了进来,大家手拉着手,组成了半道警戒人墙,一会儿,身上系着红绸带的锣鼓队的人员跑步赶到了,大家手拉手,把大坑给团团围住了。

一位女军人在圈外仔细寻找导弹残骸,不顾一切往警戒线内冲,她哭喊着:"这怎么可能啊?"

她冲过了警戒线。首长大喊:"不准放人进来!"潘大海一个箭步冲过去,拽住了那个女军人,把她扛在肩上,任凭她怎么哭闹、拍打,硬是将她扛出了警戒线以外。他把她轻轻放在地上,对她说:"你给我在这儿老实待着,再敢乱闯,我就对你不客气了!"

潘大海回到警戒线继续警戒,女军人坐在地上放声大哭。

第七章　痛定思痛　家属随军

潘大海痛苦地站在导弹坠毁的大坑前。坑里的导弹残骸已经被全部拉走，被炸出来的弹坑和掀起的沙土在夕阳的照耀下，闪着光怪陆离的光芒。

罗恩泽悄然走到潘大海身旁："我跟你说个好消息，全军规定团以上的干部家属才可以随军，靶场首长已经向总政申请靶场放宽到营以下干部，如果上面同意，你现在就可以把嫂子接过来随军了。"

"嗯。"

"最近中央下发了'科学工作十四条'，第一条说的是出成果，出人才。第二、三、四、五、六条说的是要实事求是，要有三严作风。"

"嗯。"

"你在想什么？"

"你说，一发导弹值多少钱？"

"我也不清楚，听说可能够一个县的人吃半年了吧。"

"那是多少粮食啊？咱们这是在犯罪呀！"

"试验允许成功，也必须允许失败，再说了，导弹发射成功不全是我们靶场的功劳，发射失败也不应该全是我们靶场的责任。"

"你怎么说得这么轻巧？有多少人为这次导弹发射失败在流泪你知道吗？一个多月以来，有多少人为它不分昼夜地测试、操劳，有多少人为它睡不着、吃不下，有多少人为它付出了多少心血你不是不知道哇？这么多人的付出，难道就是为了眼睁睁地看着它掉下来摔成碎片吗？"

"导弹为什么会掉下来？因为它有问题。我们为什么没有测试出它的问题？因为我们没有这个本事！分析故障时，咱们的技术干部大眼瞪小眼，没有谁能说出真知灼见来，为什么？因为我们对导弹技术还不够精通，我们现在需要的不是眼泪,是学习!咱们要相信科学!"

潘大海擦干了眼泪说:"你说得对,要相信科学!人,归根到底还是人!"

"首长说,目前靶场在发现人才、培养人才和保留人才的各个环节上都有问题。"

"科学试验离不开你们这些有文化的人啊。"

"导弹试验是万众一杆枪的事业,少了谁都不行。"

他们并肩往回走。潘大海坐在吉普车的驾驶位置上,罗恩泽说:"这几天你也累得够呛,还是我来开吧。"

潘大海说:"我开,以后我的职责就是要为你们知识分子服务,为科学技术工作服务,罗技师,您坐好了吗?"

潘大海和罗恩泽回到办公室继续讨论,罗恩泽说:"我又认真地回顾了一下,咱们的操作没问题。"

潘大海皱着眉头说:"那问题会出在哪儿呢?"

孔文匆匆进来说:"有人说,这次导弹爆炸,是咱们基地造成的,是发射前操作失误引起的。"

潘大海问:"有证据吗?"

孔文说:"导弹是在发射场爆炸的,这还需要证据吗?"

罗恩泽生气地吼叫:"胡说八道!在发射场爆炸的就是发射场的问题吗?"

孔文神秘兮兮地说:"那谁知道啊,我还听说啊,现在靶场正在追查这次事故的责任人呢,说是要一个个地查,还要一查到底!只要是被查出来的人,不管是谁,轻者判刑,重者杀头。"

夏荣芳来到二分队办公室的门前,孔文说的这番话恰好让她听到,她傻傻地站在门外,喜子牵着马小柱的手走过来跟她打招呼,她都没听见。

潘大海对孔文说:"孔副分队长,请你不要到处散布这些小道消息好不好?"

喜子在门外喊报告,他牵着马小柱的手进来告诉罗恩泽:"夏医生刚才站在门口,她好像心里有事儿,我跟她打招呼她都没听见。"

孔文说:"这个时候,谁的心里能没事儿啊!"

潘大海让罗恩泽回去看看,罗恩泽说:"荣芳听刚从上海探家回来的一个同志说,我们的女儿每天都跟着她的表姐在大街上卖冰棒,大冬天的,把孩子冻得大鼻涕流好长,她心疼孩子哭了一晚上。"潘大海说:"那你们就回家去看看孩子呗。"罗恩泽说："这个时候休假，根本就不可能。"

潘大海问马小柱有什么事儿，马小柱说他请喜子帮忙写了一份申请复员的报告，想请分队长给看看。

潘大海没接报告，和蔼地对他说："小柱啊，你真的想要离开部队吗？就你现在这样，你能去哪儿？你能干啥？"马小柱说："部队就是我的家，但我不能让部队养活我一辈子。我不能拖累我的家呀。"潘大海说："我不让你复员，我不同意你离开部队！"罗恩泽说："我也不同意。"马小柱流着泪说："谢谢潘分队长，谢谢各位领导！"

马小柱拿着他的报告摸索着往外走，喜子要去扶他，他对喜子说："好喜子，谢谢你了，你不能永远当我的眼睛，以后就靠我自己了。"马小柱甩开喜子的手，自己摸索着走了出去。

夜深人静，夏荣芳梦到罗恩泽被人给抓起来了，还给他带上了手铐和脚镣，押上了警车，警车鸣叫着开走了，她哭喊着追赶警车："恩泽！恩泽呀！"

罗恩泽被她喊醒，他喊她的名字。她醒了，哭泣着抱住了他。罗恩泽以为她想女儿了，提出让她休假去看孩子，他这段时间得分析导弹爆炸的原因，实在是走不开。夏荣芳说："刚才我做梦，梦到你被他们戴上手铐和脚镣给带走了，还说要枪毙你。"

罗恩泽说："那是梦，不是真的，别怕，我又没做什么坏事儿，他们凭什么要枪毙我呀？"

"干你们这一行也太难了呀，谁不想发射成功呀？可是谁敢说自己永远都不出一丁点儿差错呢？恩泽，我怕，我好怕呀。"

"我没出差错，我真的没事儿，别怕，放心睡吧。"

罗恩泽很快就睡着了，夏荣芳不敢再睡，她生怕那个可怕的噩梦再卷土重来，索性坐在丈夫的身边守着他。

几天后，喜子向潘大海汇报，说马小柱走了，啥时候走的他也不知道。潘大海、孔文、罗恩泽、斯小川跟着喜子匆匆来到了马小柱的住处。马小柱的床位空了，潘大海在地铺空位的草丛里发现了一封信，他把信打开，信上的字写得歪歪扭扭，他匆匆看了几眼，难过地把信交给了孔文。

孔文读信："亲爱的潘分队长，亲爱的战友们，当你们看到这封信的时候，我已经离开你们了。我瞎了，不能再为部队做事了，我不想成为部队的负担和麻烦,不想影响你们的工作。我走了,请你们放心,我会照顾好自己的。马小柱。"

罗恩泽瞪大了眼睛:"他就这么走了?"孔文说:"他没向组织提出任何要求,就这么走了。要不是他一再坚持,大队也不会同意让他复员。"

潘大海痛心地说:"他本来是想亲耳听听导弹发射成功的声音的,可是……小柱!我对不起你!我对不起你呀!"他哽咽得说不下去了,喜子哭着说:"都怪我,我怎么就没看住他呀!"罗恩泽说:"这个马小柱呀,有我们一口吃的,就有你一口吃的,你为啥非走不可呀!"潘大海说:"不行!他一个瞎子,没人照顾,怎么生活?他可是我们的兄弟呀,他的眼睛到这儿来的时候还是好好的,要不是因为……他怎么可能会瞎!我一定要把他给找回来,请你们帮帮我,帮我打听他到底去了哪里。他不愿意给组织上添麻烦,那就让我来养活他,我要养活他一辈子!"

斯小川、罗恩泽、喜子、孔文齐声说:"浪跟滴!"

会场上坐满了中队的各级领导和技师。中队长说:"这些天,因为'东风二号'导弹的发射失败,引发了一些传言,这些传言让我们大家吃不下饭,睡不好觉。大家都希望能尽快地找出发射失败的真正原因,其实是谁的责任并不重要,重要的是只有找出原因,才能确保下次发射成功。通过这些天分析原因,查找故障,经过多方专家讨论鉴定,结论出来了,失败的原因是导弹本身的质量问题。"

与会人员议论纷纷。

罗恩泽说:"这次发射失败的原因虽然不在发射场,但我们发射场也暴露出了一些问题。每当研制方给我们提出技术问题时,我们靶场没有人敢出来说话。研制单位说啥我们只能是听啥,这还是国家的靶场吗?"

中队长说:"罗技师说得对,'夫争天下者,必先争人'。人不行,哪儿还有什么话语权啊?这次导弹坠毁,一声巨响,把我们这些搞发射的人都给炸醒了,我们不能再甘当什么土包子了,我们必须要学习,必须要培养我们自己的靶场专家!"

中队长喊了一嗓子:"潘大海!"潘大海站起来答到。中队长问:"听说你们分队给新来的大学生的宿舍都换上了大灯泡了?"潘大海说:"是!"

中队长说:"大家别看这个小小的灯泡,这说明他们在为科技工作者服务方面用心了!为科技工作者服务,就是要落实到点点滴滴的日常工作和生活中去。希望其他分队向他们学习，真正做到为科学技术工作服务。"

中队长示意潘大海坐下。潘大海却仍然站着，中队长问潘大海："你有话说？"潘大海说："我有个想法，不知道当说不当说。"中队长说："你说吧。"

潘大海说："为了不让参与发射任务的人员受到任何的干扰，在任务期间收到的个人信件和电报，应由中队专人拆阅，由组织上酌情处理，我不知道这样做是否行得通。"

中队长说："这当然行得通了！谢谢你帮我们打开了思路。"

中队政委说："这本来是我们应该想到的问题，却让你这个愣小子给抢先了。最近，发射大队提出了一个口号'为科学技术工作服务，为科技工作者服务'，潘分队长在这方面给我们做出了表率，我们要向他学习啊！"

一九六三年夏，二分队的食堂正在开饭，官兵们喝着黄澄澄的玉米面糊，手里拿着大个的窝窝头，三个大菜盆里堆满了白菜萝卜做的菜肴，潘大海乐呵呵地对大家说："同志们辛苦了，请大家吃饱吃好，吃好吃饱！"

北京左家庄留守处的大院门口有棵大柳树，几个院外的女人坐在树下纳鞋底子，孩子们放学后三三两两往大院儿里走去，小兵和小军背着书包走在最后面。

小哥俩经过大树旁，听到那些女人们在闲聊天。有人说："这个大院里只有女人跟孩子，男人都去哪儿了？难道这些孩子的爸爸都死了吗？"也有人说："可能这个院里住的都是军烈属吧？"

小军生气地对她们嚷道："你们才是军烈属，你们的爸爸才都死了呢！"

小兵也不高兴了："我们的爸爸在前边儿打仗呢。"

那个女人说："孩子，对不起。我们没事儿在这儿闲聊，没旁的意思。"

小兵说："阿姨，我弟弟小，不懂事儿，对不起啊。"

小军噘着小嘴说："对不起……个屁！"

潘大海背着挂包悄悄来到小军的身后，猛地一下把小军给举了起来。小军高喊："哥，救命啊！有敌人！"哥哥跑过来救弟弟，潘大海举着小军对小兵挤眉弄眼："潘志兵同学，你又不认识我了吗？"

潘志兵看了潘大海一眼，激动地大喊大叫："爸，你回来啦？小军，他不是敌人，他是咱爸呀！阿姨，你们快看啊，我爸在前边儿打完胜仗回来了！"

潘志兵欢呼着向院里跑去："我爸回来了，我爸在前边儿打胜仗了，我爸回来了！"

小军搂住潘大海的脖子放声大哭："爸！那些阿姨说你死了，爸，你不许死，我不让你死！"

潘大海笑呵呵地说："爸怎么可能会死呢？放心吧，爸永远都不会死的。"潘大海笑着给那些女人们挥手，那些女人们也都笑着向潘大海挥手，她们的眼睛里都涌出了点点的泪花。

金小妹把一个小孩子绑在背上在切菜，忽听小兵的叫喊："妈，我爸回来了！"金小妹一惊，菜刀割破了手指。她转过身来，看到潘大海笑呵呵地抱着小军站在她的面前。她颤声问："你哪儿又受伤了？伤得重不重啊？"潘大海放下小军，掏出手帕给她包流血的手指："你呀，真笨，切个菜能把手给切了，我没事儿。"

"你真的没事儿？"

"我真的没事！我这不是好好的吗。"

她一边捶打他，一边哭着说："你没事儿回家来咋不提前跟我们说一声啊！你每次冷不丁回家不是伤就是病的，你哪回是囫囵个回来的呀？你知不知道我们娘几个为你担了多大的心啊，你个没心没肺的东西！你一走就是一年半载，我和孩子们心里有多惦记你，你知道吗？"

她背上的小孩子吓得哇哇大哭，他任凭她的捶打，笑呵呵地哄着她背上的孩子："哎？你是谁呀？哦，我知道了，你就是我的宝贝闺女，你的名字还是我起的，你是潘戈对吧？你有半岁了吧？哦，乖女儿，咱不哭啊，咱俩先认识一下好不好？我是你爸爸，你出生的时候我不在家，咱爷俩儿这是头一回见面……"

小兵和小军见妈妈打爸爸，急得直嚷："妈，你别打我爸，不许你打我爸。"

潘大海说："让你妈打吧，老婆，我愿意让你打。你打我，你自己就别哭了呀，你看你，把我闺女给吓着了。"

"你呀你呀，你还愿意让我打你，你是不是在前边儿待傻了呀？"

"呵呵，我没傻，是你想我想疯了。"

金小妹破涕为笑："你才疯了呢！"

晚上，三个孩子全睡了，她给他擦洗身子，她轻轻抚摸着他身上的每一块伤痕。他说："我没骗你，还就是那几块。"她说："看你身上脏的，多久没洗澡了？"他说："我现在干净多了，我们刚到前边儿的时候，喝的水都少得可怜，哪还有洗澡的水呀，干活一出汗，我们身上就都和泥了，休息的时候，我们就在身上干搓，一把下去就能搓下一个大泥球来，有时连虱子带泥球一把抓，可过瘾了。"

"你们能吃饱吗？"

"以前吃不饱，现在我们自己种粮食，自己放羊，养猪，养鸡，吃饱饭没问题。"

小兵爬起来问："爸，你们在前边儿不是打仗吗？咋还种地呀？"

"你咋还没睡呀？"

"爸，你还走吗？"

"过几天就走。"

小军忽地从床上坐起来大哭："我们不让你走，爸，你别走！你别走行不行啊？"

潘大海说："前边儿有好多的工作在等着爸爸呢，爸爸不走不行啊，爸爸这次想把你们全都给带到前边儿去，你们说好不好哇？"

小兵和小军欢呼雀跃："哦，哦，我们要到爸的前边儿去了，我们再也不和爸分开了。"

她问："听说你们前边儿还有女军人？"

"有，怎么了？"

"女人和男人一样在前边儿吃苦受罪，真不容易。"

"呵呵，我还以为你在想，前边儿的女人会不会把你丈夫给拐走呢。"

"你是军人，你要是犯法了有军纪管着，犯错了有党教育，不用我瞎操心。"

"你想不想跟我去前边儿？"

小兵和小军抢着说："我想去前边儿，妈，我愿意跟爸去前边儿，我想和爸在一起。"

他乐了："这才是我的好儿子嘛，老婆，咱们家去不去前边儿你说了算，你可要想好了，别到了前边儿你再后悔，世上可是没有卖后悔药的哟。"

"你为啥那么喜欢那个前边儿？"

"因为前边儿是党和毛主席最关心的地方。"

"你真的希望我们把家都搬到前边儿去吗？"

"我当然希望你们去了，什么是家？老婆孩子才是家呀，你们去前边儿了，我在前边儿就有家了,我不怕吃苦,可我怕想家。"

"你让我好好想想。"

第二天,她买菜的时候正好跟大院里的张嫂走了个照面,张嫂说她的男人也刚从前边儿回来,她们准备把家搬到前边儿去了,她还说:"听说前边儿有个漂亮的女军官看上你家男人了,你也快点搬到前边儿去守着他吧。"

她买菜回来,他帮她择菜。她想问他那个女军官的事儿,话到了嘴边,却变了样:"孩子们都想跟你去前边儿,那就去吧。"

他说:"你真的想好了?以后不后悔?"

她说:"嫁鸡随鸡,嫁狗随狗,你只要别把心思用在旁的女人身上,我这辈子就跟定你了,跟你吃多少苦,受多少罪,我都认了。"

他说:"你的心就是我的心,我的命就是你的命,你我就是一个人,这辈子永远都分不开了。"

几天后,潘大海把借部队的家具交还给了留守处,全家人背着不多的行李登上了西去的火车。小兵和小军趴在车窗前兴奋地看风景,小军惊奇火车比汽车跑得快,小兵惊叹高楼的高大和雄伟。

金小妹对潘大海说:"小兵得奖的那篇作文,写的就是盖大楼,他说他将来要盖全世界最高的大楼。老师还跟我夸他有志气呢。"

她把大饼掰开分别塞到两个儿子的手里,对他们说:"你爸说火车要走好几天呢,有你们看够的时候。"两个孩子一边啃饼子一边贪婪地盯着外面的景色。正如她所说,火车咣哩咣当地走了几天几夜以后,小哥俩对火车的热情渐渐淡了下去。

兰州火车站到了,一家人提着大包小包跟着下车的旅客往车站外走去,他们来到了站前的一家小饭馆,爸爸问儿子想吃点什么,儿子懂事地看妈妈。妈妈说:"咱们带的饼子还有呢,就要几碗汤吧。"

小兵看到小黑板上写着"洋芋丝,三分钱一盘",他想吃,又不好意思直接要,就问爸爸:"爸,洋芋丝好吃吗?"

潘大海说:"咱们要一盘尝尝就知道了。"

潘大海要了一盘洋芋丝和四碗面汤。过了一会儿,一个小姑娘把洋芋丝端到他们的桌子上,小兵说:"错了,我们要的是洋芋丝,不是土豆丝。"小姑娘说:"这就是洋芋丝。"旁边的人对他们说:"没错,这儿的人管土豆叫洋芋,洋芋丝也就是土豆丝。"

吃完饭，一家人再次登上火车，火车继续咣哩咣当地向西开，越走越荒凉。小兵和小军继续盯着车窗外，盯着盯着睡着了。金小妹叹了口气，对潘大海说："你的前边儿怎么这么远啊！"

第二天下午，列车停在清水小火车站，潘大海带领着一家人疲惫地走下火车。走出火车站，映入金小妹和孩子们眼帘的是荒凉和贫瘠，一座大山近在咫尺，山尖上堆着皑皑的积雪，好像是大山戴上了白帽子。

他们在弯曲的田埂上走着，身后跟来了一家三口，这家人的女儿跟小军的年纪差不多大。她看到小兵和小军的衣裳破旧肮脏，有些好奇："喂，你们是逃荒的吗？"小军不乐意了："你才是逃荒的呢，我看你像是要饭的。"

小姑娘问："你们这是去哪儿呀？"

小军反问："你们这是去哪儿呀？"

"我们去爸爸的'里边儿'，你们呢？"

"我们去爸爸的'前边儿'。"

"'前边儿'在哪儿呀？"

"'里边儿'在哪儿呀？"

"想知道'里边儿'在哪儿吗？对不起，保密。"

"想知道'前边儿'在哪儿吗？对不起，也保密。"

走过那条田间小路，前面的路宽了一些，潘大海和金小妹站住等孩子们，小姑娘的爸爸妈妈追上他们高兴地喊着："潘分队长！原来是你们一家子啊！"

罗恩泽和夏荣芳回家接孩子回来，没想到他们两家人能在清水相遇，相逢的兴奋立刻冲淡了旅途的疲劳。他们相互介绍、问候，小兵、小军、罗梦月三个孩子很快就成了好朋友。

大家继续向前走，金小妹关心夏荣芳肚子里的孩子几个月了，夏荣芳寻问潘戈有多大了，正说得热闹，一个年轻人从后面追上来冲孩子们做鬼脸："小朋友们，你们刚才说的'里边儿'和'前边儿'是哪儿呀？"

小军对小兵说："哥，他戴眼镜，还瞎打听，不像是好人。"

罗梦月说："对，咱们要提高警惕，保守秘密。"

孩子们都不理他，他来到金小妹的身旁说："大嫂，我来帮你抱孩子吧。"小兵赶紧挡在妈妈的前面，不许他抱妹妹。他笑着把夏荣芳肩上的大包袱背在了自己身上。

大家来到清水招待所，潘大海一家子走进一间客房，客房里摆放着四张木板床，床上放着叠放整齐的绿军被。

小兵和小军扑倒在床上就睡着了。潘大海给小哥俩盖好被子。

罗恩泽一家人住在隔壁房间，梦月问爸爸："左家庄就是个小村庄吧？"罗恩泽告诉她，左家庄是北京市的一个区。梦月吃惊地说："原来那帮逃荒的是从北京来的呀？"

罗恩泽笑了："人家怎么就成了逃荒的了？能住在这个招待所里的人都是朝一个地方去的，朝一个地方去的就都是一家人，一家人就要搞好团结，以后不许再胡说八道了，知道了吗？"梦月点头说："知道了。"

夏荣芳说："梦月说的不是没有道理，你看他家人邋遢的。"

开晚饭了，潘大海把两个儿子从床上拽到部队食堂，他和罗恩泽排队买饭票，然后再用饭票买饭。

潘、罗两家围坐在一张餐桌旁吃饭，饭是玉米面发糕、炒咸菜，食堂中央的一个木架子上，摆放着一个大行军锅，锅里是热腾腾的玉米面糊。孩子们自己去盛玉米面糊，梦月对小军说："潘志军，瞧你那笨样儿。"小军说："罗梦月，瞧你叫的这个破名字，还梦月，月亮就在天上，难道你还梦想着跑到月亮上去不成？真傻。"小兵对他们说："你们快看！"

那个戴眼镜的人也在买饭，他把饭放在潘、罗两家餐桌旁边的餐桌上，拿着碗盛玉米面糊。他冲孩子们点头微笑，孩子们都别过脸去不理他。

第二天早晨，潘、罗两家和许多人一起登上了一列客货混编列车，孩子们看到列车员是解放军叔叔，很好奇。潘大海告诉孩子们："这是咱们内部的火车，上了这趟火车咱们就算是到家了。"

孩子们惊呼："我们坐上自己家的大火车啰！"

火车开了，孩子们坐在一起，梦月拿出小人书给小军看，小兵悄声问梦月："梦月，你们去你爸爸的'里边儿'，我们去的是我爸的'前边儿'，那你们咋跟我们坐同一趟火车呢？"罗梦月悄声回答："我爸爸说了，'里边儿'和'前边儿'是同一个地方。小兵哥哥，'前边儿'是啥意思呀？"小兵说："'前边儿'就是前线的意思，'里边儿'是啥意思呀？"罗梦月摇头说："我不知道。"

那个戴眼镜的人走过来和孩子们坐在一起，他对孩子们笑着打招呼："小朋友们好。"孩子们都不理他。

一阵风吹来，把小桌上的小人书给吹到窗外去了，梦月跟小军吵了起来。那个人对梦月说："小姑娘说话的声音真好听，你会唱歌吗？"梦月止住哭声唱起歌来："小燕子，穿花衣，年年岁岁来这里，我问燕子为啥来，燕子说，这里的春天最美丽。"

那个人问罗梦月:"你唱的'这里'是哪里呀?"罗梦月说:"我知道,但我不告诉你。"小军对梦月说:"你给眼镜特务唱歌,你想当小叛徒吗?"他们两人又吵了起来。

小兵悄悄跟爸爸说:"火车上有特务,那个戴眼镜的人很可疑。"潘大海说:"我希望你们在火车上抓特务立大功,需要帮忙跟爸吱一声。"小兵把爸爸的话告诉了小军和梦月,孩子们警惕地盯着那个戴眼镜的人。

金小妹掀起衣襟给孩子喂奶,坐在她身旁的夏荣芳紧张地四下张望,感到很不好意思。

一个小火车站到了,小军看见站台上有两个战士在给列车敬礼。他喊叫起来:"哥,梦月,你们快来看呀,车站上的解放军叔叔给我敬礼呢!"

潘大海对孩子们说:"这是解放军叔叔在迎接这趟列车,他们是在给这趟车和车上的所有人敬礼。每个车站的战士都是这样迎送列车的,他们就驻守在小火车站。"

小兵说:"这么荒凉的地方,有啥好守的呀。"

潘大海说:"他们是这条铁路的保护神,这条铁路安全了,'前边儿'才能安全。"

小兵提议:"解放军叔叔真伟大,小军,咱们也给他们敬个礼吧!"孩子们站在车厢过道上给站台上的战士们敬队礼。

第八章　路遇风沙　搬进新家

　　火车头吼叫着，喷着白色的烟雾，吭哧吭哧地拽着列车在戈壁滩艰难行进。走着，走着，晴朗的天空突然刮起了狂风，风卷着黄沙漫天飞舞，乘客们纷纷关闭车窗，但车厢内仍是尘土飞扬。

　　列车在荒凉的戈壁滩停下，列车员抱来了好多铁锹，潘大海、罗恩泽和车上所有的军人们如同接到了无声的命令似的向列车员走去，大家纷纷接过铁锹走下火车。

　　狂风怒吼，天地混沌，下车的人们顶着风沙来到火车头前，车头前的两道铁轨全被风沙掩埋，不用谁下命令，大家就立刻开始了挖掘铁轨的战斗。狂风中卷着黄沙在天地间飞舞，他们屏着呼吸，闭着眼睛，使劲儿地挖……

　　列车上只剩下女人和孩子，金小妹抱着潘戈惊恐地看着夏荣芳。夏荣芳对她说："嫂子，别怕，这条铁路经常这样，等会儿他们把铁轨挖出来了，就可以继续开车了。"

　　一个五六岁的男孩　开始哭喊着找爸爸，夏荣芳把他抱在怀里，给了他一块玉米面发糕，孩子开始吃糕，止住了哭声。

　　又有孩子在哭闹，金小妹把装着窝窝头和发糕的一个小包交给小兵，让小兵和小军给孩子们分发，罗梦月把能吃的东西也全都拿了出来。一个孩子拿到吃的后仍然在哭泣，小军生气地训他："都给你吃的了，你咋还哭呀？真烦人！"这个孩子哭得更厉害了。

　　夏荣芳把所有的孩子们都召集在一起，对他们说："孩子们，阿姨给你们讲故事好不好？"孩子们停止了哭泣，夏荣芳给孩子们讲故事……

　　铁路终于挖通了，大家灰头土脸地上了火车，列车慢吞吞地继续爬行。

　　戴眼镜的那个人也参加了挖掘铁轨的战斗，这会儿他倒在一个空座位上睡着了,小兵和小军商量了一下,从书包里找出画笔,在那个人的脸颊上一边画了一个叉,一边画了个"人"字。

罗恩泽走过来看到他脸上的字,忍俊不禁:"这是谁画的?啥意思?"

小兵说:"我和小军画的,他是特务,我们在监视他。"

罗恩泽对他们说:"好,继续监视,如果发现他有不轨的行为,你们就立即实施抓捕行动。"小兵和小军庄严地点头。

那个人醒了,小兵扑上去按住他高喊:"抓特务,抓特务啊!"小军和罗梦月也冲过去扯胳膊拽腿地帮忙,那个人也不反抗,任由孩子们折腾。列车上的乘客们对他们抓特务的行为仿佛都没看见似的不闻不问。

列车长走过来对孩子们说:"孩子们,把这个特务交给我吧。"

那个人乖乖地跟着列车长走了,孩子们高兴地大喊大叫:"我们抓住特务了,我们胜利了!"

终点站到了,火车喘着粗气停了下来,乘客们开始下车,让孩子们没想到的是,潘大海从车窗往外递东西时,那个戴眼镜的特务竟然站在车下帮他接东西。他帮潘大海接完东西后,来到一位接站的解放军少尉军官面前敬军礼,少尉军官接过他手里的提包。他回头对孩子们笑着挥手说:"再见了,孩子们,眼镜特务叔叔会想念你们的。"少尉指着他脸上的字大笑,他掏出手帕边擦边和少尉说笑着走了。

这一幕惊得孩子们目瞪口呆。罗梦月说:"我说眼镜叔叔是好人吧,你们还不信。"小军说:"不对呀!列车长叔叔为啥也叫他特务呢?"

罗恩泽对他们说:"别人逗你们玩,你们还真当真了。"潘大海说:"孩子们,抓特务过瘾吗?"小兵问他:"爸,你早就知道他不是特务?"潘大海说:"那当然了,他也是解放军,告诉你们吧,这趟车是军列,特务根本就上不来。"小军说:"你咋不早点告诉我们?"潘大海说:"给你们一个练兵的机会不好吗?你们是军人的孩子,应该有警惕性,有胆量,有智慧,抓抓特务,很好啊。"

火车站很小,车站的牌子上写着"东风"两个大字,站台中间有一个小小的花坛,花坛里光秃秃的什么都没有。潘、罗两家人提着行李向站外走去。

小军说:"哥,刚才那个眼镜叔叔说他会想念咱们的。"梦月说:"眼镜叔叔一定是恨上咱们了。"小兵说:"没事儿,他管不着咱们。"梦月说:"眼镜叔叔他肯定不会恨咱们的,他一直在对咱们笑呢。"小军说:"说他恨咱们的是你，说不恨咱们的也是你，你到底什么意思呀？"

有两个战士跑过来给潘大海和罗恩泽敬礼，帮他们把东西放在一辆解放牌的大卡车上。金小妹抱着潘戈和夏荣芳一起坐进卡车的驾驶室，孩子们被大人抱进了卡车车厢。

汽车载着两家人朝着市区开去，孩子们站在车上向远处眺望，不大的市区有几幢整齐的二层楼和三层楼房，有高高的大烟囱，有笔直的水泥马路，马路边上有整齐的白杨树。

小军问爸爸："为啥咱们管这儿叫'前边儿'，梦月却管这儿叫'里边儿'呢？"潘大海说："这都是为了保密，这个地方的名字不能对外人说，怎么办呢？大家就给这个地方起代号，有叫'前边儿'的，也有叫'里边儿'的。"

小兵问："这个前边儿是哪个省哪个县？是农村还是城市呀？"潘大海说："这里是严格保密的军事基地，它不是农村也不是城市。你们要记住，对外人绝不能提起这个地方，谁要是泄密了，国家就会受到非常大的损失，还会有很多人掉脑袋，爸爸的脑袋也会保不住的，这是铁的纪律，你们都记住了？"孩子们说："记住了。"

小兵问："爸，你和罗叔叔刚来的时候就这么荒凉吗？"罗恩泽笑了："那时要有这么'荒凉'，我们可就享福啰。"潘大海说："那个时候这儿啥都没有，没有房屋，没有道路，只有野兔和黄羊到处乱蹿。"梦月说："野兔和黄羊它们现在去哪儿了，搬家了吗？它们会搬到哪里去呀？"小军说："它们都搬到月亮上找傻梦月去了。"

下班的军号响了，孩子们欢呼起来："军号！这儿有军号，太好了，冲啊！"潘大海对孩子们说："这儿每天都有军号，起床号叫我们起床，出操号喊我们出早操，还有吃饭号、上班号、下班号和熄灯号，在这儿生活不用看表，军号就是钟表。"

小军高兴极了："嗷！嗷！太棒了，我们天天都能听到军号了！"孩子们高兴地唱起歌来："军号哒哒哒吹，来了少先队，革命红旗迎风舞呀，军号显神威，嘀嘀嘀哒，嘀嘀嘀哒，军号显神威！军号哒哒哒吹，车轮快如飞，革命到底永向前呀，坚决不后退！"

汽车在一幢二层楼的楼门口停下，战士说："潘分队长，你家住在二楼，罗技师，你和潘分队长住一个单元。"

二楼左边的二居室里有个小走廊，走廊有南北两个房间，旁边是小卫生间和厨房。南北房间的门上都贴有纸条,南屋写的是"潘大海",北屋写的是"罗恩泽"。

潘家的屋子里放有两张大木板床和一张有着三个抽屉的桌子。潘大海和小兵、小军往家里搬东西,刚搬完,两个孩子就倒在光木板床上睡着了。金小妹打开行李给他们盖好被子。潘大海要喊孩子们去食堂吃饭,金小妹拦住他说:"俩孩子都折腾好些天了,这会儿给他们吃啥都没有睡觉香,你把饭给我们带回来吧。"

潘大海和罗恩泽拎着饭盆去食堂打饭,潘大海说:"这以后咱两家就住同一套房子了。"罗恩泽说:"咱们是一家人了。"

"我可不愿意和你是一家人。"

"我更不愿意和你是一家人,我从认识你的那天起就烦你。"

"我要是能把你给烦死了,我就胜利了。"

"哼,谁烦死谁还不一定呢。"

灯光下,徐徐拉开了一个蓝地白花的土布布幔,布幔这边的大床上睡着小兵和小军,布幔这边的大床上睡着金小妹、小潘戈和潘大海。

潘大海说:"以前孩子们和我生分,现在好多了。"金小妹说:"你几年才回家一趟,每次都住不了几天就没影儿了,别说孩子们跟你生分,我都跟你生分。"

"我说我每次回家……嘿嘿,你都跟那新媳妇似的扭扭捏捏的。"

"别瞎说,再让孩子们听着。"

"我平时工作很忙,还要经常去点号。"

"点号在哪儿?我们可以搬到点号和你一块儿住,我们千辛万苦地跟你过来,不就是为了每天都能看到你吗?"

"点号是保密的小军事基地,你们不能去。以后不该问的就不要问,这是纪律。你们犯错误就等于是我在犯错误,组织上不会把你怎么样,但会严肃地处理我。"

"嗯。"

"以前你总跟我说家里不用我操心,有你呢,要没有你的支持,我的军装也不可能穿到现在。"

"以前我对你哪敢有旁的奢求呀,你只要能给我好好地活着,我就谢天谢地了。"

"现在你还得继续支持我。等我老了，干不动了，我就哪儿都不去了，我天天跟在你的身边。"

"你想当我的跟屁虫啊？家里有我呢，你安心去忙你的保密工作吧。"

小军喊："妈，我的鼻子流血了。"小兵也说："我的鼻子也流血了。"金小妹给吓坏了："大海，这俩孩子的鼻子咋还一块儿流血了呢？"潘大海说："这个地方太干燥，你平时让他们多喝点水，睡觉时用湿毛巾捂住鼻子，时间长了习惯了就好了，我们刚来的时候都这样。"

金小妹长叹一声："这儿到底是个啥地方啊，一路上让我心惊肉跳，好不容易到了，孩子们又流开鼻血了。哎呀，我的鼻子也流血了……"

第二天早晨，起床号响彻云霄，潘大海和罗恩泽一身戎装跑步下楼出早操。

穿着军装的夏荣芳叫女儿起床，她去食堂打早饭。罗梦月起床后拉开卫生间的门，看到潘志军正蹲在那儿，吓得她赶紧把门关上。小军在卫生间里嚷道："男生上厕所你也敢瞎闯，流氓！"

小军出来，小兵又挤了进去，哗哗的撒尿声从卫生间里传出来。站在门口的罗梦月憋不住尿了裤子，她哭着来到南屋找金小妹告状，金小妹帮她换裤子，严厉地批评了小兵和小军。

从窗外传来阵阵的口令声，还有队伍跑步的声音，孩子们跑出去观看战士们出早操。金小妹招呼孩子们吃饭，夏荣芳提着饭盒从外面进来说她把早饭打回来了。金小妹让她以后把空暖瓶放在厨房里，她用做完饭的火给他们家烧开水，夏荣芳表示感谢。

中午下班后，潘家正准备吃饭，夏荣芳进来找罗梦月，金小妹让她们一块儿吃。她说："各家的粮食都是有定量的，天长日久的，咋能总刮啦你们呀，中队长，嫂子，我们走了啊。"夏荣芳带着梦月去食堂打饭去了。

潘大海让金小妹往后多帮帮她。金小妹说："她压根儿就没瞧得起我，她看我的时候连眼皮都懒得抬，她对咱们家人表面上客客气气的，心里不定咋嫌弃呢。"

夏荣芳和梦月提着空饭盒顶着太阳走在路上，夏荣芳一阵眩晕，梦月赶忙扶住了妈妈，她把一个窝窝头送到妈妈的嘴边，夏荣芳接过来咬了一大口问："哪儿来的？"梦月说："刚才出门时小军塞给我的。"夏荣芳说："以后你少去他们家，也少吃他们家的东西，我不想欠别人的人情。"

第二天早晨，梦月和小军站在卫生间门外等候，金小妹从厕所里出来，小军让梦月进去，自己进厨房站在水池子边儿上撒尿。

梦月出来，看到小军提着裤子从厨房里出来，惊恐地大喊："金阿姨，不好了！"金小妹跑出来问怎么了，梦月说："小军把厨房当厕所了。"小军指着梦月说："你个大傻子，我这还不都是为了你吗？"梦月说："你去厨房撒尿就不对，你不讲卫生。"金小妹让小军向梦月学着点，别尽干些丢人现眼的事儿。

潘大海进来接着金小妹的话茬问："谁丢人现眼了？"梦月抢着说："潘伯伯，小军在厨房撒尿。"潘大海说："小军，记着尿完了用水冲一下。"

金小妹把潘大海拽进南屋对他说："你刚才说啥呢？你没看见梦月刚才那眼珠子瞪多大啊？对门那家人本来就瞧不起咱们，你可倒好，教你的孩子到厨房去撒尿，你就不怕人家笑话你呀？"

潘大海笑着说："这有啥呀，你们老娘儿们就是事儿多，厨房里有洗拖把的池子，我就往那里尿过。"

站在门外的罗梦月听见潘大海说的话后，惊愕地用手捂住了自己的嘴巴。

第九章　老婆生气　丈夫想招

潘大海说："昨天小夏先我一步进厕所了，我只好去厨房了，这有啥呀？"金小妹说："你就不能再等等啊。"

"我哪有时间等啊？活人总不能让尿给憋死吧，该灵活时就得灵活。告诉你吧，人要是太死性了，啥事儿都做不成。就说我们去点号吧，那可是一卡车的男男女女呀，半道上同志们要方便，你说咋办呢？"

"停车找地儿呗，总不能让大家尿车上吧。"

"找地儿？光秃秃的戈壁滩，到哪儿找地儿去呀？"

"那你们咋办了？"

"我命令汽车停下，对大家说，全体下车撒尿，以汽车为界，男左女右，大家都给我转过脸去，尿完后不要急着上车，统一听我的命令。"

小军进来问他："后来呢？"潘大海说："问题解决了，没有后来了。"小军说："该灵活时就要灵活，爸你说的话我都记住了。"

吃晚饭时，梦月对妈妈说："潘伯伯他们家的男生都在厨房的水池子里撒尿，潘伯伯说他也在那儿尿过。"

夏荣芳惊诧地说："他们把厨房当厕所了？天哪，多亏咱们家不用那个厨房，这也太不讲卫生了呀！"

罗恩泽进来说："家里有吃的吗？我忙得没赶上开饭。"夏荣芳说："你去洗手，我给你拿。"罗恩泽洗手回来手里拿了根大葱，夏荣芳把窝窝头递给他，问他大葱是不是在厨房拿的，罗恩泽边点头边吃窝窝头就大葱。夏荣芳说："你咋也学会吃生葱了？他家的东西不能吃，对门那个生产队长竟然教唆他那两个儿子在厨房里撒尿，脏死了，他们家的人也太粗俗了，嫂子在火车上撩起衣服就给孩子喂奶，弄得我都不好意思了。"罗恩泽说："你别当着孩子的面儿说这些，咱两家在一套房子里住着，别那么多事儿。"夏荣芳说："知道，我才不会跟一个农村老娘儿们计较呢。"

金小妹从厨房里出来，路过罗家门口时正好听到夏荣芳说的话，她生气地哼了一声。

潘、罗家的对门又搬来了两家人，一家是孔文和他的爱人叶娇娇，另一家是斯小川自己，据说斯小川的老婆早就办好了随军手续，但因家里有老人需要照顾走不开，还没过来。

几个战士和斯小川帮着孔文搬家，少尉叶娇娇站在一旁指手画脚，金小妹抱着潘戈出来看热闹，孔文对她说："嫂子，我叫孔文，和潘分队长在一个单位。"他指着斯小川说："他也是我们中队的，大家叫他斯小川，他和我们家住一套房子，往后咱们几家就都是邻居了。"

斯小川向金小妹问好，孔文把叶娇娇介绍给了金小妹。叶娇娇笑嘻嘻地对金小妹说："嫂子，你好哇，我早就听说潘分队长家的嫂子人特别好，特别能干，没想到嫂子你还长得特别漂亮，嫂子，咱们以后就是邻居了，你可别嫌弃我啊。"

金小妹受宠若惊："只要你不嫌弃我，我就烧高香了，我哪敢嫌弃你呀？"

厨房里有一大一小两个水池子，夏荣芳用洗脸盆在大水池子里洗衣服，金小妹进来说："洗衣裳啊？这小洗脸盆咋能洗得开呀？"夏荣芳问："那咋洗呀？"金小妹说："我是直接把衣服放在这个大水池子里洗，然后在这个小水池子里投，可方便了。"

夏荣芳"哦"了一声。金小妹继续说："我每天都涮水池子，不脏。"夏荣芳没吱声，继续洗脸盆里的衣服，金小妹讪讪地出去了。

夏荣芳洗完衣服回到家，对罗恩泽说："刚才生产队长的老婆叫我在水池里洗衣服，哼，她也不用脑子想想，那水池子都成了他们家爷们儿的尿池子了，还能洗衣服吗？恶心死人了。"

金小妹给罗家送开水，正好听到夏荣芳说的话，她生气地推开了罗家的门，从夏荣芳手里夺过洗脸盆扔在地上，把暖瓶里的开水全倒进了盆子里。她气哼哼地说："这是我这个没脑子的人给你们家烧的开水，别再恶心死你们，以后想喝开水自己烧，我不伺候了！"

夏荣芳尴尬地说："嫂子，我刚才说的不是那个意思。"金小妹大声说："那你说的是啥意思呀？你嫌我粗俗，嫌我撂起衣襟给孩子喂奶，对，我就是个粗人，你嫌弃我，我没意见，可是你们凭啥还嫌弃我们孩子他爸呢？他明明是个分队长,你非要说他是生产队长,你这不明摆着是瞧不起我们农村人吗?"

罗恩泽赶忙出面打圆场:"嫂子,你别生气,其实我们对潘分队长很尊重的。"金小妹不依不饶:"有你们这么尊重人的吗?孩子他爸总跟我说,小夏上班辛苦,罗技师忙,让我多照顾你们家,我每天给你们烧开水,帮你们照顾孩子……人家都说人心换人心,四两换半斤。我今天才知道哇,有的人心是我这辈子都换不回来的,因为你们就没长心!"

金小妹放下空暖瓶,气呼呼地走了,罗恩泽和夏荣芳对视了一下,忙跟着金小妹跑了出来。金小妹进家,把门砰的一声关上了。

罗恩泽和夏荣芳站在潘家门口给她道歉,金小妹不理睬,只是默默地坐在床边儿流泪。小军要去开门,她拦住他吼道:"你个小王八蛋,你今天要是敢开这门,我就扒了你的皮!别人欺负我,你也想欺负我啊?"

金小妹愤怒的声音把罗恩泽和夏荣芳惊得面面相觑。

叶娇娇刚上楼,正好听到了金小妹咆哮的声音,她站在走廊听了一会儿,又没动静了。她撇撇嘴,自言自语:"哼,这下该有好戏看了。"

那年导弹残骸坠落时砸成的大坑,早已成为潘大海心头的一道疤。此时,他伫立在这个大坑前,心又在隐隐作痛。罗恩泽走过来对他说:"我一猜你就在这儿。"

"还记得这个日子吗?"潘大海痛心地问他。

"想忘都忘不了,一九六二年三月二十一日,咱们发射导弹试验失败,导弹残骸就砸在这儿,当时就听见轰隆一声巨响,这儿顿时升腾起巨大的尘土烟雾,好些同志当场就哭了。"

"这个教训实在是太惨痛了。"

"这个惨痛的教训早就让同志们嚼碎后给咽到肚子里了,这次的发射准备工作他们真正做到了精益求精,咱们一定能成功。"

他们并肩离开大坑,向阵地走去。罗恩泽说:"小夏不会说话,惹嫂子不高兴了。"潘大海哼了一声:"哼,她不是不高兴,是生气了!你回去说说小夏,让她有点良心,我老婆每天给你们家烧开水、看孩子,她看不见啊?"

"小夏也没说嫂子啥坏话,她就说厨房的水池子脏,不能直接洗衣服,这也是事实嘛。"

"你们背地里说没说过她粗俗?说没说过我是生产队长?这都是好话吗?"

"呵呵,那都是我们两口子说着玩儿的。"

"咱们的房门不隔音，以后你们再说着玩儿的时候声音小点儿，别再让我老婆听见。再说了，水池子天天用水冲，有那么脏吗？"

"你和你们家的孩子总往水池里撒尿，能不脏吗？"

"水一冲不就干净了吗？"

"小夏心里不是犯硌硬嘛。"

"这有啥好硌硬的啊，以前我还喝过马尿呢，战争年代，哪个同志没喝过脏水啊，你说你喝过没有？你也喝过吧？"

罗恩泽点头。

"就是嘛！小夏她就是没上过战场，她知道个啥呀，还说别人没脑子，我看就数她最没脑子了。"

"是，这事儿她做的是有点儿欠妥。"

"不是欠妥，是不对！她也不想想，我老婆生气了、罢工了，以后再也不管你们家的那些个破事儿了，你们以后喝开水咋办？梦月没人管了又咋办？"

"嫂子没少给我们家帮忙，我们都知道，小夏她就是不太会说话。"

"她不会说话，你呢？我看你们两口子就是一路货色。你说你们傻不傻呀，我那个老婆，明摆着就是个刀子嘴豆腐心，你们把她给我哄好了，有你们的啥亏儿吃啊？再说了，咱们两家住一个单元，要是真的不团结了，人家笑话的不是她俩，是咱俩！算了，也不是啥大不了的事儿，咱们俩多做工作吧。哎，小夏是不是快生了？你得做好小夏坐月子的准备工作。"

"准备工作没法做，每人每个月除了供应的四斤白面、二斤大米，其余全是杂粮，每月发一张肉票也只能买到二斤猪肉，鸡蛋皮都没地儿整去。"

"你们不是吃食堂吗？咋还把老娘儿们管的这点破事儿整得这么明白呀？哎，咱们可以自己养鸡呀。"

"对呀，我咋就没想到呢！我马上就请去外地出车的同志买几只小鸡崽儿回来。"

罗恩泽和夏荣芳下班回家，在走廊上遇见端着菜碗往屋里走的金小妹，他们笑脸相迎，亲切地叫着嫂子。金小妹哼了一声，从他们身边走了过去，潘志军手里端着一盆窝窝头跟在金小妹的身后，冲罗恩泽和夏荣芳咧嘴笑笑。

晚上，孩子们都睡了，潘大海和金小妹躺在床上说话。金小妹说："我就不理他们，别以为我是好欺负的。"

潘大海说："一个单元住着，总这样下去不好吧？"

"他们瞧不起我也就算了，最让我生气的是他们还瞧不起你。"

"他们再瞧不起我,我也是领导。"

"人家就没把你当成领导,他们说你是生产队长。"

"生产队长也是领导,没有生产队长闹革命,能有现在的新中国吗?要不是生产队长农村包围城市,他们能住进这个大城市吗?"

"这儿也能算是大城市?"

"不是大城市也是个小城市。"

"得了吧,你这个小城市还没有咱老家的一个村子大呢。"

"睡觉!"

罗恩泽家,夏荣芳坐在女儿的床前给她讲故事:"……火柴点着了,小女孩儿看到屋子里的桌上铺着雪白的台布,台布上有一只烤鹅正冒着香气。这只烤鹅从盘子里跳下来,背上还插着刀叉,它摇摇摆摆地在地板上走,向小女孩儿走过来……"

第二天早上,夏荣芳去上班,把女儿锁在了家里。小梦月抱着布娃娃坐在床上,回忆妈妈昨晚讲的故事。她拿出火柴学着童话故事里的小女孩,把火柴点着,幻想着也能在火柴的光亮里看到那只香喷喷的烤鹅。火柴烧到了她的手指,她手一抖,把火柴掉在了床上,点着了布娃娃的裙子。她想救燃烧的布娃娃,谁知道燃烧的布娃娃又点着了她的床单和被子,她吓得跳下床拼命地喊:"着火了!救命啊!金阿姨,小兵哥哥,小军哥哥,你们快来救救我呀!"

金小妹听到梦月的呼救声,立刻跑过去把罗家的门给撞开,把罗梦月从屋里抱出来,转身去厨房端了一盆水,泼向正在燃烧的床单和棉被。火扑灭了,她打开窗户,麻利地把湿被子给拆了,和湿床单一起抱到厨房扔进池子里洗。洗完后抱到楼下去晾,叶娇娇扭着小腰从楼里出来。

叶娇娇问金小妹:"我刚才好像听到有人在喊救命,哎哟,这被单怎么烧成这样了啊?"

金小妹说:"梦月在家玩儿火,把自己的被子和床单给点着了,我怕她家没有富余的铺盖,就顺便洗了,补补还能用,要不孩子晚上盖啥呀?"

"嫂子,你的心眼可真好,夏医生一定会感激你的。"

金小妹嘴一撇说:"我才不稀罕她感激我呢。"

"嫂子,你忙着,我上班去了。"

"妹子在哪儿上班啊?"

"文工团。"叶娇娇扭着腰肢哼着歌走了。

下班号响过以后，夏荣芳匆匆回家，她在楼门前看到晾晒的破被单时惊呼："这不是梦月的床单和被子吗？哎呀！我的梦月，梦月呀！"夏荣芳跑上楼，差点跌倒，跟在她身后的潘志兵把她给扶住了。

夏荣芳进家，梦月从外边进来抱住妈妈哭着说："妈妈，要不是金阿姨救我，我就被大火烧死了。"

夏荣芳给女儿烧伤的手指上药，罗恩泽得知是因为夏荣芳把女儿反锁在家里才惹出的事儿，二话没说就去找潘大海了。

罗恩泽把潘大海叫到楼门外，求他给金小妹做工作，请她原谅他们。潘大海说："我是天天在说呀，我白天说了晚上说，一说就是大半宿，对她我是一点办法都没有。她自从跟了我，就没过一天好日子，我亏欠她的地方实在是太多了。对她吧，我打，下不去手，骂，张不开口，你让我咋办呢？"

"夏荣芳今天上班，把梦月给锁在屋里，梦月玩火，差点被烧死，咱两家总这么别扭下去不行啊，我知道你的鬼点子多，你想想办法啊。"

"办法嘛，我倒是有，就怕你做不到。"

"你没说怎么知道我做不到？你说，你快说。"

"那我可就说了哈。你呀，趁我老婆在家的时候，你好好管教管教你老婆。你要暴跳如雷地骂她，目的就是让我老婆听见，让她出气，等她的气出了，这事儿不是就好办了吗？"

"潘大海，你也太阴险毒辣了吧你，我们家小夏犯了多大的错啊？她不就是说了几句大实话吗？你就让我骂她，还让我对她暴跳如雷，你没看见她还怀着我的孩子呢吗？"

"我老婆她就容易了？她又不是你们资本家雇来的老妈子，她凭啥就得受着你们的白眼还得给你们家白干活呀？小夏说的大实话有多伤人你知道吗？我老婆虽然没文化，但她也有自尊心！"

"是我们错了，这不在想办法弥补呢吗？可这个办法不行，我做不到。"

"真笨！我不是让你真的教训小夏，你就不能灵活点啊？"

"怎么灵活？"

"这也得让我教哇？行，我教你，这事儿要是成了，你得好好谢我。"

"怎么谢？"

"给我鞠一躬。"

"这没问题，只要咱俩的老婆能化干戈为玉帛，你就是让我给你跪下来磕一个都成。"

自从金小妹救了罗梦月，夏荣芳就不再把女儿反锁在家里，因为她知道，无论金小妹对她有多大的意见，仍然会照顾她的女儿。下午，罗梦月跑到潘家给潘戈讲白雪公主的故事，不到一岁的小潘戈坐在床上傻呼呼地冲着她笑。金小妹在缝补烧坏的被单和床单，补好后做被子，把被子和床单给梦月铺好。

夏荣芳晚上回来，梦月高兴地对她说："妈妈，金阿姨把我的被子和床单都给洗干净了，被子也给缝好了，你闻闻，我的被子还有太阳的味道呢。"

看着女儿干净整洁的床铺，夏荣芳的眼睛湿润了。

第二天中午下班以后，夏荣芳回家时在走廊上又遇到了金小妹，她再次诚恳地道歉，金小妹仍然不理她。

这天，潘家正在吃饭，突然从门外传来了罗恩泽的叫骂声和拍打桌子的声音："你说你有啥了不起的啊？你瞧不起劳动人民，你对得起你身上的军装吗？啊？军队是劳动人民的军队，像你这样没立场没感情，你还怎么保护劳动人民啊？你这样下去，是要犯大错误的！"

愤怒的罗恩泽把金小妹给惊得是目瞪口呆，她怎么也没想到，这个好脾气的男人也会发这么大的火。全家人都停止了吃饭，只有潘大海若无其事地继续狼吞虎咽。

小军问爸爸："罗叔叔在训谁呢？这么凶。"

潘大海说："在训你夏阿姨呢。"

罗恩泽声嘶力竭的声音在继续："你必须诚心诚意地去对门认错，给嫂子老老实实地道歉，嫂子要是不原谅你，我也不会原谅你，我还要去请求你们医院的党组织处分你，严肃地处分你！"

金小妹奇怪地问："小夏咋不吱声啊？"

潘大海说："可能她感到理亏了吧。"

金小妹说："不就那点事儿嘛，有啥呀？值得他发这么大的火吗？哎呀，别再把梦月给吓着了，不行，我过去看看。"

潘大海拽住她说："别去，小夏她不尊重你，就应该得到教训。"

罗恩泽继续喊叫，喊得嗓子都有些沙哑了："我告诉你啊，你的臭毛病要是再不改，我就不跟你过了，咱们离婚！离婚！"

金小妹站起来说："离婚？这咋行啊，小夏她还怀着孩子呢，我得看看去。"

金小妹甩开潘大海，打开房门刚要出去，又回身把房门关上了。

潘大海问她："咋的了？"

金小妹气哼哼地说："原来人家在演戏，他刚才是在指桑骂槐，我真是傻呀！人家在骂我，我还傻子似的替人家着急。潘大海，你要还是个男人，就不能看着你的老婆让别人给耍了，他凭啥这么欺负人啊？"

潘大海说："你怎么知道他不是在骂小夏呀？"

金小妹说："小夏和梦月打饭才回来，他骂人的时候小夏根本就不在家，他是在骂给我听呢！"

金小妹找出一根长擀面棍拉着潘大海往外走。潘大海问她："你拿这玩意儿想干啥。"她挥舞着擀面棍，怒气冲天地说："我找他们理论去，他们要是敢不讲理，我就用这个跟他们拼了！"

潘大海拽住金小妹说："你别这样，你消消气，消消气啊。"

金小妹挣开潘大海的手，怒吼道："他们都骑在我的脖子上拉屎了，你还让我消消气，这气我能消得下去吗？"

突然，罗恩泽、夏荣芳、罗梦月推门进来。夏荣芳说："嫂子，我错了，我们全家都给你道歉来了，你要是有气，你就打我吧，我决不还手。"罗恩泽说："嫂子，你要打就打我吧，小夏她还怀着孩子呢。"罗梦月哭着说："金阿姨，求求你别打我的爸爸，也别打我的妈妈，你要是把他们都给打死了，我就没有爸爸妈妈了呀。"

金小妹放下擀面棍，把罗梦月搂在怀里："好孩子，不怕啊。"

潘大海装腔作势地说："你们都来了？那咱们就好好地说道说道吧，咱们两家在一套房子里住着，相互之间要搞好团结，你们说是不是啊？"

罗恩泽和夏荣芳点头哈腰："是，是，都是我们不对，是我们不对。"夏荣芳给金小妹鞠躬："嫂子，对不起，我给你赔礼道歉，请你原谅我。"

金小妹站起身来说："你们都还没吃饭呢吧？快回去吃饭吧，别在这儿戳着了，你们回去吧。"

夏荣芳流着眼泪说："嫂子，你不仅救了我们的女儿，还把烧坏的被子和床单都给我们洗干净、补好、做好，谢谢你了，真的非常感谢你！"

金小妹说："不用谢。哦，我忘了告诉你了，那被子和床单我是在尿池子里投洗的，你要是嫌恶心，可以拆了重洗。你们都回去吧。"

金小妹把罗家人给推了出去。小军疑惑地问："妈，你这是原谅他们了吗？"小兵说："这还用说呀，咱妈是天底下最善良的好妈。"

金小妹扳着脸对潘大海说："说吧，这个馊主意是谁出的？"潘大海装傻：

"啥馊主意？"金小妹冷笑："这个主意只有你才能想得出来，你说，那个主意是不是你给罗技师出的？"

潘大海咬牙狡辩："这有我啥事儿呀？吃饭，吃饭。"金小妹对埋头吃饭的潘大海轻蔑地哼了一声。

夏荣芳和罗恩泽回到家，夏荣芳问："嫂子这是啥意思啊？"罗恩泽说："是呀，这是啥意思呀？"罗梦月说："你们真笨，这还没看明白呀？我告诉你们吧，金阿姨已经原谅你们了。"

夏荣芳和罗恩泽面面相觑，似信非信。

几天后，罗恩泽拎着一只小筐回家，刚到楼门口，他就嚷嚷："孩子们，看我带啥回来了。"在楼门口玩儿的孩子们都跑来看，小筐里装着一群毛茸茸的小鸡崽儿。孩子们喜欢极了，小兵夸赞罗叔叔伟大，小军欢呼："噢！有鸡蛋吃喽！"

星期天，潘大海、罗恩泽带着孩子们在楼门前用红柳枝修建鸡窝，孩子们高兴地跑来跑去。潘大海哈哈大笑："这才像个过日子的样儿嘛。"

罗恩泽说："可不，咱们的孩子们都在长身体呢，没鸡蛋吃哪儿行啊。"

小兵说："罗叔叔、爸，你们都很忙，养鸡的任务就交给我们吧。"

潘大海说："好哇，这养鸡的活儿以后就交给你们了啊，梦月，你行吗？"

梦月说："行，有小兵哥哥教我。"

小军说："月亮里的傻嫦娥养的是兔子，不是鸡。"

潘大海说："有条件的话，你们也可以养兔子，兔子繁殖得快，肉也好吃。"

小军高兴地蹦了起来："噢，太棒了，我们有兔子肉吃喽。"

东风小学校开学了，小兵、小军还有梦月去上学前，金小妹对梦月说："去把你们家的暖瓶拿来，水马上就开了。"

梦月故意大声喊夏荣芳："妈妈，金阿姨让你把咱们家的暖瓶放厨房去，水马上就开了。"

夏荣芳紧绷着的心立刻轻松了。她提着空暖瓶来到厨房，给暖瓶灌上开水，把水壶装上自来水又放在了火炉上。

东风小学的教学楼是一幢新建好的二层小楼。小军和梦月走进楼下二年级二班的教室，上班号和上课的铃声同时响了起来，一位女军人走进了教室。班长童玉冰高声喊起立,全班同学起立,女军人走上讲台时全班同学高喊:"老师好!"只有潘志军高喊:"解放军老师好!"惹得全班同学哄堂大笑。

女军人笑着说:"同学们好!请坐下。他是咱们班新来的同学,名字叫潘志军。他喊得没错,我首先是军人,其次才是老师。潘志军同学,我现在是你们的老师,以后还是请你直接叫我老师,好吗?"

潘志兵走进了楼上的五年级一班的教室,教室里的同学们都在自己的位子上坐好,一位戴着眼镜的男军人走进了教室,班长韩梅喊起立!全班同学起立向老师问好,男军人说:"请坐下。同学们,从今天起,我就是你们的老师,我叫郑义,郑重的郑,义务的义。"

潘志兵愣住了,没想到被他盯了一路的眼镜特务竟然是他的老师。郑老师说:"其实我和你们一样,也是学生,只不过我是刚毕业的大学生,你们是快毕业的小学生。"

潘志兵心中默念:"毛主席保佑他不要认出我来!党中央保佑他别忌恨我!"

郑义说:"同学们,你们都是部队的孩子,我想问问你们,咱们这个地方最要紧的是什么?请班长来回答这个问题。"

韩梅站起来说:"最要紧的就是保密。"

郑义说:"说得很好,请坐下。我头一天给你们上课,特别想跟同学们聊聊咱们这儿为啥要保密,请同学们举手发言。"

很多同学都举手了。一位举手的男同学站起来背诵"保密八条",郑义老师打断了他的话,说:"好了好了,这位同学请你坐下,我知道你们都会背诵'保密八条',也都知道这儿是个非常保密的地方。可是为什么要保密呢?谁来说说原因?"

第十章　荣芳产子　志军偷饭

郑义老师走到潘志兵面前说:"这个问题请你来回答。"

潘志兵倏地站了起来,摆出一副豁出去的架势:"说就说!我爸说过,战场上的敌人并不可怕,躲藏在暗处的敌人才是最可怕的,因为他们会在我们的背后打黑枪。我爸还说,我们的国家虽然解放了,可敌人不会善罢甘休,他们会藏在暗处捣乱破坏,所以我们必须时刻提高警惕。"

郑义老师问:"说完了吗?"

潘志兵慷慨陈词:"有时坏人可能会伪装成好人来探听我们的秘密,对这些可疑的人我们绝不能手软,就算是真的抓错了,被错怪的人也应该理解我们,而不该心怀忌恨。"

郑义老师追问:"还有吗?"

潘志兵继续说:"有军号的地方就应该是战场,有军人的地方就应该有战斗。这个地方每天有军号,到处是军人,我们是军人的孩子,就应该和我们父辈一样,时刻准备参加战斗。我说完了!"

郑义老师问同学们:"他说得好不好呀?"同学们齐声说好。

郑义老师说:"对,他说得非常好,请同学们为他鼓掌。"他带头鼓掌。全班同学跟着他拍手。

郑义老师说:"潘志兵同学说得好,他做得比说得还要好。他保密观念非常强,我和他是在进来的火车上认识的,因为我打听前边儿的事儿,他就把我当成特务一路监视,他还把对我的怀疑向列车长做了汇报,他和他的弟弟趁我睡着的时候在我的脸上一边打了一个叉,一边写了一个"人"字,哎,潘志兵同学,这是啥意思?"

潘志兵低着头喃喃地说:"是坏人的意思。"

同学们哄堂大笑。郑义老师笑着请潘志兵坐下。

郑义老师走到讲台上说："同学们，当小孩子都知道保密和防特的时候，这个前边儿就成了真正的铜墙铁壁了。你们说，假若我们每个人都有这样的警惕和觉悟，敌人还有空子可钻吗？"

"没有！"同学们齐声说道。

郑义老师又说："同学们，保密关系到国家的命运和前边儿的安危，泄密就是叛党叛国，就是人民的敌人！同学们，我们要向潘志兵同学学习，严守国家机密，因为祖国的利益高于一切。好，咱们现在开始上课。请同学们打开课本的第一页。"

潘志兵挺直了腰杆，长长地出了一口气。

小潘戈生病了，金小妹抱着她去基地的五一三医院看病。取药时，她看见几个官兵抬着一个病人跑进急诊室，她跟过去看见一个戴着口罩的女军医挺着大肚子给这个病人诊病。病人突发喷射状呕吐，喷了女军医一脸一身，女医生跟没事儿人似的给病人抹去嘴角的呕吐物，继续为他诊治。待病人安稳以后，女军医摘下大口罩蹲在门口的痰盂前呕吐。金小妹发现，她竟然是夏荣芳！要不是她亲眼所见，她怎么也不会相信，干净得要命的夏荣芳和满脸污物的夏荣芳是同一个人。她对夏荣芳的敬佩之情油然而生。

夜半时分，夏荣芳痛苦地在床上翻滚、呻吟，被妈妈惊醒的罗梦月打开灯尖叫："妈妈！你怎么了呀？"

夏荣芳没想到自己的预产期提前了，丈夫不在家，看来她只能给自己接生了。她对女儿说："把药箱给妈妈拿过来。"梦月去拿小药箱，一阵巨痛袭来，夏荣芳忍不住大叫了一声，把梦月吓得哭喊起来："妈妈，你怎么了呀？爸爸，你快点回来救救妈妈呀！"

金小妹闻声跑了进来，她让两个儿子把食堂柴火堆旁拉柴火用的板车给拉了过来，她和潘志兵用板车把夏荣芳送进了医院。

金小妹在妇产科门口焦急地守候，一直等到里面传来婴儿的啼哭声，女护士出来告诉她，是个男孩儿，母子平安。

孩子们都去上学了，金小妹背着潘戈给夏荣芳熬粥，帮她拆洗被血污弄脏的被褥，给孩子们做好午饭后，又去医院给夏荣芳送饭。

孩子们放学回来，发现两家的大人都不在家，小兵和小军端出捂在锅里的饭菜，梦月可怜兮兮地进来对他们说："我一个人怎么去打饭呀？"小军让她跟他们一块吃，梦月说："那不行，妈妈知道了会生气的。"小军自告奋勇："我陪你去打饭吧。"

小军和梦月在食堂打好饭往家走，提着饭盆的小军不小心被一块石头绊倒，饭盆里的二米饭和烧茄子全被扣倒了地上。梦月哭了："等我妈妈回来了吃啥呀？"小军说："咱们再去打一份儿吧？"梦月说："我们把订好的饭都买过了，人家不会再卖给我们了。"

正在他们不知所措的时候，一阵风把一股炖肉的奇香送进了他们的鼻腔，小军灵机一动，他让梦月在这儿等他，自己提着空饭盒顺着香味跑去。

肉香把潘志军引到筒子楼门口，他看见一个女人进了一个房间后，便来到筒子楼的公用厨房。厨房里没有人，灶台上的锅在冒热气，他打开锅盖，一只锅里是刚焖好的大米饭，另一只锅里是刚烧好的萝卜烧肉。他把大米饭倒进饭盒，把菜扣在米饭上，就迅速跑出去拽着罗梦月就走。从筒子楼里传出来一个女人的声音："哎？我刚做好的饭菜咋没了？谁拿错饭了？"

梦月问他："你偷人家的饭了？"

小军说："你没听到那个阿姨说'谁拿错饭了'，这不算偷。"

"可是你没跟阿姨说呀。"

"你傻呀，这事儿能说吗？"

"我见了我妈妈咋说呀？"

"你就说是从食堂打来的，你看看是啥饭。"

小军打开饭盆让梦月看，梦月惊呼："啊！是大米饭呀，哇，还有好多好多的肉哇，真香。"

"想吃不？"

"想。"

"想吃就快走。"

罗梦月和潘志军提着饭盒回到家，潘大海进来说："梦月呀，饭打回来了你就自己先吃吧。"梦月说："我想等妈妈回来了一块儿吃。"金小妹进来说："别等了，你妈妈住院了。"罗梦月哭了："我妈妈得啥病了？"金小妹说："你妈妈没生病，她给你生小弟弟了。"

潘大海打开饭盒给梦月盛饭："这饭是你们从食堂打来的？"小军说："是。"潘大海生气了："放屁！食堂今天做的是大米和小米掺在一起的二米饭，菜是炖茄子，你老实说，这大米饭和肉菜是从哪儿来的？"

梦月抢着说:"我们打饭回来的时候,小军摔了一跤,饭全都让他给倒了,后来……"

小军打断了她的话:"后来梦月就哭了,这时我就想起了爸你说过的话,人不能太死性,要灵活,我就把别人家刚做好的饭给……给端回来了。"

潘大海甩了潘志军一个耳光:"你把别人家的饭给端回来了?你说得可真轻巧啊!"

小军捂着脸嘟囔:"又没人看见。"

潘大海踢了潘志军屁股一脚:"你这是偷你知道吗?小时候偷东西,长大以后就会变成人人追打的贼,我们老潘家的人再穷都没有当贼的!"

金小妹护着潘志军:"不许你打我的孩子!"

小军狡辩:"这不是偷,是拿。"

潘大海大声地说:"趁人家不知道拿人家的东西那就是偷!什么人最没出息?偷东西的人最没出息!"

潘大海还要打潘志军,被金小妹拦住:"潘大海,你有什么资格打孩子?"

潘大海说:"子不教,父之过,我现在打他是在教育他。"

"他偷东西就是你给教育的,你说没说过该灵活时要灵活?你还说,人要是太死性了啥事儿都干不成,这些个屁话是不是你说的?"

"就算是我说的,我也没让他灵活地去偷人家的饭呀。"

"你不是教育,是在挑唆,错在你,不在我儿子!"

"你护犊子!你不讲道理,你胡搅蛮缠!"

"我就护犊子了我,你连自己的孩子都不知道心疼,你还配当爹吗你?你说说,这孩子长这么大都沾你啥光了?他跟你来到这个破地方是为了啥呀?不就是为了能天天看到你吗?孩子的心里装着你,你的心里有孩子吗?"

"父亲打儿子,天经地义!"

"你再敢动我儿子一下,我就跟你拼命!"

潘大海和金小妹的争吵,吓坏了罗梦月:"金阿姨!我怕!"

潘大海的声音柔和了许多:"梦月,别怕啊。"他对金小妹说:"咱们别吵了,小夏还在医院呢。"

金小妹也放缓了语气说:"哦,你还知道小夏在医院里没人管啊?那你干吗不让罗技师回家来呀?你们心里既然没有老婆孩子,当初就不该娶老婆,更不该要孩子。"

潘大海说:"罗技师他有重要的工作回不来,有事儿找我。"

金小妹哼了一声:"找你有屁用!我去医院了。"

金小妹走后,潘大海对潘志军说:"小猴崽子,你偷别人家的饭有错没错?"

"有错。"

"知错了就改!你现在就把偷来的饭给人家送回去!我陪你一块儿去。"

罗梦月问:"潘伯伯,我也去吗?"

潘大海问她:"你知不知道这饭菜是他偷来的?"

"知道。"

"那你说你有没有错啊?"

"有。"

"小军是主犯,你就是从犯,你说你应不应该去给人家认错?"

"应该。"

潘大海押着潘志军和罗梦月,提着饭盒走出了家门。小军对梦月说:"傻嫦娥,以后你就是哭死我也不再管你的破事儿了!"

梦月说:"谁稀罕让你管了?"

他们来到了筒子楼门前,潘大海让小军和梦月进去,他站在门口看着他们。小军和梦月来到筒子楼里的公用厨房,小军想把饭再倒回人家的饭锅里,梦月挡住了他:"这不行,咱们还得给人家认错呢。"小军说:"我见了人家咋说呀?"梦月说:"我来说。"

他们来到那个女人家门口,梦月敲门,郑义从屋里出来问:"谁呀?"梦月惊呼:"啊!眼镜老师?"小军也很吃惊:"啊?郑老师,这是您的家呀?"

小军想逃,梦月拽住了他的衣袖。郑义说:"哈,是小军和梦月呀,快进来吧,娟子,咱家来小客人了。"

梦月拽着小军的衣袖跟着郑义进屋。郑义家里简单整洁,饭桌上摆放着他们正在吃的凉窝窝头、咸菜和白开水。郑义把小军和梦月介绍给他的爱人,然后问他们有什么事儿。

潘志军耷拉着脑袋把饭盒放在饭桌上说:"这是你们家的饭,还给你们……"

郑义的爱人娟子打开饭盒很奇怪地问:"这是怎么一回事呀?"

小军喃喃地说:"这是我……从你们家偷的,一口都没吃,现在全还给你们。"

潘志军鞠躬:"郑老师,我错了。"罗梦月也鞠躬:"我也错了,小军是主犯，我是从犯，请眼镜老师和阿姨原谅我们俩吧。"

郑义哈哈大笑："小军，你可真行啊你，娟子跟我说她做好的饭菜没了，我还以为她逗我玩儿呢。咱们这个地方有一点是任何地方都比不上的，那就是从来都不丢东西。"

娟子笑着说："你们既然把饭菜都拿走了，那就吃了呗，谁吃还不是吃呀？这咋还送回来了呢？来来，咱们现在一块儿吃，每人都吃一点儿，还好，饭还热乎着呢。"

娟子给他们盛饭。郑义说："对，咱们大家一块儿吃，谁都不许客气啊。"梦月不好意思地说："我们不吃，我们得回去了。"郑义说："那不行，你们要是把我当成是你们的眼镜老师而不是眼镜特务的话，就都给我乖乖地坐下来吃饭。"

娟子问："什么眼镜特务？谁是眼镜特务？"潘志军和罗梦月捂着嘴窃笑。郑义说："我和他们两家是同一天进来的，在火车上他们对我百般警惕，趁我睡着的时候在我的脸上这边儿打了一个叉，这边儿写了一个'人'字。"

娟子问："啥意思？"郑义说："小军的哥哥说，是坏人的意思。"娟子哈哈大笑："你们为啥就认定了他是坏人呢？"梦月说："因为他戴眼镜。"娟子笑得直不起腰来。

夏荣芳住院的这些日子，金小妹背着小潘戈一天几趟地给她送吃的、用的，她出院时，潘大海亲自开着吉普车把她接回家，金小妹把小婴儿放在她的身边："你瞧这个小东西睡得有多香呀。"

夏荣芳躺在整洁的床上问金小妹："嫂子，这都是你洗的？"

金小妹笑着说："我是在水池子里洗的，你不嫌脏吧？"

夏荣芳不好意思地说："嫂子，过去都是我的错，对不起啊。"

金小妹说："过去的事儿就不提了，我生这几个孩子时他也不在我身边儿，唉，咱们女人命苦啊，老爷们儿只管种不管收。"夏荣芳扑哧一声笑了："他们也是身不由己呀。"

"为啥呀？这要是在过去吧，打仗，他们顾不上老婆孩子，我理解，可是现在全国早都解放了呀，他们还瞎忙活啥呢？"

"他们的事儿比咱们生孩子要重要一百倍。"

"真的呀？老潘从不让我问他的事儿，说是保密。你说，这个连兔子都不来拉屎的破地方有啥密好保的呀？"

"嫂子，你可别小看了这个地方，这可是咱们国家保密级别最高的地方。恩泽和潘分队长他们的压力太大了，工作干好了是应该的，可万一出了差错，那就是犯罪呀。"

"有这么严重啊？妹子，我没文化，啥都不懂。我这心里呀可佩服你了。"

"嫂子，我非常感激你，我都不知道应该怎么报答你了。"

"一家人不说两家话。你好好休息，我给你熬小米粥去。"

第二天是星期天，潘大海在家里看报，金小妹做小婴孩的衣裳，罗恩泽笑嘻嘻地进来说："潘分队长，嫂子，谢谢你们了，小夏生孩子多亏有你们照顾。这是我从外面买的鸡蛋，不多，留给小潘戈吃。"

金小妹说："小夏妹子正坐着月子呢，这些鸡蛋还是留着给她吃吧。"

潘大海也说："对，留给小夏吃，女人坐月子需要补充营养。"

金小妹问："罗技师，你会做饭吗？"

罗恩泽说："我当过炊事员，做饭没问题。"

潘大海问："给孩子起名字了吗？"

"起了，叫罗卫国。"

"卫国，保卫祖国，很好。"

"我先回去了，家里还有一大堆的尿布没洗呢。"

金小妹说："需要我，你就吱一声，鸡蛋你拿回去。"

潘大海把罗恩泽连同鸡蛋一起推了出去。金小妹让罗恩泽等一下，她把一个暖水瓶递给他："你把这瓶开水也拿回去用吧，家里有孩子，用热水的地方多，暖瓶空了就搁在厨房。"

罗恩泽对金小妹千恩万谢，并悄悄对潘大海竖大拇指。潘大海小声对他说："找个没人的地方，你给我好好地磕一个？"

罗恩泽小声对潘大海说："你别做美梦了，我感谢的是嫂子，不是你，就你给我出的那个馊点子，差点害死我了，告诉你啊，这笔账咱们早晚得算。"

潘大海哈哈大笑，罗恩泽乐呵呵地走了。

金小妹问潘大海："你们俩说啥呢？"

"没说啥。"

"瞧人家，同样是男人，啥活儿都会干。"

"瞧人家，同样是女人，又能当医生，又能生孩子。"

"你啥意思？"

"你啥意思？"

"我问你,你知道女人坐月子得补充营养,我坐月子的时候你咋就不知道给我补充点儿营养呢?"

"你坐月子的时候我不在家,咋给你补充营养啊?"

"那,我生孩子的时候你为啥不回家来呀?"

"你整天纠缠这事儿有意思吗?要不你再生一个,你再坐一次月子,这次我一定守在你的身边,我给你洗尿布,给你补充营养,行了吧?"

"我可没那个福气,等你给我补充营养,我都饿死八百回了。你说你会干啥?你又能干啥?"

"你有完没完了?在你的眼里,我啥都不是。我走,我走还不行吗?"

潘大海做出要走的样子。金小妹委屈地说:"我就这么招你烦啊?我要是个又漂亮又能干的女军人,那该多称你的心,多如你的意,哼,可惜呀!"

"你胡说八道啥呢?我有工作,我到点号去是为了工作。"

"你有本事就长在点号,别回来了。"

夏荣芳还没满月,就准备去上班了。这天早晨,她穿上军装,把小卫国放在床上,想了想不放心,把大枕头放在孩子的两旁。她走出家门,又折了回来,犹豫再三,还是咬咬牙走了。小卫国醒了哇哇大哭,金小妹推门进来抱起孩子哄着:"哦,不哭啊,你妈妈不管你了?金妈妈管你。"

金小妹把卫国抱到自己家去了。

夏荣芳下班回来时,金小妹正在喂小卫国米汤。金小妹对她说:"妹子,不是我说你,这么丁点儿大的孩子,你就舍得把他自己搁在家里?你这个当妈的心可真够狠的。"

夏荣芳说:"我没办法呀,孩子太小,幼儿园不收,在外面请保姆又不让进来,你让我咋办呀?"

"你就不能跟我说一声啊?"

"嫂子,你为我们家做得太多了,我咋好意思总麻烦你呀。"

"一只羊是赶,两只羊也是放,你要是信得过我,以后就把小卫国撂我这儿。"

"哎!嫂子,你可是帮了我大忙了呀,这可叫我咋谢您呀?"

"谢啥呀谢?在这个与世隔绝的破地方,咱们再不相互帮衬着点儿,这日子还能过得下去吗?"

潘志兵和潘志军在放学的路上嬉戏打闹时，不小心打破了潘志兵的额头，血流了满脸，回到家被刚进门的潘大海看到，他紧张地问："小兵，是谁把你打成这样？"潘志军说："是我不小心……"潘大海回手就打了他一巴掌，对他吼道："你还不快去把你夏阿姨给请过来！"

潘志军捂着脸跑了出去，潘大海把潘志兵扶到床边坐下，金小妹说："小兵，你这是咋整的呀？你疼不疼啊？"潘大海说："都流血了，能不疼吗？都是那个小猴崽子惹的祸，看我怎么收拾他，也不知道你这个妈是咋当的？小兵要是出点啥事儿，我跟你没完！"

夏荣芳提着药箱进来，给志兵上药包扎："潘分队长你要跟谁没完啊？小兵就是破了点皮，瞧把你给紧张的，你要是因为这点事儿敢跟我嫂子没完，我们两口子就跟你没完。"

夏荣芳走了，金小妹把潘志兵染了血的衣服脱下来去洗，潘大海围着小兵左看右看，不停地问："小兵，你头晕不晕？你有没有不舒服的地方啊？"

"爸，我没事儿，我真没事儿。"

"你躺下好好休息，别乱动啊。"

潘志军说："哥，你还疼不疼了？都怪我。"潘大海揪住潘志军说："不怪你怪谁呀？你怎么能打你哥哥呢？"潘大海要打潘志军，让潘志兵给拦住："爸，小军他不是故意的。"潘大海说："哼，看在你哥的面子上，这次就饶了你，如果再有下次，我就打折你的狗腿！"

晚上，潘大海在灯下看报，潘志军和潘志兵写作业，正在纳鞋底子的金小妹说："小兵，把剪刀递给我。"

潘大海说："小兵，刀子剪子都不许你乱碰，再伤着。"他对金小妹说："你用啥东西自己拿，别指使我儿子。"

潘志军把剪刀递到金小妹的手里，潘大海看了他一眼，又低头去看报了。

潘志军生病躺在床上，金小妹喂他喝水，潘大海从外面进来问："小猴崽子这是咋的了？"金小妹说："发烧。"潘大海对潘志军说："你想吃点啥？告诉爸，爸给你买。"

"冰糖葫芦。"

"这儿没那玩意儿，想别的。"

"奶油冰棒。"

"没有，再想。"

"牛奶糖。"

"小猴崽子,你想吃的东西这儿都没有,让你妈给你买点儿糖豆吧,军人服务处有卖的,五颜六色的,又好看又好吃。我走了。"潘大海匆匆走了。

几天后,潘志兵也生病了,潘大海要亲自送他去医院看病,金小妹告诉他,小兵去过医院了,医生说是扁桃体发炎,吃过药了。

潘大海问潘志兵:"小兵啊,告诉爸,你想吃点啥,爸给你买去。"

小兵说:"算了吧,我想吃的东西这儿没卖的。"

"爸给你想办法去整,告诉爸,你想吃点啥?"

"冰糖葫芦。"

潘大海看着小兵半天没说话。小军说:"什么破地方,连个冰糖葫芦都买不着。"潘大海问他:"小猴崽子,你说这个地方哪点儿不好啊?"潘志军反问他:"那你说这儿哪点儿好啊?"

潘志军说完就走,潘大海追着他也往外走,金小妹以为潘大海要打小军,拦住他问:"你想干啥?孩子哪点儿说错了?"

"我没想打他,我是出去办点事儿。"

"你不吃饭了?"

晚饭后,潘大海手里举着几串很像冰糖葫芦的东西,回到家大喊大叫:"小兵,快看看爸给你整的冰糖葫芦。"

金小妹问他:"你咋才回来?你吃饭了吗?"

"没呢,小兵吃饭了吗?"

"他刚才喝了点粥。我是问你中午饭吃了没有?这冰糖葫芦你是从哪儿弄的?"

"这是我找人做的,我们用山楂罐头里的山楂,裹上面糊用油炸了一下,再沾上糖稀,我尝了,和冰糖葫芦一个味儿。小兵,你快点尝尝。"

潘大海把冰糖葫芦递给潘志兵,潘志兵咬了一口,吃得挺香。潘大海笑呵呵地看着他吃,随手递给小军一串说:"小猴崽子,给你一串。"潘志军接过冰糖葫芦狠狠地摔在地上,他眼里噙着泪水,开门跑了出去。潘大海疑惑地问金小妹:"他这是咋的了?"金小妹说:"他生病的时候也想吃冰糖葫芦,你忘了?"

金小妹在厨房的水池子里洗衣服,潘志军进来问她:"妈,你说我爸他为啥不喜欢我?"

"胡说,你爸他打心眼儿里喜欢你。"

"他喜欢的是我哥。妈,你说我是他亲生的吗?"

"你到镜子跟前照照去,咱们家就数你长得最像你爸了。"

"可我病了想吃冰糖葫芦他不管,我哥病了他就想办法整出冰糖葫芦来了,哼,就连傻嫦娥梦月都看出来我爸他不喜欢我。"

"别总说人家孩子傻,我看就数你最傻。你没看见你爸每次叫你小猴崽子时两眼直放光啊?"

"他为啥总是叫我小猴崽子呀?难听死了。"

"因为你爸喜欢你,你又属猴。你爸把对你的爱都装在心里了,他对你严厉是怕你学坏。"

"他就不怕我哥学坏?"

"你哥从小就是个好孩子,你打小就调皮捣蛋,惹事生非。再不把你给管严点儿,你还不得跑到天上去大闹天宫了呀?你是个男孩子,可不能心眼那么小,去玩儿去吧。"

潘志军讪讪地走了。他来到楼下的一棵大树旁,郁闷地坐下。罗梦月走了过来:"你不高兴了?为啥呀?"他不吱声。

她说:"我又没惹你,你干吗不理我呀?"

他流着泪恨恨地说:"他们也太偏心了。"

她说:"他们为啥要偏着小兵哥哥呢?这是为什么呢?"

熄灯号吹完后,金小妹脱衣服上床,潘大海给潘志兵和潘志军盖好被子回来。

她问他:"都睡了?"

他说:"都睡了,那个小猴崽子睡着了还不老实。"

"你的小猴崽子今天伤心了。"

"因为冰糖葫芦?"

"你的小猴崽子他今天对我说,你偏心小兵,说你不喜欢他,他还问我他是不是你亲生的。"

"这个傻小子,我对他的那点儿心思他就一丁点儿都没瞧出来?"

"冰糖葫芦的事儿,你做的是有些过了啊。我知道你打心眼儿里喜欢小军,可你的心思,谁能看得出来呀?以后你别整天在他面前凶巴巴的了。"

"咋的?你让我在他面前点头哈腰啊?别忘了,我是爹,他是儿子。"

"那也得差不多吧。你对小兵又温柔又和气,对小军总拉个老脸,我是怕时间长了再让小兵瞧出点啥来。"

潘大海紧张地说:"小兵他说啥了?"

"他没说啥。你以后对这俩孩子要一碗水端平,听到没有?"

"听到了,一碗水端平。困死了,快睡吧。"

布幔那头的潘志兵听着父母的对话,一脸的茫然。

第十一章　大海烫伤　发射成功

罗梦月写作业，夏荣芳给小卫国喂奶，罗恩泽洗尿布。夏荣芳说："要不是对门嫂子帮我带孩子，我真就没法上班了。"

罗恩泽说："你不嫌她粗俗了？"

"我以前不是不了解她嘛，哎，你说，咱们该怎么报答人家呀？"

"你说呢？"

"咱们应该给嫂子付保姆费。"

"你在她面前敢提"保姆"两个字，她不跟你急才怪。"

"那，那咱俩以后都管她叫大姐。梦月呀，金阿姨帮妈妈带弟弟，金阿姨就是你弟弟的金妈妈了，你以后也要叫金妈妈，知道吗？"

罗梦月说："知道了。"

一九六四年六月二十九日，天气晴朗，发射场上停着一辆托架车，车上放着一枚深绿色的导弹。场坪的东北角，站着各位首长、专家和罗恩泽等技术人员。

身穿蓝色工作服的中队长站在发射坪中央，他脖子上挂着一只哨子，看了一下手表，表针指向八时整，他猛吹哨子，喊道："发射中队面向我，集合！"

一、二、三分队分别从东面、南面和西南面的掩体跑步进场，列队完毕，中队长跑步向首长报告："报告首长同志，发射中队执行任务人员已集合完毕，请指示。"

首长说："同志们！"全体官兵立正！

首长说："稍息。"全体稍息。

首长说："同志们，经过改进的DF-2导弹已经转到发射阵地了，此时此刻,让我想起了一九六二年三月二十一日的那次发射,那次试验失败了,导弹就掉在离这里不远的地方,现在还能看到残骸坠落砸下的大坑。但是,我们中国人从来就是不服输的人,导弹设计院的专家和工人师傅们用了两年的时间,做了五百四十三项改进,请大家记住了,五百四十三项啊!他们用心血制造出来的导弹,今天就要由我们发射上天了。同志们,这枚导弹是我们国家自己设计制造出来的导弹,正因为如此,这次试验只准成功,不能失败。我要求你们,精心指挥,不能出任何差错,认真操作,不要放过任何疑点,一定要把DF-2导弹发射上天,同志们,有没有信心!"

全体官兵呼声震天:"有!"

首长下令发射准备开始。各个分队立即行动起来,潘大海和罗恩泽站在旁边密切关注。一分队起竖导弹,瞄准测试。一分队队长报告:"报告中队长,起竖一次成功,瞄准一次成功。"一位干部报告:"报告中队长,气密性检查一次合格。"又一位干部跑来报告:"报告中队长,分系统测试一次合格,总检查一次合格。"

罗恩泽悄声对潘大海说:"酒精、液氧和过氧化氢的加注就要开始了。"潘大海小声回答:"这是我最担心的。"罗恩泽小声说:"这也是我最担心的。"他们密切关注加注工作,完毕后,喜子报告:"加注活门关闭完毕。"潘大海下令:"撤收。"喜子捧着笨重的加注连接器走下工作平台,一个专家从场外冲过来大声喊叫:"不好!"

潘大海回头一看,只见加注活门嘶嘶地往外泄漏过氧化氢,他大喊:"都别过来!"他一个箭步跳上了工作台,冲向加注活门,过氧化氢喷到他的衣服上,立即燃起了淡蓝色的火苗,喷到他的脸上、颈上、手上,立刻灼起了一串串水泡。潘大海两手扑向正往外喷的过氧化氢,忍着巨痛,使劲将活门拧紧。他看了看过氧化氢不再外泄,转身一跳,跑步离开了场坪。

罗恩泽跑过去拽着潘大海跑向消防车,消防队员立刻打开水龙头,拿着水管,朝潘大海胸部、脸部、颈部、手部冲洗,经水一冲,胸前衣服上的火苗熄灭了,烧穿的衣服碎片也被水冲掉了,顿时露出一大片烧的通红、燎泡密布的胸脯。

守候在发射场坪百米之外的卫生队队长和夏荣芳飞奔过来,他们一把拉着落汤鸡似的潘大海朝医护队跑去。

几位首长、专家从地下室上来,一位首长拽住浑身湿透的罗恩泽寻问:

"怎么回事？"那个发现泄露的专家跑了过来。

罗恩泽向首长和专家报告："加注活门密封不好，造成过氧化氢泄漏，经过紧急处理，已经不漏了。"

那个专家说："过氧化氢是一种腐蚀性很强的氧化剂，遇到棉麻布料立即燃烧，遇到催化剂会猛烈爆炸。刚才要是继续泄漏的话，很有可能会发生燃烧爆炸，这样就会引爆导弹箱内的酒精液氧，整个发射场将会成为一片火海，场坪上的人也会即刻化为灰烬。要不是你们处置得当，后果不堪设想啊！"

首长问："处置事故的人是谁？"

罗恩泽答："是二分队队长潘大海，他冒着生命危险冲上去，喷出来的过氧化氢一下子就把他的衣服给烧着了，他果断把事故处理完后，怕火苗引爆弹内的推进剂，就跳下工作台，向导弹的反方向跑开了。"

那个专家感慨地说："潘大海同志勇敢沉着，机智果断，他明知有危险，却毫不犹豫地冲了上去，这次多亏了他，我要替他请功！"

几位专家和首长们都说："应该，太应该了。"

首长问："烧得怎么样？"

罗恩泽说："不会影响导弹的正常发射。"

首长说："我问的是人，不是导弹，潘大海他烧得怎么样？"

罗恩泽回答："处理得及时，不会有太大的问题吧。"

正说着，潘大海从医疗救护队里出来了，他已换上了干净的衣服，头上、脖子上和手上都缠着纱布，脸上涂着药膏。听到首长问他，他跑步过来说："报告首长，我只是烫破了点皮，已经涂上药膏，没事儿了。"

那个专家感动地对潘大海说："你干了一件了不起的事儿，你避免了一场特大事故，我们要向你学习！"又对另一个专家说："回去后要对加注连接器进行研究改进，凡是关系到安全的部件，都要十分可靠，操作要更加便捷，一定要做到一步到位，不能拖泥带水。"

首长关切地对潘大海说："潘大海同志，谢谢你，请你下去好好休息，一定要把伤养好。"

潘大海说："报告首长，这是我的岗位，我的工作还没有完成，请您让我完成我的任务。"

首长问："你行吗？"

潘大海答："没问题。"

首长赞许地点点头，转身说："快进入临射前的检查了，我们去敖包山指挥所吧。"首长带着各位领导和专家离开。潘大海目送首长们离开后,看了看手表,已经是十七时二十五分,他带领着几个人朝地下室走去。

此时的发射场已空无一人,深绿色的火箭昂首屹立,天空中回响着各种腔调的口令声。

"三十分钟准备。"

"十五分钟准备。"

"十分钟准备。"

"五分钟准备。"

"一分钟准备。"

"牵动!"

"开拍!"

"十,九,八,七,六,五,四,三,二,一,点火!"

霎时间,导弹喷射出橘红色的火舌,离开发射台,直冲天穹。

"东风二号"导弹于一九六四年六月二十九日十八时发射成功,这是中国火箭发展史上一个重要的转折点,由此,中国的导弹事业从仿制阶段开始走向了独立研制阶段。

敖包山指挥所内,各位首长和专家们看着导弹升空、拐弯,导弹拉着一条白色的烟雾,朝西方快速飞去,直到目标消失。

调度报告:"落区发现目标!"

指挥所里立刻响起了热烈的掌声,各位首长、专家相互握手祝贺。好些工作人员都激动地哭了,他们互相长久地拥抱,首长和专家们也是热泪盈眶。

一位首长紧紧拥抱着一位专家高呼:"科学万岁,科学家万岁,各位科学家,祝贺你们啊!"

那位专家掏出手帕擦干眼泪,挥手高喊:"我们国家终于有了自己研制的导弹了!"

"我们胜利了,我们成功了。"工作人员笑着喊着跳着冲出了指挥所。

发射场成了一片欢腾的海洋,大家跳着,喊着,笑着,哭着……

孔文高喊:"咱们中国自己研制的导弹终于发射成功了!"所有人高呼:"浪跟滴!浪跟滴!!"

潘大海流着泪欢笑,罗恩泽兴奋地去拥抱他,疼得他大叫了一声。罗恩泽这才想起潘大海身上的烫伤,扶着他上了救护车,夏荣芳在车里接应。场上的所有人员立刻给救护车让开了一条通道,救护车鸣叫着驶出发射场时,官兵们给救护车里的潘大海敬礼。

傍晚时分,罗恩泽和夏荣芳搀扶着潘大海回到家,金小妹看到大海的头上、脖子上和手上都缠着醒目的白纱布,忙问:"哎呀,你这是咋整的呀?"小兵和小军也都关切地问:"爸,你这是怎么弄的呀?疼不疼呀?"

潘大海朗声大笑:"没事儿,就一点儿小伤,别大惊小怪的,我今天特别高兴,哈哈哈。"

潘志军悄悄问潘志兵:"哥,咱爸是不是疼疯了?"

罗恩泽对金小妹说:"大姐,潘分队长是在阵地上烫伤的,小夏已经给他上过药,打过消炎针了。潘分队长在关键的时候冲了上去,他为咱们基地避免了一场特大的事故。没有他,就没有我们今天的胜利,我们的任务也不可能这么顺利地完成。首长和科学家们都夸他了不起,还号召我们大家要向他学习呢,他这次可是立了大功,露了大脸了!"

金小妹说:"立功露脸的事儿我不想听,我就想知道他伤得到底重不重?"

夏荣芳说:"大姐,这烫伤吧……"

潘大海打断夏荣芳的话:"不重,一点儿都不重。"

金小妹心疼得直掉泪:"你这是让啥东西给烫的呀,是咋烫的呀?你疼不疼啊?"

罗恩泽说:"大姐,他是让一种燃料,一种很特殊的燃料给烫伤的。我们为了这次任务费尽了心血,可是到了加注燃料的时候却发生了泄漏,要不是潘分队长冒着危险把活门给拧紧了,那后果就不堪设想了。"

小兵问:"罗叔叔,那燃料是干啥用的?"

小军问:"罗叔叔,你们的任务是啥呀?"

潘大海训斥儿子:"又瞎打听,保密守则是不是都忘了?老罗,你看你,说那么清楚干啥。"

罗恩泽说:"哦,不说了,大姐,大队让潘分队长多休息几天,你整点好吃的给他好好地补补。这是大家伙儿凑的几张肉票,还有钱,你拿着。"

夏荣芳说:"大姐,我会按时来给潘分队长换药,你让他好好休息,我们先走了。"

罗恩泽和夏荣芳走了。

潘大海笑呵呵地说:"吃饭吧,我饿了,庆祝胜利应该喝点儿啥,要是有点红酒就好了。"

金小妹说:"你都伤成这样了,还喝啥酒哇,你傻呀,任务对你就那么重要吗?"

"当然重要了,比我的命还重要呢。受伤是我个人的小事儿,任务可是国家的大事儿。我伤成啥样儿了?不就是烫破了点皮吗?想当年我们打仗的时候,有的战士连肠子都给打出来了,还咬着牙继续坚持战斗呢。"

"说得轻巧,就烫破了点皮,那皮不是你身上的呀?你不知道疼啊?"

小军问:"爸,你疼吗?"

小兵说:"我让刚出锅的窝窝头烫了一下还疼呢,爸肯定疼。"

潘大海说:"疼,哪能不疼呢。"

金小妹说:"他和你们都是一样的人,伤成这样他能不疼吗?唉,为啥受伤的总是你啊,你看看人家,再看看你,有危险你就不知道往后躲躲哇,就知道向前傻冲,你是不是缺心眼呀你?"

"那活门我离得最近,等别人再冲上去就来不及了,这事儿我跟你就说不清楚。"

"小兵,你给你爸倒杯水,再放点糖,我做饭去。"

金小妹出去了,潘大海疼得吸了一口气,潘志兵端过来一杯水递给潘大海,小军对潘大海认真地说:"爸,你跟亚瑟一样坚强。"

"亚瑟是谁呀?"

潘志兵说:"亚瑟是一本书里的外国人,这本书的名字叫《牛虻》,是郑老师借给我的书。"

小军说:"爸,这本书可好看了。"

潘大海说:"我的小猴崽子也能看书了?"

"能,有不认识的字我哥教我。"

"小兵,你要是也有不认识的字怎么办呢?"

"我查字典呀,这还是你教我的呢。爸,你这几天休息,也看看这本书?"

"我可没时间看闲书,我还有一大堆的正经事儿呢。"

睡觉时潘大海疼得直哼哼,金小妹坐在他身旁不知如何是好,第二天,夏荣芳到家里给潘大海换药,潘大海疼得真吸气,把金小妹心疼得直掉眼泪。

夏荣芳走后,金小妹对潘大海说:"往后你别再啥事儿都往上冲了,行不行啊?战争年代我为你提心吊胆,现在都是和平时期了,你咋还动不动就受伤啊?"潘大海说:"我以后注意。"

星期天,潘大海看见潘志兵在家里认真地画格子,问他:"小兵,你画这些格子干什么？"

小兵回答："画建筑图用，要想当建筑师就必须要先学会画建筑图。爸，等我长大了我就报考罗叔叔上的那所大学，他们大学的建筑系是全国一流的。"

"啥？你想学盖房子？"

"我盖的不是一般的房子，是大楼，摩天大楼。"

"你没想过要当兵吗？"

"没想过。"

"你可是军人的儿子呀。"

"军人的儿子就一定要当兵吗？"

金小妹在厨房叫小兵帮忙，小兵应着跑了出去。

潘大海看着小兵画的格子，自言自语："军人的儿子不当兵，去盖大楼，扯淡！"

一天，潘志兵在家给弟弟做弹弓，潘志军抹着眼泪站在旁边看。潘志兵说："弹弓丢了要想办法，哭就能把弹弓给哭回来了？"潘志军嘟囔："好像你没哭过似的。"潘志兵问："你知道咱们家哪儿有松紧带吗？"潘志军想了想说："咱爸的运动裤上有松紧带。"哥俩儿把爸爸的运动裤翻找出来，把裤子上的松紧带拆下来，用在了他们做的弹弓上。

潘大海的伤痊愈了，这天他找他的运动裤，发现裤子上的松紧带不见了，就提起裤子扯着嗓子喊："这是谁干的？啊？"

小潘戈让他给吓哭了，金小妹从厨房跑过来抱起潘戈问："瞧你把孩子给吓的，啥事儿啊？"

潘大海扯着裤子让金小妹看："你看，这裤子上的松紧带咋没了？"

"可能是让你的小猴崽子给卸了呗，等有空了我再给你装一条。"

"我现在就得穿呀，我们中队有篮球赛，他们还指望着我去争第一呢。"

"你先找个东西系上。"

潘大海用武装带把裤子系好后匆匆走了。

潘大海、罗恩泽和战友们在打篮球。牌子上写着：一分队——二分队，一分队是28分，二分队也是28分。罗恩泽把篮球传到了潘大海的手里，战友们对潘大海高喊"加油""加油"，潘大海左突右冲，躲过对方的阻拦，猛地一跳，球进去的同时他的裤子却掉了下来，全场顿时笑翻了天。罗恩泽指着潘大海笑弯了腰，潘大海讪笑着提起裤子跟众人摆摆手离开了球场。

潘大海提着裤子回到家，大声喊叫小兵和小军，正在纳鞋底子的金小妹说："他俩不在家。咋的了？输球了？输就输了呗，又不是赢房子赢地，瞧你那个小气样儿。"

潘大海气急败坏："我们在打篮球，我跳起来投篮，球进去了，我的裤子掉下来了。"金小妹哈哈大笑。

"你还笑，你没看我当时有多丢人。"

"这有啥丢人的呀？你又没光着腚。大家伙儿那是跟你不见外才笑呢，有啥呀，一个大男人，别小肚鸡肠的。"

"谁说我小肚鸡肠的了？我这是回来换裤子来了。"

潘大海换好军裤，边走边说："回去我一准儿赢他们。"

潘大海刚走，小兵和小军就回来了。他们进门就喊饿，金小妹说："就知道吃，等你爸回来才收拾你们呢。"

小兵说："我们没犯错误他为啥要收拾我们呀？"

金小妹说："你说为啥？你们俩是不是把他运动裤上的松紧带给拆了？"

潘志兵和潘志军窃笑。金小妹说："我一猜就是你俩干的好事儿，你爸用武装带系着运动裤去打篮球，球进去了，裤子掉下来了。"

潘志军扑哧一笑："真的啊？"金小妹说："当然是真的，刚才他回来换裤子时，脸都气青了。"潘志军沮丧地说："完了，我又要挨打了。"潘志兵说："这事儿是我干的，你别怕。"潘志军说："你是爸的好儿子，你当然不怕了。"金小妹说："你们俩都是你爸的好儿子。"小军惨兮兮地说："可惜我这个好儿子又要挨打了。"金小妹说："我给你们出个主意，小兵你去扫楼梯，小军你在家擦地板，一会儿他回来了你们俩主动跟他认个错。他一高兴就没事儿了。"

小哥俩儿都干活去了。

潘大海回来看到潘志兵在扫楼道，说："你今天咋这么勤快呀？你别看我，看那儿，对，还有那儿，要扫就扫干净，以后最好每天都打扫一次。"

潘大海进家看见潘志军拖地板，说："小猴崽子也学勤快了啊。"潘志军问他："爸，听说你打球去了？赢了还是输了？"潘大海说："输了，就输给他们两个球，要不是我中场回来换裤子，准赢他们。哎，小猴崽子，我运动裤上的松紧带是不是你给拆的？"

潘志军放下拖把，做好了随时逃跑的准备："对，就是我拆的，你想干啥？你输了球怪裤子，你拉不出屎来赖茅房。"

潘志兵推门进来说："爸，这是我的主意，你要打就打我吧。"

潘大海说："饭好了没有哇？我都饿了。"潘大海去厨房端饭，潘志兵和潘志军面面相觑。

他们帮爸爸端来饭菜，全家人开始吃饭。潘志军殷勤地给爸爸夹菜，潘大海说："犯错误了才想起来巴结爸爸了？你这叫临时抱佛脚。"潘志军问："啥意思？"金小妹说："晚了呗。"

潘志军愣住了，潘大海对他说："以后你需要啥朝你妈要，可不许再破坏东西了。"小哥俩儿诚惶诚恐地应着。

潘大海说："其实我小时候比你们还淘气呢，有一次啊，地主老财家办喜事，我那时是他们家的小短工，我捡了一个没点燃的小鞭炮放在了老地主的烟锅里，我给他装了一袋烟，他点着烟了使劲那么一抽，砰的一声，小鞭炮炸了，把那个老地主给吓得当场就尿了一裤子。"

小哥俩儿哈哈大笑。

潘大海说："你们两个都给我记好了，你们让我出点洋相没啥，但你们要是敢出部队的洋相，在外边儿给我惹祸，那可就别怪我对你们不客气。"

傍晚，篮球场准备放电影，银幕就挂在篮球架子上。电影放映前，干部战士全副武装坐在背包上唱歌、拉歌。潘大海和罗恩泽坐在队伍的后面。孩子们用弹弓玩打仗的游戏，一个小石头打在了潘大海的脑袋上，他捂着头飞身逮住了潘志兵："这是公共场所，你怎么能玩弹弓呢？幸亏你的子弹只打中了我的头，你要是打中了我的眼睛，我就成瞎子了。"潘志兵说："爸，我错了，我再也不敢了。"潘大海说："有的错误是可以改的，有的错误就没法改了，你要是把我的眼睛给打瞎了，我就会永远生活在黑暗里，你说这个错误你怎么改呢？孩子们，你们说，这个错误你们能改吗？"潘志军和其他孩子们把弹弓都藏在了身后，纷纷说："潘伯伯，我们错了。"

"以后在公共场所都不要玩弹弓了，能做到吗？"

"能！"

"好了，电影就要开演了，去看电影吧。"

孩子们都乖乖地坐回到自己的位子上等着看电影，潘大海坐回原地，手还在不停地抚摸着自己的头："还真疼。"

罗恩泽说："你可真能护犊子，你在你儿子面前啊，就不像个当爹的。"

"不像爹像啥？"

"像班长。"

"班长好，好，呵呵。"

潘志军的朋友苏林说："小军哥哥，你爸真好。要是换了我爸呀，早就大耳刮子上去了。"

潘志军说："我爸只对我哥一个人好。"

《地道战》开演了，孩子们沉浸在枪炮声中，电影放到老钟叔发现了敌人，跑步去敲钟报警的时候，孩子们跟着电影里的音乐高声唱道："老头儿快跑，后面鬼子追来了……"潘大海捂着脑袋跟着孩子们一起唱。

潘大海、罗恩泽、孔文、斯小川和许多军人伫立在马路上认真聆听广播正在播放的《人民日报》的号外："新华社北京十六日电，新闻公报：一九六四年十月十六日十五时（北京时间），中国在本国西部地区爆炸了一颗原子弹，成功地实行了第一次核试验。中国核试验成功，是中国人民加强国防、保卫祖国的重大成就，也是中国人民保卫世界和平事业的重大贡献。中国工人、工程技术人员、科学工作者和从事国防建设的一切工作人员，以及全国各地区、各部门，在党的领导下，发扬自力更生、奋发图强的精神，辛勤劳动，大力协同，使这次试验获得了成功。中共中央和国务院对他们致以热烈的祝贺。"

潘大海、罗恩泽、孔文和斯小川高兴地相互点头，继续聆听。

"保护自己，是任何一个国家不可被剥夺的权利，保卫世界和平，是一切爱好和平的国家的共同职责，面临着日益增长的美国的核威胁，中国不能坐视不管，中国进行核试验，发展核武器是被迫而为的。中国政府一贯主张全面禁止和彻底销毁核武器，如果这个主张能够实现，中国本来用不着发展核武器，但是，我们的这个主张……"

潘大海兴奋地说："咱们国家终于有了自己的原子弹了！"罗恩泽说："核武器的杀伤力实在是太大了。"孔文说："谁让美帝国主义老拿原子弹这个破玩意儿吓唬咱们呢，咱们现在也有了，他们就再也吓唬不着咱们了。"

斯小川、潘大海、罗恩泽齐声说："浪跟滴！"

潘大海昂首挺胸地说："原子弹不仅是武器，它还是一种精神！咱们有了这种精神，才能理直气壮地维护世界和平。"

"浪跟滴！"所有在场的官兵们齐声说。

潘大海住在点号的阵地上快有半个多月了。星期天，夏荣芳提了一大包东西来到潘家,说她托人给金小妹、小兵、小军和潘戈每人买了一套衣裳。金小妹接过衣物,感激得不知如何是好。

夏荣芳说:"卫国多亏你照顾了,我给你和孩子们买点东西还不应该吗?大姐,你就是我的亲大姐。"

金小妹说:"好啊,你就是我的亲妹子!妹子,姐问你,梦月在家吗?"

"不在家呀,她一大早就出去了,说是跟小兵、小军他们一块儿去给鸡挖野菜去了,这都快一天了,他们也该回来了呀。"

"这帮小猴崽子还是不饿,妹子,你忙你的去吧,我在家里等着他们回来。卫国有我呢,你就放心吧。"

"哎,大姐,我走了啊。"

一条大河在金色的胡杨林的护卫下潺潺流淌,河水流到一处高地时被迫分成了两条支流,流过高地后又合在了一处,这处高地就成了一个自然的孤岛。此刻,潘志兵、潘志军、罗梦月十几个孩子,正站在这个孤岛的河沿儿上一筹莫展。

早晨,孩子们结伴来到胡杨林里捡柴火、挖野菜,累了,他们就跑到干涸的河床上玩儿,温暖的阳光把细沙晒得暖洋洋的。潘志军提议,听说那个小岛上有野兔子,还有野鸭蛋呢,咱们去看看吧!孩子们都来了精神,他们把捡好的柴火和挖好的野菜堆放在胡杨林里,全体上岛。他们在小岛上扫荡了一番,没有任何战果。等他们想回家的时候,干涸的河床竟然变成了一片汪洋。

孩子们伫立在小岛的岸边,看着滔滔的河水不知所措,罗梦月、童玉冰几个女孩子望着河水开始哭泣,男孩子叽叽喳喳地出主意想办法。潘志军说:"咱们时间长了不回家,家里人一定会来找,要是有啥办法能让河对岸的人知道我们在这儿就好了。"

潘志兵听了弟弟的话忙问大家谁会爬树,苏林说:"我会,爬树干吗?"潘志兵说:"咱们把衣服、裤子啥的全都挂到树上去,这样河对岸的人就容易看见我们了。"

孩子们纷纷脱下自己的上衣交给苏林,苏林爬到树上把衣服系在树枝上,衣服在风中像彩旗一样的飘扬。这时,从河对岸隐隐传来了下班的军号声。

金小妹抱着潘戈急得直转圈,潘大海匆匆回来,罗恩泽和夏荣芳抱着小卫国跟着他前后脚进来。罗恩泽焦急地说:"老潘,你可算是回来了,这都一天了,孩子们都没回家,我怕出啥事儿才给你打的电话。"

潘大海说:"咱们现在忙得是四脚朝天,恨不得觉不睡饭不吃的。在这个节骨眼上,这群猴崽子不是给咱们找事儿吗?"

罗恩泽说:"现在说这些还有用吗?快想办法找孩子吧。"

金小妹把潘戈放在床上,接过夏荣芳怀里的小卫国说:"你们去找孩子,家里有我呢。"潘大海、罗恩泽和夏荣芳出门找孩子去了。

胡杨林被晚霞染得如同仙境一般,罗恩泽和潘大海在胡杨林里找到孩子们堆放的柴火和野菜,捆绑柴火的背包带上都写着各自家长的名字。

罗恩泽说:"东西在这儿,人能跑到哪儿去呢?"

潘大海说:"这可是一大群的孩子呀,孩子个个都牵着父母的心,我看还是请部队帮助找找吧。"潘大海去求部队帮忙了。

夏荣芳急得直哭:"老罗,他们会不会掉进河里了呀?"

罗恩泽说:"不会,刚才我去河岸边察看过了,没有人落水的痕迹。"

夏荣芳和罗恩泽高喊:"梦月、小兵、小军,你们在哪儿呀?"

哭声、风声、水声和他们呼喊孩子的声音交织在一起,在绚丽的胡杨林的上空回荡。

警卫团的团长率领全体官兵跑步过来,团长下命令让张营长带两个连队去别的地方寻找,让陈营长去各个检查站问孩子们出场区了没有。两个营长领命,吹哨子集合队伍出发了,余下的官兵在弱水河的岸边儿散开寻找。一时间,官兵们的呼喊声此起彼伏,遥相呼应。潘大海大声呼喊,急速奔跑⋯⋯

孩子们站在孤岛的岸边儿眼巴巴地遥望着河对岸,韩梅说:"听,河对岸的哨声!"孩子们挥舞着手里的树枝等物,用尽全力呼喊:"哎!我们在这儿!我们在这儿呢!"

潘志军对潘志兵说:"哥,咱们喊的声音太小,你吹号吧。"潘志兵用队号吹起了冲锋号。

一个战士发现了河对面的树上挂有衣物,立刻向团长报告。团长用望远镜向孤岛的方向瞭望,孩子们在团长的望远镜里挥手、跳跃、呼喊。这时,从小岛那边儿传来了嘹亮的冲锋号声,潘大海兴奋地一拍大腿:"团长,那帮小兔崽子们就在对面的小岛上呢。"

团长放下望远镜说:"俺的那个娘耶,这群孩子还真是在对面的小岛上呢,他们这是咋过去的呀,杨营长!天黑之前你们负责把孩子们全部给我安全地接回来。"

杨营长说:"是!一连长,你立刻带人去把打鱼队的铁船弄过来。"

团长松了一口气:"这帮孩子还会吹冲锋号,可真不简单啊。"

潘大海悲喜交加:"团长,孩子们给部队添麻烦了,我的孩子也在里面,我回去就做检讨。"

团长说:"错又不在你,你做的哪门子检讨哇?不过,你可别小看了这帮孩子啊,他们长大后准比咱们强。潘分队长,对孩子是要管严点,严是爱,松是害呀。哎,他们哪来的军号哇?"

潘大海说:"他们吹的是少先队的队号。"

罗恩泽和潘大海对警卫团的官兵们说:"谢谢同志们,你们辛苦了!"

队伍走后,罗恩泽说:"这些个破孩子们尽给我们惹事儿。"潘大海说:"谢天谢地,他们没出事儿就好!孩子就是孩子,他们要是都跟你我一样懂事儿,那就不是孩子了。"

"哼,我就没见过像你这么惯孩子的爹!你呀,你都快把你的儿子惯上天了,我的闺女早晚让你家那俩臭小子给带坏了。"

"怕我儿子带坏了你闺女,你就让你闺女离我的儿子远点儿!哼,还不是你闺女一天到晚缠着我儿子,跟个小跟屁虫似的,撵都撵不走,不知道的还以为她也是我潘大海的孩子呢,我看干脆让梦月也姓潘得了。"

"呸,臭美吧你。"

熄灯时分,潘大海气呼呼地一手揪着潘志兵,一手揪着潘志军回家。金小妹又急又气:"你们跑哪儿疯去了,你们俩是不是想急死我呀?"潘大海拎着武装带审问小哥俩:"上小岛上去玩儿是谁的主意?"潘志军勇敢地说:"是我,我听说小岛上有兔子……"潘大海说:"我就知道是你。"他把想护着弟弟的潘志兵一把推开,把潘志军按在床边,扒下他的裤子,用武装带抽他的屁股。潘志军先是咬着牙一声不吭,实在忍不住了就叫喊起来。金小妹一手抱着卫国,一手搂着潘戈,小心翼翼地说:"差不多就行了,你别把他给我打坏了。"

潘大海怒吼:"为了找他们这几个破孩子,我们出动了一个加强团的兵力呀。我今天就是要打疼他,让他知道自己犯了多大的错!"

潘大海怒气冲天,金小妹急得团团转,潘戈和罗卫国吓得哇哇大哭,潘志兵趁乱溜了出去。

第十二章 志军挨打 王来牺牲

夏荣芳和罗恩泽拉着哭泣的罗梦月回到家,罗恩泽把罗梦月搂在怀里哄着:"好闺女,别哭了,没事儿了啊。"

从对门传来了啪啪的打人声,还有小军的号叫声和潘戈、卫国的哭声。

夏荣芳说:"对门在干吗呢?我去看看。"

罗恩泽说:"别去,那个生产队长才不舍得真打他的宝贝儿子呢,那俩臭小子都让他给惯坏了,再不管管,他们就飞到天上去了。"

夏荣芳说:"俩孩子都哭成那样了,我还是过去看看吧。"

没等夏荣芳出去,潘志兵跑进来焦急地说:"罗叔叔,快!我爸快把小军给打死了。"

罗恩泽和夏荣芳冲进了潘家。罗恩泽一把夺下潘大海手里的武装带,他看了一眼潘志军的屁股,急赤白脸地说:"我说老潘哇,你真舍得下死手呀!"

潘大海怒气冲天地说:"你来干啥?我在自己家里教育我自己的儿子,关你屁事儿啊?"

"你在气头上打孩子,会把孩子给打坏的。"

"咱们现在忙的是脚打后脑勺,一个人当成几个人用,为了找他们,基地出动了一个警卫团的兵力。你说说这些孩崽子们给咱们裹了多大的乱呀!"

"孩子就是孩子,他们要是都跟你我一样懂事儿,那就不是孩子了,这话是谁说的呀?"

潘大海哼了一声开门出去了,潘志军这才哭出声来:"呜呜,他不是我爸,我没这么狠心的爸,他这是要把我给活活打死呀。"

潘志兵过来把潘志军那惨不忍睹的屁股用衣服盖上,金小妹抱着卫国泪流满面,潘戈坐在床上哇哇大哭。

罗梦月哭着说:"小军哥哥,你疼吗?"

金小妹哭着说:"打孩子算啥能耐啊!这孩子跟着他享啥福了?尽遭罪了!他尽过当父亲的责任吗?他有啥资格打我的孩子呀!"

罗梦月给金小妹擦眼泪,夏荣芳提着小药箱进来。

罗恩泽说:"大姐,这群孩子淘气淘得也确实太没边儿了!老潘他教育孩子没错,可我咋也没想到他会真打呀。"

金小妹说:"他这是想把我的儿子给打死了,他就心静了呀。潘大海,你干脆把我也给打死了得了,潘大海,我跟你没完!"

罗恩泽出去了,夏荣芳说:"大姐,你就别难过了。小军,让我看看你的屁股。"潘志军喊道:"不许女生看我的屁股!"小兵接过夏荣芳手里的小药箱:"妈,夏阿姨,请你们出去吧,我给小军的屁股抹点药。"

夏荣芳和金小妹抱着孩子出去了。

潘大海蹲在楼门口的树下抽烟,罗恩泽走过来,气哼哼地对他说:"有你这么打孩子的吗?还用上武装带了,干脆拿枪直接把他给毙了,那多解气呀。"

潘大海理直气壮:"我早就跟他们说过,你们怎么折腾我都行,谁让我是他们的爸爸呢,可是他们要想折腾部队那就是不行!这是原则问题!"

"他们还是孩子,有什么大不了的原则问题啊?"

"你不是说就没见过像我这么护犊子的爹吗?你还说我把我的儿子都快惯上天了,说你的闺女早晚得让我的儿子给带坏了,你都看到我是咋管孩子的了,这下你该满意了吧?"

"我满意什么呀我满意,我又没让你下死手地去打孩子,我那不过就是说说,你还真当真了呀?"

潘大海指着自己的心口,声音哽咽了:"你以为我就不心疼啊,我打他的时候,这儿疼!"

"哎,老潘,俩孩子犯错,一般来说都管教老大,你咋打的是老二呢?"

"我想管教谁那是我的事儿,你管得着吗?"

"谁管你家的破事儿了,我不就是觉得有点奇怪嘛。"

"这有啥好奇怪的呀,小军就是调皮捣蛋的祸根,我不打他我打谁呀?"

潘志军趴在床上,潘志兵给他的屁股上抹了红药水又抹紫药水,潘志军疼得龇牙咧嘴:"哎哟,哥,你轻点儿,疼。"

潘志兵说："好，好，我轻点儿。"

"法西斯，大军阀！啥都不问就开打，还打得这么狠，我就是他的阶级敌人，他把我给消灭了，他就胜利了。"

"咱爸其实挺疼你的。"

"有这么疼儿子的爸吗？"

"是谁带着部队来找咱们的呀？是咱爸呀，他要是不把咱们当回事儿，能急成那样吗？"

"他急的是你，不是我，他疼的人是你，也不是我！哥，你说我是他亲生的吗？"

"你绝对是爸亲生的，我……"

屋门突然被推开了，韩梅、童玉冰几个女生突然闯了进来："潘志兵，潘志军，我们不放心你们……"

潘志军恼羞成怒："别进来！快出去！"

女孩子们看到潘志军被涂抹成红红紫紫的光屁股时，都捂住眼睛大叫："我没看见，我啥都没看见。"转身跑了出去。

晚上，潘志军趴在床上，金小妹要看他的屁股，他不让。"妈你别看了，我现在不太疼了，那个法西斯下手可真够狠的，他不是我爸，他是我的敌人，只有敌人才会这么狠毒！"

金小妹轻拍了他一下说："别胡说八道！听话，我是你妈，快让我看看他把你打成啥样儿了。"

潘志兵帮潘志军掀开盖在屁股上的毛巾，金小妹看到儿子红红紫紫的屁股泪流满面。她给潘志军盖好被子，回到布幔这头的床上躺下。

熄灯号响了，潘大海才从外边儿回来。他刚上床，就被金小妹一屁股给挤到了地下，潘大海从地下爬起来，来到布幔的另一头，轻轻掀开潘志军的被子。潘志军闭着眼睛装睡，潘大海打开手电筒认真察看儿子的屁股，眼泪流了下来，这一切都让潘志兵看在了眼里。

潘志兵轻声说："爸，你不该这么打他。"

"你咋还没睡呀？快睡吧。这药是你给抹的？"

"嗯。"

"好儿子，谢谢你。"

潘大海离开时，潘志军和潘志兵都流下了眼泪。布幔这头的金小妹给潘大海留下他睡觉的位置。

罗恩泽和夏荣芳躺在床上。夏荣芳说:"那个生产队长也太偏心了。"
罗思泽说:"你觉得他更偏谁?"
"偏小兵呗。"
"他偏的是小兵,可他最喜欢的却是小军。"
"挨打的也是小军啊。"
"老潘对小兵的爱有小心翼翼的味道,对小军的爱才是父亲对儿子真情实感的自然流露。"
"是这样的吗?"
"小兵生病了,老潘他特别的上心,他想尽一切办法去给小兵整什么冰糖葫芦;可是小军病的时候也想吃冰糖葫芦,老潘就没当回事儿。"
"你是怎么知道的?"
"梦月说小军为这事儿都哭了。"
"他们怎么能这样呢?这是为啥呀?"
"除非……"
"除非什么?"
"算了,人家的事儿,我们跟着瞎操什么心呢,睡吧。"
"你接着往下说呀,除非什么啊?想想是有些怪哈,是因为什么呢?难道小兵……这可能吗?不对,这也不可能,哎,你倒是说话呀?"
罗恩泽已经睡着了。

基地没有中学,潘志兵小学毕业后,得和同学们一起到几百公里以外的县城中学去住校。这天一大早,潘志军和罗梦月在火车站送潘志兵去地方上学。潘志兵嘱咐潘志军:"我走了,这喂鸡、劈柴的活儿就都交给你了。"潘志军说:"没问题。哥,你才十三岁就离开家,怕不?"罗梦月问:"小兵哥哥,你都要出远门了,金妈妈和潘伯伯咋也不来送送你呀?"潘志兵说:"你看,有谁家的爸爸妈妈来送孩子呀?"

罗梦月舍不得小兵哥哥走,潘志兵对她说:"梦月,别哭,等学校放假了,我给你买好吃的回来。"他趴在车窗上兴奋地挥手高喊:"再见了,神秘的前边儿!哈哈,我们终于可以自由地飞翔啰!"

罗梦月还在哭泣,潘志军对她说:"傻嫦娥,我哥都自由地飞翔了,你还傻哭个啥劲呀？"

罗梦月边哭边对潘志兵挥手。

一九六五年十月二十日，一枚导弹喷着火舌直刺天穹，导弹的后面拉着一条滚动的白烟，像巨龙一样翻滚着飞向天际，导弹越飞越远，火光由一条直线渐变成一个圆点。敖包山指挥所的大喇叭说："落区发现目标，导弹飞行正常，试验圆满成功！"

欢呼的人群从敖包山指挥所、从各个光测站和遥测站汇集到了发射阵地，尽情欢庆又一颗新型导弹的发射成功。

潘大海和罗恩泽他们在人群里笑着喊着："新型号导弹发射成功了！""我们又胜利了！""毛主席万岁！共产党万岁！"

欢呼的人群由各单位的领导带离阵地后，七辆加注车有序地驶出了发射阵地。加注车来到敖包山西面的戈壁滩排泄剩余的液氧，喜子把阀门拧开，迅速汽化的液氧在加注车旁升腾起一片白雾。前三台车顺利排空，第四台车剩余液氧即将排完，喜子招呼战友们整理装备准备返回。

加注车附近的一簇骆驼刺突然燃起大火，有人跑去灭火，由于液氧在他的工作服上形成了一层汽化分子膜，一沾到火星，火苗瞬间顺着他的衣服蹿了上来。喜子冲过去把战友的衣服扒下，可是身上同样沾满汽化分子的他们顿时成了燃烧的"火炬"！

喜子的身后就是战友和加注车，他为了战友和加注车的安全，对冲过来救他的战友们高喊："别过来！"

喜子转身向远离战友和车辆的方向艰难地跑去。十米，二十米，三十米，烈火在他的身上无情地燃烧，他像一只人体火炬一样在不停地奔跑，一步，二步，三步……

他拼尽最后的力气，左脚跨出第三十七步，右脚跟上第三十八步，他膝盖着地，两手死死地撑住全身，挺起胸膛，昂着头颅，把人生最后的姿势定格成蹲姿。

战友们哭喊他的名字："喜子，王来……"战友们上前扑灭他身上的大火，喜子的身上还在冒烟，他浑身上下已经烧成了铁黑色，铁黑色的喜子瞪着铁黑色的眼睛，朝东方平视着。

战友们围着他转了好几圈，看着他那变形的脸，瞅着他弯曲成弓形的背，他的左脚踩下一个深坑，两手插入戈壁滩沙土足足有三厘米，他浑身上下没有

123

留下一根纤维，找不到一根毛发，没有一块完整的皮肤。

喜子身后留下的三十八个焦黑的脚印，那是火焰将他的肉体烧化后滴淌下来的足迹，是他的人生中最闪光的足迹！

分队指导员上气不接下气地跑进潘大海的办公室："分队长，出事儿了，出大事儿了！"

潘大海曜地站了起来，逼视着他："出什么事儿了？"

分队指导员悲痛地说："武润喜和王来……都……牺牲了！"

潘大海瞪着眼睛，悲愤地把拳头猛地往桌子上砸去，桌子上的东西一阵叮当乱响。"你！你们！我，我枪毙了你！！马上跟我去大队向首长汇报！"

用餐的军号已吹完，戴着袖标的女值班员流着眼泪站在场上吹哨子，她吹了半天，没有一个人出来，她自己也回去了。

潘大海和分队指导员回到中队，看见集合场上没人，潘大海问分队指导员："今天是谁值班？"分队指导员说："三分队副分队长。"潘大海说："叫她跑步过来！发射中队应该是打不垮拖不烂的硬骨头，这样经不住考验还行？"

女值班员跑步过来，潘大海对她吼道："再吹哨！"

女值班员吹哨，用带着哭腔的声音高喊："开饭了！"人员列队完毕，她下口令："立正！向右看齐，向前……"

她看到空出来的喜子的位置，在"看"字没发出之前，她仿佛再次看到了喜子如同一支燃烧的火炬在奔跑，她忍不住哇的一声哭出了声。其他的女军人跟着她号啕起来，有的人抱在一起痛哭，有的人趴在别人的肩头抽泣，有的人蹲在地上流泪，有的人哭喊着跑回了营房。潘大海泪流满面。

分队指导员哽咽地一挥手："解散吧。"

潘大海大吼一声："不能解散！亏你还是个指导员！不就是咱们的战友牺牲了吗？在朝鲜战场上，一梭子子弹打过来，咱们的战友倒下的不止一个，我们活着的人，把战友的尸体扒拉到一边，照样往前冲！同志们，喜子，哦，喜子是他的小名。王来同志牺牲了，你们光知道哭，饭也不吃，是不是连觉也不睡，工作也不干，导弹也不发射了？这是咱们发射中队的作风吗？这是王来同志希望看到的吗？他为了救你们，为了保住中队的液氧加注车，是为了什么？就是为了看到你们现在的样子吗？"

哭泣的官兵都站起来自动站好队伍。潘大海说："值班员同志，全分队的人都在看着你，你知道应该怎么做。"

女值班员使劲擦了一下眼睛,她再次吹起了哨子,用悲壮的声音高喊:"集合,动作要快!立正!向右看齐,向前看,稍息。"

女值班员看看潘大海,潘大海对她点点头。在女值班员的口令中,全分队高唱着《大刀进行曲》,齐刷刷地迈步走向食堂。

潘大海、罗恩泽、孔文、斯小川、分队指导员,还有部分干部一同来到基地医院的太平间。王来的遗体如同一尊铁人一般半蹲半跪在一张铺着白布的平台上,脖子以下用白布包裹着,只露出铁黑色的头部,他原来的身高有一米八,现在只剩下了一米。他的脸部仍然存留着生前的不屈和坚强。

潘大海看到王来的惨状,眼泪霎时哗哗流淌。他们给牺牲的战友三鞠躬。首长带着几个领导也来了,泪滴挂在他眼角的皱纹上。他走过来,俯下身子仔细查看王来的遗体,说:"给王来同志穿上军装,戴上军帽。"他停顿了一下,悲痛地说:"他没有倒下,就按这个姿势入殓吧。"

首长转身问潘大海:"王来是怎么死的?"

潘大海说:"他是为了抢救战友牺牲的。"

分队指导员补充道:"一个司机在现场用火柴点燃了一块擦车布扔进了骆驼刺,他看到着火了,用脚去踩,火不但没踩灭,反倒把自己给烧着了,王来去救他,后来就……"

首长训斥潘大海:"液氧是易燃易爆的危险品,接触液氧的人有一套严格的规章制度,你们分队竟然还有这样的混蛋!他连一点科学常识都不懂吗?你们的安全意识都到哪里去了?规章制度都到哪里去了?你作为发射分队的军事主官,应该下大力抓好平时的军事技术训练和管理教育,你训练了没有?你教育了没有?你管理了没有?这两年试验任务连战连捷,今天又在欢呼胜利,在一次次的胜利面前,你是不是感到自己不得了啦?导弹上天,汽车冒烟,回去会餐,一个比一个跑得快,液氧还没有处理完毕,你们分队的领导都跑到哪里去了?你,你对得起牺牲的烈士和受伤的同志吗?"

潘大海低头流泪。首长对他大声喝道:"潘大海,我要处分你!"

在王来同志的追悼大会上,人们怀着沉重的心情瞻仰王来的遗容,王来穿着军装,戴着军帽半蹲半跪,他似乎在虔诚地向人们叩首、诉说……潘大海久久凝视着比亲兄弟还要亲的喜子,悲号地跑出了会场,罗恩泽、斯小川和孔文跟着他跑了出去。

空旷的戈壁滩回荡着潘大海的哭号声:"喜子,我的好兄弟呀!"

罗恩泽、斯小川和孔文从远处走过来，罗恩泽对潘大海说："基地已经授予王来同志'舍己救人英雄'的称号，还给他追记了一等功。基地党委还做出了向王来同志学习的决定。"

潘大海悲痛地说："他跟了我那么多年，就这么被活活地烧死了。喜子！你疼死我了呀！"

罗恩泽说："你的处分决定已经下来了，是严重警告。相关的领导有的是记大过，有的是撤职，那个司机已经被开除军籍送回原籍了。"

潘大海哽咽着说："给我再大的处分也不为过，现在就是枪毙我，我都没意见。我真是没有想到哇，喜子他会……我是个混蛋，我就是个大混蛋呀！喜子，我对不起你呀！"

罗恩泽说："我知道你心里很难过，喜子跟了你那么多年，你对他就跟对自己的亲兄弟一样。大海，不管你多么难过，你在分队全体官兵面前讲的话真的让我很感动，我们的战友牺牲了，我们要照样坚守阵地。你哭够了吗？哭够了咱们一块坚守阵地去。"

孔文说："有人在兰州看到马小柱了。"

潘大海惊呼："真的？他现在还在兰州吗？"

孔文说："那个人说，马小柱穿着破旧的军装坐在路旁吹口琴，吹的全是军歌，他的面前放着军用茶缸，来往的人们往茶缸里扔零钱……"

孔文哽咽着说不下去了，潘大海揪着孔文说："他为啥不把小柱带回来？"

"那人说，他叫了一声'马小柱'，马小柱没理他，那个人以为自己认错了人，等他再回去找，马小柱就不见了。"

"找，我去找，我一定要找到他！"

"你刚挨完处分，这时候请假不合适，还是我去吧。"

潘大海紧紧拉着罗恩泽的手说："好，你去找，你马上就去，你一定要把马小柱给我找回来，他是咱们的兄弟，咱们不能让他流落街头，不能让他要饭……不能啊！！"

潘大海和孔文在办公室写材料，罗恩泽急速进来，潘大海问他："怎么样？"

罗恩泽端起潘大海的茶杯喝了一大口水说："没找着。"

"他能去哪儿呢？"

"我在兰州城拭了好几天，大小街道都找遍了，还是没找着。"

"他这是在躲咱们呢,一定要找到他。"

"他不会是回河南老家了吧?可是他说过,他老家没啥亲人了呀。"

"有可能,人不亲土还亲呢。明年我休假去一趟,我就不信我找不着他。"

孔文说:"老潘,如果把马小柱给找到了,你打算怎么安置他?"

"我养他一辈子。"

"他愿意让你养他一辈子吗?当年他要是愿意让部队养他,他就不会主动要求复员,不会悄悄离开咱们了。"

潘大海说:"我一定要找到他,如何安置,等找到他以后再说!找不到他,我这辈子都良心不安!"

孔文和罗恩泽齐声说:"浪跟滴!"

潘大海、孔文、斯小川、罗恩泽都升职了,营房部门根据住房规定,把潘大海的家调到了罗恩泽家楼下,两家可以各住一个独立单元。

搬家那天,罗恩泽过来帮忙,潘大海笑呵呵地对罗恩泽说:"这下你该高兴了吧?以后你们两口子恨我的时候,再不用躲在被窝里闻着屁味儿骂我了。"

罗恩泽笑着说:"你住在我家楼下,我恨你的时候,我就在楼上踢正步,我烦死你!"

潘志军帮着父母收拾东西,搬衣箱时不小心把衣箱弄倒了,衣服全都掉了出来,夹在衣服里的几张照片也跟着掉了出来。他拿起来一看,是爸爸年轻时穿着国民党军服的照片,他惊呆了。金小妹来到他的身后,从儿子手中夺过照片重新放进箱子,把箱子快速锁好。

潘志军怯声地问:"妈,我爸他当过国民党?"金小妹说:"胡说!你爸爸是共产党员!他从十三岁参军到现在一直都在共产党的队伍里。"

"那……照片是咋回事儿?你为啥害怕了呀?"

"儿子,你爸爸的历史绝对是清白的。但是人心难测呀,要是有多事儿的人知道了这些照片,也会和你一样对你爸爸的身份产生怀疑,那你爸爸的麻烦可就大了。"

"身正不怕影子斜,只要我爸是堂堂正正的共产党员,有啥好怕的?"

"你不该怀疑你爸。"

"不是怀疑,是事实确凿。"

"有这个事实的时候还没有你呢!我告诉你啊,你要是敢把你爸爸的这些照片给捅出去,我……我就不认你这个儿子了!"

"妈！你没有阶级立场！"

金小妹抓住潘志军摇晃着，眼泪流了出来："孩子，你不知道现在的社会有多复杂。但是你要相信，你爸爸他真的是个好人，孩子，为了你爸爸，也为了咱们这个家，妈求你，千万别把这事儿说出去！"

"妈，你别哭了，好了，我不说，我一定不说，我跟谁都不说，就连我哥我都不说，我向毛主席保证我不说！我要是说了，就让我不得好死！"

金小妹捂住他的嘴："有人来了。"

潘家的房子收拾好了，一间是潘志兵和潘志军小哥俩的房间，一间住潘大海两口子和闺女。由于潘志兵在外地上学不在家，潘志军独享一个房间。

夜深了，潘志军躺在床上睡不着："我爸竟然当过国民党，不知道他现在到底是啥身份，他是潜伏在共产党内部的国民党特务，还是投诚过来的国民党的叛徒？他要是国民党的叛徒还好，假如他是国民党特务我该怎么办？我是不是应该跟他划清界线，我是不是应该站出来揭发他？我妈不许我把照片的事儿透露给别人，她为啥要包庇他？仅仅是为了我们这个家吗？"

潘志军想着想着睡着了，梦中的他揭发了爸爸当过国民党的事儿，爸爸被打成现行反革命给抓走枪毙了，妈妈哭了，潘志兵骂他，妈妈、哥哥、妹妹都被赶回老家去了，全家人都走了，谁都不要他了，他一个人坐在空荡荡的戈壁滩上放声大哭。

潘大海在隔壁看书，听到哭声走进来打开灯叫醒了潘志军。他睁开眼睛看到死而复生的爸爸，又惊又喜："爸？你没死，你还活着？"

潘大海笑了："我当然要活着了，你们都还没长大呢，为了你们，我也得好好地活着呀。"

潘志军抱住潘大海哭着说："爸，你一定要好好活着，我们不能没有爸！"

潘大海又笑了："小猴崽子，你是不是做噩梦了？放心，爸爸不会死的，快睡吧，睡觉的时候别把手放在胸口上。"

潘大海关了灯出去了，潘志军心想："我是红小兵战士，我应该勇敢地站出来，和这个国民党特务划清界线，可我只有这一个爸，我怎么可能和他划清界线，我该怎么办呀？"

一天，潘大海下班回来对潘志军说："你给我站好了！说吧，你们昨天是不是跟战士打架了？"

潘志军奇怪地问:"你是咋知道的?"

"你别管我是咋知道的,你就说有没有这事儿。"

"那不算是打架,那只是我们双方产生了一点小小的摩擦而已。"

"你行啊你,你连我的战士你都敢打了,你真长本事了啊?"

"是他们先惹我们的。"

"他们咋惹着你们了?"

"我们几个在菜地摘了他们的几根黄瓜吃,被他们发现了,他们就不乐意了,有啥呀,不就是几根破黄瓜吗,真小气!"

"后来呢?"

"后来他们骂我们是小偷,我们就和他们打了起来,他们打不过我们,就去学校告状。来不来的就告状,还解放军呢,也不嫌丢人。"

潘大海给了潘志军屁股上一巴掌,潘志军躲着他跑,金小妹站在一边儿冷眼观看。

潘大海边追打他边说:"丢人的应该是你,你们老师把告状的电话都打到我的办公室来了,你不仅丢了你自己的人,你还丢了我的人。你以为我们的战士打不过你们啊,要不是有军纪管着,早就把你们这几个小兔崽子给揍趴下了。"

潘志军边跑边说:"你也是军人,你也有军纪管着,你凭啥就能随便打人呀?"

"你是我的儿子,我打你天经地义,天王老子都管不着。"

"好人不打人,打人的人就不是好人,是国民党反动派,是大特务,是混进革命队伍里的大叛徒、大内奸!"

金小妹走过来,甩了潘志军一个大嘴巴,潘志军捂着脸委屈地说:"妈,你咋也打我呀?"

金小妹瞪着眼睛指着他说:"你是不是想害死你爸,想害死咱们全家啊!你再敢胡说八道,我就扒了你的皮!不信你就试试!"

熄灯后,潘大海和金小妹躺在床上说话,潘大海说:"我还是头一次看见你打孩子。"

金小妹说:"你能打,我就不能打啊?"

"能打,我的意思是打孩子不要打脸,打脸不好,伤自尊。"

"我爱打哪儿就打哪儿,你管不着。"

"你这是咋了,为啥事儿生那么大的气啊?"

129

"没咋的,这孩子说话满嘴跑火车,现在外头这么乱,我怕他给你惹祸。"
"他能给我惹出啥祸来呀,我历史清白,对党忠诚,我没啥好怕的。"
"你真的没啥好怕的吗?"
"真的没有,你还不相信我呀?"

一九六六年六月十一日,发射中队在开支委会。

中队指导员孔文在会上说:"今天的支委会议属于绝密,咱们中队要执行一项绝密的重大任务,现在请潘大海中队长传达上级的命令和指示。"

中队长潘大海说:"同志们,发射大队到目前为止,已先后发射了三种地地型导弹三十二发,为祖国立了大功。今天,上级又赋予我们执行一项我们中国人从没干过,连外国人也没有干过的非常特殊、非常艰巨、非常光荣的任务。"

罗恩泽说:"前无古人,后无来者。这个任务风险很大,难度也很大啊。"

有人问:"到底是啥任务这么重要?"

潘大海说:"这次任务的保密性要求非常高,请大家记录以下几条:一、从今天开始,全中队统一使用绝密本;二、这次任务一律使用代号,不能提具体任务那几个字;三、不能对没有参加任务的任何人说任务的情况,包括不直接参加任务的炊事员……"

全体支委把七条保密规定认真记录完毕。有人问:"到底是啥任务,你赶紧给我们说说吧。"

孔文说:"同志们,你们知道原子弹的威力吗?"

有人说:"一九四五年八月六日和九日美军对日本广岛和长崎投掷原子弹,造成了大量平民和军人伤亡。"

又有人说:"原子弹在广岛的爆炸大大加速了日本军国主义的覆灭和第二次世界大战的结束,九天后的八月十五日,日本即宣布投降,避免了日本在军国主义泥潭中越陷越深,拯救了大多数日本国民。"

潘大海说:"大家说得很对,原子弹的威力很大,为了打破美帝国主义的核讹诈,咱们国家也研制了原子弹,咱们国家已经成为第五个掌握核武器的国家。可是,原子弹研制出来了,怎么才能打到敌人那里去呢?这就好比,咱们已经有了很厉害的子弹,可是没有枪把子弹打出去,这个子弹还有什么意义呢?"

罗恩泽说:"过去可以用飞机空投,但这很容易被对方拦截,现在苏美都已经完成了导弹运载核武器的试验,也就是说,从美国发射洲际导弹,携带着核弹头,跨洋过海,一下子就可以打到苏联打到中国来。为了保家卫国,为了世界和平,我们也要搞导弹核武器试验。"

罗恩泽又说:"同志们,原子弹实在是太厉害了,咱们在试验中万一出问题,将会是啥后果,我想大家都能想象得出来。原子弹爆炸时除了像常规炸弹一样,能把人直接炸死烧死,还会产生强烈的冲击波、光辐射、贯穿辐射,能使距离爆心很远的人致死致残。战争没有胜败,有的只是毁灭!"

有人说:"原子弹爆炸时形成的尘埃,含有放射性物质,这种放射性物质看不见摸不着,它们在可以在空气中扩散,随风飘浮,人呼吸后,就会得病。听说人只要沾染上放射性物质,就会得白血病、肺病、肝炎和癌症,还会掉头发,眉毛胡子全掉光,男人女人都不能生育,即使怀孕了生下来的也是怪胎。"

有人惊呼:"太可怕了!"

潘大海一巴掌拍在桌子上,站起来说:"你们是不是都怕了?原子弹要是真有那么厉害的话,制造原子弹的人不早就死光了?支委会上不鼓劲,尽说些丧气话,而且还越说越玄乎,战斗还没打响呢,你们就要集体投降了,这个任务咱们还要不要执行啊?"

罗恩泽劝他:"你先别发火嘛,大家都在发表自己的意见,说错了也没关系,总得让人说话,是不是呀?何况我们说的是原子弹的科学常识,原子弹的杀伤力就是大嘛,要不然我们花那么多的钱、费那么大的劲儿研制它干吗?"

孔文说:"你刚才说的那些话,是领导应该说的吗?这些话要是传到战士那里,谁还敢上阵地啊?"

有人说:"我先表个态,我不怕死,为了完成任务,活着干,死了算,反正我都有儿子了,我啥都不怕。"

"我也不怕死,哪里有危险,就请中队长派我到哪里去。"

"我也不怕死,我也要求到最危险的地方去。"

"还有我……"

一九六六年七月,发射大队的全体官兵召开誓师大会。

基地首长在大会上做总动员:"这次任务,地方涉及二机部、七机部、四机部、五机部,交通部、外交部和国防部,参加试验的军队单位有解放军的各军兵种、军事科学院、八一电影制片厂,还有我们这两个试验基地。军以上的大单位就有十八个之多,比之过去我军任何一个战役都有过之而无不及,真所谓是千人一发弹，万人一杆枪。在这次伟大的协同战役中，你们发射大队就是尖刀连，零距离和导弹原子弹接触的，是你们，最后把导弹核武器送上天的，还是你们。如此光荣伟大的任务，人的一生能遇到几回，你们遇到了，参加了，而且是最最重要的岗位。我们中华民族有同敌人血战到底的气概，有在自力更生的基础上，光复旧物的决心，有独立于世界民族之林的能力。同志们，你们将要为伟大的中华民族书写浓墨重彩的一页，我为你们骄傲，为你们自豪！我祝贺你们，相信你们，期盼你们！"

潘大海站起来高声大喊："中队全体官兵，起立！"

全中队一百多人刷地站了起来。潘大海举起右手，全体人员跟着他举起右手，潘大海庄严地说："我代表发射中队全体官兵宣誓，在这次任务中，我们一定做到，一言一行向人民负责，一举一动让祖国放心，不误发一个口令，不误做一个动作，不误读一个数据，不放过一个疑点，不露过一个隐患，以优异的成绩向祖国人民汇报！"

潘大海放下右手，全体人员跟着他放下右手。潘大海高喊："坐下！"全体人员唰的一声，都坐在了小板凳上。

基地首长面向主席台人员说："起立！"主席台上的首长们唰地一下子站了起来，台下的所有官兵也唰的一声站了起来。

首长说："向我们英雄的发射官兵，敬礼！"台上全体首长给台下所有的官兵敬礼。

潘大海说："给各位首长们，敬礼！"台下的全体官兵给首长敬礼。

基地严格保密，外人不让进，找不到干零活的临时工，基地就响应毛主席的五七指示精神，把军属组织起来成立了五七大队，五七大队的军属们的工资少得可怜，任务却非常繁重。

金小妹和十几个军属姐妹在火车站卸货，她们把一袋袋水泥从火车搬到汽车上，脸上身上都弄得脏兮兮的。她下班回来，换了衣服赶紧给家人做饭，夏荣芳进来对她说："姐，这段时间我们太忙了，晚上不是开会就是加班，连去幼儿园接孩子的时间都没有，我想给卫国办全托。"

金小妹问："啥叫全托？"

"就是让孩子白天晚上都住在幼儿园，星期天才接回来。"

"卫国他乐意吗？"

"卫国说了，只要潘戈姐姐晚上也住在幼儿园，他就乐意。"

"你的意思是让我们家的潘戈也改成全托?"

"姐,你看行吗?"

潘大海抢着说:"我看行。你们五七大队的活儿太重,我这段时间又太忙,可能会好长时间都住在点号。孩子住在幼儿园,你晚上可以好好地歇歇了。"

第十三章　两弹结合　众志成城

发射中队全体支委成员围坐在一张乒乓球案子旁开会，各支委在会上汇报工作。

有个支委说："现在提供的定位名单都是经过了专业组长研究，在党小组会上征求过意见的，我们一分队有四个关键岗位，导弹和原子弹头的转运司机两名，这次对转运司机的要求比历次任务都高，因为导弹和原子弹对运输车车速的稳定性有严格要求，何况还有十公里的戈壁滩路。这两个岗位我们拟定了两个老兵。"

潘大海中队长点头。

那个支委继续说："第三个岗位是连接导弹和原子弹头的133号，四是瞄准操作手123号。133号最危险，既要把原子弹和导弹连在一起，还要连接导弹原子弹的气路电路，只要把电路连上，原子弹就具备了引爆的条件，可以说，这是与死神打交道的岗位。"

孔文指导员强调："这么重要的岗位，一定要慎重。"

潘大海说："我这里有一大堆的决心书和保证书，还有血书，哦，这是一封血书。"

潘大海从包里翻出一摞纸，他从中找出一封血书向支委们展示，然后交给孔文。孔文接过血书高声朗读："四海翻腾云水怒，五洲震荡风雷激。中华民族有志气，造出导弹核武器。试验任务已来临，誓死参战志不移，不怕苦来不怕死，定叫春雷震天宇。"

郑义老师在课堂上给同学们上课，黑板上写着"原子弹的原理与防护"。他大声问："同学们都听懂了吗？"同学们大声回答："听懂了。"郑义满意地点点头,他略停顿了一下说:"同学们,咱们国家虽然解放了,可是国外还有坏人在盯着咱们,我们得多学点在战争状态下保护自己的常识,所以咱们基地经常搞防空演习。这段时间你们要备好水和干粮,准备好一条白被单和一块白毛巾,只要基地的警报一响,你们就马上有秩序地在部队的带领下撤退。同学们,知道白被单和白毛巾是干啥用的吗?"

同学们回答:"是防原子辐射的。"

郑义说:"对,是防原子辐射的,有突发情况的时候,我们就用白被单裹住自己的身体,用白毛巾捂住自己的嘴巴。同学们,你们记住了吗?"

"记住了。"

"我们要认真对待每一次的防空演习,要严格遵守防空纪律,要提高警惕,不要以为是演习就掉以轻心,不能有麻痹思想,大家都记住了吗?"

"记住了。"

下课后,郑义向同学们告别,回到原单位去执行任务了。

潘大海站在家门前,深情地凝视着金小妹,这次任务有多危险他比谁都清楚,他在心里默默地跟老婆做最后的告别,他看了老婆一眼,又看了一眼……

基地首长和发射中队的将士们紧张地盯着导弹与核弹吊装,风太大,导弹和核弹刚吊离运输托架,就在空中摆动起来,龙门吊也出现了轻微的摇晃。

潘大海大喊:"快,拿绳子来!"

斯小川抱来了绳子,几个官兵跑过来把绳子系在导弹和核弹上,八个小伙子,分成两拨,一边四个,他们小心翼翼地拽着绳子,尽量减少导弹和核弹晃动的幅度。

导弹和核弹缓缓地吊起来了,拽绳子的人由八人增加到十二人。

指挥员一边观察,一边指挥,一边操作,导弹一会儿一点点地上升,一会儿又一点点地下降,最后终于将摇摇晃晃的导弹吊到了发射架上。

在场的所有人这才长长地松了一口气。

一九六六年十月二十七日,天刚蒙蒙亮,凄厉的警报汽笛在基地的上空回响,东风小学的同学们身背水壶和书包,脖子上围着白毛巾,在学校操场集合,学校的王主任在队伍前讲话:"同学们,白被单都带了吗?"

"带了。"

"同学们把白被单都披在身上吧,吃的喝的都带好了吗?"

"带好了。"

"这次防空演习和往常的要求是一样的,你们要遵守纪律,听从老师和解放军叔叔的指挥,记住了吗?"

"记住了!"

"各班的班长和副班长协助班主任负起责任,少先队员在这个关键的时候要起到先锋队的带头作用,明白了吗?"

"明白了!"

"出发!"

各班的老师们带着排着队的小学生向火车站的方向走去。

幼儿园的孩子们身穿着大白兜兜,背着小水壶和小干粮带,脖子上系着白毛巾,他们手拉着手,排着队,在老师的带领下往火车站的方向走着。

四岁的潘戈牵着三岁罗卫国的小手。

"姐姐,我困。"

"我也困。"

"咱们去哪儿呀?"

"不知道。"

"我怕。"

"不怕,有姐呢。"

"嗯。"

寂静的50号发射场,偶尔有一两个操作手出现,他们完成动作后迅速跑步离开。斯小川在调试,罗恩泽站在跟前盯着,导弹尾端还站着潘大海和基地首长。

首长问潘大海:"零位影响有多大?"

"如果舵机零位过大,会使导弹起飞时产生漂移。"

首长点点头。斯小川跑步过来向潘大海汇报:"报告,四个舵机零位全部调到了零点三伏。"潘大海说:"好,撤收。"

斯小川用恳切的目光看着潘大海说:"请再给我们五分钟,我们要把四个舵位全部调到零。"

潘大海用目光请示首长,首长向潘大海点头,潘大海说:"同意!"

斯小川认真调试。过了一会儿，他跑过来向首长和潘大海汇报："报告，四个舵机全部调整到了零伏。"

潘大海向首长报告："报告首长，检查完毕，陀螺误差为零，舵机零位为零，瞄准误差为零。"

首长说："好！最后时刻，再接再厉，确保成功！"

东风火车站站台前停靠了一列闷罐子火车皮，火车头喷着白色的蒸汽在等待出发，人们在警报声中有条不紊地上车。战士们把幼儿园的孩子和小学生一个个抱上车，家属在金小妹的指挥下有秩序地上车。火车头拉响汽笛，慢慢行驶，车厢一侧的大门紧闭着，另一侧大门敞开着。

家属所在的车厢里，有个家属猛然站起来惊叫："哎呀！我忘记锁门了。"金小妹对她说："没事儿的，有巡逻队在咱们的家门口巡逻呢，你家里啥都丢不了，放心啊。"

小学生所在的车厢里，女同学在玩翻绳、拍手和叠手帕。童玉冰轻声唱着《让我们荡起双桨》，女孩子们摇晃着身子给她打拍子。潘志军和苏林坐在车上摆开了军棋开始对垒。火车一晃，一枚棋子从车厢地板的缝隙掉了出去。潘志军要下车去捡，警卫战士不允许。他小声嘟囔："不就是个防空演习吗？整的还跟个真事儿似的，没了军长，我的这副军棋就废了，以后还咋玩儿呀！"

阵地上，首长慢慢走在通往地下室的台阶，耳边响起了上级领导的教导："这次试验是空前的大会战，两弹结合在本国国土上进行试验，只许成功，不许失败。每一个零件都要符合要求，要做到百分之百合格。我再一次强调，严肃认真，周到细致，稳妥可靠，最终要落实到万无一失上。"

控制室太小很拥挤，首长只好站在防护门外的过道上，七勇士有的在记录数据，有的在盯着发射控制台。有个勇士的脖子上挂一块怀表，他看到首长先是一愣，然后站起来报告："报告首长，一切准备就绪，请指示。"首长说："按程序进行。"

这位勇士看了看表，向潘大海努了努嘴。潘大海对首长说："马上就要下达'三十分钟准备'的口令了，您该撤离了。"

"我就留在这里。"

"这里危险，您不能留在这里。"

"正因为危险，我才要留下来。"

"七人小组是经过党委和您签字批准的,这里没有您的位置。"

"我就站在过道。"

"不成,您不离开控制室,我们不往下进行。"

"我命令你往下进行。"

潘大海急中生智用调试向上级汇报:"红星,我是0号。"

"0号请讲。"

"地下室尚有首长未离开,请最高指挥员明示。"

沉静了三十三秒后,传来了调试的声音:"0号,我是红星,最高指挥员要和首长通话,请接通。"

潘大海把调度送话器递给首长,电话对面传来了聂帅的声音:"我是聂荣臻,我命令你立即撤回到敖包山指挥所。"

"是!"首长瞥了潘大海一眼,离开了地下室。

潘大海拿出毛主席像章给每个人戴上:"同志们,最后的时刻到了,让我们共同宣誓!"

七勇士在毛主席像前庄严宣誓:"我们保证,坚守岗位,勇敢沉着,精心指挥,精心操作,准确无误,万无一失。誓死完成这一光荣而伟大的发射任务!"

九、八、七、六、五、四、三、二、一,点火!一声令下,携带着核弹头的导弹拖着长长的白烟,风驰电掣般冲向了天宇。各种口令响了起来:

"遥测跟踪正常。""光测跟踪良好。""弹头分离。""导弹飞行正常。""核弹头在预定目标爆炸!"

参加发射的官兵笑着跳着叫着喊着,他们把罗恩泽和斯小川抬起来,高高地抛向空中。

东风大礼堂前人头攒动,彩旗飘扬,各单位的军人、职工、学生兴高采烈地打着横幅标语,敲锣打鼓,集中在大礼堂前。在大礼堂的二楼上挂着大会标,上画写着:庆祝我国发射导弹核武器试验成功大会。人们挥舞着小三角彩旗,高呼庆祝口号。

首长铿锵有力的声音在大礼堂的上空飘扬:"我国进行的导弹核武器试验圆满成功了!霸权主义者对我国进行核讹诈、核威胁的阴谋彻底破产了!"

台下欢声雷动,集中在大礼堂前的人们高喊"毛主席万岁、共产党万岁"的口号,潘大海和罗恩泽奋力打鼓,孔文、斯小川使劲儿敲锣。

潘志军对苏林说:"太棒了!咱们的国家太棒了!那玩意儿是在哪儿试验成功的呀?"

苏林说:"你真笨,这还用问啊,肯定是个特保密、特保密的地方。"

"发射导弹核武器与昨天咱们的防空演习有关系吗?"

"没啥关系吧?"

罗梦月说:"肯定有关系,傻子都看出来了有关系。"

潘志军忙问:"傻嫦娥,你看出啥来了?"

罗梦月说:"美帝国主义老用那个破玩意儿吓唬咱们,咱们也有了,他吓唬不着咱们了,对吧?不过这玩意儿也太厉害了,所以咱们总得防着点呀。要不,咱们总搞防空演习干啥,对吧?"

"你就看出这个了?"

"就这个你还没看出来呢,你笨死得了。"

"我笨,我笨的连自己有多笨都不知道,我笨死得了!"

下班号响,潘大海哼着歌进家,金小妹说:"瞧把你给乐的。"

潘志军说:"导弹核武器试验圆满成功了,全国人民都高兴,我爸当然也高兴了。"

潘大海说:"小猴崽子说得不错,这是咱们国家的大喜事儿,是中国人都应该感到高兴。"

金小妹笑着说:"你都高兴了一晚上了,还没高兴够啊。"

潘大海说:"这高兴还能有个够啊?我在朝鲜打仗的时候,就梦想着中国能拥有世界上最先进的高尖端武器,这个梦想终于实现了,你说我能不高兴吗?你们可别小看了这个导弹核武器,它能让咱们中国人在世界上说话有分量,能让中国人挺起腰杆子。"

潘志军说:"就是,谁要再敢小看我们,我们就赏他们一颗导弹核武器,灭了他。"

潘大海纠正道:"咱们试验导弹核武器不是为了战争。"

"那是为了啥?"潘志军问。

"是为了和平。现在跟你说这些你不懂,等你长大了就明白了。"

在红卫兵中学的教室里,地理老师说:"中国的地域和省市自治区的分布就讲到这儿了。同学们下课。潘志兵同学,请你等一下。"

同学们都走了,潘志兵留下,韩梅站在门口等他。地理老师盯着地图问潘志兵:"你们基地在啥地方,请你给我指一下行吗?"

"不行。"

"为啥不行?"

"因为你问的这是国家的军事机密!我不仅不会告诉你,我们基地的所有同学都不会告诉你的,你以后别再问了。"

"你把老师当成啥人了?"

"地图上没有标出那个地方,就说明那个地方是严格保密的,你明知道是机密还要问,你说你是啥人?"

韩梅说:"走吧,对刺探军情的人咱们小心提防就是了。"

潘志兵跟着韩梅走了。地理老师看着他们的背影发呆。

在食堂打饭区的同学们都拿着饭盒排队打饭,潘志兵对大家说:"刚才地理老师问我前边儿在地图上的方位,让我毫不客气地给撅回去了。以后不管是谁瞎打听,咱们都别忘记了保密纪律。"

有个同学说:"这该不会是阶级斗争的新动向吧?"

潘志兵说:"老师只是想了解一下地理方位,没别的意思。"

"说不定他就是敌特分子呢!咱们是毛主席的红卫兵战士,应该有高度的革命警惕性,就这事儿,只要给他上纲上线,准有好戏看。"

"害人的事儿咱们别干,给自己积点德吧。今天吃啥?"

"老一套,水煮白菜帮子,黑馒头。吃啥不重要,重要的是吃不饱哇,看那馒头小的,两口三口就没了。"

有个男同学说:"那个瘦猴厨师打饭时重女轻男,见是女的他就舀一大勺子菜,嬉皮笑脸地送进人家饭盒;见是男的就把那个破大勺儿晃了又晃,恨不能把菜全都给晃没了才倒给你。"

潘志兵小声骂道:"色猴!"

轮到韩梅打饭时,瘦厨师笑嘻嘻地给韩梅盛了一大勺子菜稳稳地倒进了她的饭盒。她后面的男同学把饭盒放进窗口,瘦厨师拉长了脸瞪了他一眼,舀了一勺菜,晃了两晃,把菜晃下去了一大半儿后才倒进他饭盒,这位男同学接过饭盒朝厨师的脸上扔了过去。

瘦厨师被泼了一头一脸的菜,气得从窗口蹿了出来,扑上去要揪打那个男同学,被潘志兵挡住。男同学们把瘦厨师推过来搡过去,女同学敲着饭盒助威。

一个胖厨师跑过来拉架，另一个厨师跑去通风报信。不一会儿，学校的李主任迅速地赶到了，他吼叫着："你们都给我住手！是谁带的头，啊？"

男同学都向前涌过去："我，我！"

主任扶起摔倒的瘦厨师，瘦厨师一身的土、满脸的菜，很是狼狈，主任问厨师："是谁先动的手？"

瘦厨师的眼睛在寻找："是，是……"

苏林说："瞅准点啊，你要是指错了人，小心走夜路遇见鬼。"

李主任问那位胖厨师："到底是啥情况？"

胖厨师说："我在另一个窗口卖饭，等听到声音时，这个厨师就不见了。"

潘志兵说："主任，这个大师傅打饭时见了女生大勺是满的，见了男生就给晃成半勺，我们对他有意见，他还不让我们提。"

同学们议论纷纷："这个大师傅就是个流氓，他看女生的眼神都是色迷迷的。"

"他还总嬉皮笑脸地追着我们女生没话找话说，特讨厌。"

"主任，我们全体住校生强烈要求校方开除这个色猴！"

大家高喊："色猴，滚出去，滚出去！色猴。"

李主任大声说："你们别瞎起哄了，这位师傅请你跟我来吧。"

同学们敲着饭盒高唱："社会主义好，社会主义好，社会主义国家人民地位高，说得到做得到，色猴夹着尾巴逃跑了……"

潘大海在办公室看文件，罗恩泽推门进来，看着潘大海欲言又止，潘大海问他："阵地上出啥事儿了？"

"阵地没事儿，我来是想跟你说点儿别的事儿。"

"说。"

"我听说小兵的学校早就不上课了，学校附近枪声不断，学生们都参加了地方的派性斗争，几派之间那可是在真枪实弹地干呢，我还听说咱们基地有个孩子被流弹给打死了……"

"是谁家的孩子？"

"不知道，我也是才听说，我担心……所以……"

潘大海急得在屋子里直转悠。"不行，我得马上到学校去看看，小兵他不能出事儿，他绝不能出事儿。"

"你别急啊,出事儿的不一定就是咱家小兵。"

"我能不急吗,小兵不只是我一个人的孩子。"

"他到底是谁的孩子?"

"他就是我的孩子。我的意思是说他不仅是我一个人的孩子,他还是党的孩子,是国家的孩子。"

潘大海边说边整理东西,罗恩泽对他说:"你也别太着急了,出事儿的不一定就是咱家的孩子。"

"我这就请假去。哦,对了,你千万别跟我老婆说这事儿,她经不住。"

"我不说,你快请假去吧。"

潘大海匆匆走了。

校园里贴满了标语,广播里放着造反有理的歌曲。潘大海扛着潘志兵的行李拽着他在路上走着,基地的同学们扛着行李跟在他们的身后。潘大海对大家说:"孩子们,学校不上课了,那就不是学校了。"

潘志兵说:"爸,我们学校在闹革命,我们不能临阵脱逃。"

潘大海说:"闹革命你们的岁数还小点,等你们长大了再闹也不晚。"

潘志兵不想走,潘大海说:"小兵,我带你们离开这里也是为了革命,你们都是部队的孩子,我不能让你们中的任何一人再做无谓的牺牲了,这不仅仅是为了你们自己,还是为了你们的父母和你们父母的事业。孩子们,你们的爸爸妈妈在家里眼巴巴地盼着你们回家呢,这里的枪声搅得他们吃不好睡不着啊,他们每时每刻都在为你们揪着心呢,请你们心疼心疼你们的父母吧!"

潘志兵说:"爸,我跟你回家。"

同学们纷纷说:"潘叔叔,我们跟你回家。"

潘志军和苏林翻过东风大礼堂厕所的窗户,偷偷溜进了大礼堂。

警卫战士查他们的票,罗梦月把童玉冰和其他同学的票拿过来给警卫战士看,为潘志军和苏林解了围。

京剧《沙家浜》开演了,潘志军和苏林跑到楼上坐在台阶上观看。

苏林问潘志军:"你说演员用的枪是真的还是假的?"

"当然是真的了。"

"你怎么知道是真的?"

"扮演郭建光的那个叔叔我认识,我听他说的。"

"我不信,这种事儿大人才不会跟我们说呢,你尽吹牛。"

"他不是跟我说的,他是跟我爸说的,让我听到了。我爸还让他管理好枪支,不许出问题呢。"

"你摸过真枪吗?"

"没有,你摸过吗?对了,你爸爸不是也有枪吗?"

"你爸爸也有枪啊,你不是也没摸过吗?我爸爸的枪连我妈都摸不着,更甭说是我了。"

"咱们要是能有把真枪玩玩就好了。"

"做梦吧你。"

舞台上,京剧《沙家浜》正在演出"智斗"那场戏。潘志军提着一瓶汽水在大礼堂的后台转悠,饰演郭指导员的胡干事看到他问:"小军,你咋跑到后台来了?"

"胡叔叔,你演得真棒。给,汽水,慰劳你的。"

"谢谢你啊小军,你还有别的事儿吗?"

"没了,胡叔叔,你背的枪沉不沉?"

胡干事把枪摘下来背在潘志军的肩上:"不沉,你先替我背会儿,我去趟厕所马上就回来。"

胡干事急匆匆地走了,潘志军打开枪套,把枪拿出来掖进自己腰里,从口袋里拿出几块石头放进枪套里,他掂了掂重量,又放进去一块。他把枪把儿上系的红绸子解下来压在枪套的边儿上,再把枪背在肩上。胡干事回来了,他把枪套交给胡干事说:"胡叔叔,我走了。"

"慢点,别摔着。"

《沙家浜》里的"智斗"还没唱完,潘志军就拽着苏林跑出了大礼堂,他们来到一个角落,潘志军从怀里掏出手枪交给苏林。

苏林说:"还挺沉,里面有子弹吗?"

"不知道,应该有吧?不然舞台上咋会有枪声呢。"

"不懂就别瞎说,要是在舞台上打真枪,那些装敌人的演员早都死光了。"

"那就是枪里没子弹。"

"也不敢说,咱们还是别乱动吧。哎,对了,你把枪给偷走了,人家还咋演戏呀?"

"我不是偷,是借。"

"得了吧,哪个愿意把枪借给你呀?你千万别给弄丢了,早点还给人家。"

"你放心，我玩几天就还给他。"

潘志兵他们几个初中的同学在大街上闲逛，韩梅说："咱们总这样闲着也不是个事儿啊。"

潘志兵说："地方还在轰轰烈烈地闹革命呢，我爸却把咱们从战场上都给拽了回来，这算啥事儿嘛！"

有人说："咱们要是能当兵就好了。"

潘志兵说："我不想当兵，咱们还是得想办法继续上学！哎，咱们给司令伯伯写封信吧，这事儿他肯定能管。"

同学们说："对，把我们想上学的迫切要求告诉他，准行。潘志兵，你写。"

下班了，潘家正准备开饭，潘大海进来说："小兵、小军，你们都给我过来。"潘志兵和潘志军来到潘大海的面前。

潘大海问他们："最近你们的同学有玩真手枪的吗？"

潘志兵说："不知道。"

潘志军说："爸，你问这个干啥？"

"你是不是知道点啥？"

"不，我不知道，我啥都不知道。"

第十四章　儿子偷枪　父挨批斗

潘志兵和同学们在基地的第一招待所大院内等待司令员，见司令员出来，立刻迎上去鞠躬，纷纷说："司令员伯伯好。"

司令员说："孩子们好。"

潘志兵拿出一封信交给司令员："司令员伯伯，我们给您写了一封信。"

司令员笑了："呵呵，还写了信了呀，啥事儿呀？"

潘志兵说："我们在外地上中学，因为地方停课闹革命，被我爸爸给接回来了。伯伯，我们想上学。"

司令员说："你们上学的事儿，基地已经考虑到了，现在正在给你们找老师呢。别急啊，孩子们，就快了，你们在家里等通知好吗？"

韩梅说："太好了！伯伯，这是真的吗？"

司令员说："军无戏言！孩子们，你们要好好学习，以后你们可是国家的栋梁。"

潘志兵和同学们说："我们一定好好学习。"

早晨，潘家人吃完早饭，潘志兵、潘志军背上书包往外走。潘大海把潘志军叫住："说吧，那只手枪在哪儿？"

"手枪，啥手枪？我……我不知道，你为啥要问我呀？"

"小猴崽子，仗义不是坏事儿，但无原则的仗义就变成坏事儿了，会害人害己的。说吧。"

潘志军神色紧张地抱紧了书包，一个劲儿地摇头。

"知情不报，同样也是犯罪。"

"犯罪？"

"偷枪的是盗窃枪支罪,你知情不报,犯的是包庇罪。现在保卫处正在四处追查此事,要是让他们给查出来了,谁都救不了那个偷枪的人,包括你这个知情不报的人。"

"啊?"

"你要是能帮助组织找到枪,你就是戴罪立功。趁现在这把枪还没有造成啥后果,你赶紧告诉我这支枪的下落,要是这枪真的出了啥事儿,你就算是立刻坦白了,恐怕也来不及了。"

"我……我不知道。"

会议室里正在召开丢枪的会议,潘大海在会上说:"昨天晚上,基地保卫处召开了一个紧急会议,说是《沙家浜》剧组的手枪丢了,那可是把真枪啊。同志们,枪丢了,影响演出事儿小,要是引起啥恶性事件,那事儿可就闹大了呀!基地已下了紧急通知,让各个单位马上行动起来,一定要找到这把手枪。我昨晚一宿都没敢合眼,我就在想啊,这会是什么人干的呢,他偷枪想干啥?他的动机是什么?我是越想越睡不着,越想越不寒而栗呀!同志们,目前,咱们的任务就是不惜一切代价,找到这把手枪!"

孔文指导员说:"大家不要小看了这个丢枪事件,这是个的问题。这是对革命样板戏的蓄意破坏,是资产阶级复辟逆流的具体表现!是阶级斗争的新动向!我们要从丢枪这个表面现象看到阶级斗争的艰巨性和复杂性,我们要有灵敏的政治嗅觉,这不仅仅是一把手枪的问题,这是敌人在向我们宣战,在向我们进攻,在这场你死我活的阶级斗争中,我们只能胜利,不能失败!"

潘大海说:"现在请《沙家浜》剧组的胡干事给大家讲讲丢枪的经过。"

胡干事说:"那天晚上我们正在演出,开始几场都很正常,演到《坚持》这场戏时,我在场上拔枪时突然发现枪套里是空的,枪没了,就剩下了这块系在枪把上的红绸子还压在枪套上了。"

与会人员议论纷纷:"敌人可真狡猾。"

"枪套里是空的?那重量就轻了,当时你就没发现?"

"枪套里是没了枪,但多了几块小石头,因为重量没变,所以我没发现。"

"偷枪的人很有经验,一定是个惯犯。"

"偷枪人的真正目的可能是搞阶级报复,挖社会主义墙角,复辟资本主义,我们决不能让敌人的阴谋得逞!"

门开了,斯小川从外面进来,他从口袋里掏出一把手枪交给潘大海。潘大海看了看,把手枪交给胡干事:"胡干事,是不是这把手枪?"

胡干事惊喜地说:"对,对对,就是它,就是它呀,它是咋回来的?是谁偷走的啊?可是把我给害惨了啊。"

孔文问斯小川:"你是咋找到这把枪的?"

斯小川说:"不是我找回来的,是人家主动把枪给送回来了。"

潘大海愤怒地站起来拍桌子。"偷枪贼主动把枪给送回来了?好哇,把他给我带到这儿来!我倒是想看看是什么人这么胆大包天!"

斯小川说:"我让他回去了。"

孔文说:"啥?你让他回去了?你难道不知道偷枪是什么性质的问题吗?你凭什么让他走了?谁给你的权力?现在我命令你,赶快把他给我抓回来!"

潘大海说:"对,你快去把他抓回来!"

斯小川悄声对潘大海说:"枪是你家小军送来的。"

潘大海一屁股坐在椅子上,喃喃地说:"这是我家那个小猴崽子干的?"

"是的,他说他一直把枪藏在他的书包里,他本来是想玩几天就把枪给还回去的。他跟我说这些话的时候吓得直哭,他一个劲儿地问我,都坦白交代了,是不是就不算是犯罪了啊。我跟他说把枪还回来就没事儿了,让他就上学去了。"

大家惊愕得面面相觑,潘大海无奈地对大家说:"同志们,丢失的手枪找回来了,是我那十一岁的儿子给送回来的。原来手枪是让这个臭小子给偷走的,早晨我还审问过他,可他啥都没跟我说,我就感觉他哪儿不对,没想到偷枪贼竟然就是他!哼,看我回去怎么收拾他,为了找这把手枪,咱们眼皮都没合,忙活了一宿啊!"

胡干事说:"我想起来了,那天晚上小军到后台去给我送过汽水,我去上厕所,让他替我背了一小会儿枪。可我怎么也没想到一个小孩子会对枪有这么浓厚的兴趣,潘中队长,都是我的错,您要收拾就收拾我吧。"

罗恩泽笑着说:"这个阶级斗争新动向的始作俑者原来是一个小孩子呀。"

孔文严肃地说:"那个孩子不小了,他啥不知道哇?如果基地的孩子都跟他似的,那我们还不得让他们都给活活折腾死呀。古人说得好,修身、齐家、治国、平天下。修身,就是要管好自己,齐家,就是要管束好家人,我们连自己的孩子都管不好,怎么去带兵?怎么去治国?就更谈不上平天下了!同志们,你们说,这是不是阶级斗争的新动向啊?希望大家都能接受这个教训,不要让老婆孩子当了革命的绊脚石。"

散会后，孔文对潘大海说："老潘，咱们得跟基地首长汇报去，你要是不好意思去，我替你去？"

潘大海满面羞愧道："谢谢孔指导员，就不麻烦你了。我现在就去基地党委做检讨，党委给我什么处分我都接受。"

基地首长没给潘大海处分，只是命令他去汽车团任代理副团长。

潘大海从基地回来后去学校找老师给潘志军请了半天假，他揪着潘志军的衣服领子在路上大踏步地走着，潘志军趔趄地跟着。

潘大海把潘志军拖回家，关上房门，怒不可遏道："你进步得挺快呀，你小时候偷饭，现在开始偷枪了，你还有啥不敢偷的呀？等你长大是不是还要去偷导弹和原子弹啊？我今天非得好好教训你不可！"

潘志军嚷道："我都把枪还给你们了呀！"

潘大海怒气冲天道："我真是小看你了，我原以为你也就是个从犯，没想到你还是个主犯，你以为你把枪还回去了就没事儿了？我告诉你，盗窃枪支就是犯罪，犯罪的人就是人民的敌人！对敌人决不能心慈手软。"

他把潘志军按倒在床沿上，用鸡毛掸子抽打他的屁股。潘志军挣扎地喊叫："哎哟，我都认错了呀，只要是坦白交代了就可以从宽处理，这是党的政策。哎哟，爸，你不听党的话，你不是共产党员！"

潘大海说："你个小猴崽子，还敢跟我讲政策，那好，咱们就讲政策。我不打你，我关你禁闭，走，到你屋去写检查，检查写不好，我就一直关着你。"

潘大海把潘志军揪到房间，给房门上了锁，把钥匙扔进抽屉，然后坐下生闷气。苏处长敲门进来问他："老潘，在家呢？"

潘大海没好气地说："有事儿？"

"老潘哇，你耷拉个老脸给谁看呀？咋的，我来了你不欢迎啊？"

"你来就来呗，还想让我给你整个欢迎仪式咋的？请坐吧。"

"手枪总算是找着了，也没啥出大乱子，这可真是不幸中的万幸啊。"

"都是我儿子惹的祸！他可真给我长脸啊，我打他，他说他坦白了就应该从宽，还说这是党的政策。在外边，有人说丢枪事件是阶级斗争的新动向，在家里，这个熊孩子说我不是共产党员，好，我对他从宽，我关他禁闭我。"

"今天是星期六，今天算一天，明天再关一天就得了啊。别再耽误了孩子上学。"

"今天都星期六了呀，我都让你的那个丢枪事件给整晕了。"

"这咋成了我的丢枪事件了？按理说吧，胡干事他不管借调到哪儿，都还是你们单位的人，对吧？所以呢，应该是你的丢枪事件才对。"

"哼！"

"老潘哇，我也把我的儿子苏林给关起来了，志军和苏林是一伙儿的，子不教，父之过，我这个保卫处长是专门来给你道歉的。你看，你要不要把我也给关起来呀？"

"原来还有你儿子的事儿呢？我就说嘛，志军的胆儿再大也不可能单枪匹马地去偷枪嘛，原来还有你这个保卫处长的儿子为他保驾护航啊？得了，你既然都给我道过歉了，也算是坦白交代了，我就对你也从宽发落了吧。"

"谢谢啊。"

"一声'谢谢'就完事儿了？"

"那你还想咋的？要不我请你喝酒？"

"这可是你说的，一言为定啊，我现在去办公室办点儿事儿，你呢，马上回家去给我整酒菜去，甭整得那么丰盛，有瓶红酒，再抓只小鸡炖炖就行了。"

"呵，条件还不低嘛，没问题。"

潘志军在屋里高喊："爸，你啥时候放我出来啊？"

"关禁闭是有时间限制的，你喊破嗓子也没用！"

"要不，要不你干脆打我一顿得了。"

苏处长说："志军，你要认真写检查，端正自己的态度，苏林和你一样也在家里关着呢，我和你爸爸啥时候觉得你们是真的认识到自己错了，我们再把你们给放出来。"

潘大海和苏处长走了。潘志军在屋里哀号："我现在就认识到错了，我错了，我真的知道错了，求求你放我出去吧。"

春风拂面，阳光灿烂。潘志军在河边无聊地溜达，他顺手拽下了一根柳枝，做成一只小哨，坐在河边儿吹着玩儿。一个六七岁的小男孩儿听到哨声走过来，男孩子的父母在河边散步。小男孩儿光顾着看潘志军吹哨子，没站稳，脚下一滑，尖叫着掉进了河里，河水立刻淹没了他。潘志军立即跳进河里把他给捞了上来，孩子的父母跑过来，孩子吓得直哭，孩子的爸爸拉着潘志军的手："小朋友，谢谢你，谢谢你啊。"

湿淋淋的潘志军和小男孩都冻得瑟瑟发抖，妈妈把自己的外衣脱下来包着小男孩，爸爸把自己的衣服脱下来裹在潘志军的身上。

小男孩的妈妈说:"快回家给他们换衣服,这样会感冒的。"
潘志军说:"我自己回家。"
男孩爸爸说:"你家住哪儿?我送你回去。"
男孩妈妈抱着小男孩儿,男孩爸爸抱着潘志军,向各家走去。

潘家吃完晚饭收拾桌子,潘大海从外面回来问小军吃饭了没有,金小妹说:"你自己去看吧。"
潘大海打开门锁,窗户洞开着,房间里空无一人。他气得咆哮道:"这个小猴崽子竟然敢跳窗户逃跑了,等他回来我非打断他的狗腿不可!"
天渐渐黑了,金小妹对潘大海说:"小军还没吃饭呢,你出去找找呗?"门外有人敲门,潘志兵把门打开,男孩爸爸抱着披着大人衣服,浑身湿淋淋的潘志军进来。金小妹吓坏了:"小军,你这是怎么了呀?"
男孩爸爸说:"你们快把他的湿衣服给脱了,用热水给他洗洗,刚开春的河水可凉了,别把孩子给冻坏了。"
金小妹帮潘志军脱湿衣服,潘志兵端了盆热水过来给他擦身。
金小妹说:"小军,你为啥要跳河呀?你傻呀你?你怎么就这么想不开呀!潘大海,我跟你没完!"
潘大海对男孩的爸爸说:"谢谢你救了我儿子,谢谢!"
男孩爸爸说:"不是我救了你的儿子,是你的儿子救了我的儿子,我应该谢谢你们,谢谢你们养了个好儿子。"
潘志军打了个喷嚏,潘大海用被子紧紧裹抱着他。
男孩爸爸说:"我本想在我家给他洗澡,换衣服,可这孩子他说啥也不干,非要回家不可。没办法,我就把他给你们送回来了。嫂子,你给他弄碗姜汤喝,我先走了,明天我和我老婆再专门过来谢你们。"
潘大海说:"大家都挺忙的,你们就别过来了。"
男孩爸爸走了,潘志军又接连打了好几个喷嚏,潘大海脱去了上衣,裸着上身抱住同样裸着上身的潘志军,潘志兵给他们俩裹上被子。潘大海对金小妹吼道:"你还傻站着干啥?还不快去给小军弄姜汤呀?"金小妹应着跑到厨房去了。潘大海对潘志兵说:"快去告诉你妈,给小军热饭,再给他炒两个鸡蛋。"
潘志兵应着也跑到厨房去了,潘大海紧紧抱着潘志军说:"小猴崽子,你好点了没有啊?"潘志军哽咽着说不出话来。
第二天,潘家人吃早饭,潘志军怯怯地站在一边儿,潘大海呼噜呼噜地喝完碗里的粥说："我走了。"金小妹说："今天是星期天。"潘大海说："我知道是星期天，阵地上有事儿。小猴崽子，你不吃饭，傻站在那儿干啥呢？"潘志军喃喃地说："爸，我错了。"潘大海没理他，开门出去了。

潘志军问妈妈："我爸这是啥意思呀？"

"你说是啥意思呀？你还没看出来呀，你爸这是原谅你了，小军啊，以后你别再给他惹事儿了行不行啊？你爸他多累呀，星期天都不得休息，他为你偷枪的事儿还得给基地写检查，做检讨，挨处分，你说他多不容易呀。"

潘志军羞愧地直点头。

东风小学腾出了一间教室，临时成立了一个初中班，潘志兵和他的同学们接到通知后，高兴地背上了书包来上学，上课铃响了，郑义走上讲台对大家说："同学们好！"

同学们站起来欢呼："郑老师好，眼镜老师好！噢！噢！我们的眼镜老师又回来了！"

基地有几位老首长白天上班，晚上参加对他们的批斗大会。潘大海回到家里对金小妹说："这些老革命都是国家的功臣，那些人怎么可以这样对待他们？"金小妹让他自己也小心点。

潘大海对那些人的革命行为不积极不支持，汽车团的好些领导都提醒他，他仍然是我行我素。

终于，汽车团的积极分子们开始悄悄整理挖掘潘大海的"反动"言论和"错误"行为。

有人说："潘大海对批斗大会有抵触情绪。"

有人说："我给他送政治材料，他看都不看，就说了一声'放那儿吧'。"

又有人说："有一次，我看见潘中队长跟那个黑干将在一个墙角说悄悄话。"

有人说："这件事儿要保密，跟谁都不能说，咱们对他得搞突然袭击，他要是有思想准备，那就不好办了。"

这天，金小妹和家属们在车站货场卸货，夏荣芳专程跑来找金小妹，她们说了几句悄悄话，夏荣芳就匆匆走了，金小妹呆呆地站在那儿愣神，有人喊了好几声她才醒过神来。

晚饭后,潘志兵、潘志军在家写作业,潘大海对着镜子整理军容。金小妹把潘志军拽到一旁悄声问:"你没把你爸的那些照片的事儿告诉别人吧?"潘志军说:"没有,我对谁都没说过,我向毛主席保证!"潘大海对金小妹说:"我去开个会,可能回来的要晚点儿,你们先睡,不用等我。"

潘大海从容地不迫地走了。金小妹把潘志兵和潘志军叫到身边说:"今天晚上汽车团要开你爸的批斗大会,你们哥俩儿悄悄地跟在你爸的后面,一直要跟到他散会回来。我是真怕他出点啥事啊!你爸对党那是忠心耿耿,实心实意的,可是现在有人硬说他对党有二心,这样的委屈他可咋受得了哇?"

潘志兵问:"妈,你是咋知道的呀?"

"你们别管我是咋知道的,你们今晚上一定要保护好你爸,听见了没有?"

潘志兵说:"听见了。"潘志军说:"他要是啥问题都没有,人家怎么可能会开他的批斗大会呀?"

金小妹说:"放屁!你爸他一点问题都没有!绝对没有!"

潘志兵拉着潘志军跑出了家门。

潘大海在马路上大步走着,潘志兵和潘志军小哥俩儿一路小跑,悄悄尾随在他的身后。

批斗大会的会场设在了大食堂,会场上坐满了官兵,潘大海走进会场时,有个干部带头呼喊口号:"潘大海不低头认罪死路一条!"

众人齐呼:"潘大海不低头认罪死路一条!"

"坦白从宽,抗拒从严!"

"坦白从宽,抗拒从严!"

潘大海在口号声中走到前台。

潘志兵和潘志军小哥俩儿坐在大食堂门外的一棵沙枣树的后面,他俩听着从会场里传出来的口号声时紧张极了,潘志军紧紧抱住了潘志兵的胳膊。

食堂内,潘大海在台上镇静地坐下,有人在话筒前面说:"同志们,我们今天开这个大会的目的,是帮助潘副团长认清当前的形势,这是非常有政治意义的大会!潘副团长他一贯不关心政治,一贯痴迷于走白专道路,这样下去怎么得了呀?啊?政治是关系到我们的军队要向何处去的路线问题!卫星上天,红旗落地是我们悲哀,我们决不能让历史的车轮倒转!现在先请出政治处的贾主任给同志们宣读上级有关加强政治工作的文件,有请贾主任!"

食堂外,月亮躲在云彩里,天色阴暗,躲在沙枣树后面的小哥俩儿依偎在一起,弟弟问哥哥:"哥,你说咱爸是好人吗?"

"是。"

"那他们为啥还要打倒他?"

"不知道。"

"咱爸要是真的被打倒了,还能继续穿军装吗?"

"不知道。"

"哥,你们在地方学校的革命也是这样的吗?"

"比这个要厉害多了,被批斗的人都被挂上了大牌子,还要游街呢。"

"被批斗的人都是坏人吗?"

"不知道。"

"咱爸会是坏人吗?"

"不会!"

食堂内,贾主任读完文件后,潘大海走上讲台,他用平静的语气说:"同志们让我坦白交代,好,我就先坦白我是怎样参加革命的。然后我再向同志们交代我心里的大实话。"

他的声音充满了感情:"我是广东宝安人,我的父亲在我七岁那年的夏天去世了,我记得那是个晴朗的夏天,我和母亲送他驾船出海去捕鱼,谁知道他走后不久便天气突变,小船和父亲再也没能回来。我妈妈租种了地主几分薄地,再给人家洗洗涮涮、缝缝补补勉强度日。我从七岁起就给地主干活,开始是放牛,后来稍大一些就汲水浇田,哦,就是把井里的水提上来浇地。地主经常找茬不给我饭吃,挨打受气那是常事儿。有一天,我顶着烈日汲水浇田,干了一上午,又累又饿。好不容易等到开饭了,没想到地主再次骂骂咧咧地找茬不让我吃饭。我实在是忍无可忍,就当着地主的面把水桶扔到了井里,我迎着地主的目光一步一步从他的身边走了过去,那年,我才十三岁。

"我走哇走哇,路过一片小树林时,我已经饿得是头昏眼花,我一头栽倒在了地上。我醒过来时发现自己躺在一个满脸长着大胡子的人的怀里,他亲切地喂我喝面汤。还有一群人围着我,他们穿着灰色、黄色和黑色的衣裳,头上都戴着一顶缀有五角星的帽子。这时有一个跟我差不多大的小兄弟递给我一个热腾腾、黄澄澄、香喷喷的大窝窝头,他们亲切地对我说:'吃吧,小兄弟,吃吧……慢点吃,别噎着……'我狼吞虎咽地吃着,眼泪却止不住地往下流。

"就这样我参军了,喂我喝面汤的那个人是我们的连长,后来我随着部队参加了几次大的战役,连长一直待我亲如兄弟,他还是我火线入党的介绍人,他负伤后我再也没有见过他。后来我们二十兵团参加了抗美援朝。

"再后来我和许多同志一道,全副武装地登上了西去的闷罐子列车,去执行神圣、秘密、不清楚详细地点的特殊任务。许多天以后,我们在中国的版图上再也找不到列车行驶的路线,大家都纷纷猜测此次任务可能是出国作战,我们都做好了为国捐躯的思想准备。就这样,我来到了这片戈壁滩。让我没想到的是,在这里,我竟然看到了我的大胡子连长,他和他的战友们在为我们修铁路,他和他的战友扛着铁轨在戈壁滩奔跑,他总是跑在队列的最前头,正在我想跟他打招呼的时候,跟他一同扛铁轨的一个小战士累倒了,大胡子背起那个小战士看了我一眼,没顾上跟我说一句话,就向工地的卫生所跑去。几天后,我在铁路工地上再次看到了我的大胡子连长,我永远都忘不了那一天,扛着铁轨跑在最前头的他,口吐鲜血倒在离我不远的地方,我是亲眼看着他活活累死的啊!

"我的大胡子连长带着战争年代留在他身体里的弹片,和他的战友们在戈壁滩和风沙、严寒、饥饿做斗争。他对他的战友们说,我们为什么在这里修建这条铁路,我们不知道,这条铁路对我们国家有多重要,我们也不知道。但是我们知道,只要是党交给我们的重要任务,我们就是拼了性命也要完成!咱们为了这个任务,要好好干,拼命干。战争年代,我的大胡子连长在战场上拼命干,和平年代,他在戈壁滩的铁路工地上拼命干,他活活累死在工地上,战友们把他埋在他拼过命的铁路旁,他的坟前没有墓碑,只生长着一株红柳。戈壁滩的大风把这本来就不大的坟茔给吹成了一个小沙包,在这个小沙包上长满了骆驼草,远远地望去,大胡子连长的坟茔与戈壁滩上长着骆驼草的沙包一模一样。我亲爱的老连长啊,他生前把血汗洒进了这块土地,他死后也要和这块土地紧紧地融合在一起。这个地方有着他生前死后都抛不开的情啊!从那以后,每当我看到红柳我就会想起大胡子,看到长着骆驼草的沙包就像是看到了我的老连长。

"在这里,我们和大胡子连长一样拼命干,我们住过地窝子,我们吃过野菜吞过骆驼草。我们不怕吃苦!我们边建设边工作,我们夜以继日地与时间赛跑,我们不怕困难!当我们亲眼看着这个地方渐渐有模有样,看到我们的试验任务一次又一次取得圆满的成功,看到中国的国防力量在我们的手里渐渐地强大,我们的拼命是值得的!

"我忘不了我的大胡子连长,每当我坐上咱们这条铁路线上的火车,听着火车在行进中发出的铿锵声,就好像听到我的老连长在语重心长地嘱咐我:'好好干、拼命干,好好干、拼命干……'"

有人眼里闪烁着泪花站起来呼喊："继承先烈的遗志！"众人跟着他呼喊："继承先烈的遗志！"

潘大海泪流满面继续呼喊："好好干！拼命干！"众人跟着他呼喊："好好干！拼命干！"

食堂外，月亮升起来了，潘志军激动地握着小拳头站了起来，潘志兵拉他坐下，他们哥俩儿脸上的泪水被月光照的亮晶晶的。

食堂内，全场的干部战士显得很激动，有个干部给潘大海送去了一杯开水，潘大海喝了一口水，继续说："由于特殊的保密纪律，有许多战友在这里默默地牺牲了，可我们还活着！他们抛头颅洒热血，把保卫祖国的接力棒交到了我们的手上，他们在天上看着我们，全中国的老百姓和我们的父老乡亲都在看着我们！我们的亲人好不容易盼到了解放，过上了幸福的生活，他们在眼巴巴地指望着我们保卫他们的幸福啊！同志们，你们说，我们能懈怠吗？"

众人呼喊："不能！"

"那些超级大国的野心家们觊觎着我们。中国对他们来说就是一块大肥肉，他们做梦都想吃啊！他们垂涎三尺了几千年，哈喇子淌得哗哗的。我们怎么办？一个国家要想不受他人的欺负，就必须要强大起来，要有实力！同志们，咱们试验任务的每一次成功，都会给老百姓增加一层安全感。我们肩上的担子有千斤重啊。同志们！我认为，保试验任务就是保国家，爱本职工作就是爱人民！这才是实实在在的政治，这才是对人民领袖最最实在的忠诚，也是对人民最最实在的热爱呀！同志们，你们说，是不是这个道理啊？"

"是！"

"我们的事业非常伟大，非常光荣。但是，由于保密的原因，我们把工作做得再好，也不可能像其他部队那样登报纸、上广播。甚至于我们的亲人都不知道我们住在什么地方，在干什么工作。但是，祖国知道我们，党知道我们。为了国家的利益，我们必须有甘当无名英雄的奉献精神，同志们，你们有这个思想准备吗？"

"有！有！有！！"

"谢谢，谢谢同志们！感谢你们给我创造了一个坦白交代的机会。说句实话，我每天忙得脚打后脑勺，根本就腾不出空儿来跟同志们交流思想。今天，我把想说的话全都说了出来，心里轻松了不少。我的坦白交代完了。敬礼！"

台上有位干部向着全场官兵大声寻问："同志们，潘副团长的检查能过关吗？"

众人齐呼："能！能！！能！！！"

会场上传来了经久不息的掌声。

在皎洁的月色下，潘志兵和潘志军目送着潘大海迈着坚定从容的步伐走出了会场，一群干部尾随在他的身后。

金小妹在家里心神不宁地补衣服，她不时地把补的衣服拿起来再放下。潘戈在翻看小人书，家里很安静，小座钟奔走的声音清晰真切。

潘志兵和潘志军突然闯了进来，金小妹一惊，手被针扎了一下，她把手放在嘴上嘬着，瞪着受了惊吓的大眼睛在潘志兵和潘志军的身后寻找。"你爸呢？他咋没和你们一块儿回来呀？我不是告诉你们跟着他，跟着他……"

潘志兵说："妈，我爸去办公室了，瞧把你给吓的，没事儿。你不知道我爸他有多牛！大会刚开始时他们喊的口号是打倒我爸，让我爸坦白交代，可等我爸在台上这么一交代呀，硬是把会议的大方向给扭转了！哈哈，高，高，实在是高！"

金小妹问："后来呢？"

潘志兵说："后来我们就听到有人问'潘副团长的检查能过关吗'？战士们'能，能，能'的呼喊声，那声音大得就跟打雷似的。"

金小妹悬着的心终于放下了："那就好。"

潘志军说："一定有人打我爸的黑枪。"潘志兵说："我爸都瘦了。"潘志军说："就是，他的脸小了好多，眼睛却长大了不少。"金小妹说："是应该给他好好地补补了，可是咱家的肉票早就用完了。"潘志军说："杀我养的鸡。"潘戈说："还有我养的兔子。"

"明天咱们就杀鸡宰兔，好好地犒劳犒劳你们的爸爸。好了，你们都别等他了，快去睡吧，明天还要上学呢，我去给你们倒洗脸水。"

金小妹起身去厨房，潘志军紧跟在她的身后。他关上厨房门，小声对金小妹说："妈，我爸在大会上只坦白交代了他如何参军怎样入党，就是没提他当过国民党特务的事儿，你说他是不是在故意隐瞒啊？他为啥要隐瞒啊？你说他想干吗？是想悄悄地改邪归正？还是想继续潜伏下来等待时机反攻倒算啊？"

金小妹让潘志军给气笑了："你看你爸像国民党特务吗？"

"不像不等于不是。要知道敌人是很狡猾的。唉，我爸要是那种想改邪归正、弃暗投明的国民党就好了。"

"别瞎说！你爸他打根儿上起，就是一个堂堂正正的共产党员。"

"他是共产党为啥要穿国民党的衣服？"

"可能是为了工作方便吧。"

"你是说我爸他是地下工作者？他当国民党是为了打进敌人的内部？"

"到底是咋回事我也不清楚，你就别再瞎操心了，咱们这个前边儿不是谁想来就能来得了的，组织上要严格审查每个人的祖宗三代，必须是根红苗正、历史清白才能进来。"

"组织上既然知道他的事儿，那我爸为啥在大会上不说？"

"傻孩子，在那种情况下你爸能说那事儿吗？"

"毛主席说过，要实事求是，要讲真话。"

"你再瞎琢磨你爸，我可真的要抽你了，如果你爸他是坏人，不等组织上开除他，我早就把他给开除了。"

第十五章　对父生怨　疏散风波

　　金秋时节，天高云淡，胡杨林金光灿烂，一棵大沙枣树下，孩子们在摘沙枣。

　　苏林神秘地对大家说："据我侦察啊，咱们前边儿正东方向有两个神秘的大白筒子，就像两个大喇叭似的冲着天立在那儿，可威风了！我从没有见过这么粗这么大这么棒的大炮筒子，对，它一定是大炮筒子！说不定它就是咱们前边儿新研制的重型武器。你们想啊，这大炮筒得配上多大个儿的炮弹呀，这一炮要是轰出去，还不把美帝苏修和日本鬼子都统统给炸到天上去呀！"

　　罗梦月惊讶地张大了嘴巴："哇！真的呀！"

　　潘志兵抿着嘴乐，潘志军哈哈大笑。苏林问："你们笑啥？有啥可笑的？"潘志军笑得一屁股坐在了地上。

　　苏林对大家使眼色："上。"

　　苏林、罗梦月、韩梅、童玉冰四人把潘志军团团围住，抓腿拽胳膊把他抬起来后扔到地下，再抬起来，再扔。苏林逼问他："说，你傻笑个啥？"

　　潘志军大声求饶："哎哟，救命呀，我说，我说，我全说。"

　　罗梦月轻蔑地说："真恶心，叛徒就是你这副嘴脸。"

　　潘志军笑着说："我说，那两个大喇叭口、有三十多米高的大家伙不是什么大炮筒，它们就是电厂的冷却塔，我爸说，建筑队的工人叔叔们修建它们只用了四十八个小时，它们的主要材料就是大砖头，你们想啊，大炮筒咋可能会是大砖头砌的呀？用大砖头砌的东西咋可能会把美帝苏修和日本鬼子都炸上天呢？"

　　孩子们恍然大悟，潘志军大笑。突然，童玉冰坐在地上捂着脸哭了起来。大家围在她的身旁关切地寻问，童玉冰啥都不说，只是哭，没完没了地哭。

罗梦月和韩梅要搀扶童玉冰起来，童玉冰扭着身子不让，潘志兵蹲在童玉冰面前说："来，大哥背你。"童玉冰趴在潘志兵的背上继续哭，潘志兵背着她往家走，大家默默地跟在他们的身后。他们把童玉冰送到家，童玉冰进家后把门从里面闩上，放声大哭。

回到家里，潘志军问哥哥童玉冰为啥哭，潘志兵说他也不知道。潘大海告诉他们，童家就要离开基地了，可能是她舍不得大家吧。潘志军说："她们家可算是离开这个前边儿了，要是我高兴还高兴不过来，哭啥呀？"潘志兵也感到很奇怪："就算是她要离开基地了，也不至于哭成那样啊。"潘大海说："童医生不是正常的转业，是遣退。外调的人回来说，童医生有个哥哥在台湾，所以他必须马上离开基地。"金小妹撇了撇嘴："为啥呀？他就是个医生，还能因为哥哥在台湾就给别人开错药了不成？"潘大海说："这是基地的规定，童医生为这事儿也很难过。小军，你可别小看了这个破前边儿，这儿可不是谁想来就能来得了的，也不是谁想留就能留得下的。"

潘志军用鼻子哼了一声："什么狗屁规定。"

潘大海说："这儿是国家保密级别最高的地方，当年童医生符合政审的要求，所以让他来了；现在他家里有人历史不清白了，就违背政审的要求了，所以他必须得离开。"

潘志军说："爸，如果，我是说如果啊，如果组织上查出来在这个地方有潜伏的国民党特务，那会咋样？"

潘大海说："他家人会被全体遣返回原籍，他本人也要接受组织的严格审查，会被判刑甚至枪毙。"

秋季的晚霞很美，半边天都被染红了，马路边的树木半绿半黄，被晚霞染得异常艳丽。潘志军、罗梦月和苏林在晚霞中走着，仿佛是走在仙境中一般。他们三人的心情却没有晚霞那么美好。童玉冰一家就要离开基地了，他们想对童玉冰说点告别的话。

童家阴沉着天，童妈妈在抽泣，童爸爸对她说："我不是故意对组织隐瞒，我也不知道我哥哥还活着，更不知道他还跑到台湾去了，我都跟组织上说清楚了。"

童妈妈哭着说："你说清楚了有啥用啊？组织还是不信任你，不然也不会撵咱们走了。"

童爸爸说："我现在的社会关系已经不符合政审的要求了，让咱们走是对的。唉，走就走吧，去哪儿都是为党工作。"

童玉冰说："那个台湾的伯伯，跟我们家有啥关系呀？"

童爸爸说："他是爸爸的亲哥哥，咋能说没关系呢。"

童玉冰的弟弟说："咱家啥时候冒出来个特务伯伯呀！真讨厌！"

童妈妈说："封建社会有株连九族的事儿，现在都是新社会了，咋还会有这种事儿啊？"

"这是前边儿的保密性质所决定的，咱们要理解。"

"我理解，但我不愿意走得这么狼狈。"

门外有人敲门，童妈妈说："这个时候还有谁敢到咱们家来呀？"

门外传来罗梦月的声音："玉冰，我们来看你了。"

童玉冰对爸爸妈妈说："你们千万别说我在家。"她跑进卫生间把门关上。童妈妈擦干了眼泪，童爸爸把门打开。

童爸爸说："梦月来了，哦，还有小军和苏林呀，快进来吧。"

孩子们进来没有看到童玉冰，问："童叔叔，玉冰不在家？"

"你们找她有事儿吗？"

"我们来看看她，她今天没去上学。"

潘志军说："叔叔、阿姨，童玉冰是我们的班长，她为我们班操了很多的心，我这个人吧，不太懂事儿，有时还故意气她，是我不对，我来就是想跟她说声对不起。叔叔，阿姨，她去哪儿了？"

苏林说："童玉冰是我们的班长，以前我总说她娇气，可她一点都不记恨我。真的，她的心眼特好，都是我不对，我想当面跟她说声对不起。"

罗梦月哭着说："我和童玉冰是好朋友，我们几乎天天都黏在一起。我和她虽然也闹过小别扭，可第二天就没事儿了，玉冰她可能干了，她啥都会，她人也特好，我特喜欢她，听说她就要走了，我很难过。"

童玉冰在厕所里忍不住放声大哭，罗梦月他们跑到卫生间去找她。罗梦月一边敲门一边哭着说："玉冰，你出来呀，我们来看你了。"

童玉冰在厕所里跺着脚哭喊："讨厌！你们讨厌死了！你们为啥要来看我？你们为啥要对我这么好？我倒霉了，你们应该高兴才对！我恨你们对我好，我恨这个破地方，我恨这里的一切！求求你们别再理我了，你们走哇！你们走！我不想再见到你们！永远都不想！你们走哇！"

童爸爸对他们说："你们就先回去吧，让她冷静一下，好不好？"他们泪流满面地走了。

又是一个美丽的黄昏,潘志军、苏林、罗梦月他们来到东风火车站送童玉冰一家,罗梦月扑上前抱住童玉冰,潘志军、苏林站在她们的身旁。

童玉冰说:"谢谢你们来送我,这两天我也想明白了,既然前边儿不要我们了,那我们就走好了。唉,这么荒凉的破地方有啥好留恋的,走就走吧,哪儿都比这儿强。"

小军说:"你能这样想就对了。"

苏林说:"就是,北京多好哇,有机会我们去北京找你去。"

童玉冰哭了:"你们千万别走,只要你们还在这儿,我就有机会回来。我爱前边儿,也恨前边儿,不管咋说我也是前边儿的孩子,前边儿凭啥说不要就不要我们了呀?我爸爸妈妈有啥错?我和弟弟有啥错?"

这天早晨,潘志军和罗梦月走进教室,看到黑板上写着"批判大会"几个大字。老师讲了大批判的重要性后,说:"请秋卫东同学上台发言。"

一个小男孩儿趾高气扬地走上了讲台。

潘志军小声问罗梦月:"他不是叫秋涛吗?啥时候改名儿叫秋卫东了?"

秋卫东手里举着毛主席语录慷慨激昂:"伟大领袖毛主席教导我们说,'马克思主义的道理,千头万绪,归根结底,就是一句话,造反有理。有了这个道理,于是就革命,就造反,就干社会主义'。我是毛主席的红小兵战士,今天,我要在这里揭发我爸爸的反动言论。"

潘志军瞪大了眼睛看着他,同学们一片哗然,大家议论纷纷:"哎呀,他要揭发他爸爸?""这是大义灭亲呀!""他就不怕他爸爸揍他?""他妈妈不管他吗?"

老师说:"肃静!"

秋卫东声音朗朗:"我爸爸是黑干将的黑爪牙,因为他没有站稳立场,给黑干将通风报信,所以也挨了批斗,我要坚决跟他划清界线,为了表示我的决心,从今天起,我不仅改了名字,我还要揭发我爸爸在家里说过的反动言论……"

潘志军的眼前浮现出潘大海身穿国民党军服的照片,他咬紧了牙关。

"有一次我们家吃饭的时候,我爸爸说,'现在是好人受难,坏人造反,到处都乱糟糟的'。还有一次,他去食堂打包子,没带饭盒,他就用报纸把包子给包回来了,这张报纸上有伟大领袖毛主席的头像,他这是故意的!还有一次……"

潘志军的眼前出现了幻觉，潘大海被批斗，有人要拉他上台发言，他看到妈妈在瞪着他，他不敢上台，别人都指责他、骂他，他羞愧地低下了头。

秋卫东最后说："从今以后，我要和我这个反动的爸爸彻底划清界线，从此以后，我秋卫东再也没有爸爸了！"

基地五一三医院附近有个人工小湖，人们为之取名为东风湖。夏季的一天，在东风湖畔，有一群人在围着一个刚刚溺死的孩子摇头叹气，潘志军和苏林光着身子穿着小裤衩水淋淋地站在一旁，潘大海闻声跑来，看到溺死的孩子时，他难过地闭上了眼睛。

孩子的父母在哭号："我的孩子呀，你咋就这么不听话呀，不让你到东风湖来游泳，你咋就不听啊……"

潘大海说："送医院，赶快把孩子送医院啊。"

有人说："战士们在湖里拉网式地找这个孩子，快俩钟头了才找到，这孩子早就不行了。"

"基地不是三番五次地说过不许孩子到东风湖来玩儿水吗？"

"谁家大人能整天盯着自己的孩子呀？这孩子呀就架不住有坏孩子撺掇。"

潘大海看到站在一旁的水淋淋的潘志军，瞪着牛眼向他扑过来，潘志军一看形势不妙拔腿就跑，潘大海在后边猛追。

潘志军被潘大海抓住，潘大海把潘志军按在地上就打。

潘志军高喊："没我啥事儿，你为啥打我？"

潘大海咬牙切齿道："一定是你撺掇这孩子玩儿水的，你把一个活蹦乱跳的孩子都给害死了，你就是杀人犯！"

苏林跑过来拉住潘大海说："潘叔叔，我们真的没有。"

潘大海一把把苏林推倒在地上："你也不是啥好东西，老苏怎么生了你这么个混蛋玩意儿，你和小军就是一对大害虫，好事儿找不到你们，坏事儿少不了你们！"

苏林愤怒了："你没有调查就没有发言权！"

潘志军高喊："潘大海，你打死我吧，你要是今天不打死我，明天我就跟你断绝父子关系！"

苏林高喊："潘叔叔，你就别打了，我和小军是来救人的，我们是来救人的啊！"

潘大海惊愕了："你们到东风湖来是为了救那个孩子？"

"是的，我们路过这儿，听到有孩子在喊救命，就跑了过来，小军让岸上的孩子去喊大人，我们俩下水去救那个孩子。"

"小猴崽子，苏林说的是真的？"

潘志军怒吼："不是真的！我就是杀人犯，那个孩子就是我给推下水淹死的，我就是隐藏在革命队伍里的国民党反动派，你快点用机关枪把我给突突了吧！"

潘大海气笑了，苏林把潘志军的衣服抱过来，潘志军穿好衣服抹着眼泪气哼哼地往家走。潘大海跟在他后面赔小心："你瞅着点路，别摔着。"

回到家的潘志军气呼呼地翻箱倒柜，金小妹说："你乱翻啥呢？你要找啥，我给你找。瞧你给我翻的这个乱啊。"

"找罪证，就是那些国民党的照片，我要揭发他，我要跟他划清界线！"

"你要揭发你爸？！疯了吧你？"

"他不是我爸，我没这个反革命的爸！"

"你们又咋的了？你别在那给我瞎翻腾了，告诉你吧，那些照片早就让我给烧了。"

"妈，你真的给烧了？"

"我不烧留着它让儿子当罪证去揭发他的亲爹呀？你揭发你爸就等于是杀了你爸，你爸要是没了，我也就不活了。"

"妈，你看那个国民党狗特务把我给打的。"

"你不惹祸他能打你呀？"

"我真没惹祸。我和苏林路过东风湖，听说有个孩子掉水里了，我们就下水去救孩子了。"

"那个孩子救活了没有哇？"

"早就淹死了，他跑到东风湖，啥都没问就打我，我要跟他断绝父子关系。从今以后，我和秋涛一样，没爸了。"

潘大海推门进来笑呵呵地问："谁要跟我断绝父子关系啊？"

金小妹说："你说是谁呀，你也不问问是咋回事就打人家，人家现在生气了，不认你了，你看咋办吧！"

潘大海说："我那不是给急的吗？有人给我打了个电话，说有一帮孩子在东风湖玩儿水，一个孩子给淹死了，吓得我使劲地往东风湖跑，我怕我的小猴崽子出事儿。"

潘志军说："妈你听见没有？我在这个家里就是一只小猴崽子，我连人都不是！"

　　潘大海笑了："还真生气了，你看我给你买啥了。"

　　潘大海把一包饼干举在潘志军的面前，潘志军一巴掌把饼干打到地上，他高喊："我不要饼干，我要人的尊严！"

　　潘志军走进他和潘志兵同住的房间里，把门咣的一声给关上了。潘大海和金小妹看着遍地的碎饼干目瞪口呆。

　　潘大海问金小妹："他说他要啥？"

　　金小妹瞪了他一眼，进厨房去了，潘大海使劲踢踩着地上的饼干大喊大叫："尊严？儿子管老子要尊严？那老子的尊严在哪儿呀？"

　　次日，潘志军在屋里写揭发潘大海的材料，金小妹进来，潘志军把材料塞进抽屉，金小妹装着没看见。她让他叫小兵回家吃饭，潘志军去了。金小妹拉开抽屉，拿出潘志军写的材料，让才上学不久的潘戈给她念，潘戈结结巴巴地念："潘大海，国，党，军，反……"

　　金小妹抢过潘戈手里的材料跑出去把潘志军揪回来，把他写的材料扔在他的脸上骂道："你这个畜生，你杀父弑母，你想毁了这个家，我先死给你看！"金小妹气得要撞墙，让潘志军给抱住了。

　　金小妹哭着说："那个姓秋的孩子揭发他爸爸，被他爸爸用武装带狠抽了一顿，把他的屁股都给抽烂了，难道你要学他吗？"

　　"真的？"

　　"这是秋嫂子跟我说的，还能有假呀？"

　　"那他爸呢？被逮起来了没有？"

　　"你秋伯伯还在上班呢。你也想揭发你爸是吧，那好，你去吧，你只要走出这个家门，就永远别再回来了！"

　　潘志军说："妈，我不揭发了，我向你保证！为了你，我不揭发他了。"潘志军哭了，哭得很伤心。

　　从那天起，潘志军不再跟爸爸说话，也不跟他在一个饭桌上吃饭。潘大海对儿子低声下气了好几回都不见效，他恼火地对儿子说："小猴崽子！你不理我可以，你要是考试成绩不好，可别怪我对你不客气！"

　　潘志军的学习成绩一直很好，罗梦月经常让他讲解数学题。期末考试时，潘志军突然想起了潘大海说的话，故意不好好答题。

　　回到家，潘志军靠在床上看书，电话铃响，金小妹在厨房喊他接电话。他接完电话来到厕所前大声地说："潘大海，你的电话。"

潘大海从厕所里出来:"你叫我啥?"

潘志军答:"叫你潘大海,不对吗?"转身离去。

潘大海愣了一下才去接电话。接完电话的潘大海穿上军装往外走,他指着潘志军要说点啥,气得愣是啥都没说出来。

东风小学快放寒假了,好多天没回家的潘大海,进门就问潘志军的考试成绩,潘志军把考卷扔给他。潘大海翻看了一下,抓起扫把就打潘志军,他吼叫着:"你这学是怎么上的?我让你考试不及格,我让你不好好学习!"

潘志军平静地说:"你最好打死我,哎哟!你有本事你就打死我好了!"

潘志兵护着弟弟,无端挨了好几下打。金小妹劝潘大海,被潘大海推到一边去了。

罗恩泽和罗梦月闯了进去,罗恩泽夺下潘大海手中的扫把:"这又是为啥呀?"

潘大海把潘志军的考卷拿给罗恩泽看:"你看看,我再不管他,这孩子就彻底完蛋了!"

罗恩泽看了一眼考卷说:"不是什么人都是学习的材料。"

"梦月考了多少分?"

"她门门功课都是九十分以上,她随我。"

"你的意思是小军随我,不是学习的材料呗?"

"人和人是不一样的。"

"屁话!凭啥你的孩子是学习的料,我的孩子就不是学习的料啊?"

罗梦月说:"潘伯伯,小军平时学习挺好的,他不应该考成这样,这里面有一道题还是他教我的呢。小军,你到底是咋回事呀你?"

潘志军咬着牙说:"我咋回事用不着你管!我就不是学习的料,潘大海,你打不死我,是你没能耐!"

潘大海又要打他,罗恩泽把潘志军拽到他家去了。梦月问潘志军:"你为啥不好好考试?"

潘志军咬着牙说:"我就是要气死他!"

一九六九年春,基地动员非战斗人员全都疏散到后方去。金小妹不愿意撤走,潘大海开导她:"咱们这个地方是外人帮着建的,现在那个外人跟咱们翻脸了,这个地方就成了他们的眼中钉、肉中刺,这儿真的有可能变成前线了。基地让你们撤走是对你们的爱护,这些道理我跟你说了无数次了,你咋就听不进去呢?"

金小妹说:"反正我是蛤蟆吃秤砣铁了心了,说不走就是不走!有本事你就把我给毙了吧。"

部长和爱人来到潘家了解情况,金小妹跟他们说出了不想走的原因:"今天我也不怕丢人了,就和你们全都说了吧。当年我和他结婚,我爹死活都不同意,没办法,我们就偷着从家里跑出来了。那天晚上,我们没跑多远就让我爹给发现了,他在村里敲个破铜盆大喊大叫,'快来人啊,我的闺女让当兵的给拐跑了'。全村里的人都跑了出来,狗也全都叫了起来,我们在前面跑,一大群的人啊、狗啊在我们的后面追呀喊啊,那个阵势啊,现在想起来我还心惊肉跳呢。"

部长问已回到发射中队继续任中队长的潘大海:"结婚后你们回过家吗?"

潘大海说:"回过,入朝参战前我们一起回了一趟家,我们每年都给家里的老人寄钱寄物。后来金小妹自己也回过几次。"

金小妹说:"我爹去世了,两个哥哥都参加革命离开了家,老家没有我的娘家人儿了。老潘的父亲走得早。他母亲跟他的弟弟一起生活。"

部长的爱人问:"那你怕啥?"

金小妹说:"部长,大姐,在农村违抗父命那可是大逆不道哇,和男人私奔就更不得了了,他们在背后不定说我些啥呢,毕竟咱们农村落后哇。"

部长想了想说:"小金呀,不想走就不走,留下来给潘中队长当个好后勤,他,累呀!"

下班号响,潘志兵、潘志军、潘戈背着书包回到家,金小妹进家摘下套袖和手套,脱下外套去厨房做饭。潘大海兴冲冲进来对小兵说:"基地在疏散之前要内征一批小兵,我给你报名了。"

潘志兵说:"我不当兵,我要考大学。"

金小妹从厨房里出来:"小兵才十六岁,当兵年纪小了点吧?"

潘大海说:"不小了,我当兵的时候才十三岁,比枪都高不了多少,那不照样跟着部队行军打仗。"

潘志军说:"哎,我也想当兵,今年我也十三岁了。"

"小猴崽子在跟谁说话呢?"

"跟你呀。"

"你跟我这个'哎'都断绝父子关系了,你想当兵跟你自己家里人说去。"

"哼，我找部长伯伯说去。"

潘志军摔门出去了。潘大海看着他的背影乐了。潘志兵说："爸，我不想当兵。"

潘大海问："你不想当兵你想干啥？你没看见你弟弟他想当兵还当不上吗？"

"当兵是小军的理想，不是我的理想，我的理想是上大学，盖大楼。"

"你是军人的儿子，你的理想必须是参军，必须是保家卫国，盖大楼那是别人的事儿，跟你没关系。我这是为了你好！"

"我需要的是您的理解，爸，您从来没有认真问过我的想法。"

"你想什么我管不着，我问你，这个兵你到底当还是不当？"

"不当！"

潘大海从墙上取下武装带要打潘志兵，金小妹上前挡在潘志兵的前面："你要打就打我吧！"

潘大海说："我让你当兵是为了你好，你为啥就不明白啊！"

潘志兵说："您让我当兵是为了您自己好！您为了您的事业，扼杀我的理想和前途，您自私，您独裁，您专横，您就是个封建家长！"

金小妹说："你怎么能这样说你爸啊，你是在伤他的心你知道吗？他可是最疼你的呀！"

潘志兵说："他不是在疼我！他是在杀我！我现在终于理解了小军为啥不认他，如果他硬要逼着我去当兵，我也跟他断绝父子关系！"潘志兵走进自己房间，把门重重地给关上了。

潘大海咆哮道："你可以不认我，你可以和我断绝父子关系，但是，你必须去当兵！你可以不当我的儿子，但这个兵你必须得当！"他扔下手里的武装带仰天长号："天啊！我怎么会有这样的儿子呀，我到底错在哪儿了呀？"

晚上，金小妹说："我就奇怪了，这孩子咋就这么不愿意当兵呢？"

潘大海说："这个兵他愿意不愿意都得当。你说他才十六岁就去当兵，他父母能愿意吗？"

"会愿意的，他妈妈临死的时候给他起名小兵，不就是想让他的儿子替他们继续当兵吗？他们要是在天有灵，看到自己的儿子穿上军装了，一定很欣慰。"

"嗯，这个兵他必须当！"

潘志兵出来上厕所，路经父母的房间时，听到他们的谈话，吃惊地捂住了嘴巴。

第十六章　志兵参军　小妹返乡

金小妹说:"小兵当兵这事儿你多操点心,方便的时候你跟首长说说,把他分配到条件好点儿的连队,最好离家近一点儿,我也好照顾他。"

"向组织伸手要照顾的话,我说不出口。"

"他是烈士的后代,组织上理应照顾他。"

"你让我告诉首长,小兵不是咱们亲生的儿子?"

"那可不行,这个秘密对谁都不能说。他就是咱们的亲儿子,就是!"

"这孩子早就长在我心里了,他当然是我的亲儿子了。"

"那,要照顾的话就没法跟首长说了?"

"没法说,可我又不能不管他,要是小军,我肯定不管,可这是小兵啊。唉,我该咋管呢?"

"是呀,咋管呢?"

潘志兵聆听父母谈话,泪流满面。他回到自己的房间,抱着衣服悄悄离开了家。他在楼门口穿好衣服,在寂静的大街上走着、哭着……

第二天早上,潘家人看不到潘志兵,以为他出去找同学了,金小妹用手帕包了一个馒头交给去上学的小军,让他到学校后交给哥哥。

潘志军拿着馒头来到初中班,韩梅告诉他潘志兵没来上学。

中午放学回家,潘志军对爸妈说哥哥没去上学。志兵也没回家,家里人很是着急。潘志军说:"我哥的理想是盖摩天大楼,他说过,将来他要让我们都住进他盖的大楼里去,他还说那楼高得一伸手就能够着星星和月亮。"

潘戈说:"对,我大哥就是这样说的。"

潘志军对潘大海说:"哎,你也不问问我哥愿意不愿意当兵,你就给他报名,我哥去当兵,你脸上特有光是吧?"

潘大海说:"你不是也很想当兵吗?"

"我想当兵,并不代表我哥也想当兵。要不是你非逼着我哥去当兵,他能离家出走吗?我哥要是出啥事儿,你就是杀人犯!"

潘志军说完,拿了一个馒头咬在嘴里就往外走。潘大海问:"你干啥去?"潘志军没理他。潘戈说:"二哥去找大哥了。"

潘大海连饭都没吃跑出去找志兵,他在弱水河畔焦急地瞭望、呼喊、奔跑、寻找……

天黑了,潘志兵还没回来,金小妹急得一个劲儿地哭,潘大海满头大汗地在家里转磨磨。罗恩泽和罗梦月闻声进来,金小妹说:"小兵要是有个好歹,我也不活了。"

潘大海嗓音沙哑地说:"这都一天了,哪儿都找不着他,问谁谁都不知道,这不是要急死个人吗?"

罗梦月说:"潘伯伯,你就别让小兵哥哥去当兵了,小兵哥哥的理想不是当兵,他的理想是盖大楼。"

罗恩泽说:"对,以前他问过我上过的最高的大楼是几层,还说要考我们大学的建筑系。他的理想是要盖世界上最高的大楼。"

潘志军突然想起了什么,他飞快地跑出了家门。

潘志兵伫立在五一三医院的天台上,放眼望去,小城的灯火一家接着一家点亮了。潘志军走过来对他说:"哥,咱们回家吧。"潘志兵看着天上的繁星和小城里的灯光:"小军,你喜欢登高望远吗?"潘志军说:"哥,我知道你喜欢,所以我才到这儿来找你,快回家吧,咱妈在家为你急得直哭。"

小哥俩儿在寂静的马路上往家走,潘志军说:"哥,我知道,你不愿意当兵,就是为了将来盖高楼。"潘志兵说:"我愿意当兵!"潘志军吃惊地问:"你不要你的理想了?"潘志兵说:"你可以有理想,我不行。以后你别再跟咱爸赌气了,有些事儿我现在不能告诉你。我特羡慕你。"

"哥,有些事儿我现在也不能跟你说,唉,特羡慕你的那个人是我。你能当兵,我不能。"

"等你长大了,咱爸会让你去当兵的。"

他们回到家,潘大海一把抓住潘志兵的手:"小兵,你饿了吧?"他转身对流泪的金小妹说:"你快给孩子弄点吃的去呀。"

金小妹去厨房弄饭了,潘大海说:"小兵啊,你有啥心事跟爸说,以后别再离家出走了好不好？"

小兵说："爸，我没离家出走，我就是出去转了转，对不起，让你们为我担心了。"

"小兵，你不愿意当兵，爸不逼你。"

"爸，我愿意当兵。"

"这是你的真心话？"

"是我的真心话。爸，妈，你们把我养大，你们的任务完成了。"

金小妹端着饭菜过来说："你是我们的亲儿子，抚养你长大是我们分内的事儿，怎么就成了我们的任务了呢？"

潘志兵说："爸，我参军以后，您就别再操我的心了，我不想让我成长的过程中掺有您的功劳。"

潘大海惊喜交加："好，好！"

潘志兵给潘大海和金小妹鞠躬："谢谢爸妈的养育之恩！"

金小妹惊讶极了："这孩子，出去了一天，回来咋跟换了个人似的，快点吃饭吧。"

小兵吃饭，潘大海盯着他看，潘戈把杯子端到他面前："大哥，给你水。"小兵说："谢谢小兵器。"

潘大海问："小潘戈啥时候变成小兵器了？"

潘戈说："我大哥叫我小兵器，我二哥叫我小戈壁。"

潘志军说："潘戈的'戈'字不就是戈壁滩的戈吗？我们班好几个同学的名字里都有这个'戈'字，比如戈军、戈平、凤戈，他们的名字都跟戈壁滩有关。我哥说，戈不只是戈壁滩的意思，还是兵器的意思。在古代，有一种兵器装着长柄，头上用铁或青铜做刃，能当棍棒使也能当刀用，这种兵器就叫戈。"

潘大海说："戈还有'金戈铁马'的意思。我是军人，我希望我的孩子以后都是军人，我闺女当然也不能例外了。"

潘戈说："小兵器，小戈壁，军戈铁马，这些名字我都喜欢，我长大了也要和大哥一样，去当兵。"

晚饭后，潘志兵和潘志军在房间写作业，潘大海进来说："小兵啊，爸能跟你谈谈吗？"潘志军要走，潘大海对他说："别走，你可以旁听。小兵，你昨天还不愿意当兵，今天却又愿意了，说说你是怎么想通的。"

潘志兵说："我是军人的儿子，我的灵魂和肉体早就被父辈给打上了军人的烙印，我的出身注定我必须得当兵。"

"小兵啊,我让你当兵,事先没跟你商量,你怪我吗?"

"爸,我感谢您还来不及呢,怎么可能会怪您呢?"

"哦,这就好,小猴崽子,好好跟你哥学着点啊。"

潘大海和罗恩泽走在上班的路上,罗恩泽问他:"小兵的理想不是盖大楼吗,他怎么转变得这么快呀?这里面会不会有别的问题呀?"

"不会,他说了,他的灵魂和肉体早就被父辈打上了军人的烙印,他说他的出身注定他必须是军人。我的儿子懂事!"

"嗯,懂事,太懂事了。"

东风大礼堂的广场前锣鼓喧天,潘志兵、韩梅和同学们都穿上了新军装,戴上了大红花,各家的大人都在嘱咐自家的孩子。郑义匆匆跑来为他们送行。

潘志兵说:"郑老师,我们都走了,咱们的临时中学是不是关门了呀?"

"那当然了,没学生了还要老师干吗呀,我又回到我原来的工作单位去了。"

"郑老师,我们的课程还没学完呢。"

"以后可以自学,学习可是一辈子的事儿。"

韩梅说:"郑老师,我们会想您的。"

郑义说:"我也会想你们的。"

金小妹嘱咐儿子:"小兵啊,你一穿上军装可就是大人了,妈不在你身边,你要照顾好自己。"潘大海说:"小兵啊,爸相信你一定是个好兵。"潘志兵说:"爸,请您不要去新兵团看我,也请您不要过问我的事儿。"潘大海说:"好,我尊重你的意见,不过你要是有啥难处,还是要跟我说,我可以帮你出主意,这总行吧?"

大卡车载着这批新兵们向戈壁深处走去,渐行渐远。

潘戈问:"爸,汽车把大哥他们拉到哪儿去呀?我们能去看大哥吗?"

潘大海说:"他们去点号的新兵团接受军训,你们不能去看他。"

金小妹问夏荣芳:"妹子,你们家也疏散吗?"

夏荣芳说:"对,我们准备把这俩孩子都送到我表姐家去。"

罗卫国问潘戈:"姐姐,你们家撤退吗?"

潘戈说:"部长伯伯说了,我们家可以不撤退。"

罗卫国拽着夏荣芳的衣襟说:"妈妈,金妈妈家不撤退,我也不撤退。"

金小妹说:"卫国呀,爸爸妈妈送你们走是暂时的。"

罗卫国噘着嘴说:"金妈妈不暂时,我也不暂时。"

夏荣芳拉着罗卫国走了,罗卫国边走边唠叨:"我就不撤退嘛,我就不撤退嘛。"

回到家的罗卫国哭闹着不撤退,金小妹推门进来,罗梦月欢呼:"金妈妈来了!"罗卫国扑到金小妹的怀里大哭:"金妈妈呀,我爸爸妈妈不要我和姐姐了,你快救救我们吧。"罗梦月也哭着说:"金妈妈,我不想撤退。"

金小妹对他们说:"好孩子,不哭啊,你们的爸爸妈妈哪舍得不要你们啊?这不是基地要疏散吗,这疏散就是把你们送到安全的地方去,这是为了你们好,知道吗?"罗卫国说:"潘戈姐姐说你们家不疏散,那我也不要疏散。"夏荣芳说:"姐,这两个孩子听说你们家不走,说啥都不愿走了。"金小妹对两个孩子说:"我听说你们的老家可漂亮了,到处都是鲜花和绿树,多好呀。"罗卫国说:"我不要鲜花绿树,我要金妈妈,我要跟金妈妈在一起。"

金小妹对夏荣芳说:"要不你就把孩子们都搁我这儿吧,我帮你照顾着。"夏荣芳说:"姐,大疏散是基地在特殊时期下的特殊命令,我们不能违抗命令。"金小妹说:"我就不信谁的胆子这么大,敢动前边儿的一根毫毛。我就不走,就像小军说的,我誓与前边儿共,共,共啥了?"罗梦月补充:"誓与前边儿共存亡。"罗卫国说:"我也要与前边儿共存亡。"

夏荣芳批评俩孩子:"你们是军人的后代,必须学会服从命令听指挥。现在前边儿需要你们撤离,你们就必须迅速撤离,不能讲任何条件。"

夏荣芳的话让金小妹顿感羞愧,她说:"卫国,金妈妈是军属,我也要服从命令听指挥,我们家也要不讲任何条件的撤离。"罗卫国说:"金妈妈,连你也不要我了吗?"金小妹说:"乖孩子,咱们走是为了前边儿好,毛主席说过,'撤退是为了前进',咱们一准儿还能再回来的。"

罗卫国说:"我听金妈妈的话,听毛主席的话。"

金小妹回家就招呼潘志军、潘戈收拾东西,把家里弄得乱七八糟,潘大海进来问:"你们这是在干吗呢?"潘戈说:"爸,我们要撤退了。"潘大海说:"你们还真的要走哇?既然部长都同意你们留下了,那就留下呗,说实话,我也不想让你们走。"

金小妹坚决地说:"不行!疏散就是命令,我们不能违抗命令!"

潘大海上下打量着金小妹:"你这觉悟啥时候提高得这么快呀?前两天你

还发誓要与前边儿共存亡,今天就知道疏散也是命令了。"

"你甭在这儿羞臊我,你以为我们军属都是落后分子呀?你忘了你以前上前线我是咋支持你的了?那时候我拦过你没有?我一个人带着孩子难成那样,我拽过你的后腿没有?"

"没有,那时候确实没有。可这次,哦,我的意思是这次你不想走也没人说你落后,你有特殊情况嘛,就连部长都特批你可以不用撤退了,你可以不用服从命令。"

"我以为解放了,就不会再跟你分开了,谁知道还有疏散这一说呀。这些日子,你是不是特小看我呀?"

"哪能呢?以前我每次上前线你总是偷偷地抹眼泪,当面却乐呵呵地祝我打胜仗,你都不知道当时我有多感动。这次疏散我知道你为难,我不理解你谁理解你啊?"

"尽拣好听的说,行了,这事儿就这么定了,回去后遇到啥事儿我忍着、让着就是了,不会给你丢脸的。"

潘志军说:"妈,你不用忍,要是谁敢欺负你,我吹着冲锋号对他们一通拳打脚踢,保管把他们全都给打趴下。"

潘大海问:"冲锋号?你动我的军号了?"

潘志军吹起冲锋号的口哨,潘大海听笑了:"还真挺像那么回事儿。都说咱家小猴崽子能吹,还真是能吹啊。"

潘志军问潘大海:"哎,你有军号?你会吹军号吗?"

金小妹训斥潘志军:"你哎哎的这是在叫谁呢?你爸当过小号兵,当然会吹军号了。他还从朝鲜带回来了一把军号呢,老潘哇,这军号是给你留下还是我们带回去替你保管呀?"

潘大海说:"大胡子对我说过,要保管好这把军号,因为军号里有我们20兵团的光荣。你们把军号带回去吧,这本来就是留给孩子们的。"

金小妹说:"你赶紧给大河兄弟写封信,告诉他我跟孩子们马上就要搬回去了,让他把咱娘的老屋给拾掇一下。"

潘大海说:"信我早就写好了,邮票都贴上了,听你说不走了,就扔进抽屉里了,我这就把它找出来送邮局去。"

潘戈说:"爸,让我去送吧。"潘大海把信交给潘戈,潘戈拿着信跑了出去。

潘大海嘱咐潘志军:"回到老家后,你就是家里唯一的男人了,在农村顶门过日子，没个男人可不行，所以你的责任很重大。农村的人际关系复杂，你要是惹毛了一个人，就是得罪了一个家族，你千万别打架，你妈还有你妹妹可就全指着你了。"

潘志军说："老百姓是水，我潘志军就是鱼，军民鱼水情，誓看天下谁能敌。"

金小妹对他说："你呀，先跟你妈这个老百姓搞好关系，帮我端饭去，准备吃饭。"

吃饭时，潘志军和往常一样，坐在远离饭桌的小板凳上，潘大海叫他过来，他不理睬。金小妹说："别理他，我看他能拗到什么时候。"

火车上坐满了疏散离开基地的家属和孩子，他们和站台上的亲人话别，车上车下哭声一片。

金小妹带着孩子们坐在火车上，对站台上的潘大海说："我们走了，你要照顾好自己……"她哽咽着说不下去了。

潘戈放声大哭："爸，我要你跟我们一起走，爸，我要我爸！"

火车开动了，站台上潘大海的身影变得越来越小，金小妹的泪水喷涌而出，潘戈边哭边给妈妈擦眼泪。

潘志军说："妈，您别哭，回到老家后我一定听您的话，不惹事儿，不打架，多干活，咱家的大门，有我给你顶着。"

金小妹淌着眼泪点头，潘戈说："妈，我也听话。"

一辆马车在乡间的小路上奔跑，马车上装有一些箱子、包袱和锅碗瓢盆等物，车上坐着金小妹、潘志军和潘戈，赶车人是潘大海的亲弟弟潘大河。潘大河问哥哥怎么没送他们回来，金小妹说："你哥的工作忙，抽不出空儿来，他说家里有你他放心。"

大河说："那是自然，家里有我呢。咱娘老念叨你们，玉霞跟孩子们也都挺好的，我那仨闺女听说你们要回来了都乐坏了，光宗也是天天在盼着你们呢。"

潘志军问潘大河："二叔，光宗是谁呀？你们家是不是还有个耀祖？"

潘大河说："光宗是我的儿子，快八岁了。你们玉霞婶子一连生了三个闺女，后来才生了这么个宝贝儿子，咱们农村人都指着儿子光宗耀祖，所以我就给他起了潘光宗这个名字。那年，你婶子还真的又给我生了一个潘耀祖，可是小耀祖生下来没几天就病死了，唉！让我空欢喜了一场。我现在啥都不盼，就盼着你们婶子啥时候能再给我生个小耀祖。驾！"

潘志军对马车很感兴趣："二叔，这些马还真听你的指挥！"潘大河说："它们听不懂你的话。"潘志军问潘大河："它们能听得懂军号吗？"潘大河说："现在哪还有军号呀？"

潘志军用嘴吹起了冲锋号，马儿吓了一跳，跑得快多了。潘大河也吓了一跳，说："还真的是军号呀，我听懂了，你吹的是冲锋号，你看，马儿也听懂了。"

马车在潘志军吹的口哨冲锋号声中快速奔跑。

马车停在潘家门口，玉霞扶着老母亲出来迎接金小妹母子。老母亲见儿子没回来，老泪纵横。金小妹把奶奶和婶子介绍给小军和潘戈，孩子们有礼貌地给她们行礼问好。

玉霞笑盈盈地说："嫂子，欢迎你们回来啊。娘，你看俺嫂子把家都搬回来了，他们是替您的大儿子回来孝敬您来了。"

潘大河说："嫂子，你们这次回来是不是就不走了？俺哥是不是犯啥错误了？你们这是下放吧？"

潘志军说："二叔，我们这是战备疏散，不是下放。"

在老母亲的指挥下，潘大河夫妻帮他们把车上的东西全都卸在了潘家老屋，老母亲让他们先回家吃饭，金小妹娘仨来到潘大河家的厨房，看到三个分别是十二岁、十岁和八岁的小姑娘在灶前烧火、做饭，一个六岁的小男孩坐在小板凳上吃着煮鸡蛋。

三个小姑娘怯生生地叫大娘好，金小妹掏出一把水果糖分给孩子们，那个小男孩接过糖对玉霞说："娘，红妹看我吃鸡蛋。"

玉霞上前打了只有八岁的小潘红一巴掌，潘红痛得直咧嘴，却没敢哭出声。玉霞说："嫂子，让你见笑了。我没你有本事，我一口气生了三个丫头，大河和娘对我整天都没个好脸儿，自从我生了这个儿子，他们娘俩儿才对我有了点笑模样。"

潘戈把潘红拉到一边儿，悄悄塞到她手里几块饼干。潘志军对潘东、潘方和潘红说："我叫潘志军，今年十三岁。"潘东说："我叫潘东，她叫潘方，她是潘红，他是潘光宗，我们都得管你叫二哥。"

潘大河问玉霞饭做好了没有，玉霞呵斥那几个小丫头："你们倒是快着点呀，没看见家里来客人了吗？"

大家围坐在饭桌前吃饭，潘大河一家坐一桌，奶奶和金小妹一家坐一桌。潘大河说："嫂子，我不知道你们这次回来就不走了，也没提前给你们收拾。"老母亲对大河说："你帮着你嫂子把老屋好好拾掇拾掇，该换的东西就给他们换了。"玉霞说："没钱怎么换呀？"

老母亲从内衣口袋掏钱："我这有钱。"

玉霞说："娘啊，您还有钱呀？那天光宗想吃根麻花，你不是说没钱了吗？"

金小妹把钱推给老母亲："娘，这钱您留着自己用，我有钱。"

潘大河对玉霞说："你说啥呢？娘的钱还不都是我哥按月寄来的呀？"

玉霞说："他是娘的大儿子，给娘寄点钱不应该啊？这么多年了，他给娘洗过一次衣服，还是做过一顿饭啊？哦，现在他的老婆孩子让部队给撵回来了，就惦记起咱娘的老屋了，他的心里是真的还有这个娘吗？"

金小妹说："我们这次回来是暂时的战备疏散，不是让部队给撵回来的。大海和我的心里不仅装着娘，还装着你和你的孩子们。"

玉霞嘴一撇："全国早都解放了，还战备疏散？谁信呀？就算是暂时，恐怕也得暂时个十年八载吧？"

潘大河训斥玉霞："你给我闭嘴！他们是我的亲嫂子、亲侄子，就算是在咱家住一辈子也是应该的，我们家的事儿不用你管！"

玉霞尖叫："哎哟，我才知道啊，原来这是你们家的事儿呀，那我还在这儿赖着干啥呀？我走，我给你们腾地儿，光宗，跟娘走。"

玉霞抱着光宗要走，光宗哇哇大哭不愿意走。老母亲教训儿子："大河，快拽住你媳妇呀。光宗他娘，你是娘的好媳妇，你就别闹了啊。小妹呀，别怪你的玉霞妹妹啊，玉霞不易呀，这屋里外头的，没她可不行啊。"

金小妹说："玉霞，你看这样行不行？我们娘几个先住在娘的老屋里，按月给你们交房租，让娘跟我们一起住，就算是我们一个孝敬咱娘的机会。"

玉霞说："这房钱是你自愿给的，要是有人胡说八道，我可不答应！"

金小妹说："你放心，我不对外人说。"金小妹从衣兜里掏出钱包，递给玉霞两块钱，玉霞没吱声，金小妹又加了两块，玉霞接过去仔细揣进了自己的内衣口袋。潘戈掏出小手帕给奶奶擦眼泪。

潘大海在食堂吃饭时狼吞虎咽，孔文对他说："又没人跟你抢，怎么吃个饭跟打仗似的？"潘大海说："我都两顿没吃了，这肚子里好像有一只小手在往里头拽呢。"罗恩泽问他："你忙啥了？咋连饭都顾不上吃啊？"潘大海说："不是没时间吃，是忘了吃了，回家吧又没吃的，可不就得饿着吗。"孔文说："你就不能给自己整点儿吃的呀？"潘大海说："我哪会做饭呀！"

罗恩泽说："生活都不能自理，说你是生产队长还真是高抬你了。"

孔文、斯小川、罗恩泽齐声说："浪跟滴！"

潘大海说："我还巴不得当个生产队长呢，生产队长多好哇，有田有地，有马有牛，每天和老婆、孩子在一起，多美呀。"

饭后，潘大海和罗恩泽并肩往家走。罗恩泽对他说："小兵是个懂事儿的孩子，他善良、宽容、儒雅，小小年纪就有学者的风范，我就是奇怪哈，就你的基因，怎么能生出这样的孩子？"

"我的基因咋了？我要是有你的条件，比你有文化。"

"小军最像你，长得像，性格也像。你对小军虽然有点粗暴，但那是父亲对儿子的自然流露，你对小兵就少了这一点。"

"你啥意思？我儿子的性格就非得像我呀？一母生九子，九子不一样。你要是再胡说八道，可别怪我对你不客气！"

"你这人咋说翻脸就翻脸呀？我不过就是说说我的看法嘛，呵呵，你急成这样，说明你心里头有鬼，坦白交代，小兵他是不是你的亲儿子？"

"你的心里头才有鬼呢！你罗恩泽就不是人，你就是个大魔鬼！你整天瞎捉摸什么呢你！神经病！"

潘大海气哼哼地走了，罗恩泽看着他的背影忍俊不禁。

一辆吉普车行驶在茫茫的戈壁滩上，吉普车在离新兵团不远的地方停了下来，潘大海跳下车躲在一丛红柳的后面，用望远镜向新兵团训练场的方向瞭望。

训练场上，以班为单位的一队队的新兵在训练，潘志兵的正步踢得很规范。

班长整队训话："潘志兵，出列！"潘志兵向前两步走出队列。班长说："你们都给我瞪大了眼睛。看看人家的正步是怎么踢的，你们都是我带的兵，潘志兵踢的什么样儿，再看看你们踢的什么样儿，都给我好好看着！潘志兵，听口令，正步走，一二一，一二一……"

潘志兵像个老战士似的昂首挺胸地踢着正步，新兵们小声议论："他正步踢得比班长都标准。"有人说："他是新兵吗？"

潘大海在望远镜里看到潘志兵踢的正步，笑了。司机催他："潘中队长，再不走就来不及了。"潘大海依依不舍地放下望远镜上了吉普车。

177

第十七章　军号立功　发射失败

　　金小妹和孩子们回到广东乡下好几个月了。
　　一天夜里，玉霞要去饲养场偷饲料，从潘方嘴里得到消息的潘志军，早早地潜伏在了饲养场的草垛后面。玉霞悄悄来到牲口槽前，把牛马吃的草划拉到一边儿，把下面的东西往一个小袋子里面装。这时，小军吹起了冲锋号的口哨。寂静的夜空，冲锋号声清晰嘹亮，惊得玉霞猖狂出逃，摔倒了，爬起来，一瘸一拐继续奔跑。
　　老饲养员从屋里出来问谁吹的军号，潘志军走过来对老饲养员说："爷爷好，是我吹的军号。我们家是才搬来的，我爸叫潘大海，我叫潘志军。"
　　老饲养员说："好孩子，刚才的军号声还真像当年你爸爸吹的军号。"
　　玉霞回到家，潘大河帮她看腿上的跌伤，她龇牙咧嘴地说："你说这军号声是从哪儿来的？"
　　潘大河说："我哪儿知道啊？"

　　金小妹家正在吃饭，老饲养员和队长来了，老饲养员指着潘志军对队长说："就是这个孩子。"金小妹紧张地问："志军惹啥事儿了？"队长说："弟妹呀，我们是来求你家孩子给生产队帮忙的。咱们村东头有一大片林子，听说又有人去偷着砍树了，林子那么大，春耕生产又这么忙，我们抽不出人去阻止他们，可又不能让集体的财产白白地受损失，听老饲养员说你家的孩子会吹军号，我想……"
　　潘志军说："不就是吹军号吗，没问题！"金小妹说："林子那么大，小军的口哨声音太小，恐怕不行吧？你们可以吹哨子呀。"队长说："我以前吹过哨子，不管用，他们根本就不听。"金小妹说："军号他们就听了？"队长说："咱们村儿过去是拥军的模范村，村民们对军号都有着特殊的感情。"金小妹说："光把他们叫回来不行，得想办法让大家伙儿知道，集体的东西不能拿，拿了就要受到惩罚。"队长说："我们想到这样做了，可是总得先把他们给叫回来呀，咱村的人最崇拜解放军了，军号准能把他们给叫回来。嫂子，就让这孩子给我们帮帮忙吧。"

潘志军急不可待："还等啥呀，快走吧。"金小妹叫住他："真的军号你能吹吗？"潘志军说："我吹过队号，吹军号没问题。"

金小妹把潘大海的军号找出来，郑重地交给潘志军："用军号为老百姓办事儿，你爸他会同意的。"

潘志军站在树林边儿的一块大石头上吹起了冲锋号，号声响彻云霄。

正在砍树的那家人被军号声给震慑住了，当爹的说："这还等啥呀？咱们赶紧回去自首吧，想当年，咱们家还是拥军的模范呢。这会儿让部队再把模范给逮住了，那可真就剩下光着腚拉磨一转着圈的丢人了啊。"

他们全家人扛着斧子向军号响起的方向跑去。

潘大海中队长站在2号发射阵地向远方极目眺望，荒凉的戈壁滩，空旷辽阔，浩瀚苍茫。罗恩泽从地下控制室里出来问他："想老婆孩子了？"潘大海说："火箭加注很顺利，这次咱们一定能成功。"罗恩泽说："嗯，只要这次成功了，下次咱们就可以发射第一颗人造地球卫星了。"

"咱们的卫星梦就要实现了，要是大胡子、喜子的在天之灵能看到就好了。"

"他们就算是看不到也一定能听到。设备总算是正常了，但由于时间太紧，还没来得及验收。"

"没有验收，就不能正式参加试验，但基地考虑再三，已经特批654系统参加'长征一号'运载火箭的跟踪测量，这也是好事儿嘛。"

"对654和我来讲，都是一次难得的火线练兵，我必须认真准备。"

一九六九年十一月十六日，运载火箭喷着火焰呼啸着飞离了发射塔架。

发射塔架前临时搭成了庆祝会场，红底白字的"'长征一号'运载火箭首次发射庆祝大会"的条幅在夕阳下熠熠生辉，二十多面彩旗在风中呼呼作响，锣鼓队员们欢快地敲打着锣鼓跳跃着、呐喊着，兴高采烈，震耳欲聋。

台上的首长用胳膊碰了碰政委，政委会意地用手敲了敲话筒，大喇叭传出了咚咚声，只见锣鼓队的指挥把指挥棒往上一挑，画了个半圆，然后用力一按，锣鼓声戛然而止。

一位处长从主席台后面匆匆跑到首长和政委面前低声汇报："落区还是没有发现目标。"又一位领导匆匆跑过来说："雷达团报告，一级火箭关机后速度指示不再上升，落点预示不动。"首长问："这说明什么问题？"

"说明二级飞行不正常，落点没有进入预定目标。"

"光测数据呢？"

"光测数据还没有出来。"

台上的各位首长匆匆离开会场。

罗恩泽和斯小川在机房看数据，潘大海进来，罗恩泽问："庆祝会开了？"

潘大海说："开了，说是发射成功了，你们跟踪测量的结果咋样？"

罗恩泽说："火箭从点火到一百一十二秒，实际速度和理论速度十分吻合，但之后，火箭加速度为零。也就是说，火箭没有落在理论落点的范围。"

"落在哪儿了？"

"根据测量数据判断，火箭的残骸可能是落在了新疆阿里克什附近。"

"赶紧向首长汇报啊。"

"这个系统还没有正式参加任务，向首长汇报合适吗？"

"你敢保证这个设备没问题？"

"敢。"

"走，带上图纸，咱们立即去向首长汇报。"

潘大海和罗恩泽刚下汽车，一位领导就迫不急待地迎了上去："有啥新情况？"罗恩泽说："二级好像没有点火。"

"不会飞出国境线吧？"

"我们计算了落点坐标，距离国境线很近。"

"快去会议室，大家都在等你们呢。"

基地会议室里挤满了各级领导和各系统的技术干部，有人在看图，有人在分析数据，会议室里烟雾缭绕，充满了烦躁和焦急。首长在大口抽着烟，潘大海、罗恩泽快步来到首长面前。首长说："快说说情况。"

潘大海汇报："我们654系统虽然不属于正式参加任务的系统，但从结果上看，跟踪良好，得到了可信的数据，请罗恩泽工程师向首长汇报情况。"

罗恩泽指着图纸对首长说："就是到了这里，速度值就不再增加了，换句话说，到了一百一十二秒，火箭的加速度为零。"

首长问："火箭飞到啥地方去了？"

"根据计算，落点距离发射场九百七十公里，偏右大约四十公里到八十公里。"

"出国没有？"

"离国境线大约三十公里"。

"什么大约，到底离国境线有多远？"

"三十公里。"

"老天爷总算有眼，没飞到国外去"。

一位领导跑过来向首长报告："北京来电，周总理已经第三次催问火箭是否出国了。"

全体干部表情凝重地站了起来，政委想了想说："再等等吧，这个结论千斤重，它关系到国家的声誉！一定要搞清楚了再汇报。"

首长说："请数据处理的同志加班把光学胶片、遥测胶片立即冲出来，连夜判读，看看横向偏差到底有多大，运载火箭有没有可能飞出国去，明天给出结论。这次任务中，雷达团工作主动，654系统及时给出了落点报告，都值得表扬，明天我带队去搜索，我们要务必找到火箭的全部残骸。"

次日，首长和几个技术干部登上了苏制伊尔-14型号的飞机在空中搜索，找到了残骸的准确位置。

二百多名官兵日夜兼程，火速来到飞机锁定的火箭残骸坠落的地区，基地首长站在队伍前，看着个个蓬首垢面、满身尘土，有的嘴唇开裂，有的鼻子里塞着带血的纸团，棉衣露出了棉絮，心疼地说："同志们，你们辛苦了！你们急行军的任务完成得很好，明天还有更加艰巨的搜索任务在等着你们，这次搜索任务，关系到'长征一号'运载火箭的改进，我们一定要把残骸全部找回来，同志们有没有信心？"

全体官兵精神抖擞地吼道："有！"

茫茫的戈壁滩上，十几辆大卡车分向行驶，潘大海、斯小川、罗恩泽等十几位干部战士在卡车上并肩站着，瞪大眼睛在戈壁滩上寻找。潘大海说："好在火箭残骸没掉在国外，主体也都找到了。"罗恩泽说："散落的残骸也很重要，必须全部找到。"斯小川说："真冷。"罗恩泽说："这股强冷空气很猛，最低温度是零下三十二度。"

潘大海临下车前嘱咐罗恩泽和斯小川:"戈壁滩上没有明显的参照物,很容易迷路的,你们自己可要当心啊。"

罗恩泽、斯小川说:"浪跟滴。"

汽车停下,潘大海和一名战士跳下车一路搜寻,远远地看到一个黑东西,跑过去捡起来一看是一块朽木。战士捡到一块铁皮给潘大海看,潘大海说:"这是火箭上的蒙皮,是残骸。"潘大海和战士在寒风中继续寻找,他们累得气喘吁吁,坐下来休息啃干馒头,战士喝水时发现水壶里的水都冻住了。

下午时分,刮起了大风,风夹着鹅毛大雪,能见度很低。潘大海对战士说:"这时候往回走很容易迷路,等风头过去了再说。"潘大海抱着小战士蹲在了地上。

罗恩泽和一位战士在风雪中不停地寻找,他们分别抱着一截电缆和三块铁皮,跌倒了爬起来,爬进来了又跌倒,风太大了,罗恩泽抱着战士也蹲在了地上。

斯小川和一个战士在风雪中艰难地走着……

风雪交加的戈壁滩孤零零地伫立着几顶帐篷,几个战士在艰难地加固帐篷和天线。帐篷内,通信兵在急切地呼叫:"我是一号,听到请回答,我是一号,听到请回答!"首长急得团团转。

一位领导对首长说:"现在已经是半夜十二点了,要不你睡一小会儿,有情况我马上叫你。"首长说:"这个时候谁还能睡得着哇?"他披衣走出帐篷。

一股夹带着雪花和沙尘的寒风吹来,差点把他给吹倒。他眯着眼睛,裹紧了衣服,望着漆黑的夜空说:"这是要冻死人的呀!"一位通信兵向首长报告:"报告首长,其他小组还是联系不上。"首长问:"为啥就联系不上呀?"通信兵回答:"太冷,设备失灵。"两位领导急切地请示:"首长,我们出去找人吧。"首长说:"去吧,你们一定要把他们全都给我找回来,你们自己也要注意安全!"

寻找搜索残骸官兵的大卡车停在了潘大海和战士的身旁,从汽车上跳下几个战士,把冻僵的潘大海和战士抬到了汽车上,战士们用大衣和棉被裹住了他们的身体。另一辆卡车找到了罗恩泽和小战士,他们也被抬到了汽车上。

斯小川和小战士在风雪中紧紧地抱在一起,风雪将他们的身子渐渐掩埋。

头上、脸上、手上都缠满了绷带的潘大海从昏迷中醒来，蒙蒙眬眬的他仿佛置身于鲜花绿树丛中，还有一位仙女在他的面前婀娜跳舞。他喃喃地问："我这是在哪儿？"

"你终于醒了，你这是在医院。"潘大海这才看清楚了仙女是位女护士。女护士告诉他，他和那位小战士都冻伤了，在这次的搜索行动中还牺牲了一个干部和一个战士。

潘大海忙问："牺牲的是谁？是怎么牺牲的？"

女护士说："叫什么名字我不知道。听说他们在风雪中迷路了，他们向相反的方向走出去了十五公里，等部队找到他们时，他们俩人紧紧地抱在一起，沙子和冰雪埋住了他们大半截的身子，他们身上还背着几块蒙皮和几截电缆。"

潘大海急切地起身，从床上掉到地下，摔晕过去。

第二天，头上、脸上、手上同样缠满了绷带的罗恩泽和潘大海分别坐在轮椅上，护士推着他俩步入了医院的太平间，斯小川保持着冻僵时的弯曲姿式，他的身上蒙着白布，潘大海、罗恩泽走下轮椅掀开白布，凝视着斯小川的遗容。

护士说："我们费了好大的劲儿才把他们俩人给分开……"

潘大海请护士出去，他和罗恩泽用冻伤的手抚摸着斯小川的遗体，潘大海痛心疾首："好兄弟，你怎么就这么走了呀！"

罗恩泽悲号："你呀，你让我们怎么跟你的老婆孩子交代呀！"

大会议室的正前方，悬挂着斯小川凝固微笑的大照片，他的遗体安放在大照片的下面，白被单盖住了他，全体官兵列队向斯小川的遗体告别，两位女军人搀扶着斯小川的爱人，一位男军人抱着斯小川六岁的儿子。他爱人揭开被单看了一眼丈夫的遗容就晕过去，儿子哭喊爸爸又哭喊妈妈，稚嫩的哭声刺疼了每个人的心！斯小川妻子醒过来后，轻轻抚摸着丈夫的脸庞，哭着说："你好狠的心啊！你的爹妈还躺在病床上，你咋能忍心扔下他们就这样走了呀？你让我怎么办？你让我怎么去跟他们交代呀？他们天天都在盼着你，你的儿子每天都在想爸爸，你怎么可以，你怎么可以呀……"

孔文泪流满面地向全体官兵发布命令："立正！向斯小川同志的妻子，我们军人的好嫂子，敬礼！"

全体官兵齐刷刷地向斯小川的爱人敬军礼，斯小川的妻子哭泣着拉着儿子给官兵们鞠躬还礼。

孔文用带着哭腔的声音说:"礼毕!"官兵们整齐地放下了举起的右手。

潘大海语气沉重地说:"同志们,她是斯小川同志的妻子,是我们军人的好嫂子!自从她嫁给斯小川的那天起,就担负起了照顾斯小川生病父母的重担,抚养孩子,养鸡喂猪下地干活。她早就办好了随军的手续,但是因为家里离不开她,迟迟不能到部队来与丈夫团聚,她是在替我们这些做儿子的尽孝啊!斯小川同志活着是革命军人,死了是革命烈士,可是她呢?她没有职务,没有工资,没有地位,她有的只是对公婆的责任和对丈夫的思念!无论她吃多少苦,受多少累,没人给她请功,也没人为她鼓掌。斯小川走了,她的精神支柱垮了,她的天却不能塌,因为斯小川的父母还在家里等着她!斯小川的儿子才六岁,还得靠她抚养长大。斯小川同志生得伟大,死得光荣,她同样伟大!她就是我们军人心目中的好嫂子!她的困难比我们多,责任比我们大,同志们,有这样的好嫂子支撑着我们,我们的军队一定能强大起来!你们说,对不对呀?"

全体官兵眼含热泪齐声呼喊:"浪跟滴!"

罗恩泽含泪把口袋里的钱全部掏出来,放在军帽里,他把军帽放在斯小川儿子的手上,全体官兵有序地在孩子的面前一一走过,每个人都掏出口袋里的钱放在孩子捧着的军帽里……

斯小川的妻儿离开基地时,潘大海从口袋里掏出一摞钞票装进斯小川儿子的口袋,他说:"有困难给我来信。"斯小川的妻子拉着儿子给潘大海鞠躬。孔文抱起斯小川的儿子,女军人搀扶着斯小川的妻子上了火车,斯小川的妻子在火车上流着眼泪向潘大海挥手。

火车开动了,斯小川的儿子趴在车窗上高喊:"潘叔叔,我叫斯鹏,我长大了要替爸爸来当兵!"

潘大海的眼泪喷涌而下。

一天,潘戈哭着回家跟妈妈说:"潘方姐说,我爸把我们都给踹回老家不要我们了,我爸真的不要我们了吗?"

金小妹说:"你爸不会不要我们的,他一定会回来接我们的。"

潘志军说:"哼,我就不信我治服不了那个破婶子。"金小妹怒吼:"你敢!"小军说:"她太坏了,咱们为啥非得受她的窝囊气啊!"金小妹说:"你说为啥?为的是能让你爸安心,让你奶顺心,为的是不给乡亲们添麻烦,不让外人笑话咱们军属没素质,你说这些个理由够不够啊?"

十二月中旬的一天，奶奶跟金小妹在家里学着包饺子，潘志军和潘戈趴在桌上写作业，从门外走进一个人，他大声地说："我回来了！"潘戈兴奋地大喊大叫："我爸回来了！我爸回来了！"

潘大海给老母亲鞠躬："娘，我回来了。"老母亲抱着潘大海老泪横流："崽呀，你还记得我这个娘呀？你是不是不想要娘了呀？"

潘大海泪流满面："娘，我怎么可能不要您呀，没有你就没有儿子我呀，我就是一心想让娘过上好日子，才去当的兵呀，娘想儿子，儿子更想娘呀。"

"儿呀，娘不怪你，娘就是想你呀！"

金小妹在厨房煮饺子，潘大海和潘志军、潘戈聊天，老母亲看儿子，怎么看都看不够。

潘志军对潘大海说："哎，你的那个军号实在是太棒了，我站在树林边上，举着军号滴滴答答的这么一吹，偷砍生产队大树的一家三口就乖乖地回来认错自首了，哈哈！"

潘大海说："儿子，你吹的是啥号呀？"

"冲锋号呗，我不是你的儿子，咱俩早就断绝父子关系了。"

"咱俩都不是父子了，你凭啥还吹我的军号呀？小猴崽子，我跟你说，处理人民内部矛盾不能吹冲锋号，可以吹别的号，比如出操号、下操号，上班号你会吹吗？"

潘志军用口哨吹上班号。潘大海说："对，以后就吹这个号。"潘戈抢着说："爸，你该听我说了。爸，我都教会东方红好多好多的生字了，可她娘还是总说我妈的坏话。"潘大海问："东方红是谁？"潘志军说："东方红就是二叔家的仨丫头片子。她们分别叫潘东、潘方和潘红。"

金小妹端着饺子出来："你们别缠着你爸了，让他吃几个热乎饺子暖和暖和吧，走了那么远的道儿，他早就又冷又饿了。"

潘志军接过饺子放在饭桌上，老母亲往潘大海的碗里夹饺子，潘戈出去端了半碗热腾腾的饺子汤："爸，你喝口热汤就暖和了。"潘大海接过汤碗："我的好闺女，小心再烫着你。"全家准备吃饭，潘志军想了想，坐在了潘大海的对面。

潘大海给老母亲夹了一个饺子，然后笑呵呵地给潘志军夹了一个，给潘戈也夹了一个，潘志军又把饺子夹还给了潘大海。

老母亲咬了一口饺子说："嗯，好吃。我在这儿可是享了福了，家里有点啥好吃的都给我一个人留着，这俩孩子是一筷子都不动啊，崽呀，小妹可是个好媳妇呀,到啥时候你都不能亏待了她。"

潘大海对金小妹说:"你辛苦了,孝敬了老人,还教育好了孩子,你是咱家的大功臣。"

泪流满面的金小妹捂着嘴跑了出去。老母亲对潘大海说:"崽呀,快去劝劝你媳妇吧,唉,她受了委屈了。"

第十八章　乡亲拥军　卫星上天

潘大海来到厨房，对掩面哭泣的金小妹说："想我了？我这不是回来了吗？"金小妹抱住潘大海放声大哭，潘大海笑了："都多大岁数了，你还跟个孩子似的？再嚎下去，狼就让你给招来了。"金小妹扑哧一声笑了……

第二天，潘大海和家人坐在一起聊天。潘志军说："那个破婶子到处说我们是被部队给撵回来的，她每个月都到咱家来收房租，那个样子特像黄世仁。"潘戈说："她骂我妈不要脸，她坏。"潘大海说："我这次来就是接你们回去的。"潘志军和潘戈欢呼起来："我们要回前边儿去了！我们要回家啰！"

老母亲掀起衣襟擦眼泪。潘大海对她说："娘，我已经给部队打报告了，我要把您接过去跟我们一起住。"

老母亲说："娘老了，娘就不跟你们去了，就别麻烦部队了，娘不是不想跟你们一起过好日子，娘是怕死在外头，你爹还在这儿等着我呢。"

正说着话，队长和几位乡亲进来，大家手里都提着篮子，有鸡蛋、蔬菜，还有鸡。

潘大海和金小妹迎接乡亲们，老母亲说："你们咋还提这么些的东西呢？"队长说："我们是来慰问亲人解放军的。"潘大海激动地说："乡亲们，谢谢你们，我给你们敬礼了！"

潘大河和玉霞也来了，潘大河抱住潘大海呜咽："哥！我想你！"潘大海说："大河，哥这不是回来了嘛。玉霞，这些年你们孝敬咱娘辛苦了。"玉霞问："哥，你这次回来还走吗？你不会也不走了吧？"潘大海说："我这次回来是接你嫂子和孩子们回部队的。"

玉霞羡慕地说："啧啧，我就说嘛，嫂子可不是一般人儿，凤凰总得往高枝儿上飞的。哥，你现在是啥官了？这全国早都解放了，也不打仗了，还要部队干啥呀?"潘大河说:"你不懂就别瞎说。"玉霞又问:"哥,你们的部队在哪儿呀,离咱这儿远不?"潘大海说:"远,离咱家可远了。"

队长说:"大海,你就放心地去吧,你们家是军属,你的娘就是咱全村的娘。家里有我们呢,你要安心当你的军官,带着你的兵守好我们国家的大门,你是咱村的大英雄。"

潘大海给大家敬礼:"请父老乡亲们放心,我在部队上一定好好干!决不给咱村人丢脸。"

潘大海回家的第三天就收到了基地发来的电报,命令他立刻回去。他走的那天,乡亲们都来送他。潘大海说:"我都好多年没回家了,特别想侍候我娘几天,跟娘好好说说话,可我是军人,电报就是军令,我必须得走。"

玉霞背个大包袱,拽着潘光宗跑过来对潘大海说:"我有事儿跟哥嫂商量。"金小妹对她说:"玉霞,大海有急事先走,我们过几天才走,等我们走的时候,那些鸡呀鸭的,都给你们留下。"玉霞说:"哥、嫂,我想让你们把光宗给带走,我们家就他这一根独苗,我们希望他长大后有出息,可他窝在这个小渔村能有啥出息呀?"金小妹吃惊地问:"你舍得?"玉霞流泪了:"我舍不得也要舍得。你看你们家的小军和小戈,知道得比我都多,他们将来一定也和我哥一样,是个威武的大军官,我就想让我的光宗将来能和哥一个样儿。"

潘大海说:"我们那儿离咱家太远,你们想孩子了咋办呀?"潘大河说:"只要是为了他好,怎么都行,只是给你们添麻烦了。"玉霞说:"光宗你们带走,娘我们一定会好好孝敬,你们要是不同意,我们也不管娘了,娘又不是我们一个人的娘。"

潘大海对金小妹说:"你们走的时候把光宗给带上吧。"金小妹问:"这合适吗?"潘大海说:"就这么定了。"

三个月的新兵训练结束了,潘志兵被分配去了一个遥远的小点号。这个点号只有两间小土房子和四个战士。战士们从土房子里跑出来欢迎潘志兵的到来。

班长和战友们带着潘志兵熟悉点号,班长说:"基地每一个点号都是一双睿智的眼睛,小小的点号睁开大大的眼睛为火箭和导弹送行,这些眼睛详细记载并向上级报告着火箭和导弹的飞行轨迹,咱们的火箭、导弹要做到指哪儿打哪儿,打哪儿飞哪儿,点号的保驾护航非常重要。"

班长带他来到机房："你别小看了这些仪器设备，它们曾在一九六四年完成过中近程火箭发射的跟踪任务，它们可都是立过战功的大功臣。"

潘志兵问："你们会摆弄它吗？"班长说："不会，每次发射都有技术人员过来操纵这些机器。这儿有产品的说明书，你要是有兴趣可以看看。"

潘志兵接过设备的产品说明书，他想："这些设备就是我的枪，我应该守护好这杆枪，擦亮这杆枪，像熟悉自己的身体一样去熟悉这杆枪。"

他们五个人吃饭时，一个战士端菜过来，潘志兵问："你是炊事员？"班长说："咱们没有专职的炊事员，大家轮着做饭，你会做饭吗？"

潘志兵摇头，班长说："没关系，不会可以学。"潘志兵吃了一口菜罐头说好吃。一个战友说："让你天天吃，你就不会说好吃了。"

潘志兵和战友们在点号周围栽树，用洗脸盆给树浇水，有一只没毛的老母鸡寸步不离地跟着他们。他好奇地问："这只鸡的毛呢？"班长说："它太老了，老的都没毛了，它是上上任战友养的宠物。"

"它是公鸡还是母鸡？"

"母鸡，不过它早就丧失了下蛋的功能。"

"它为啥老跟着咱们呀？"

"咱们是它的伴儿呀。"

"它还会跟着我们一起列队，我们冬天训练的时候，它跟我们走，跟着我们跑，可认真了。"

潘志兵用剩下的半盆水洗了洗手，把水随便倒了。战友对他说："咱这儿的水可都是汽车从很远的地方拉来的，不能这么浪费。"班长说："咱们多节省一点水，就能多栽活一棵树，咱们这个点号的名字叫绿岛点号，咱们得让这个绿岛真的绿起来。"

晚上，窗外的漠风呜呜地吹，屋子里很冷，潘志兵用军大衣蒙着头，盖着被子蜷缩成一团。天亮了，风沙小了许多，潘志兵从床上爬起来，军大衣和被子上有厚厚的一层沙子，屋子里尘土飞扬，那只老母鸡僵硬地躺在沙尘里。

潘志兵大叫："咱们的戈壁之鸡寿终正寝了。"

潘志兵双手捧着死鸡，来到门口的一排小树前，班长挖了一个坑，潘志兵掏出自己的手帕铺在坑的下面，一个战友把死鸡放进坑里，掏出手帕盖在了鸡身上，他们把鸡给掩埋了。一个战友拿着一小块木板插在土堆前，木板上写着："戈壁之鸡永垂不朽"。潘志兵用沉痛的语调说："绿岛成员戈壁之鸡因年老体衰，在漫天的风沙里平静地走完了它的随军生涯，与世长辞。戈壁之鸡曾给战友们带来过欢乐，它从不嫌弃，从不抱怨。它竭尽一生，下蛋，守家，直到生命的尽头。戈壁之鸡，你安息吧。"

有人问："鸡有灵魂吗？"

"可能有吧。"

"这只鸡真可怜，它还没见过公鸡呢。"

"我也很长时间没见过长头发了。"

次日，埋葬戈壁之鸡的坑里光秃秃的，小木板和鸡都不见了。班长说："这讨厌的大风，刮、刮、刮！没完没了地刮，把戈壁之鸡都给刮没影了。"

"这个破地方，一年一场风，从春刮到冬，说的是一点儿都不假。"

"这个地方是不咋的，可就是这个地方却是国家极为重要的靶场，目前咱们国家只有这一个靶场。"

"这个坑不能就这么闲着，咱们栽一棵小树吧。"

战士们从树上撅一根树枝栽在了戈壁之鸡的墓穴中。

一九七〇年一月三十日，"长征一号"运载火箭在极其寒冷的天气中加注推进剂。几个专家、首长从指挥所里出来向发射场的南场坪走去，一位专家冻得直发抖，首长说："今天是零下三十二度，要不要再给你找件大衣？"专家说："不用了，我穿得够多了。在这么冷的天气里加注，你们过去没碰到过吧？"首长说："没有，不过他们有思想准备，把可能出现的故障和问题都做了认真的预想，一个一个动作严把细抠，提出要创造加注奇迹，你就放心吧。"

突然，有人高喊："不好！"众人循着声音望过去，只见脐带塔上冒出一股黄黄的浓烟，烟雾越来越大，越来越浓，霎时罩住了脐带塔。

专家大喊："漏液了！我去看看！"首长说："你不能去。"专家说："我是搞发动机加注的，这时候需要我。"

专家跑到脐带塔架跟前，对身穿防护服的潘大海高喊："赶快更换密封圈！"潘大海摘下头盔罩说："已经换了两只，现在正在更换第三只！"

"要快，越快越好！"

"明白！"

潘大海对跑过来的孔文喊："快，把专家给我挡住。"

孔文挡住了专家。潘大海戴上防护面罩，转身向脐带塔架奔去。穿戴着防护服的罗恩泽双手紧紧地握着加注连接器，一股往外喷洒的硝酸，射到他的防护服上，之后顺着防护服滴到了工作平台的钢板，立即冒出一团团的气泡，喷出的浓烟弥漫了整个脐带塔，随后弥漫了整个发射场坪，发射场顿时成了黄色烟雾的海洋。操作手站在一旁不知所措。

潘大海大声问："换好了吗？"罗恩泽大声地回答："总算是不漏了。"

没等罗恩泽说完，从活门又冒出一股硝酸浓烟。潘大海喊叫："还有密封圈吗？再更换新的。"

操作手说："是！"

潘大海心想，现在泄露的硝酸是很强的氧化剂，它要是和推进剂偏二甲肼碰到一起，就会立即产生爆炸，其他地方的密封圈会不会也漏液呢？要是偏二甲肼也漏的话，发射场将会变成一片火海，后果不堪设想啊！

他对罗恩泽大声说："我到塔上其他地方去看看。"

潘大海离开工作平台，罗恩泽迅速拧下堵盖，一股黄烟喷射在面罩上，他的眼前成了一片漆黄。他急呼："快，我看不见了。"操作手立刻替罗恩泽抹去他面罩上的黄液，罗恩泽用最快的速度将密封圈换了上去，再以最快的速度将连接器连接在火箭上，他还没有松手，硝酸液体又从接口处滴滴答答地流下来。这时，潘大海已跑回到平台上："不行，再换。"

潘大海让操作手把另一个密封圈涂上油膏，帮助罗恩泽把最后一个密封圈换了上去，终于不漏了。操作手说："好了。"潘大海说："再观察一会儿。"

站在不远处观看的专家问孔文："在上面操作的那个人是谁？"孔文说："是罗恩泽工程师。他从开始加注到现在，已经在寒风中站立了五个多小时了。"专家说："他会冻坏的。"

硝酸漏液已经堵住，寒风把黄烟渐渐吹散。孔文长出了一口气："终于堵住了"。专家发出由衷的感叹："太好了！"

潘大海从工作台上下来，喇叭里传出了指挥员的口令："人员撤离！"潘大海向脐带塔高喊："塔上人员立刻撤离！"

罗恩泽像一尊铜像，一动不动地铸在平台上。操作手用手推他，他纹丝不动。孔文冲到平台上，跑到他跟前，用尽全力抱他、晃他，还是不动。罗恩泽说："鞋被冻住了。"孔文蹲下来，用双手使劲掰他的脚，没掰动。

潘大海在下面高喊："快，用脚踹！"

孔文跪在平台上，用手推，用力晃，罗恩泽还是丝毫不动，孔文急了，他站起来，退后几步，往前冲，利用冲力的惯性，终于把罗恩泽给击倒了。僵硬的罗恩泽像根柱子，摇摇晃晃地倒了下去，孔文闪到一边，在罗恩泽倒下去的瞬间，将他扛住。潘大海上来和操作手、孔文沿着曲折的梯子，费了好大的劲儿，才把罗恩泽给抬到了场坪，五一三医院的院长和夏荣芳医生带着担架队跑步赶到，将冻僵的罗恩泽放在担架上飞速离去。

救护车鸣叫着向五一三医院驶去，夏荣芳坐罗恩泽身旁问："你感觉咋样？"罗恩泽咬着牙说："没事儿。"

医院抢救组早已等候在医院门口，救护车一到，几个人抬着罗恩泽跑进了急诊病房。

一会儿，医院值班员来到急诊室向院长报告："报告院长，运载火箭发射成功，飞行正常，医院救护队正在撤离。"院长对罗恩泽说："发射成功了，罗工，祝贺你！"罗恩泽点点头说："下一发就可以打卫星了！"

夏荣芳和医生们都激动得热泪盈眶。

马车拉着金小妹一家还有哭哭啼啼的潘光宗启程了，赶车的潘大河抹着泪，潘母在潘东、潘方的搀扶下，在乡亲们的陪伴下站在村口老泪纵横。

潘光宗可劲儿地哭号："娘，我不去，娘啊！"

玉霞跟着车边走边哭："娘的心肝宝贝儿呀，你一定要听大娘的话呀。"

金小妹的目光落在了三个闺女的身上，她让大河把车停下："玉霞，我有一件事儿，你答应我了我就带光宗走，要不，我就把光宗给你留下。"

玉霞问她啥事儿。她说："立刻送你的三个闺女去上学，男孩儿女孩儿要一样待，都是你自己生的，你可不能再偏心了。"

玉霞点头答应。金小妹说："光宗在我这儿你就放心吧！娘，您老好好保重！大家都回去吧，不要再送了。"在潘光宗的哭声和潘志军轻松的口哨声中，马车快速行驶。

火车在美丽的南方飞奔，几天后在荒芜的原野中奔驰。金小妹带着孩子们终于回家了。潘志军这时才感觉到，这个前边儿虽然不好，但是他的家，是能让他心安的家。

罗恩泽也把他家的两个孩子从上海接了回来，大人、孩子再度相逢，恍如隔世一般，他们相互诉说着，仿佛永远都说不完的话。

罗恩泽一家见到潘光宗向他问好，金小妹教他向罗叔叔问好，他用客家话说："我不认识他，为啥要跟他说话？"

潘家吃饭时，金小妹问起斯小川，潘大海沉痛地说他牺牲了。金小妹难过地哭了。

在发射团的大会上，团长对全体与会人员说："这次任务，中央的要求很明确，就是'打上去，测下来，看得见，听得着'这十二个字。'打上去'就是说，测试团在技术阵地要把运载火箭和卫星测试合格，发射团要将卫星顺利发射上天。'测下来'就是火箭起飞后，首区各个光学、遥测、雷达的测量团站要快速捕捉到目标，待卫星分离后，各个卫星测量站要能迅速把卫星运行轨道测下来，并传到计算控制中心。'看得见'就是要让全国人民和全世界人民都能看到中华人民共和国的卫星。什么是'听得到'呢？这颗卫星定名为'东方红一号'，会唱《东方红》，就是要让全世界人民都能听到美妙的《东方红》乐曲。"

"这四句话说起来容易，做起来可就不容易了。就拿'看得见'来说吧，咱们的第一颗卫星就这么大一点……"那个人在自己胸前用两手比画成直径一米的圆球问大家，"卫星就这么大，你们看见了吗？"

大家说："看见了。"

"当然看见了，因为你们离我近啊。如果你们离我有几十公里、几百公里，你们还能看见吗？肯定看不见了。'东方红一号'卫星的运行轨道距离地球有四百多公里，人的肉眼根本就看不见，怎么办呢？你们猜设计人员是用什么办法解决的？"

议论声戛然而止，罗恩泽站起来对大家说："卫星入轨后，跟在它后面的第三级火箭也像卫星一样环绕地球旋转，研制人员想出了一个非常巧妙的办法，分离后，抛出一个涂有反光粉的观察裙，把三级火箭包裹起来，这样，经太阳光反射，三级火箭就成了闪闪发光的星星了。"

有人问："实际上还是没看到卫星啊。"

罗恩泽说："怎么没看到呢？卫星就在它前面一点点远的地方，就好比是一列火车，你看到火车厢，就相当于看到火车头了呀。"

大家都笑了。潘大海说："这就是咱们中国人的高明之处，在这里，我要提醒大家，这些都是军事机密，你们知道就行了，千万不要向任何人泄露。"

寂静、空荡的发射场上，四盏强效聚光灯把发射场照得如同白昼，乳白色的运载火箭和卫星静静耸立在发射台上，待命出征。

发射场的高音喇叭里传来调度无比激动的声音："周总理指示我们，不要慌张，要沉着，要谨慎，一定要把工作做好，争取一次成功！"

从天空中传来各种嗓音的口令声："十分钟准备""一分钟准备""转电""牵动""开拍""点火"。巨大的火光从运载火箭的尾部喷出，射向导流槽后，迅速向四周发散开，犹如硕大无比的莲花。

"起飞！"一声巨响，运载火箭喷吐着橘红色的火焰，将"东方红一号"卫星徐徐送入太空。大地震撼，天宇轰鸣，伴随着报告中的各种声音："星箭分离，卫星入轨"，"跟踪良好"，"遥测信号良好"，"《东方红》乐曲清晰"，"雷达发现目标，跟踪良好，收到《东方红》乐曲"。

潘大海和战友们兴奋地高呼口号："毛主席万岁！共产党万岁！祖国万岁！"

从广播里传出了中央人民广播电台男中音播音员的浑厚声音："一九七〇年四月二十四日，中华人民共和国成功发射了第一颗人造地球卫星，卫星运行轨道距地球最近点四百三十九公里，最远点两千三百八十四公里，轨道平面与地球赤道平面的夹角六十八点五度，绕地球一周一百一十四分钟。卫星重一百七十三公斤，用20009兆周的频率播送《东方红》乐曲。"接着，从广播传出清晰的《东方红》乐曲。

潘大海和战友们高喊："热烈祝贺我国第一颗人造地球卫星发射成功！伟大的中华人民共和国万岁！毛主席万岁！"

潘大海离开欢呼的人群，来到苍茫的戈壁滩仰天呼号："斯小川，你看到了吗？中国的第一颗人造地球卫星发射成功了，咱们的卫星梦实现了，终于实现了啊！"潘大海哽咽着说不下去了，罗恩泽泪流满面地站在远处看着他。

在东风大礼堂门前的广场上，前来庆祝的人群汇成了欢乐的海洋，潘大海、罗恩泽、孔文亲自敲锣打鼓，夏荣芳和女兵们手里挥舞着小红旗呼喊口号，金小妹和军嫂们挥舞着红绸扭起秧歌，潘志军、苏林、罗梦月跟秧歌队伍后面，潘戈和几个小朋友跟在罗梦月的屁股后面学扭秧歌。鞭炮声中，潘光宗和罗卫国头上顶着脸盆趴在地上捡拾未点燃的鞭炮。

潘志军说："咱们这个地方太伟大了，都能发射人造地球卫星了，你们说不保密行吗？"罗梦月嘴一撇："我记得有人说过，这个破前边儿又小又穷，连个冰糖葫芦都买不着。"潘志军装傻充愣："这是哪个馋鬼说的？他也不想想，有冰糖葫芦的地方还能发射东方红卫星吗？"苏林哈哈一笑："那个馋鬼还说咱这个前边儿是个破地方，他说他不喜欢这个破地方。"潘志军笑着说："那是因为那个馋鬼还不知道这个破地方是咱们中国最重要的地方。"

清晨，几只小鸟站在潘家的窗台上叽叽喳喳地欢唱，一个黑不溜秋的军人悄悄来到潘志军的床前，猛然掀开了他的被子，在他的屁股上啪啪打了两巴掌："大懒虫，太阳都晒屁股了还不起床？"

潘志军张开眼睛看是潘志兵，激动地跳下床抱住了他："哥呀！我都快想死你了。你咋回来了呀？你不会是当了逃兵了吧？"

潘志兵哈哈大笑，露出雪白的牙齿，显得脸更黑了："我是回来出差的，下午就得赶回去。"

潘志军边穿衣服边问："哥，你分在哪个单位了？离咱家远不？"

"远，有几十公里呢。单位嘛，就是个小点号。跟你说，你也不知道。"

"那个潘大海平时对你那么好，你分单位的时候，他跑哪儿玩儿去了？他找人说说把你分在离家近点的单位也好啊。"

"你咋能直呼爸的名字呢，他可是咱爸呀。"

"他是你爸，不是我爸。哥，你们那儿咋样啊？有多少人？吃得好不好？你咋又黑又瘦啊？"

潘戈、潘光宗和金小妹进来，潘戈看到潘志兵上前抱住了他："大哥，我都快想死你了。"金小妹看到潘志兵时眼圈都红了："小兵，快让妈看看，黑了，瘦了，好像长高了些。"

潘志兵说："妈，小兵器，你们都好吧？哎，这个小孩儿是谁呀？"

潘志军说："他叫潘光宗，是咱二叔家的大宝贝，他妈死乞白赖地非让他跟着咱妈，说只要跟着咱妈，她的大宝贝就能光宗耀祖了。光宗，你咋不叫人啊？不是教过你要懂礼貌吗？"

潘光宗怯生生地说："解放军叔叔好。"逗得全家哈哈大笑。

吃饭时，金小妹给潘志兵和潘光宗不停地夹菜。她关切地问："小兵，听说你也学会做饭了？"

潘志兵说："做个稀饭、米饭，炒个咸菜啥的我还行。"

潘志军问："哥，你在点号寂寞吗？"

"寂寞，去了点号我才知道啥叫寂寞，那种感觉根本无法用语言来形容。"

"是不是心里特别发慌？"

"不是发慌，是绝望，当一个人孤独到连思想都几乎静止的时候，剩下的就只有绝望了。"

"哥，你真可怜。"

"后来我学会了善待寂寞，我和战友们把大蒜栽在盘子里当花儿，把芹菜种在花盆里当树。我们日子过得还不错。我还为此写了一首诗呢，爸，妈，你们想不想听听？"

潘大海说："快说给我们听听。"金小妹偷偷擦眼泪。

潘志兵说："其实这也不能算是我写的。你们知道明朝的大臣于谦吧？他写过一首诗名叫《石灰吟》。小军，我记得我教过你。"

潘志军大声朗诵："千锤百炼出深山，烈火焚烧若等闲，粉身碎骨浑不怕，要留清白在人间。"

潘志兵说："对，就是这首诗。我把它改动了一下：'点号伫立戈壁滩，寒暑风沙若等闲，孤独寂寞浑不怕，没山没水没人烟。'"

潘志军和潘戈都沉默了，只有潘大海说不错。

金小妹抹着眼泪说："你还好意思说不错呀？咱们小兵在那个小点号遭了多大的罪呀，都快把孩子给憋屈死了，你就不能管管他呀？"

潘大海说："不是我不管，是小兵他不让我管。小兵啊，如果你想离开那个小点号，我马上就舍出我的这张老脸去找领导说去。"

潘志兵说："我自己的路要靠我自己走，我的战友都不知道我还有个当领导的爸爸。妈，我在点号挺好的，点号安静，空闲时间多，我利用这个时间在补习落下的高中课程，我过得挺好的，真的。"

潘志军敬佩地看着哥哥："哥，我要向你学习，自己的路靠自己走。"

潘戈说："我长大了也要靠自己。"

潘大海说："小兵啊，你做得对，咱们现在捣鼓的可都是些高科技的玩意儿，没文化不行，没技术更不行。"

潘志兵说："爸，我知道。小军，你快小学毕业了吧？你到外地去上学要照顾好自己，现在的学校都正常上课了，你赶上好时候了。"

潘志军和同学们去外地上中学，东风的火车在夜幕中行驶，潘志军和他的同学们在车厢里兴奋的大喊大叫。

苏林哈哈大笑，大声呼喊："我真是太高兴了，我终于可以离开我爸和我妈的魔爪了，自由万岁！"

潘志军站在坐椅上激情地朗诵："在苍茫的大海上，狂风卷集着乌云。在乌云和大海之间，海燕像黑色的闪电，在高傲地飞翔……"

罗梦月扯着嗓子唱道："风烟滚滚唱英雄，四面青山倾耳听，倾耳听……"女同学们和罗梦月一起唱。

男同学们集体号叫："我们的王成，是中国人民志愿军的英雄……"

潘志军尖声吼唱："穿林海，跨雪原，气冲，霄汉……"

战士列车员走过来劝说："同学们，请你们安静，旅客们都在休息呢。"苏林大声嚷嚷："同学们，安静了啊，说你哪，潘志军，别号了，你号得比哭还难听呢。这整个车厢里全是你的哭声。"

乱七八糟的声音一点儿都没有减少。潘志军拍着列车员的肩头说："列车员同志，没事儿的，您忙您的去吧。哎！大家都让一让啊，让列车员同志先走。哎，让列车员同志先走！"

潘志军把列车员推走了，跟列车员走的还有其他的旅客，他们议论着："这个地方也太封闭了，把孩子们都快给憋疯了，出去上个学都能乐成这样。咱们离开这节车厢吧，这一晚上恐怕他们都消停不了。"

这节车厢只剩下了这群孩子和乱七八糟的声音。

夜半时分，火车到达了清水车站，孩子们跟着乘客下车，大家摸着黑往清水招待所走去。

潘志军吆喝着："都跟紧了啊，特别是你们女生，千万别跟陌生人走，小心让坏人给抓回去当了人家的小老婆。"罗梦月说："啊呸，你才给人家当小老婆呢。"苏林说："别吵了，快走吧，一会儿招待所的房间全让别人给登完了，看咱们住哪儿。"

潘志军他们和旅客们在招待所排着长队，几个战士在煤油灯下给大家办理住宿登记。所长打着手电筒照了照孩子们，说："同学们，你们不用登记了，都跟我来吧。"所长给孩子们打开了对着门的两个大房间，他用手电照着这两个大房间对孩子们说："这间住男生，这间住女生。"

所长给大房间点亮了煤油灯，每个房间都是上下铺，有二十多张床位。男同学们挤进房间抢床位。所长又给另一个大房间点亮了煤油灯，他让女同学们进来。

男生的大房间里，孩子们在上下铺上蹿下跳地玩起了打仗的游戏。潘志军吵吵嚷嚷："嘟嘟嘟，哒哒哒，小鬼子，你们快快地投降，解放军大爷给你们地瓜米希米希。"苏林声嘶力竭："轰，啪！狗汉奸，你的死期到了，你赶紧喊我一声苏爷爷，苏爷爷不但饶了你，还赏你烂土豆吃。"

潘志军的外号叫土豆，苏林的外号叫地瓜。

女生的房间里，罗梦月举着煤油灯学跳"北风吹"的芭蕾舞，女孩子们坐在铺上，敲着茶缸、脸盆，给她伴唱。

整个招待所让孩子们给吵得天翻地覆。所长打着手电筒跑了过来喊叫：

"肃静，同学们肃静！别人都在睡觉呢，别吵了！别闹了！"

闹哄哄的声音只停了几分钟，他一走，那声音比刚才还要响亮，所长摇摇头，苦笑着离开了。

次日清晨，这群孩子扛着行李来到清水东站，上了地方的绿皮火车，列车在河西走廊行驶，车窗外是连绵不断的祁连山和茫茫的戈壁滩，闹了一宿的孩子们上车后就歪坐在座位上睡着了。

张掖火车站到了，学校的大卡车载着这群孩子，驶进了挂有"红卫兵中学"牌子的学校大门。他们在这里开始了新的生活。

一天下午，潘志军、苏林和男同学们在球场上打篮球，潘志军带球撞人，被撞的地方男同学当胸打了潘志军一拳，他指着潘志军骂道："你瞎撞个屁？你以为你穿身破军装，老子就怕了你不成？"

苏林把潘志军扶起来，潘志军笑嘻嘻地说："打球吗，撞人是难免的，怕挨撞，你躲到你他妈怀里吃奶去呀，跑到这儿来丢什么人现什么眼啊？"

那个同学又打了潘志军一拳，恼羞成怒地吼叫："我今天就打你了，你们军干子弟了不起啊，说不定你的老子就是我们解放军俘虏过来的国民党兵，你小子一生下来就是个叛徒崽子！"

突然，潘大海身穿国民党军服的照片跳到了潘志军的眼前，他多年来压抑的耻辱和愤怒此时此刻终于爆发了。他冲上去把那个同学撞倒，骑在那个同学的身上，咬牙切齿，左一拳右一拳，越战越勇。

罗梦月跑过来推开潘志军，高喊："别打了！"她把那个被撞的同学从地上拉起来，没想到那个同学猛的一推，把罗梦月推了一个大跟头，潘志军要去追，被罗梦月拽住。

第二天下午，快下课的时候，潘志军手里拿着半张纸，先走到被他打的那位同学面前鞠躬，然后来到讲台前给全体同学鞠躬。他清了清嗓子，抑扬顿挫、摇头晃脑地朗读用文言文写的检查，同学们先是捂着嘴窃笑，后是全体捧腹大笑。潘志军可怜巴巴地凝视着女老师，用哭腔说："君将哀而生之乎？"

第十九章　沙暴逃生　压力山大

潘志兵和一个战友穿着军大衣拉着架子车，顶着寒风在戈壁滩艰难行走，夜色渐渐褪去，遥远的地平线隐约露出了一抹浅浅淡淡的红，渐渐的，那红愈来愈浓，愈来愈烈，仿佛半边天都在燃烧。

无垠的漠野仿佛是块巨大的金箔，金箔上堆积着奇形怪状、金碧辉煌的画卷。过了一会儿，比胭脂还要红、比火还要烈的太阳从地平线上冉冉升起，当比磨盘还要大的太阳全部升起时，风停了，戈壁滩鲜活了，明亮了，生动了。潘志兵和战友掏出手帕轻轻地抹去满脸的沙尘，直起腰。

天空碧蓝，阳光灿烂，随着朝霞褪去，戈壁滩脱下了虚幻的外衣，恢复了它的原貌。苍茫的漠野仿佛连着天边似的没有尽头，无数的沙丘如同偏僻荒芜的墓地绵延起伏。

战友问："还有多远？"潘志兵说："快到了，站长在电话上说任务太忙，派不出车给咱们送给养，他让咱们到大点号去化缘。咱们走快点儿，争取当天赶回来。"

正午时分，蓝天白云，风和日丽。潘志兵和战友拉着架子车往回走。架子车里装着两大筐土豆、萝卜、白菜、洋葱和各种调料，一大包馒头和满满的两大铁皮水桶的水，还有他们刚脱下来的军大衣。

战友说："刚才在食堂吃饭的时候，给咱们端菜的那个女兵好像和你很熟，你们俩眉来眼去，关系不一般吧？"

潘志兵笑了："她是我的同学，我们从小一起长大。"

太阳渐渐西斜，他们的小点号已遥遥在望。突然，从西北方向升腾起了一道黄褐色的屏障，这屏障变化极快，由小到大，由浅到深，由薄到厚，由低到高，很快就覆盖了大半边天空。蓝天白云被这巨大的屏障快速地吞食，阳光快速被遮盖。呼啸的狂风在天地间横行，大地颤抖着、呜咽着，天色愈来愈暗，天愈来愈冷。

沙尘暴来了。

潘志兵和战友把菜筐、铁桶从架子车上搬下来，把架子车翻过来倒扣在地上，再把菜筐和铁皮水桶放在架子车避风的这一边儿，然后迅速把军大衣蒙在自己的头上，肩并肩地趴在菜筐和铁桶的后面。

刹那间，黄沙、尘土、砾石弥漫了大地，天昏地暗，风涛嗷嗷地怪叫着、怒吼着，一阵高似一阵，令人毛骨悚然。

潘志兵的头正好顶在铁水桶的边缘，水桶被风吹得抖动不止，他下意识伸出手去扶，他的军大衣在他手离开的一瞬间，像童话里的阿拉伯飞毯似的随风翩翩而去。

潘志兵失去了军大衣的护卫，沙尘直接呛入他的口鼻，他感到难以忍受的窒息，赶紧用手捂住嘴，随后他感到的是冷，是那种锥心刺骨的冷，他咬紧牙关却控制不住浑身颤抖。他以为是自己快不行了，可是他还不知道自己的亲生父母是谁，他盖摩天大楼的理想还没有实现，他怎么能就这么走了呀？他咬紧牙关坚持着。不知过了多久，他眯起眼睛看，天地间虽然还是那么浑浊不堪、黄沙弥漫，但依稀可见天边那抹淡淡的晚霞。他伸出手试试，感觉风速小了许多。

他费劲地从地上爬起来，活动了一下僵硬的身躯，把趴在地上的战友拽起来，架子车还在，两个铁皮水桶也在，一个菜筐不见了，另一个菜筐倒扣在地上，菜筐里躺着几棵面目全非的大白菜。

他们把架子车翻过来，把水桶菜筐装上车，在他们的脚下，滚出两个大萝卜，后来又意外地从沙堆里挖出了那一大包的调料，一瓶酱油、一瓶醋和一袋盐。他们把这些东西小心翼翼地搬上了车，脸上竟有了几分劫后余生、失而复得的喜色。

有个人影呼喊着朝他们奔了过来，班长来接他们了。

潘志兵他们回到绿岛点号吃完饭，战友们给他们俩的手脚上涂冻疮膏。电话铃响，有人接电话问："你好，找谁？"从电话里传来潘大海的声音："请潘志兵接电话。"那人问："你是谁？"潘大海说："哦，我啊，我是他的战友。"

潘志兵接过电话："你好，我是潘志兵。"

潘大海在电话的那头说："小兵，我是爸，别叫爸，别让你的战友们听见了是我。"

"你咋把电话打到这儿来了？"

"小兵，爸问你，刚才刮沙尘暴的时候你在哪儿？你没事儿吧？你们点号的给养问题解决了吗？你们有没有吃的？你冷不冷啊？你的身体好不好？我本不该这么晚了给你打电话，可是我惦记你惦记得实在是睡不着哇，喂，小兵，你倒是说话呀？"

"哦，对了，你千万别把我的事儿告诉我爸，你咋知道我们点号断给养了？"

"我是你父亲，你是我的儿子，儿子在哪儿，父亲的心就在哪儿。"

潘志兵哽咽了："我在这儿挺好的，我真的挺好的，我们的给养问题解决了，我们这儿不冷，我没事儿，谢谢你，再见。"潘志兵放下电话后呜呜地哭，战友们安慰他。

"你这是咋的了，你的战友是不是说了啥不好听的话了？"

"你的手是不是很疼啊？"

"你的战友有病！他打电话就是为了把你给整哭啊？潘志兵，你的那个战友肯定不是只啥好鸟，你别哭了，以后咱不理他就是了。"

"你的战友他都放啥狗臭屁了，整得你这么伤心啊？"

潘志兵大喊大叫："闭嘴！不许你们说我战友的坏话！我哭怎么了，我想哭，我愿意哭，你们管得着吗？"

一个战友说："完了，一场沙尘暴把咱们的潘志兵同志给整傻了，连孬好都分不清了。"

班长说："都睡吧，他哭会儿就好了。志兵，你早点睡啊，我关灯了。"

灯关了，潘志兵裹着被子坐在床上抹眼泪。

潘大海在办公室里看文件，罗恩泽耷拉着脑袋走了进来。潘大海问："运载火箭进场了，情况咋样？"

罗恩泽说："很不好，火箭出厂测试不严，问题太多。"

"怎么会这样？"

"厂家说时间就是生命，进度就是效益，还说这次的任务是政治任务，上面的什么人很重视。说出厂测试无非就是看运载火箭能不能工作，只要能工作，就是好火箭。"

"简直就是胡闹！"

"有的故障排除起来很费时间，迫于进度，上面又催得紧，只好先进场再说。"

"这是强行进场，研制单位不带问题出厂，技术阵地不带问题转场，发射阵地不带问题上天，难道这些规定都不要了吗？"

"人家说，工人阶级没有那么多的条条框框，早就把管卡压榨得粉碎了。"

"发射卫星是重大的科学试验，质量就是这项试验的生命啊。"

"没有质量，就谈不上成功。"

"咱们发射场的担子就更重了。"

"是很令人担忧啊。"

潘大海穿着军大衣皱着眉头往家走，天阴沉沉的，西北风呜呜地刮，光秃秃的绿化树枝在路旁乱颤，枯树叶在风中上下飞舞，搅得他心情愈加沉重。

他开门进家，脱下军大衣，洗完手坐在饭桌前，潘戈把饭碗和筷子放在他面前。他从口袋里掏出来一封信："小猴崽子来信了。"潘戈把信抢过去看。

金小妹问："他在学校咋样啊？"潘大海说："能咋样？哼，别的本事没有，写检查的本事倒是提高了不少，我看他以后可以当作家了。"

潘戈说："信上没说写检查的事儿呀，我二哥可真够懒的，才写了这么两行字。"

金小妹问潘大海："你咋知道小军写检查了？"

"老罗跟我说的。"

"哦，那是他们收到梦月的信了。唉，小军这孩子，走到哪儿都不让人省心，他要是能像小兵那么懂事儿就好了。唉，也不知道小兵他现在咋样了？"

"小兵挺好的，我给他打过电话了。"

潘光宗大叫："哎呀，这菜里怎么还有葱花呀？我不吃葱花嘛。"金小妹给他往外挑葱花。潘大海问光宗："你学习能跟上吧？"潘光宗不以为然："跟上怎么样？跟不上又怎么样？我要吃鸡蛋。"潘戈说："那不是都给你鸡蛋了吗？"潘光宗噘着嘴说："还没剥皮呢。"潘大海说："自己剥！都多大了，连鸡蛋皮都不会剥。"潘光宗说："我在家吃鸡蛋都是我娘给我剥皮。"

潘大海生气了："那你就滚回你家找你娘给你剥鸡蛋去，我看你娘都把你给惯上天了！"

潘大海发火的样子把潘光宗吓哭了，把刚吃的饭全都吐了出来，潘大海怒吼着："吐就吐，用这个来吓唬谁呀？"

潘光宗哭骂潘大海："你是个大坏蛋，你是个大特务……"

潘大海揪住潘光宗在他屁股上打了一巴掌,潘光宗大声哭号:"娘!他们欺负我,娘啊!他们要打死我呀!"潘大海命令他:"你给我站好了,我就不信我管不了你,站好!立正!"潘光宗呸的一声把口水吐在潘大海的脸上,潘大海冲潘光宗大声咆哮:"好你个小兔崽子,你敢吐我?谁给你的这个权力,啊?"潘光宗被潘大海吓得晕了过去。金小妹赶紧把潘光宗抱起来。

潘戈说:"爸,你看你。"潘大海惊恐地问:"他这是咋的了?他,他不会是死了吧?"

金小妹把潘大海推到一边:"你给我滚开!你怎么能这样对待一个孩子呀?你还是不是人啊?你给我滚出去!"

潘大海乖乖地滚了出去。潘光宗苏醒过来,抱着金小妹哭号:"娘啊!"金小妹说:"好孩子,你娘在这儿呢,我就是你娘。"

晚上,潘大海躺在金小妹身旁翻来覆去睡不着,干脆坐起来抽烟。金小妹说:"你这是咋的了?你抽啥风呢?你是不是哪儿不舒服啊?"

"我没事儿,你睡你的。"

"没事儿你瞎折腾个啥呀?真是的,自己不睡也不让别人睡。"

"谁不让你睡了?我说不让你睡了吗?你使劲儿睡,缺心少肺的,除了吃就知道睡。"

"你说啥呢?你说谁缺心少肺?你给我说清楚,谁除了吃就知道睡了?"

"说啥说?跟你我就说不清楚,别没事儿跟我找事儿啊,大晚上的,我懒得和你吵。"

"你是属猪的呀你倒打一耙?是谁大半夜的在没事儿找事儿啊?你今天给我说清楚,你要是说不清楚,我就跟你没完!"

"烦死人了,家里外头都没块儿清静的地方,我走,我走还不行吗?"

"你滚出去再别回来!"

潘大海裹着被子走出了家门,楼门外西北风嗷嗷的刮,他把被子裹紧了点,站在楼门口瞪着双眼望着天空发呆。过了一会儿,罗恩泽裹着军大衣从楼上讪讪地走了下来,他看到潘大海苦笑了一下,两人蹲下相视无语。又过了一会儿,孔文沮丧地从楼里走了出来,他看着潘大海和罗恩泽,欲言又止。

潘大海说:"你们都看我干啥,我心烦睡不着,让人家给轰出来了,你们俩这是咋回事呀?"罗恩泽喃喃地说:"我跟你差不多。"孔文说:"娇娇想孩子,让我休假去接孩子,我说过段时间再说吧,她让我滚,我就出来了。"

他们仨人可怜兮兮地蹲在地上,天太冷,他们往一块儿凑了凑。潘大海说:"咱们光烦不行,得想办法,得想办法啊!"

罗恩泽说:"是啊,得赶紧想办法,你看咱们能不能这样……"

金小妹打开灯,看见潘大海的衣服还在椅子上放着,她起身嘟囔:"还真滚了?这么冷的天,我看是不想活了。"

金小妹穿好衣服出门,碰到下楼的夏荣芳,她俩在楼门口看到潘大海他们几个蹲在地上冻得瑟瑟发抖,都急了。金小妹对潘大海说:"你傻呀你?你是不是想把自己给冻死呀?"夏荣芳说:"老罗,快回家吧,以后有啥烦心事儿,你好好跟我说,别再这样折腾自己了,行不行啊?"

潘大海严肃地说:"别闹,我们在开会呢。"

金小妹气愤地说:"哦,你们是在开会呀,那好,你们继续开。走,妹子,咱们回去插门睡觉!冻死一个少一个!"

罗恩泽站起来说:"散会,回家睡觉。"

金小妹把潘大海从地上拽起来,给他裹了裹被子,把他往家里拥。此时的潘大海乖得像个孩子。罗恩泽也跟着夏荣芳乖乖地走了。

临走时,潘大海对孔文说:"老孔啊,就坡下驴吧,万一咱们都冻病了,就啥事儿都干不成了。"孔文应着:"好,各回各家。"

次日,潘大海和罗恩泽一前一后从2号阵地的地下测控室里出来,潘大海问:"情况咋样?顺利吗?"罗恩泽说:"不顺利,运载火箭在技术阵地测试时,五大系统都发现了问题。"潘大海眉头紧蹙。

快走到门口时,潘大海停下脚步问:"都发现了哪些具体问题?"

罗恩泽掰着手指头一项一项地说:"发动机系统出现气管插头不脱落、配气台增压漏气的问题,遥测系统的温度传感器、压力传感器有问题,编码器错码、计算机、横向加速度表、变换放大器、伺服机构,程序配电器,还有电缆网缘不合格,插头编号不对,测试文书编写错误。"

潘大海叹气:"唉,这是在给咱们上眼药啊。"

"这都是厂家不问质量、抢进度的结果,那些密封圈就是个例子。"

"现在说这些没用,既然火箭进场了,有啥困难咱们就解决啥困难,有啥问题就解决啥问题。"

"也只能这样了。"

潘戈、潘光宗和罗卫国背着书包回到家。金小妹见到罗卫国很高兴,让他跟他们一块吃饭。夏荣芳推门进来说:"我回家来取饭盆,看卫国不在,就知道他准又跑你这儿来了。"金小妹说:"你就在这儿吃吧,别去打饭了。"夏荣芳问:"有我的饭吗?"金小妹说:"有,老潘说他不回来吃了,他还说这个星期都不回来了,他不回来也好,一回来就抽风,不是训光宗就是找茬儿跟我吵架。"

夏荣芳坐下来盛饭:"这段时间他们太忙了,姐,他压力大心就烦,你就让着他点儿吧。"

"他心烦我就得让着他?我心烦的时候谁让着我呀?"

"他跟你不一样。他肩上的担子有多重,责任就有多重,压力也就有多重。姐,他也是个人哪,你不能眼看着他让压力给压趴下了是吧?再说了,他要是真被压趴下了你不心疼啊?"

"你说他们这帮人,都是些啥命啊,咋都摊上这么不好干的活儿啊。"

"你说他们是啥命?是好命,别人想干这活儿还干不上呢。"

"哼,要我看呢,他们就是一帮大傻子。妹子,你要是也压力大啊,你就把卫国放在我这儿,他和潘戈、光宗一块上学,一块回家。唉,你要是被压力给压趴下了,那我才是真的心疼啊!"

"嗯,有姐心疼真好!"

晚上十点,学校熄灯了,同学们钻进被窝,听潘志军继续讲牛虻的故事。

有人说:"可怜又可恨的蒙泰尼里!哎,那个琼玛呢,他知道牛虻就是亚瑟吗?"

苏林说:"琼玛的一记耳光打碎了亚瑟的心,亚瑟无意中泄露了组织的秘密,但这也不是他的错呀。"

有人说:"亚瑟开始对蒙泰尼里太崇拜了,他曾立志长大后要成为他那样的人。当他知道蒙泰尼里就是自己的亲生父亲以后,这种毁灭性的打击让亚瑟的信仰彻底的崩溃了。"

有人问:"志军,蒙泰尼里啥时候才能觉醒啊?"

潘志军抹了一把脸上的泪水说:"欲知后事如何,请听下回分解。"

苏林说:"哎哟,孙悟空保佑我在今晚的梦里梦到琼玛。"

有人问:"保佑你的神仙为啥不是唐僧,而是孙悟空啊?"

潘志军说:"因为他属猴,是小猴崽子呗。"他的脑海里突然闪出潘大海叫他小猴崽子时的惬意表情……

一辆吉普车在戈壁滩的公路上行驶，车上坐着夏荣芳和金小妹。金小妹问带她去哪儿，夏荣芳神秘地说："一会儿你就知道了。"她看了看手表，对司机说："来不及了，就把车就停在路边儿吧。"

吉普车停在公路边儿上，夏荣芳让金小妹下车，让她往东方看，金小妹看了看说："光秃秃的啥都没有哇。"正说着，运载火箭点火起飞了，只见运载火箭像一条威力无比的巨龙，咆哮着直冲蓝天。

夏荣芳激动地对她说："姐，你看到了吗？那就是老潘和老罗他们发射的又一颗新型的运载火箭。"

金小妹眼睛一眨也不眨地盯着向天空飞去的巨龙："这是老潘整上去的？那个生产队长会干这个活？"

"他不是生产队长，他是发射中队的中队长。"

她们俩虔诚地凝视着远去的火箭，夏荣芳说："姐，你知道吗，这颗火箭能发射成功有多么不容易，他们没日没夜地反复排除各种故障，不敢有一丝一毫的松懈，因为一个小小的故障就有可能导致卫星发射的失败。这是发射官兵们费了多少的心血才有了今天的一飞冲天啊。"

金小妹由衷地说："妹子，他们可真是不容易呀。"

夏荣芳说："姐，你今天看到的别跟别人说。"

金小妹说："我知道，要保密。原来他们干的就是这个保密的活儿啊。"

晚上熄灯后，潘志军继续讲牛虻的故事。他的语调庄重凄凉："……枪声响后，他们看见牛虻已经倒下，但他还没有死。士兵和军官站在那里，望着那个可怕的东西在地上扭动挣扎。医生和上校跑过来惊叫，牛虻他支着一只膝盖撑起自己，面对士兵大声说，又没打中！再来一次，他突然摇晃起来，然后就倒在了草地上。医生用一只手搭在牛虻那血淋淋的衬衣上说，他死了。有人对他说，红衣主教来了！他就在门口，他想进来。"

潘志军泪流满面地讲不下去了。

有同学问："蒙泰尼里真的来了？他亲眼看到他的亲生儿子因为他被打死了会咋样啊？志军，你讲啊，你接着往下讲啊！"

潘志军说："我困了，想睡觉。"

苏林说："每次你一讲到精彩的地方你就不讲了，你让我们整宿翻来覆去地琢磨你那个下回分解，你可真够阴险毒辣的。"

"可不是吗，他每天晚上以折磨我们为乐子。"

"他不让咱们好活,咱们也不让他好死,哪里有压迫,哪里就有反抗,咱们揭竿而起,反了吧?"

"反了,真是活不下去了,反了,现在就反。"

苏林打开手电筒和同学们跳下床把潘志军抬起来要扔出门外时,看到他满脸是泪。苏林问他怎么了,他哽咽地说:"亚瑟的一生太苦了,他在遗书上写道,死刑就是我已经彻底完成了这份工作的证明。"

同学们回到床上七嘴八舌地议论:"都怪他父亲!还有那个琼玛。"

"父亲目睹了儿子的死亡,他的灵魂能安息吗?"

"人到底该为什么活着?"

"应该是为了信仰活着。"

潘志军说:"蒙泰尼里用他的信仰杀死了儿子亚瑟,亚瑟为了坚守自己的信仰,为了救赎他和父亲的罪孽,自我审判,自我惩罚,他甘愿承受炼狱般的折磨,可怜的亚瑟对他的父亲那是又恨又爱呀!你们说,这世上怎么会有如此不堪的父子关系啊!"

潘志军说这些话时候,潘大海那张身穿国民党军服的照片再次清晰地出现在他的面前。他哭了,他感觉他的命运和亚瑟的命运非常相似,他希望有一天也能用自我惩罚的方式去替父亲救赎罪孽。

学校放暑假了,潘志军、苏林和罗梦月商量着要给郑义怀孕的妻子买几只活鸡带回去。潘志军买了一只漂亮的大公鸡,他说苏林买的鸡难看,苏林说老母鸡的营养最丰富。他又说罗梦月买的鸡又瘦又小,像只瘟鸡。罗梦月说:"这是乌鸡,乌鸡是药食同源的保健佳品,食用乌鸡可以提高人的生理机能。"

到达清水车站后,他们抱着鸡往基地的火车站站台走去,潘志军让他俩把鸡装到书包里。他们背着书包提着行李接受完列车员的检查后上车。上车后他们把鸡塞到座位下面。有同学问他们为什么带鸡上车,罗梦月说:"这是给咱们的眼镜老师买的,他的爱人快生小孩儿了。"

开车后不久,苏林那只老母鸡咯咯大叫起来,苏林把鸡拽出来,发现鸡竟然下了个蛋。这时候,公鸡也叫了起来,潘志军把公鸡也从座位下面抱了出来。他俩掰馒头喂鸡,列车员战士突然站在他们面前问:"这是谁的鸡?"潘志军说:"是我们的。"列车员背书似的对他们说:"凡是危险品和国家限制运输的物品、妨碍公共卫生的物品、动物以及损坏或污染车辆的物品,比如鸡、鸭、鹅、狗、猪、猴、猫、蛇,都不能带入车内。这些规定你们不知道吗?"

苏林说:"原来我们不知道,现在我们知道了。"列车员问:"现在怎么办?"潘志军说:"你说咋办?你总不能让我们把它们给扔下火车吧?"列车员说:"反正火车上不能带有活鸡,等会儿到站了你们赶紧把这些鸡处理了,要不你们就和鸡一块儿下车。"潘志军说:"你的意思是让我们抱着鸡走回家去?"苏林说:"列车员叔叔,列车上是有规定,可这是咱们基地自己的火车,这规定你就不能灵活点啊。"罗梦月说:"不就是几只鸡嘛,又不是特务分子。"潘志军说:"啥狗屁规定,我们就不下车,爱咋咋地。"

列车长过来问:"都聚在这儿干啥呢?"

列车员说:"报告列车长,他们带了三只活鸡上车,我给他们讲了列车的行车规定,他们说这是狗屁规定,还说爱咋咋地。"列车长严肃地说:"行车规定,必须人人遵守。"列车长走了,列车员耐心给潘志军他们讲道理。

列车在一个小火车站缓缓停下,潘志军、苏林、罗梦月背着书包抱着鸡下车,潘志军吹着上班号的口哨走在最前头,全体同学紧跟在他们的身后。有个同学不想下车,另一个同学问他:"你想当叛徒吗?"那位同学立刻跟随大家下了火车。

车站太小没设站台,火车距离地面很高,列车员在车下接孩子们下车,潘志军不理他自己跳下了列车,列车员看到孩子们都要下车,试图阻拦:"没有你们的事儿,请你们不要下车。"孩子们根本不听他的话,纷纷往车下跳,列车员只好一个一个地接他们下车。

潘志军下车后继续吹着上班号的口哨走在最前头,孩子们跟着他来到火车头前方,全体坐在了铁轨上。列车长和列车员跑过来说:"请同学们让开铁路。"苏林说:"我们把铁路给让开了,火车跑了,我们怎么回家呀?"

同学们嚷嚷:"我们要回家。"

罗梦月说:"里边儿啥都买不着,要是能买着鸡,我们何苦费这个劲儿呀?你们执行的那个行车规定根本就不符合里边儿的特殊情况,早就应该改改了。"

列车员说:"制度是国家规定的,我们没有权力改。"

"就算是你们没权力改,执行的时候也该灵活一点呀。"

"我们是军人,没有权力灵活。"

"你这是教条主义,这要是在战场上,就你这样的,连怎么死的都不知道。哼。"

列车员看着罗梦月无可奈何。列车长问潘志军:"你爸爸是哪个单位的,叫什么名字?"苏林替他回答:"他爸爸是发射团的,叫潘大海。"

列车员问苏林:"你爸爸是哪个单位的?"罗梦月替他回答:"他爸爸是保卫处的苏处长。我爸爸叫罗恩泽。"

列车员和列车长继续寻问其他的同学,把问的结果都记录了下来。

列车长说:"同学们,我都知道了你们的爸爸是谁了,要是你们现在能让开铁路的话,我们就不把这事儿告诉你们的爸爸。"

同学们说:"让开铁路后我们咋办?"列车员说:"上车回家呀。"同学们问:"这几只鸡怎么办?"列车员说:"活鸡不能带上列车,这是行车规定。"潘志军说:"那还费什么话呀?你们该干嘛就去干嘛。我们今天就跟这两条铁轨焊在一块儿了。"

不管列车员和列车长说什么,同学们都不再搭理他们。罗梦月唱起了长征组歌《过雪山草地》,全体同学神色严肃地跟罗梦月唱歌。列车长向车站跑去,列车员想跟孩子们再说点什么,孩子们不理他,无奈的他也和孩子们一起唱了起来。

第二十章　儿拦火车　父写检查

司炉返回到火车头驾驶室，司机问他："车下那群孩子是怎么回事？"司炉说："列车员不让活鸡乘火车，一大群的孩子都坐在车头前的铁轨上挡住了火车。"

"那里面有没有我的儿子？"

"有，我看见他了。"

"他也抱只鸡？"

"他没抱鸡。三十几个孩子只有三个孩子抱着三只鸡。"

"就为了三只鸡，他们全体下车了？"

"对，就为了这三只鸡。你儿子对我说这三只鸡是给他们的老师买的，老师的老婆快要生孩子了，老师家里没养鸡。"

"一日为师，终身为父，太应该了。"

司机提着饭盒要下车，副司机问他："干吗去呀你？"司机说："给我的儿子送吃的去。"副司机说："我也去，把咱车上吃的喝的全都给孩子们送去，咱们今天豁出去了，他们不让咱们的孩子上车，咱们就不发车，咋说也不能把这么好的孩子给扔在戈壁滩上。"司炉说："对，谁发信号都没用，孩子们不上车，咱们就不发车！"

三人提着东西下车。

列车长在小火车站的值班室里打电话向首长汇报："本来是三只鸡和三个孩子的小问题，可现在已经上升到三只鸡和三十多个孩子的大问题了。对，他们全体都下车了，现在就坐在列车前方的铁轨上，怎么劝都不走，导致301次列车无法正常通行。这群孩子里面有发射团潘中队长的儿子、罗工程师的女儿、保卫处苏处长的儿子、后勤部吴科长的女儿、汽车团李参谋的儿子……"

同学们坐在铁轨上继续唱歌，罗梦月一手抱着鸡一手打拍子，列车员和旅客们站在孩子们的旁边和他们一起唱，司机、副司机、司炉穿着黑乎乎的工作服也跟着大家一起唱。

司机的儿子对爸爸说："他们不让我们的鸡上火车。"

司机说："我都知道了，这是我的午饭，你和同学们分着吃吧。"

副司机、司炉，还有别的旅客都纷纷拿出自己的食物送给孩子们。一位女军人提一个大包，里面装满了面包和蛋糕，她把这些东西全部分给孩子们："这是我在车上刚买的。我的女儿跟你们一样大，她在老家上学，我看见你们，就想起了我的女儿，你们吃啊，不够的话，阿姨再去给你们买。"

列车员提着大茶壶给孩子们倒开水，他热情洋溢地说："同学们，现在是301次列车供应开水的时间，请大家把喝水的杯子准备好。"孩子们接过开水，"谢谢叔叔"的声音此起彼伏。

潘大海扛着哇哇大哭的潘光宗回家，金小妹惊恐地问咋的了，潘大海脸色铁青地说："这个熊孩子爬树，首长怕他摔了，好心让他下来，他不但不下来，还说'气死你这个老头'。"潘光宗哭着说："谁让那个老头爱管闲事呢。"金小妹说："这儿的老头都是老革命，你要对他们有礼貌。"潘大海说："这个孩子就是欠揍，给他讲道理累死你。"

潘大海要打他，金小妹拉着不让打。潘光宗坐在地上哭喊："我要回家！你们打我，我要回家去告诉我娘！"

金小妹对潘大海说："他是你弟弟家的宝贝疙瘩，玉霞有多偏他你不是不知道哇，对这个孩子的教育要慢慢来，不能急。"

潘戈从屋里出来说："真烦人！三哥，上次罚站的事儿你都给忘了？你再不完成作业，可别怪我没提醒你。"

潘光宗从地上爬起来，乖乖地跟着潘戈进屋写作业去了。

金小妹悄悄对潘大海说："这可真是一物降一物，这孩子犟得谁的话都不听，可就听咱闺女的。"

潘大海说："他都是让你给惯坏的。"

金小妹说："他早就让他娘给惯坏了，咱们对他只能哄，不能动手打，你打他，要是玉霞知道了，还不找我来拼命呀？"

"哄就是无原则的纵容。"

"他懂啥叫原则呀？你去教育一下试试，你说重了，他就晕过去了，说轻了，他就又哭又嚎的，一闹起来就没个完。要是他再闹腾出点啥事儿来，你我还能活吗？"

"唉，当初真不该把他带来。"

"当时不带这个祖宗来行吗？玉霞说了，咱们不带走她的宝贝儿子，她就不养咱娘，可咱娘又死活不跟我们来，你说咋办呢？"

"这个家你说了算，你爱咋办就咋办吧。"

电话铃响了，潘大海接电话："我是潘大海，啥？我知道了，好，我去，晚上我一定去火车站。"

潘大海放下电话，气得直哼哼，金小妹问："又出啥事儿了？"潘大海说："你的宝贝儿子小军，带头拦火车，机关通知我晚上去火车站接他，还说基地领导也去火车站接这帮孩子去，这哪儿是让我们去接孩子呀，这分明是让我们这群当爹的去丢人现眼，他等着，看我不打断他的狗腿！"

潘大海转身摔门出去了。

吃饱喝足的孩子们和旅客们正唱着歌，从基地方向开过来了一辆轻油车，三位领导下车向孩子们走来，孩子们显得有些紧张，潘志军却满不在乎地吹着《哥萨克之歌》的口哨。列车长跑上前去给领导们敬礼、汇报，他们说什么，领导们跟同学们说什么，潘志军都不想听。

领导们和列车员、列车长握手告别，轻油车原路返回。列车长宣布领导的指示，说这三只鸡可以上火车了，这个消息把孩子们高兴得手舞足蹈，大家站起来准备上车。

有位旅客说："这趟车本来就慢，今天让这帮孩子给闹得更慢了。"

正向火车头走去的副司机转过身来挥舞着他黑乎乎的大手说："请大家不要怪罪这些孩子，你们知道他们抱这几只鸡干什么吗？他们是准备送给他们的老师，因为老师的爱人要生孩子了，前边儿买不到鸡，他们不得不从地方买鸡抱回来。你们说，咱的孩子们是不是很懂事儿啊？"

旅客们七嘴八舌地说："小小年纪就知道报恩了，这些孩子太懂事了。"

"这个前边儿也太封闭了，连只鸡都买不着……"

旅客们让开路让孩子们先走，潘志军、苏林、罗梦月抱着鸡走在最前边儿，潘志军吹着下班号的口哨，孩子们排着队跟在他们身后从旅客中间穿过，旅客们为他们鼓掌，孩子们像凯旋的英雄似的对旅客们挥手致意，列车长和列车员在车梯下面扶孩子们上车，旅客们也全部都回到了列车上。

车站值班的战士向火车头挥舞着小绿旗,火车司机问副司机:"孩子们全都上车了吗?"副司机说:"上车了。"

"那三只鸡也上车了吗?"

"上车了。"

司机拉响了汽笛,列车轰隆隆地开动了。

潘志军他们抱着鸡跟着列车员来到了行李车,列车员说:"你们把鸡搁在这儿就行了,鸡放在这儿丢不了,你们就放心吧。"

潘志军说:"我们不放心,刚才你还巴不得让我们把鸡全都扔到窗外去呢,这会儿你又让我们跟鸡分开,想调虎离山是吧?"

苏林说:"列车员叔叔,您就甭管我们了,你把我们也当成行李撂这儿就行了。哎,你不会是怕我们偷你们的东西吧?"

列车员说:"要不你们抱着鸡坐在车厢的接头处吧,行李车是不允许旅客乘坐的。"

潘志军他们仨抱着鸡来到列车车厢的接头处席地而坐。

傍晚时分,火车到达东风火车站,孩子们的爸爸们在站台列队黑着脸等着接自家的孩子。有的孩子刚一下车,爸爸上去就是一巴掌。有的孩子见势不妙,拔腿就跑,爸爸在后边追赶。

潘志军、苏林和罗梦月抱着鸡下车,潘大海和苏处长气愤地冲了过来,郑义跑过来挡住了他们。郑义说:"各位首长,他们几个都是我的学生,让我先跟他们谈谈好吗?"

潘大海说:"郑老师,我把这个害群之马交给你了,请你严加管教!"苏处长对苏林说:"等你回家咱们再武装带伺候!"罗恩泽对罗梦月说:"梦月呀,你抱只鸡回来干啥?"郑义说:"各位首长,把他们几个交给我,等我把问题弄清楚了,再给你们送回家去。"

潘志军、罗梦月和苏林跟着郑义走了。

潘大海气呼呼地回到家,金小妹问他:"咱家养鸡了,小军为啥还要抱只鸡回来?"潘大海说:"不知道。"金小妹说:"你咋不问问呢?他们几个一块儿抱鸡回家,这里面肯定有事儿,不然那一大群的孩子也不会跟着他们一起拦火车。"潘戈说:"毛主席说,没有调查就没有发言权。"潘光宗说:"毛主席说,打人的人都是大坏蛋。"潘大海说:"抱着鸡拦火车就是咱家那个小猴崽子带的头,你不知道这事儿影响有多坏,把基地首长都给惊动了。"金小妹说:"影响

213

再坏，咱们做父母的顶多就是个管教不严，人家一说你的孩子有事儿了，你就要打孩子，你这是为了孩子吗？我看你这是为了你自己。"

"你咋还冲我来了？哎，对了，郑义咋知道这事儿的？"

"是我告诉他的，你打仗有瘾是吧？没敌人打了就把儿子当敌人打？人家郑义是老师，懂教育，我把小军交给他我放心，交给你我揪心。"

"你还真行啊你，他们早晚都得让你给惯坏了，到时候你可别后悔！"

"我不后悔，就算我把他给惯坏了，也总比让你给打坏了强！你动不动就嚷嚷要打断孩子的狗腿，你的孩子都成狗了，那你是啥呀？"潘光宗指着潘大海说："你也是狗。"潘大海嚷道："滚！你们都给我滚！我在外面丢人现眼你们还嫌不够哇，有完没完了？"金小妹说："我们凭啥滚呀，这是我和孩子们的家，你的家在点号，应该滚的人是你。"潘大海说："我还没吃饭呢。"金小妹说："小军不回来，我就不开饭。"潘光宗说："对，就不开饭，饿死你。"潘大海叹了一口气，走出了家门。

郑义把潘志军等人带回到自己的家，爱人娟子挺着大肚子在门口迎接他们，一个三岁的小男孩儿跟在娟子的身边。

潘大海和罗恩泽去郑义家接孩子，路上遇到苏处长。

潘大海问苏处长提溜个武装带干啥，苏处长说："老潘啊，无论是在战场上还是在这个艰苦的前边儿，咱们遇到的坎也不算少了，你说咱们怕过吗？遇到啥难处咱们都能想办法解决，对吧？可现在我是真怕我那个儿子呀，我不知道他啥时候就能惹出点啥事儿来，事前还一点征兆都没有，他出其不意，弄得我是措手不及，这次的事儿完了，还不知道下次他在哪儿等着我呢，你说，咱们咋就管不好自己的孩子呢？"

潘大海说："我也在思考这个问题，我那个小猴崽子，直呼我大名，连爸都不叫了，孩子的心离我越来越远了，我这个爹当得太失败了。"

"你说我在孩子面前咋就压不住火呢？我一听他惹祸了，第一个念头就是找武装带，可是有啥用啊？打完了他，自己心疼不说，他还是不服你，弄得老婆也讨厌自己。唉，真是偷鸡不成蚀把米，赔了夫人又折兵啊。"

"可不是吗，就因为我打错了小军一次，他就跟我断绝了父子关系，他从不拿正眼瞧我，疏散前都不跟我在一个饭桌上吃饭。我老婆啥时候想起这事儿啥时候就造我的反，那是不分场合，不分地点，让你防不胜防啊，你说这家里都草木皆兵了，我还有安宁日子过吗？"

"都这会儿了，我连饭还没吃呢。为了那个熊孩子，我老婆剥夺了我吃饭的权利不说,还把我给赶出了家门,说是让我去找孩子,要不是遇见你,我都不知道到哪儿找去,唉!"

"唉,彼此啊!"

就在潘大海和苏处长感慨的时候,潘志军、苏林、罗梦月正在郑义家香甜地吃着面条。他们吃完面条后告诉郑义这三只鸡是给娟子姐买的。郑义没想到他们买鸡是为了他的妻子,感动得不知道说啥好。孩子们趁他愣神的一刹那,全体溜了出来。

潘大海、老苏和罗恩泽站在郑义家楼门口的树下等孩子。他们看到孩子们和郑义前后脚地出来了,就躲在了树后。

郑义追上孩子们激动地说:"同学们,你们真的让我很感动。那三只鸡是你们对老师的一片心,鸡我收下,买鸡的钱你们一定也要收下。"

潘志军说:"我们不会另外再朝父母要钱的,买鸡的钱都是我们从伙食费里省出来的。"

郑义说:"你们心里有老师,老师很高兴,可你们为了这几只鸡去拦火车就不对了,你们可以好好地跟列车员说明情况,请他帮你们想办法。列车员执行行车规定没有错,你们拦火车示威就大错特错了,你们让这趟车晚点了三个多钟头,惊动了基地领导不说,还冒着回家挨打的危险,你们说值吗?"

苏林说:"不就是回去让军阀再打一顿吗,打就打呗,打不死的苏林我还活在人间。"

罗梦月说:"眼镜老师说得对,假若我们跟列车长说明情况,请求他们的帮助,事情就不会弄得这么糟了。"

潘志军说:"我原以为这趟火车是自家的火车,抱鸡上火车没问题,所以才理直气壮。"

郑义说:"走吧,我送你们回家,我要给你们的父母说明情况,让他们知道他们的孩子有多善良,多懂事,有这样的好孩子是他们的福气,对这样的孩子动粗就是他们的不对了。"

潘大海从树后出来说:"郑老师,你放心吧,我不会再打孩子了。"

苏处长说:"郑老师,在教育孩子的问题上我得向你虚心学习,今天要不是我亲耳所闻,我还真不敢相信我这个傻儿子还懂得给产妇买鸡。"

潘大海对孩子们说:"虽然你们的动机是好的,但因为遇到问题不会处理,考虑不周,偏激固执,造成了很坏的影响,这是你们不成熟的地方,知道吗?"

孩子们都点头说知道了。罗梦月问爸爸："我们现在咋办呀？"罗恩泽说："自己的事儿要学会自己处理。"潘大海说："罗工说得对，反正我们家长都已经挨过首长的批评了，检查我们还是要写的。"

潘志军说："那我们也写个检查吧。"苏林说："我看行，咱们给列车长和列车员去道个歉吧，其实他们对咱们挺好的。"

苏处长说："老潘，老罗，咱们撤吧？"潘大海对孩子们说："你们几个商量好了早点回家，你们的妈妈还在家里等着你们呢。"

潘大海、老苏、罗恩泽跟郑义一一握手告别，郑义跟孩子们告别。

潘志军他们往家走，边走边商量写检查的事儿。苏林说："还是让志军写吧，他老写检查，有经验。"潘志军点头同意。罗梦月说："咱们这次是自觉自愿地写检查，你要认真对待，可别再把检查写成文言文了。"苏林说："也别写成激昂文字了，咱们要发自内心，实实在在地反思自己的错误！"潘志军说："你们不放心就自己写，啰里巴唆的。"罗梦月和苏林异口同声："放心，放心，你写检查我们最放心了。"

潘志军躲在房间里写检查，潘大海拿着一叠稿纸对他说："这是我写的检查，请你帮我看看。"潘志军以为潘大海是来找事儿的："潘大海，我知道我错了，你要是不解气，就干脆打我一顿得了。"潘大海真诚地说："我说不打你，就不会再打你，你帮我看看，看我的检查能过关不。"

潘大海把检查交给儿子，潘志军看检查，看着看着，忍不住流泪了。潘大海说："不就是写个检查吗，有啥呀？我告诉你个秘密啊，你千万别给我说出去，告诉你吧，我也经常写检查，你别看我文化程度不高，但写检查的水平还挺高的，你会写检查随我。"

流着泪的潘志军扑哧一声笑了。

潘志兵在绿岛点号复习功课，韩梅搭便车过来看他。

韩梅问他看什么书，潘志兵说："自学没上完的高中课程，我想考大学。"韩梅说："现在大学都不招生了呀。"潘志兵说："大学一定还会招生的，我就是在做好考大学的各项准备工作，等待那一天的到来。"

"我也要复习功课，我也想考大学。"

"韩梅，你喜欢现在的生活吗？"

"喜欢，我很小的时候就想当兵，现在我每天的生活都很美好，你想得比我远，上大学是提干的一条途径。你想提干对吗？"

"我上大学是为了脱下这身军装，不是为了提干。"

"你不喜欢军装，为啥要当兵？"

"我当兵是我爸的意思，从我出生的那天起，他就安排好了我的生活，这个兵我想当也得当，不想当也得当！"

"你的理想是什么？"

"我的理想是当一名建筑师，我做梦都想盖摩天大楼。"

"你虽然穿上了这身军装，可是你的心却不在军营里。潘志兵，你知道吗？我一直都挺崇拜你的，可现在我却有点鄙视你了，你对不起你爸爸对你的希望，也对不起我，你就是个逃兵！你太让我失望了！"

"韩梅，你听我解释。"

"我不听！道不同不相为谋，志不同不相为友！你去盖你的大楼，我要当好我的兵！再见！"

罗恩泽和两个干部来到绿岛点号维护设备，他问潘志兵："听说你一直在坚持学习，你做得很对，点号很安静，是个学习的好地方。"

潘志兵说："罗叔叔，我想考大学。"

"好哇，你有这个志向很好嘛。你想学什么专业呀？"

"罗叔叔，你说我学啥专业好？"

"我建议你学习计算机专业，干我们这一行，不懂计算机是不行的。"

"我想盖大楼，我想考你们学校的建筑系。"

"小兵啊，我知道你的理想是盖大楼，可是你现在是革命军人了，如果你还一心想着盖大楼，那你为啥要当兵呢？"

潘志兵欲言又止。罗恩泽问："是你爸坚持让你当兵的吗？"

潘志兵说："是我自愿的，我不想让父辈失望。"

"小兵啊，咱们不是普通的军人，咱们是试验国防高尖端武器的军人，国家的地位和我们的事业息息相关，中国老百姓的安危和幸福与我们的事业是紧密连在一起的，以后你会明白到你现在的选择是对的。"

潘志兵若有所思。

第二十一章　志兵上学　志军下乡

下班后，潘大海提着一瓶红葡萄酒兴冲冲地回到家里。金小妹看了他一眼说："小兵的成绩还没下来呢，你就急着摆酒庆功，万一他没考上呢？"她的话音刚落，潘志兵回来了。潘大海问他："是军校吗？"潘志兵点头称是。

金小妹说："小兵啊，你还真的考上大学了？快坐下吃饭，潘戈，快给你大哥倒酒。"

潘戈问："爸，你咋知道我大哥就一定能考上大学？"

潘大海自豪地说："我儿子要是考不上大学，谁还能考上大学？小兵，你报考的是计算机专业吗？"潘志兵点头称是。

潘大海高兴地说："很多年前，有个苏联专家跟我说过，希望你们以后要重视计算机，计算机相当于人的大脑，没有计算机，将来远程导弹的设计和试验根本就无法进行。从那个时候起，计算机就扎进我心里了，我这辈子没搞过计算机，但是我的儿子必须要成为计算机专家，这就是我的一个梦。小兵啊，谢谢你帮我实现了这个梦！"

潘志兵端起酒杯说："爸，妈，我敬你们一杯，谢谢你们对我的培养和教育，谢谢爸妈的养育之恩！"

潘大海对潘志军、潘戈和潘光宗说："你们要好好学习，将来要和你们的小兵哥一样，考大学当兵，科技强军就靠你们了。"

潘光宗说："我才不听你的，我听我娘的。"

潘戈说："听你娘的，你跑到我们家来干啥？"

"是我娘非让我来的，又不是我自己愿意来的。"

"你不愿意在这儿你可以走啊！"

"我娘没让我走，我就不走。"

潘志军端着饭碗对潘志兵说："哥，你过来一下，我有话对你说。"金小妹给潘志兵的碗里夹了些菜，潘志兵端着饭碗跟着潘志军来到他们的房间。

潘志军把房门关上，说："哥，你真的喜欢计算机专业？"

"嗯。"

"你的理想不是要盖摩天大楼吗？"

"你可以有理想，我不行。"

"为啥呀？"

"当兵、考军校、学计算机，这都不是我想要的，但我必须得这样去做，而且还必须得做好。因为我是军人的孩子，因为这是父母对我的期望。"

"你干吗非要听他们的呀？"

"我必须得按照他们的意愿去生活，因为只有这样，我才能对得起他们。"

"哥，你啥时候学得这么迂腐了呀？这都啥年代了，你还来君君臣臣父父子子这一套啊？我真没想到你会变成这样！"

金小妹叫他们回来吃饭，潘志兵说："以后你会明白的，走吧，妈在叫咱们呢。"

一九七四年春节前夕，潘家人吃饭时金小妹给潘光宗夹饺子，潘光宗闹着不吃饺子皮。潘大海说他："多大了，吃个饭还让人操心。小军，过完年你们就要下乡了，东西你都准备好了吗？"潘志军说："有啥好准备的，额济纳旗的农场离家又不远。"金小妹说："我抽空把你爸和你哥穿过的旧军装都找出来补补，你干活的时候好穿。"潘志军说："唉，我啥时候能穿上自己的军装啊。"潘大海说："想当兵有的是机会，你先下去好好受受教育，对你以后的人生有好处。"

潘志军对潘戈说："小戈壁，听说基地要办中学了？"

潘戈说："对，从我们这一届开始。"

潘志兵说："小兵器，你和光宗可以在家门口上中学，真幸福。"

潘戈说："你们才幸福呢。你们每次放假回来都像是刚接受完毛主席的检阅似的，我都快羡慕死你们了。"

潘志军说："你是尽看到狼吃肉，没见过狗吃屎，只知其一不知其二。"

潘戈说："真恶心，吃饭的时候啥都说，一点儿都不文明。"

"就这还要出去上学啊，你知不知道我们上学时都吃啥？"

"吃啥？"

219

"我们学校的厨师大气,不讲究,我们吃的菜里内容可丰富了,有虫子、草棍、猪毛,还有他们的大鼻涕。"

"真恶心。"

潘志兵说:"我在点号吃饭的时候,战友们啥恶心说啥,怎么恶心怎么说,说得是声情并茂,形容得有声有色,刚开始我接受不了,还当场吐过几回,后来听的多了也就没事了,有时候我还参加他们的恶心演说呢。"

潘志军说:"他们说的到底有多恶心,你说说。"

金小妹打了潘志军一巴掌:"你还让不让我们吃饭了?"

饭后,潘志兵和潘志军在楼门口拆放小鞭炮。潘志兵说:"小的时候咱俩最喜欢这样放小鞭儿了,你还记得不,那年咱爸给咱俩一人买了一盒小鞭儿,你连饭都顾不上吃,一口气就把一盒小鞭儿全都放光了,我把小鞭藏在了枕头下面,谁知让你给偷走也给放完了,气得我一个劲儿地哭,想想就跟昨天似的。"

潘志军说:"记得,为这事儿,潘大海还揍了我一顿,那年我才六岁。唉,悲惨呀,六岁的我就开始步入了漫长的挨打历程。哥,你说我这是啥命呀?"

"小军,你就这么恨咱爸?"

"嗯。"

"咱爸对我比对你表面上是好一点儿。"

"这哪儿是一点儿呀,他对你,对我,那个距离,就是天上地下,你是他亲生的,我是他捡来的。"

"你和爸是亲骨肉,你们心贴着心,肺连着肺,打完了骂完了,该怎么样还是怎么样,就算是打错了骂错了,你们照样还是亲父子。"

"我和他是冤家,不是父子。"

"爸打你,是因为他爱你,爱之深责之切的道理你应该懂啊。"

"哼,只有傻子才愿意接受这样的爱。"

"我情愿当这个傻子。"

"哥,你没病吧你?"

"我说的是真心话。"

基地大礼堂门前,锣鼓喧天,红旗招展,几辆大卡车贴着"下乡光荣"的标语停在一旁。为知青送行的,有知青的家人,还有部队的首长。潘志军、苏林、罗梦月他们身穿旧军装,头戴旧军帽,胸前佩戴着大红花,每人抱着一只活鸡站在大卡车上,他们的家人在车下不停地叮嘱孩子,金小妹和夏荣芳站在车下流泪,罗梦月站在车上哭泣。

潘志军说她:"傻嫦娥,你哭啥呀?你看你那俩妈都让你给弄哭了。"

潘大海气喘吁吁地跑过来交给潘志军一样东西:"这个送给你,在乡下用得着。"

潘志军问:"这是啥破玩意儿呀?"

"这是针线包,这还是抗美援朝的时候祖国慰问团送给我的呢,我一直都珍藏着,现在我就把它传给你了。"

"原来这是革命的老传统啊。"

"对,是革命的老传统。"

潘志军把针线包转手交给了罗梦月,说:"这玩意儿只有你们这些梳小辫儿的会使。"

潘大海的笑容僵在了唇边。罗梦月接过针线包仔细装进了口袋,潘志军吹起军歌的口哨,孩子们跟着口哨唱起了军歌,汽车开走了。

汽车在茫茫的戈壁路上前行,同学们高唱《延安窑洞里住上了北京娃》。

在额济纳旗农场的知青点大院里,知青们有的扫院子,有的收拾东西,罗梦月铺开了红纸准备写对联。一个老乡抱着一只小狗崽儿进来对他们说:"饿(我)叫张二娃,听说来了一群部队的娃儿,饿(我)很高兴,饿(我)没啥好表示的,送给你们一只小狗娃儿,让它给你们部队的娃儿看个门儿。"

潘志军接过小狗说:"谢谢大叔。"

张二娃走了,罗梦月笑得直不起腰来:"小狗娃儿,部队的娃儿,咋听着那么像同类呀?哈哈哈……"

"快别笑了,对联写好了吗?"

"正想词呢。你说写点啥呀?"

"咱们这些人不是一家人却成了一家人,上联写'五湖四海成一家'。"

"对联讲究对仗工整,讲究平仄,意义相近、相关或者相反。"

"意义相近、相关或相反,上联讲的是高级动物一人。咱们家除了高级动物以外,还有猪、狗、鸡,下联就该说说这些低级动物了。要不就写'十禽八畜进一门',对仗不?"

"凑合吧,横批呢,就写'广阔天地'咋样?"

苏林说:"我看行。"

苏林和罗梦月在大门口贴对联,同学们出来观看,苏林大声朗读:"'五湖四海成一家,十禽八畜进一门,广阔天地',感觉咋这么别扭呢?"

潘志军说:"学生娃娃小狗娃娃猪娃娃鸡娃娃,一同昂首阔步地来到了额济纳旗农场这个广阔的天地,一定会大有作为的。"

戈壁滩有了点点的绿色时,潘志军和苏林赶着小毛驴车到旗里去拉粮食。潘志军甩着柳树枝赶车,他边唱边吆喝:"嘚球,长鞭哎,那个一呀甩,哎,吧儿吧儿地响哎,嘚儿!嘚儿!哎嗨哟,我赶着那毛驴车,嘚球!"

车轮被一块大石头硌了一下,潘志军被甩了出去,左胳膊让路旁的树杈给刮伤,鲜血直流。苏林停下毛驴车,拿出一块脏乎乎的手帕包住潘志军的伤:"我送你去旗卫生院吧?"潘志军咬着牙说:"跟牛虻比起来,这算个啥?"苏林说:"你总跟牛虻瞎比啥?"

潘大海进家就对金小妹发脾气:"哪儿着火了?你谎报军情,这要是在战争年代你就得被枪毙,家里到底出啥事了?"金小妹说:"我要是不说咱家着火了,你能这么快回来吗?小军受伤了,伤得挺严重。"

"他伤哪儿了?咋伤的?你听谁说的?"

"我是听苏林妈说的,说是小军从毛驴车上摔下来给摔伤了,伤在胳膊上,缝了四针,四针啊!你说这孩子得有多疼啊!"

"就这事儿?我走了,以后上班的时候别给我打电话。"

"孩子都伤成这样了,你就不能去看看他呀?"

"他伤成啥样儿了?从毛驴车上摔下来能受多大的伤啊?哎,你不会是自己想去看他吧?"

"我当然想去看他了,可我哪有时间啊?你就去看看他吧,缝了四针啊。"

"不去。"

"你的心咋就这么硬啊?你是不是还在跟小军赌气呀,他还是个孩子,他早晚会叫你爸的,不是你说的,他叫不叫你爸你都是他爸吗,他受伤了你就一点儿都不心疼呀?"

"男孩子不受点伤能长大吗?我身上的伤疤哪一处都比他的重,我啥时候怕过呀?"

"你利用这个机会去看看他,兴许他一高兴,就管你叫爸了。"

"他要是连这点伤都受不了，他就是叫我爸了也不是我潘大海的儿子，走了。"

潘大海走了，金小妹瞪着他的背影，气得说不出话来。

早晨，上工的铁轨敲得当当响，同学们扛着农具上工去了，潘志军脖子上挂着胳膊吹口琴，队长进来问他的伤重不重，能否帮助巴图夫妻去放连队的羊，潘志军答应明天就去。

队长走后，潘志军高兴地哼着牧歌，突然一阵风吹过来，他的眼睛迷进了沙子，他用一只手揉，正好让留家做饭的罗梦月看见。罗梦月帮他吹眼睛，正吹着，基地派来管理知青的金指导员走进院子惊呼："你们在干什么呢？太不像话了，太不像话了呀！"

潘志军和罗梦月回过头来迷茫地看着他。罗梦月问他："金指导，你咋来了？"潘志军问："金指导，你在说谁呢？是谁不像话了呀？"金指导愤怒地说："你说我在说谁？我现在不跟你们费唾沫，等晚上开会时再说！实在是太不像话了！"金指导员不再搭理他们。

晚上知青点开会，金指导员沉着脸坐在唯一的一把椅子上，同学们全都盘腿坐在火炕上。金指导语重心长道："我领受管理知青任务的时候，基地首长对我说，'小金哪，我就把这些孩子全都交给你了啊，他们的父母都是基地的创业者，为了能让他们的父母安心，为了这些孩子能健康地成长，你就辛苦了'。这是首长对我的信任。所以我必须要对你们负起责任来。"

苏林说："金指导员，你咋才想起来对我们负责啊，我们快有半个多月没见到你的面了，我们要是真的出点啥事儿，等你来负责是不是晚了点啊？"

金指导说："好几个知青点，我不得一个一个地跑哇？下乡前首长也对你们说过，让你们在广阔天地里虚心接受农牧民的再教育，要严格要求自己。首长还特别强调过，不准战士在驻地谈恋爱的纪律，你们知青也不要在下乡期间谈恋爱，你们还记得这话吗？"

同学们说记得。金指导问潘志军："你还记得吗？"潘志军说："记得呀，有啥问题吗？"金指导说："同学们啊，你们的年纪还小，下乡期间谈恋爱对你们不好，明白吗？"

罗梦月听着话音不对，就问金指导："你在说谁呢？谁谈恋爱了呀？"

金指导说："谁谈恋爱谁自己知道，我今天刚到咱们点儿，就看见了。"

"你看见啥了？"潘志军问。

"我看见你和那个谁在一起那个！哎哟，我都不好意思说出口我！"

潘志军忽地站了起来，一不小心头撞到了房梁上，疼得他呲牙咧嘴："哎哟，哪个呀？我跟谁哪个了呀？栽赃陷害那可是要负法律责任的！"

"我刚进大门，我就看见你和罗梦月在那个，让我给撞了个正着，你们还装成若无其事的样子，这可是在光天化日之下啊，我都为你们俩脸红。"

罗梦月羞愤得脸蛋都红了："大金砖，你要说就说清楚，我和潘志军到底哪个了，你今天必须得给我说清楚！"

"我刚进院儿，就看见你和潘志军在院子里脸贴着脸，嘴对着嘴，在……我说不出口！"

"你说不出口我说，潘志军的眼睛迷了沙子，我在帮他吹沙子，告诉你，我们没你想得那么复杂，更没你说得那么下流。"

和罗梦月一起留在家中做饭的小丽说："我作证，罗梦月是在给潘志军吹眼睛里的沙子，我出来拿柴火时亲眼看见的。"

金指导不太相信："是这样吗？不管怎么说，下乡期间你们谈恋爱不合适，你们将来还要出去工作，还会接触更多的人，到那时候再谈恋爱也不迟，你们要有思想准备，因为你们也是一块革命的砖，哪里需要就往哪里搬。"

苏林小声嘟囔："那啥那啥就是一堆粪，知青一枝花，全靠粪当家。"有位男同学小声说："那谁那谁就是一只烂乌鸦，走到哪儿都瞎呱呱。"金指导对他们说："你们俩人在那儿瞎嘀咕什么呢？要说就大点声儿说。"苏林和那个男同学齐声说："知识青年就是一片瓦，哪里需要就往哪里码。"

金指导说："说得很好，希望大家虚心接受农牧民的再教育，努力改造自己的世界观，别辜负了基地首长和父母对你们的期望。"

潘志军给金指导员倒了一杯水："自从我们下乡以来，您一直无微不至地关怀着我们，您为了我们呕心差点沥血，委屈却没能求全。您没日没夜地忙，您早就过了而立之年了，却还没腾出个空儿来成个家。您对革命工作忠心耿耿，任劳任怨，您是一个高尚的人，一个纯粹的人，一个脱离了低级趣味的人，我们向您学习，向您致敬。"

苏林说："就算是我们现在有那个谈恋爱的心，也没有谈恋爱的那个胆儿不是？我们绝不会在下乡期间谈恋爱的。金指导，这一点就请你放一百二十个心好了。别人是谈恋爱不在乎朝朝暮暮，我们是朝朝暮暮不在乎谈不谈恋爱。该是谁的那就是谁的，缘分到了谁也挡不住。只要感情在，不用谈恋爱；只要感情深，早晚是一家人。罗梦月，你说我说得对不对呀？"

罗梦月怒眼大睁："你给我滚到一边儿去，胡诌什么呢你，就你那个恶心样儿，只有疯子才和你感情在！哼！你呀，你将来就跟那啥一样，你就打一辈子光棍吧你！神经病！"

同学们哈哈大笑，金指导气得满脸通红。

晚上，潘大海看报纸，金小妹在灯下纳鞋底子，电话铃响，潘大海接电话。金小妹问："谁来的电话？是不是小军的伤又重了呀？"潘大海说："这个小猴崽子，好的不学，竟然学会资产阶级的低级趣味了，看我怎么收拾他！"

"他又咋的了？"

金指导员在电话里对我说："小军，你的好儿子，他在额济纳旗农场竟然和女同学亲嘴，他说他都亲眼看见了，可是他们俩就是死不承认，他怀疑小军在知青点搞对象。"

"搞对象？和谁？是不是和梦月啊？"

"除了那丫头还能有谁？"

"小军打小就瞧不上梦月，他总说她傻，说他们俩搞对象，我不信。"

"小金说这话是有根据的。不行，我得到额济纳旗农场去看看。这个臭小子，不认我这个爹，还尽给我这个爹惹事儿。"

"也好，你去看看他的胳膊好了没有。老潘哇，你见到小军可千万别动粗啊，他不是小孩子了，在他同学面前你得给他留点面子。"

"他要真的像小金说的那样，我一定给他留足了面子，哼。"

一辆吉普车缓缓驶到了知青点的大门前，潘大海从汽车上下来走进院子，罗梦月和小丽从厨房里跑出来迎接他。苏林牵着骆驼走进院子，他告诉潘大海，因为潘志军胳膊上有伤不方便干别的活儿，队长让他放羊去了。

潘大海把给孩子们捎的东西交给罗梦月，请苏林带路去找潘志军，吉普车跟在苏林骑的骆驼后面。路遇沟坎，汽车过不去，潘大海让司机在这儿等他，他下车和苏林步行。

潘志军吊着胳膊和巴图夫妻在放羊，他们坐在胡杨树下，巴图抽着旱烟袋，巴图媳妇唱起了悠扬的蒙古长调。蒙古长调在蓝天白云中穿行，苍凉、辽阔、豪放……潘志军仰望着天空，眼眶里蓄满了泪水。他对巴图说："大伯、大妈唱得真好，听着让人感动，又让人悲伤。好像这曲调能直接进入到我的心灵，让我有一种说不出来的难过和心酸。"

巴图说:"这是我们内蒙古草原的长调,蒙语是'乌日听道',就是'悠长的歌曲'的意思。唱一曲长调牧歌,就是对大草原的一次真情诉说。"

潘志军说:"蒙古人是外向型的性格,善良、包容、大气、骠悍、骁勇善战、粗犷豪放,蒙古族音乐应该如你们的性格才对,可我却在长调里听出了隐忍和顽强,还有忧患和悲伤,是我对音乐的理解出问题了吗?"

巴图说:"你对音乐的理解没有问题,我的孩子。我们蒙古族民间有许多这样的谚语'牙齿掉了咽到肚里,胳膊断了藏在袖里'。如果将粗犷豪放视为蒙古人的外在性格,那善良多忧就是蒙古人的内在性格,这种内在性格更多的是表现在蒙古民族的音乐艺术之中。"

潘志军说:"我明白了,长调字少腔长、高亢悠远、舒缓自由,慢多快少,忧多乐少,充分表达出了草原儿女独有的感情。大妈,请您再唱一曲长调好吗?"

悠扬的蒙古长调在天空的云朵中穿行,潘志军在沉思:一个民族都有这样的忧患意识,何况一个国家?他想起了潘大海在批斗大会上的讲话,想起他烫伤后的欢笑,还有那些他身穿国民党军服的照片……他不知道应该如何去看待自己的父亲,他敬重他,却又鄙视他。在他的心里,父亲既是英雄又是坏蛋,这种冲突、矛盾时常跳出来折磨他。

潘大海和苏林并肩在戈壁滩上走着,苏林告诉潘大海,潘志军和罗梦月不是金指导员说的那样,那天金指导员进院子时,罗梦月正在给潘志军吹眼睛里的沙子,站在金指导的角度看他们像是在亲吻,其实不是,小丽就是证人。

潘大海对苏林说:"你们都正处在青春期的年龄,对异性有好感很正常,但不能过界。"

从不远处传来了悠扬的长调牧歌,这久违的曲调让潘大海回想起了当年蒙古包的温馨,想起了那对救过他命的蒙古族夫妻,苏林对他说:"潘叔叔,你看,小军就在那儿。"

潘大海顺着苏林指的方向看去,潘志军和一对中年蒙古族夫妻坐在胡杨树下。苏林要喊潘志军,被潘大海拦住。苏林骑着骆驼走了。

潘大海来到那棵胡杨树旁,认真打量着巴图夫妻,巴图妻子的长调唱完后,他上前抓住了巴图的手激动地大叫:"大哥!我可找到你们了!"

巴图上下打量着他,惊喜地说:"你是潘?潘,你是潘!"巴图紧紧拥抱潘大海。潘大海深情地说:"大哥,大姐,我想你们呀!"巴图说:"潘,我也想你啊！你的儿子？"

"是我的儿子。"

"像，太像了。"

潘志军问潘大海："你咋来了？"潘大海对潘志军说："小军，他们夫妻是我的救命恩人啊！"潘志军给巴图夫妻鞠躬："感谢蒙古族人民的救命之恩！"

潘大海握着巴图的手说："你们好吗？"巴图说："我们都很好，我们的孩子到很远的地方去当兵了。我每次看到你这个年纪的军人，都会想起你，我们想你啊。"潘大海说："我也想你们呀，真没想到，我的儿子跟你们在一起，咱们有缘啊！"巴图说："有缘，有缘！你的孩子就是我们的孩子，他在我们这儿，你就放心吧。"

巴图妻子说："潘，你们说话，我回去给你做手抓羊肉。"潘大海拉住巴图妻子说："大姐，等我有时间了，我再来看你们，那时再吃大姐给我炖的羊肉，好吗？"巴图说："好！我知道你们都很忙，只有你们军人忙了，我们老百姓才会安全。"

潘大海和巴图夫妻告别后，和潘志军向吉普车走去。潘志军问他，家里是不是出啥事儿了。潘大海说："家里没事儿我就不能来看看我的儿子啊，你胳膊的伤好些了吗？"

"你是专门来看我的？不可能，这不是你做事的风格，如果是我哥，你会来看他，对我你不会。因为我从出生的那天起就没引起过你的重视。说实话，你来找我有啥事儿？"

"我来是给你提个醒，你照顾女孩子是对的，但你千万别过了头，特别是对梦月。"

"你听到啥了？"

"你要给家里写信，有啥事儿别瞒我们，你妈和我都很惦记你。"

"你还是多惦记惦记我哥吧。"

"小猴崽子，你有梦想吗？"

"潘大海，你有梦想吗？"

"我的梦想就是我的孩子都能成为有文化的军人，只有科技才能强军，只有你们这一代强了，国防才能更强。"

"我的梦想是我的父辈要值得我骄傲，上一代树立起榜样了，我们这代人才有前进的动力。"

"你这是对父辈的要求，不是你的梦想，难道你就没有你自己的梦想吗？"

"你那是对你下一代的希望,你自己的梦想呢?"

"我的梦想就是做好我的本职工作。"

"我的梦想现在只能是瞎想,在这个广阔的天地里,我就和那群羊一样,连吃什么草吃哪儿的草都做不了主。"

"你不是羊,你是马,你是匹小骏马,你现在在这儿吃草是为了强壮自己,等你真正强壮了才能成为军马,才能到战场上去驰骋杀敌,所向披靡。你是我潘大海的儿子,我的儿子将来一定要比我强。"

"我哥才是你的儿子,他现在就比你强,恭喜你,你的梦想已经实现了。"

"小兵是我的儿子,你也是我的儿子,你是我生命的延续,从你出生的那一天起,爸就没看够你。你的好,你的坏,爸全都看在眼里,记在心上。我相信,总有一天你会叫我爸的,这也是我的梦想,是很快就能实现的梦想。"

"快走吧你,啰里巴唆的。"潘志军眼含热泪把潘大海推进了吉普车,汽车走远后,他的眼泪才流下来。

吉普车在戈壁滩上颠簸前行,潘大海坐在汽车上不时地回头张望。司机对他说:"刚才你儿子的眼圈红了。"潘大海说:"我看到了,哼,小猴崽子,想逃出我如来佛的手掌心,门儿都没有,别以为你爹我是吃素的。"司机说:"如来佛本来就是吃素的。"潘大海喝道:"开好你的车吧。"

第二十二章　光宗出走　孔父要饭

东风小学放寒假了，潘光宗和罗卫国没事儿跑到连队的蔬菜大棚里去玩儿，好奇地在菜地里这摸摸那看看，看到西红柿就摘来吃。

正吃着高兴，进来了三个战士，战士们看到被他们踩坏的幼苗，大吼一声："谁让你们进来的？快点出去！"

潘光宗小声嘟囔："不就是块破菜地嘛，有啥了不起的呀？"罗卫国拉着他走，他说："就不走，他们不敢动咱们，不信你看。"他故意踢折了一棵西红柿秧儿。战士们挥舞着手里的竹竿向他们冲过去，大喊："小土匪，看打！"潘光宗吓得抱头鼠窜。战士们在大棚门口跺着脚高喊："冲啊，逮住前面那两个坏孩子，站住，别跑，我们马上就追上你们了。"吓得潘光宗和罗卫国跑得比兔子都快。

晚上，灯光球场准备放电影，战士们排着队扛着枪背着背包喊着口令进场，他们坐好后唱歌拉歌，潘光宗、罗卫国和他们的同学就坐在部队的前面，铁排长和他的兵正好坐在这群孩子的后面，潘光宗跟同学们说："这大冬天的，菜地里还真有点西红柿啥的，我们俩本打算多整点回来给你们尝尝，没想到遇见了仨新兵蛋子，那几个家伙手里举着棍子，对我们发起了猛烈进攻，把我们生生给打败了，唉！我们败得那叫一个惨烈。"

有个同学说："主要是你们在战略上轻敌了，又没啥战术，太莽撞，不败下阵来才怪呢。"

潘光宗说："咱们应该杀他个回马枪，这回在战略战术上都部署好了，不打无准备之仗，哼，不把那块破菜地踏平了决不收兵，要去咱们现在就去，这会儿是他们警惕性最薄弱的时候。敌疲我打，敌退我追。"

罗卫国说："咱们多去几个人，打不赢他们才怪呢。"

潘光宗说:"等电影开演了再去,这样胜算把握更大一些。"

铁排长听到孩子们的对话,不动声色地对身后的两排战士打了个手势,他们后队变前队,悄悄撤了出去。

潘光宗他们还在热烈地讨论战略战术,他说:"我和卫国熟悉地形,我们打头阵,你们几个跟在我们的后面,你们几个留在外面站岗放哨,要是有人来了,就通知我们一声。"

"咋通知?"

"你就装成是卖红薯的,来几个人就卖几个红薯,比如,来了两个人,你就喊'红薯,卖红薯了,一毛钱两个'。"

"得了吧,黑灯瞎火的卖红薯,一听就是假的。"

"学癞蛤蟆叫,来几个人就叫几声?"

"癞蛤蟆早就冬眠了。"

"要不就学乌鸦叫吧。"

"我看行。"

银幕上出现了大放光芒的五角星和军歌音乐。这群孩子陆续离开了放映场。

在蔬菜大棚门前,铁排长在给战士们布置任务:"一班、二班在这儿都给我埋伏好了,等他们钻进了咱们的包围圈,三班立即封口,咱们三个抓他们一个,哼,我就不信我治服不了这几个坏小子。"战士们议论纷纷:"他们太可恨了,我真想揍他们一顿。"铁排长说:"谁都不能动手,就是他们动手了我们也不能还手,这是纪律。"有战士说:"他们还没当俘虏呢,咱们就开始对他们优待了。"铁排长说:"这次行动咱们要速战速决,趁他们还没立住脚,就来个一举歼灭,都听明白了吗?"

有人吃惊地问:"歼灭?"

"歼灭就是全体活捉,杀杀这帮坏小子的嚣张气焰。都听明白了吗?"

"听明白了!"战士喊道。

潘光宗、罗卫国和几个男同学东张西望地向大棚走来,待他们快走到门口的时候,铁排长高喊:"冲啊!"

战士们冲上去把孩子们全体捉住。

铁排长哈哈大笑地说:"你们的战略战术还是没起到作用,还敌疲我打,敌退我追,请你们睁开眼睛给我好好看看,谁是敌人,谁是好人,哪有好人不干好事儿,尽想着去踏平连队菜地啊?"

潘光宗狡辩:"我们也没干啥呀!"

铁排长说:"等你们干啥了那就晚了!因为你们的目的是不把这块破菜地踏平了决不收兵。坏小子们,我们种这块菜地容易吗?这菜地招你们了还是惹你们了?你们咋能这么狠心呢,你们把它踏平了我们吃啥呀?"

罗卫国说:"叔叔,我们错了。"

铁排长说:"现在才认错?晚了。同志们,把这帮坏小子们全都给我押送到机关大楼去。"

战士们一左一右抓着他们的胳膊,大声吆喝:"走吧,坏小子们,你们现在已经是我们的俘虏了,都老实点。"

办公楼一楼的大厅内,战士们端着枪把孩子们团团围住,吴政委闻讯赶了过来。铁连长向政委做了汇报。政委说:"好哇,让我看看,这都有谁家的孩子,哦,有老罗家的臭小子,还有王参谋家的老三,这个是曲副政委家的老四,我说得都没错吧?"

孩子们都低着头不吱声。

吴政委说:"坦白交代吧,你们的指挥官是谁呀?"

有孩子偷眼去看潘光宗,吴政委指着潘光宗问罗卫国:"他是谁家的孩子?"罗卫国说:"他是我潘伯伯家的三哥。"吴政委说:"原来是潘大海的儿子呀!这可真是虎门无犬子啊!铁排长,你立刻打电话通知孩子们的爹跑步到我这儿来领人。"

铁排长执行命令去了。吴政委对孩子们说:"臭小子们,你们都是有爹的孩子,子不教,父之过,如果你们的爹没能力教育你们,基地首长就会教育你们的爹!你们要是不信,明天就继续来踏平我们连队的菜地,我就是要看看是你们的战略战术厉害,还是我的战略战术厉害。"

孩子们吓得面面相觑。

潘大海接完电话就往外走,金小妹问他出啥事儿了,他说:"那个小祖宗又给我惹祸了,他和几个孩子祸害连队的菜地让战士们给抓住了,老吴通知我跑步去领人呢。"金小妹嘱咐他,这孩子打不得。潘大海哼了一声,匆匆走了。

孩子的家长们陆续来到办公楼领自己的孩子,潘大海和罗恩泽一前一后跑步进来。潘大海对吴政委说:"听说这帮散兵游勇让你们正规军不费吹灰之力

231

就给一网打尽了,祝贺你们了。"

吴政委没搭理他,对大家说:"请大家把孩子带回去好好教育。"

潘大海一把拽住了潘光宗,吴政委明知故问:"老潘,这个孩子是你家的呀?"潘大海说:"是,让你见笑了。"潘光宗大叫:"我才不是他家的孩子呢。"吴政委问潘光宗:"那你是谁家的孩子呀?"潘大海讪讪地说:"他是我兄弟的孩子。"吴政委说:"老潘啊,这孩子让你教育得不错啊,他可是这次行动的总指挥啊,啥时候你给我们介绍介绍你教育孩子的经验呗?"潘大海不好意思地说:"老吴呀,你就别在这儿挖苦我了,我把他带回去好好管教,一定好好管教。"

潘大海气呼呼地拽着潘光宗的手往家走,潘光宗对潘大海汇报情况:"我们的准备工作做得挺充分的,没想到他们都事先埋伏好了,他们是出其不意、攻其不备才出奇制胜的,他们三个人抓我们一个,还端着枪,我们可是手无寸铁的小老百姓呀。唉,他们就算是胜了也不光彩。不是我们无能,是他们太狡猾了。我们的内部一定是出了叛徒,一定是有人事先走露了风声,不然他们咋可能知道我们的行动计划呢?"

潘大海瞪了他一眼。潘光宗没看见,继续说:"兵书上说,胜败乃兵家常事,我们要认真总结这次失败的教训,这次是他们玩儿阴的,偷了我们的情报,他们不仁,就别怪我们不义,我们要瞅准机会,再组织一次大反攻。魔高一尺,道高一丈,我们要趁他们不防备的时候,再去踏平他们的破菜地,我们一定会所向披靡,旗开得胜。"

忍无可忍的潘大海打了潘光宗一记耳光,踢了他一脚,说:"我打你个所向披靡,我踢你个旗开得胜!"

潘大海拽着潘光宗回到家,潘光宗哭喊道:"大娘,大爷他打我的脸,还踢我的屁股,他要把我活活打死啊。我要回家,娘啊,你快救救我吧!"

金小妹问潘大海:"你打他了?"

潘大海说:"他带着一群孩子去踏平连队的菜地,老吴那个老东西对我连讽刺带挖苦,竟然让我介绍教育孩子的经验,真丢人啊!"

金小妹对潘光宗说:"光宗哇,这也就是你呀,要是你二哥惹出这么大的祸来,你大爷的武装带早就上去了。你为啥要去祸害连队的菜地呀?老潘哇,你出门前我不是告诉过你要冷静吗?你咋就记不住呢?"

潘大海说:"我是告诫自己要冷静,可这小子他不但不认错,还跟我总结起失败的教训来了,还说要瞅准机会,再来一次大反攻,还要所向披靡、旗开得胜，他都不知道他是谁了！这样下去怎么得了哇？"

潘戈出来说："这都是他看电影看的，把自己都给看进去了。"

金小妹说："光宗，你给你大爷认个错。"

潘大海说："我不要他认错，我要关他禁闭，让他写检查，检查不深刻，我就关着他，一直关着他！"

潘光宗哼了一声。

第二天早上，潘大海出门前对潘光宗说："你，在家里给我认真写检查，等我回来看！"

潘大海走了，潘戈到同学家写作业也走了。金小妹收拾完桌子，对潘光宗说："你在家写检查，我上班去了。"

潘光宗说他不想写检查。金小妹吓唬他说："不想写也得写，等你大爷回来看不到你写的检查，他要是打你，我可不拦着！"

金小妹走了，潘光宗在家里翻箱倒柜，他在抽屉里找到一个信封，里面有钱，他把信封装进口袋，把书包里的书倒出来，装了几件自己的衣服，想了想，写了一张纸条放在他的枕头下面，背着书包出了门。

中午金小妹下班回来，见潘光宗不在家，以为他跑出去玩儿了。晚上她下班回来，还是没看见光宗，便着急了。她给潘大海打电话，点号的人说潘大海出差不在基地。

潘戈给妈妈出主意："要不你跟孔叔叔说说，请他帮着找找三哥。"

金小妹和潘戈来到孔文家，孔文的老婆娇娇正在家里压腿练功，腰里系着围裙的孔文从厨房里出来问找他有什么事儿，金小妹请孔文帮忙找找潘光宗。

孔文为难地说："嫂子，你的意思是让我带着部队帮你找孩子？"

金小妹着急地说："嫂子求你了。"

孔文说："部队白天训练，晚上学习，哪有时间找孩子呀？光宗都那么大了，怎么可能丢了呢？要不你们再找找？再去问问他的同学？"

潘戈说："能找的地方我们都找过了，该问的同学我们也都问遍了。"

娇娇说："嫂子，不会有事儿的，说不定这会儿他已经回来了，要不你们回家去看看？"

金小妹和潘戈失望地离开了孔家。她急得一晚上没睡。潘戈起床后来到潘光宗的房间整理床铺，看到了潘光宗留下的纸条，她告诉妈妈，三哥回广东老家了。

金小妹更加着急了："这么远的路，他要是走丢了可怎么办啊？"潘戈说：

"我给二叔发个电报，也许是二叔让他回家的。"潘戈去邮局发电报。

罗恩泽正在机房工作，一个战士拿着电报进来对他说："罗工，潘中队长家来电报了，你给嫂子捎回去吧。"

战士把电报交给罗恩泽就走了，罗恩泽看电报上写着："光宗没回家，奶奶病危！"

罗恩泽很吃惊，他给兰州办事处打电话，说有急事找潘大海。

兰州办事处的小会议室里正在召开"批林批孔"的会议，一个干部进去悄悄叫出了潘大海，罗恩泽在电话上告诉他电报的事儿，潘大海放下电话，跟工作人员交代了一下，匆匆跑了出去。

潘大海到邮局给老家打长途电话，问老母亲怎么样了，老家的潘书记告诉他，他母亲在地里干活，他看见她了。潘大海放下电话长嘘了一口气。

潘大海去兰州火车站寻找潘光宗，在马路边儿看见一位老大爷坐在地上，他的面前放着一只旧茶缸，茶缸里有一些零钱，潘大海掏出一块钱放进茶缸，大爷拉住他，从怀里掏出一个信封交给潘大海说："解放军同志啊，俺的儿子就在这个地方当兵，可是俺咋也找不到他的部队，问谁都说不知道，这个27支局到底在哪儿呀？"

潘大海接过信封看是基地的地址，就问大爷到兰州几天了，大爷说："都十多天了，我在兰州走街串巷地找，可咋也找不到这个地方。俺的钱花光了，也回不了家，俺实在是又困又饿呀，俺就躺在大街上睡着了，等俺醒过来，发现俺的茶缸子里有好些的零钱，俺就想啊，俺就这样边要钱边找儿子吧，可哪天才能找到俺的儿子呀！"大爷泣不成声。

潘大海问："大爷，您的儿子叫什么名字？"

"孔文。"

"原来您就是孔文的父亲啊？孔大爷，我就在27支局当兵，我认识您的儿子，这是我的证件。"

潘大海掏出他的证件给孔大爷看，孔大爷抓住潘大海的手失声痛哭："俺可算是找到俺儿的战友了呀，俺可以不用再要饭了呀。"

潘大海说："大爷，您在这儿别动，我去找个人，马上就回来，你就在这儿等着我。"潘大海把自己的军大衣披在了孔大爷的身上。

孔大爷抹着眼泪说："我在这儿等着你，孩子，你可一定要回来呀。"

一列火车进站，潘光宗下车，他随着人流出站时，被潘大海飞身逮住。

潘大海送潘光宗和孔大爷回基地，在火车上，孔大爷问潘大海："孩子，那个兰州市27支局咋这么远啊？"

潘光宗哼了一声说："因为那个破地方保密，也不知道保的什么破密！"

潘大海在清水招待所的总台给孔文打电话，孔大爷在电话里哭着说："儿呀，俺是你爹，俺是你爹呀！"

孔文惊讶极了："啥？你在兰州要了十几天的饭了？爹呀，你来咋不提前告诉我一声啊？爹，您别哭了，明天您就能看到我了。"他对潘大海说："潘中队长，谢谢你啊！要不是你，我爹可能就冻死在兰州街头了，对你我心里有愧啊！光宗离家出走，我没帮上忙，我怕呀！"

潘大海说："行了，有啥话咱们回去再说，请你告诉我老婆一声，光宗找到了。"

回到基地，金小妹抱住潘光宗哭着说："光宗啊，你可吓死我了，你要是真的丢了，我可咋跟你爸妈交代呀！"

孔文哭着说："爹呀，你要是在兰州出点啥事儿，我可咋跟我娘说呀！"

孔大爷说："儿呀，快给我的恩人跪下来磕头！"

潘大海把跪在地上的孔文拽起来："孔大爷，我们不兴这个。"

一九七四年十一月五日，2号发射阵地，卫星和运载火箭整装待发。首长陪着一位客人过来，他对刚从发射塔架上下来的潘大海说："这位首长是从北京机关来的，你是发射场的权威，请你给他介绍一下这颗卫星的情况。"

潘大海给客人敬礼："欢迎首长到发射场来视察指导。"客人说："我是这方面的外行，就麻烦你给我说说吧。"

潘大海指着火箭说："首长请看，这四个圆圆的大家伙叫发动机，运载火箭为什么能把火箭送上天，就靠这四个发动机。火箭点火后……"

客人打断他的话问："点火？就像放二踢脚那样，用火柴点着捻子，接着啾的一声火箭就上去了，是吗？"

潘大海憋着笑说："是这个意思。二踢脚点火后，火焰往下喷，就把自己往上推了，这就是作用力与反作用力的关系。运载火箭也是这个原理，发动机朝下喷火，就把卫星给推上去了。"

客人看着火箭说："这玩意儿要比我过去摸过的枪炮要神秘得多哟。"

潘大海说："首长同志，就快要发射了，咱们赶紧去地下室吧。"

潘志军骑着一匹光背马在戈壁滩上奔跑，一阵震天动地的轰鸣声惊呆了他。他看见一枚洁白的火箭在天上飞，火箭的下面喷着红红的火舌，火舌越拉越长，在蔚蓝天空的衬托下，色彩斑斓，多姿多彩，有灼热的白色，美丽的红色，晶莹的闪亮，还有橘黄色的边缘……

潘志军仰望着天空，激动地大喊大叫，火箭开始拐弯了，拐弯后的火箭在天上扭起了秧歌，朝上，朝下，又朝上，又朝下……

一声巨响，火箭在空中折断成两截，一截朝他的方向飞来，一截燃着大火轰的一声落在了离他还有些距离的发射场附近，扬起了冲天的烟尘，惊得潘志军目瞪口呆。

一九七四年十一月五日，中国的第一颗返回式科学探测卫星和"长征二号"运载火箭点火起飞二十秒时爆炸失败。

惊魂未定的潘志军牵着马往家走，他把马拴在楼门前的树上，进家就倒在床上睡了。

潘大海沮丧地回到家，端起茶杯大口地喝水，门外有人敲门，潘大海吼道："要进就进，敲什么敲。"

苏处长进来，金小妹对他说："苏处长，老潘心情不好，可能是遇到啥不高兴的事儿了。"

苏处长说："我知道。"

潘大海没好气地说："请坐吧。"苏处长冲金小妹摆摆手，金小妹去厨房了。

苏处长问："情况咋样？"

潘大海说："非常不好，运载火箭起飞二十秒就爆炸了，一眨巴眼的工夫就断成了两截。唉！惨呢！"

"发射场没事儿吧？"

"就差那么一丁点啊，要是火箭在拐弯前爆炸，那整个发射场、塔、发射台就全完了。"

"真是万幸啊。"

"因为二级飞得高，炸得比一级厉害，它炸平了一个厕所，差四五米就砸到二甲肼库房了，你知道二甲肼这种燃料的厉害，要是真的掉到库房爆炸，那得燃起多大的火呀。"

"可真悬啊，还好，发射场的损失不太大。"

"可是国家的损失太大了，一颗卫星上千万啊。"

"到底是啥原因造成的?"

"哎,鬼才知道是啥原因。"

"老潘哇,你就别难受了,有些事儿不是咱们这一级干部能掌控的,你只要做好自己分内的事儿,对得起自己的良心就行了。"

"好端端的卫星说毁就毁了,有过成功经验的火箭说炸就炸了,有的人还他娘的说我们在'批林批孔'的运动中政治上不坚定了,思想上不敏感了,行动上不积极了,大帽子满天飞!真他娘的扯蛋!难道政治坚定了,火箭就能上天了吗?这是科学,科学!"

"哎呀,我的老潘呀,小声点儿!要是让那些不怀好意的人听见了你的这番言论,那就不是帽子和棍子这么简单的事儿了。"

潘大海流着眼泪说:"我们这是在犯罪呀!老苏哇,你说我们对得起谁呀?我们对不起关心咱们的老总,他们为了发射场日夜操劳哇,到处磕头募捐,给我们送来了救命军粮,难道就是为了看到失败吗?我们对不起长眠在地下的烈士,我的大胡子连长、王来兄弟、斯小川,还有躺在烈士陵园里的那几百口子的男男女女、老老少少,他们的在天之灵眼巴巴地盼着我们胜利啊,可他们都盼到啥了?盼到的是遍地狼藉的卫星残骸!丢人啊!"

苏处长抹了一把脸上的泪水说:"虽然说发射就是实战,打成了是咱们发射军人的本分,打败了是咱们的耻辱,可这毕竟是科学试验呀,谁能保证百分百的成功呀?"

潘大海沉痛地说:"为了搞发射,父母活着我们不能去尽孝,死了我们不能去送葬,要是他们知道了我们发射的是一堆废铁,会怎么想啊?"

"老潘哇,你一定要挺住了,官兵们可都在看着你呢。"

"以后我还有啥脸面再去跟战士们说我们的工作有多么神圣,多么有意义,都他娘的掉下来了,还有啥狗屁的意义呀!"

"你别灰心,咱们要相信国家相信党,一切都会好起来的。"

"老苏哇,这些话我不说出来会被活活憋死的!你说得对,我不能倒下,更不能灰心,活着干,死了算!有再大的压力我都必须要挺住!"

"老潘哇,这几天我在办公室里都快憋死了,你陪我出去走走,行吗?"

潘大海和苏处长并肩走了出去。潘志军在房间里听着潘大海和苏处长的对话,热泪长流。

潘大海和苏处长走向弱水河畔,胡杨树光秃秃的,弯曲的枝干张牙舞爪向天挺立,仿佛在向天倾诉。

苏处长说:"别看胡杨现在秃了,明年,它还会枝繁叶茂。"
潘大海凝视着胡杨树说:"难道我们还不如这些胡杨树吗?"
苏处长说:"是呀,难道我们还不如这些胡杨树吗?"

雪花覆盖了额济纳旗的原野,也覆盖了知青点的小小院落。基地的知青们穿着军用皮大衣坐在炕上吃年夜饭,窗外不时传来零星的鞭炮声。

有同学问酒是从哪儿来的,潘志军说:"我买的,我的钱全都买酒了,怕不够喝,我还兑了一些白开水,反正卖酒的本来就兑水,也不在乎再多兑一些。"苏林说:"这顿饭吃完,鸡鸣狗叫猪哼哼的繁荣景象从此就与咱们知青点儿彻底拜拜了。"罗梦月说:"也就奇了怪了,你说咱们从家里抱来的鸡,为什么一见面就死掐呢?"潘志军语调悲哀地说:"那群可怜的鸡自从跟随我们来到这个广阔的天地,就投入了莫名其妙的争斗中。它们每天浴血奋战,大有生命不息、战斗不止之势。可怜的鸡们生活在毛飞尘扬、腥风血雨的悲惨环境里。它们昼夜哀号,鸡不聊生,死的死,流浪的流浪,伤残的伤残,失踪的失踪。据说曾有不屈不挠的母鸡在战乱时期还下过蛋,这些鸡蛋都下到哪儿去了,是个谜。"大家沉默了好一阵儿。

苏林说:"小狗长成大狗后也离家出走了,我想可能是它找到了亲爱的小母狗,当上了倒插门的狗女婿,过上了幸福的狗生活。"罗梦月说:"也可能它早就被什么人给偷偷地勒死,或爆炒或红烧后进入了某些人的肚肠。"有位女同学说:"咱们总想不起来喂它,是饥饿让它背信弃义,丢失了狗的忠诚本性。"潘志军说:"人都没有前途了,哪还有闲情逸致去管狗的温饱呀?"罗梦月说:"精神是建立在物质基础之上的,信念、道义、忠诚等都是有条件的。"潘志军说:"同学们啊,是咱们自愿过这个革命化的春节的对吧?这会儿咋都耷拉个脑袋,满腹牢骚了呢?"苏林说:"咱们换个话题,说说家乡,你们说咱们的家乡在哪儿呀?"一位男同学说:"这话问得有问题,咱又不是打一个地方来的,咋可能会是一个家乡呢?"苏林说:"你说的那是咱们父母的家乡。我专门琢磨过家乡这个词儿,词典上说的家乡是'自己的家庭世代居住的地方'。以后会有更多的人不可能世代居住在同一个固定的地方,那么,他们的家乡在哪儿?"潘志军说:"我认为啊,家乡应该是我们熟悉、习惯、喜欢,离开后想念、回来后心安的地方。父母的家乡我们不熟悉,咱们现在的家在前边儿,我们熟悉前边儿,所以我认定这个前边儿就是咱们共同的家乡。"苏林说:"潘志军说得对,来,同学们,为了咱们共同的家乡,干杯!"

第二十三章　志军参军　父亲相送

　　知青和农牧民做春播前的准备工作。潘志军边干活边给大家讲三大战役："三大战役是指一九四八年九月至一九四九年一月，中国人民解放军同国民党军队进行的战略决战，包括辽沈、淮海、平津三个战略性战役。辽沈、淮海、平津三大战役，历时一百四十二天，共争取起义、投诚、接受和平改编与歼灭国民党正规军一百四十四个师，非正规军二十九个师，合计一百五十四万余人。国民党赖以维持的反动统治的主要军事力量基本上全被消灭。三大战役的胜利，奠定了人民解放战争在全国胜利的坚实基础。"

　　有老乡们说："这个学生娃娃，知道得可真多，你就站在粪堆上给我们讲这个三大战役，别干活了。"

　　苏林把潘志军推到了粪堆上，潘志军来了精神，他清了清喉咙说："那我就先讲第一个战役辽沈战役……"苏林说："在粪堆上听三大战役，才知道战争中的硝烟原来是这个味道啊。"罗梦月瞪了他一眼："别捣乱，听人家讲。"受到了鼓舞的潘志军拉开了演讲的架势："话说这辽沈战役是从一九四八年九月十二日开始发起的，东北野战军先后分路奔袭北宁路。到十月一日，切断了北宁路，一部分主力进攻来到了锦州城下……"

　　潘志军讲三大战役的消息不胫而走，好些单位都来请他去演讲。场部的大会议室里，坐满了知青和农牧民，潘志军站在讲台上侃侃而谈："淮海战役是以徐州为中心，在东起海州、西至商丘、北起临城、南达淮河的广大地区进行的。在淮海战役中，我们的人民解放军经过六十六天的紧张艰苦的战斗，以伤亡十一万余人的代价，歼灭国民党军五十五万余人，使长江以北的华东、中原地区基本上获得解放。淮海战役分为三个阶段，第一个阶段……"

　　月光下的院落里，老乡们坐在小板凳上认真聆听："平津战役是三大战役中的最后一个战役。中国人民解放军按照中共中央军委'先打两头、后取中间'的原则，首先攻克西线的新保安、张家口，在东线，一九四九年一月十五日，全歼天津国民党守军十三万余人，从此解放了天津。"

知青点的同学们喝面条汤，潘志军没看到罗梦月，有人告诉他，她一大早就让大队给叫去开会了，说是民兵小分队的会。潘志军吃惊地问："啥？是民兵的会议？我这个民兵副连长咋都不知道？"苏林放下碗筷说："你这个民兵副连长就是个虚职，你还看不出来啊？你到处演讲三大战役，没个职务多跌份儿呀，所以呀就给你整了这么一个虚职挂着，你还真当真了你。"

"真假我不在乎，谁让我喜欢军事呢。"

"我要是知道演讲三大战役也能混饭吃，我也多看看这方面的书了。哎，潘志军，你给农牧民讲讲《牛虻》呗，你也时不时地给他们来个下回分解，急死他们。"

"得了吧，现在举国上下都在热讲三大战役，让我去讲亚瑟，谁听啊？"

"要不你讲《红与黑》。"

"你让我给老乡们讲外国的穷小子如何勾搭富人家的有夫之妇，那队长、书记还能睡得着觉吗？"

额济纳旗农场的知青们正在地里干活，罗梦月匆匆跑来找潘志军。她把潘志军拉到一边儿，急切地说："我听说他们决定任命你为连队的党支部副书记了。"

潘志军不以为然："不可能，我不是党员。"

"让你入党还不容易？"

"这走的哪家的程序呀？"

"你看不出来呀？这是要弄个官位拴住你。"

"拴就拴呗，干啥不是干呢？瞧把你给急的，嫉妒了？"

"呸，你天天说我傻，我看你才是天底下最傻的大傻子！你也不想想，以后我们都被招工了，你这个副书记咋整啊？你都大有作为了，还能走出额济纳旗这个广阔的天地吗？你真的心甘情愿在这儿扎根一辈子，给他们讲一辈子三大战役，种一辈子地，放一辈子羊啊？"

"我找他们说去。"

"还有用吗现在？让你整天出去瞎嘚瑟，活该！"

"你都说我活该了,还这么着急来告诉我这事儿干啥?"

"你给我听好了,征兵工作已经开始了,部队的征兵干部都已经到旗里了,这次征兵的名额特别少,你是民兵副连长,这是你的优势,你去当兵吧。只要部队要你,连队想不放你都不行。"

"行,下了工我就去。"

"你现在就去,我跟队长给你请假,我就说连里通知你去开会了。"

在额济纳旗的招待所里,赵参谋三个人正在商量征兵的事儿,潘志军闯进去,又立刻退了出来,他站在门外喊报告,赵参谋让他进来。

潘志军踢着正步走了进来,他给赵参谋敬了一个标准的军礼:"报告首长,我是民兵连二连的副连长,我坚决响应国家的号召,要求报名参军,请你们一定要收下我。"

赵参谋问:"说说你为什么要当兵。"

"为了保卫祖国。"

"你的普通话说得很好,你都有什么爱好?"

"报告首长,我最大的爱好就是当一个好兵!"

赵参谋微笑地点头。

一周后,潘大海在办公室看文件,有个小战士给他送来了一份电报,上面上写着:"我已参军,将去海南。军。"

潘大海伫立在全国地图前沉吟:"海南,海南,这怎么可能呢?"

红旗招展,锣鼓喧天,潘志军身穿崭新的绿军装,胸戴大红花站在同学们的面前,苏林给了潘志军当胸一拳:"你个烂土豆,你扔下我们这群难兄难弟,说走就走,真不仗义!"潘志军说:"这还不是让那个副书记的官位给逼的吗!"苏林说:"让你当官你都不干,看把你给牛的。"罗梦月说:"你以为那个官是好当的?"苏林说:"说你傻你还真傻呀?给潘志军封官是因为他会讲三大战役,可这三大战役他不能总讲,对吧?总讲他也没人听啊!所以说啊,那个官位他就是个诱饵,聪明的鱼能把这诱饵给吃了,还不被钓着。"潘志军说:"我还是先逃走再说吧。"

同学们向潘志军告别,有人说:"苟富贵,勿相忘。"有人说:"革命道路多艰险,你要披荆斩棘永向前。"有人说:"你要做那泰山顶上一棵青松,挺然屹立傲苍穹。瞪大眼睛,别犯错误。包括低级错误。"有人说:"到了部队给我们写信,报个平安。"有人说:"好好工作,先入党,后提干。"最后,罗梦月握着潘志军的手说："遇事儿多个心眼，别整天傻乎乎的。"

潘志军激动地应着，他想挤出点眼泪表示一下分别的伤感，费了半天劲儿眼泪也没流出来。

苏林说："这送人可真够烦的，干送他就是不走！潘志军，我们跟你这手都握过了，送别的话也说的都没啥可再说的了，你不走，那我们先走？"

罗梦月笑着说："哎，你们快看哪，还有送新兵的家人在哭天抹泪呢，这可是去当兵啊，多光荣的事儿啊，咋让他们给整的像卖儿卖女似的呀？"

潘志军说："你们都快回去吧，你们的话我都记住了，你们再不走，我也要哭天抹泪了。"

同学们走了，罗梦月一步三回头，眼里噙满了泪水。

潘大海在人群中看见儿子时高兴地喊了起来，潘志军很奇怪地问："潘大海，你咋来了？"

潘大海说："我儿子光荣参军了，我来送送啊。"

"你是专门跑来送我的？这怎么可能？"

"你们的接兵首长在哪儿？"

潘志军带着潘大海来到赵参谋面前，潘大海给赵参谋敬礼："您好，我是新兵潘志军的父亲，我叫潘大海，怎么称呼您？"

赵参谋还礼："首长好，我是汽车四十九团的参谋，姓赵。"

"你也是汽车团的呀？咱俩是一家，我在坦克二校上过学。"

"坦克二校在佳木斯啊。一九五一年我在那里学习，不过我们那是最后一批了。"

"咱们还是校友啊，赵参谋，听说你们团要开到海南岛去，能不能给我这个老校友透露点儿消息？要是保密就算了。"

"您从哪儿得到这个消息的？这不可能啊！我们这一大帮河南的旱鸭子跑到四面环海的海南岛去干啥呀？哈哈，您是不是听错了啊？"

"就是呀，我也在纳闷呢，你们又不是海军，怎么换防也轮不到你们啊，你看，这是我儿子潘志军给我发的电报，说你们将去海南。"

赵参谋大喊一声："潘志军！"

潘志军立正、敬礼、喊到，动作漂亮，声音洪亮。

赵参谋赞赏地说："不错，不愧是军人的后代！我问你，这电报是你发的？谁跟你说的我们要去海南啊？"

潘志军朗声回答:"报告赵参谋,电报是我发出的,我发的电报是去河南,没说去海南。"

潘大海一拍脑门儿:"我整明白了,这一定是邮局给译错了,把"河"给译成"海"了,这一字之差可是让我费了神了,我还以为又有了啥新的军事动态了呢。这不,我放心不下,就专程跑来了,哈哈……"

赵参谋也笑了:"首长是刺探军情和送儿子参军两不误哇。"

潘志军心想:"我说他怎么会这么好心来专程送我呢。"

潘大海握住赵参谋的手说:"赵参谋,你忙你的,我不能在这儿久留,我和潘志军说几句话就赶回去了,我把儿子交给你们了,请你们严加管理。"

"请首长放心吧,潘志军是个当兵的好苗子,准保错不了。"

潘大海和潘志军离开人群,潘大海给儿子整整军帽,拽平整肥大的绿军装。潘志军对他说:"要是我给你发的电报不出错,你不可能来送我。"

"海南岛是祖国的南大门,假若军情紧急到了所有的部队都要拉到南大门去了,会是个啥局势?你说我能不急吗?"

"我妈好吗?我哥好吗?还有小戈壁和咱家的那个小祖宗,他们都好吗?"

"你妈挺好的,你妹妹和光宗也都挺好的,你哥大学毕业后又回到那个小点号去了。"

"啥?他又回到那个小破点号了?潘大海,那个点号啥样你不是不知道哇,荒凉的戈壁滩就那么两间孤零零的破房子,就那么几个人,一刮起风来屋里跟屋外一样的尘土飞扬,天热的时候能把人给热死,天冷的时候能把人给活活冻死,我哥在那儿太可怜了,哎?你不是最疼他吗,在关键的时候你咋就不管他了呢?你就不能想办法把他给调回来啊?"

"你哥这次重返点号是他自己的意愿。你哥是好样儿的,他上大学之前就得过优秀士兵的奖励,他从来没在我面前提出来调离点号。点号的状况我当然知道,建场初期的点号还不如他们呢,可谁都没认为自己可怜。"

"我哥当兵当傻了。"

"你要向你哥哥学习,当兵就要当个好兵,要不怕吃苦,不怕流血,甚至于不怕牺牲。干一行就要爱一行,不能挑肥拣瘦,不要拈轻怕重。要老老实实做人,踏踏实实做事。我相信我的儿子是好样的,小军,我走了啊。"

"等一下,我有事要问你,希望你跟我说实话,你……当过国民党的兵吗?"

潘志大海惊愕地看着儿子,潘志军追问:"你是先参加的国民党,后来被解放军给俘虏了,才加入的共产党,对不对?"

"这是谁跟你说的?"

"你就说对还是不对?"

"不对!我十三岁参加革命就在共产党的队伍里,我从来就没有当过什么国民党的兵,这是谁在胡说八道啊?"

"我问完了,你走吧,潘大海,你要好好待我妈,你要是敢对不起她,我不会放过你!"

潘志军丢下目瞪口呆的潘大海,迈着大步走了。

潘大海的话让潘志军心生愤恨,潘大海那张身穿国民党军服的照片压得潘志军喘不过气来,他为父亲在发射岗位上的功绩感到骄傲,也为那张照片感到羞愧和耻辱。他多么希望他能像牛虻那样,用自我惩罚、自我救赎的方式替父赎罪,他期盼着这一天的到来。

东风小学的同学们去东风水库拉练,五年级的潘戈站在路边打快板给同学们加油:"红军不怕远征难,万水千山只等闲。东风的孩子不怕苦,心系长征二万五。拉练学习解放军,长大为祖国立功勋。大水库,好风光,清澈的水面鸟飞翔,解放军叔叔在等咱,咱加快步伐都跟上,都跟上!"

老师问:"潘戈的快板说得好不好呀?"

"好!"

"同学们累不累呀?"

"不累!"

潘光宗噘着嘴说:"累!"

潘光宗坐在地上不走了,潘戈吓唬他说:"戈壁滩上有狼,你不怕狼就自己在这儿待着。"罗卫国对他说:"走不动也要走,坚持到底就是胜利。"潘戈把潘光宗的水壶和书包都背到自己的身上。罗卫国和潘戈拉着潘光宗的手拽着他走,同学们边走边唱,潘光宗边走边哭,一个男老师把潘光宗给背了起来。

东风水库到了,驻守在水库的战士们敲锣打鼓地欢迎孩子们的到来。战士们呼喊口号:"热烈欢迎东风小学的同学们!向同学们学习!向同学们致敬!"

潘戈高呼:"向解放军叔叔学习!"

同学们跟着她高呼:"向解放军叔叔学习!"

罗卫国高呼:"向解放军叔叔致敬!"

同学们高呼:"向解放军叔叔致敬!"

战士们抱起孩子们向他们的营地走去。孩子们在部队的食堂吃过晚饭后,和战士们在水库岸边围成一个大圆圈开篝火联欢晚会。潘戈走到圈内报幕:"下一个节目,女声表演唱《老房东查铺》。"

战士们使劲地鼓掌,几个装扮成小老太太的女孩子上场,她们一边做着老太太的动作,一边演唱《老房东查铺》,把战士们逗得开怀大笑。潘光宗倒在一位解放军叔叔的身上睡着了,那个叔叔用他的皮大衣把他裹好,抱在自己的怀里。

一个战士跟潘戈悄悄说着什么,潘戈点头,她笑着上场说:"下面由解放军叔叔给大家表演'小喇叭开始广播了'。"同学们拍手叫好。

那个战士走到圈内,他捏着嗓子说:"鸡蛋皮的小帽白光光,橘子皮做我的红衣裳,绿辣椒做我的灯笼裤,蚕豆皮鞋咔咔响,你要问我是哪一个,我是小木偶,名字就叫小叮当。我是小叮当,工作特别忙,小朋友来信我全管,我给小喇叭开信箱,叮叮当,叮叮当,自行车也会把歌唱,我是东风的邮递员,今儿个给小喇叭来送信,走得忙!"同学们拼命叫好鼓掌。

战士说:"同学们,让我们的指导员给你们讲个好听的故事好不好哇?"

同学们高呼:"好!"

指导员走进圈内说:"同学们都知道东方红卫星,你们知道这颗卫星烧的燃料是什么吗?对了,是液氧。有一天下午,几辆加注液氧这种特殊燃料的汽车拖着槽罐里剩余的液氧驶向了戈壁深处,他们要把这些剩下的燃料倾倒在戈壁滩上。王来叔叔把阀门拧开,那种特殊燃料迅速汽化,在加注车旁升腾起一片白雾。前三台车顺利排空,第四台车剩余液氧即将排完,加注手王来叔叔招呼战友们整理装备准备返回时意外发生了!四号车的液氧洒进了一簇骆驼刺,骆驼刺迅速燃起大火,有位叔叔赶紧跑去灭火。可是,由于刚刚完成排氧任务,液氧在他的工作服上形成了一层汽化分子膜,沾到火星,火苗瞬间顺着他的衣服蹿了上来。"

同学们惊呼:"啊!后来呢?"

潘光宗被惊醒了,他环顾了一下四周,严肃地坐了起来。

指导员继续说:"王来叔叔拼着性命把战友的衣服给扒了下来,可是身上同样沾满汽化分子的他顿时就成了一支燃烧的'火炬'!他的身后就是战友和加注车,王来叔叔为了战友和加注车的安全,对冲过来救他的战友们高喊了一声:'小心,不要靠近我!'说完,他转身向远离战友和车辆的方向艰难地跑去。十米、二十米、三十米,烈火在他的身上无情地燃烧,他跑哇跑哇,像一只人体火炬一样在不停地奔跑,一步、二步、三步……王来叔叔终于倒下了,他再也没有爬起来。战友们哭喊着上前扑灭王来叔叔身上的大火,他浑身上下已经烧成了焦黑色,再也听不到战友们亲切的呼唤了。在王来叔叔的身后,留下了三十八个焦黑的脚印,那是火焰将他的肉体烧化后滴淌下来的足迹,是他的人生中最闪光的足迹,战友和加注车安全了,可是我们的王来叔叔却永远地离开了我们。"

潘戈振臂高呼:"向王来叔叔学习!向王来叔叔致敬!"

同学们高呼:"向王来叔叔学习!"

潘光宗跟着同学们一起高呼:"向王来叔叔致敬!"

指导员问:"同学们,你们说,王来叔叔在生命的最后一刻想的是什么?"

同学们回答:"想的是战友和加注车的安全。"

"你们说得很对,同学们,王来叔叔把生的希望留给了别人,他是我们大家学习的榜样,他是咱们东风人心中永远的火炬,王来叔叔还是咱们东风烈士陵园方阵里的排头兵,在他的坟墓前,长出了一株小树,去看望王来叔叔的人们经常给小树浇水。同学们,王来叔叔由火炬变成了一株小树,他把根深深扎在戈壁滩,他在发射卫星导弹的火光里永生,在发射卫星导弹的轰鸣声中复活!"

潘光宗和同学们热烈鼓掌。月光如水,星光闪烁,战士们把同学们一个一个抱上了卡车,汽车在戈壁滩颠簸前进,孩子们站在车上高唱《我们是共产主义接班人》,歌声在夜空回荡。潘光宗唱得很卖力,他从来没这么激动过。

在二号发射阵地地下控制室内,各位首长、发射指挥员、卫星指挥员、工作人员严阵以待。发射指挥员发布命令:"两小时准备!"卫星指挥员汇报:"卫星报告,星上计算机出现故障,解码器不正常!"

几位首长呼地从座位上站了起来,地下室的所有工作人员一阵紧张和骚动。卫星指挥员向首长汇报:"我们打算首先复现故障,再确定如何处理。"潘大海对首长们说:"各位首长,是否考虑直接更换计算机?"几位首长快速商榷后,同意更换计算机。潘大海和两位操作手带着备份计算机,拿着工具跑步出去了。

一位首长紧张地说:"都到这个紧要关头了,还会有故障出现。"另一位首长说:"这颗返回式科学探测卫星就是去年这时爆炸失败的。"基地首长说:"发射场的老规矩,有故障就要排除掉,一定要把问题搞清楚,绝不允许让卫星带着问题上天。"

潘大海跑步回来向首长们汇报："报告，星上计算机更换完毕！"

首长发布命令："按原计划进行。"发射指挥员发出口令："一小时准备！"地下室传来塔上操作手的报告声："报告，气管连接器没有脱落。"

地下室的气氛再度紧张起来，潘大海在电话上向塔上操作手下达口令："按预想的第三方案执行，准备好直流电池，我立即上去处置。"

潘大海飞也似的跑出地下室，地下室的各位首长紧张地站起来坐下，坐下又站起来。

不久，从调度电话里传来潘大海的声音："气管连接器脱落，固定完毕。"首长命令撤收。

潘大海他们撤了回来，他在潜望镜中看到，耸立在发射架上的运载火箭和卫星在阳光下熠熠生辉，口令声此起彼伏，"五分钟准备！""一分钟准备！""十、九、八、七、六、五、四、三、二、一，点火，起飞"。

"长征二号"运载火箭喷射出巨大的橘红色火焰，在惊天动地的呼啸声中拔地而起，各种口令声再次响起，"卫星分离""卫星入轨"！

一九七五年十一月二十六日十一时三十分，第一颗返回式科学探测卫星和"长征二号"运载火箭发射成功！十一月二十九日卫星回收成功！

潘大海兴冲冲地回到家，潘光宗背着书包从外面冲进来，撞在了他的身上，把他脱的军衣给撞掉了，潘光宗吓得跑到金小妹的身后躲了起来。潘大海捡起军衣挂好，笑嘻嘻地走过去，把潘光宗猛地给抱了起来。潘光宗吓得大喊大叫："我不是故意的，大娘快来救我啊！"

潘大海狠狠地亲了潘光宗一口，放他下来，潘光宗摸着自己的脸蛋奇怪地看着潘大海。潘大海冲潘光宗呵呵地笑。金小妹嗔怪地说："你都多大岁数了还没个正形，生起气来像个疯子，高兴起来也像个疯子。"

基地大礼堂的庆祝大会结束后，潘大海和潘志兵一块儿回家。

金小妹见儿子回来了，立刻进厨房做好吃的去了。门外有人敲门，潘志兵把门打开，韩梅笑嘻嘻地走了进来。

韩梅向潘大海问好，潘志兵问她："我听说你大学毕业了是吗？"

韩梅说："是，我听说你又回到原来的点号去了？"

"对，我这个人只配待在点号，你呢？在哪儿高就呢，现在？"

"我也只配高就在原来的点号。"

"你学的啥专业？"

"临床医学，我现在是点号的实习医生。"

韩梅和潘志兵聊了一会儿，金小妹从厨房出来，她让韩梅留下来吃饭。韩梅说她妈妈在家里等着她，和潘大海、金小妹告别，潘志兵送她走出家门。

金小妹对潘大海说："梅子越长越漂亮了，我看到她笑盈盈的小模样，心里可敞亮了，老潘啊，你感觉咋样啊？"潘大海心不在焉地说："挺好，挺好。"金小妹说："小兵啊，我同意，你爸也同意，我看出来梅子喜欢你。"潘志兵说："我和她没那种感觉，我们不是你想的那样儿。"

门外有人敲门。金小妹把门打开，罗梦月在门外抱住了她："金妈妈，我想死你了！"

罗梦月进来问候完潘大海，对潘志兵说："小兵哥，你啥时候回来的？我好久都没见你了。"潘志兵说："梦月，你越长越漂亮了，大学快毕业了吧？"罗梦月说："还有两年呢，小兵哥，要是没有你的帮助，我哪能考上大学呀？你是我哥，就不谢你了啊。小兵哥，小军他好吗？我都给他写了好几封信了，他都没回。"潘志兵说："小军他们换地儿了，我给你找他现在的地址去。"潘大海说："梦月呀，你们家搬走后，你来得少了，有空就过来看看你金妈妈，她总念叨你和卫国。"

金小妹看到罗梦月，想起了潘志军："梦月都快大学毕业了，多好啊！小军要是也能上大学就好了，他呀，总说别人傻，其实就属他最傻。"

潘大海说："傻点好，傻点好。"

潘志兵拿着信封从屋里出来："梦月，这是小军现在的地址。"

罗梦月高兴地接过信封说："我这就回去给他写信去。金妈妈再见，潘伯伯再见，小兵哥哥再见。"

罗梦月走了，金小妹进厨房去端菜。潘大海问潘志兵："小兵啊，你对韩梅的印象咋样啊？"

潘志兵说："我们是好哥们儿。"

金小妹端着红烧带鱼进来，潘戈和潘光宗背着书包回来了，潘戈看到潘志兵很高兴，潘光宗看到鱼很高兴。

潘志兵把金小妹按坐在椅子上："妈，你坐着，我去拿饭。"

金小妹见潘大海皱着眉头，就问他怎么了，潘大海说："你说这男女之间能成为好哥们儿吗？"

金小妹说:"这怎么可能!"

北京某处的高级会议厅里,坐满了来自各部门的首长和专家,还有东风靶场的领导和技术人员,大家正在聆听潘志兵的发言。

"……根据发射阵地的实际,我个人认为这批设备还存在着以下几个方面的问题……"潘志兵有理有据、有条不紊地一一列举问题,会场里有人在交头接耳:"这个年轻的小伙子是啥级别?什么文化程度?"

"不知道。现在的军装就这点不好,显示不出来军衔。不过看他这么年轻,超不过营级吧?"

"这小伙子胆识过人,蛮自信的嘛,讲得头头是道、有条有理……"

潘志兵最后说:"各位首长,各位专家,我是东风基地的一名助理工程师,我只有大学文化程度。在座的都是著名的专家和学者,按理说我没有资格在各位面前对这么重要的设备评头论足,但我在靶场工作,我与设备朝夕相处,设备就是我们的战友。大家都深知设备对试验任务有多么的重要。所以,我就斗胆说出了我对这批设备的个人想法,仅供在座的各位专家和教授们参考,说得不对的地方请各位首长谅解。敬礼!"潘志兵向各位专家和首长们敬军礼,基地的总师赞赏地对他频频点头。

总部的首长问:"东风基地的总师,请说说你的意见吧。"

总师说:"我完全同意潘志兵助理工程师的意见。各位专家,各位首长,很抱歉,我不能在这批设备进场的合同书上签字。"

首长又问:"各位专家还有什么可说的吗?"大家摇头。

首长说:"经过大家的充分商议,我命令,推迟设备进场的时间,将设备退回到厂家,立刻按照潘助理工程师提出来的问题进行全面改进,什么时候改好了,什么时候再进场。时间要快,质量要好,发射场在等着用呢。我希望下次再开会时能顺利地通过此项设备的质量验收。潘志兵同志,谢谢你!"

风和日丽的星期天,潘志兵坐在绿岛点号的沙丘上吹口琴,几个战友围坐在他的身旁小声哼唱。

一个战友往远处一指:"你们看,来了一个背药箱的,还是个女的。"

潘志兵迎了上去:"韩梅,你咋来了?"

韩梅说:"我来巡诊不行啊。"

潘志兵笑了:"得了吧,巡诊也轮不到你这个小实习医生。"

韩梅也笑了:"我来看看你不行啊?"

战友们傻乎乎地看着他俩,韩梅对他们说:"你们几个去采些沙葱回来,一会儿我给你们包饺子吃。"

战友们欢呼着离开了。潘志兵指着茫茫的戈壁滩,问韩梅:"你烦它吗?"

灿烂的阳光照耀在苍茫的戈壁滩上,荒凉、辽阔、遥远。蜿蜒起伏的沙丘上,骆驼刺草星罗密布,远处沙海蜃楼中的小河好似在潺潺欢歌。溟濛的气浪缥缈,似有似无。

韩梅说:"烦,戈壁滩的荒凉谁都烦,但是如果换个角度去看它,戈壁滩浩瀚、苍凉、大气,不管这漠风是温柔地吹还是惨烈地刮,戈壁滩都能泰然处之。风来了,它不怕,风走了,它该干吗还干吗,有点雨,它就能长草,有点草,它就能慷慨地收容各种小动物。"

潘志兵说:"其实它也很无奈呀!"

韩梅指着远处金色的胡杨林说:"你看,那像不像小时候梦中的天堂?"

潘志兵说:"这个地方有着天堂般的美丽,同时也有着地狱般的孤寂。"

韩梅说:"有什么办法呢?倒霉的父母把我们这群倒霉的孩子带到了这个倒霉的地方。"

潘志兵问:"这儿真的是个倒霉的地方吗?"他们相视一笑,韩梅说:"回去包饺子吧。"

潘志兵、韩梅和战友们一起包饺子。有个战友对韩梅说:"韩医生,你是第一个到我们点号来的女生,我们想给你起个外号纪念一下,你同意吗?"

潘志兵说:"刚一见面就想给人家起外号?说说起的啥外号?要是难听我可是第一个不答应。"

"韩医生,我想让你当我们所有人的姐姐,我想叫你绿岛姐姐。"

"我赞成,从此我们点号就有姐姐了。"

潘志兵说:"我不能叫她姐姐,我比她还大好几个月呢。"

战友说:"姐姐就是个尊称,跟大小没关系。"

战友们催着潘志兵叫韩梅姐姐:"快叫,不叫不让你吃饺子。"

潘志兵说:"叫就叫,韩梅,你听好了,接住了,别掉在地下摔碎了。绿,岛,姐,姐!"

韩梅大声夸张地应着。大家哈哈大笑,韩梅笑着去煮饺子。战士们围在韩梅身边看,韩梅点着他们的额头说:"都给我等着去,一帮馋兵!"

他们听话地坐在餐桌前等着开饭,相互指着对方,重复韩梅的话:"一帮馋兵，你这个馋兵！"潘志兵用筷子敲着碗喊叫："饿死了，馋死了，韩梅你倒是快点呀。"战士们说："你这个馋兵，不能叫韩梅，叫绿岛姐姐。"潘志兵喊道："绿岛姐姐，你快点啊！"韩梅笑嘻嘻地把饺子端上了餐桌。

潘志兵从点号调回了东风某站机关，潘大海特意从军人服务处买了一瓶红葡萄酒，回家给儿子摆庆功宴。

潘大海端起酒杯对潘志兵说："小兵，你工作踏实、技术全面，基地总师对你的评价很高哇。因为你干得好，把你给调回机关，儿子，爸祝贺你！"

金小妹哽咽地说："小兵终于调到家门口了，你在点号快十年了，我没有一天不惦记你啊，以后你就在家吃饭，妈天天给你做好吃的。"

潘光宗说："还庆功宴呢，连红烧肉都没有。"

金小妹抹着眼泪说："我们光宗馋红烧肉了，好，明天大娘就给你做红烧肉。唉，小军要是在家就好了，他最喜欢吃红烧肉了，也不知道他现在怎么样了。"

第二十四章　战友情深　阴阳两隔

潘志军从梁满仓的背后抱住了他，笑嘻嘻地说："梁副排长，不，梁排长，你都升官了，还不请客呀！这样吧，你掏两块钱，我们去买西瓜，快点掏钱吧你。"

战士们跟着潘志军起哄。梁满仓下意识地把手插进衣兜里，却迟迟不拿出来。潘志军把他的手从衣兜里拽出来，自己伸手进去，真的摸出两块钱来。

潘志军吩咐他班里的战士："小王、小杨，还有你们这几个，现在就去买西瓜，把西瓜分到各班去，告诉大家，这是咱们新上任的梁排长请客。"

天空碧蓝，风轻云淡。树上的知了吱吱地叫着，把闷热的空气叫得愈加闷热。潘志军擦着汗说："这天儿可真热！梁副排长，不！梁排长，我呀，从第一眼看到你时就感觉你天生就是带兵的料儿。不过呀，说实话哈，你这个人吧，哪儿都好，就是小气了点儿，男人嘛，咋能婆婆妈妈抠抠搜搜的呢？是吧……"

潘志军回过头，看到泪流满面的梁满仓时，惊得目瞪口呆。

潘志军掏出手帕递给梁满仓，梁满仓推开他的手，用衣袖抹了一把泪水后要走。潘志军火了，他一把薅住梁满仓的衣襟咆哮起来："你这是怎么了呀？在连队你是我的领导，我敬重你，可私下里你是我哥们儿，是战友！你甭在我面前摆你排长的臭架子！告诉你，我不吃这套！你说，到底是啥事儿把你给难成这样啊？你倒是说话呀你！你要是再不吱声，我可真要捶你了。"

梁满仓说："潘志军，你是军干子弟，你从小就泡在蜜罐儿里不愁吃不愁穿。我跟你不一样，我是农民的儿子。你知道啥叫农民吗？你知道农民有多难吗？我跟你说这些，你听得懂吗？对不起志军，我不该这样说你。"

梁满仓拉着潘志军的手坐在一块石头上，他平复了一下心情说："我家在陕北一个偏僻的小山村。我十一岁那年,父母就先后因病去世了,那年,弟弟八岁,妹妹才五岁。我们兄妹三人和爷爷一起过日子,第二年,弟弟病死了,我们家穷啊,实在是穷啊!假若我们手里有钱,送弟弟去医院,他就不会死,弟弟不是病死的,是穷死的啊。唉!前几天,妹妹来信说,爷爷的老毛病又犯了,药也快吃完了。志军,你知道吗?我不能再失去爷爷了,我和妹妹就爷爷这一个亲人了啊。我妹妹快要高中毕业了,她的学习成绩特别好,将来一定会有大出息的,可她连写作业的本子都没有了!这些都需要钱啊。你说得对,我是小气,你说,我不小气行吗?我一个月才几十块钱的津贴费,几乎全都寄回了家。今天我本想把这两块钱也寄回去,让妹妹给爷爷买点药,再给她自己买个作业本,可是,可是……唉!"

潘志军再次目瞪口呆。在潘志军的眼里,梁满仓是流血不流泪的硬汉子。一次,他带着潘志军和战友们在操场上练投弹,一个战士紧张地将冒烟的手榴弹扔在了自己的脚下。梁满仓闪电般扑上去,一把推倒了那个新兵,迅速将手榴弹从地上捡起来扔了出去,手榴弹在远处爆炸。由于他跑的速度太快,重心不稳,手榴弹出手的一瞬间跌倒了,右手臂被砾石划开了一道大口子。那个战士指着梁满仓血淋淋的手臂哭着说:"梁副排长,你是我们的救命恩人啊!你痛吗?都怪我呀!"

梁满仓说:"哭,哭,都多大了还哭鼻子呢。记着,男子汉大丈夫流血不流泪!哭天抹泪那是娘儿们。我没事儿,别哭了,这是我自己没站稳摔的,既算不上事故也算不上工伤,跟那颗手榴弹没关系,大家都听明白了吗?"

潘志军做梦也想不到这样的硬汉却为了两块钱泪流满面!回到宿舍的潘志军把自己的家当翻了个底朝天,只翻出了二元三角钱。晚上熄灯前他对班里的战友们说:"同志们,我给你们讲一个故事……"

晚上,潘大海和金小妹躺在床上说话。金小妹说:"要是小兵能和韩梅好就好了,你说呢?"

潘大海说:"要是小兵和梦月,你说怎么样?"

"梦月喜欢的是小军,你没看她急着找小军的地址吗?"

"小军还小,小兵的事儿咱们得上心。"

"今天梅子是专门来看小兵的,我看得出来,那丫头是真喜欢咱家小兵。"

"我问过小兵了,他说他和韩梅是哥们儿。"

"男女咋可能会成为哥们儿呢?"

"咱们就别瞎掺和孩子婚姻的事儿了。"

"不是你说的,小兵的事儿咱们得上心吗?"

"上心不代表包办,这种事儿得让他们心甘情愿才行。"

"小兵也真是,这男女的事儿只要是你喜欢我、我喜欢你就行了,还要啥感觉呀?我那时就看了你一眼,我就决定跟你了,也没啥感觉呀?"

"你要是没感觉,你看我的时候脸怎么红了?"

"我看你的时候就是觉得心跳比以前加快了。"

"傻老太婆,那就是感觉。"

"可后来我对你的感觉咋就没有了呢?我现在瞅着你不但心不跳了,还觉得挺烦。"

"你要是烦我,那咱们就离婚?"

"你说啥呢,是不是你烦我了呀?"

"不是你说的你烦我吗?"

"我烦你行,你烦我不行。这辈子咱俩就绑在一块儿过了,谁都不许和谁分开。"

"行,咱俩就是一个人。"

"这个小军呀,也不知道他现在咋样了。"

"你老叨叨他干啥?他在部队,你还有啥不放心的啊?"

潘志军对战友们说:"我给你们讲这个故事的目的就是想跟你们借点钱,你们有多少就先借给我多少,请同志们放心,我一定尽快把钱还给你们,快点掏钱啊!"

大家纷纷掏钱往他的帽子里面放,潘志军一边数钱一边在心里发誓:我一定要把这些钱尽快还给大家,我决不能让那"两元钱的悲哀"在任何人的身上以任何方式再卷土重来!

潘志军抱着帽子来到连部,取下梁满仓头上戴的帽子,把钱倒进他的帽子里:"赶快把钱寄回家去。"

梁满仓说:"我怎么能要你的钱呢?"

"这都啥时候了?你还跟我分那么清呀?你要还当我是你的兄弟,就快去寄钱。"

梁满仓热泪盈眶:"志军,你让我怎么谢你呀!"

潘大海匆匆回家，进门就喊："人呢？"金小妹从厨房里出来，潘大海对她说："小军来信了，你给我十块钱，我给小军寄钱去。"

金小妹问："小军在信上都说些啥？他要钱干什么？"潘大海说："那个小猴崽子他知道'穷'是咋回事儿了，部队这个大学校教育了他。"

"谁穷了，这到底是咋回事儿呀？"

"你快点儿给我钱，他要钱不是为了他自己。"

"是为了谁？"

"是为了他的战友，也是为了他自己。"

"你说清楚了，他到底是为了他战友还是为了他自己呀？多给你点，还有邮费呢。"金小妹把钱交给潘大海。

"回头我再告诉你，我寄钱去了。"

"小军在信上都说啥了？"

潘大海早跑没影了。

潘大海带着潘光宗回广东老家休假，潘大河到火车站去接他们。途中，他们看到有几个浑身湿漉漉的偷渡者铐着手铐，几个武警战士牵着狗端着枪押送他们。

潘光宗问爸爸："他们怎么了？"

潘大河说："他们想偷渡到香港去，被抓回来了。"

"会判刑吗？"

"偷渡就是投敌叛国，判刑是轻的。"

"他们知道被抓回来是这个结果吗？"

"知道。"

"那他们为啥还要偷渡呢？他们傻呀？"

潘大河叹了口气。潘大海问他："逃港的人多吗？"潘大河指着在地里干活的妇女说："男人差不多都走了，就剩下她们了。白天，那边繁华热闹，晚上，那边灯火辉煌，可咱们这边呢，白天晚上都是死气沉沉的。那边富裕，这边贫穷，可那边是资本主义，这边是社会主义。哥，你说那个主义有那么重要吗？谁不想过好日子啊，你们当初闹革命不就是为了让咱们老百姓过上好日子吗？"

潘大海望着渐行渐远的武警战士和偷渡者，不知道说什么好。潘大河问他："哥，你们这次回来住几天？"潘大海说："我只有十几天的假。光宗可以多住几天，学校的假期长。"潘大河说："你走的时候就把光宗带走吧，这边的情况你都看到了，我可就这一个儿子呀。"

潘大海他们到家，玉霞抱着潘光宗流泪，老母亲笑完了哭，哭完了笑。乡亲们都到家里来看他，他们拉着潘大海的手说："我们的英雄回家了！"

一九七九年初春的一天，潘志军在班务会上慷慨激昂地说："有人在国境线上不断制造流血摩擦事件，他背信弃义，已经变成了亚洲的大流氓。咱们团、连、排都已经开始了紧急的战前动员，从现在起，所有的干部、战士不准休假，不准写信，不准发电报，不准离开连队，不准对外谈论此事，整装待发，准备打仗！同志们，醉卧沙场君莫笑，古来征战几人回？我们就要上战场了，你们怕吗？"

战士们回答："不怕！"

"现在我命令，剃光头，准备上战场。"

"是！"

散会后，通信员给潘志军送来一封信，他看看信封，请通信员把信退回去。他心里说："我要在战场上替父赎罪，这是我自我惩罚、自我救赎的一个绝好的机会。父债子还，潘大海对人民犯下的罪孽，就让我这个当儿子的来替他偿还吧。傻嫦娥，这辈子咱俩无缘在一起，下辈子我一定娶你！"

下班了，潘大海和罗恩泽并肩回家，潘大海问罗恩泽："梦月来信了吗？信上提没提我们家小军？"

罗恩泽说："提了，她说她给小军的信都被退回来了，说是查无此人，她说可能地址又错了，还说让我问问你呢。"

"这就对了。"

"信都被退回来了，咋还对了呢？"

"信被退回来了，说明小军他们部队可能是上去了。"

"上去了？上哪儿去了？你是说他上去了？"

"小兵给梦月的地址没错，我们也快一个月没收到小军的来信了。"

"大姐知道小军上去了吗？"

"她有权利知道她的儿子在哪儿，我会找机会告诉她的。"

"大姐要是知道了，会不会惦记啊？"

"孩子上前线了，做父母的哪有不惦记的呀？"

"你说梦月是不是对小军有那个意思呀?其实我更喜欢小兵,说实话,他们哥俩儿虽然性格不同,但都很优秀。"

"你不会是小兵小军都想要吧?"

"我是都想要,可惜我只有一个闺女,我要是有两个闺女,你们家的两个儿子我们家就全包了。"

"美死你。"

潘志军所在的汽车团某连和车队前进在开往前线的途中,晚上,他们在地方的农科所宿营,农科所后院的大肥猪引起了战士们浓厚的兴趣,战士们纷纷跑到后院去看猪。

"真让人吃惊,那头猪长得太棒了,太漂亮了!"

"我还是头一回看到这么肥的猪,这是咋养的呀?咱们要是也能把猪养这么肥就好了。"

连长发现问题后立刻吹响了集合哨,对全连的官兵说:"同志们,我们是在开往前线的路上,明天还有更加艰巨的任务在等着我们。我们现在的任务是休息,可我听说你们都不顾疲劳去看猪了,难道你们都疯了吗?一头猪有啥好看的呀?听说还是母猪,就算是母猪,它能有多漂亮,多好看啊?瞧你们那点出息!它能有多肥,一辆解放牌大卡车装不下它吗?现在各排各班清点人数,把战士们全部带回去休息,谁都不许再去看了,这是纪律!解散!"

潘志军和梁排长并肩往回走。梁排长问:"志军,今天晚上是你们五班站岗?"潘志军说是。

夜深人静,潘志军端着冲锋枪在夜幕下站岗。夜色朦胧中,一个人影从远处走了过来。潘志军大声喝道:"口令!"

"和平!我是梁满仓。"

"报告排长,一切正常。"

梁满仓给潘志军整整子弹带,拽拽军装:"你快下岗了吧?"正说着,来接潘志军岗的战士到了。他们换岗后,梁满仓和潘志军并肩往回走。梁满仓小声问他:"志军,你能带我去看看那头猪吗?"潘志军说:"你们当官儿的不许当兵的去看猪,自己却偷摸和猪约会,还拉上我这个小班长作陪,哼,不过我可以包庇纵容你这一次。因为那头猪实在是太特别了。"

潘志军陪着梁排长向后院的猪场走去。梁满仓手电筒的光束在那头肥猪的身上扫荡了好几个来回后,才发出了由衷的赞叹:"这还是猪吗?志军,这次任务完成后，我就申请转业，我爷爷在老家给我说了个媳妇，他急着抱重孙子呢。爷爷年纪大了，我也得在他身边尽尽孝了。以后我就让我媳妇按农科所的方法科学养猪，也养这么大这么肥的猪。这样一来呀，我妹妹上大学的学费、我爷爷的重孙子梦就都能实现了。说不定我还能再翻盖出几间新瓦房呢，志军，你又以我的名义给我妹妹寄去了五块钱，谢谢你，等我有钱了一定还你。"

潘志军说："五块钱也值得你惦记啊？将来等你盖上了新房，娶了媳妇，生了儿子，让你的儿子叫我声干爹就行了。嘻嘻，开玩笑啊，可别当真，说不定你媳妇还不乐意呢。"

梁满仓说："志军，你的情谊我梁满仓这辈子都记在心里了！兄弟，我求你点事儿，你必须得答应我。"

"啥事儿？"

"你答应了我再说。"

"你不说啥事儿我咋答应你呀？行，我答应，我答应行了吧？你快说呀。"

"如果在这次任务中我要是有个三长两短的话，我妹妹就交给你了。"

"尽瞎掰！就算是有啥不测也轮不到你呀，堵枪眼炸碉堡蹚地雷有我呢。"

"你一定要答应我，我妹妹是个非常好的姑娘，她又聪明又漂亮，你一定会喜欢上她的。她嫁给谁我都不放心，把她托付给你，我才能放心。"

"扯淡，我一个大头兵哪能配得上你们家的大学生啊，你还是睁大眼睛好好活着，自己照顾她吧。"

车队没有开灯，潘志军开着解放牌大汽车在泥泞的道路上艰难地行驶，一位副连长目光如炬，面色凝重地坐在副驾驶的位置上，他身上佩带冲锋枪、手榴弹，手里拎着手枪。枪炮声此起彼伏，潘志军借着战地火光调整着汽车方向，一颗炮弹在汽车的附近爆炸，泥土被炸得飞到了车窗上。

副连长指着身后的汽车大厢说："别紧张，要是真的遇到了啥麻烦，我掩护你开车撤退。我是刚提起来的副连长，我姓黄。我家有六个兄弟，我死了没关系。我们出发前都留了遗言的，我不怕死，但是我的战士们不能做无谓的牺牲。"

潘志军说："我也不怕死！"

"兄弟，这是我家的地址，假若我真的牺牲了，我父母和我媳妇就托付给你了，我走得急，还没来得及把他们托给合适的人。"

副连长把一个小纸条塞进潘志军的口袋里，突然大叫一声："停车！"潘志军立刻把车停下，黄副连长跳下车，他在离汽车前轮子不到半米的地方捡起一大捆绑扎在一起的手榴弹，把这捆手榴弹抱上了汽车。

汽车在一个坑道口停下了，潘志军跟着从车上下来的战友们走进了坑道。坑道里的战友把伤员往汽车上抬。有个伤员在坑道里死活不愿出来，他哭喊着："我的战友就死在我的面前，他死的时候眼睛都没闭上啊，我只负了这么一点小伤怎么能下阵地呢？我要给他报仇，你们别拽我，我不下阵地呀！"

战友们硬把这个伤员给抬到了汽车上。潘志军问坑道战友："哥们儿，紧张吗？"战友回答："刚上来时紧张。头天晚上我紧握着冲锋枪在坑道里待命，一夜平安无事，第二天我的手上却多了俩水泡，嘿嘿，现在不会了。"

"为啥？"

"咋说呢？那天，我亲眼看着我的战友在我的身边倒下，我的胸中腾地一下子就燃烧起了一团怒火，这团怒火一下子就烧光了我的紧张和害怕，现在的我只有一个念头，那就是为牺牲的战友报仇！"

潘志军拍了拍那个战友的肩头："哥们儿，好样的！"

潘大海走进办公室，通信员交给他一封信，潘志军在信上写道："潘大海，你曾经是我心目中的英雄，是我的榜样和偶像，我曾立志长大后要成为你这样的人。可是自从我看到了你身穿国民党军服的照片，我对你的崇拜就彻底完蛋了，这种打击对我来说是毁灭性的！我没有揭发你，不是因为我爱你，也不是因为你是我的父亲，我是为了我妈，为了我的哥哥和妹妹，为了咱们这个家！我不认你，不是因为你打错了我，而是因为父子之情已经在各自信仰的极端冲突中死亡了！为此，我一直挣扎在深深的愧疚之中，我心中的痛苦你无法理解！我就要上前线了，我现在的心情就跟牛虻一样，将会怀着轻松愉快的心情对待死亡，如果我的死能赎回你的罪，我甘愿替你死！如果我能死在战场上，那将是上天赐予我的最高奖赏！这封信请你不要让我妈知道。我不希望她为我难过。潘大海，这些年来，我看到你为了发射事业呕心沥血、任劳任怨，我多么希望这才是真正的你啊！如果你没有那段无法走进阳光的历史，你将会是我永远的骄傲！可惜呀，历史跟我开了个天大的玩笑！"

潘大海惊愕极了，他把电话拿起来又放下。他在办公室里转悠了好几个来回，把这封信看了一遍又一遍。他把信锁进抽屉，跑步离开办公大楼，到新华书店买了一本《牛虻》，跑回家急切地问金小妹："我身穿国民党军服的照片还在吗？"

金小妹回答："在，怎么了？"

"快点给我找出来！"

"你找它干啥？那照片千万别让别人看到，它会给你惹麻烦的。"

"它已经给我惹麻烦了，你就快点吧！"

金小妹从衣箱里翻出照片交给潘大海，潘大海看着照片自言自语："原来是这样，原来是这样啊！"

"到底出啥事儿了？"

"小军啥时候看到这张照片的？"

"疏散人口之前。"

"你为啥不告诉我他看到过这张照片？如果小军……你！唉！"

"小军怎么了？"

"因为这照片，小军认定我当过国民党，所以和我断绝了父子关系！你为什么不早点告诉我他看过这张照片啊！"

金小妹声音颤抖了："你快点告诉我，小军他怎么样了呀，他是不是负伤了？他伤得重不重呀！你快点告诉我呀！"

"他没事儿，至少他现在没事儿！"

晚上，潘大海躺在潘志军的床上，打开了那本《牛虻》……

潘志军连队接到命令，相互掩护交替撤出战场。

梁满仓的汽车跟在潘志军的汽车后面，车队吼叫着在山岳丛林中颠簸前进，一阵又一阵的炮声震天响，炮弹落下的地方浓烟滚滚，火光冲天。

潘志军的汽车停下了，他拿着修车工具走下汽车，梁满仓的汽车也跟着停下。梁满仓下车后警惕地察看四周，不远处有个敌人在冲潘志军瞄准，梁满仓抬手一枪，又有几个敌人向他们扑过来，潘志军扔下工具提着手枪冲了上去，他把梁满仓挡在身后，一颗子弹打中了他的腿，他摔倒了。几乎是同时，他听到梁满仓沉闷地哼了一声，他看到梁满仓仰面倒在地上，胸前一片鲜血。

战士们全体下车，击毙了那几个敌人。

潘志军扑过去把梁满仓抱在怀里，撕开他的军衣，看到他胸前的血在汩汩流淌，潘志军用两个急救包也没能止住，战友们把第三个、第四个急救包递给他还是无济于事，潘志军急得是五内如焚。

他哭喊着："梁满仓！你一定要坚持住，你的爷爷和妹妹都在等着你回家呢，梁排长、老梁！你听到了没有啊？"

梁满仓突然抓住了潘志军的手,他瞪着双眼盯着潘志军。潘志军紧紧地握着他的手声泪俱下:"你放心,你的爷爷就是我的爷爷,你的妹妹就是我的妹妹。只要有我一口吃的,我决不会让他们饿着。"

梁满仓仍然凶狠地盯着潘志军,从他的喉咙里发出古怪的声响,看得出他在用最后的气力期盼着什么。潘志军懂得梁满仓的心思,他一字一泪地说:"我对天发誓,我一定让你的妹妹上完大学,我娶你的妹妹,我一定娶你的妹妹啊!呜呜……"

梁满仓的手松弛下来,双眼缓缓地闭合了,他苍白的脸庞安详圣洁,嘴角隐隐可见淡淡的笑意。

潘志军放声悲号:"梁排长!"

战友们把梁排长的遗体抬到汽车上,给他的脸上盖了一件军上衣。一位战友指着潘志军身上的血,关切地问:"五班长,你没事吧?"

潘志军瞪着血红的眼睛咆哮:"你废什么话呀?我身上全是梁满仓的血!梁满仓的血全都流干了,流尽了呀!梁满仓,你这个大傻瓜,你不该啊!你看什么看呀?难道你还没看出来吗?这不是我的血!梁满仓,你不该就这么走了呀!梁满仓!"

潘志军想站起来,摔倒了,再站起来,又摔倒了,战友们把他抬到了汽车上,才发现他的腿受伤了,手也在流血。

车队出发了,卫生兵给潘志军包扎受伤的腿和手,潘志军泪流不止,卫生兵问他是不是很疼,他指着自己的心,哽咽地说:"我这儿疼,我快疼死了啊!"

潘志军和战友们脱下了褴褛的军衣,换上了新军装胜利回国。边疆的人民用松树枝条扎起了一座高高的凯旋门,老百姓夹道欢迎凯旋的英雄。潘志军的车队在凯旋门下缓缓驶过,一位眉清目秀的小姑娘双手捧着一碗甘蔗水追赶潘志军的汽车说:"解放军叔叔,请你喝口甘蔗水吧,你喝口水吧!"

坐在副驾驶位置上的潘志军,眼泪再次模糊了双眼。

天空晴朗,大地静谧,微风徐徐,松涛阵阵。穿着新军装的潘志军拄着双拐,包着右手,两个战友搀扶着他伫立在梁满仓的坟茔前。

当他离开这片墓地时,突然意识到这是他与梁满仓排长真正意义上的永别,他推开搀扶他的战友,趴到梁满仓的墓碑前放声大哭。

潘志军的连队在开会,潘志军拄着双拐站在人群里咆哮:"放屁!刚才是谁说的梁满仓排长不该评为烈士？他牺牲在战场上不是烈士是什么，这个事实还用得着你他妈的评说吗？"

"五班长！请注意你的态度！怎么可以随便骂人呢？这是在开会，有不同意见可以心平气和地说嘛。出言不逊，发牢骚讲怪话谁都会，解决问题吗？"

"潘志军同志，这就是你的不对了。我们知道你和梁排长的关系好，可关系再深也不能感情用事啊！你是伤员，你不在医院里待着，跑到这儿来捣什么乱啊？"

潘志军呜咽地说："同志们啊，梁满仓他是不是咱们的战友啊？梁满仓他是不是牺牲在战场上啊？他是不是让敌人给杀害的呀？他是不是倒在他自己的战斗岗位上啊？是！梁满仓没给自己选个壮烈的死法，他的死没能惊天地泣鬼神，可你们说说，这能怪他吗？他就是个运输连的小排长，他没办法让自己死得惊天动地呀！他平时的工作咋样？他在前线上的表现又咋样？咱们大家应该是心里有数的呀。亲爱的战友们，请你们高抬贵手，让梁满仓成为烈士吧，我求求你们别再设啥障碍了！你们知道吗，梁排长他肩上的担子有多重，他是他家的顶梁柱啊！他死了，他家的天就塌了呀。他成为烈士，不仅能给他家人精神上的慰藉，经济上也有了一点儿补偿。再说了，这是多大点儿事儿嘛，不就是一个烈士称谓吗？有什么大不了的呀？人都死了，你他妈的还哪来的那么多屁话呀？他无父无母，爷爷都那么大的年纪了，他还有个正在上大学的妹妹，他……"潘志军哽咽着说不下去了。

有人小声地嘟囔了一句："你在梁满仓排长临终前发过誓要娶他的妹妹，在场的战友们可全都听到了。"

潘志军吼叫："不用你在下面嘀嘀咕咕地提醒我，要说话就大点儿声说，忸忸怩怩不是咱们革命军人的做派！对！我是说过要娶梁满仓排长的妹妹，当时那种情况在场的同志们都看到了呀，我要是不答应他，他死都不能瞑目啊！我和他是战友啊，战友是啥？战友就是可以把生命相互托付的人！他的血就是我的血，我的命就是他的命！我答应那点破事儿过分吗？你们说，过分吗？假若生命可以用来交换，我情愿用自己的死去换回他的生！你们说我怎么能忍心让他带着满腹的牵挂去呢？在那种情况下我不那么说我怎么说？请你教教我，我怎么说？我说过的话我记得，我永远都记得！我会用我的一生让牺牲的战友安息，我会把战友托付给我的事儿办好！我决不会让他失望，不会让……他……失……"潘志军说着说着，晕在战友的怀里，战友摸他的头说："好烫，五班长他在发高烧。"连长命令："立刻送他去医院。"

潘志军躺在医院的病床上昏睡，梦境中，梁满仓鲜血淋漓，大瞪着双眼对潘志军幽幽地说："我的好兄弟，别忘记你说过的话，你一定要娶我的妹妹，我在天上看着你呢。志军，别忘记你说过的话，你说过的话……"

潘志军大喊大叫："梁满仓，你他妈的给我滚回来，咱们得好好说道说道这事儿了。你凭啥定我的终身，你凭啥呀？"

梁满仓好似一个风筝，飘飘忽忽地飞上了天空，声音在空中回荡："好兄弟，别忘了你说过的话，我在天上看着你，你一定要娶我的妹妹……"

潘志军呼喊："梁满仓，你怎么可以把你的担子全都扔给我呀？你太不仗义了你！老梁，你这个逃兵，你快点给我滚回来呀！"

潘志军把自己给喊醒时已是泪流满面。医生进来问他是不是做噩梦了，潘志军抹了一把脸上的泪水问医生："我的腿没事儿吧？"医生说："你的腿和手都骨折了，受伤后伤口处理得不好，现在已经严重感染。"

"我啥时候才能出院啊？"

"你的腿是髌骨骨折，如果处理不当，就会严重影响膝关节的活动，甚至会造成终生残疾。咱们这儿的条件有限，我们准备把你送到广州军区总医院骨科医院去治疗。"

晚上，潘志军用左手写信，他先写给罗梦月："傻嫦娥，你好。我的腿断了，医院准备送我去广州军区总医院骨科医院去治疗，我想你，我特别想你！你能来看看我吗？"

他给家里写信："妈妈、哥哥、小戈壁、光宗，你们都好吗？我负伤了，医生说是髌骨骨折，部队要送我去广州军区总医院骨科医院继续治疗，你们就放心吧。"

第二天一早，潘志军把信交给照顾他的战友小杨："这两封信请你帮我寄走，这几块钱请你按照这个地址寄走。"

小杨看了看寄钱的地址说："这是梁排长家的地址，我这儿还有十块钱，也一块寄去吧。"

潘志军说："等我有钱了一定还给你。"

潘大海闯进罗恩泽的办公室，对罗恩泽急切地说："你快看看，这个小猴崽子，原来他是因为……"潘大海把潘志军的来信拿给罗恩泽看，自己在屋里转悠，一个干部在门外喊报告，潘大海大叫："你等会儿再来！"门外的干部走了，罗恩泽看完信很是震惊："这么大的事儿，你怎么才知道？小军他没事儿吧？"潘大海说："他负伤了。"

潘大海又掏出一封信给罗恩泽看，罗恩泽匆匆看完信说："你还等啥呀？快去看看孩子吧！"

"那照片的事儿我能和他说清楚吗？"

"你让我想想，你档案里也有这张照片对吧？"

"当时照这张照片就是为了存档，档案里肯定有啊。"

"好，让我来想办法。"

潘志军住进了广州军区总医院骨科医院，他的腿和手都被打上了石膏。这天，他躺在病床上看书，罗梦月进来，潘志军看到她欢呼起来："哎呀，傻嫦娥，太好了，我想死你了，你咋才来呀？"

罗梦月说："我接到你的信就立刻赶过来了，你的腿怎么样了？"

"医生说手术很成功，没说我将来会不会变成瘸子。"

"你瘸了才好呢。"

"我瘸了你咋办呀？"

"你瘸了跟我有啥关系吗？"

"没关系你来看我干啥？"

"讨厌！"

罗梦月给潘志军洗衣服，给潘志军打饭。吃饭时潘志军故意把饭弄得到处都是，罗梦月说："我来喂你好吧？"潘志军立刻张大了嘴巴等着她喂饭，一脸幸福的模样。

潘大河接到儿子潘光宗的信，他和玉霞专程去广州军区总医院骨科医院看望潘志军，在病房里见到了罗梦月。

玉霞问罗梦月："你是小军的媳妇？"潘志军说："对，她就是我还没有过门的媳妇。"罗梦月羞中带恼："谁说我要给你当媳妇了呀？"潘志军一本正经地说："你不想给我当媳妇，跑来看我干啥？"罗梦月说："谁规定的来看你就得嫁给你呀？"潘志军说："是咱俩的心规定的，自从我认识你那天起，我就把你当成我媳妇了，你想赖账啊？没门！"

第二十五章　父子和好　梁秀情深

潘大河告诉潘志军，潘光宗在信中说让接到家里去休养。潘志军同意了。

奶奶抚摸着潘志军打着石膏的腿，问他疼不疼，潘志军说："早就不疼了。"奶奶说："都肿成这样了，能不疼吗？"罗梦月说："奶奶，这是医生给他裹的石膏。"

潘志军问叔、婶他们现在的日子过得咋样。玉霞说："我们宝安现改名叫深圳了，是才改的。"潘大河说："我们现在种蔬菜、养鱼，日子比以前好多了。"奶奶让玉霞去给小军抓条鱼，罗梦月对玉霞说："婶，我来帮你。"

玉霞和罗梦月走后，奶奶问小军："那个姑娘是你媳妇？"潘志军说："奶奶，她是我的同学。"

潘志军躺在屋前躺椅上晒太阳，罗梦月在他身边洗衣服，潘红的丈夫带着一个人过来说："小军哥，黄老板听说你上过前线，想见你，我就把他给带来了。黄老板，这就是我的小军哥，大名叫潘志军。"

黄老板说："你好！能认识你我很高兴，你是英雄，我想跟你交朋友，好不好哇？"潘志军说："我不是什么英雄。"潘红丈夫说："小军哥，黄老板说等你伤好后，让你和他一起干。"罗梦月问黄老板："你做啥生意呀？"黄老板呵呵一笑说："啥能挣钱我就做啥，现在挣钱的机会太多了，我就是缺人手。"潘志军指着潘红的丈夫说："他也可以帮你啊。"

"这个，这不是谁都行的呀。"

"我能行？"

"能行！"

"你每年能赚多少钱？"

"你每年能赚多少钱？"

"我……"

"我赚的钱多得让你想不到。"

潘志军的眼前浮现出梁满仓的眼泪和他临终前的样子，他咬咬牙说："好，等我回来就跟你干！"

"一言为定？"

"一言为定！"

罗梦月打开黄老板给潘志军留下的那包东西，都是外国的食品。潘志军问："他是做外贸生意的？"潘红的丈夫说："这些东西都是他走私来的。"潘志军一愣："走私？"罗梦月问："那个黄老板他到底是干啥的？""他啥都干。"潘志军说："犯法的他也干？"潘红丈夫说："我不清楚，反正他们都富了。"

潘红的丈夫走了，潘志军若有所思。罗梦月问他在想什么，他喃喃地说："我的战友牺牲了，他的妹妹在上大学，他的爷爷年纪大了，常年有病，这都需要钱啊。"

"你想赚钱？"

"他牺牲前我发过誓，他的爷爷就是我的爷爷，他的妹妹就是我的妹妹，我只要有一口吃的，就绝不能让他们饿着，可是……唉！"

"你的心情我理解，但我相信你，无论你怎么缺钱，你都不会跟那个姓黄的去走私，因为你是潘志军。"

罗梦月给潘志军洗头："明天我就走了，拐杖也都给你预备好了，你安心在这儿养伤，腿好了就立刻回部队去。"

"嗯。"

"你呀，总说我傻，你犯起傻来比谁都傻。"

"嗯。"

罗梦月给潘志军洗脚："你战友妹妹的事儿咱们一块儿想办法。"潘志军嗯了一声。罗梦月说："我就要走了，你就不想跟我说点啥吗？"

潘志军和罗梦月深情对望，潘志军说："我在你的眼里，你也在我的眼里，我在你的心里，你也在我的心里。我们之间还需要那么多的废话吗？"

"烂土豆！你多保重！"

"傻嫦娥！你也多保重。"

潘大海看到潘志军的那封"把死当成最高奖赏"的信后坐卧不安，在他看完了《牛虻》那本书以后，简直就是万箭穿心了。他做梦也想不到，他那张国民党军服的照片差点把儿子逼上了绝境,想不到他在儿子的心里是如此不堪,想不到儿子要用自己的命去救赎!

痛心疾首的潘大海像只困兽在办公室里踱步,罗恩泽跑进来对他说:"我拍到了。"他从口袋里掏出了几张照片递给潘大海,潘大海把照片装进了口袋:"我请假去。"

潘大海让金小妹收拾东西,他要去看望潘志军。金小妹问他是不是儿子的腿伤严重了,他说:"他的腿没问题,是他的心伤得太重了,我得赶快去救他。"金小妹听得云山雾罩,潘大海来不及跟她解释,匆匆走了。

潘志军坐在床上看书,潘大海进来把门给关上。潘志军惊呼:"你咋来了?"潘大海从口袋里掏出几张照片扔到潘志军的面前,自己提着脸盆出去了。

潘志军细看那几张照片,照片拍的是国共合作期间潘大海在坦克学校学习结业的档案资料,全是潘大海身穿国民党军服的照片。潘志军看着这些让他心碎了许久的照片,热泪长流……

潘大海端着一盆热水进来,抓起潘志军的脚仔细地洗着,父子俩沉默了好一会儿,潘大海才轻声说:"我的小猴崽子呀,你那样做,值吗?"

"值!"

"为啥?"

"因为你是我爸!"

潘志军哭得呜呜的,潘大海起身抱住了儿子,哽咽着说:"我的傻儿子呀!"

父子俩抱头痛哭,潘大河在门外喊他们吃饭。潘大海对儿子说:"来,爸背你。"潘志军说:"我用拐杖能走。"潘大海央求他:"就让爸再背背你,求你了。"潘志军点头同意,父亲背着儿子走出了屋子。

吃饭时,潘大河对潘大海说:"哥,我想让光宗回来。"潘大海说:"他还在上学呢。"潘大河说:"上那么多的学有啥用啊?我们这儿和他一般大的孩子都能赚大钱了,我想让光宗回来赚钱,这年头,钱最管用。"

潘志军说:"那也得看钱是怎么来的。"潘大海说:"你们把光宗交给我的时候,盼着他有出息,不上学怎么能有出息呢?"玉霞说:"小军上过学的,你问他现在能赚几个钱?"潘大河说:"哥,你以前回来,乡亲们都把你当成英雄来慰问你,你这次回来,还有人来慰问你吗?你们一年赚的钱还没有人家一天赚的多，谁还拿你当回事儿啊？你知道吗？就连小军都想脱了军装去给黄老板当狗崽了。"

潘志军说："叔，我就是穷死、饿死，也不会给那个姓黄的打工。"潘大海说："你们把光宗交给我，是为了光宗好，我希望他高中毕业了再回来，也是为了他好。"老母亲说："大河呀，就听你哥的吧。"玉霞生气地说："娘，你懂啥呀？我的儿子我做主，我明天就去接光宗回来。"潘志军说："婶，我们家住的地方是秘密的军事基地，你找不着，也进不去。"

玉霞哭号："你们这也太欺负人了吧？我自己的儿子我都接不回来了。大河，你这个没用的东西，你倒是说句话呀你！"潘大河说："行了，你就少说几句吧，当初还不是你逼着嫂子把光宗给带走的吗！"玉霞说："哥，你走的时候我跟你一块儿走，你能进去的地方，我就能进去。"潘大海说："如果你真的要去，等我给你办进场的证件。过几天我去北京开会，我开完会了就回去。"

潘志军对潘大海说："爸，明天我去医院拆石膏，要是我的腿没什么事儿，我就回部队了。"

潘大海说："爸陪你去医院。"

潘大海背着潘志军回屋，玉霞看着他们的背影把一只饭碗狠狠地摔在了地上："潘大海，你抢走了我的儿子，我要去告你！"

老母亲吼道："你敢！"

老母亲去拉玉霞，玉霞猛一甩手，把她给推倒了，潘大河扶起老母亲，甩了玉霞一记耳光，玉霞坐在地上哇哇大哭……

梁满仓牺牲后不久，他的爷爷和妹妹就收到了部队的来信和抚恤金。爷爷因悲痛过度病倒了，妹妹梁秀为了照顾爷爷没去上学。

这天，梁秀端着一碗面汤喂爷爷，爷爷喝了几口就喝不下去了。他问孙女："秀儿哇，潘志军也该收到你的信了吧？他能来吗？"

伤已痊愈的潘志军背着挂包，走进了梁家的小院子，院子里有一条黑狗狂吠，他的身后跟了一群穿着破烂的孩子，孩子们蹦跳着叫嚷："梁秀姐姐，有个解放军叔叔找你！"

潘志军从挂包里掏出一把水果糖分给孩子们，孩子们欢呼着跑开了。农舍的门打开了，穿一身补丁素衣的梁秀走了出来："你就是志军哥哥吧？快进来吧，我爷爷都念叨你好几天了。"

梁家很穷，用家徒四壁来形容一点儿都不为过。破炕席上躺着一位白胡子老爷爷，潘志军握住了梁爷爷的手说："爷爷，我是潘志军，我看您来了。"

梁爷爷不停地咳嗽，他气喘吁吁地说："志军啊，好孩子，让爷爷好好……看看你。多好的孩子啊，可怜我的满仓……没了，唉！"

梁秀揉着爷爷的胸口，含着眼泪劝爷爷："爷爷，咱们不是都说好了吗？不再提他了，爷爷，志军哥哥来了，你有什么话就对他说吧。我给你们做饭去。"

潘志军把挂包交给梁秀说："你就是梁秀妹妹吧，吃的东西我都带来了。梁秀，我知道你正在上大学，是不是因为爷爷生病你请假了？"

梁秀说："志军哥哥，我爷爷知道你和我哥哥最要好，他想你，所以我就冒昧地给你写了那封信。爷爷，你有啥话就跟志军哥哥说吧。"

梁爷爷说："志军啊，满仓给我们留下了一封信，他在信中说，他欠你三十二元五角钱，说如果他回不来了让我们记着一定把钱还给你。还有上个月你寄来的二十五块钱，总共是五十七块五毛，钱我们都预备好了。"

梁秀把一个旧信封递给潘志军，潘志军捧着这个信封，眼泪夺眶而出。

梁爷爷继续说："孩子，我知道你忙，本不该叫你到家里来，可我这把不争气的老骨头起不来了，拖累得秀儿也上不成学，唉，我把秀儿的前程都给毁了呀。咳，咳！孩子，我……我太想见见你了，见到了你，我就像是见到了我的满仓。好孩子，委屈你跑了一趟，谢谢你了呀！"

潘志军问梁秀："你没办退学手续吧？"梁秀咬着牙点点头，眼泪滚滚而下，潘志军把信封放在爷爷身旁说："爷爷，我和满仓是兄弟。您是他的爷爷，也就是我的爷爷。爷爷，您说，哪有孙子孝敬爷爷点钱还要爷爷还的道理呀？"

梁爷爷说："不行！这是满仓给我留下来的话，我的满仓在天上看着呢！"

梁秀放声大哭，梁爷爷老泪纵横，潘志军泪如雨下。

梁秀点亮了煤油灯，把饭摆在小饭桌上，有面汤，还有潘志军买的几样熟食，潘志军没吃几口就吃不下去了，梁秀喂爷爷喝面汤。

饭后，梁秀对潘志军说："志军哥哥，你在这儿住一宿再走吧，你陪爷爷睡这儿，我睡厨房，以前我哥哥回来都是这样住的。"

梁秀把那个信封交给潘志军说："志军哥哥，爷爷病了，你就别戗着他了。"

潘志军和梁爷爷并排躺在土炕上。梁爷爷说："……那时候我们可真是难啊，天天在敌人的眼皮子底下钻，子弹就在我们的头上嗖嗖地飞，吃不上饭睡不成觉那都是常事儿，可我们从来就没怕过。眼下我们是有点儿小困难，可跟那时候比，就不算是事儿了，你不用惦记着。"

潘志军说："爷爷，您好像不太咳了，您现在感觉咋样啊？"

"看见你我高兴，我现在喘气舒畅多了。"

"爷爷，以后我会经常来看您的。"

"小军啊，我收到满仓抚恤金的同时，还收到了满仓的信，你知道他在信上都写了些啥？"

"写的啥？"

"他写了三条，头一条说他如果牺牲了，让我和秀儿不要难过，第二条说一定要把钱还给你。还有一条说让秀儿将来嫁给你，他说只有秀儿嫁给你了，他才能放心。"

"啊？"潘志军震惊了。

"孩子，我知道，婚姻大事是勉强不得的，你要是不乐意也没关系。"

"爷爷，梁秀妹妹是大学生，我一个小战士哪能配得上她呀？爷爷，你放心，梁秀永远都是我的亲妹妹，我会照顾她一辈子的，我一定会供她上完大学，爷爷，您就放心吧。"

"好孩子，我放心。"

潘志军睡着了。他在睡梦中开着汽车艰难地行走在泥泞的道路上……

天刚蒙蒙亮，梁秀进来看爷爷安详地睡着，轻声地叫他，爷爷一动不动，她感觉不对，摇晃着爷爷的身子，爷爷的身子已经僵硬了。梁秀趴在爷爷的身上恸哭："爷爷！爷爷呀，你咋就这样走了啊，呜呜，爷爷啊，你走了我可咋办啊？"

梁秀的哭声惊醒了潘志军，他起身呼唤爷爷："爷爷，爷爷！"梁秀悲痛地哭叫着："哥哥呀，你走了，爷爷也走了，你们扔下我，你们叫我一个人咋活呀？你们好狠心啊……你们都不要我了……哥哥呀，爷爷啊……"

潘志军泪如雨下："梁秀，你别哭，我要你，你还有我这个哥哥呢，志军哥哥要你。"梁秀扑在潘志军的怀里哭着说："我的命咋就这么苦哇？"潘志军抱着梁秀说："梁秀，你要坚强，你一定要好好地活着，你一定要上完大学，你的爷爷和哥哥都在天上看着你呢，你要让他们安心呀。"梁秀说："志军哥哥，我听你的，我啥都听你的。"

乡亲们陆续离开了，梁爷爷的坟茔前只剩下潘志军和梁秀两个人，梁秀仍跪在地上哭泣。潘志军说："梁秀，从今以后你就是我的亲妹妹，我就是你的亲哥哥，我会照顾你一辈子的。"梁秀哭着说："志军哥哥，我不能总拖累你呀。"潘志军说："不是拖累，这是我的责任，照顾好你是我今生今世都必须要担当的责任。"梁秀喃喃自语："哦，原来我是你的责任啊。"潘志军说："对，我要对你负责到底，你就放心吧。"

潘志军送梁秀去上学，他把装钱的旧信封塞给梁秀说："梁秀，不管有多难，你都一定要把大学读完，这不仅是你爷爷和你哥哥的心愿，也是我的心愿。有啥困难你就告诉我，这里面有我的地址，记着，天塌下来有你这个志军哥哥顶着。"

梁秀说："志军哥哥，我不要你的钱，我要靠自己读完大学。你就放心吧。"

"你连最基本的生活来源都没有，你怎么读完大学？"

"我可以边上学边打工，我能养活自己。"

梁秀把钱扔给潘志军就上了火车，潘志军想跟上去，车门关闭了。梁秀站在车窗前幽怨地看了潘志军一眼，潘志军望着渐行渐远的火车发呆。

潘志军回到部队跟连长说他想退伍，连长说："这次保送军校的名额里有你，你这个时候提出来退伍，我不同意。"

潘志军说："我要负担梁排长妹妹上大学的费用，我要工作，我得挣钱。"

连长说："梁满仓是我们连的烈士，他的妹妹就是我们连的妹妹，我问你，梁妹妹愿意接受你的资助吗？"

"不管她愿意不愿意，我都必须得资助她。"

"你跟梁妹妹是怎么说的？"

"我跟她说，从今以后，她就是我的亲妹妹，照顾她是我今后的责任。"

"你这样说是不是觉得你很高尚啊？你知道梁妹妹的感受吗？她为了继续上大学，把老屋都给卖了，她是宁可卖了老屋都不肯接受你的资助，你还不明白这是为啥吗？"

"为啥呀？"

"她不想给你添麻烦。她哥哥给她留的遗言是让她嫁给你，没说让她当你的责任，现在她都成了你的责任了，你说她还会接受你的资助吗？"

"你的意思是说她要的是我这个人？"

"我给你看样东西，梁满仓临上战场前写了两封内容一模一样的遗书，我在整理他的遗物时看了他的遗书。一封早就寄到他家去了，梁秀一定也看过。

这上面提到了你，你看看吧。"

潘志军打开那封信，梁排长的笔迹跃然纸上："爷爷、妹妹，我就要上战场了，谁都知道，战场上枪林弹雨，生死难料。但我们是革命军人，敌人都欺负到我们的家门口了，我们不上战场行吗？假若子弹真的不长眼睛打死了我，有几件事儿我在这里交代一下。爷爷，我有个好战友名字叫潘志军，他多次在经济上资助过我，我算了一下，咱家总共欠他三十二元五角钱。他是个战士，经济上也不宽裕，要是我真的牺牲了，部队会给咱家发放抚恤金的，您一定要记着把这笔钱还给他。妹妹，你要听哥的话，不管多难你都要把大学读完。哥要是走了，潘志军会替我照顾你的，潘志军是好人，你将来就嫁给他，你跟着他哥放心，相信哥的眼力没错。假若我真的牺牲了，请爷爷和妹妹千万不要伤心，你们要为我骄傲。因为我是为了保家卫国，是为了报答抚育我成长的中国共产党而捐躯的，是光荣的。"

连长拍着他的肩头说："你是我的兵，你想退伍的事我能管；可你和烈士妹妹的婚事我管不了，你自己看着办吧。"

梁满仓的遗书让潘志军心烦意乱。虽然梁满仓说过让他娶妹妹，梁爷爷临终前也提过，他以为那只是说说而已，让他没想到的是，这事儿不仅梁满仓当了真，梁爷爷当了真，就连梁秀本人也当真了！这太让他为难了。白天，他的脑子里全是罗梦月的音容笑貌，到了晚上，梁满仓期盼的眼神、梁秀幽怨的眼神，都跑到梦里死盯着他，让他辗转反侧、寝食不安。

这天，轮到他们五班帮厨，潘志军和战士小王在炊事班切菜时，因精神恍惚，把手给切了。一个炊事员打趣他："哎哟，帮个厨咋还帮得血流成河了呀？告诉你啊，你的血流了也是白流，想在我们炊事班立功受奖，门儿都没有！"

另一个炊事员说："人家五班长都立过功了，他不仅立了功，还白捡了一个正在上大学的烈士妹妹，啧啧，好事全让他一人儿给摊上了。"

炊事员的调侃勾起了潘志军的烦心事，他恼羞成怒，要揍那个炊事员，让小王给拽住了。那个炊事员嚷道："难道我说错了吗？梁排长快咽气的时候，是谁发誓要娶他妹妹的呀？这事儿早就传遍了，你现在又怕人说了？我看你是不想担责任了吧？就你这样说话不顶放屁的纨绔子弟我见多了，来呀，动手哇，谁怕谁呀，别以为我们做饭的就怕你们上过前线的。"

小王把潘志军给拉走了，那个炊事员瞅着他们的背影说："这个五班长可能是让前线的炮弹给炸傻了。"

小王问潘志军："班长,你喜欢梁排长的妹妹吗?"潘志军说："喜欢。"小王说："喜欢你就娶了她呗。"潘志军说："我对她的喜欢,是哥哥对妹妹的那种喜欢,就跟我喜欢你一样。"

潘志军来信了,潘志兵把信拿到窗前翻过来倒过去地看。他对潘大海说："这不是小军的笔迹,爸,你看。"潘大海看了以后说："还真不是小军的笔迹,可这语气是小军的没错。"潘志兵说："他为啥请别人代写呢?"金小妹问潘大海:"你回来跟我说他的伤全都好了,他伤好了怎么还不能自己写信啊?"潘志兵说:"妈,你别急,我马上写信问问他。"

潘大海找来信纸和钢笔对潘志兵说:"你现在就写,赶快写。"他对哭泣的金小妹说:"你看看你,哭啥呀,情况还没整清楚呢,就哭,你这不是在扰乱军心吗?"金小妹哭着说:"我扰乱你的军心了吗?你还有心吗你?你不是说小军为国作战是光荣的吗,你都跟着光荣了,你的心还乱啥呀?"

"我心乱了咋的?我心乱了也是光荣的。就算他……啊,也是光荣的。"

"小军都伤成那样了,你还嫌不够啊?你还想让他彻底光荣了你才更加光荣是吧?战争年代你杀人不眨眼,这都和平年代了,你的心咋还这么硬呢?"

"和平年代咋了,和平年代就没有敌人了吗?我们要是麻痹大意、心慈手软,敌人就该对我们杀人不眨眼了。"

潘志兵说:"爸、妈,你们就别吵了,我这不是在给小军写信问情况吗?"

几天后,潘志军回信了,潘志兵给爸爸妈妈念信,潘志军在信中说了梁秀的事儿如何让他为难,因为他的心里已有了别人。潘大海听到这儿,一巴掌打在茶几上,茶杯掉在地上摔碎了:"混蛋!他才多大呀心里就有人了?他心里的那个人是谁你们知道吗?"潘志兵说:"可能是梦月吧。"

潘大海指着金小妹说:"你不是说小军和梦月他俩不可能吗?你还说小军嫌梦月傻,说小军对梦月就像是哥哥对妹妹,这些话是不是你说的?"

"是我说的,咋的了?"

"小军的心里早就装着梦月了,哼,我就是因为轻信了你的话,才对他放松了警惕!"

"小军和梦月他俩好上了,这是好事儿呀,这么好的事儿你干吗对我吹胡子瞪眼睛的啊?孩子长大了,有女朋友了,你咋还不高兴了呢?我看你是越老越不懂事儿了。"

"他们一定是在下乡的时候好上的,金指导员说得一点儿都没错。为这事儿我还专门警告过他，这个小猴崽子他竟敢跟我阳奉阴违！"

"那他以后跟谁结婚去啊？当年你不来勾搭我，我能跟你过到现在吗？"

潘志兵说："妈，我爸这是心疼小军，小军的心里装着梦月，可烈士的妹妹也要嫁给他，小军不能丢下烈士的妹妹不管，他左右为难啊。"

潘大海说："小兵呀，你看这事儿咋办呀？"潘志兵说："爸，小军经历过战争和死亡，他已经不是过去的小军了，他自己的事儿就让他自己处理，相信他吧。"潘大海说："行，小猴崽子，我就再信他一回。"金小妹说："小兵啊，小军的心里都装进去两个女孩子了，可你这个当哥哥的心里咋还一个都没装进去呀？"潘志兵说："这说明我弟弟优秀呗。"潘大海说："小兵，在我和你妈的心里，你才是最优秀的，爸告诉你，啥事儿你都可以谦让，只有找媳妇这事儿你千万不能让，你要是看上谁了，就勇敢地去追，要一鼓作气，要不屈不挠，甭客气。"

潘志兵说："爸，这种事儿可遇不可求，是你的就是你的，不是你的就算是你硬抢过来了，人家的心不在你身上，不也是白扯吗？"金小妹说："梅子的心就在你的身上，可你的心在哪儿呢？真不知道你到底要找个啥样的。"潘大海说："小兵，你是不是心里也有人了？你心里装着她，可是她心里还没装着你，你在等她，对不对？"潘志兵笑了："咱们在说小军呢，这咋又扯到我这儿来了？"潘大海追问："别打岔，你说对还是不对？告诉我，那个人是谁，爸帮你。"金小妹说："妈也帮你。"

潘志兵哈哈大笑："我还不至于惨到让爸妈帮我去找对象吧？爸，妈，我感谢你们对我的好，可找对象这种事儿你们还是给我点自主权吧，好不好？"潘大海点头，金小妹说："孩子大了，翅膀硬了，我们也管不了。唉，现在小军的心里不定咋难受呢。孩子没对象了，我们当父母的着急，这对象多了我们也着急。"

学校快要放暑假了，潘志军找连长请假去学校看梁秀，连长对他说："我告诉你一个好消息，团里说，你们这拨直接提干的命令马上就要到了，你还是等几天再去看梁秀吧。"

晚上，潘志军怎么也睡不着，他大瞪着双眼望着天花板，在心里说，傻嫦娥，你还好吗？我想你，我真的好想你呀！梁秀，你好吧？你还有钱吃饭吗？下学期的学费我都给你准备好了……

等潘志军接到提干命令后，各个学校都放假好多天了，他知道梁秀把老屋卖了没地方去，就到学校她的宿舍去找她。梁秀不在学校，他问了好些人，好不容易才找到了梁秀当保姆的那户人家。他敲了半天门，一个胖女人慢吞吞地出来开门，潘志军问她："你好，梁秀在这儿吗？我是她哥哥。"胖女人上下打量着他说："没听说她有个当军官的哥哥呀，进来吧。"

胖女人把潘志军递过来的水果顺手放在了茶几上，正在擦地的梁秀看到潘志军激动地说："志军哥哥，你咋来了？"她眼圈一红，转身去了厨房。

胖女人对他们说："有啥话你们快点说，别耽误了我们家开饭。"

潘志军来到厨房对梁秀说："梁秀，你在这儿还好吗？"

梁秀没回头，声音哽咽地说："我在这儿挺好的。"

潘志军把梁秀的身子扳转过来，看到了她满脸是泪，问："是不是他们欺负你了？"

梁秀无声地哭，眼泪哗哗地流。潘志军走出厨房，胖女人正站在厨房门口偷听他们的谈话，潘志军指着她："说，你为什么欺负她？"

胖女人轻蔑地把嘴一撇："她咋不说她手脚不干净呢？不好意思说了是吧？大学生嘛，早该知道这世界上还有'羞耻'二字。"

潘志军怒问："她偷你家啥了？"一个中年男子倚在门框上，用居高临下的口气慢声细语地说："梁秀的哥哥，你来得正好，我跟你说，我们就要离婚了，为啥呢，因为她乱搞男女关系，还怀上了别人的孩子，您说就我这个条件，我还能跟她继续过下去吗？"

潘志军问："你们离婚跟我妹妹有关系吗？"

胖女人急了："你个王八蛋！我是怀孕了，可这孩子是你的呀。你咋能污蔑我是乱搞来的呢？"

中年男子瞪了胖女人一眼，慢悠悠地说："原因嘛很简单，因为我根本就没有生育能力。哥哥呀，我跟你说哈，我爱梁秀，我之所以忍到现在都没有对梁秀表白，就是想等我把婚离利落了再对她说，我得对得起我爱的人是吧？哥哥呀，她说梁秀偷了她的戒指，其实那枚戒指是让我给收起来了，那是我送给我媳妇的结婚戒指……"

胖女人坐在地上哭号："梁秀，你个大破鞋，你偷走了我的丈夫！"

潘志军来到中年男子的面前，一拳头打在他的脸上，中年男子扑跪在地板上捂着脑袋嗷嗷地号叫。潘志军把梁秀从厨房里拽出来，把梁秀身上戴的围裙拽下来丢在胖女人的身上。坐在轮椅上的老爷爷吃惊地张大了嘴巴。

潘志军对老爷爷说："请您把梁秀的工钱付给她，我看在您老的分儿上，先饶了他们这对狗男女，但这笔账我给他们先记着！以后最好别让我再见到他们，否则，我见他们一次我就打他们一次！你们俩给我听好了，我是刚从战场上下来的老兵，国外的大流氓我都不怕，还怕你们这两个不要脸的小流氓吗？"

爷爷叹着气，掏出两张纸币，颤抖地递给潘志军，潘志军接过钱塞进梁秀的衣兜。然后一只手拉着梁秀，另一只手提着那一网兜水果，决然离去。

潘志军拉着梁秀的手大步走着，恍恍惚惚，仿佛他在拉着罗梦月的手在原野上奔跑。

梁秀问："志军哥哥，咱们去哪儿？"

潘志军轻叹了一口气说："唉，你说说你啊，我给你钱你不要，却偏要去当什么保姆，受累不说，还得受气受侮辱，你说你傻不傻呀你？"

"我凭啥花你的钱啊？"

"你就不能把我当成你的亲哥哥呀？"

"你姓潘，我姓梁，咱们压根儿就不是一家人，你怎么可能是我的亲哥哥？"

"那你说，我怎么做你才能接受我的帮助？"

"我最相信我哥哥，他说啥我都信！他说你是好人，你一定就是好人！我多希望你真的是我最亲的人啊。可是我知道，你是军干子弟，我是农村丫头，咱们门不当户不对，既然这样，就请你别再管我了。我不需要你的怜悯！"

梁秀想要抽出自己的手，被潘志军紧紧地攥着，没能抽出。

他们俩走到一个小饭馆门口，潘志军说："咱们进去吃点东西吧。"

梁秀说："我不饿。"

潘志军说："你是我的亲妹妹，别在我的面前装假行不行啊？"

梁秀说："你不是我的亲哥哥，我吃不吃饭跟你无关。"

潘志军仰天呼喊："梁满仓，你都听到了吗？我把她当亲妹妹，她却不把我当亲哥哥，你告诉我，我该怎么办，我应该怎么办呀？"潘志军泪流满面。

他的眼泪让她惊慌，她充满歉意地说："志军哥哥，我吃，我吃还不行吗！"

潘志军坐在梁秀的对面，点燃了一支香烟，狠狠地抽着，大口大口地吐着烟雾，仿佛是要吐出心中的郁闷。服务生给他们端来了两大碗炸酱面，潘志军放下烟，往一碗面里倒了点儿醋，拨了点儿油泼辣子，把面拌好后推到梁秀的面前。

潘志军继续抽烟，透过淡淡的烟雾，望着门外渐渐西斜的太阳。小商贩的吆喝声时断时续、时远时近，从旁边商铺里传出来的音乐嘶嚎着，把各种情绪夸张放大，任其闹哄哄地响彻在城市的上空。

潘志军看着吃面的梁秀，脑海里再次浮现出了梁满仓临终前的模样，浮现出梁爷爷的笑容，他的眼眶子潮湿了。他狠了狠心，把掐灭的烟头扔在地上，向梁秀伸出右手，庄严地说："梁秀，你要是愿意，咱俩……就……结婚吧！"

梁秀双手抓住潘志军的手，流着泪说："我愿意！"

第二十六章　志军订婚　孔文判刑

　　部队大食堂，一个大方桌，几盘家常菜，十来个男军人围坐在一起。潘志军和梁秀走过来，军人们全体起立。潘志军向梁秀介绍："这是我们的连长。"梁秀给连长鞠躬："连长哥哥好。"连长说："梁秀好，我们都是你的哥哥。"一个战友说："对，你是我们大家的妹妹。"

　　连长说："本来呢，他们俩是要结婚的，可是我们考虑到梁秀妹妹还是个在校的大学生，觉得有点不大合适，就没批准。"有人问："有啥不合适的呀？"连长说："这还用问呀？咱们的潘志军副排长是个神枪手对吧？你们想啊，他俩一结婚，潘志军肯定是百发百中啊，可咱们的梁秀妹妹还是个学生，她要是中了潘志军的枪怀上了小潘志军，那还怎么去上课呀？"

　　大家哄堂大笑，梁秀羞红了脸。

　　连长继续说："所以呢，咱们就在这儿先给他们俩办一个简单的订婚宴，我就是他们订婚仪式的主持人，在座的哥哥们都是证人，等咱们的妹妹大学毕业了，咱们再在这儿给他们举办一个结婚宴。"

　　连长端着杯子站起来，全体军人都跟他站了起来："来！祝贺潘志军和梁秀订婚，干杯！"有人说："这是白开水。"连长说："以水代酒，意义是一样的。"

　　连长问潘志军："梁秀这个假期你怎么安排？"潘志军说："我送她去我的父母家，以后她的假期都到我父母家去过。"大家说："好哇，我们的妹妹终于有家可回了，我们这些当哥哥的心也都放进肚里了。""感谢连长，感谢各位战友。"潘志军给战友们敬礼，梁秀给大家鞠躬。

　　潘大海在卧室里抽着烟斗，金小妹对他说："你就少抽点儿吧，晚上你一个劲儿地咳嗽你不难受啊。"

潘大海说:"我难受我愿意。"

"你又咋的了?是不是卫星又掉下来了?"

"你就不能盼我们点儿好哇?"

"韩梅又到家来找小兵了。"

潘大海嗯了一声。金小妹说:"小兵调回来了,韩梅还在点号,他们见面的机会太少了,要是他们能经常见面,兴许还有门儿,你看你能不能想办法把韩梅给调回来?"

"你就别瞎操心了,他们要是有感情,多远都能走在一起。"

"你就是死心眼儿!"

下班号响,基地中心的马路上,一辆吉普车在路边儿停下,韩梅从汽车里面钻出来,对司机挥挥手,汽车离开了。骑着自行车的潘志兵停在她身边取笑她:"你现在待遇不低呀,都有专车接送了啊。"韩梅说:"这才哪儿到哪儿呀,告诉你吧,我走到哪儿人缘儿都特好,坐班车有人给我让座,在食堂打饭有人帮我排队,你看我这挂包里啊,花生大枣葡萄干,总有人给我送,我是整天地吃,都吃腻了,这些就请你来帮我消灭了吧。"

"真的假的?"

"你要不要哇,你不要我就送给别人了啊。"

"当然要了,这可都是好东西呀,都没地儿买去。"潘志兵接过韩梅的挂包,"我可提醒你啊,别人送你东西不是白送,对你好也不是白好,一颗枣儿一颗心,人家把心都送给你了,这里面的内容,你得明白。"

"啥内容?"

"红枣探情,花生问路。"

"探什么情?问什么路?"

"咱们基地是个光棍儿成堆的地方,女孩子掉进这个堆里,就如同小羊羔掉进了狼群,你这只色香味俱佳的小羊羔,能勾出多少色狼的哈喇子你知道吗?"

"不知道。"

"你傻呀?就你还敢贪别人的小便宜?你这是自己往枪口上撞知道吗?"

"那你说我该咋办呀?人家给我笑脸我总得接着吧,要不把你借给我使使。"

"借我干啥？"

"请你陪我到我的点号去转一圈儿，我要用你向我的色狼战友们无声地宣告，我这只小绵羊已经名花有主了。"

"你连这个馊主意都能想得出来？要知道，我陪你这么一转，就不会再有人巴结你，这些花生大枣葡萄干从此就断顿了。"

"断顿我乐意，你就说借不借吧？"

"梅子，我懂你的意思。我觉得咱们还是做朋友吧，就像我们男人之间的好哥们儿一样的好朋友。"潘志兵把挂包还给韩梅，"快回家吧，你爸妈还在家里等着你呢。"

孔文手里拿着几个笔记本，对站在他面前的几个干部说："这就是你们记的笔记？就这么几个字？"

有个干部说："那次，我有事儿没去，后来，又没时间抄笔记，抄笔记太费时间了。"

罗恩泽拿着笔记本进来交给孔文，孔文接过罗恩泽的笔记本哗啦啦地翻，说："你们看罗工，他比你们忙不忙啊？可是他怎么就能把笔记记得这么全呢？你们为啥就不行呢？"

几个国家安全局的干部进来问："谁是孔文？"

孔文说："我是。"

有人给孔文出示证件："你被拘留了。"

孔文手里的笔记本掉在了地上："我……我怎么了？"

那人说："你泄露了国家的军事机密。"

"我？我没有啊！"

"你在火车上，有几位旅客请你吃饭喝酒，有这回事儿吗？"

"有。"

"他们把你说的话全都给整理出来当情报给卖了。"

"啊？他们也是军人啊！"

"他们是假军人。"

安全局的人把孔文给带走了，罗恩泽和几个干部面面相觑。有个干部捡起罗恩泽的笔记本，翻着看了看，交给罗恩泽："罗工，这是你记的？"

罗恩泽说："这是我儿子用了两个晚上帮我抄的，他们会把孔文带到哪里去呀？"

大家摇头说不知道。

罗恩泽闯进潘大海的办公室:"老潘,孔文被国家安全局来的人给带走了!"

潘大海立刻打电话:"喂,看守所吗?我是潘大海,请问孔文是不是在你们那儿?哦,我知道了。"

潘大海放下电话对罗恩泽说:"走吧,咱们去看看他。"

看守所的战士带着潘大海和罗恩泽来到探视间,另外两个战士把孔文给带了进来,孔文穿的军装已被摘去了领章和帽徽。

孔文对他们嘟囔:"我不是故意泄密的。"

罗恩泽说:"可你还是泄密了!你怎么能跟外人胡说八道呢?"

"唉!现在说啥都晚了!"

潘大海说:"孔文,我来没给你带什么东西,我就想送给你三句话。第一,你要认真坦白交代你的问题,有什么就说什么!千万不要抱有任何的侥幸心理。第二,你要安抚好你的家属,你要跟她说实话,要让她谅解你。第三,事情既然已经到了这个地步,你必须正确面对,你要好好吃饭,要服从管教人员的管教,要保重好自己的身体,争取宽大处理。我们等着你出来!记住,你永远都是我们的战友!"

孔文号啕大哭,潘大海和罗恩泽背过身去擦拭眼泪。

孔文哭着说:"我一直在讲台上教育别人,我怎么也没想到自己也会……我咋就那么笨呢!"

潘大海和罗恩泽走了,孔文的哭声久久在他们的耳畔回响。

金小妹下班回到家,潘戈已经把饭都做好了。潘大海刚进门,娇娇哭号着进来:"潘中队长啊,你可要给我做主哇!"金小妹扶她坐下:"有啥事儿你慢慢说。"潘戈学着她说话的口气说:"娇娇阿姨,孔叔叔他不会有事儿的,说不定这会儿他已经回来了,你回家去看看吧。"潘大海训斥潘戈:"别胡说。"潘戈说:"我没胡说!上次光宗离家出走,我和我妈去求孔叔叔帮着找找,她就是这样跟我们说的。"

娇娇哭着哀求:"潘中队长,嫂子,请你们看在这么多年老邻居的分儿上,帮帮我吧!"

金小妹递给她一杯水,潘大海说:"有啥要求你说。"

娇娇哭诉:"我真是后悔死了呀,我后悔我嫁错了人!当年有那么多的人追求我，我为啥就看上他了呀？他现在……真是丢死人了呀！我可咋办啊？我咋这么倒霉呀我！"

潘大海问她："你想让我怎么帮你？"娇娇说："我请你同意我和他离婚！"金小妹说："离婚可不是闹着玩儿的，你们还有孩子呢。"潘大海说："孔文是一时糊涂才犯了罪，这个时候你提出离婚，不是要他的命吗？"

娇娇问："潘中队长，你说他会不会被判刑？会不会被开除军籍呀？"

潘大海沉吟不语。娇娇追问："他一定会被判刑对不对？他一定会被开除军籍对不对？"金小妹说："就算是孔文判刑了，还会有刑满释放的一天，在他最难的时候，你怎么能忍心丢下他不管呢？"娇娇说："嫂子，如果这事儿摊在你身上，你会等他吗？"金小妹说："会，我一定会等他。"

潘光宗说："娇娇阿姨，你说的这是人话吗？"娇娇说："我说的是如果。"潘戈说："有你这么如果的吗？"潘光宗说："如果你的男人被枪毙了，是不是我们全家都得如果被砍头啊？"

潘大海喝道："你们都给我闭嘴！"金小妹把潘光宗和潘戈给推到屋里去了。

"你一定要和孔文离婚是吗？"潘大海问她。

"我一定要和他离婚。他是他，我是我，我不想拿我的青春给他陪葬。"

金小妹苦口婆心："娇娇，你再好好想想……"

潘大海大声说："离婚是你自己的事儿，你既然想好了那就离，没人拦着你！不过离婚的事儿不归我管，开饭！"

娇娇抹着眼泪走了，潘大海怒吼："什么玩意儿！趁人之危，落井下石！孔文，你咋找了这么个没人味儿的娘儿们！"

刚从潘家出来的娇娇听到潘大海的怒吼，哇的一声哭着跑了。

潘大海在办公室打电话："你就是不同意她离婚，她的心也不在孔文身上了，这种女人，我看是早离早利落！我建议，让她年底转业滚蛋，她不配穿这身军装！"

潘大海生气地放下电话，罗恩泽进来问他："又跟谁生气呢？"

潘大海说："孔文的老婆，这个时候，她要和孔文离婚，什么东西！"

罗恩泽说："夫妻本是同林鸟，大难临头各自飞。"

潘大海说："这也得看人，要是我遇难，我老婆说啥也不会扔下我的。那个会开完了？孔文判了几年？"

罗恩泽说："十二年。"

潘大海和罗恩泽再次来到基地的看守所看望孔文，孔文感激地说："谢谢你们来送我。"

潘大海问他："想通了？"

"想通了"。

"她和你离婚，我没反对。"

"我知道。"

"看到你现在这样，我放心了。"

"谢谢！"

"我和恩泽会每月给你父母寄钱的。"

孔文眼里噙满了泪水："我有你们这样的战友，这辈子知足了！我一定好好改造。"

潘志军和梁秀坐在去往基地301次列车上，车厢里播放着嘹亮的军歌。一身戎装的列车员提着大茶壶，热情地给旅客们送开水。潘志军告诉她："这趟列车是军列，只要是上了这趟车，咱们就算是到家了。"

车窗外，一个个沙包缓缓后退，有的沙包是绿色的，有的沙包与戈壁滩浑然一体。梁秀问："这儿怎么会有这么多的坟墓啊？"

潘志军说："那不是坟墓，是沙包。当随风滚动的流沙遇到障碍物后，就会被迫停下来，这些障碍物有的是砾石，有的是骆驼草。它们和沙子抱成了团儿，时间长了，就形成这样大大小小的沙包了。"

梁秀说："以前我总以为我家穷，没想到你家比我家还穷。"

金小妹和潘戈在家包饺子，金小妹对潘大海说："你说说小兵，他弟弟都把对象领家来了，他还等啥呢呀。"

潘大海说："等他想明白了再说吧。"

"等他想明白了，周围的好姑娘都变成好媳妇了。唉，小兵这孩子，打小就是一根筋。"

"一根筋咋了？没有这一根筋的劲头，他能成为基地的技术骨干吗？哎哟，我差点都给忘了，我得买瓶酒去，人家姑娘是头一回来家，没酒哪行。"

潘戈说："我去买吧。"

潘大海说："买红葡萄酒。"

潘戈说："这还用你说哇，咱家啥时候喝过别的酒呀。"

门外有人敲门，潘戈把门打开欢呼起来："哎呀，韩梅姐，是你呀。快进来，我们刚才还正说你呢。"

韩梅嗔怪地笑道："小疯丫头，又说我坏话了是吧？"

潘志兵把潘志军和梁秀从火车站接回家，金小妹抱住潘志军呜咽地说："儿子啊，你可回来了。"

潘志军说："妈，你看，我这不是挺好的吗？妈，我把你没过门儿的儿媳妇给带回来了，她叫梁秀。梁秀，这是咱妈。"

金小妹拉着梁秀的手说："梁秀，多好听的名字，呵呵，人长得和名字一样的秀气。"

潘大海说："梁秀，欢迎你回家。"

潘志军捅捅梁秀说："叫哇，快叫呀。"

梁秀看着潘大海和金小妹，脸腾地一下子红了。她愈扭捏愈紧张，愈紧张愈是说不出一句话来。

金小妹笑眯眯地对梁秀说："秀儿啊，路上累坏了吧？你和小军去洗把脸，咱们马上就开饭啊。"

潘志军看到潘志兵冲着他做鬼脸，有点挂不住了："梁秀，咱们订婚了，我爸妈就是你爸妈了，这个道理你该明白吧？"

金小妹说："秀儿啊，咱们家没那么多的讲究，叫不叫爸爸妈妈你都是我们家的好孩子。"

梁秀急得眼泪一串串地顺着泛红的脸颊往下掉，潘志军看她的样子，又好气又好笑："这咋还哭上了呢？"

潘戈跑过来掏出自己的手帕给梁秀擦眼泪，她笑嘻嘻地说："我是你妹妹，我的名字叫潘戈，我大哥叫我小兵器，我二哥叫我小戈壁，咱爸叫我金戈铁马，咱妈叫我小疯丫头，二嫂，往后你叫我啥呀？"

韩梅腰里系个小花围裙，提着锅铲子从厨房里出来，她握着梁秀的手说："梁秀你好，我叫韩梅，是你大哥的同学。"

潘戈说："二嫂，韩梅姐叫我小疯丫头，她呀，有可能会成为我的……"

韩梅用手里的锅铲子指着潘戈："闭嘴，你又想编派着我玩儿是吧？等会儿看我怎么收拾你。梁秀，你这个小姑子可是个大开心果，别看她长得挺文静的，一疯起来呀，就跟个女魔头似的，呵呵，能把你的肚子都给笑破了。"

潘戈说:"你不让我说,就说明我说对了。你说对不对?对不对?"

韩梅说:"不对不对就是不对,你再敢胡说,看我怎么收拾你!"

潘戈说:"韩梅姐饶命,我再也不敢了。"

韩梅和潘戈的嬉笑让紧张的气氛轻松了,梁秀渐渐从窘境中走了出来。她大大方方地给潘大海和金小妹鞠躬:"妈妈好!爸爸好!大哥好!韩梅姐好,潘戈妹妹好。"

大家高兴地应着:"好,好!"

梁秀不好意思地说:"请你们别笑话我。我在很小的时候,爸爸妈妈就去世了,我从来没有叫过爸爸妈妈。再说了,我们老家管爸爸妈妈叫爹娘,所以我一下子叫不出口。请你们别怪我。"

大家七嘴八舌地说:"没事儿,不怪你。"

梁秀激动地说:"爸爸,妈妈,这是我有生以来第一次喊爸爸妈妈,其实我在心里面已经喊了你们无数次了。我多想有个爸爸妈妈呀!可是不知道咋的,真的见到你们了,我竟叫不出来了。爸爸,妈妈,你们就是我的亲爸爸亲妈妈,今天我真的很高兴!我终于有爸爸有妈妈了!从此以后,我不再是没人疼没人问的孤儿了!我终于跟所有人都一样,有爸爸有妈妈了!爸爸妈妈,要是有一天,小军烦我了,不要我了,请你们千万别嫌弃我,千万别不要我,你们一定要留下我,就让我做你们的女儿吧,我不想再成为孤儿了。"

金小妹的眼泪涌了出来,她抱着梁秀哽咽地说:"我可怜的孩子啊!我们就是你的亲爸爸亲妈妈!我们就是不要小军,也不会不要你的。你放心,小军他不会那样做的,啥时候都不会的,他是个有情有义的好孩子呀。"

潘志军的鼻子酸了一下:"妈,快吃饭吧,我都饿了。"

韩梅把饺子放在桌子上:"饺子来了,金阿姨,潘伯伯,你们吃,我走了。"金小妹留韩梅一起吃饭,韩梅说家里还有事儿,金小妹让潘志兵送韩梅出门。

潘家一大家子围坐在餐桌旁吃饭,潘戈给大家倒酒:"今天是个喜庆的日子,大家都喝点。"

潘大海说:"我这辈子很少喝酒,那年周总理在一所小礼堂请我们吃饭,他敬我们的那杯红葡萄酒我全都喝了,那是我第一次喝酒。从那以后,我就认定了红葡萄酒。来,咱们把酒杯都端起来,为了小军的凯旋,为了梁秀成为咱们家的一员,干杯!"

金小妹夹了一个饺子放在梁秀的碗里,笑眯眯地说:"秀哇,你多吃点儿啊。咱们家的人今天总算是都到齐了。自从我知道小军上了前线，我的心啊就总是为他悬着，生怕他回不来呀。这下好了，我的小军不但全须全影回来了，还给我带回来一个又俊秀又懂事的儿媳妇。我真是高兴啊！"

梁秀掩面跑到厨房去了。所有人都把疑问的目光射向了潘志军，潘志军小声说："她的哥哥就是在那场战争中牺牲的。"

潘戈问潘志军："二哥，你爱她吗？"

潘志军字斟句酌地说："梁秀很优秀，她的纯真和质朴就像咱们这儿的蓝天白云一样纯净透明，她的过分懂事儿让人心疼。她有责任心，有爱心，她学习刻苦，善解人意，她是个善良的好女孩儿，这样的女孩儿谁都会喜欢的。"

潘戈追问："我问的是爱，不是喜欢。"

潘志兵说："小军，你既然选择了梁秀，就应该全身心地去爱她。她需要的不是你的道义和责任，是爱，你懂吗？"

潘志军说："我懂，虽然情感可遇不可求，但同样也是可以培养和驾驭的。你们放心，我能驾驭好自己的情感。"

潘大海说："好男人不能让感情拖着走，啥是爱情，我认为呀，爱情就是责任。"

梁秀端了一汤盆走出来说："我做了一个汤，爸爸，妈妈，哥哥，妹妹，你们尝尝这汤的咸淡行不？"

潘戈马上去舀汤，喝了一口，吧嗒吧嗒嘴，夸张地说："哇，好鲜美的汤呀，真好喝，你们快都尝尝，二嫂，你真能干！"

"妹妹，你还是叫我姐吧，我和你二哥还没结婚呢。"

"秀姐，你真好。"

晚上，潘志兵带潘志军去他的宿舍住，哥俩儿坐在床上聊天。

潘志军说："哥，你觉没觉得我上过战场、经历过枪林弹雨以后特军人？"

"嗯，是个好兵。"

"哥，你和韩梅姐是咋恋上的？你给我说说呗。"

"没有的事儿，我和她是哥们儿"。

"哥，你的心里是不是有人了？"

"就算是吧，先说说你吧，你对梁秀的感情里有爱情吗？"

"你说啥是爱情？"

"爱情嘛就是俩蛤蟆瞅对了眼了,这一旦瞅对了眼呀,你的心里眼里就全都是对方,从此就再也装不下别的什么人了。"

"我早就跟那只蛤蟆瞅对了眼,现在却要往心里硬装这只蛤蟆,唉!"

"刚才你问我,你是不是特军人,啥是军人?军人就是奉献,军人能奉献生命,为啥就不能奉献爱情?其实你也知道,假若你真的选择了那只对眼的蛤蟆,你会一辈子良心不安的,你们还有幸福可言吗?到头来,你既对不起你眼里的蛤蟆,也对不起你心里的蛤蟆。"

潘志军热泪盈眶。潘志兵问他:"小军,你心里还装着梦月,对吗?"

"哥,你是咋知道的?"

"我早就看出来了,别看你们在一起时总是争争吵吵的,但你心里有她,她的心里也有你。你一定要处理好你们三者之间的关系,谁的心你都伤不起呀!你明白吗?"

"我明白。哥,你心里对眼的蛤蟆是谁呀?"

"说你呢,这咋又扯上我了。睡吧,我明天还出操呢。"

潘戈和梁秀躺在一张大床上聊天。潘戈问梁秀:"秀姐,你是啥时候爱上我二哥的?"

梁秀说:"接到我哥哥遗书的那天。"

"这咋可能啊?那时候你连我二哥的面都没见过呀?"

"是真的。我哥哥在遗书上说,让我以后嫁给你二哥,他说只有你二哥才是最靠得住的人,所以我的心里就只能装着你二哥。"

"那……你们有爱情吗?"

"我第一次见到你二哥我就爱上了他,没有你二哥,我不可能那么快就从失去哥哥和爷爷的悲痛里走出来,没有你二哥,我都不知道活着还有啥意思。"

"我是说,你们之间有爱情吗?"

"你的意思是说你二哥爱不爱我,是吗?"

"我二哥他爱你吗?"

"他一定是爱我的,不然他不会一次次到我的学校来找我,也不会把我从当保姆的窘境里给救出来,更不会主动提出来和我结婚。你说,这不是爱情是个啥?"

潘大海和金小妹也躺在床上聊天。潘大海问:"小军真的喜欢梁秀吗?"

金小妹说:"孩子们的事儿,我这个当妈的都快看不明白了。唉,由他们去吧。"

"哎，我告诉你啊，咱们一定要善待梁秀，这个闺女命苦哇，家里一个亲人都没有了，从今以后，我们就是她的亲人。"

"我知道，这孩子是怪可怜的。"

"还有，小兵的婚事儿你以后最好别再提了。"

"你不提我也不提，那他以后咋办呢？"

"顺其自然吧。"

第二天，金小妹和梁秀正在家里说话，罗梦月来了。她一进门就抱住了金小妹："金妈妈，我都快想死你了！"

金小妹说："你尽挑好听的说，你是啥时候回来的呀？咋才想起来看我呀？"

梁秀给罗梦月端来一杯茶，罗梦月接过茶问："谢谢，你是谁呀？"

金小妹说："她叫梁秀，梁秀，她叫罗梦月，你叫她姐。"

梁秀说："梦月姐好。"

罗梦月问金小妹："梁秀是谁呀？"

金小妹说："梁秀是小军没过门的媳妇，她在上大学，学校放假了，小军就把她领家来了……"

哐当一声，罗梦月手里的茶杯掉在地上，罗梦月蹲下捡碎杯子，哆嗦的手指被碎玻璃给扎破了。金小妹说："梦月呀，快别捡了，梁秀，你去厨房拿个笤帚来扫扫。"

梁秀去厨房取笤帚，罗梦月把手放进嘴里吸着，咧着嘴惨笑，嘴里全是血。她说："我走了。"转身就走了，金小妹一下子怔住了。

梁秀拿着笤帚回来没看到梦月，问："妈，梦月姐人呢？"

潘志军在房前的柴火垛旁劈柴，罗梦月过来对他说："潘志军，你抬起头来看着我。"

潘志军停下手中的活，傻看着她问："干啥？"

罗梦月幽幽地说："我在你的眼里，你也在我的眼里，我在你的心里，你也在我的心里。我们之间还需要那么多的废话吗？"

"你啥意思？"

"你自己说过的话你全都忘了吗？"

"你有意思吗你?"

"你……爱她吗?"

"爱。"

"她就是你战友的妹妹对吧?你为了对战友的一个承诺,把自己给贱卖了,你怎么那么傻呀!"

"我的事儿跟你没关系。"

"小军!咱们……就这么……完了吗?"

"我和你能有啥事儿?你快走吧,别影响我劈柴。"

潘志军眼含泪花劈柴,罗梦月抹着眼泪离开了。

第二十七章　爱情升华　洲际导弹

　　罗梦月哭泣着，不小心摔进了树沟里，把脚给崴了，衣服上的扣子也崩掉了几颗，露出了胸衣。她掩住衣襟，索性坐在地上放声大哭。
　　潘志兵远远看到梦月在哭，跑过来问："梦月，你怎么了？"
　　"我的脚崴了。"
　　"这么大的人了，走道也不小心点。你去哪儿了？"
　　"刚从你家出来。"
　　"让我看看你的脚，疼吗？我扶你起来，慢点儿。"
　　潘志兵看她衣服不整，就脱下自己的军上衣给她穿上，把她背起来："你搂住我的脖子。"
　　她把他的军帽摘下来拿在手里："你没穿军装，不能戴军帽。"
　　"小军明天就要走了，梁秀还得在我们家多住些日子。"
　　"嗯。"
　　"咱们的感情是亲情，爱情可能会变质，但亲情永远都不会变质，亲情比爱情更珍贵，你说对吗？"
　　她无声地哭泣。他把她背到她家，她说："小兵哥哥，谢谢你。"他倒了一杯开水放在她的床前说："我有事儿先走了，要不我给夏阿姨打个电话，让她回来照顾你吧？"
　　"我妈妈挺忙的，算了吧。"

　　下班后潘大海回到家，金小妹告诉他罗梦月刚才来过了。
　　"哦。"
　　"她看见梁秀转身就走了。"

"哦"。

"我知道,这孩子难受了。"

"哦。"

"唉,我真怕小军和梦月闹出点啥事儿来,梁秀还在咱们家呢。"

"你是怕他和梦月再黏糊?你说这个小猴崽子啊,他咋就这么招女孩子呢,小兵哪怕是有他的一半也好哇。"

"别扯小兵,就说小军,你快说咋办吧?"

"要不你把小军锁在家里不让他出去?"

"锁住他的人,锁不住他的心,再说了,他要是想跑,谁能锁得住啊?"

"锁不住小军,那就锁梦月。"

"你发癔症呢是吧,梦月又不是你的孩子,你锁得着人家吗?"

"没女孩子喜欢你儿子你着急,喜欢你儿子的女孩子多了你也着急,行了,别着急了,我找时间跟小军好好谈谈。"

潘大海和潘志军在弱水河畔的胡杨林里捡柴火。潘大海招呼潘志军坐在一棵枯树干上休息。潘志军说:"爸,您的说教现在可以开始了。"

"咱爷俩今天的任务就是捡柴火。"

"您从来都不操心家里有没有柴火,今天的太阳难道从西边升起来了?"

"人总是会变的嘛,比如你,昨天心里装的是梦月,今天和你订婚的却是梁秀,那么明天呢?"

"爸,您不放心我?"

"你心里装谁不装谁我管不了,我想给你讲个故事,也不知道你爱不爱听。"

"您讲,我听。"

"我们单位有个战士在马上就要提干的时候,他农村的未婚妻找到部队来了,这个姑娘对我说那个战士在给她的信中提出来要和她分手。"

"哦。"

"姑娘说,她这次来是完婚圆房的,在农村,订婚就相当于结婚,分手就相当于离婚。她要是分手了,就跟离婚一样,恐怕这辈子她都嫁不出去了。我问那个战士有啥想法,那个战士说,他的这桩婚事是家里给包办的,他坚决反对。"

"后来呢?"

"后来我就问这个战士,你既然不乐意你当初为啥要和她订婚啊?你既然订婚了现在为啥又要反悔呢?那个战士说,当时他家很穷,只要有个姑娘愿意跟他,他都会觉得这个姑娘是七仙女下凡。他还说,这个姑娘对他家有恩,为了照顾他家老老小小,订完婚就住进了他家。但他对这个姑娘只有感恩之情,没有爱情。他赌咒发誓地说,他以后一定会报答她。"

"他这会儿才想起爱情?"

"这也是我问他的问题,他说他提干了,他有能力追求自己的爱情了。"

"此一时彼一时,可以理解。后来呢?"

"我对这个战士说,你光脚的时候看她是天仙,你有鞋穿了,她就不是天仙了,你的皮鞋还没穿在你的脚上呢,她就什么都不是了,这是啥?这是忘恩负义,是忘本!是缺德!啥是爱情?她在你家里替你孝敬你的父母,照顾你的弟妹,这算不算是爱情?没有她解除你的后顾之忧,你能穿上皮鞋吗?天底下还有比这个爱情更爱情的吗?"

"他咋说?"

"他哭了,他说这个姑娘长得不好看,他还说现在婚姻自由,他想自己找对象。"

"嗯,恩情不等于爱情。后来呢?"

"后来经过我们党委集体讨论,给这个战士指明了两条路:第一条是他跟这个姑娘马上结婚,部队给他们举办婚礼;第二条,他可以退婚,代价是年底就让他按战士复员滚蛋。"

"你们也太不讲人性了吧?"

"部队讲的是军纪,是命令!不是人性!比如前面有个敌人的碉堡,我命令你去炸掉它,你去了有可能死,不去有可能生,你说你去还是不去?"

"去!这还有啥可说的,我肯定去呀。"

"在生死关头你咋不讲人性了呢?"

"这……"

"这就是部队的特殊性,不管是战争年代还是和平年代,部队必须有铁的纪律、钢的命令!这是部队的灵魂。"

"他……选择爱情了吗?"

"他选择了部队,他们结婚时,我是他们的证婚人。"

潘志军站起来指着潘大海说:"您当这个证婚人很得意是吗?您让两个无

情人成为眷属，您不觉得你跟法海一样残忍吗？"

"我知道他对那个姑娘没有感情，但那个姑娘对他的真情却天地可鉴，军人宁可负了自己，绝不能负了父老乡亲。我要是不对军人残忍，那我就得对那个姑娘残忍，对那个姑娘的父母和她的家人残忍。"

"爸，我问您，他们在一起般配吗？他们现在过得好吗？假如他们过得不好，军人的这种牺牲就毫无价值，您不仅害了这个军人，同时也害了那个姑娘和她的父母家人，您这是在作孽，您知道吗？"

"说实话，从外表上看他们是不太般配，姑娘的确是长得丑了点儿，但她很贤惠，她相夫教子，温柔善良，他们一家子现在过得很好，那个战士提干后进步也很快，他们还有了一个小女孩儿，女孩儿长得漂亮，像爸爸，他们一家三口过得很幸福。我不仅唤醒了一个战士的良心，还维护了军队在老百姓心目中的形象和地位。"

"爸，我的连长对我说过，我们这些从战场上活下来的人不能只活自己，我们还要替牺牲的战友们活，我哥也对我说，军人能奉献生命，也能奉献爱情。"

"你的连长说得好哇，我的战友牺牲在战场上我难受，牺牲在戈壁滩上我更难受。我们是得替那些牺牲了的战友们认真工作，好好生活，因为他们都在天上看着我们呢。"

"您又想起了胡营长烈士。"

"他哪是什么烈士呀，他们活着默默无闻，死了还是默默无闻。"

"但他在您的心里永远都是烈士，这里的人们会永远记住他的。啥叫永垂不朽？能永远活在别人的心里就是永垂不朽。"

"你说得对，每次我想起他，我的心都会很疼，我都会觉得我的工作做得还不够好。"

"我每次想起梁排长，我的心里也是沉甸甸的，想想那些死去的战友，我的这点儿小情感又算得了啥？爸，你讲的这个故事我听懂了，请你放心，我绝不会负梁秀的。您的政治思想工作做得很有成效，咱们现在是不是可以打道回府了？"

罗恩泽坐在办公室里发呆，潘大海推门进来，罗恩泽对他喝道："出去！敲了门再进来，一点儿规矩都不懂。"潘大海愣了一下，退出去敲门。罗恩泽说："进来。"潘大海进来，罗恩泽阴沉着脸问他："有啥事儿？快说。"潘大海说:"让你这一折腾,忘了。"

"没事儿就赶紧走。"

"你这是咋的了?是吃枪药了还是得了狂犬病了?"

"你说咋的了?你家的那个二小子,真他妈的不是个东西!他跟你一样不是个东西。有其父必有其子。"

"我哪儿又得罪你了?"

"一想起这事儿我就憋气,没地儿说理去,还不能跟旁人说,这事儿我只能跟你一个人说,你回去后不许跟你的老婆说。"

"放心,我跟谁都不说。"

"昨天下午,梦月在她屋里烧东西,我趁她去食堂买包子,偷偷看了一下她没烧完的碎纸片,看得我心里那个难受啊!"

"你都看到啥了?"

"梦月烧的是她以前的日记本,你知道她在日记上都写了些啥?"

"啥?"

"全是你家的那个二小子,有收不到他回信的急切,有得到他消息后的喜悦,还有……这么说吧,那些支离破碎的字里行间全是对你家那个臭小子的思念之情。"

"是吗?"

"那个臭小子他凭啥藐视我闺女对他的感情啊?你说我闺女哪点儿配不上他呀?哼!我听说他把对象都给领家来了?有这回事儿吧?"

"有。"

"昨天上午,小兵给我打电话,说他在路上看见梦月崴了脚,就把梦月给背回家了,我回家时看见我可怜的梦月一个人在家里哭,她啥都不说,就是一个劲儿地哭,可劲儿地哭,哭得我心都碎了。"

"就算是小猴崽子对不起梦月,那也是他们俩之间的事儿,与咱俩有啥关系?"

"你啥意思?你的意思就是你不管呗。"

"这种事儿你让我咋管?让我去揍那个臭小子一顿?"

"那我闺女受了这么大的委屈就这么算了?"

"那你说咋办?哎,刚才你说是小兵把梦月给背回家的?"

"梦月要不是心里委屈,也不会把脚给崴了。"

"小军和梦月从小一块儿长大,有感情,小兵和梦月也应该有感情,小兵知道心疼人,这点儿要比小军强。趁小兵现在还没有女朋友,咱俩撮合一下小兵跟梦月,你说咋样?"

"你啥意思啊你?我闺女是嫁不出去了咋的?非得在你们老潘家的破歪脖树上吊死啊?哦,老二不要了推给老大,亏你想得出来!"

"我这不是在跟你商量吗?"

"有你这么商量事儿的吗?告诉你,你严重损伤了我的自尊心!滚,你给我滚!"

"我记得你说过,我家的两个儿子都挺优秀的,你还说,你最喜欢的是小兵,对吧?"

"滚!"

潘志军陪梁秀来到军人服务处,远远看到罗梦月躲在墙角处看他们,潘志军有意挽起了梁秀的胳膊,没想到苏林提着酱油瓶子走过来给了他一拳:"烂土豆,你啥时候回来的?"

潘志军还了他一拳:"臭地瓜,你啥时候回来的?"

"她谁呀?"

"我媳妇,咋样?漂亮吧?"

"不错,挺漂亮的,你好。"

潘志军给梁秀介绍:"苏林,我发小。"

梁秀说:"苏林哥好。"

苏林说:"我妈做饭等用酱油呢,回头我再找你。"

苏林走了,潘志军再看墙角处,罗梦月不见了。

傍晚,夕阳下的弱水河波光粼粼,平静祥和。潘志军和苏林坐在弱水河畔,潘志军说:"……从战场上下来的那一刻起,我的生命就不属于自己了,地瓜,你能理解吗?"

苏林说:"土豆,我理解你们那种用血和命铸成的战友情。可是,你和梦月打小就要好,你抛下她,心里一点儿都不难受?"

"我和梦月没谈过恋爱,但有爱的默契。我对不起她,我的心一直在淌血!"

"烂土豆,我真的敬佩你!你的战友牺牲在战场上是英雄,你能做到现在这一步也是英雄!当牺牲的英雄不易,当活着的英雄更难。"

"我算哪门子英雄啊?我充其量就是还有那么点人味儿罢了。我也曾想过啥都不管了，只顾自己得了，不行啊，一个人要是一辈子受良心的谴责，那还真不如死了心静。"

晚上，潘志兵对潘志军说："梦月她很难过。"

潘志军说："我也很难过。"

潘志兵说："我知道。"

"哥，你放心，我已经准备报考军校了，我要把我的全部心思都放在学习上，谢谢你给我准备的学习资料。"

"嗯，这样最好。"

"哥，梦月要是有啥难处，请你帮她。"

"我会的。"

潘志军走后的一天，梁秀去军人服务处买菜，遇到罗梦月，罗梦月问她："梁秀，潘志军走了？"

梁秀说："都走好几天了。"

罗梦月说："梁秀，我说话直，请你别见怪。"

"梦月姐姐，你想说啥尽管说。"

"你了解潘志军吗？"

梁秀一下子愣住了。

罗梦月对她说："爱一个人，不是只抓住他这个人，而是要抓住他的心，你抓住潘志军的心了吗？"

梁秀老实回答："梦月姐姐，我爱潘志军，自从我知道他名字的那天起，我就深深地爱上了他，你可能不信，但这的确是真的。你问我了解他吗？我想我可能还不完全了解他，但我愿意用我的一生去了解他。因为他是我这辈子最重要的人，不仅是这辈子，如果有下辈子，我还会像现在这样紧紧抓住他的人不放。首先抓住这个人，才能去抓住他的心，假若你连人都抓不住，何谈抓住他的心呢？"

梁秀的话让罗梦月微微一震，是啊，连人都没抓住，何谈抓住他的心？我原以为心有灵犀才是爱情，现在看来那只是我的一厢情愿罢了。罗梦月说："梁秀，你的单纯和透明让我自愧不如，你和别的女孩儿不一样。"

"梦月姐姐，你漂亮、优雅，我很喜欢你。我这人没啥心眼儿，心里咋想就咋说，反正这辈子我是跟定潘志军了。"

"我祝你们幸福。"

"谢谢梦月姐姐,我走了,梦月姐姐,再见!"

基地的小礼堂正在召开誓师动员大会,张爱萍主任在会上说:"这次洲际导弹全程飞行试验任务,是我们科技战线八十年代的第一个硬仗,成功与否,对我国尖端科学技术发展和我国的声誉影响都极大,全体参试人员要团结一致,同心协力,兢兢业业,周到细致,圆满完成洲际导弹全程飞行试验任务,争取一弹震全球!"会场上掌声雷动。

潘志军在连部看报纸,看到兴奋处一巴掌拍在桌子上,把刚进门的小战士给吓了一跳。

潘志军在全排官兵的会议上读报:"中华人民共和国将于一九八〇年五月十二日至六月十日,由中国本土向太平洋南纬7度、东经171度33分为中心,半径七十海里圆形海域范围内的公海上,发射远程运载火箭。中国舰艇和飞机将在该海域进行作业,为了各国过往船只和飞机的安全,中国政府要求有关国家政府通知本国的船只和飞机,在试验期间不要进入上述海域和海域上空。"

他说:"同志们,我们国家这是在向全世界发公告啊,这说明啥?这说明中国把试验提前告诉了全人类,说明这次试验彰显了我们中华人民共和国的威力和自信!"

有人问:"远程运载火箭在哪儿发射?"

潘志军掷地有声:"在中国!"

潘大海在发射场看到燃料库房失火,火光冲天,他急得大喊大叫:"燃料库失火了,快救火呀!"他边跑边喊:"燃烧剂库房起火了,快救火呀!"

没找到门的他抡起拳头砸碎了窗子上的玻璃,被他惊醒的金小妹扑上去抱住他:"老潘,你犯神经啊?哪儿失火了?你这是在家里,你快醒醒吧!"

从梦中清醒过来的潘大海看着自己鲜血直流的手臂自嘲地笑了:"唉,这些天我太紧张了,总怕出事儿,好在是做梦,不是真的,睡吧。"金小妹说:"好好的窗户让你给砸坏了。"潘大海说:"明天我找人来修。"

金小妹说:"哎哟,你流血了,我给你包扎一下。"金小妹边包扎边说:"老潘啊,回回任务你都这么紧张,总这样下去你怎么受得了哇?"

"受不了也得受,谁让我们干这行了。"

"别人也都跟你一样吗?"

"都差不多吧,有的同志压力太大,在发射的头天晚上睡不着觉,就跑到烈士陵园去和烈士们说话，到了那种地方，再不平静的心都能平静下来。"

"我每天都看你的脸色，你乐呵了，任务一定是顺利了，你的眉头拧起来了，那准是遇到啥困难了，你要是没事儿找茬发脾气，那一定是阵地上出事儿了。"

"看来我们的情绪都影响到老婆孩子的正常生活了。"

"有啥办法呢？嫁鸡随鸡，嫁狗随狗，嫁给搞发射的就得跟着你们的情绪走，活该我们倒霉呗。好了，你睡觉的时候注意着点，别压着受伤的胳膊。"

第二天晚上，手臂包着白纱布的潘大海坐在床上看报纸，金小妹捶着自己的腰刚要躺下。潘志兵进来说："爸、妈，明天一早我就要走了，我过来跟你们说一声。爸，我在海上，你在戈壁滩，咱爷俩虽然远隔千山万水，但还是一个战壕里的战友。"

金小妹问："小兵呀，你到海上去干啥呀？你没坐过船，那是要晕船的，你行吗？"

潘大海对金小妹说："你先出去一下，我和小兵说点事儿。"

"行，我走，这个家呀就我多余。"

金小妹出去后，潘大海对潘志兵说："小兵，你头一回跟着远洋测量船队出海执行任务，肩上的担子可不轻啊，你可要做好吃苦的准备，正像你妈说的，那可是要晕船的哟，不过你别怕，干啥都有个过程，晕晕就不晕了。"

"爸，我知道。"

"小兵啊，咱们远洋测量船队的组建，填补了中国海上测量的空白，真不容易呀。你放心地去吧，你说得对，咱爷俩儿还是一个战壕里的战友，为了咱们中国人的洲际导弹能顺利地跳进太平洋，咱们再拼一回。"

"爸，我知道。"

"畏危则安，畏亡则存。一个国家，如果不具备足够的威慑力量，就不能在灾难临头的时候进行有效的自卫，就无法在这个弱肉强食的世界上生存。苏美早就将洲际导弹装备到作战部队了，咱们要是再没有自己的洲际导弹，还是照样处在被动挨打的状态。小兵啊，不管有多难，我们都要勇往直前。"

"爸，我知道。"

"小兵啊，在现今这个和平的年代里，真正处于实战状态的军人，恐怕也只有我们这些人了。战场上的成败是不可逆转的，我们也是。成功了，我们是尽到了军人的本分，失败了，我们就是愧对祖国愧对人民的罪人。"

"您说得对，每次试验都是对我们的一次新的考验。"

"有人用了个很形象的比喻,说两弹结合虽然让我们有枪有弹,但那只是把手枪;远程运载火箭才是步枪,有了步枪,我们才能具备远程打击的能力。"

"这次试验的重要性我懂,您就放心吧,明天我走得早,就不过来打扰你和妈了。爸,我走了,再见。"

"好儿子,爸祝你成功。"

"应该说祝我们成功。"

"对,祝我们成功!"

潘大海和几位领导干部在基地的气象室查看气象资料,潘大海严肃地问气象处处长:"发射时刻的发射窗口能保证吗?"

女处长回答:"尽管本月的恶劣天气多,但经过我们同中央和总参等五个气象台的会商,情况是,在发射的前一天深夜之后,发射场上空将会出现连续的碧空。"

潘大海问:"有把握吗?"

女处长沉思,她扭头看了看她的战友,她的战友们对她点头。

潘大海又问:"你有这个把握吗?"

女处长坚定地回答:"有!我们有这个把握!"

一九八〇年五月十八日上午十时,在二号发射场,洲际导弹点火、升空、飞行……中国的第一枚洲际导弹顺利发射。

由十八艘舰船组成的远航编队在大海上乘风破浪,潘志兵和他的战友们在"远望"号航天测量船上严阵以待。

导弹发射约半个小时后,有人大声汇报:"雷达发现目标!"潘志兵大声汇报:"遥测发现目标!"又一个战友大声汇报:"经纬仪发现目标!"

遥远的天空,有一个亮点钻出云层,亮点越来越大,在距离海面还有几千米高度时,装有导弹飞行重要参数的数据舱,自动从导弹头部射出,打开降落伞,徐徐飘落海面。荧光染色剂把湛蓝的海水染成翠绿。

就在数据舱被弹出的同时,火箭弹头发着极其耀眼的光芒,一头扎进海里。随即,海水像开了锅似的沸腾起来,水蒸气随着激起的近二百米高、直径约三十米的水柱一起升高,形成一个庞大的水蒸气雾团,壮观的景象如同原子弹爆炸后形成的蘑菇云一般。

直升机迅速测出数据舱的坐标,早在附近待命的我导弹驱逐舰和一艘快艇立刻向落区开进。正在空中盘旋的打捞直升机接到打捞船长的命令，掉转机头飞向落点，垂直悬停在距离海面三十米的空中。

钢索吊着海军潜水员刘志勇同志徐徐下降。他一手抓住吊钩，一手奋力击水，几下便抓住了数据舱。

整个打捞过程只用了五分二十秒。

远望测量船的战友们鼓掌欢呼，一名军报记者手拿话筒问潘志兵："你好，请你说说现在的感受好吗？"

潘志兵激动地说："大家都看到了，刚才在太空中划过的那条中国弹道在向全世界宣告，我们的核打击力量已经覆盖全球了，我们已经拥有了在未来战争中对任何敌人的还手之力。任何对中国的军事讹诈和压制都将变得毫无用处。中、美、苏大三角的国际战略格局已经形成！"

"这也是你的个人理想，对吗？"

"不，我小时候的理想是盖大楼，是盖摩天大楼。"

"现在呢？"

"我现在就是在盖大楼，我的事业就是我们国家的摩天大楼，我们的国家只有强盛了，我们的大楼才会更高！"

众人为他鼓掌。

潘大海在马路上昂首阔步地走着，广播喇叭正在播放关于我国第一枚洲际导弹向南太平洋发射成功的新闻："一九八〇年五月十八日，我国首次成功地向南太平洋发射第一颗洲际导弹，这标志着我国第一代洲际导弹研制任务的胜利完成，标志着我国战略导弹核武器达到了新的水平……"

潘志军走进连部，电话铃就响了起来，他拿起电话，话筒里传来苏林激动的声音："哈哈，一弹震全球，好哇！一弹震全球哇！"

潘志军说："东风吹，战鼓擂，这个世界上到底谁怕谁？小小的前边儿用大大的胜利在向全世界宣告，中国人的脊梁从此挺起来了！"

潘志军放下电话，通信员递给他一封信，梁秀在信上说："亲爱的志军你好，你寄来的钱我收到了，这个学期我的学习成绩还是班里的前三名，志军，暑假就要到了，你能和我一块儿回家吗？"

潘志军的眼前幻化出穿着裙子的罗梦月微笑着从远处向他跑来……

在北京某大学校园，潘志兵站在鲜花盛开的花坛前，穿着裙子的罗梦月从远处向他跑了过来。

潘志兵说:"梦月,我来北京出差,过来看看你,欢迎吗?"

罗梦月说:"当然欢迎了,小兵哥哥,你是第一个到学校来看我的家人,见到你,我真的很高兴。"

"梦月,今天是星期天,你有课吗?"

"没课。"

"我想念北京,你能陪我逛逛吗?"

"没问题。"

"有你这么漂亮的妹妹陪着,我逛起北京来会更加心旷神怡。"

"我有那么好看吗?"

"你是那种能经得起仔细端详的漂亮,你的漂亮又高贵又大气,你呀,你咋连自己长啥样儿都不知道哇?你没照过镜子吗?要不一会儿路过商店我买个镜子送给你吧。"

"不必,我再漂亮也没人看见。"

"你的漂亮人人都能看得见,无论你走到哪里,你都是一道靓丽的风景。"

天空晴朗,水波荡漾,潘志兵和罗梦月坐在公园的小船上,罗梦月轻声哼着《让我们荡起双桨》,潘志兵笑眯眯地看着她。

"小兵哥哥,你干脆转业回到北京得了。"

"你这么喜欢北京?那大学毕业后你就留在北京工作呗。"

"我就是这么想的。"

潘志兵和罗梦月并肩在大街上走着,罗梦月问他:"你喜欢北京吗?"潘志兵说:"中国人谁不喜欢北京啊?我小时候在北京长大,北京也算是我的老家了。"

"如果让你回北京工作,你愿意吗?"

"我当然愿意了,唉,下辈子吧,这辈子我是没那个福气喽。"

"你如果有机会回来,你会回来吗?"

"没机会了,北京只是我心中的一个梦,恐怕我这辈子都圆不了这个梦了。"

潘大海哼着歌,手里提着一瓶红葡萄酒进家。金小妹戴着围裙从厨房出来:"又买酒了?只要你这老脸上一放光,再主动去买瓶酒回来,那一定是有喜事儿了。"

潘大海问她:"小兵回来了吗?"

潘志兵从里屋跑出来抱住了潘大海，激动地对他说："爸，您是天底下最好的爸爸，如果有来世，我还要当您的儿子！"

潘大海受宠若惊："好，好！"

金小妹说："看见你们高兴我也高兴，我再去炒几个菜。"

潘志兵把金小妹抱起来轻轻放到椅子上："妈，您辛苦了，您就坐在这儿，让儿子去给您炒几个菜，儿子今天要好好地孝敬孝敬您！"

潘志兵进厨房去了，潘大海和金小妹面面相觑。

潘光宗和潘戈回来。潘光宗说："大爷，你又买酒了，你干吗总是买红葡萄酒不买别的酒哇。"

潘戈说："你连咱们家这么大的秘密都不知道哇？我告诉你吧，有一次，周总理到咱们东风来视察，我爸他们去招待所开完会后陪周总理吃饭，周总理给爸他们敬的就是红葡萄酒，爸从此就认定了，只有红葡萄酒才是这世界上最好的酒，你听明白了吗？"

潘光宗说："大爷，你们可真棒，连周总理都给你们敬酒了呀，要是我以后也能像您一样就好了。"

金小妹端菜出来说："吃饭了，哎，你给我们说说这回又是啥喜事儿呀，也让我们高兴高兴。"

潘志兵说："咱们国家的洲际导弹打成了！我们成功了！这次的成功，可是大长了中国人民的志气，大振了国威也大振了军威！"

金小妹说："我在广播上听说了，就是我国第一枚洲际导弹向南太平洋发射成功，就是这事儿，对吧？"

潘光宗问："啥叫洲际导弹？"潘戈说："爸，你就给我们讲讲呗。"潘大海说："让你大哥给你们讲。"

潘志兵说："好，我给你们讲，洲际导弹是一种远程弹道导弹，它飞得快、升得高、打得准，具有强大的威慑力。咱们国家有了它，国防实力就增强了，中国强大了，就没有人再敢随便欺负咱们了。"

潘光宗惊呼："哎呀，好厉害呀！"

潘大海说："中国的洲际导弹发射成功震惊了全世界。这是一弹震全球，一弹震全球啊！"

金小妹笑了："呵呵，我看都快把你给震得找不着北了。"

潘光宗问："大爷，那个一弹震全球的玩意儿是从哪儿发射的呀？"

第二十八章　女儿考学　老母去世

潘戈对潘光宗说:"你说在哪儿?就在咱们这儿呗。"

潘光宗惊讶极了:"真的呀?没想到这个破地方还这么厉害呀!"

潘大海说:"咱们国家能在世界上站住脚跟,靠的是两根擎天大柱,一根是大庆油田,一根就是'两弹一星'。如果没在这个地方成功发射'两弹一星',咱们的国家就进不了联合国,咱们中国在联合国安理会常任理事国的席位也就待不长,你怎么能说这儿是破地方呢?"

潘光宗惊得目瞪口呆。

潘戈对他说:"三哥,这是军事秘密,记住,不能跟外人说。"

"能跟我娘说吗?"

"不能!跟谁都不能说,你要是说了,你就是叛徒和卖国贼。"

"那……那你们现在不是都在说吗?"

"我们是在自己的家里说。"

"这个地方这么厉害,咋就不能说呢?为啥呀?"

金小妹说:"这是纪律,保密纪律。"

潘大海说:"对,这是这个地方每个人都必须要严格遵守的保密纪律。"

一大束开花的红柳前,有一座用戈壁石堆成的小小坟茔,潘大海跪在坟茔前喃喃地说:"大胡子,我来看你来了,这是我专门给你买的好酒,你喝吧。"

他把酒倒在坟茔前,又从口袋里掏出两个苹果,摆放在坟茔前,喃喃道:"大胡子,你的儿子很优秀,工作非常出色,他对我说,他下辈子还要我当他的爸爸!"

潘大海笑了,笑着笑着又哭了:"大胡子,我跟你说哈,咱们国家已经有洲际导弹了，咱们再也不用眼红那些坏蛋的好武器了，咱们再也不用怕他们了，大胡子，这里面有你们铁道兵的功劳啊！大胡子，你们的血汗没有白流，没有白流啊！"

潘大海往坟茔上添加石块，后来，他站起来给坟茔敬礼："大胡子！你好好歇着，我有时间再来看你。"他抹着眼泪一步一回头地走了。

潘志军收到了军校录取通知书，他终于考上父亲最喜欢的计算机系。

潘志军在食堂吃完饭时，看到泔水桶里漂着一个大白馒头，他提着泔水桶走出了食堂。在食堂门外吹响了集合哨，干部战士紧急集合完毕，潘志军当众从泔水桶里捞出了那只馒头。

他大声地问："这个馒头是谁扔的？"

全排官兵无人应答。

潘志军说："现在我命令，每人给我咬一口，还要把咬下来那一口给我吃下去！"

他率先咬了一口，然后递给第一排的战士，馒头在大家的手里传递，每人咬了一口，这个馒头大家全部吃完。

潘志军愤怒地说："同志们，这么好的馒头有人说扔就给扔了，一个馒头凝聚着多少农民兄弟的血汗呀，他竟然就这么给扔了，扔馒头的人，你长没长心呀，你有没有人味儿啊？这馒头是谁扔的，立刻给我站出来！"

战士叶文涛向前走了两步说："报告潘副排长，馒头是我扔的，我错了！我向全排的同志们道歉！"

潘志军说："叶文涛，你种过粮食没有啊？你道歉，这是一个道歉就能了结的事儿吗？"

叶文涛说："报告排长，我种过庄稼。"

有人发笑。潘志军严肃地说："有什么好笑的？你们以为我不是农村人，我就搞不清楚庄稼和粮食的关系吗？我下过乡，放过羊，我干起农活来不比你们差。叶文涛，你想过没有，你扔掉的不是一个馒头，你扔掉的是做人的良心。你忘记了自己还是个农民的儿子，你这是忘本，是在犯罪！有位伟人说得好哇，贪污和浪费是极大的犯罪，这是一条永远都颠扑不破的真理，这句话啥时候都不会过时！同志们，犯了错误咱们不怕，谁敢说自己一辈子都不犯错误啊？叶文涛同志能主动站出来承认错误，这就很好嘛。我相信，在咱们排，永远都不会有人再犯这种低级的错误了，对不对？"

全排官兵声音洪亮地回答："对！"

队伍解散后，叶文涛蔫了吧叽地走了。

潘志军在猪圈旁找到正在暗自垂泪的叶文涛，让他把家信拿出来给他看，叶文涛呜咽地说："别看了，你就是知道了又能怎么样啊？"但他还是把信交给了潘志军。

潘志军看完信说："你们有证据吗？"

叶文涛抹了一把眼泪说："去年征兵，我爹告诉部队他弟弟有间歇性的精神病，后来这事不知怎么让他们家人给知道了，他娘蹲在我家门口骂了我爹一天一夜。"

潘志军问："你想怎么办？"

"我想一刀宰了他。"

"痛快！然后呢？"

"没想。"

"那我替你往下想啊，你报仇解恨的同时，也被公安局给抓走了，因为杀人是要偿命的。你的爷爷奶奶会因你病倒，你的父母会因你痛苦，你们家的天从此就塌了，你要的就是这个结果吗？"

"那你说我该咋办呀？"

潘志军让叶文涛安心工作，他利用假期去了解一下情况。

潘志军乘火车坐汽车来到叶文涛的家乡，他跟乡亲们了解情况后来到当地的公安局，把调查来的材料全部交给公安局长。他对局长说："这个案子全靠你们了，它可牵着我们战士的心呢。"

局长说："放心吧，稳定军心的重要性我懂，因为我也是军人出身。"

"您在哪儿当的兵？"

"在一个非常保密的地方，中国的版图上没有标出那个地方，但那个地方却是中国国防的基石。"

"那个地方被人们称之为前边儿或者里边儿，代号叫东风。"

"你怎么知道？"

"我的家就在那个地方。"

局长惊喜地说："你快说说，那个地方现在怎么样了？我真想那个地方啊。"

"还和以前一样，又封闭又荒凉。"

"在国际舞台上，没有对抗，就没有对话；没有实力，也就没有和平。平等和尊严,不是靠请求和抗议得来的,而是在实力相当的基础上赢来的。六十年代,没有原子弹、导弹,咱们中国在世界上说话就不算数;七十年代,没有人造卫星我们说话就没有分量;如果没有'两弹一星',咱们的国家就进不了联合国。那个又荒凉又封闭的地方是'两弹一星'的发源地,地图上虽然没有标出她的位置,但她却连着全中国人民的心啊!在那个地方工作过是我一生的光荣!"

"您说得太好了,您有时间再回到那个地方去看看吧,我陪您去。"

"我一定会回去看看的。这个案子请你放心,我们特事特办,一定尽早破案。"

"局长大哥,我代表我的战友还有那个保密的地方给您敬礼了!"

回来的路上,潘志军一直回忆着公安局长说过的话,他再次对那个神秘的地方肃然起敬,他决心毕业以后回到前边儿去,无论那个前边儿多么封闭,多么荒凉,因为她的责任和光荣,因为她连着全中国人民的心,还因为那里有他敬爱的父亲和亲爱的母亲。

没多久,叶文涛就收到了家信:那个开车故意撞伤他爷爷的肇事者被捕了,该他赔偿的都赔偿了,爷爷心里高兴,伤很快就痊愈了。

叶文涛紧握着潘志军的手声泪俱下:"潘副排长,那些天我尽琢磨着怎么去杀人了,我现在想想都后怕!你不仅救了我,你还救了我们全家,这让我怎么谢你呀?"

潘志军说:"为战士分忧是我的责任,那个人跟你们家就因为一点过节,就起了这么大的歹心,结果是害人又害己,太不值了。你以后有事儿要依靠组织,千万别再自己瞎琢磨了。"

潘光宗和潘戈都高中毕业了,潘光宗的户口不在基地,不能在基地当兵,也不能报考基地的军校,他看到潘戈和罗卫国都考上了东风专业技术军校,心里很不舒服。

潘大海和罗恩泽送孩子去军校上学,罗恩泽问起潘光宗,潘大海说:"他没考上大学,潘戈上军校又刺激到他,他现在把自己给关起来谁都不见,我正为这事儿发愁呢。"

罗恩泽说:"你该送他回自己家了。"

"我弟弟的家在改革开放的最前沿,那里的经济发达了,比从前富裕了,可是干啥的都有,我怕他回去了学坏。"

"你的儿媳妇也快大学毕业了吧?那个臭小子他现在怎么样了?"

"梁秀明年就毕业了，那个臭小子也考上大学了，学的也是计算机专业。"

"真的？"

"这还有假呀？哎？我家那个臭小子能考上大学，你是不是感到很意外呀？当初你说他不是学习的料，哼！事实胜过雄辩！"

潘大海和罗恩泽在二号发射阵地的发射架下席地而坐，潘大海从挂包里拿了一瓶红葡萄酒和两个军用茶缸，把酒倒进那个茶缸说："要是再有点油炸花生米就好了！"

罗恩泽说："要是再有一只烤鸭那就更好了。"

俩人相视一笑。

他们深情地凝视着发射架，想起了他们刚认识时的场景，想起了他们给苏联大尉买二锅头和烤鸭的情景……

潘大海说："你就要离开基地了，我真舍不得让你走哇。"

罗恩泽说："我不会走远，我转业后去的单位是航天工业部，那是负责管理火箭、导弹和航天器研究、设计和生产的，老潘啊，咱们还是一个战壕里的战友啊。"

潘光宗在屋里把录音机开得震天响，金小妹手里提着一包鸡蛋糕在门外低声下气地哄他："光宗，你把门打开，你看看大娘给你买啥好吃的了？"光宗不但不理她，还跟着录音机大声吼唱。

窗外的下班号响了，潘光宗关了灵音机，潘大海进来问金小妹潘光宗吃饭了没有，金小妹摇摇头。潘大海大声说："他爱吃不吃，不吃说明他不饿，哈，今天还有红烧肉哇，真香！"

金小妹也大声说："光宗最爱吃我做的红烧肉了，你慢点吃，给光宗留点。"

潘光宗从屋里出来，接过金小妹递给他的饭碗，大口吃了起来，金小妹给他夹了块肉，对他说："你有啥想法跟我们说说？"

潘光宗说："跟你们说有个屁用？你们家的孩子能当兵，能考军校，为啥就我不行？"

潘大海说："你愿意当兵是好事儿，只要基地有广东招兵的名额，你当兵就没问题。"

潘光宗说："你的意思是说，要是基地没有广东招兵的名额，那我就当不了兵了，对吧？"

"对。"

"哼，我要是你的孩子，你肯定会想尽办法让我去当兵，因为我不是你的孩子，你们根本就不愿意想办法，既然我不是你们家的孩子，那就请你们以后少管我！"

潘光宗端起那盘红烧肉和饭碗走进了他的房间，把门咣当一声给关上了。金小妹很无奈，潘大海嘟囔了一句："红烧肉我一块儿都没吃。"

潘戈上了东风专业技术军校后，把自己的名字改成了金戈，罗卫国问她为什么改名字，她说："我大哥叫我小兵器，二哥叫我小戈壁，可小兵器和小戈壁哪有金戈铁马有气势呀！"

金戈在军校参加军训时，男同学高飞翔总找她搭讪，说她是金色的鸽子在蓝天上飞翔，与他很像。罗卫国对他说："金戈的戈是金戈铁马的戈，不是鸽子的鸽。"

高飞翔对金戈说："人对自己的未来要有一个规划，我的规划是在部队的天空高傲地飞翔。"

金戈说："我没想那么远，只想做好眼前的事儿，比如，踢好正步。"

罗卫国不让金戈理他，说那人像只大土鳖。高飞翔问罗卫国和金戈是啥关系，为啥说他是土鳖，罗卫国告诉他土鳖是一种珍贵物种。

军训刚结束，高飞翔半夜患了急性阑尾炎，因阑尾炎已穿孔，急需输血，政委亲自带着AB型血型的同学们跑步去了医院。

金戈要求先抽她的血，政委说抽过血的学员可以放假休息几天，金戈利用放假休息的时间主动留下来照顾高飞翔。

金戈的举动引起了政委的注意。高飞翔病好后，政委把金戈叫到他的办公室问她："请你给我说说高飞翔同学生病的那天，你为什么一定要给他献血？学校给你放假让你回家休息，可你却一直守候在他的病床前，你能告诉我这是为什么？"

金戈说："不为什么，我就是看到战友生病了心里着急。"

政委提醒金戈："人在哪个阶段就要做好哪个阶段的事儿，早了晚了都不合适。你小时候是学习的阶段，就应该上学读书，你现在虽然长大了，但还是学习的阶段，还不到你考虑个人问题的时候。"

金戈回答："我们就是战友和同学的关系。"

政委对她说："这次你主动要求献血，表现得很好。学校会考虑给你特批嘉奖，这是学校对你的鼓励和爱护，希望你好自为之。"金戈对政委的问话十分反感，她在心里给政委起外号叫青面獠牙。

政委把高飞翔也叫到了他的办公室问话："我听说你和金戈的关系不错，是吗？"

高飞翔直率地回答："是！我喜欢她，她也喜欢我。"

政委说："学校不允许学员谈恋爱你知道吗？"

高飞翔说："报告队长，我们没有谈恋爱，我们只是在心里喜欢对方，队长，在心里悄悄喜欢一个人不算是犯纪律吧？"

政委说："我警告你啊，你要是胆敢越雷池一步，我就处分你！"

金秋时节，在点号工作的韩梅挺着大肚子焦急地站在马路旁等汽车，她拦住一辆吉普车，身穿工作服的潘大海从车窗里探出头问："梅子，有事儿啊？"韩梅说："潘伯伯，是你呀，有个孩子得马上送医院，我在这儿拦顺路车呢，你的车顺道吗？"潘大海说："这还问啥呀？顺道不顺道都得赶紧送孩子上医院，孩子在哪儿呢？"韩梅说："在我们点号的家属院，我去接孩子。"

潘大海下车把韩梅拉上汽车："我知道家属院，开车。"

韩梅和潘大海来到王工程师家，看到一个女孩儿正在发烧，他们让孩子的妈妈立刻抱女儿上汽车。

路上，韩梅庆幸地说："潘伯伯，今天多亏是遇见您了。"孩子的妈妈桂花说："感谢潘伯伯。"潘大海说："顺道的事儿，有啥好谢的。看来这孩子病得不轻啊。"

桂花哭了："唉，这孩子生在我们家可是倒了大霉了，潘伯伯，你不知道哇，她跟着我们可是遭老罪了，从她出生的那天起，我们就住在这个破点号，她长这么大了啥都没见过，去年我带她回老家，她指着卖元宵的摊子对我说：'妈妈，我也要吃乒乓球。你看，他们都在吃乒乓球呢。'吃元宵的人们都像看傻子似的看着我们娘俩。"

韩梅问她："桂花嫂子，你不愿意让你爱人提高工，就是想离开这个点号对吗？"桂花说："对，他只要是继续进步，我们就得继续住在这个小点号，我不能为了他的进步耽误了孩子上学。"韩梅说："王工同意吗？"桂花说："他要是同意，我就不跟他闹了。"潘大海问桂花："要是孩子上学的问题解决了，你还跟王工闹吗？"桂花说："要是孩子能按时上学，我还闹个啥劲儿呀？潘伯伯，我们这么苦挣苦熬的都是为了啥呀？不就是为了孩子吗？"

"孩子几岁了？"

"八岁了。"

"孩子的情况怎么不向领导反映？"

"我让他跟领导说说，他说领导正事都忙不过来，没空管我们的家务事儿，他自己不跟领导说，也不让我去说。"

路况不好，颠簸的汽车把韩梅给震了一下，她忍不住呻吟起来，潘大海问她怎么了，她说肚子有点疼。

潘大海着急了："你都这样儿了，咋还到点号来上班啊，亏你自己还是个医生呢。梅子，你还能坚持吗？"

桂花说："潘伯伯，你尽站着说话不腰疼，我们点号就她一个医生，她不上班点号的病人谁管？"

潘大海对韩梅说："刘建设那个傻小子知不知道你快要生孩子了，他对你好不好？"

韩梅说："他对我挺好的，我生孩子的日子他知道，这不是提前了嘛。"

韩梅疼得满脸是汗，桂花心里很是过意不去："韩医生，都是我家微微把你给累的，我真是对不起你啊。"

潘大海让司机把车开快点，汽车颠簸得厉害，疼得韩梅喊叫了起来。潘大海又让司机把车开慢。

潘大海着急地说："你这个傻孩子呀，你要不遇见我，你可咋办呀你。"

韩梅说："大不了把孩子生在我们卫生所呗。"

"要是遇到啥紧急情况你们卫生所能处理得了吗？你这不是在开玩笑呢吗，你这可是两条人命呀。"

"我没事儿，潘伯伯，志兵他还好吧？"

"他一天到晚地忙，我都好长时间没看到他了。"

"他不能总一个人生活，你得说说他。"

"他妈是见天地说，有啥用呀？只要是一提到这个话茬儿，他一准就坐在那儿耷拉个脑袋不吱声。"

"他心里到底是咋想的呀？"

"我哪知道啊？"

"我认识的一个战友打小就喜欢他，可他就是装傻不接那个茬儿，哎哟！"

医院到了，桂花搀扶着韩梅去了妇产科，潘大海抱着小微微去了儿科。

王工程师听说女儿病了，跑到家中又没见人，就跑到公路上去拦车，一辆汽车从他的身边开了过去，他急得直剁脚。他把军帽摘下来，把帽徽钉在帽子的后面，把帽子反戴在头上，整得像个女兵，他向远处开来的大卡车挥手，车停下来后，他爬上汽车后把帽子取下来抓在手里。

他跑到医院的儿科找女儿，护士告诉他微微在六床，他把帽子戴上后感谢护士。护士看到他的帽徽在帽子的后面，笑得直不起腰来："我早就听说有男兵装扮成女兵拦汽车的事儿，哈哈哈，今天可算是看到真的了。"

王工不好意思地赶紧把帽子给摘了下来。

潘大海到家后，见潘光宗留着长头发，穿着喇叭裤和花衬衫，哼着《何日君再来》，从外面进来。他皱起了眉头："我真是看不惯呀！"金小妹悄声对他说："他要这样穿，我有啥办法呀？他一生气就要回家，咱娘还在他家呢。"

吃饭时，潘光宗对他们说："大爷，大娘，我想回家。我知道你们怕我回去我娘就不好好侍候我奶奶了，其实……"

金小妹问他为什么想回家，他说："这儿特没意思，总有人在背后说我的坏话，这儿的人个个都是大傻子，自己啥都没见过，还总看不惯别人。"

金小妹说："光宗，你来的时候我跟你娘说好了的，她说她会好好待你奶奶，我们每月都给你奶奶寄钱，你娘对奶奶还好吧？"

潘光宗说："我娘对我奶奶一直都很好。"

潘大海松了一口气："哦，那就好，快吃饭吧。"

潘光宗说："其实我奶奶早就死了……"

潘大海忽地站了起来："啥？你再给我说一遍？"

潘光宗说："我奶奶早就死了，是我姐给我写信说的。"

潘大海颤声问："这是啥时候的事儿？"潘光宗说："都快一年了。"

潘大海泪流满面："娘啊！我的亲娘啊，儿子我不孝哇！亲娘都没了快一年了，儿子还啥都不知道啊？我这算是啥儿子呀！娘啊！"

金小妹流着眼泪扶着潘大海走进了里屋。潘光宗把红烧排骨拽到自己跟前大吃大嚼，吃饱后就跑出去玩儿了。

第二十九章　一箭三星　离休前后

潘志兵进家见饭桌上有饭菜，坐下来狼吞虎咽。金小妹从里屋出来对他说："小兵，你回来了？你还没吃饭呀？"

潘志兵说："忙忘了。"

"我和你爸也都没吃呢，你奶奶没了，你爸正在难受呢。"

"我奶奶没了，谁说的？我去看看我爸。"

潘大海从里屋走出来，抹着眼泪说："小兵，你到韩梅家去一趟，告诉梅子妈梅子快生了，她已住进医院了。"

金小妹说："梅子都快生了？这日子过得可真快，小兵啊，这么好的姑娘都让你给错过去了。"

潘志兵说："爸，我奶奶的事儿是真的吗？你可得想开点啊。"

潘大海说："你啰唆个啥，快去！"

潘志兵说："爸，我马上就得回单位，有紧急任务。"

金小妹说："你忙你的吧，韩梅家我去说。"

潘志兵拿一个馒头跑了，潘大海流着泪换军装，金小妹问他："你还要出去呀？"

潘大海说："和梅子一块儿搭我的车回来的还有一个生病的孩子，都八岁了，跟父母住在点号还没上学。唉，我们做领导的失职啊。"

"你吃了饭再去吧。"

"吃不下。"

"我知道你心里不好受，要不你休息两天再去上班？"

"休息两天我心里就好受了？你别等我，我从医院直接去点号了。"潘大海开门就走。

"你等一下。"金小妹从桌子上抓起一个馒头，用手帕包好，装进了潘大海的口袋。

潘大海来到微微的病房，桂花吃惊地看着穿军装的潘大海，王工程师给潘大海敬礼问好。

潘大海说："王工程师，你咋就不能把你家的情况跟我说说呀，我工作做得不好，对不起，让孩子受委屈了。"

桂花和王工都流泪了。

潘大海又说："桂花，潘伯伯问你，如果你能和孩子搬到中心区来住，孩子能上学了，那你还扯王工的后腿吗？"

桂花说："那还扯啥呀，再说我想扯也扯不动呀，他的事业永远都是第一位的，老婆孩子在他的眼里算啥呀？"

潘大海说："在男人的心中，老婆孩子也是第一位的！王工程师是个好同志，他的成绩里有你的功劳，我希望你能像以前一样支持他的工作，你能做到吗？"

桂花坚定地回答："能！"

潘大海给桂花敬礼，把桂花惊慌得赶紧给潘大海鞠躬，说："这世上哪有当官的给老百姓敬礼的道理呀？潘团长，只要我的孩子能上学，我一定支持他的工作，我决不再扯他的后腿了，我说话算数。"

潘大海握住桂花的手说："谢谢，谢谢！"

王工抹了一把脸上的泪水说："桂花，我还有任务，孩子就交给你了。"潘大海和王工急匆匆地走了。

金小妹和韩梅的父母焦急地守候在产房门口，从里面传出韩梅断断续续的呻吟声，门开了，医生出来问他们："产妇难产，你们要大人还是要孩子？"

韩父忙说："要大人，要大人。"

韩母说："梅子怀这个孩子可不易啊，大人和孩子我都要。"

韩父喊道："建设，你个狗日的，你咋还不快点回来啊？"

韩母哭着说："要大人，我要我的梅子啊！"

金小妹说："我给建设打电话去。"

金小妹在医生办公室打电话，韩母急得直哭，从产房传出来婴儿的哭声，韩父高兴地喊道："建设，你个狗日的，你当爹了呀。"

门开了，医生沮丧地走到他们面前说："对不起，我们已经尽力了。"韩母问："啥意思？"医生说："你们进去看她最后一眼吧。"韩母惨叫了一声："我的梅子啊！"

韩梅脸色蜡黄地躺在病床上，她父母冲进去抓住了女儿的手，韩梅用微弱的声音对他们说："建设有任务，你们……别……别怪他……"她脑袋一歪，生命静止了。

韩母大叫了一声："我的孩子呀！"就昏倒在地上，韩父坐在地上抱着韩母放声大哭。

金小妹抱着孩子把韩梅的父母送回家，金小妹对他们说："你们看，多壮实的一个小男孩儿呀。"韩母哭着说："可怜的孩子，刚一出生就没有了妈妈，我那可怜的梅子呀。"

半夜时分，潘大海和刘建设才一同回来，刘建设进门后扑通一声跪倒在韩梅的父母面前哭着说："爸，妈，我回来了，我对不起梅子，我对不起你们啊。"

韩母说："建设呀，梅子走了，她临走的时候还在喊着你的名字啊。"

韩父骂道："滚，你个狗日的，你还知道回来呀？"

潘大海说："我们来晚了，来晚了。"

金小妹说："你们咋才来呀？"

潘大海说："梅子的事儿值班员都告诉我了，我一点儿都没耽误，任务一完我立刻拽着建设回来了。"

金小妹说："你个缺大德的，你还有没有点人性啊？你就不能让建设早点回来看看梅子呀？你的任务有那么多人呢，少了他一个就不行啊？他哪怕是回来看梅子一眼也好哇。"金小妹边哭边打潘大海。

潘大海说："不是我不让他回来，是他没办法回来。"

韩父指着潘大海说："啥事儿能比人命还重要啊？我可怜的闺女，她死都没能闭上眼睛啊。"

韩母埋怨潘大海："你们当领导的不让他回来，那个傻小子他敢回来吗？"

刘建设说："爸爸妈妈，你们别怪潘团长了，我们的任务真的很重要，我们是一人一个岗位，我的岗位走不开，我实在是走不开呀。"

韩父一边捶打刘建设一边："你呀，啥狗屁任务比你媳妇的命还金贵呀？我的闺女没了呀，你咋就不知道回来看看她呀？"

金小妹要去拉韩父，让潘大海给拽住。刘建设一动不动地任韩父打，韩父越打动作越轻，最后韩父推开刘建设说："去看看你的儿子吧，那是我那可怜的闺女用命给你换回来的儿子啊。"

刘建设抱着婴儿流着眼泪说："今天是一九八一年九月二十日，我要永远记住这个日子。这是我媳妇的忌日，也是我儿子的生日，还是中国第一颗'一箭三星'发射成功的日子。"

金小妹问："啥叫'一箭三星'？"

潘大海说："'一箭三星'就是用一枚火箭同时发射三颗卫星。这在咱们中国还是第一次。三颗卫星准确入轨后，能不断向地面发送各种科学探测和试验数据。它除了有很大的科学意义外，还代表了中国的军事工业和航天技术的水平，咱们国家的这个进步已经引起了全世界的关注和轰动。"

韩母问刘建设："这是真的？"

刘建设说："是真的！爸，妈，我们可以发射'一箭三星'了，这说明咱们的国家更加强大了。"

韩母哭着说："梅子呀，建设都能发射'一箭三星'了，你听到没有哇？"

韩父对刘建设说："孩子，你过来。"

刘建设来到韩父的面前，韩父抚摸着刚才打他的地方问："疼吗？"

刘建设说："不疼，一点儿都不疼。"

金小妹给孩子换尿布，说："你们是不是给这孩子起个名字呀。"

刘建设说："爸，妈，这孩子是梅子用命换来的……还是你们给他起名字吧。"

韩父对潘大海说："麻烦潘团长给这孩子起个名字吧。"

韩母说："潘团长，你就起吧，你千万别怪我们刚才说的话不中听啊。"

潘大海热泪盈眶地说："我哪能怪你们啊，刘工程师，这是你的儿子，名字还是你自己起吧。"

刘建设说："我的儿子和'一箭三星'是同一天诞生的，就叫三星吧。爸，妈，潘团长，金阿姨，你们说这个名字好不好？"

韩父说："好，这个名字有意义。"韩母说："好，就叫三星。"刘建设从金小妹手里接过孩子，流着泪说："三星啊，你失去了妈妈，我失去了媳妇，咱爷俩这是啥命啊！"刘建设跪倒在地上失声痛哭。

潘家吃晚饭时，潘志兵对妈妈说："我在北京出差时见到梦月了，我们一起逛北京城，一起吃饭，临走我要给她留点钱，她不要。"

金小妹说："要是你们俩能走在一起就好了。"

潘志兵说："这不可能……"

正说着，潘大海揪着哭哭啼啼的潘光宗进来。金小妹问："这又是咋的了？光宗啊，你又惹祸了？"

潘大海怒吼道："为了这个小祖宗，我忍气压气了这么多年，到头来咋样？我连我的亲娘啥时候走的都不知道呀！"

金小妹说："我知道你心里有气，可你也别拿孩子撒气呀？"

潘大海："我是拿他撒气吗？你让他自己说，他都干啥坏事儿了？"潘光宗嘟囔："我也没干啥坏事儿呀？我就是逗站岗的战士玩儿来着。"金小妹问："你逗他们啥了？"潘光宗说："我说他们傻不拉叽的像根绿木头，他们不理我，还瞪我，我就……"潘大海吼道："你刚才不是挺能说的吗？说！"潘光宗说："说就说，我说他们都是缺爹少娘没人疼的傻小子。"潘大海说："还有呢。"潘光宗说："我还说他们在战场上是敌人的活靶子，傻烈士。"潘大海生气地说："你们听听他说的这是人话吗？"

金小妹说："光宗啊，你咋能这样说战士呀？"

潘光宗说："我是在逗他们玩儿呢。"

潘大海怒吼："你放肆！战士是军队的基石，你有啥资格逗他们玩儿啊？你算是个什么东西啊你？你看看你现在的这个样子！啊？跟流氓阿飞有啥区别啊？你都不配跟我们的战士说话！你，你还敢逗他们玩儿，我真想抽你我！"

潘光宗吓得躲到金小妹的身后："大娘，大爷要打死我，我知道，这都是因为我奶奶没了，他就敢对我想骂就骂，想打就打了。我要回家，这个破地方有啥好，没地儿玩儿，啥都吃不着，我穿得时髦点儿就成了流氓阿飞了，你们穿身破军装就了不起啊，你们就是绿癞蛤蟆坐在井里，只看见鸡屁眼儿大的天，鼠目寸光，还真以为自己了不起呢！"

潘大海喊道："你……你再敢给我说一遍！我打断你的狗腿！"潘大海要打他，被金小妹给拦住。

潘志兵说："光宗，你说啥呢？你不是也想成为像你大爷这样的人吗，你今天怎么又说军人都是绿癞蛤蟆了呢？"

潘光宗委屈地说："部队再好，跟我有关系吗？潘戈可以考部队技校，我行吗？你和二哥都能参军，我行吗？"

潘大海说："你不是这个地方的人，这不是谁嫌谁的事儿。"

潘光宗说："我既然不是这个地方的人，那你们为啥不让我回自己的家啊？"

金小妹问:"光宗啊,大娘问你,你真的想回家吗?"

潘光宗说:"我要当兵,你们不管我,我想回家,你们又不让我回,你们凭啥不让我回家?我要回家!"

潘大海说:"好,等我忙过这段时间,我和你大娘送你回家,怎么说你也是个高中毕业生了,学问也不算小了。"

金小妹说:"可不是吗?在咱们村儿呀,光宗也算是个大知识分子了,你爹跟你娘见到你不定咋高兴呢。"

晚上,金小妹坐在床上淌眼泪,潘大海笑着说:"别哭了,再哭咱家就发洪水了。"

金小妹哭着说:"刘嫂子一家还有小夏一家都要搬走了,我这心里难受得跟啥似的,你还笑,我看你这个人就没长心。"

"我要是跟你一起哭我就长心了?部队嘛,铁打的营盘流水的兵,年年都有战友离开,我要是跟你一样年年都哭个没完,我还能活到今天吗?"

"他们这一走,也不知道啥时候才能再见着。"

"你要是想她们了,就去北京去上海看她们。"

"咱们要是也能转业回北京就好了。"

"不可能。"

"你可以提申请啊?"

"想让我自己提出来脱军装?没门!"

"你还真想穿一辈子军装呀?"

"我生是部队的人,死是部队的鬼,我就是要穿一辈子军装!你有意见啊?"

"我没意见,这军装你爱穿多久就穿多久,你就是跟军装长一块儿了,我也没意见。"

潘志兵上着班,金小妹打电话让他赶快回家,说潘大海出事儿了。

潘志兵匆忙回家推开房门,穿过淡淡的烟雾,他看到潘大海面色凝重地坐在椅子上抽烟。金小妹小心翼翼地哄他:"老潘啊,今天我蒸了几个你总念叨的玉米面窝窝头,这新鲜的玉米面可不好整了,我还是托人从好远的地方给你弄来的。你尝尝……"

潘志兵进来,金小妹像看到救星似的把他拽到一边儿:"小兵呀,你可回来了,我都快让他把我给急死了!他昨晚下班回家就阴沉个老脸,一句话都不说,啥都没吃就早早地躺下了,晚上一个劲儿地翻身,搅和得我一晚上都没睡好。今天一大早他和往常一样去上班,出去了一会儿又回来了,回来后就这么干坐着,不吃不喝不说话,就是抽烟,一锅接一锅地抽哇。小兵,你爸他这是咋了呀?"

潘志兵说:"妈,你别急,我去了解一下情况就回来。"

潘志兵刚要出门,潘大海眼含泪花走过来说:"昨天他们通知我离休了,也就是说,部队不要我了!我的军人生涯从此彻底结束了,我从没想过部队会不要我,我还不到六十岁,我身体健康,思维正常。你们说我老了吗?我一点儿都不老哇!他们凭啥一脚把我给踢开?我实在是想不通啊,今天早晨上班号一响,我习惯性地往办公楼走去,走到半道上,我才想起那个办公大楼里已经没有我的位置了,我心里那个难受呀!不让我工作了,我还活着有啥意思呀?小兵呀,我连死的心都有哇!他们这是卸磨杀驴,卸磨杀驴啊!"

潘志兵扶潘大海坐下:"爸,您知道你们这批离休的干部都是哪年的兵吗?"

潘大海说:"都是四十五年以前入伍的老兵。我们这批老帮子在一个位置上原地踏步了十几年,昨天他们找我谈话,说是给我晋职,还没等我笑出声来呢,他们又接着告诉我晋职的命令和离休的命令一块儿下,这是打一巴掌给一个甜枣吃,太阴险毒辣了。"

"爸,接你们班儿的都是哪年的兵您知道吗?"

"知道,这次新提上来的都是一九六八年以后入伍的年轻干部。"

"爸,您的接班人要比你小二十多岁呀,您想过没有哇?假若你们总占着位置,这个年龄差就会越拉越大。这样下去怎么得了哇?爸,其实您比谁都清楚,部队是铁打的营盘流水的兵,老兵总占着位置,部队就变成一潭死水了,您说还能有朝气吗?爸,您是老革命了,您只要为部队的建设多想想,您会想通的。我知道您早就想通了,您只不过是在情感上过不来这个劲儿。"

"这个劲儿难过呀。"

"爸,只要是当兵的都得过这一关。"

"你说我除了当兵,我还能干啥呀我?"

金小妹听说潘大海是因为离休了在闹情绪,松了一口气:"原来你就为了这事儿啊,部队让你离休是为了让你休息,你没事儿帮我买买菜,养养花,不也挺好的吗?"

潘大海用鼻子哼了一声。金小妹问潘志兵："小兵呀，小军和梁秀都订婚了，你这个当哥哥的还耍着单呢，你以后打算咋办呀？"

潘志兵说："妈，正说我爸的事儿呢，你咋又扯上我了。哎，爸，小军他们快结婚了，您呢，眼瞅着就快要当爷爷了，爸，您喜欢孩子吗？您是喜欢男孩还是喜欢女孩啊？"

潘大海说："男孩女孩我都喜欢，都可以替我继续穿军装。"

金小妹笑着说："呵，这孩子还没影儿呢，就穿上军装了？行，我同意！等小军有孩子了，就让你爸爸给他当教官，从小就教他一二一。老潘哇，你可得有思想准备啊，这带孩子可比你带兵打仗要累多了，你可别想当逃兵。"

潘志兵说："我爸才不会当逃兵呢，是不是呀爸？"

潘大海说："当然不会了，小兵啊，你们小时候我一年才能见你们一次，有时是几年才见你们一次，一次也就十来天，你们还没跟我混熟呢，我就又走了。在我的眼里呀，你们是一截儿一截儿蹿大的。一眨巴眼的工夫，你们就都长大成人了，现在好了，我有时间带孙子了，我这个团长就要改行当保姆了。"

金小妹嗔怪地说："就你还能带孩子呀？你会啥呀？小孩子吃啥你知道吗？他一天吃几顿、一顿吃多少，你知道吗？你会给孩子换尿片子，会给孩子洗澡吗？"

潘大海说："不会可以学嘛，我就不信带孩子比搞发射还难。以后领孙子出去玩儿的任务是我的，你可不许跟我争。我要让那些卸磨杀驴的人好好看看，他们也会有脱下军装让位给我孙子的那一天。"

潘志兵说："哎，这就对了，我就说嘛，我爸的思想觉悟，那是谁都比不上的。"

金小妹说："爷爷同志，咱们现在是不是可以开饭了呀？"

潘大海说："开饭，还有新的战斗任务等着我去完成呢，不吃饭咋行？"

罗梦月坐在校园里看潘志兵的来信："梦月，你的来信我收到了，感谢你对我的信任。从你的信中可以看出你对前边儿的感情很复杂。我想，人活着就应该有梦想，有了梦想生活才有奔头，生活有了奔头，苦就不会觉得苦，累也不会觉得那么累了，否则，再美好的生活也会感到索然寡味，你说对吗？你说你的梦想已经埋葬在了前边儿，我想你埋葬的梦想可能只是你的幻想，你刚大学毕业，你的梦想才启航。我觉得，你的梦想在哪里你就应该去哪里，中国的大梦想是由每一个公民的小梦想凝聚而成的，我们个体的小梦想要与国家的大梦想相融合，我们的梦想才会有圆梦时刻的幸福和快乐。我们虽然不能流芳百世，但力争做到无怨无悔，无愧于自己的良心……"

罗梦月陷入了沉思。

潘大海和金小妹提着东西去看望韩梅的父母，金小妹把自己给三星做的新衣裳拿给韩母看，韩父对潘大海说："潘团长来了，快请坐吧。"

潘大海说："老韩师傅，我现在不是团长了，我会开汽车，以后你就叫我潘师傅吧。"

"你退下来了还是团长。"

"老韩师傅，你会开大火车，我只会开小汽车，前几年，你的薪金比我还多十好几块呢。"

"那不是你们军人把薪金捐出来一半去盖了幼儿园和学校了嘛，要不我的工资咋可能高过你啊。"

"军人就是奉献，这是应该的。"

"基地对我们职工的好，我们心里有数。基地让我们退休的这批老职工回内地老家，可是我们却发愁了。"

"这是好事儿呀，老韩师傅，你吃的苦还嫌不够哇？你是一九五八年来基地的吧？"

"是呀，我来的时候，咱们这条铁路还正在修建中，我们拉着装满铁轨、枕木还有石渣的火车皮，跟在修铁路的大部队后面。我亲眼看着咱们的干部战士扛着铁轨一溜小跑，那情景，就跟昨天似的。"

韩母说："那时候，我们在清水租住在老百姓家的驴圈里，四面透风，冻得实在是受不了了，我们就自己挖地窝子住。第二年秋天，地窝子被水淹了，我们就搬到闷罐子火车皮上去住了好几个月。"

韩父说："潘团长，说出来你可能不信，那时候我们没觉得苦，还觉得挺美的。"

潘大海说："我信，因为你们和我一样，都是经过党严格挑选后才到这里来的，当然感觉挺美的。"

韩母说："平时我们想家想得跟什么似的，可一说要离开这儿可以回家了，这心里头还有点儿挺不好受的。"

金小妹说："在哪儿时间长了，都会有感情的。嫂子，你们走了，小三星咋办啊？"

韩母说:"建设说把孩子送他家去。"

金小妹说:"你能舍得?"

韩母说:"舍不得也要舍得,这孩子总不能跟我们一辈子呀。"

正说着,刘建设进来了。"潘团长,阿姨,你们来了?爸,妈,你们啥时候走,我送你们,你们要是舍不下三星,你们就带走。不管你们走到哪儿,你们永远都是我的父母。"

韩母说:"孩子,你还年轻,有合适的就再往前走一步吧。"

刘建设说:"我就是再成家了,你们也还是我的父母。"

韩父说:"好孩子,你的心意我们领了。"

刘建设说:"爸,妈,这是我的真心话,请潘团长和阿姨为我作证,不管到啥时候,你们都是我的父母。爸,妈,你们就梅子这么一个女儿,我决不能扔下你们不管。"

离休后的潘大海,上班出去转悠,下班回家吃饭。时间一长他就烦了。这天,他边吃饭边跟金小妹发牢骚:"你不是说小军快要结婚了吗?小兵还问我喜欢男孩儿还是喜欢女孩儿,可是我的小孙子他在哪儿呀?"

金小妹忍不住笑了。门外有人敲门,金小妹打开门,梁秀和潘志军站在门外,梁秀进来抱住了金小妹说:"妈,我想你了。"

潘大海说:"小军,梁秀,你们回来咋也不提前说一声啊,我们好去车站接你们。"

潘志军说:"是梁秀不让我提前告诉你们,说你们要是知道了,又该忙活了,她不想让你们受累。"

潘大海说:"你们搞突然袭击,你妈是不受累了,可你们吃啥呀?"

金小妹说:"秀儿,你和小军先洗洗,妈这就给你们做饭去。"

梁秀说:"妈,你和爸吃你们的,我去厨房做饭。"

金小妹说:"这哪行啊,你坐了好几天的火车了,多累呀?"

梁秀说:"妈,我不累,您就坐在这儿吃您的。"

梁秀哼着歌儿去了厨房。潘志军对金小妹说:"你就让她去吧,她一进这个家就跟打了鸡血似的,倍儿精神。"

潘大海说:"梁秀对这个家的感情比你深。"

金小妹说:"可不是吗!我打心眼里喜欢这孩子,小军啊,你可不能亏欠了人家呀。"

潘志军说:"放心吧,现在我要跟你们宣布两个好消息。这第一呢,梁秀已经大学毕业了,她分到咱们东风中学当老师了,这可是她自己要求的。"

金小妹说:"太好了!"

潘大海问:"还有个好消息是啥?"

潘志军说:"我和梁秀已经登记结婚了。"

潘大海说:"你们啥时候给我生孙子呀?"

潘志军笑了:"爸,你以为这是发射火箭呀,想啥呢你。"

金小妹惊讶极了:"啥?你们都结婚了?结婚这么大的事儿,你们咋不说呀?"

"现在告诉你们也不晚啊。"

"可我啥都没给你们准备,就做了两床新被子。"

"有两床新被子就足够了。"

潘光宗抱着足球从外边进来。潘志军说:"爸,妈,我大学毕业后,也想要求分回来。"潘光宗瞪大眼睛问:"二哥,你疯了还是傻了?你的部队在城市里,你为啥要回到这戈壁滩来呀?"梁秀说:"志军,你是因为我对吗?"潘大海说:"说说吧,你为啥想回来呀?"潘志军说:"小时候,我总觉得咱们这个地方特神秘,后来,我虽然也当了兵,可我总感觉我的军装缺少了点啥,现在我明白了,其实没少别的,就是少了这个地方的神秘感。"

金小妹说:"得了吧,我看你就是为了梁秀。"潘志军说:"嗯,就算是吧。"梁秀说:"志军,你真好。"潘大海说:"这儿可比内地艰苦啊。"潘志军说:"爸,你说得对,这个地方的艰苦和寂寞是旁人无法想象的,但这个地方的伟大和光荣也是旁人无法想象的,鱼和熊掌不能兼得,我选择光荣,就不怕艰苦。"潘大海说:"我支持你回来。"潘光宗说:"二哥,你真让我意外,以前我总听别人说这个地方的人傻,现在我信了,我聪明的二哥都傻成这样了啊!"金小妹说:"光宗啊,你要是能跟你二哥一样傻,我做梦都能笑醒。"

第二天,梁秀去买菜,潘志军在家擦地板,潘大海放下报纸对他说:"小军啊,梁秀恋这个家胜过恋你,这里面不会有啥问题吧?"

"没有我,她哪有这个家?"

"记住,她是你的媳妇。"

"我知道。"

"小猴崽子,你知道就好。"

"爸,你没事儿别总盯着我啊,我哥他到现在连对象都没呢,你应该多关心关心他。"

"唉，要是梦月能喜欢上你哥就好了。"

"梦月和我哥？这咋可能呀？"潘志军的嗓门提高了。

潘大海瞪起了眼睛："有啥不可能的啊？你反应这么强烈啥意思啊？不会是你不乐意吧？"

潘志军也瞪起了眼睛："你明知道我不是那个意思。"

"那你是啥意思呀？"

金小妹从厨房出来瞪了潘大海一眼："告诉你们件事儿了，咱家的潘戈现在改名叫金戈了。"潘志军说："小戈壁改姓了？为啥呀？"潘大海说："我闺女说不想沾我和你大哥的光，所以不姓潘了。"

潘志军说："妈，梁秀刚工作，学校还没来得及给她分房子，您能不能先让她住在家里？我明天就走了。"潘大海说："梁秀住在家里我没意见。你们学校不是放假了吗？"潘志军说："我回连队去看看。"金小妹说："这有啥不行的呀，秀儿住在家里我求之不得。"

潘志军在房后的柴火垛旁劈柴，潘大海帮着，潘志军说："爸，您那天说的话是真的？"

潘大海问："我说啥了？"

"你说我哥跟罗梦月。"

"我只是希望。小猴崽子，你和梦月是不是还有联系啊？"

"没有。"

"那你跟我说说，为啥你哥和梦月不能走到一起呀？"

"我也希望他们能走在一起。"

"你心里是不是还有梦月？"

"往心里装一个人不容易，把那个人从心里拽出来更不容易。"

"啥意思？"

"爸，你放心，我知道应该怎么做。"

"你要是敢做对不起梁秀的事儿，我就打断你的狗腿！"

潘志兵把托人买的奶粉给韩家送去，他和韩梅父母正说着话，罗梦月来了。她也是给孩子送奶粉的。韩母问梦月是不是快大学毕业了，还想不想回来，罗梦月说她还有一年就毕业了，这个前边儿不是谁想来就能来得了的。

韩母说："要是你的对象在前边儿就能回来了。"罗梦月说："我没对象。"

韩母说："没对象可以找呀，小兵呀，你不是也没对象呢吗？我感觉你们两人就挺般配。"罗梦月羞红了脸："婶，你说啥呢。"

潘志兵和罗梦月一起离开了韩家。道路两旁花坛里的鲜花怒放，绿树成荫，他们两人默默地走着，都想说点啥，却又不知如何开口。几只喜鹊扑棱棱地飞到树上叽叽喳喳地叫。罗梦月叫了声小兵哥，潘志兵应着。罗梦月说："小兵哥，听说梁秀回来了？"潘志兵说："她和小军一块儿回来的。"

"他们……结婚了？"

"嗯。"

"你说他们有感情吗？"

"有。"

"小兵哥，你弟弟都结婚了，你为啥还不找对象呀？"

"没人看上我。"

"是你眼光高看不上别人吧？"

"感情是两个人的事儿，光我看上没用。"

"听你这话的意思，你心里有人了呗？"

"就算有吧。梦月，你呢？"

"我早就没有了恋爱的激情。"

"为啥呀？"

"小兵哥，如果你心里的她一直都看不见你，你会咋样？"

"我等。"

"她要是跟别人结婚了呢？"

"我真心祝福她。"

"你真的能放得下她吗？"

"结婚是两个人的事儿，放不下也要放下。"

"是呀，放不下也要放下。"

四处很安静，只能听到鸟儿叫。过了一会儿，潘志兵说："听说你爸爸妈妈转业了？"

罗梦月说："对，我们家就要从这儿搬走了，我不会再回来了。"

"你对这个地方一点儿都不留念吗？"

"没啥好留恋的。但我会想念金妈妈，想念你，想念潘伯伯和金戈。"

"我们也会想念你的。"

夜深人静，罗梦月在梦中和潘志军并肩走着，突然，梁秀跑过来一声不响地把潘志军给拽走了，罗梦月急得大喊大叫："志军，你回来，你快回来呀！"

潘志军回头冲她笑，笑着笑着，他哭了，自己也哭了，正哭着，潘志军自己回来了，他说："傻嫦娥，你哭啥？"梦月激动地抱住了潘志军："志军，你别离开我，你别走！"潘志军没反应，待罗梦月抬头看他时，潘志军竟然变成了潘志兵，罗梦月傻傻地看着潘志兵，潘志兵对她温柔一笑，轻轻拉开她抱着他的手飘然离去。罗梦月孤独地坐在地上大哭，硬把自己给哭醒了。她回味梦中的情景，窗外的月光如水般地透过窗帘倾洒在房间的每一处角落。

第三十章　兄弟怪罪　夫妻互责

潘大海在家看报纸，金小妹看梁秀织毛衣："这一针一针地织，累不累手啊？"梁秀说："不累。"金小妹问："你这是给谁织的？"梁秀说："给小军织的，妈，你看这个颜色还行吧？"金小妹说："行，小军穿上一定好看。"

罗梦月推门进来说："金妈妈，我来了。"

金小妹笑呵呵地说："梦月，你回来了？大学毕业了吗？"罗梦月说："我明年就毕业，梁秀都毕业了吧？你分哪儿了？"梁秀给罗梦月倒了杯开水说："我分到咱们东风中学了。"罗梦月说："梁秀，听说你和志军结婚了？"梁秀说："对，是小军的部队给我们办的婚礼。"罗梦月说："金妈妈，梁秀往后天天守着你了，你很高兴吧？"金小妹说："高兴。梦月呀，你爸爸妈妈就要转业回北京了，我一想到你们家要搬走了，我这心里还挺不得劲呢。"罗梦月说："金妈妈，军人的军装是穿不到头的，以后你们也会离开这儿的。"潘大海说："只要是当过兵的，对军装的感情那就是一辈子，穿不穿军装他永远都是一个兵。"罗梦月说："我爸爸妈妈也是这样说的。"梁秀说："梦月姐，你和我爸爸妈妈说话，我去厨房做饭，你别走了，就在这儿吃啊。"罗梦月说："不了，一会儿我还得回家给我爸爸妈妈做饭呢。"

梁秀去厨房了。潘大海说："梦月呀，你毕业了就回来呗。你爸爸要是看见他的闺女都能接他的班了，准高兴。"罗梦月说："我没理由回来。"潘大海说："我虽然离休了，可政策上的事儿我还懂，你要是在前边儿有爱人，组织上会照顾你回来的。"罗梦月笑了："我连对象都没有，哪来的爱人。"潘大海说："没爱人可以找哇。"金小妹说："像我们梦月这么漂亮的女大学生，要是想在这儿找对象，那还不得挑着样找哇。"罗梦月说："金妈妈，看你说的，谁能看上我呀。"潘大海说："梦月，你看你的小兵哥哥咋样？"罗梦月羞红了脸：

"哎呀，潘伯伯你说啥呢！"金小妹嗔怪潘大海："有你这么问话的吗？你把我的梦月给吓着了，我跟你没完。"罗梦月说："金妈妈，我没那么娇气。"潘大海说："就是嘛，军人的孩子，哪能这么娇气呀，梦月呀，找对象跟搞发射是一样的，平时对那个人的一言一行一举一动，你都要认真地考查和测试，时机一到，就五、四、三、二、一，点火，升空，一举搞定。可不能拖泥带水的啊。"金小妹笑了："你啥都能扯上发射，梦月呀，你觉得你小兵哥到底行不行啊？"罗梦月说："小兵哥说他的心里已经有人了。"金小妹说："啊？这怎么可能啊？"潘大海问："他说了他心里的那个人是谁了吗？"

"没说。"

"如果是你呢？"

"不可能。"

"如果小兵他心里装的是你，你愿意吗？"

"我该回家做饭去了，金妈妈，我走了啊，潘伯伯再见。"

罗梦月逃走了。

金小妹问潘大海："梦月这是啥意思？"

潘大海反问她："啥意思？"

"她到底是愿意还是不愿意呀？"

"她说小兵的心里有人了，那个人是谁呢？"

"咱们得好好问问小兵，我问还是你问？"

"这种事儿，还是你问吧，我不知道怎么说。"

"咱家啥事儿都指不上你。"

金小妹立刻打电话找潘志兵，电话那头告诉她潘志兵出差了。金小妹放下电话说："这孩子，出差了也不跟家人说一声。"

潘大海说："等他回来了你再问。"

金小妹说："这个小兵啊，真让人操心。唉，要是金戈在家就好了，她嘻嘻哈哈就把这事儿给问清楚了。"

回到连队的潘志军听说连长要到广东去招新兵，把连长拽到一个没人的地方，急切地说："我有个弟弟是在我家长大的，他的户口在广东，我想请你把他给招来。他是我二叔家的孩子，他很有军事头脑，他小时候跟人打架用的都是孙子兵法，军事术语在他嘴里那是一串串地往外蹦啊。"

连长笑着说："我一定把他招来，感谢你又给我们部队送来了一个好兵！"

潘志军立刻把连长同意招潘光宗当兵的事儿写信告诉了潘大海。

潘大海和金小妹带着潘光宗回到了广东老家，潘大河家重新盖了大房子，家里的生活比以前好了许多。

玉霞见儿子回来了，高兴地去抱他，被潘光宗给挣脱了。

金小妹对玉霞说："光宗高中毕业了，小军说他们部队要到广东来招兵，我们就把他送回来当兵了。"

玉霞说："现在的人都在想着怎么赚钱，谁还当兵呀。"

潘光宗说："娘，我想当兵！"

玉霞说："好人不当兵，好铁不打钉！只有傻子才当兵！"

潘大海把潘大河拉到一边说："大河，咱娘到底是啥时候走的？"

潘大河说："那年你和小军走了以后，咱娘就病了，送到医院没多久她就不行了，我给你发电报，你说我骗你。哥，我再不是人，也不能用娘的生死来骗你呀。"

潘大海说："我以为你想让光宗回来编的瞎话呢，谁知道，咱娘她真的走了啊！"

"哥呀，你当兵都当傻了，你都不知道外面的事儿了，咱家现在是经济特区了，经济特区就是要搞活经济。啥叫搞活经济？搞活经济就是赚钱，我们这儿没文化的人能赚大钱的人可多了，你说光宗上学还有啥用啊？"

"光宗他是高中毕业生，他参军后就是个有文化的兵，怎么能说没用呢？"

"现在谁还当兵呀？"

"你们不是说做梦都盼着他能光宗耀祖，盼着他有出息吗？"

玉霞说："当个穷兵能有啥出息呀？哥，我说句你不爱听的，你跟我们这儿的人比，就是个穷人，难道还想让我的光宗也跟你们一样受穷吗？"

潘大海说："你为了让光宗将来有出息，才让我们把他带到部队去的。"

玉霞说："那时候，我们羡慕军人，现在我们羡慕的是有钱人，你们有钱吗？"潘大海被问得张口结舌。

金小妹问玉霞："你那仨丫头还都好吗？"

玉霞说："好，都结婚住上大楼房了，有两个女婿还当上大老板了。"

潘大河问潘大海："哥，你们家的孩子们现在都在干啥呢？"

潘光宗说："他们都是军官。"

玉霞说："哥，嫂，我的光宗为啥不能当军官？"

潘大海说："因为光宗的户口不在我们那儿。"

玉霞生气地进了厨房，一条小狗从外面进来，玉霞踢了小狗一脚："吃人饭拉狗屎的东西，我踢死你。"小狗惨叫着跑开了。玉霞继续骂着："哼，你以为你拼命摇尾巴，拼命对别人好，别人就把你当人看了吗？做梦吧你！"

玉霞回来把装着鸡肉的盘子重重地放在桌子上。

潘大海说："大河，光宗在我们家这些年，我们没有亏待他。"

玉霞说："你们家的孩子个个都是大军官，光宗跟他们一块儿长大，却什么都不是，你们还想咋亏待他呀？我们当初把儿子交给你们是为了啥呀？我这些年忍受着母子分离的痛苦，不就是为了能让他有个好的前程吗！可他的前程在哪儿呢？我们想让他早点回来赚钱，你们不让他回来，现在你们把他给我们送回来，说是为了让他当兵，难道当兵就是我儿子的前程吗？你们也太过分了吧？"玉霞哭了，潘大河阴沉着脸闷头抽烟。

潘大海说："光宗毕竟也是高中生呀，有文化在哪儿都能用得上。"

玉霞一把鼻涕一把泪："文化能当饭吃？还是能当钱花？你们家的孩子为啥就能上大学，我的光宗为啥就不行？同样都是潘家的子孙，你们为啥不把一碗水端平？这么些年了，我把饭做熟了一碗一碗地端给咱娘，我给咱娘洗洗涮涮，给咱娘把屎把尿、养老送终。我不委屈，因为这是小辈人的本分。可你们也知道我们只有光宗这一个儿子，我们信任你们才把儿子交给你们，可你们……你们咋能这样对他啊！"

潘大海说："玉霞，话不能这样说。"

潘大河说："不这样说咋说？哥，嫂，你们别怪玉霞说话不中听，啥都别说了，怪就怪在我们太傻了呀！"

潘大海说："大河，你咋也这么说话呢？这么多年了，我们把光宗看得比自己的孩子还金贵，不信，你们可以问问光宗呀。"

潘光宗低着头不吱声。

潘大河说："我的亲哥呀，我们以为你们会把光宗当成自己的亲儿子一样管教，才把他交给你们。你们现在把这个农不农、商不商的儿子送回来了，还说要让他去当兵，你……你怎么能这样对你的亲弟弟呀！"

玉霞坐在地上拖着长腔哭号："天啊，你们睁睁眼吧，爹呀，你睁开眼睛看看我们吧，娘呀，你为啥扔下我们就这样走了啊？你回来给我们说句公道话呀，我们把人家当亲人，可是人家从没把我们当过亲人哪，老天爷啊，我前世造了啥孽啊……"

金小妹对潘大海说："老潘，咱们走吧。"

潘大海说:"大河,我们把孩子给你们送回来了,那我们就走了啊。"

潘大河唉声叹气,玉霞大声哭号,光宗跟个没事儿人似的两眼望天。潘大海从口袋里掏出一封信交给潘光宗:"光宗,这上面有招兵的时间和……"

玉霞夺过那封信几下给撕碎了,她号叫着:"我们不当那个穷兵!"

潘大海和金小妹怅然离去,走出门口,潘大海又快速折了回去,他泪流满面地问潘大河:"大河,请你告诉我,咱娘埋哪儿了,你带哥去看看咱娘,哥求你了!"

潘大河叹了一口气,起身往外走,潘大海和金小妹跟在他的身后,他们来到村外的一座土坟前,潘大河跪下对着坟头说:"娘,我哥和我嫂子来看您来了。"

潘大海和金小妹跪倒在坟前,潘大海哭诉:"娘,娘啊,您的儿子大海回来看您来了啊,儿子不孝哇,儿子对不起您啊!儿子有愧呀!娘啊!"

金小妹哭着说:"娘,我是你的儿媳妇小妹呀,我和大海回来看您来了,可是我们连张烧纸都没给您预备呀,我只能在这里给您磕头谢罪了啊,娘啊,我们对不起您老人家啊。"

潘大河哭着说:"娘啊,当年我不该让他们把光宗给带走啊,娘啊!您说我们咋那么傻呀?现在光宗空着手回来了,他啥都没混上啊!"

潘大海对大河说:"我不是跟你说过了吗,光宗虽然没考上大学,但他毕竟是高中毕业生了,只要他有文化,走到哪儿都不怕。"

潘大河继续哭着说:"十多年了啊!你们是咋教育他的啊?你们家的孩子为啥当兵的当兵,上大学的上大学,为啥光宗就不行啊,娘啊,您给我们评评这个理吧,我哥不把光宗当潘家的孩子待啊。"

金小妹说:"大河,你就别再捅你哥的心窝子了……"

潘大海对金小妹咆哮道:"你给我闭嘴,这儿没你说话的份儿!"

潘大河说:"娘呀,我心里难受啊,光宗没赚到钱,也没当上军官,我对他的希望全都落空了呀。娘,我该咋办呀?"

潘大海说:"大河,你冤枉我了呀。"

潘大河说:"我知道不怨你。"

潘大海说:"哎,好兄弟,你能这样想就对了。"

潘大河说:"问题都在她(他指着金小妹)的身上,你怕她,亏你还是个大军官,你说你凭啥怕她呀,你到底有啥短儿攥在她的手里了呀?我们老潘家就没你这么窝囊的儿子!"

金小妹大声说："大河！你不能这样说你哥！"

潘大海大声吼叫："你！给我闭嘴！你还嫌不够乱呀？"

玉霞和潘光宗也跑来了，玉霞披头散发地跪在坟墓前大放悲声："娘啊，我们上了人家的当了啊，自家的哥嫂都不把我们当自家人待呀，他们骗了我们十好几年啊，千古奇冤啊！娘啊，您睁开眼睛看看我们吧，我们冤枉啊！"

潘大海说："你咋能这么说话呀？我们骗你们啥了？"

金小妹说："玉霞呀，人说话得凭良心，你可不能胡说八道啊。"

潘大海甩了金小妹一记耳光："你给我闭嘴！"

玉霞上前抓住金小妹大喊大叫："都是你，就因为我说过你的坏话，你就报复到我儿子的身上了，你好歹毒啊，你明面上对我儿子好，实际上是在毁我的儿子呀，金小妹，我跟你没完！"

玉霞扑打金小妹，潘大河拉开玉霞说："咱就认倒霉吧，咱们都别再打扰咱娘了行不行啊。"

玉霞拽着金小妹的头发不撒手，潘光宗冲了过来，他拉开玉霞的手喊道："你放开我大娘，有事儿冲着我来！大爷，大娘，你们快走吧！"

潘大海和金小妹在坟前磕完头一前一后地走了。玉霞的哭号声如同鞭子一样在抽打着他们的心："我的傻儿子呀，你怎么能胳膊肘向外拐呀，老天啊，我的儿子都和我不亲了呀，我这是造的啥孽呀？娘啊，你把我给带走了吧！"

潘大海和金小妹沮丧地走在田间的小路上。金小妹说："你这是头一回打我，算了，我知道你心里不好受，就不跟你计较了。"

潘大海长长地叹了一口气。

金小妹说："光宗在咱们家住了十来年了，他一步都没离开我，我就这么扔下他走了，心里还真不得劲呀。"

潘大海又叹了一口气。

金小妹继续说："他们也是，咱们把他们的儿子养大，又给他们送回来，没功劳还有辛劳，可弄得连顿饭都没让咱们吃，你饿不饿呀？"

潘大海说："怪谁呀？就那个小祖宗，平时你连句重话都不让我说，你都把他给惯成啥样儿了，玉霞说得一点儿都没错，你就是没安好心！"

金小妹没想到潘大海竟然如此歪曲她的本意，她在玉霞和大河面前受气、受委屈都能忍受，但她无论如何也忍受不了丈夫伤她的心。她愤怒了："你说啥？你说我没安好心？你咋能这样说我呢？你这是在伤我的心你知道吗？这个孩子是怎么来咱家的你不是不知道哇，我为了这个孩子忍气吞声，受苦受累，你也不是没看到。他们这样说我也就算了,你咋也这样说我呀?我都是为了谁呀我,你咋能和他们一块儿冤枉我啊?"

此时的潘大海已近乎疯狂,他对母亲的去世心生愧疚,对兄弟的怪罪有着说不出来的难过,他委屈,他自责,他的心里窝着一团无名的烈火,金小妹的一番话点燃了那把火。他对她咆哮道:"我不这样说我咋说?这个结果是谁造成的?啊?不都是你吗?惯子如杀子的道理你不是不知道啊?可这个孩子他要什么你就给他什么,他想怎么着你就让他怎么着,你自己捧着惯着还不算,还让我们全家都跟着你一起捧着他惯着他,你把好端端的一个孩子给毁成啥样了?啊?你都把他毁成四体不勤、五谷不分的小混混了,金小妹呀金小妹,这就是你捧出来的胜利果实,你别怪人家的爹妈不高兴,其实我对你的这种做法早就不高兴了。"

金小妹委屈极了:"这个孩子不是你亲生的,我能怎么教育他呀?你没说他两句,他就要回家去告状,你让我咋办呀?他要是真的闹着回了家,就玉霞那个脾气,倒霉的是谁呀,还不是咱娘吗?"

潘大海比金小妹还要委屈:"你少提我娘,我爹他走得早,我只有这么一个亲娘,可我却连亲娘最后的一面都没见到,娘临走连句话都没给我留下呀,我可怜的亲娘啊,儿子对不起你呀,金小妹,我恨你!"

潘大海咬牙切齿,泪流满面,仰天长叹!

金小妹坐在地上哭号:"老天爷啊,你睁睁眼吧,我为了他们老潘家成年累月地忙,到头来啥也没落下,竟遭人恨了啊,潘大海!你个没良心的东西,你但凡还有一点人味儿,你也不能说出这样捅我心窝子的话来呀,潘大海,我也恨你!"

潘大海说:"有啥事儿咱们回家再说,让孩子们给咱们评评这个理,你坐在这儿算是咋回事呀?"

金小妹说:"我跟你这么多年了,我除了受委屈还是受委屈,我早就受够了我,回去咱们就离婚,谁不离谁是老狗!"

潘大海说:"离,谁不离谁是老王八蛋!"

他们谁也不理谁,一前一后地向火车站走去。上了火车,她拿出在车站买的大饼递给他,他接过大饼大口吃着,看都不看她一眼。

出差回来的潘志兵闻听爸爸妈妈回来了,就去东风火车站接他们:"爸,妈,你们好不容易回了趟老家,怎么这么快就回来了,累坏了吧?"

金小妹见到儿子，眼泪奔腾而下："小兵啊！我心里难受呀！"

潘志兵说："妈，光宗是我叔的孩子，你就别再惦记了，光宗这一走，咱家少了多少麻烦事儿啊，他早就该回自己家去了。"

潘大海说："你听听小兵说的，那个破孩子早就成了咱们家的大祸害了，这都你的功劳，你可真是我们家的大功臣啊！"

金小妹说："大河让光宗回家的时候，你为啥拦着？你要是早点让他回家，能有这事儿吗？咱们家的大祸害是你！"

潘大海说："离婚！马上离婚！"

金小妹说："离婚！"

潘志兵糊涂了："爸，妈，你们这是怎么了啊？爸，你是不是又惹我妈生气了？你赶紧给我妈道个歉吧。"

潘大海吼叫："我凭啥给她道歉啊？"

潘志兵说："爸，妈，你们别在这儿闹了行不行？好多人都在看着你们呢，有啥事儿咱们回家说。"

金小妹抹着眼泪说："小兵呀，我不能再跟这个老混蛋住在一块儿了，我一看见他，我这心里就堵得喘不上气儿来。"

潘大海说："小兵呀，我是坚决不能和这个臭老太婆再同流合污了，我一看见她心里就冒火，这把火早晚把我给活活烧死。"

潘志兵说："要不咱们这样，爸，您回自己家去，妈，您去梁秀那儿？有啥事儿咱们以后再说，好不好？"

潘大海说："不行，我要去小军家，我还要训练我的大孙子呢。"

金小妹说："你会带孩子吗你？你除了会吃，你能干啥呀你？"

潘志兵说："爸，这孩子的事儿还早着呢，咱们以后再说啊。妈，要不你先回自己家？"

金小妹说："好，就这么定了，谁都不许反悔。"

潘大海说："谁反悔谁就是王八蛋。"

潘志兵说："那咱们就快走吧，车还在站台外面等着呢。"

汽车停在梁秀家的门前，潘志兵说："妈，你不下车进去看看学校给梁秀分的房子？"

金小妹说："不去了，他住在这儿也没用，以后梁秀有了孩子，还得我来带。"

潘大海下车说："那是我潘家的孙子，你想都别想！"

333

金小妹哼了一声说:"有本事你们潘家自己生孩子,别娶媳妇,老神经病!"

司机都听乐了。

潘志兵立刻叫停:"你们都少说两句行吗?妈,你在车里先坐会儿,我把我爸送上去我就回来。"

潘志兵送潘大海上楼,梁秀迎上去说:"爸,您回来了,我妈呢?"

潘志兵对梁秀说:"先让咱爸住在你这儿,你给爸整点吃的,我把妈给送家去。"

梁秀悄声问潘志兵:"哥,爸和妈咋还分开了呢?"

潘志兵说:"老两口闹别扭了,你啥都别问,照顾好爸。爸,我走了啊。"

梁秀说:"爸,我给您做饭去。"

潘大海说:"不吃了,气都气饱了。"

梁秀说:"爸,您先喝口水,有啥事儿咱们慢慢说啊。"

潘志兵回到汽车里对司机说:"走吧。"

金小妹抹着眼泪说:"小军不在家,他一个老公公跟儿媳妇住在一起方便吗?"

潘志兵说:"妈,要不咱们再换回来?"

金小妹说:"我才懒得理他呢。小兵呀,你爸他太伤我的心了!"

潘志兵说:"妈,咱们回家再说好不好?"

晚饭后,金小妹跟儿子哭诉她的委屈,潘志兵笑了:"你们就为了这点儿事儿呀?"

金小妹睁大了眼睛问:"咋的,这事儿还不算大呀?小兵,你说我待光宗是不是真心?"

"当然是真心了,你对他比对我们几个都上心。"

"可那个老东西说我是在害光宗,他太亏我的心了,哎哟,我一想这事儿,我心就疼。"

"妈,我叔和我婶不知道外面的事儿,他们以为咱们家只要把他们的儿子给带出来了,他的儿子肯定就能成为公家人,这个理儿啊跟他们一时半会儿也说不清楚,我爸心里更多的是自责和委屈。"

"最委屈的那个人应该是我。我给他们带了十几年的孩子,我给他们送孩子去的时候,他们连口水都没给我们喝,就被他们给骂回来了。唉!你爸会自责？哼，他要是会自责就不会那样对我了。"

"我爸为了光宗，忍了那么多年了，可是到头来还不是亲娘说没就没了，亲兄弟说生分就生分了。他心里有憋屈无处诉说，只能跟你撒气，因为你是最理解他的人。"

"他咋就不能理解理解我呢？小兵啊，你就别再劝我了，那个老东西把我的心给伤透了，我说啥都不能跟他一块儿过了。"

"妈，你真是这样想的？"

"我就是这样想的！我受他剥削压迫了一辈子，我要跟他离婚，我坚决跟他离婚！"

"妈，你们都这个岁数了还闹离婚，就不怕别人笑话呀？"

"我都快被那个老东西给气死了，你不心疼我，还怕别人笑话，你还没有良心啊？"金小妹放声大哭。

潘志兵又急又气地说："妈，您别生气，我不是那个意思。"

潘大海在梁秀家吃饭，金戈推门进来说："二嫂，我大哥打电话让我过来，到底啥情况啊？哎？爸，你咋一个人在这儿？我妈呢？"

潘大海说："金戈铁马同志，你爸我无家可归了。"

金戈说："爸，这到底是咋回事啊？"

潘大海说："我跟你说哈，那个臭老太婆她太坏了……"

几天后，潘大海问梁秀："咱家的金戈铁马咋还不回来呀？"

梁秀说："爸，金戈妹妹出差了。"

潘志军推门进来，梁秀惊讶地说："哎呀，你咋回来了？爸，志军回来了。"

潘志军说："咋的，我回来了你不高兴啊？"

梁秀说："谁说我不高兴了？我就是奇怪，这个时候你咋回来了？你不会是当了逃兵了吧？爸，志军他当逃兵了。"

潘大海说："小猴崽子当逃兵？这不可能，绝对不可能。"

潘志军笑着说："哈哈，我是回来实习的，我已经要求毕业后分回来了。爸，你怎么一个人在这儿，我妈呢？"

梁秀说："你能回来了真是太好了，快坐下吃饭吧。"

潘志军说："爸，我妈她为啥没来呀？"

梁秀把一个馒头塞到潘志军的嘴里说："吃饭。"

潘志军满腹狐疑地吃饭，饭后，梁秀去看金小妹，潘志军问潘大海是怎

335

回事,潘大海如此这般诉说了一番。潘志军问:"爸,你跟我妈的矛盾真的到了不可调和的地步了吗?"

潘大海态度坚定:"不可调和,没办法调和!"

潘志军想了想说:"哦,既然都这样了,那你们就离吧,谁离了谁都能活,干吗非要硬凑在一起不高兴啊。"

潘大海有点儿意外地看着潘志军:"小军,那个离婚手续好办不?你让你哥帮我问问。"

潘志军说:"我哥对您离婚的态度,您不知道呀?"

"他啥态度?"

"我哥给我打电话说他不希望你们离婚,他根本就不相信你们真的能分开,他说你们风风雨雨大半辈子了,早就融为一体了。"

"胡说,我才不会跟那个臭老太婆融为一体了,那是同流合污。"

"就是,两个人就是两个人,咋可能会变成一个人呢?"

"要不你帮我问问,这个离婚手续复杂不?"

"爸,您在领导岗位上那么些年,还不知道离婚手续咋办啊?"

"废话,我又没离过婚,我哪知道这离婚的手续咋办呀?"

"哦,对了,你干的是发射的活儿,跟离婚没关系。再说了,谁爱管离婚这破事儿呀?老话儿不是说吗?宁拆十座庙,不破一处婚。"

"少废话,你说你到底给不给我问?"

"问,我一定问。爸,说实话,我打小就特崇拜您,在解放全中国和抗美援朝的战争中,您是大英雄,在这块戈壁滩上创业、发射,您还是大英雄。爸,您放心吧,就算您跟我妈真的离婚了,我照样会坚定不移地维护您,支持您,因为您在我的心目中,永远都是我最最敬仰、最最崇拜的大英雄。"

潘大海激动了:"好儿子,你这么一说啊,我这心里头就顺畅多了。"

"爸,您放心,我永远都站在您这边儿。爸,我先出去一趟,一会儿就回来,您要是困了就先睡啊。"

潘大海长长地吐出了一口气。

金小妹跟儿子、媳妇诉说心里的委屈,哭得呜呜的。

潘志军说:"妈,你受委屈了,我同意你们离婚,咱不跟他过了。"

潘志兵震惊:"你疯了?"梁秀也吃惊地看着潘志军。

潘志军说:"妈,我们兄妹可以没有爸,但绝对不能没有妈。妈是啥?妈就是家呀，妈不仅是家的顶梁柱，还是家里的小太阳，没有妈的阳光照耀，哪有我们这几个孩子的茁壮成长啊！妈，我们永远都不会忘记，小时候，我们不认识爸只认识妈，是妈把我们拉扯大的。妈，您就放心吧，我永远都跟着妈。"

金小妹的哭声渐小。

潘志兵说："咱们也不能没有爸呀。"

潘志军说："俗话说得好，宁跟要饭的妈，不跟当官的爸。哥，现在的形势你还没看出来吗？爸和妈咱们只能选一个，反正我要妈，我不管到啥时候我都不能没有亲妈。"

金小妹说："好儿子，妈没白疼你呀。妈这心里现在舒服多了。"

潘志军又说："妈，我们是你的坚强后盾，潘大海以前就是咱们家里的一个过客，现在他连过客都不是了，我们跟他没有任何关系了。"

金小妹吃惊地看着潘志军，潘志兵指着潘志军说："小军，你太过分了吧你？"

梁秀也生气地说："你……你咋能这样啊？"

潘志军说："咱妈这辈子容易吗？她吃苦受累，没功劳还有苦劳，可那个潘大海是怎么对她的呀？这对咱妈公平吗？我是妈的儿子，我坚决支持咱妈！"

金小妹抱着潘志军呜咽地说："我的好儿子呀……"

在回家路上，梁秀和潘志军小声吵架，梁秀说："你刚才啥意思呀你？"

"你说呢？"

"我好不容易才有了爸妈，我可不愿意他们俩分开。"

"你不愿意有用吗？"

"天底下哪有儿女挑拨父母离婚的呀？这是缺大德，你知道吗？"

"我不挑拨，他们就不闹了？"

"你这是在为他们闹离婚推波助澜！"

"他们不是还没离呢吗？瞧把你给急的。"

"哼！我不理你了！"

这天，下班号响了好一阵儿潘志兵才进家，金小妹早已摆好了饭，潘志兵看着桌上的饭菜说："哇，还有红烧肉啊，真香！妈，我爸最喜欢吃你做的红烧肉了。"

"我跟你说过多少遍了，别在我面前提他，你成心不让我吃饭是吧？"

"妈，我错了，你别生气，我给你道歉，我再也不提他了。"

"吃饭吧。"

金小妹给潘志兵夹了一块红烧肉："小兵哪，你都老大不小了，我听说你心里有人，那个人是谁呀？"

潘志兵说："妈，咱不说这事儿行不行啊，我看你也是成心不让我吃饭。"

"好，不说就不说，我这不是为你着急吗，你连个家都没有，以后可咋办呀？"

"谁说我没家？我有爸有妈，有弟有妹，我有家。"

"你又提他！从现在开始，你们谁的心里还装着那个缺德的爸，就别要我这个妈。"

"妈，您别这样好不好？我离不开妈，也离不开爸，您和我爸有啥大不了的非要离婚呀，有啥事儿说开了不就行了吗？你们总这样闹下去，就不怕……"

金小妹把碗一摔，哭着进了里屋，潘志兵赶紧追了过去："妈，我错了，您别生气呀！"

晚上，潘志军回家问潘大海，梁秀去哪儿了。潘大海说："梁秀去那边儿了，小兵不是住在阵地，就是住在点号，那个老太婆一个人住，她不放心。"潘志军在书架上找书，漫不经心地嗯了一声。潘大海又说："你住在连队，家里就我和梁秀，不太方便。我想和那个老太婆换防。"

"啥意思？"

"我和那个老太婆换个地方住，这样一来，梁秀就不用两头跑了。"

"不知道那边儿愿意不愿意。"

"你帮我问问。"

潘志军从书架上拿了本书："我明天就问，爸，我走了，您早点休息吧。"

潘志军匆匆走了。

第三十一章　父母分居　儿女着急

潘志军接起电话，潘志兵在电话那头说："那就让爸回去住吧，让妈住你那儿，小军，我做爸的工作，你做妈的工作，他们的气也该消了。"

潘大海问："谁来的电话？"

"我哥。"

"啥事儿？"

"我哥说他好不容易做通了那边儿的思想工作，他让我问问，您还换不换防了？"

梁秀说："别换了，咱爸在这儿都住习惯了。"

潘志军说："你上班一站就是好几个小时，下班回来还得两头跑，别人不心疼我媳妇，我还心疼呢。"

潘大海叹了口气说："我住哪儿都行，问题是我不会做饭。"

"我哥说他忙的时候您可以跟他一块儿去吃食堂。"

"那怎么行？人家要是问，老潘哇，你咋到食堂来吃饭了呀？我咋说？不能吃食堂，让人家笑话。"

"你们都快离婚了，还怕人家笑话？"

"我说不行就是不行！"

"爸，这换防的事儿可是您自己先提出来的，您要是说话不算数，那边儿可真要笑话您了。"

潘大海愣了一下说："你马上告诉她，我潘大海说话从来都是算数的，立刻换防！"

潘志军捂着嘴窃笑。

潘志军跟金小妹说潘大海要换防，金小妹说："他哪来的那么多的破事儿啊，啥叫换防啊？"

潘志军说："换防就是换地方，他想跟您换个地方住。"

"他现在才知道在你那儿住着不方便了？早干吗去了？活该！"

"妈，梁秀她每天上班多累呀，她下班得给我爸做饭洗衣服，晚上还得跑到您这儿来陪您睡觉，您就不怕把她给累坏了呀？"

"好吧，我同意跟他换防，以后让我的秀儿每天都能吃上我做的饭。"

"妈，梁秀要是知道您能住到我家去，她准高兴地蹦起来。妈，不过这换防就该有个换防的仪式，这样才显得正式。"

"啥仪式？"

"就是全家人在一起吃顿饭。"

"有这个必要吗？"

"关键是别让那边儿以为您不敢见他，怕了他。"

"我怕他？笑话！他不就是想蹭咱们一顿饭吃吗？他都蹭了我大半辈子饭了，就让他再蹭一回。"

"啧啧，还是我妈，那胸怀，就跟大海一样的宽阔。"

"尽扯那些用不着的，那个大海的胸怀要是有小河沟那么宽，我也不至于跟他离婚了。那个防他啥时候换？"

"明天吧，免得夜长梦多，您说呢？"

"行，明天就明天。"

潘大海在潘志军家使劲地抽着烟斗："那个老太婆咋这么多的事儿啊？不就是换个地方吗，还坐在一块儿吃啥饭啊？让我跟她坐在一块儿吃饭？没门儿！"

潘志兵说："爸，这就是您不对了，不就是吃顿饭吗！你们老两口弄这么僵，您让我们做儿女的怎么办？"

潘大海指着潘志兵生气地说："你一点儿立场都没有，我不去，我就是不去。"

潘志兵也生气了："爸，首先提出来跟我妈换防的是您呀。您老了老了，也不能倚老卖老不讲理了呀！"

潘大海发火了："到底是谁不讲理呀？我告诉你，是那个臭老太婆不讲理！那个臭老太婆不仅惯坏了我兄弟的孩子，她还让我们亲兄弟反目成仇，她让我连亲娘啥时候没的都不知道,她让我成了天底下最不孝的儿子,这到底是谁不讲理啊?"

潘志军说:"咱爸是顶天立地的男子汉,他在战场上经历过枪林弹雨,在戈壁滩经历过艰苦卓绝,他多次死里逃生,他吃过的苦、受过的罪、见过的世面、立过的战功,那都是旁人无法想象的,咱爸是英雄,是楷模,他怎么可能不讲理呢?"

潘大海激动地说:"小猴崽子,还是你理解我啊。"

潘志军说:"爸,您这个大英雄,不会是不敢跟她坐在一块儿吃饭吧?这话说出去可没人信啊。"

"你说我怕她?我干吗要怕她呀我?"

"您不怕她您干吗不敢吃这顿饭啊?是您吃她的,又不是她吃您的,要我说呀,您就应该不卑不亢地吃、理直气壮地吃,不吃白不吃。当年国共都能坐在一块儿谈判,您和她就不能坐下来吃顿饭吗?就您的气度,就算是鸿门宴,您也不应该怕呀。"

"好,这顿饭我还非吃不可了,枪林弹雨我都不怕,还怕跟那个臭老太婆坐在一块吃饭?说吧,那个鸿门宴啥时候开席?"

"时间是下午的下班号响过之后,地点是您即将换防的地方。"

潘大海起身要走,潘志兵说:"爸,您干啥去呀?离开晚饭的时间还早呢。"

潘大海说:"我剃头去!"

潘大海一大家子人终于坐在了一张饭桌上。

梁秀说:"今天这一桌子菜都是妈亲手做的,爸,您一定要多吃点儿啊。"

潘志兵说:"妈,吃完饭您就到小军家去住。爸,您就留下来住在自己家。"

潘志军说:"我最爱吃这个干烧鱼了,我记得有人说过,没在海边生活过的女人是做不出这个味道来的。香,实在是太香了。"

潘大海说:"那破鱼我早就不爱吃了。"

金小妹说:"你爱吃不吃,我又不是专门做给你吃的。"

潘大海声音提高了八度:"你少来这一套,别以为有孩子们在这儿我就怕了你了。告诉你吧,我潘大海这辈子怕过谁呀!日本鬼子和国民党我没怕过,在朝鲜战场上我和美国鬼子面对面地打,我也没怕过,这会儿想让我怕你,门

341

儿都没有！"

金小妹不卑不亢："你以为我怕你是吧？你是不是以为我同意让你吃这顿饭就是想要跟你和好哇？告诉你吧，这顿饭啥意思都没有，这就是个换防的仪式。仪式，你懂吗？哼，就算是要饭的要到我的家门口了，我不是也得给人家半碗剩饭吗？"

"你说啥？你再给我说一遍？你把我潘大海当成啥人了？在你的眼里，我连要饭的都不如了是吧？"

"你说得太对了，你在我眼里啥都不是！你连人都不是！"

"你竟敢说我不是人，我让你吃！"怒气冲天的潘大海把饭桌子给掀翻了，一桌子的好饭菜稀里哗啦全都倒在了地上。

大家都惊呆了，潘志军指着潘大海语无伦次："爸，您……您行，您是真英雄！现在我宣布，马上进入下一个程序，换防！"

潘志兵把气呼呼的潘大海扶到另一个房间，梁秀搀扶着放声大哭的金小妹去她家，潘志军看着地上的碎盘子烂碗和鸡鸭鱼肉，气得直跺脚。

就在潘家的换防仪式不欢而散的时候，潘家的小女儿金戈正坐在进京的火车上。她盯着窗外的景色，思绪却沉浸在幸福的回忆里。

在她即将毕业分配时，高飞翔要找人把他俩分在一起，她坚决反对。她说："青面獠牙本来就对咱俩的关系有所怀疑，你这么一找，就等于在向全世界宣布他的怀疑是正确的，我刚穿上军装就担上了破坏军纪的罪名，不行！"

高飞翔笑着说："那你就不怕咱俩各奔东西以后我不要你了？"

她说："不怕，考验你的时候到了。"

他说："我对你海枯石烂永不变心！请问，你对我是真心的吗？"

她说："上天作证，我对你绝对是真心的！"

他说："那就好，不管你分在哪儿，我都有能力把你调到我的身边儿来。"

她想到这儿，在心里笑骂了一句："尽吹大牛！"

她送他回北京时，罗卫国问她："姐，土鳖的爸爸妈妈是干啥的？"

她说："不知道，我又不嫁给他爸妈。"

罗卫国吃惊地问："你真的要嫁给他呀？"想到卫国吃惊时的样子，她又笑了。

毕业后，她到马政委的办公室来报到，马政委说："金戈同志，我知道你背地里叫我青面獠牙，我这个青面獠牙今天就给你立两条规矩。第一，背地里你叫我啥都没关系，反正我听不见，但在公开的场合，你必须叫我政委。第二，你必须把工作给我干好了，否则的话，可别怪我这张老脸比青面獠牙还难看。"

她在马政委的团站当宣传干事，工作得心应手，常常得到青面獠牙的表扬。最让她高兴的是，高飞翔的信像雪片似的飞了过来，信里写的全是让她脸红心跳的词句，想到这儿，她羞涩地笑了。

北京火车站到了，他来接她，她兴奋地向他飞奔过去。他带着她坐进了一辆黑色的轿车，她还是头一回坐这么高级的汽车。他对她说："等你调到北京后，这个轿车你可以天天坐。"她用怀疑的眼光看着他。他问她："你真不知道我父母是干啥的？"她说："你没说我怎么知道？我头一回到你们家，空着两手不太好吧？"他说："我们家啥都有，不需要。"她说："这是礼貌。"

他陪着她在路边买了一篓苹果。他带她走进他富丽堂皇的家，一位贵妇人对他们俩说："你们怎么才回来？人接来了？嗯，长得还行，就是个头矮了点。哎，姑娘，来，坐沙发这儿来，这沙发可是意大利进口的，国内的沙发没法儿跟它比，因为它们根本就不在一个档次上。"

"妈妈，她就是金戈，那年我生病，就是她给我输的血。金戈，她就是我妈妈。"

金戈给高母鞠躬问好，高母拉着她的手坐在意大利的沙发上，满脸堆着笑，递给她一个厚厚的信封说："原来你就是金光灿烂的小鸽子呀，我儿子的身上还流淌着你的血呢，谢谢你了。哎哟，瞧瞧，你穿的这是什么呀，白衬衣，绿军裤，多土啊！小鸽子，这钱你拿着，一会儿让飞翔陪你去商店买件漂亮的连衣裙，再给你自己买件白色的小风衣和黑色的毛哔叽西裙。白风衣配黑裙子，白的纯洁，黑的高贵。这样才能显出你与众不同的高贵气质。"

她接过信封恭谨地对高母说："谢谢阿姨！我叫金戈，戈是戈壁滩的戈，不是鸽子的鸽。我出生的时候，我爸爸就已经在戈壁滩工作了。他给我起这个名字，就是希望我长大后能继续他在戈壁滩的事业。阿姨，我穿的衣裳都是部队发的……"

高母抑扬顿挫地说："在戈壁滩工作是很无奈的，你爸爸真是糊涂，自己在戈壁滩受罪也就罢了，怎么能再搭上自己的孩子呢？那戈壁滩就不是人待的地方，太干燥，太寂寞，太艰苦。在戈壁滩生活就是对生命的亵渎！金戈啊，我都为你们安排好了，等你和飞翔的事儿定下来，我们就把你调到北京来，你和飞翔在北京部队的大机关工作，会前途无量的！还有，你名字里的这个戈字还是改成鸽子的鸽吧，同音字，好改。"

她说："我大哥叫我小兵器，我二哥叫我小戈壁，我爸叫我金戈铁马，我喜欢这个戈字，不改！"又说："我们在戈壁滩工作是很单调，但比起我爸爸他们创业的时候好多了，我们那儿有山，有河，有美丽的胡杨，有漂亮的红柳。有大水库，水库里还有鱼，我相信，那个地方会越来越好的。有人称我们那儿是小北京和小上海……"

高母漫不经心地对保姆说："李阿姨，这几个苹果你拿回家去给你的孩子们吃吧。飞翔，我得走了，所里还等着我开会呢。"

保姆把金戈精心挑选的一篓儿苹果提走了。高母站起来对她说："人要有自知之明，想要攀高枝儿先掂量一下自己的分量。你那么喜欢戈壁滩，干吗找我的儿子呀？飞翔的爸爸是大首长，你以为你抓住了飞翔就抓住了一切，错了，只要我不同意，他不会娶你！"

金戈站起来说："阿姨，还是我先走吧，说句心里话，我从没有想过要当什么高级首长家的儿媳妇，更没有想过要走进您这个无比尊贵的家！您说得对，中国的沙发与意大利的沙发根本就不在一个档次上。再见！"

她边说边往外走，高飞翔惊恐地叫她别走。贵妇人拦住了他说："让她走！戈壁滩能开出什么好花儿来？她不就是给你输了点破血吗？我给她钱了。"他拿起丢在沙发上的那个装钱的信封说："妈，这钱，她根本就没拿。"

潘志军抽空回家看望潘大海，潘大海对他说潘志兵好几天都没回来了。他问父亲这些天是怎么吃饭的，父亲说他自己做饭吃。潘志军问父亲会做饭吗，父亲说："做饭有啥难的？想当年我们打第一颗导弹时那才叫难呢，那个老大哥背信弃义说走就走，走的时候还把技术和图纸全都给带走了，他们想困死我们，难死我们，想看我们的笑话，我们怕了吗？没有！后来我们还不是靠自己的力量试验成功了导弹和原子弹，还放飞了人造地球卫星。"

潘志军说："咱们中国因为有了两弹一星，才在世界上站稳了脚跟，你们是国家最可爱的人。"

潘大海说："那个老太婆跟那个老大哥一样阴险毒辣，她以为我离开了她就得饿死，哼，门儿都没有。我要拿出当年搞两弹一星的劲头儿学做饭，我就不信我学不会！"

潘志军说："学做饭这事儿得一步步来，急不得，有时间我教你。"

"好哇,你就先教教我做红烧肉呗,我都好久没闻到肉味了,昨天我做的红烧肉不知道咋整的,黑了吧叽的,又苦又涩,没法吃,只好全给倒了。"

"我现在就教你做红烧肉,家里还有肉吗?"

"没了,刚买的两斤红糖也都让我给用完了。"

"啥?你是用红糖做的红烧肉,还一下子就用了两斤?"

"做红烧肉不就是用红糖吗?不然为啥要叫红烧肉呢?"

"做红烧肉要用冰糖或者白糖,不能用红糖,更不能用那么多。你以后有不懂的事儿叫我,别自己瞎琢磨。"

"小猴崽子,那头儿有啥动静没有哇?我让你问的事儿你给我问了吗?"

"啥事啊?"

"就是,就是那个离婚手续的事儿啊。"

"那个事儿呀,我问了。"

"快给我说说。"

"离婚的形式有两种,一种是让法院给你们判离,法院在判离之前呢要反复地给你们做调解工作,他们会一点一点地挖掘你们以前的感情,一点一点地让你回忆你们曾经有过的美好时光,法官会天天来找你们谈话,估计呀,还没等你们俩把婚离利落呢,你们的那点隐私就让全世界都知道了。"

"这不是丢死人了吗?不行!这种形式不行,说第二种。"

"第二种形式就是你们协议离婚,不过这也是有条件的。"

"啥条件?"

"你们必须是真的感情破裂了,人家才给你们办理离婚手续。"

"我们是真的感情破裂了,这条行。"

"感情破裂不破裂人家不听你们自己说,要看事实。"

"啥事实?难道我们非得把人脑子给打出狗脑子来了才算是有事实了吗?"

"这个事实就是分居,并且是要分居一年以上,组织上一调查,你们的确是分居一年以上了,这婚才能离利落。"

"我知道了,我住在这儿,她住在你那儿,我们的分居事实已经成立,不就是打持久战吗?也不是没打过,谁怕谁呀!"

晚上,梁秀给金小妹洗脚,金小妹要自己洗,梁秀说:"妈,你就让我给你洗吧。我小时候特别羡慕别人家的孩子有爸爸有妈妈,我总是在想,我要是也有爸爸妈妈,那我一定要好好地孝敬他们,现在我终于有爸爸妈妈了,你就让我好好地孝敬孝敬你们吧。"

"秀儿,你是在怪我?"

"妈,我没怪你。"

"我们都这个岁数了,还要闹离婚,秀儿,你是不是觉得我们老不正经呀?"

"妈,我打心眼里不愿意你们分开。妈,我求你再原谅我爸一次行不行?你们能不能不分开呀?我好不容易有了爸爸妈妈,有了这一个完整的家,秀求你了!"

"秀儿,你的心思妈懂,可是那个老东西,唉,这口气我怎么能咽得下去呀!"

潘志军、梁秀和金小妹刚吃完晚饭,金戈跑进来一头扎进金小妹的怀里放声大哭,惊得大家不知如何是好。

金小妹问她:"你这是咋的了?谁欺负你了?"

潘志军问:"小戈壁,你不是去北京出差吗,这么快就回来了?"

金戈啥都不说,就是可劲地哭,金小妹哭着问:"那到底出啥事儿了呀?啥事儿把我的小疯丫头给伤心成这样了啊?谁呀,谁惹我的孩子了呀?"

金戈哽咽地说:"妈,我没事儿,我就是想哭,我哭出来就好了。没事儿了,你们都别担心我了,我没事儿了。"说着说着,金戈又哭了,潘志军开门出去了。

潘志军来到了一个团站的大门前,在门岗打电话,罗卫国气喘吁吁地跑步过来:"二哥,啥事儿?咱们进去说吧。"

潘志军说:"我来找你了解点情况,你金戈姐去北京出差,回来啥也不说就一个劲儿地哭,把你金妈妈给急坏了。"

"金戈姐去北京了?哦,我知道了,二哥,一定是北京的那个土鳖让金戈姐伤心了。"

"北京的土鳖?卫国呀,你的意思是说你金戈姐喜欢上啥人了?"

"我早就对金戈姐说过,那个土鳖他不是只好鸟儿,怎么样,出事儿了吧?"

"你是说你金戈姐去北京找你们那个同学去了?都是革命同志,你为啥叫人家土鳖呀?"

"二哥,你不知道那个革命同志他有多傲慢,浑身上下全是优越感,我早就看不惯他了。"

"那个土鳖,不是,你们的那个同学他叫什么名字,他爸爸是干啥的?"

"他叫高飞翔,他爸爸是干啥的我不知道,金戈姐也不知道。不过看他那个架势,他爸爸的官小不了,你想啊,他送给我姐的那些好吃的,都是我从没见过也没吃过的,那肯定不是一般的人家能买得到的呀,我还跟着沾了不少光呢。后来我们毕业了,高飞翔就分回北京去了。"

"哦,原来是这样啊。"

"二哥,你就别再问我姐了,她已经够难受的了,我姐的自尊心那么强,她要是真的被土鳖给甩了,你让她怎么好意思,是吧?"

"卫国,谢谢你,好了,你回去吧。这事儿你别跟别人说哈。"

"金戈是我姐,我能出去瞎说吗。"

"你爸爸妈妈在北京都挺好吧?梦月,她好吗?"

"他们都挺好的,我姐跟我爸在一个部门工作,也挺好的。"

潘志军回到家对大家说:"小戈壁她没啥大事儿,你们就别跟着瞎担心了。"

金小妹说:"啥叫没啥大事儿呀?我的小疯丫头都伤心成这样了,咋还说没啥大事儿呢?啥才叫大事儿呀?"

潘志军说:"只要她能哭出来,就不算是事儿。"

金戈哭着说:"妈,我真没事儿。"

金小妹说:"没事儿你哭啥呀?你告诉妈,是谁欺负你了?妈找他去。"

金戈说:"妈,没人欺负我,你就别再问了好吗?"

潘志军说:"小戈壁,是不是因为那个土鳖?"

"你去找卫国了?"

"你去北京就是为了见他?"

"他让我去北京见他的家人,二哥,你不知道他妈说的话有多气人。他妈说咱们在戈壁滩工作是处于无奈,还说这不是我们真正想要的生活,她咋知道这不是我们想要的生活啊?最可恨的是,她说在咱们这个地方生活是对生命的亵渎,她凭啥这么说呀?"

"小戈壁,这儿就是与世隔绝的大戈壁滩,既艰苦又封闭,这是个不争的事实。"

"他妈说这个地方的坏话,就是在说我的坏话。"

"这个地方是咱们的家,你维护的是家的尊严,二哥支持你!"

"这个家能发射卫星和导弹,我维护的不仅是家的尊严。"

"小戈壁,你让我感动。我本来是想当回救世主,把你从失恋的旋涡里给拽出来,看来是用不着了。小戈壁,告诉二哥,你和他的感情有多深。"

"我不知道。"

"那个没骨头的东西不配当我的妹夫,小戈壁,二哥希望你快乐。"

"谢谢二哥。"

晚上,潘志军给金小妹按摩。"妈,你这几天是不是睡得不太好呀?"

"我总是睡不安稳。"

"妈,我觉得吧,潘大海是因为老家的事儿心里头不痛快,他不是真的要那个啥。"

"那我就痛快了?那个老没良心的,换防那天我好心给他做了干烧鱼,他却说那是破鱼,早就不爱吃了,我一定要跟那个老混蛋离婚,这个婚到底该咋离呀?"

"妈,你住在我这儿,他住我哥那儿,你们不是已经分开了吗,那跟离婚还有啥区别呀?"

"离婚是离婚,分开住是分开住,这不是一回事儿。你告诉我,离婚这事儿是哪个单位管,我必须跟他离。"

"妈,你的三个孩子都在这儿工作,你们闹离婚对我们的工作会有影响的,他就是想到了这一点才按兵不动的。"

"那就算了,其实离不离婚也没啥,只要不再见到他那个老混蛋就行了。"

"就是,咱们永远都不理那个老混蛋。"

"你说啥呢?哪有儿子说爸是老混蛋的啊?"

"妈,我错了!"

潘志军惦记着潘大海想吃红烧肉的事儿,这天,恰好食堂有这个菜,他专门打了一份给潘大海送过去。

潘大海笑眯眯地打开饭盒闻了闻说:"真香,我好长时间都没闻到这么香的肉味儿了。"

他用手抓了一块肉放进嘴里细嚼:"香是香,不过这味儿还是有点儿不太地道。"

潘志军说:"食堂做的红烧肉肯定不如金小妹做的,你就凑合着吃吧。"

"你少在我的面前提那个臭老太婆。"

"我的意思是说，我做红烧肉的技术还不如食堂呢，要不我先跟她学学，再回来教你？"

"你要是跟她学，就甭来教我了。"

"爸，你也太矫情了吧？是我教你，又不是她教你，为啥就不行啊？"

"不行就是不行！"

"行，我听你的，我不跟她学行了吧？那我要是教你做出来的红烧肉，还不如这个呢，你可别怪我啊。"

"你能做出这个味儿来就不错了，小猴崽子，我感觉你跟我最贴心了。"

"那当然了，我长得像你，性格也随你，我不跟您贴心难道跟那个臭老太婆贴心啊？"

"你咋说话呢？臭老太婆是你叫的吗？她是你妈！"

"爸，我错了！"

第三十二章　老家来信　云开雾散

金小妹揭开热气腾腾的锅盖，取出蒸好的馒头，潘志兵进来抓个馒头就吃："真好吃，我好久都没吃妈蒸的馒头了。"

金小妹问他："平时你们都吃些啥呀？"

潘志兵说："我总没时间给我爸做饭，我爸就自己做疙瘩汤吃，不是盐放多了就是糊锅了，妈，我得走了，再给我个馒头，太香了。"

金小妹拿出一块干净的布，把所有的馒头包好交给潘志兵："别跟那个老东西说是从我这拿的。"

在潘大河和玉霞的一再坚持下，潘光宗跟他的大姐夫开始学习经商。

这天，潘光宗和他的大姐夫走在香港的大街上，大姐夫的大哥大响了，他接完电话，潘光宗问他："那个外商说啥？"

大姐夫说："他让我们到展览馆等他。"

潘光宗和大姐夫走进展览馆，一位女讲解员正在讲解："'两弹一星'最初是指原子弹、导弹和人造地球卫星。'两弹'中的一弹是原子弹，后来演变为原子弹和氢弹的合称，称为核弹；另一弹是指导弹；'一星'则是人造地球卫星。一九六〇年十一月五日，中国仿制的第一枚近程导弹在西北发射成功……"

潘光宗对大姐夫说："她在讲'两弹一星'！"

大姐夫和潘光宗跟着参观的人群听："一九六六年十月二十七日，我国第一枚导弹核武器向罗布泊发射成功。从此解决了中国有弹无枪的问题。"

潘光宗对大姐夫小声说："那枚导弹核武器就是大伯他们发射成功的。"

大姐夫吃惊地张大了嘴巴。

女讲解员的声音在继续:"一九七〇年四月二十四日二十一时,我国第一颗人造卫星在大西北发射成功,使中国成为第五个发射人造卫星的国家。中国的'两弹一星'是二十世纪下半叶中华民族创建的辉煌伟业。"

潘光宗对大姐夫说:"这颗人造地球卫星也是大伯他们发射成功的。"

大姐夫和潘光宗跟着众人使劲鼓掌。女讲解员继续说:"从原子弹到氢弹,美国用了七年多的时间,苏联用了四年,法国用了八年,我国却只用了两年八个月,原子弹、氢弹的爆炸成功标志着我国核科技进入了世界先进国家的行列,它大大加强了我国的综合国力和国防力量。"

那个外商过来找到他们,潘光宗用英语对他说:"您好,您知道中国的'两弹一星'吗?"

外商说:"我当然知道!"

他们和外商继续听女讲解员的解说:"'两弹一星'的研制成功,显示了中华民族的创造力,在国内外产生了巨大而深远的影响。它打破了超级大国的核讹诈和核垄断,奠定了我国在国际事务中的重要地位,振奋了国威、军威,极大地鼓舞了我国人民的志气,增强了中华民族的凝聚力。"

众人鼓掌,潘光宗对大姐夫说:"你能以这个展览为背景,给我照张相吗?"

大姐夫说:"我没带相机。"

外商说:"我来给你们照吧。"

从展览馆里出来,外商用生硬的汉语说:"你们中国,要是没有'两弹一星',就进不了联合国,进不了联合国,中国就是一个落后的国家,落后的国家就不会办什么经济开发区,我和你们也不会有机会做生意,我们要感谢研制和发射'两弹一星'的伟大的中国人,因为他们是你们的民族英雄。"

潘光宗和大姐夫回家后对潘大河和玉霞说:"我们在香港的展览馆听讲解员讲了'两弹一星',这都是我大伯他们发射成功的。"

大姐夫说:"外商对我们说,我们中国要是没有'两弹一星',就进不了联合国,进不了联合国,中国就是一个落后的国家,落后的国家就不会办什么经济开发区,他和我们也不会有机会做生意了,我们要感谢研制和发射'两弹一星'的伟大的中国人,因为他们是我们的民族英雄。"

潘大河问:"这是真的?"

潘光宗说:"当然是真的了!我大伯对我说过,新中国能在世界上站稳脚跟，靠的是两根擎天大柱：一根是大庆油田，一根就是'两弹一星'，没有'两弹一星'，中国就进不了联合国。如果在空间的高科技上没有中国的一席之地，中国在联合国安理会常任理事国的席位也就待不长。"

潘大河问："联合国安理会常任理事国是干啥的？"

"成为安理会常任理事国是国际社会对一个国家大国地位的认同。安理会常任理事国在联合国拥有否决权，能为世界的和平与发展做出更大的贡献，同时，也能更好地维护或争取本国的利益。"

"我儿子懂得真多，看来，我们有今天的好日子，有我大哥的功劳，真正让我们老潘家光宗耀祖的是我的大哥呀！"

"爹，娘，我现在特想我大伯和我大娘，我做梦都想他们，他们对我特别好，我忘不了他们。"

玉霞说："大河，你赶紧给哥嫂写封信，跟他们说声对不起，说我对不住他们，我这心里有愧呀！你让他们回家来吧，我给他们磕头谢罪！"

潘大河说："我这就去写。"

玉霞又说："光宗，你也赶紧给你的大伯和大娘写封信，你把你刚才跟我们说的话全都写上去，他们为你付出了那么多年的辛苦，你不能忘了他们，咱们老潘家的人不能忘恩负义。"

潘光宗说："娘，我这就去写，我把你说的话也都写上，我要让我大伯跟我大娘知道，我娘是最通情达理的娘。"

潘大河说："你奶奶在床上瘫痪了好几年，都是你娘端屎端尿地侍候，你奶奶一直到死，身上都是干干净净的，一提起这事儿啊，全村人都对你娘竖大拇指。"

玉霞不好意思地说："那都是咱们小辈应该做的。"

大姐夫说："我要把这件事儿告诉全村的人，我要让大家知道，我大伯是英雄，是中华民族的大英雄！"

潘大河说："以前，你大伯是战场上的英雄，现在，他是发射'两弹一星'的英雄！他是咱们老潘家的骄傲！"

潘志军手里举着两封信回家来大喊大叫："爸，您在哪儿呢？"潘大海扎着围裙从厨房里出来。

潘志军说："爸，您还真的学会做饭了呀，嗯，闻着还挺香。"

潘大海得意地说："这做饭有啥难的？当年我们离开那个老大哥照样能搞

出'两弹一星',现在我离开那个老太婆我照样想吃啥就做啥。"

"呵呵,我还以为你把那个老太婆都给忘了呢。"

"等我跟她分居够一年了,我就跟她离婚。到时候你得出来给我做个证。小猴崽子,你风风火火地找我有事儿呀?"

"老家来信了。"

"老家来信了?是谁来的?快给我看看,我的眼镜搁哪儿了?哦,找着了。"

"一下子就来了两封信,一封是我二叔写的,还有一封,你猜是谁写的?"

"谁写的?"

"潘光宗!"

潘志兵开门进来:"光宗咋的了?他是不是在老家又惹祸了?"

潘大海说:"光宗来信了!"

潘志军说:"哥,光宗来信了,还有照片呢,你们看。"

潘志军把潘光宗的照片拿出来给潘大海看,照片上的潘光宗意气风发,背景是"两弹一星"展览会的大图片,潘大海看着照片老泪横流。

潘志军说:"光宗在信上说他很想念咱爸妈,他说就连外国人都说发射'两弹一星'的人是中华民族的大英雄。这信写得不错,用的形容词不少,什么感恩戴德、养育之恩、永生难忘、保家卫国。爸,你咋哭了?"

泪流满面的潘大海说:"我是天底下最不孝的儿子,我的亲娘活着我没侍候过她,她死了我没送她,我兄弟因为我没教育好他的儿子,连饭都没让我吃,我这心里是啥滋味你们知道吗?"

潘志军说:"我知道,我知道。"

潘大海悲伤地说:"唉,我对我的亲人有愧啊!"

潘志兵说:"我们宿舍的大门口,贴着这样一副对联,'举杯邀月,恕儿郎无情无义无孝;献身航天,为国家尽心尽力尽忠'。爸,您对亲人有愧,但对航天事业尽心尽力了。您虽然没对奶奶尽孝,但为国家尽忠了呀。"

潘大海失声痛哭。

潘志兵说:"爸,您受了太多的委屈和责怪,但对家乡的爱天地可鉴,我叔叔在信上都说对不起您了,他还说,等您下次回家,他们全村人要用迎接民族英雄的仪式欢迎你!爸,您该高兴啊!"

潘大海抹着眼泪说:"我高兴,我就是太高兴了啊。"

潘志军说:"爸,您是高兴了,可是我妈呢?我妈当年顶着那么大的压力跟您私奔,她一个人支撑着咱们这个家,为了您和您的事业,她跟您来到戈壁滩,她为您付出的难道还不够多吗?您因为奶奶没了,因为你们兄弟之间的误会,心里头不痛快,拿我妈撒气,那我妈心里难受该找谁撒气去呀?我妈为了咱们这个家忍辱负重您难道不知道吗?别人不理解她也就算了,可您也不理解她,爸,您对我妈是不是也该心里有愧呀?"

潘大海喃喃地说:"当时,那种情况,唉,现在说啥都晚了。"

潘志兵说:"爸,我二叔在信上说,他和二婶感谢你们对光宗的培养和教育,说您是国家的大功臣,说您为老潘家光宗耀祖了。他还说,请您和妈回老家,二婶要给你们磕头谢罪,请求你们原谅她。"

潘大海抹着眼泪说:"小军,你赶快把这两封信拿给那个臭老太婆看看,她的心血没白费呀。"

潘志军装傻充愣:"那个臭老太婆是谁呀?"

潘大海打了潘志军一巴掌说:"你说是谁呀?你个小猴崽子,你还不快点去呀!"

潘志军说:"你都快跟她离婚了,再给她看信还有意思吗?"

潘大海又打了潘志军一巴掌:"胡说八道,谁说我要和她离婚了?我们都老夫老妻了,还离的哪门子婚呀?"

潘志军说:"你不离婚了?是我在胡说八道啊?好,我去,我现在就去。"

潘志兵说:"信我还没看完呢。"

潘大海说:"先让你妈看,这两封信对她太重要了,小军,你还在这儿磨蹭啥呀,你倒是快点去呀?"

潘志军拿着信跑出了家门,潘大海自说自话:"臭老太婆,你没白忙活呀!"

潘志兵把潘大海扶坐在简易沙发上说:"爸,如果我二叔他不知道'两弹一星',如果潘光宗和我二叔他们不给您道歉,那个臭老太婆是不是就该白忙活了?"

潘大海厉声说:"臭老太婆是你叫的吗?她是你妈,要说功臣,你妈就是咱们家的大功臣,你明白吗?"

潘志兵说:"我明白,可光我明白有啥用啊?只要是您的家人对我妈有意见了,她就成了你的敌人;等您的家人对她感恩戴德了,她就又成了咱们家的功臣了。爸,我妈在您的眼里,到底是敌人还是功臣?"

"你是在怪我吗?"

"我不是怪您,我是为我妈打抱不平。"

"你为你妈打抱不平,可有谁来为我打抱不平呀?小兵啊,我不是从石头缝里蹦出来的孙猴子,我也是个人啊!我离开家的时间越长,就对家里人越是心怀愧疚,我想报恩,我想弥补,可是——唉!"

"爸,您对家人的感情我懂,可我妈也是您的家人啊,您是咋对她的?您对她就不心怀愧疚了吗?"

潘大海嘟嘟囔囔:"我和你妈是一个人,我对她的态度就是我对我自己的态度,我想咋对自己就咋对自己,你管不着!"

金小妹和金戈、梁秀在家里包饺子,金小妹说:"咱们多包点,给你大哥也送点去,他跟那个老东西啥都吃不着。"

潘志军进家就大声朗读潘大河和潘光宗的来信,听得金小妹热泪长流。潘志军说:"妈,那个'小河沟'看了这两封信后哭得稀里哗啦,我出门时听他说(潘志军学着潘大海的腔调),老太婆,你没白忙活呀。"

金小妹号啕大哭。

金戈说:"妈,您别哭了,您应该高兴啊。"

梁秀说:"你就让妈哭吧,妈这是高兴的。妈刚才还说,多包点饺子给大哥送点儿过去,其实妈的意思是爸最爱吃妈包的饺子,是不是呀,妈?"

金小妹擤着鼻涕说:"不给那个老东西吃,他不但冤枉我,还要跟我离婚,离就离,谁怕谁呀?"

潘志军说:"妈,那个老东西已有悔过之意了,您就给他个台阶下,好不好?"

"老东西是你叫的吗?"

"那我叫他啥,叫他老混蛋?"

"你个缺德玩意儿,他是你爸,你这么叫他,你就不怕遭报应呀?"

潘志军笑着说:"妈,我错了,我错了还不成吗?"

梁秀说:"妈,您看您总跟我爸这么分着,我惦记您,又惦记我爸,我两头跑,多累呀,您就心疼心疼我好不好?"

金小妹嘟囔:"是那个老东西先提出来离婚的。"

潘志军说:"妈,要是我爸给您道歉,您不会撵他走吧?"

金小妹长叹了一口气:"还撵啥呀撵,这段日子啊,为了我们这两个不着调的老东西,让你们着急上火,我这心里早就不是个滋味了。唉,气归气,恨归恨，我们都这个岁数了，还闹腾个啥呀！"

金戈抱住金小妹说："妈，您真好。"

潘志军说："妈，我把我哥和我爸都叫过来吃饺子行吗？"

金小妹低头包饺子，一言不发。

潘志军拨打电话："哥，你带爸到我这儿来吃饺子，大家都等着你们呢。"

金戈说："二哥，我接咱爸去，哦，对了，我还得给爸再买瓶酒。老两口团圆是咱家的大喜事，应该好好地庆祝一下。"

金小妹说："那个老东西只认红葡萄酒。"

金戈说："我知道。"

潘志军说："妈，你们先包着，我再整两个菜去。"

潘志兵放下电话，说："我妈让我去那边儿吃饺子，你去不？"

潘大海说："她没叫我，我就不去了。"

潘志兵说："爸，咱家的主要矛盾都解决了，您就退一步行不行？"

"啥主要矛盾？"

"二叔和二婶已经认错了，咱家的主要矛盾不是就解决了吗？您现在过去给我妈道个歉，这满天的乌云就全都散了。"

"道歉行，反正我给你妈都道歉了大半辈子了，也不在乎再多这一回。可是，你妈她真的能原谅我吗？我觍个老脸去了，她再把我给骂出来，让我这张老脸往哪儿搁呀？不行，我不能去。"

"您就当这是一场攻坚战，您要拿出您当年打仗的劲头，您要夺回的是属于您自己的阵地，咱死都不怕，还怕别人骂两句吗？"

"这不是一回事儿。"

"这就是一回事儿，你刚才不是说您和妈是一个人吗？您说您对她的态度，就是您自己对自己的态度，那么反过来，她对您的态度，不也是她对她自己的态度吗？"

金戈推门进来："大哥，你还在这磨叽啥呢，快走哇。爸，我妈今天包的饺子可香了，要不您也尝几个去？"

潘大海问："闺女，你妈说没说请我去呀？"

"没说。"

"那我就不去了，小兵你去吧。"

"爸，你知道我妈为啥不请你吗？"

"为啥?"

"听说那次你们换防吃饭的时候,你把桌子都给掀了,有这事儿吧?"

"谁还没个犯浑的时候呀?"

潘志兵说:"小兵器,咱爸这次不会再掀桌子了,他知道错了。"

金戈说:"爸,你知道你错哪儿了吗?"

潘大海说:"我错哪儿是我的事儿,跟你说得着吗?"

潘志兵说:"咱爸的意思是,他犯的错只跟妈说得着,对吧,爸?"潘大海点头。

金戈说:"爸,那你还等啥呀?咱们快走吧,我妈还在那边儿等着你去认错呢。"

潘大海说:"闺女呀,你说我就这么去了,她会不会把我给轰出来呀?"

"怕了?早知如此,何必当初呀?"

"我怕过谁呀我,我是不想再惹她生气了,你妈这辈子,不容易呀!"

"爸,你就放心去吧,我妈说了,她气归气,恨归恨,你在这边儿她还惦记着。"

潘大海转身进了厨房,金戈恨恨地说:"爸,您还有完没完了?您到底想干啥呀?您这样闹下去,让儿女有多难受您知道吗?这段日子我天天晚上都在做噩梦,我老是梦见您跟我妈在吵架,我在梦里边哭边劝你们,回回都把自己给哭醒了,您说您还像个当父亲的吗?您一个共产党员,和老婆一般见识,您的党性和素质都跑到哪里去了?您就不是个合格的父亲,您再这样闹下去,我就……"

潘大海手里拿着一个饭盒从厨房里出来,对潘志兵说:"小兵啊,这是我刚做好的红烧肉,咱们拿过去让你妈尝尝。"

金小妹、潘志军和梁秀坐在餐桌前准备开饭,潘大海、潘志兵和金戈进来。梁秀说:"爸,我们在等您吃饺子呢。"潘大海应着。潘志兵把饭盒放在餐桌上说:"这是咱爸亲手做的红烧肉,大家都尝尝。"

潘志军给金小妹夹了一块红烧肉,金小妹放进嘴里嚼了两下,二话没说,把饭盒拿到厨房去了,潘大海一拍大腿:"哎呀,我忘记搁盐了。"

大家都笑了,梁秀和金戈给大家斟酒。

潘志兵说:"咱家人好长时间都没这么聚了,也好长时间都没喝红葡萄酒了。爸,今天你一定要多喝几杯。"

金小妹把盛红烧肉的盘子放在桌子上说:"小兵,他有高血压,别让他喝酒。"

潘志军说:"妈,就一小杯没事,为咱们家的大团圆,大家举杯。"

潘大海举杯对金小妹点头说:"老太婆,我给你道歉了啊,我不该跟你耍态度,都是我不好,对不起,请你再原谅我这一回吧。"

金小妹的眼泪扑簌簌地往下掉:"你能有啥错?错全都在我一个人的身上。唉,这家里家外都挤对我一人,我的命咋就这么苦哇……"

金戈说:"妈!我爸都给您道歉了,您就别这样了行不行啊?"

潘大海说:"老伴儿啊,你为这个家受累、受委屈了。说实话,我本意是该感谢你的,可是全让我给整拧巴了,都是我不好,你就别生气了好吗?都怪我呀。"

金小妹抹着眼泪说:"我要是真跟你生气,还不早就让你给活活气死了,还能好端端地坐在这儿呀!大家都快点吃啊,一会儿指不定谁不高兴,把桌子这么一掀,这香喷喷的饺子可就全长腿儿飞了。"

潘大海赶紧说:"你们放心,我再也不会掀桌子了,都是我的错,我检讨,我认错。"

潘志军说:"过去的事儿都过去了,为了咱家的大团圆,干杯!"

金小妹喝了一小口酒,放下酒杯起身要走,梁秀问她干啥去,金小妹说:"我煮饺子去,你爸爱吃热乎的。"梁秀让她坐着,自己去了厨房。

潘大海问金小妹:"我做的红烧肉还行吧?"

金小妹说:"还行,就是糖放得有点多了,你啥时候学会做饭的呀?"

潘志兵说:"妈,我实在是太忙了,平时都是爸给我做饭吃,爸还专门买了一本做饭的书,他边学边做,现在做饭的手艺都能够上厨师的级别了。"

金小妹说:"哼,你见过哪个厨师做菜忘了搁盐啊?"

潘大海说:"做得不好我还可以继续努力学习嘛。老伴儿呀,你都给我做了大半辈子的饭了,现在也该轮到我给你做饭了。以后做饭的活儿我全包了,你就动动嘴告诉我你想吃啥就行了。"

金小妹泪光闪闪,忍俊不禁:"哼,我可没那么好的福气,等咱们分居够一年了还得去离婚呢。"

潘大海急赤白脸道:"谁说咱俩要离婚了?这是谁说的?谁说的我跟谁急,咱们不仅这辈子在一起,下辈子还要在一起。"

金戈搂着潘大海的肩头说:"你真是个好爸爸。"

梁秀端了一盘刚煮好的饺子进来，金小妹把饺子接过来放在潘大海的面前。

饭后，潘大海、金小妹和潘志兵回到自己家，金小妹一边整理床铺一边说："你个老东西，有能耐你永远都别回来呀！"

潘大海一边给金小妹帮忙一边说："咱们到底是谁回来了呀？嘿嘿，我就扎在这儿等你乖乖回来投降呢。"

金小妹说："那我走，我走还不行吗？"

潘大海拉着她的手深情地说："你生是我的人，死是我的鬼，这话是谁说的？我都当着孩子们的面给你道过歉了，杀人不过头点地，对俘虏还有优待政策呢，别说是对我了。我跟你说啊，咱们这篇儿今天就算是彻底翻过去了，你可不能没完没了揪住我的小辫子不放啊。"

金小妹说："唉，我的这颗心哪，让你给揉搓得稀碎稀碎的了，你说说你啊，你咋就不能理解理解我啊？"

潘大海说："我咋不理解你了？我这不都觍着老脸给你道歉了吗？老伴儿呀，咱们啥都别说了，从今以后，咱们都别再给孩子们找事儿了行不行啊？他们多忙多累啊！"

"你个老东西，你还学会猪八戒倒打一耙了？你说，到底是我找事儿还是你在找事儿啊？"

"是我找事儿，是我在找事儿行了吧？"

"听你这口气，你还不服气咋的？"

潘大海瞪着大眼睛说："谁说我不服气了呀？"

金小妹说："服气你跟我瞪啥眼睛啊？去！把这换下来的床单用水泡上。"

"是！坚决服从命令！"

潘大海抱着床单出去了，潘志兵进来问金小妹："妈，你们又吵架了？"

金小妹说："没有，你爸知道自己错了，这不，劳动改造泡床单去了。小兵啊，妈问你，梦月这丫头给你来过信没有哇？"

"来过两封。"

"信上都说了些啥？"

"没说啥。"

"我和你爸都觉得梦月挺喜欢你的，我总想逮机会问问你的意思。唉，都是你爸他跟我瞎闹腾，把你的事儿都给耽搁了。"

"梦月喜欢我？这咋可能呀？"

"她说你心里有人了,你爸问她,小兵的心里要是装着你,你愿意吗?"

"她咋说?"

"她说不知道,可她的脸红了。"

潘大海进来说:"小兵啊,你心里装着的那个人到底是谁呀?"

金小妹说:"小兵啊,你跟我们说句实话,你到底喜欢不喜欢梦月?"

潘志兵说:"喜欢。"

潘大海说:"你喜欢她,为啥不告诉她呢?"

"她的事业在北京。"

金小妹说:"如果她为了你愿意到戈壁滩来呢?我就是为了你爸心甘情愿到戈壁滩来的。"

潘志兵说:"妈,她和你的情况不一样,我不能为了自己影响她的前途。"

潘大海和金小妹和好后的第一件事儿是回老家。

他们来到广东老家,看到家门口打着横幅,上面写着"欢迎民族英雄回家"的大字,光宗的姐姐和姐夫们敲锣打鼓,气氛非常热烈。

潘光宗陪着潘大海和金小妹从小轿车上下来时,潘大河和潘大海紧紧拥抱,玉霞抓住金小妹的手,要给金小妹下跪,让金小妹给拽了起来。回家后,玉霞手脚麻利地端出了丰盛的饭菜,潘光宗主动担任了斟酒的任务,他们喝着家乡的美酒,亲热地交谈。

饭后,乡亲们成群结队来到了潘家,大家手里提着鸡鸭鱼肉和各种吃食,说是慰问大英雄,说潘大海是他们家乡的光荣。

潘大海和金小妹感动得热泪盈眶。

金小妹和潘大海返回基地。这天,潘大海从外面进来朝她要钱,说是军人服务处来香蕉了,他要去给梁秀买香蕉。

金小妹嘱咐他:"秀儿怀孕了,香蕉不管多贵,都得买。"潘大海应着,提着篮子匆匆走了。

潘大海排在长长的买香蕉的队伍后面,卖香蕉的女售货员不停地吆喝:"请大家排好队,不要着急,每人只限买五根。"

一个女军人挤到柜台前对售货员说:"同志,我的孩子在医院住院呢,你能不能先卖给我?"

一位大嫂不乐意了:"请你不要加塞好不好?你的孩子有病,我的孩子也病着呢，大家都是为了孩子才来买香蕉的，有谁是为了买给自己吃呀？"

潘大海买了五根香蕉，他看看已经见底的香蕉筐，看看买香蕉的长队摇头叹气。那个加塞的女军人在队伍里急得直跺脚，售货员高喊："大家都别排队了，香蕉全部卖完了。"

那个女军人跺着脚流着泪："这让我怎么跟孩子交代呀？"潘大海把他买的香蕉送给女军人，让她快给孩子送去。女军人感动极了："大伯，这怎么行，您也是好不容易才买到的。唉，这个地方我实在不想再待下去了，孩子病了，想吃根香蕉都这么难。"

潘大海说："你看，有这么多的年轻妈妈都没买上香蕉，她们的心里也和你一样不好受，但我敢保证，她们决不会因为孩子吃不上香蕉就离开这个地方，其实你也不会。"

女军人说："地方早就开放搞活了，可咱们这儿还是一潭死水。"

潘大海说："咱们这儿为中国赢得了多少个第一啊，第一发导弹，第一次导弹和原子弹的结合试验，第一颗东方人造红卫星，第一枚远程运载火箭，第一颗返回式科学试验卫星和第一颗一箭三星，你能说这儿是死水一潭吗？"

潘大海提着空篮子去了后勤部办公大楼。他走进办公室，没人，就站在桌前等。

许助理进来问他有啥事儿，他没好气地说："没事儿我到这儿来干啥？"许助理请他坐下，他不客气地说："不用，刚才我去服务处买香蕉，这哪里是买香蕉呀，纯粹就是抢香蕉嘛，你们就不能把大家的生活搞好一点儿啊？"

许助理问："就这事儿啊？"

"看你的表情，这事儿就不算是事儿呗？"

"是事儿，但是个不太好办的事儿。"

"事儿都好办了还要你们干啥呀？"

"我们也在想办法。"

"小同志，光想不行，得多动脑筋，要边干边想，得动起来！"

"老同志，您知道，咱们这个地方偏远不说，还保密，地方的小商小贩进不来，部队又没有那么大的能力，难呢。"

"搞'两弹一星'的时候难不难？咱们不是咬着牙都给搞出来了吗？我就不信搞好大家的生活比搞'两弹一星'还难。"

"好，我说不过您，下次，下次服务处再来香蕉我第一个通知您，行了吧？"

"好多年轻的妈妈因为没给孩子买到香蕉都哭了,同志啊,你可别小看了那几根香蕉,它能动摇咱们的军心你知道吗?"

"别说得那么玄乎,这么老的同志了还争嘴,您不就是没吃到香蕉心里有气吗,我都说了下次……"

潘大海气呼呼地把手里的空篮子摔在了许助理的办公桌上:"我是为了自己在争嘴吗?我是为了基地的孩子们。我请你们搞好大家的生活有错吗?我好心好意来跟你说说这事儿,你这是啥态度啊?"

许助理的声音也提高了:"请您不要倚老卖老好不好?这是办公室,不是您家的热炕头。"

处长跑进来问怎么了,许助理说:"他没买到香蕉跑到办公室来闹事儿,我看他是馋疯了。"

潘大海生气地吼道:"放屁!你才馋疯了呢!你小小年纪就一身的官气,你要是不懂啥叫为人民服务,你就别坐在这个位置上!"

处长说:"哎哟,这不是潘团长吗?潘团长你好哇,许助理,潘团长是咱们基地的老人儿了,你要对他有礼貌。"

潘大海口气缓和了些:"邓处长,我跟你们这位许大助理咋说都说不明白,是这么回事,你听我给你说。"

邓处长请潘大海坐下慢慢说,潘大海把刚才他买香蕉时看到的情况向处长做了如实的汇报。许助理给潘大海倒了一杯开水说:"潘团长,我错了,请您原谅我不会说话,您让我们把基地官兵的生活搞好,我们真的想搞好,你急我们也急呀。"

邓处长说:"潘团长,许助理他说得没错,我们真的着急呀。基地党委让我们想尽办法创建一个拴心留人的好环境,这是我们的本职工作,我们会绞尽脑汁、全力以赴的。"

潘大海说:"那我就不影响你们绞尽脑汁了,走了。"

许助理说:"潘团长,请把您家的电话告诉我,等下次来香蕉了我好通知您一声。"

潘大海摆摆手说:"不用麻烦了,等基地所有的孩子都能吃上香蕉了,我这个老头子再来争嘴也不迟。"

潘大海走后,许助理对处长说:"我去买个新篮子给潘团长送家去。"

潘家老两口和刚坐完月子的梁秀在家包起了饺子,金小妹说:"这眼瞅着就要过年了，孩子们个个都不着家，今天这饺子还不定有没有人回来吃呢。"潘大海说："我的金戈铁马会回来的。"正说着，金戈进来了，她说："我大哥说他知道咱们家今天一定在包饺子，还说他都嗅到咱们家饺子的香味儿了，让你们给他留点儿，他下班就回来。"金小妹说："行！没问题！"金戈说："你们说我大哥咋就这么神呢？他咋知道你们一定在包饺子呀？"金小妹说："傻丫头，今天是腊月二十三，是小年。在北京，过小年是家家都吃饺子的。"金戈说："这日子过得可真快，都过小年儿了啊？嫂子，我二哥他今天回来不？"梁秀说："他不回来了，说是阵地上有事儿。"

潘志兵进来搓着两只手说："好冷！小兵器，刚才在路上我碰见你们单位的政委了，他让我告诉你，明天基地的拔河比赛你别忘了。"金戈说："他咋让你来通知我呀？"潘志兵说："你以为你姓金了，他就不知道你是谁了？"

"他早就知道你是我大哥？"

"那当然了，我早就告诉他了。"

"大哥，你可真讨厌！"

"你还是好好准备明天的拔河比赛吧，要真的搞砸了，我这个亲大哥也救不了你。"

"这可咋办啊，拔河的人我倒是都通知到了，可春节前大家都忙，拔河，这一次也没练过呀，我这心里还真是一点儿底都没有。"

潘大海问她："怕了？"金戈点头。潘大海说："没想到咱家的金戈铁马也有怕的时候？"金小妹说："不就是个玩儿吗，倒数第一就倒数第一呗。"潘大海说："拔河比赛体现的是一个单位的精神面貌，怎么能倒数第一呢？你不懂就别瞎说！"金小妹说："你懂，你懂你能帮咱闺女去拔河呀！"

第三十三章　拔河认婿　女儿出嫁

　　大礼堂门前人头攒动，各单位参加拔河的人员都来了。穿着便衣的金戈来到拔河场地，女子拔河队队员都聚拢到了她的身边。金戈问大家都准备好了没有，有的说："这有啥好准备的，不就是个玩儿吗。"有的说："可不是吗，我连鞋都没换就跑来了。"
　　金戈这时才注意到大家脚下穿的鞋，有白色的小皮靴、棕色的半高跟棉皮鞋、红色的小小细细的高跟靴子、黑又亮的高跟皮鞋，双双都是那么纤细那么漂亮。
　　金戈惊呼："我的好嫂子们呀，瞧瞧你们穿的鞋子，这还能拔河吗？这一使劲儿还不把鞋跟都给蹬零碎了啊！"
　　军嫂们说："那怎么办呀？现在回去换鞋也来不及了呀！"
　　正说着，迟晓锋连长带领着他的勤务连跑步过来。迟晓锋喊着口令把队伍停在了金戈面前，对金戈说："报告金干事，勤务连的啦啦队奉命赶到，请你指示。"
　　金戈说："迟连长，你看她们穿的鞋，这能拔河吗？回去换鞋这也来不及了呀，咋办呀？"
　　迟晓锋反问她："你说咋办？"
　　"我在问你呢。"
　　"你问我那就好办了，不过，咱们可事先说好了，我要是帮你把这件事给解决了，你可得奖励我。"
　　"这都啥时候了，你还跟我讨价还价，你想要啥，只要是我有的，我全都给你，行了吧？"
　　"行，你可别到时候说话不算数，各位嫂子们都给我做个证啊。"

"我要是说了不算，我就是小狗，行了吧？你倒是快说吧！"

军嫂们也纷纷说："迟连长，我们大家都给你作证。你就快说吧。"

迟晓锋说："好，给我一分钟，咱们立刻解决鞋的问题。"金戈傻看着迟晓锋，一头雾水。迟晓锋来到勤务连的队伍面前说："立正，稍息，穿四十以下大头鞋的同志向前两步走！"

十几名战士走到了队列的前面。迟晓锋对大家说："同志们，咱们今天的任务，就是给咱们站的拔河女队助阵，咱们的女队员脚上穿的鞋不适合拔河，咱们得帮帮她们，现在，前排的同志们和女队员开始换鞋。"

金戈恍然大悟："对呀！我咋就没想到呢？姐妹们，去跟咱们的战士换鞋去！"军嫂们跟战士们换鞋。

金戈对迟连长说："你真行，我咋就没想到呢。"

迟晓锋说："金干事，你的鞋也不行，要不你穿我的？"

金戈说："好！换鞋。"

一眨眼的工夫，小战士们都穿上了女鞋，女鞋小，他们大多只能是趿拉着鞋，走路摇摇晃晃。迟晓锋干脆是手里提着金戈的鞋，穿着袜子站在地上，冻得他不停地原地踏步。

金戈的拔河女队威风凛凛地站成了一排，金戈在给她们讲话："嫂子们，咱们在战士们的帮助下，终于像个拔河的样子了。"

军嫂们大都没参加过拔河，她们换好鞋后相互询问："我是头一回拔河，怎么拔呀？"

"我也是头一回，反正就使劲拽呗。"

金戈说："对，咱们到时候抓住大绳使劲拽就行了。"

潘大海突然从人群里钻出来对金戈说："小同志，拔河可是个技术活，没有巧劲，光使蛮劲可不行啊。"

金戈看了他一眼："老同志，你玩儿过拔河吗？"

潘大海说："那当然了，想当年我们……"

金戈知道他又要说"两弹一星"，就打断了他的话："能不能请您给我们讲讲这拔河怎么使巧劲儿啊？"

军嫂也都说："大伯，就请您给我们说说吧。"

潘大海清了清嗓子说："娘子军同志们，你们知道咱们部队为啥能打胜仗吗？那就是因为咱们的部队有铁的纪律，想当年，咱们基地搞'两弹一星'那会儿……"

365

金戈再次打断他的话说:"老同志,还是先请您讲讲拔河吧,等以后我们有时间了再听您讲'两弹一星',好不好哇?"

潘大海说:"好,现在我就讲拔河,拔河的目的是什么,就是想办法把对手给拽到你们的阵地上来,怎么才能把对手拽过来呢?"

金戈说:"这些我们都知道,您老就别再卖关子了……"

潘大海瞪了金戈一眼,金戈用手捂住了嘴巴。潘大海继续说:"怎么才能把对手拽过来呢?只有一个法宝,那就是一切行动听指挥。大家只要听从指挥,把劲儿往一块儿使,就一定能取得拔河的胜利。"

有个军嫂说:"金干事,就请这位老伯给我们当总指挥吧,我们坚决服从他的命令,他说怎么拔我们就怎么拔。"

另一个军嫂说:"对,我们都听这位老伯的,他让我们咋使劲我们就咋使劲。"

潘大海问金戈:"小同志,你看我当你们的总指挥行吗?"

金戈说:"老同志,我郑重地请您来当我们女队拔河的总指挥,请您现在就上任吧。"

军嫂们给潘大海鼓掌。潘大海说:"请大家记住,一切行动听指挥,拔河时你们要听我吹的哨子,你们看,哨子我都带来了。"

金戈悄声对他说:"看来您对这个总指挥的位置早就蓄谋已久了。"

潘大海也悄声地说:"我从昨天晚上就开始惦记了。"

迟晓锋给勤务连做完任务动员后,向金戈汇报:"报告金干事,我们啦啦队都准备好了,你们准备好了吗?"

金戈让嫂子们两人一组排好队。迟晓锋问潘大海:"您老是……?"

潘大海说:"我是来帮她们拔河的,你呢?"

迟晓锋小声回答:"我是来给我女朋友助威的。"潘大海上下打量着迟晓锋。

金戈整好队伍,说:"请总指挥讲话。"大家鼓掌。金戈对潘大海说:"拣重要的说,没时间了。"

潘大海大声说:"花木兰同志们,狭路相逢勇者胜,你们上场时一定要有气势,要有能战胜一切的气势。上场后,你们的两只手要抓紧大绳,两腿弯曲,用眼睛瞪着对方,等我喊加油的时候,你们要统一使劲,要一下一下地使劲儿,要有节奏感,如果对方力量太大,我们就要暂时避开对方的锋芒,压住不动。"

有人问:"什么叫压住呀?"

潘大海说:"压住,就是不使猛劲儿,用双手紧紧地抓住大绳,脚要死死地蹬在地上,身体朝后仰,你们的脚要像生了根一样,让对方拽不动你们。你们脚上穿的大头鞋底盘重,能够很好地帮助你们,都听明白了吗?"

又有人说:"咱们一鼓作气把对手给拽过来不就完了吗?"

潘大海说:"毛主席教导我们,敌进我退,敌驻我扰,敌疲我打,敌退我追。也就是说啊,敌人进攻的时候我方退守;敌人退兵时,我方追击;敌人驻扎在某地按兵不动了,我军要对其扰乱;当敌人疲劳的时候,我军要乘胜追击。"

金戈提醒他:"这是拔河,不是打仗。"

潘大海说:"道理都是一样的。当对手强势的时候,我们压住不动,当对手疲劳的时候,我们要一鼓作气,所向披靡。啦啦队的同志们都准备好了吗?"

迟晓锋大声问勤务连:"同志们,大家都准备好了吗?"

战士们呼喊:"准备好了!"

潘大海大声地说:"啦啦队的同志们要看我的手势,我喊加油你们要一齐喊加油,我一挥手,你们就立刻停止。喊的时候声音要洪亮,要整齐,要有压倒一切的气势,大家都听明白了吗?"

战士们呼喊:"听明白了。"

迟晓锋小声对潘大海说:"你连我的啦啦队都给指挥了?"

潘大海小声回答:"你和你的啦啦队要是敢不听我的指挥,你就追不到女朋友!"

"您是谁呀?"

"我是拔河女队的总指挥!"

金戈和她的女队员们穿着大头鞋咚咚咚地上场了,基地拔河总指挥举着小红旗,双方的女队员都抓起了大绳,迟晓锋和战士们分别站在女队员的两侧。

基地拔河总指挥高喊:"预备,开始!"

潘大海喊加油,战士们跟着他高喊加油。金戈女队一点一点地向后退,对方个个鼓着腮、瞪着眼,咬牙切齿地拼命拉着大绳。

潘大海大喊:"压住!坚持!"

金戈女队抓住大绳,身子拼命向后仰着,对方使劲地拽,就是拽不动她们。勤务连的战士们有节奏地喊着:"坚持!坚持!"

潘大海高喊加油,战士们高声呼喊加油!

金戈女队开始有节奏地使猛劲儿，没几下，就把对方给拽了过来。拔河总指挥吹响了哨子，宣布对方失败。金戈女队高兴地欢呼起来，在一旁看热闹的梁秀也跟着她们欢呼。

迟晓锋提着金戈的鞋对金戈说："金干事，就这么拔，一准能夺第一。"

金戈看见他光着脚站在地上，说："你这样会冻病的。"

她把自己的围巾取下来，把梁秀的围巾也给取了下来："好二嫂，我再给你买条新的。"她把两条围巾交给迟晓锋说："先用这个包上你的脚！"金戈去跟军嫂们说话去了，梁秀见迟晓锋不舍得用围巾包脚，就朝家的方向跑去。

金戈女队的第二局拔河开始了，在潘大海的指挥下，金戈女队的大头鞋稳步地往后退着，对方一泄气，全体把大绳松手，金戈女队全体摔倒，双方哈哈大笑。

梁秀从家里拿来了一双大头鞋交给迟晓锋，命令他穿上，迟晓锋不认识她，梁秀说："我是金戈的嫂子。"

迟晓锋把两条围巾交给梁秀，穿上了大头鞋。

金戈女队再次胜出，她们高兴地蹦跳着、呼喊着，穿着女鞋的战士们摇摇晃晃地给她们鼓掌。

拔河结束后，潘大海悄悄离开了，马政委从人群里走出来说："军嫂同志们，你们辛苦了，咱们单位的会议室里又要多出一面女队拔河冠军的锦旗了，这不仅是你们女队的光荣！也是咱们站的光荣！在这面锦旗上，永远飘扬着嫂子们美丽的风采！"

政委走了，一个军嫂哈哈大笑地说："你们快看啊，小战士穿咱们的鞋连站都站不稳，逗死了。"

大家都大笑起来。在笑声中，嫂子们和战士们换鞋。

迟晓锋把金戈的鞋还给她时说："金干事，君子一言，驷马难追。"

金戈说："你说，你想要啥？"

嫂子们嘻嘻哈哈地说："小金干事说话可得算数呀。"

有人说："迟连长，你不会是想要我们小金干事这个人吧？"

迟晓锋给众位嫂子作揖："你们终于说出了我想说却不敢说的话，金干事，你看，我行吗？"

迟晓锋给金戈敬礼，军嫂们给他鼓掌，战士们大声呼喊："行，行，行！"

金戈跺着脚说："迟晓锋，你真讨厌！"

金戈捂着脸跑了，嫂子们哈哈大笑地对迟晓锋说："小金干事不好意思了。"

第二天，潘大海逮着机会问金戈："金戈铁马同志，迟连长是哪儿人？"
金戈回答："河北。"
"他人咋样？"
"还行吧。爸，我还没谢你呢，我们女队拔河能得冠军，多亏了您这个总指挥。"
"这有啥好谢的呀，不就是个拔河吗？想当年我们搞'两弹一星'的时候，没人帮我们，我们要技术没技术，要资料没资料，那才叫难呢。可我们有压倒一切困难的决心和信心，我们不分白天黑夜地边学习边工作，那时候我们的心呀特别的齐，人心要是不齐呀，啥事儿都干不成。这就跟你们拔河一样，要万众一心，要齐心协力，要把劲儿往一块使……"
潘大海说得眉飞色舞、慷慨激昂，待他回头时，才发现家里只有他自己，金戈早就走了。

迟晓锋的"火线征婚"取得了圆满成功！他和金戈的感情日渐升温，就在他俩准备结婚的那天，高飞翔来了。
那天，梁秀在他们的新房里贴大红喜字，金戈抱着皱纹纸进来，对外面说："你进来吧。"高飞翔慢腾腾地走了进来。金戈说："这就是我的新房，她是我的二嫂。二嫂，他叫高飞翔，是我同学。"高飞翔说："金戈，我从北京专程来找你，我有好多话要对你说，你看咱们能不能借一步说话？"梁秀说："你们就在这儿说吧，我回去帮妈做饭，高同志，一会儿你跟金戈一块回家吃饭吧。"
梁秀走了，高飞翔看到挂在墙上的迟晓锋和金戈的合影照片，激动地说："金戈，你太过分了，你太残忍了！"
"我怎么过分了？我怎么残忍了？"
"你怎么可以跟他……你……你背叛了我们的爱情，你毁灭了我的梦想，你扼杀了我的幸福！古代的女人为了爱情都能做到苦守寒窑十八载，咱俩才分开了五年，才区区五年你就急不可耐地移情别恋了，你……你薄情寡义，你水性杨花……"
金戈拿起扫把打高飞翔："滚！你给我滚出去！"高飞翔被金戈打出了新房，金戈饮泪往家走，高飞翔紧跟在她的身后。

潘家正准备开饭，迟晓锋系着围裙从厨房里端菜出来，金戈一脸怒气进门就说："饿了，吃饭。"

全家人在餐桌前坐定，一阵敲门声传来，梁秀把门打开，看到高飞翔站在门外："是高同志来了，请进来吧。"高飞翔进来。梁秀又说："高同志，你还没吃晚饭吧？要不要坐下和我们一块儿吃点儿？"高飞翔站在门口对大家说："对不起，请原谅我的唐突，我是金戈的同学，我叫高飞翔，这位就是迟晓锋同志吧？"

潘大海站起来说："哦，你就是高飞翔啊，你是从北京来的吧？你到戈壁滩来有何贵干啊？"

金戈说："他是来祝贺我们结婚的。"迟晓锋说："那就请高飞翔同志晚上参加我们的婚礼吧。"高飞翔讪讪地说："我祝你们幸福，叔叔阿姨，哥哥嫂子，我到家里来不为别的，就是想跟大家来道个别，我得回去了。再见！"

高飞翔走了。梁秀说："他没吃饭就走了。"潘志军说："一个纨绔子弟，少吃一顿饿不死。"迟晓锋从厨房里拿出一个饭盒交给金戈说："你去送送他吧。"金戈感激地看了迟晓锋一眼，接过饭盒出去了。

潘大海恨恨地说："土鳖，这个时候了，你才想过味儿来，晚了！"

金小妹惊呼："原来是他让我的小疯丫头伤心了，他这会儿来是啥意思呀，他想干啥呀他？"

高飞翔在马路上悻悻地走着，金戈追上来。他拉住她的手说："戈戈，求你跟我一块走吧，好吗？"

"你来找我，你爸爸知道吗？你妈妈同意吗？"

"只要我们真心相爱，他们会同意的。"

"没底气了吧？现在的你，不应该出现在戈壁滩，而应该陪伴在你父母的身边，只有这样，你将来才有可能当上将军。"

"我不要当什么将军，我只要你。金戈，我想你，我天天都在想你，我想跟你在一起。"

"你放手，我不值得你这样，我早就移情别恋了，我背叛了你的爱情，我扼杀了你的幸福，你不应该想我，你应该去想那个能为你苦守寒窑十八载的高贵女人，而不是我这个水性杨花的贱女人。"

"你们还没进洞房呢，这一切都还来得及。你不知道，我妈给我找的那些个女孩儿个个都是娇滴滴的不说，还都蛮横无理，有人没人都把我当勤务兵使唤；她们的乐趣就是显摆她们的家室有多么的尊贵，我早就受够了。我是跟我妈闹掰了，从家里跑出来的。金戈，我后悔当初听了我妈的话，都是我的错，我每天都在想你啊，我不能没有你啊！"

金戈甩开高飞翔的手说："现在我的心里只有迟晓锋，我早就把你给忘了！请你为我们祝福吧。"

"他有啥好啊，一个农村兵，长得不如我，家世不如我，就连个头儿都没我高，你到底爱他啥呀？"

"他没有高贵的家庭，但他有颗高贵的心。他不像你，算了，我也不想再说你啥了，你还没吃饭呢吧，这盒饭在路上吃吧，再见。"

高飞翔接过饭盒，拉住金戈的手说："我身上还流淌着你的血呢，咱们毕竟是有感情基础的呀。"

金戈甩开他的手说："真恶心，请你别再亵渎感情了！"

"是我对不起你，是我把最宝贵的东西给弄丢了，我这次来就是想找回来的呀。"

金戈转身往回走，她已是泪流满面。高飞翔流着泪久久注视着金戈的背影。

迟晓锋在厨房的窗口看见金戈边走边哭，重重地叹了一口气。

潘大海问潘志军："晓锋知道这个土鳖吗？"

潘志军说："知道，是小戈壁告诉他的。"

金小妹担心地问："这不会影响她和晓锋之间的感情吧？"

"不会！"

饭后，梁秀给金戈梳头。金戈问梁秀："嫂子，你说感情到底是个啥？"梁秀说："妹妹，你实话告诉我，你和那个姓高的是不是还有感情？"

"我不知道怎么跟你说。"

"你还喜欢他是吗？"

"我不知道。我马上就要和晓锋结婚了，可我的心却因为他的出现不平静了，他说我是个水性杨花的女人，你说我真的是他说的那种女人吗？"

潘大海和金小妹参加完迟晓锋和金戈的婚礼，从小礼堂的人群中挤了出来。

金小妹对潘大海说："没想到部队办的婚礼还真热闹。瞧把那帮孩子们给乐的，好像他们个个都是新郎官。"

371

潘大海说："这么热闹，你干吗要拽我出来呀？"

"咱们回去给孩子们准备点儿吃的，小疯丫头晚饭一口都没吃，别看这孩子表面上嘻嘻哈哈的，就属她的心思重，那个从北京飞来的什么高，让咱的闺女难受了。"

"这点小风波就能动摇金戈铁马的心，那她就不是我潘大海的闺女。"

"瞧你说的，军人就不是人了？是人就会有伤心的时候。你以为你就真的是特殊材料制成的啊？让你脱军装的时候，你咋不特殊了？你不也是难受得嗷嗷直哭吗？"

"我哭咋了？哪个当兵的离开部队时不难过哇，每年送老兵走的时候，那些个大姑娘小伙子个个都哭得唏哩哗啦的，你没当过兵，你不懂。"

"军人对部队有感情，朋友之间处久了也一样有感情。那个什么高在这个时候跑来找金戈，能说他们一点儿感情都没有吗？"

"他早干啥去了？我看，他这是故意捣蛋来了，他要是真的对我闺女有感情，就不该在这个时候来。"

"瞧你，又生气了是吧？咱们不就是说说嘛。再说了，那个高也没闹出啥幺蛾子来，对吧？你呀，真是的，跟你聊个天都这么费劲。"

"那天我一看见他，我这心里就老大的不痛快，听说他父亲还是军界的高级首长，唉，真叫人寒心呢！"

"瞧不起戈壁滩的是他妈，又不是他爸，就算是他爸，他也只代表他个人。林子大了，啥鸟儿都有哇！"

参加婚礼的人们全部散去，潘志兵、潘志军和梁秀陪着迟晓锋和金戈一对新人回新房。路上，梁秀笑着对金戈说："晓锋的歌儿唱得太难听了，都快要笑死我了。"

金戈说："二嫂，那是流行唱法。"

梁秀说："啥流行唱法呀？那就是扯着嗓子瞎嚎。"

迟晓锋低着头走在最后面，潘志兵和潘志军站在路边等他。潘志兵问："晓锋，你想啥呢？"潘志军说："洞房花烛夜，金榜题名时。你这个新郎官该不会是乐晕了头，找不到北了吧？"迟晓锋说："大哥、二哥，今天晚上能不能请二嫂陪金戈住，我回宿舍去。"潘志军说："你啥意思呀？告诉你啊，你要是敢对不起小戈壁，可别怪我对你不客气。"

"二哥，那个人的出现让金戈难过了，我没别的意思，我就是想让金戈静一静，认真地想一想，一切都还来得及。"

潘志兵说："你到底想干啥？"

"大哥，结婚是一个人一辈子的大事儿，我不愿意让金戈留下啥遗憾。新婚之夜应该是人生中很重要的一夜，金戈现在的状态，我想等等她。"

"等到啥时候？"

"等到金戈能心情平静接纳我的时候。"

"晓锋啊，你能站在小兵器的角度替她着想，我很高兴，不过这样就委屈你了啊。"

"晓锋，谢谢你对小戈壁的体贴。"

"晓锋，你想过没有呀？你的战友们都知道你结婚了，这个时候你再回宿舍去住，传出去还不成了基地的一大笑话了。我想你最好和小兵器商量商量，听听她的意见。"

"好，我跟金戈谈。"

"我们哥俩送你，反正我们现在回去也睡不着。"

潘志军、潘志兵送迟晓锋来到他们的新房门口，迟晓锋进去，梁秀出来。潘志兵问梁秀："小兵器的情绪咋样啊？"

梁秀说："不太好，都是让那个高飞翔给闹的。"潘志军说："晓锋的心还真挺细。"梁秀问："啥意思？"潘志军说："过会儿你就知道了。"

一会儿，迟晓锋出来对他们说："刚才我和金戈说了我的想法，她同意了，但她不让我回宿舍，也不让我去家里，她说我们可以暂时分开住，她把那间小屋和单人床分配给我了。请你们放心好了，我一切行动都听她的指挥，按兵不动等待时机。哥哥嫂子，你们都早点回去休息吧。"

潘志兵拍拍迟晓锋的肩膀说："耐心一点，乌云遮不住太阳。"

潘志军也拍拍晓锋的肩膀说："是龙，你先盘着，是虎，你就先卧着，你只能智取，不能强攻，革命尚未成功，将士仍需努力！"

梁秀说："晓锋，你真是有心人，我妹妹没看错人。"

一九八六年六月，由原国防科工委、航天部、第二炮兵、海军等多名专家组成的靶场C3系统鉴定委员会，在发射阵地听取攻关小组的技术汇报、看完模拟演示后热烈鼓掌，潘志军也参加了阵地的攻关小组。

首长在会上说："电子化指挥系统的成功运用，结束了我国航天发射的

'潜望镜'时代和'卡秒'时代。C3系统填补了中国航天发射指挥领域的空白，具有划时代的意义！同志们，祝贺你们，你们辛苦了！"

潘志军和战友们穿着工作服在发射测试厂房测试卫星，身穿试验队工作服的罗梦月走过来说："请你们轻一点！"潘志军听到她的声音，停下了手里的活儿。罗梦月指着潘志军说："哎，我只是让你轻一点儿，没让你停下来。"潘志军转过身来笑着对她说："梦月，你好。"

潘志军的笑容令她猝不及防。自从她知道梁秀的存在，她便对他由爱生怨，与他断了联系。当她听说他和梁秀结婚，便对他由怨生恨了。她恨他太薄情，又恨他太多情。她知道他对她的薄情是因为他对烈士的多情，她理解他对烈士的感情，要是换了她，她也会这样去做。但在感情上她就是恨他，她恨他不理解她。如果他能把这一切都提前告诉她，就算她内心有多少诸多的不情愿，她也会尽力去帮助他、成全他。可他自从有了梁秀，就再没与她有过任何的联系。以前她总以为她和他心有灵犀，现在看来这仅是她的一厢情愿，她怎能对他不心生愤恨呢？她想过有一天再见面时她要好好地责问他，可今天真的看到他了，却又不知道说什么好了。

潘志军对她说："罗工程师，你好！我一直盼着有一天你能来基地指导我们的工作，没想到你真的来了，欢迎，欢迎，热烈欢迎！"

罗梦月仿佛置身于梦中，她喃喃地说："你怎么在这儿？你怎么知道我会到这儿来？"

潘志军笑着说："我是军校毕业分回来的，咱俩虽然不联系，但我还像以前一样地关注你……"

潘志军的话让罗梦月感到内心被什么东西给狠狠地撞击了一下，她打断他的话，回身指着正在认真测试的战友厉声说："这个螺丝你拧紧了吗？你的责任心都跑到哪里去了？"

那个战友说："我拧紧了。"

罗梦月大声地说："就是拧紧了也要再检查一下，要保证准确无误了才能再往下进行，这是制度。"

她专心工作，不再理睬潘志军。

潘志兵下班回家，潘大海告诉他干部处给他打电话，说是给他联系好了内地的干休所，让他做好搬家的准备。潘志兵问他们去哪个干休所，潘大海说：

"去了河北。"金小妹说："一想到就要离开这儿了，心里还挺不是滋味的。"潘志兵说："你们在戈壁滩辛苦了大半辈子，也该回内地休息了。"

潘大海说："我相信你们年轻人有能力把基地的事儿办好，可是真的要离开了，这心里还是有些不舍，我们毕竟在这儿工作、生活了大半辈子。"

潘志兵说："你们的年纪越来越大了，身边儿没个人照顾哪行啊？要不我要求转业得了，我跟你们一块儿走，我也到了该为自己考虑的时候……"

潘大海手指着潘志兵声音颤抖地说："你说啥？你想脱军装？你想当逃兵？"

潘志兵说："铁打的营盘流水的兵，我就是自己不要求走，早晚有一天部队也会撵我走的，那时候我就被动了……"

"放屁！现在部队还没让你走呢，这就说明部队还需要你，这个时候你撂挑子给谁看，给谁看啊？告诉你，我不同意你转业，坚决不同意！"潘大海气呼呼地用手拍桌子，震得桌子上的杯子滚落到地下，发出清脆的破碎声。

潘志兵笑着说："爸，您还真生气了？你听我说呀……"

潘大海怒吼道："我不听！我脱军装的时候有多难过，你是知道的呀。你劝我说那是因为我老了，不能挡年轻人的路，你让我要为部队建设着想。你说得多好哇当时，可你现在是咋回事呀？部队培养了你这么些年，容易吗？你咋能先为自己打算呢？告诉你，你必须在部队上给我好好干，这军装绝对不能随便脱！你要是敢不听我的话，我就揍你，揍你。"

潘大海做出了要打他的架势，金小妹迅速挡在了潘志兵身前："你敢动他一个指头试试？"

潘志兵把金小妹轻轻推开："妈，我和爸在讨论问题呢，爸，你对你的兵也说过这样的话，军人随时都要做到一颗红心、两手准备。为了部队的建设，每个军人都要做到让走就愉快地走，让留就安心地留。爸，其实你也知道，穿军装难，脱军装更难啊！"他哽咽地说不下去了。

金小妹说："小兵啊，你爸这是第一次跟你说这么重的话，你可千万别怪他啊。"

潘志兵说："妈，别说我爸说我几句，就是他真的打我都是应该的，我爱你们都爱不过来呢，咋可能怪他呢。"

潘大海说："你说得对，穿军装难，脱军装更难，咱们军人既然穿上了这身军装，就要有服从意识，让部队来决定你的去留。"

潘志兵说："爸，你们就要去河北了，我们几个都不在你们跟前，这怎么行啊？我转业跟你们走也是为了能好好地照顾你们！"

潘大海愤怒地说："我们不需要你照顾！"

第二天，潘大海带着潘志兵来到东风烈士陵园的一座坟墓前，墓碑上刻着"烈士之墓"还有"一九八八年陵园整体修缮时迁移安放"的字样。

潘大海跪在墓碑前絮叨："大胡子！我来看你来了！我按照你的遗愿，把你安葬在铁路旁，没想到，有好心人把零散在各处的烈士都重新安置到了东风烈士陵园来了，我没能为你单独建墓立碑，我对不起你啊！"

潘志兵扑通一声跪倒在墓前悲痛地说："爸，潘爸爸带我来看您来了！"

潘大海吃惊地问："小兵，你……你是怎么知道的？"

潘志兵对他说："在我当兵之前的那个晚上，我听到了你跟妈的谈话……"

"你怎么不早说？"

"因为我知道了自己的身世，所以才放弃了盖大楼的梦想参了军，后来我才知道咱们的事业要比盖摩天大楼有意义得多。爸，您不仅养育了我，还教育了我，您永远都是我的好爸爸。爸，我亲爸就是大胡子，对吗？请您告诉我，他和我母亲是怎么死的？"

"你母亲是军医，她是在朝鲜战场上救治伤员时被敌人的流弹给打死的，你的父亲姓胡，是我的老连长，他是修建基地这条铁路时累死的。小兵啊，你的父母要是能看到现在的你这么优秀，他们一定会感到很欣慰。在朝鲜战场上，你爸爸负了很重的伤，他被担架队抬下去之前，把手表送给了我，回国后，我参加学习发射的培训班，我们为了从苏联老师那里抠出点真东西，自己花钱给他们买酒，那时候我们穷啊，实在没钱啊，我就把你父亲送我的手表给卖了。卖表的时候，我的心特别地疼，因为……因为那是你爸爸留下的唯一的物件儿，我本应该留给你的……"

潘志兵抱住潘大海呜咽："爸，我懂，我全都懂！"

第三十四章　梁秀谈爱　梦月伤情

安静的烈士陵园阳光灿烂，微风习习。一位年轻的军官站在一座墓碑前喃喃诉说："爸爸，我军校毕业主动要求分到这儿来陪您了，爸爸，儿子想你啊！妈妈说，你爱军装胜过爱我们，我知道，是因为你爱我们，才更爱你的军装。爸爸，你的军装有我替你继续穿，你没干完的事业，有我来替你继续干，您就安息吧。"

潘大海来到年轻军官的身旁，激动地对着墓碑说："斯小川，我的好兄弟！你的儿子来接你的班了，潘大海我为你高兴啊！你叫斯鹏对吗？"

斯鹏给潘大海敬礼说："潘叔叔好！您的记性真好，我就是斯鹏。爸爸走后，无论家境多困难，妈妈都让我坚持上学，她说，你要想去陪你爸爸，就必须有文化。"

潘大海流着眼泪说："好，好哇！"

潘志兵说："斯鹏你好，我是潘志兵，咱们的军装承载着父辈的期望，只要部队需要，我们就把这身军装永远穿下去……"

测试厂房，潘志军、罗梦月和参试的官兵紧张有序地测试卫星，休息时，潘志军倒了杯开水递给罗梦月，罗梦月没理他。

下班后，发射站的官兵和试验队的同志们在一个大食堂里就餐，潘志军没看到罗梦月吃饭，他打了份饭给她送去。

罗梦月在宿舍看书，潘志军进来把饭盒放在桌上，问她为啥不去吃饭，她没搭腔。潘志军讪讪地离开。

潘志军给金戈打电话，告诉她梦月的情绪不好，请她有时间到点号来劝劝她。

当夕阳给天地涂上一抹温馨而轻柔的色彩时，无垠的漠野在阳光下变成了一块巨大的金箔，蜿蜒起伏的沙丘构成了一幅幅奇形怪状的图画。此时金戈和罗梦月就坐在图画当中。罗梦月晶莹的泪珠滚滚而下，金戈说："梦月姐，你这样下去可不行啊！"

罗梦月眺望着金色的漠野说："小戈壁，你看，这儿美吗？"

"美。"

"假若没有夕阳的光辉，她能有这么美吗？是夕阳给她披上了美丽的衣裳，她的美是虚幻的。小戈壁，谢谢你能来看我。你该回去了，要是班车已经走了，你就和我住一块儿吧。"

"不用了，我大哥的车在等着我呢，他要去出差。"

"小兵哥哥他还好吧？"

"还好，前几天，他想转业，让我爸给臭骂了一顿，要不是我妈拦着，他就挨揍了。"

"金妈妈还好吗？"

"好，我二哥的孩子都快三岁了。"

参试人员在测试厂房工作，罗梦月端起杯子喝水时，发现杯子下面有一张纸条，上面写着："梦月，请你按时吃饭，按时休息。潘志军。"

罗梦月拿着纸条走到潘志军面前，把纸条丢给他，转身走了，潘志军捡起纸条装进自己的口袋。

星期天，梁秀给潘志军洗军装时，从口袋里掏出了那张纸条。潘志军提着肉和芹菜从外面进来，梁秀赶紧把纸条装进了自己的口袋，问他怎么想起去买菜了，他说他想吃饺子了。

潘志军提着一饭盒饺子来到罗梦月住院的病房，梁秀悄悄跟在潘志军的身后。梁秀在窗外看到潘志军在劝罗梦月吃饺子，罗梦月把头扭到一边不肯吃，潘志军想喂她，罗梦月把饺子给打飞了。

梁秀神情恍惚地回到家，她把金戈拽到里屋，把潘志军给罗梦月写的纸条拿出来给她看，问她梦月姐跟志军到底是啥关系。

金戈反问她："嫂子，你听谁说啥了？"

梁秀说："梦月姐住院了，你二哥给她送饺子，梦月姐没吃，哭了。好妹妹，把你知道的都告诉我，行吗？"

"好吧，嫂子，我全都告诉你。我二哥和梦月姐一起长大，他们的感情一直都很好。后来我二哥娶了你,丢下了她……"

梁秀喃喃道:"都怪我呀。"

金戈说:"嫂子,这不是你的错。"

梁秀说:"都是我拆散了他们!"

金戈说:"梦月姐是试验队的工程师,她到基地来是为了工作。嫂子,你千万别多心。"

参试的官兵和试验队的同志们在戈壁滩屏息观看,在一阵的轰鸣声中,又一颗卫星从二号发射阵地腾空起飞,潘志军、罗梦月和战友们欢呼,雀跃!

潘志军吹着口哨回家,饭桌上摆满了酒菜,梁秀从厨房里出来,她摘下围裙对他说:"你们的任务终于完成了,我特意给你做了点菜,为你祝贺。"潘志军高兴地与梁秀碰杯喝酒。

梁秀对他说:"你不该谢我,你该恨我才对。我要是早知道你和梦月姐是青梅竹马,我说什么都不会嫁给你!"

潘志军吃惊地看着她。

梁秀平静地说:"今天我才知道,我是哥哥塞给你的责任,梦月姐才是你的真爱。我无意中拆散了你们,我罪孽深重!"

潘志军张了张嘴,不知道说什么好。

梁秀幽幽地说:"志军,我第一次知道你的名字,我就爱上了你。我第一眼看到你,我就把你当成了我的亲人。你把我从失去哥哥和爷爷的痛苦中解救出来,但这些都不是我爱你的理由。我爱你,是因为你能给我带来安全感和亲近感,你是我活在这个世上的动力。有了你,我才感受到了生活的美好,有了你,我才有了家,有了父母,有了兄弟姐妹。志军,你就是我的命!可让我没想到的是,我的幸福原来是建立在你和梦月姐的痛苦之上,你们的痛苦让我有了很深的罪恶感,我真的很难过。我原以为只要我抓住了你的人,早晚都能抓住你的心。志军,我不能说让你原谅我的话,因为我知道,我无论说什么都无法弥补你和梦月姐心里的创伤。"

潘志军平静地自斟自饮,一言不发。

梁秀从抽屉里拿了一张纸:"志军,咱们离婚吧。儿子是咱爸妈和你的心头肉,我把他留给你,这个家原本就是你的,我还给你,我搬到学校的单身宿舍去住。志军,能和你生活到现在,我很知足,我相信,我哥哥要是在天有灵的话,也会支持我这样做的。梦月姐那儿我去解释,我是你们产生误会的始作俑者，只要是我退出了，你们的误会也就烟消云散了。"

梁秀把离婚协议放在潘志军跟前，潘志军看都不看，仍然一杯接一杯地喝酒。

梁秀平静地说："志军，请你认真看看离婚协议上的条款，你要是没什么异议，就请你签字吧。"

她从屋里拿出一个大提包，打开房门要走。潘志军把梁秀拉回来，把她按坐在椅子上："梁秀，你给我听着，我爱你，我这辈子都爱定你了！"

梁秀泪流满面，天渐渐暗了下来，潘志军打开灯，伫立在窗前："我跟罗梦月打小要好，我一直都爱着她，可我们从来没有谈过恋爱。我认识你以后，我对她的爱就是兄妹的爱。梁秀，说实话，我和你刚认识的时候，我对你的确只有怜惜和责任，为了这个责任，我要求自己必须爱你，如果我对你只有责任，那就是对你的不负责任。后来，我真的深深地爱上了你，梁秀，你既然让我爱上了你，你再抛弃我，那你才是罪孽深重呢！"

从窗外传来了热闹的锣鼓声，庆祝胜利的烟花在空中绽放，潘志军抱着梁秀，梁秀在潘志军的怀里放声大哭，哭声、锣鼓声、烟花的绽放声汇成的交响乐在天地之间久久回荡。

试验队的同志们要离开基地了，潘志军和梁秀去火车站送罗梦月。梁秀抓着罗梦月的手说："梦月姐，我对不起你啊！"

罗梦月说："梁秀，我看到你们一家三口生活得很幸福，我很高兴，我谁都不怪，要怪就怪命吧。"

梁秀说："梦月姐，你要多保重，你好了，志军才能放心，志军放心了我才能安心，请你爱惜你自己，好好的！"

罗梦月说："好，梁秀，我答应你！志军，你要好好地待梁秀，她值得你爱。"

火车开出站台后，罗梦月忍了许久的泪水才奔涌而下。

一九九二年五月二十一日，聂荣臻元帅逝世。二十八日，按照聂帅的遗嘱，他的部分骨灰被安置在东风烈士陵园。当运送聂帅骨灰的火车驶入东风火车站时，东风航天城下起了蒙蒙细雨，在火车撕心裂肺的哀鸣和基地广播室播放的哀乐声中，中国酒泉卫星发射中心、空军西北导弹基地师级以上主要领导干部肃立在东风火车站站台，迎接聂帅回家。从火车站到东风礼堂几公里的道路两边，场区部队的官兵、职工、家属、学生庄严肃立！灵车缓缓行驶，人们禁不住泪如泉涌！

大漠无语，事业有痕。聂帅献了青春献终身，他给中国酒泉卫星发射中心的航天人做出了无声的榜样！

五月的东风烈士陵园，青松翠柏旁的柳树在微风中舞动着淡淡的绿色裟裟。航天战士列队在聂帅的墓前宣誓："我宣誓，我要牢记使命，不负重托，服从命令，听从指挥，团结协作，忠于职守，无私奉献，为国争光！东风的先烈们！你们在发射火箭的烈焰里永生，在卫星腾飞的轰鸣声中复活！"

中、小学生在聂帅的墓前齐声说："您永远活在我们的记忆中，我们永远活在您的事业里！"

金戈和迟晓锋送潘大海和金小妹搬家去了河北的干休所。

连日来，潘志军常感到腹部疼痛，战友们让他去医院看看，他说去医院看病太浪费时间，过几天再说吧。这天，他在测试厂房工作时支持不住，晕了过去，与他并肩工作的罗梦月拼命呼喊他的名字，潘志军苏醒过来笑着说："傻嫦娥，别怕，我死不了。"

汽车在公路上飞奔，罗梦月搀扶着潘志军坐在汽车里，汽车路经东风烈士陵园时，司机按响了汽车喇叭，罗梦月问司机："这儿没有车辆经过，为啥还要按喇叭？"

司机说："所有的车辆路经东风烈士陵园时，都要按喇叭，以示对烈士的尊重。"

潘志兵和罗梦月陪着潘志军在医院做完各种检查后，罗梦月跟着医生去了医生的办公室，医生问她病人是她的什么人，她说是亲人。

罗梦月跟着医生走后，潘志兵扶弟弟坐在走廊的椅子上说："我去去就来。"潘志兵也去了医生办公室。潘志军捂着腹部悄悄跟了过去。

潘志兵来到医生办公室的门口，听到医生在跟罗梦月说："情况很不好，初步诊断他患的是肝癌，而且已经到了晚期。"

潘志兵冲进医生办公室："医生，不会是弄错了吧？"

"不会，是肝癌晚期没错！"

"请给他再查一次吧，就给他再查一次吧！"

潘志兵泪流满面，罗梦月低声呜咽。医生对他们说："你们的心情我理解，咱们医院的条件有限，你们抓紧时间快点给他转院吧。"

站在医生办公室门口的潘志军惊呆了。

潘志兵和罗梦月从医生办公室里出来，撞到愣在门外的潘志军，潘志军从容地说："我都听到了。"

潘志兵抱住他："小军，别怕，现在的医疗水平都提高了，你的病能治好，一定能治好！"

罗梦月说："志军，你会好起来的，咱们一起想办法，我们一定要把你的病治好。"

潘志军惨笑："我不怕，做多少次手术我都不怕，傻嫦娥，咱们的活儿还没干完呢，我不能在这个时候倒下。哥，我的病情先别跟咱爸妈说。"

潘志兵陪潘志军转院去省城看病，梁秀和罗梦月到车站来为他们送行，梁秀拉着潘志军的手哭着说："都怪我没照顾好你，才让你得了这么严重的病，等学校放假了，我就去医院照顾你。"

潘志军上车前对梁秀和罗梦月哈哈笑着说："谢谢你们来送我，都回去吧，你们只当我去出差了，过几天就回来了。"

潘志兵把潘志军送到兰州陆军总医院做了手术，医生跟潘志兵交代潘志军的病情："手术是做了，可情况不是太好，太晚了，你们为啥不早点来？"

潘志兵说："我们也没想到他病得这么严重，医生，您一定要救救他啊！"

医生说："我们当然会尽力的，可是目前真没有什么好的办法呀。"

"请你跟我说实话，我弟弟他还有多长时间？"

"一般情况下也只能维持几个月了。"

潘志兵一屁股坐在椅子上惊呆了！医生对他说："你这样的情绪对病人会有负面影响的。"

手术后的潘志军苏醒了，潘志兵告诉他："你的手术做得很成功。"潘志军盯着哥哥问："你哭了？"潘志兵不好推托，就跟他说起了自己不是爸妈亲生孩子的事儿。潘志军说："哥，你是不是咱爸妈亲生的孩子其实早就不重要了，你流泪，是因为我的病。哥，要是我不行了，请你把我送回家。"潘志兵问："你想回哪个家？你想回东风的家，对吗？"

"对，东风航天城才是我的家。"

"小军，你不会有事的，你一定会好起来的！"

苏林进来说："志兵哥，我接到你的电话就立刻赶来了，小军，你这是怎么了呀？你感觉咋样啊？"

潘志兵和苏林站在医院的走廊一角说着悄悄话，苏林说："大哥，我觉得应该把志军的病情告诉潘伯伯和金阿姨,还有梁秀,应该让他们有个思想准备。"

潘志兵说:"我担心我爸妈和梁秀受不了这个打击,我找你来,就是想和你商量一下怎么办。"

"大哥,要不这样,你就说志军的病很严重,让他们来看看。"

"嗯,也只能这样了。"

"我马上回单位请假去,我要陪在志军的身边。"

"这是我给我爸妈写的信,请你帮我寄出去。"

"你为啥不打电话呀?"

"我怕我在电话上忍不住……"

"那梁秀和罗梦月呢?"

"我打电话通知她们。"

潘志军知道自己的时间不多了,他对志兵说:"工作上的好些事儿我都没来得及跟战友们交代,我要是真就这么死了,他们会走弯路的。哥,请你帮帮我。"

潘志兵给弟弟买了一个本子,志军口诉,他帮志军记录。

梁秀接到苏林的电话立刻赶了过来,她看到志军住在了肿瘤医院,心如刀绞,虽然志军说自己的病情没那么严重,但她的心里还是十分不安。

罗梦月接到苏林的电话也赶了过来,她从火车站的出站口出来,精神恍惚,一路小跑,撞到了一辆已减速的出租车。出租车司机对她怒吼:"你往哪儿撞不行,干吗非往我的汽车上撞啊?你这不是存心想害死我吗?喂,你没事儿吧?你有啥过不去的非要找死呀?我送你去医院吧,我真是倒霉呀。"司机下车察看梦月被撞伤的腿。

来车站接她的苏林跑了过来,梦月说:"司机同志,请你送我去肿瘤医院吧。"

出租车司机说:"你原来是个癌症病人啊?难怪你不想活了呀,我求您了,您千万别讹我呀,您可以做到视死如归,我不行啊,我身后还有一大家子人等我挣钱养活呢,我求求您了!"

罗梦月说:"我没想要自杀,我们是去肿瘤医院看一个病人。"苏林说:"梦月,你的腿不能耽误了,司机师傅,请你送我们去就近的医院吧。"

出租车司机请他们上车。罗梦月还想先去看潘志军,苏林告诉她:"志军的病情稳定了一些,你必须先看好你的腿,否则小军看到你现在这个样子,他该有多难过啊。"

做完手术的罗梦月头上缠着纱布躺在病床上睡着了,护士为她整理仪器,苏林带着潘志兵进去,潘志兵凝视着罗梦月:"护士,你快看啊,她在哭,她是不是很疼,她在哭啊。"

护士看了潘志兵一眼说:"那是你在哭,是你自己的眼泪滴在病人的脸上了,放心吧,她的小腿骨折手术做得很成功,头上的伤是皮外伤,没事儿。"

醒过来的罗梦月对潘志兵哭着说:"小兵哥哥,小军现在咋样了呀?我是来看他的,可我自己却住进了医院,咋这么倒霉呀!"

"梦月,哥告诉你实话,小军的情况不太好,我爸妈正在来的路上了,梦月呀,在这个时候,你一定要帮帮我啊。小军要是……最难过的人是你的金妈妈,还有我爸,别看他从小对小军又打又骂的,其实他最喜欢小军了,这个时候,咱们不要只顾着自己难过,他们可是白发人在送黑发人啊!"

潘志兵站在窗前流泪,罗梦月哭着说:"小兵哥哥,我听你的。"

苏林说:"梦月,我去买个轮椅,我推着你去看小军,推着你去安慰潘叔叔和金阿姨。在潘叔叔和金阿姨的面前,咱们都要坚强。"

潘志兵对苏林说:"梦月头上的白纱布会吓到小军的,等她头上的伤好了再去看小军吧,这几天我在这儿护理梦月,你回去告诉小军,就说我有事儿先回单位了,梦月的事儿先别告诉他。"

苏林走了,潘志兵关上了病房的门对梦月说:"梦月,没外人了,你要是想哭,就哭吧!"

罗梦月用手捂着嘴哭,潘志兵递给她毛巾,她用毛巾捂着嘴恸哭,潘志兵给她擦拭眼泪,梦月抱着潘志兵放声大哭。

潘大海和金小妹急步走进了潘志军的病房,金小妹抚摸着潘志军的脸,眼泪奔流:"我的儿子啊,你咋说病就病了呀?"

潘志军说:"爸,妈,你们咋来了?"

潘大海说:"儿女连着父母的心啊,我的儿子病了,我们怎么能不来呀?孩子,你不会有事儿的,我负过那么多次伤,有好几次,我都以为不行了,你看,我这不是还好好地站在你面前吗?"

潘志军说:"妈,我没事儿。苏林,请你把我爸妈带到招待所去吧,这么多人围着我,像什么样子啊?"

梁秀说:"爸,妈,要不你们先回基地吧,小剑星还在我同事家呢,他要是看到爷爷奶奶回来了,一定很高兴。"

潘大海说:"我们刚来你们就撵我们走啊?厕所在哪儿?我要上厕所。"

苏林说:"潘叔叔,我陪您去。"

以上厕所为借口的潘大海来到了医生办公室,他对医生说:"医生,我是潘志军的父亲,他的情况……"

医生说:"他的情况很不好,你们来得太晚了。"

潘大海的身子明显地晃了晃,苏林上前扶住了他。医生又说:"你们准备后事吧,他的时间不多了。"

潘大海扑通一声跪了下来,苏林扶着他一起给医生跪下。

跪在地上的潘大海哀求医生:"把我的肝给他行不行?你把我的肝切下来给他换上行不行,只要他能活,你用啥办法都行,你不用考虑我。"

医生把他扶起来说:"来不及了。"

潘大海拼命压抑着哭声:"我的儿子呀……"

第三十五章　志军病逝　天地动容

潘大海和金小妹等人住进了当地的招待所，医院里只留下梁秀，潘志军靠在床头上吃力地在本子上写，停一会儿继续写……

梁秀给潘志军喂饭，潘志军只吃了两小口。梁秀含着眼泪收拾碗筷，金戈和迟晓锋进来。迟晓锋对潘志军和梁秀说："爸妈的家我们都给收拾好了，二哥、二嫂，你们就放心吧。"

金戈哭了，潘志军笑着对她说："小戈壁，二哥最喜欢看你笑了，不哭了好吗？"

金戈抹了一把眼泪对他说："二哥，我写了一首歌词，我念给你听听。军号响，上战场，枪林弹雨无阻挡。军号伴我杀敌寇，打完胜仗回家看爹娘；军号响，去边疆，为了强军家安康，艰苦卓绝又何妨？拓荒天宇多豪迈，使命重担肩上扛；进军号，声声响，志豪迈，步铿锵，两弹一星震全球，五星红旗天下扬。进军，进军，进军艰险，进军荒凉，进军天宇，进军梦想。向前进，向前进，航天铸辉煌！"潘志军连声叫好。

从医院里出来的金戈放声大哭。

招待所里，潘大海对金小妹说："老伴儿啊，就咱俩的时候，你咋哭都行，在小军面前，你可不能这样啊。"

金小妹的哭声更大了，苏林、金戈、迟晓锋进来，金戈说："爸、妈，苏林哥哥都告诉我了，我二哥他咋会病成这样啊？"

潘大海说："孩子们，你二哥的时间不多了，不管你们有多难过，在他面前谁都不许哭。让他安心地走！"

所有人都是泪流满面。

潘志兵和潘光宗进来，金小妹上前抱住了潘光宗。潘光宗打开他带来的密码箱，双手捧着几大叠钞票对潘大海和金小妹说："大娘、大爷，我带钱来了，这些钱都是我赚的，用这些钱给我二哥治病，够不够？"

金小妹和金戈再次哭出了声。

潘大海说："光宗，好孩子，谢谢你，你二哥的时间不多了。"

潘光宗手里的钞票撒落了一地，他哭喊着要去看二哥，潘大海不让他去："光宗，你二哥还有好些事儿要做，别去打扰他。"

晚上，迟晓锋陪着金戈在另一个房间里为她的歌词谱曲，金小妹躺在床上流泪，潘光宗坐在她的身边，潘大海站在窗前沉思。潘志兵和苏林聊天。

苏林说："生活在东风的人想离开，可是离开了又特别想念东风，你说这是为什么？"

潘志兵说："东风人与人之间的关系透明、温馨。可能是因为那个特殊的环境、特殊的工作性质，还有咱们父辈的言传身教，给在东风工作过、生活过的人们都打上了特殊的烙印，他们今生今世都被影响着。东风没有社会依托，她就像是一条孤零零的大船行驶在苍茫的大海上。这条大船要前进，就必须要万人一条心，众人齐划桨。那个地方的残酷和神圣是相辅相成的。"

"大哥，你说得对，我们在地方住校的时候，总有人说咱们部队子女骄娇二气。要我说啊，骄傲的骄咱们确实有，东风的每一次成功，给我们带来的就是骄傲，这一点，任谁眼红都没用；娇气的娇我们没有，我们不怕苦，不自私，不小气；我们表里如一、胸怀坦荡。"

苏林看着墙上挂的胡杨图片又说："多漂亮的金胡杨啊，在阳光的照耀下，每一片叶子都仿佛充满了活力，远远地望过去，胡杨林仿佛是在燃烧。"

潘光宗说："再美，一年也只能美十来天。"

苏林说："胡杨特像大漠航天人。他们成功发射的每一颗导弹和卫星，也只有那几秒钟的轰鸣和灿烂，为了那几秒钟的辉煌，他们默默守在那里，献了青春献终身，献了终身献子孙，甚至献出了生命。"

潘光宗说："有谁知道在戈壁滩上还有这样一群跟胡杨一样的人啊。"

潘大海说："一九八五年七月，总书记视察发射场时，挥毫写下'身在最下游，志在最高层'，这是对东风航天人最高的奖赏。他还勉励大家'我国的航天事业已取得了重大成绩，但距世界一流水平还有不少的差距。要赶超一流，就必须适应国家改革开放的形势，走出去，对外开放，不开放，不交流，将自甘落后'。"

潘光宗说："封闭的前边儿也要走向世界，不再保密了？"

潘志兵说："走向世界和严格保密是两个不同的概念。保密不影响走向世界,走向世界却要更加严守机密。一九八七年八月五日,我们第一次成功完成了为国外提供的发射搭载服务。这是中国酒泉卫星发射中心第一次在世界的舞台上登台亮相。"

苏林说:"潘伯伯,这么多年了,东风还是老样子,东风人的生活条件没有多大的改变。"

潘大海说:"咱们的国家穷,人民不富裕,有人说我们是'穷上天',可中国要是没有'穷上天'的精神,那咱们的国家将会更穷更没有地位。"

金小妹说:"现在的条件比过去强多了,以前呢,想买点啥都困难,现在好多了,基地的市场也开放搞活了,都不用养鸡了,鸡蛋随时都可以买到。"

潘光宗说:"前边儿的进步和地方比起来实在是太慢了。"

潘大海生气地说:"谁说前边儿慢了,哪点儿慢了?"

潘光宗对潘大海说:"大伯,我懂您的意思。咱们前边儿在航天方面一点儿都不比别人慢。六十年代的时候,咱们国家没有原子弹、导弹,在世界上就没咱中国人说话的份儿;七十年代呢,没有人造地球卫星,咱们中国人的腰杆子就挺不起来。'两弹一星'为国家立了大功,大伯,你们就是'两弹一星'的功臣。"

潘大海说:"我们不是什么功臣,我们只是尽了一个军人的本分。'两弹一星'的功臣是中国的科学家。"

潘志兵说:"六十年代和七十年代的辉煌已经成为过去,那么八十年代以后呢,航天就成了世界各国高科技发展的主流了。原子弹、导弹,咱们现在完全可以做到指哪儿飞哪儿、飞哪儿打哪儿了,那么航天呢?咱们总不能光看着别人在搞吧?"

苏林说:"中国是一个有着几千年飞天传奇的文明古国,太应该去争取属于自己的宇宙空间了。"

潘大海说:"咱们国家早就制定了高新技术发展规划,这个计划其中一个领域就是中国载人航天工程。"

苏林说:"真的呀?要是能把这项伟大的工程放在咱们东风来实施,那该有多好哇。"

潘大海说:"咱们的眼睛不能只盯着一个东风,这项工程只要是实施了,放在哪个基地都是好事儿。咱们国家不能再落后下去了,落后是要挨打的。弱国无外交啊,以后的战争打的就是高科技。"

苏林说:"我对东风有着特殊的感情,我想,只要是在那儿工作过的人们都会关注那个地方。因为那个地方是中国最早最大的国防高尖端武器的试验靶场。那儿的每一次成功，都会让我们多一分自豪，让全中国的老百姓多一分安全感。"

梁秀趴在潘志军的床边睡着了，潘志军放下手中的笔，深情地凝视着她，眼泪静静地流淌。

潘志军对她说："我亲爱的妻子，我要走了，我没有办法继续完成你哥哥交给我的任务了，对不起，这辈子我欠你的，就让我下辈子偿还吧。"

梁秀醒过来时，发现潘志军已昏迷，她叫来了医生，打电话通知了潘大海。

潘大海、金小妹、潘志兵、梁秀、金戈、苏林、迟晓锋、潘光宗等人都来到了潘志军的病房，潘志兵推着罗梦月的轮椅进来，罗梦月扑到潘志军的床前呼喊："志军，傻嫦娥来看你来了，你睁开眼睛看看我呀！"

潘志军的眼睛艰难地睁开了，他说："梦月，对不起！"

罗梦月说："你不用说对不起，我从来就没有怪过你。"

潘志军对梁秀说："梁秀，对不起！"

梁秀说："你没有对不起我，是我对不起你呀！"

潘志军对潘大海和金小妹说："爸，妈，对不起！"

潘大海说："小军，你是好孩子，爸妈为你感到骄傲啊。"

罗卫国和李主任、纪工程师、冯工程师一行人来到了潘志军的病房。冯工程师说："潘工，我们都来看你来了。"潘志军说："冯工、纪工，你们来得太好了，我有重要的事儿要跟你们交代。爸、妈，请你们大家都出去一下。"

梁秀把那个本子交给潘志军，潘大海示意房间里的人全部退出，只留下李主任、冯工、纪工。

潘志军费力地对他们说："我想了很久，这个问题可能是出在这儿，在这儿有个结点，你们看，要是把这儿稍微改进一下，不仅能解决问题，还会更加便捷和安全。具体的步骤我都记在本上了……"

潘志军说着说着，大瞪着双眼倒了下去，笔记本从他的手中掉了下来。李主任高喊："潘工程师，潘志军！"冯工和纪工也呼喊着他的名字。

等在门外的众人听到喊声跑进病房，医生进来看了看仪器，用手合上了他的双眼，护士们开始撤他身上的各种管子，缓缓地给他蒙上了白被单。

金小妹哭瘫在了地上，迟晓锋和潘光宗把她给抱了起来。金戈哭喊："二哥！"梁秀哭喊："志军，你不能丢下我呀！"苏林、迟晓锋和罗卫国等人都在呜呜地哭。潘大海说："孩子们，不要哭，让志军安静地走，他太累了。"

潘大海眼含热泪，他的身子明显地晃了晃，潘志兵上前扶住了他。罗卫国交给潘大海一个布包，潘大海打开布包，取出一套崭新的军装，潘志兵给潘志军换上新军装，李主任和纪工、冯工帮着。

梁秀给潘志军洗脸梳头，罗梦月从口袋里拿出一个小化妆盒给潘志军化妆，戴好了军帽。潘大海摘下帽子站在床边，梁秀紧紧抱着潘志军的遗体，金戈抱着金小妹无声地哭泣，潘志兵、罗卫国、迟晓锋、李主任、冯工、纪工等所有人都流着眼泪，大家脱帽伫立在潘志军的遗体两旁。

潘志军走了，他再也听不到亲人的呼唤，再也看不见战友们的目光。他好比是一头负重拓荒的牛，在他的人生道路上默默地耕耘，一点一点地耗尽了心血和生命。

众人把他送到太平间，潘大海让大家都离开，他要单独和儿子说说话。潘志兵劝大家离开，自己留在门口等着爸爸。

人们全都走了，潘大海围着潘志军看了又看，给潘志军拽平整军装，正正军帽。他凝视着潘志军英俊的脸宠，眼泪夺眶而出，大放悲声："我的儿子呀，你咋能走到我的前面啊！"

站在太平间门口的潘志兵听见潘大海的哭喊，想进去看看，被潘光宗拽住："大哥，你就让大伯哭一会儿吧，他再憋下去，会憋出病来的。"

潘大海跪倒在儿子面前哭着说："我的儿子呀，你出生的时候爸不在你的身边，爸第一次看到你的时候，你都快半岁了，打我看到你的那一刻起，爸就特别喜欢你，无论你怎么恨我，我还是喜欢你，孩子，爸是爱你的呀！儿子呀，现在我再怎么说我喜欢你，你都听不见了呀！儿子呀，你出生的时候，我不在你身边，你走的时候，我还是不在你的身边！我算是个什么父亲啊！我对不起你呀！"

潘大海哭号了一会儿，擦干眼泪站起来。他轻轻地抚摸着潘志军的手和脸，然后俯下身子亲吻他的额头。

悄悄走进太平间的潘志兵和潘光宗看到潘大海在亲吻潘志军，忍不住哭出了声。潘志兵跪倒在潘大海面前说："爸！弟弟走了，你还有我呀！父亲在哪儿，儿子的心就永远在哪儿！"

潘志军躺在殡仪馆的鲜花丛中，罗梦月坐在轮椅上，潘志兵站在她的身后，金戈搀扶着梁秀，潘光宗和罗卫国搀扶着金小妹，迟晓锋和苏林站在潘大海的左右，大家站在潘志军的遗体前，向他的遗体告别鞠躬。

潘大海凝视着潘志军英俊的面容，老泪纵横。金小妹、梁秀、金戈放声大哭！潘大海哽咽地说："老伴儿呀，咱俩不是都说好了吗，在孩子面前，咱们要坚强！"

潘志兵推着罗梦月来到潘志军的遗体前，罗梦月哭着说："小军，我有一句话一直想问你……"

金戈打断她的话："梦月姐！"

梁秀说："妹妹，你就让梦月姐把心里话全都说出来吧。梦月姐，你问吧！"

罗梦月说："我现在问这些还有什么用啊！"罗梦月放声大哭！

烟雨蒙蒙，潘大海亲自抱着潘志军的骨灰盒，和众人一起送他回家。

"漠风低鸣，沙海倾诉，鲜花铺满你回家的路，瀚海云天，魂兮归来，回到养育你的故土。亲人的呼唤回荡在大地山谷，伴着你的归途。"

大家走在清水东站至西站的公路上，罗梦月回想起她初次遇到潘志军的情景，她眺望着近在咫尺的祁连山，泪流满面。

大家在清水登上了开往东风的列车，火车头已改为内燃机车，车厢是全封闭的空调车，再大的风沙也不会侵扰到车厢的乘客了。

火车在一个小火车站上停靠了一分钟后再次起程，车下有两位战士在给列车敬礼。潘志兵回想起当年他和罗梦月还有潘志军给车站的战士敬礼的情景，对苏林说："咱们给铁道卫士们敬个礼吧。"

众人站在车厢的过道上给站台上的小战士们敬军礼，李主任、冯工、纪工和旅客们也都纷纷加入到他们的行列。

列车在茫茫的戈壁滩行驶，苏林望着窗外说："戈壁滩还是过去的戈壁滩。"

潘志兵说："铁打的营盘流水的兵，从前边儿走出去的官兵早就遍布全国各个角落了。悄悄的我走了，正如我悄悄的来，我挥一挥衣袖，不带走一片云彩。"

罗梦月说："他们带走的不是云彩，他们带走的是'两弹一星'精神和东风精神，精神的传承是潜移默化的。老一辈人的默默奉献，老一辈人的以身作则，给前边儿每个人的心灵都铸下了一座丰碑，这座丰碑将会影响他们的一生。"

茫茫的戈壁滩啊,你浩瀚的皮肤皱裂粗糙,绵延起伏,你的褶皱里藏匿了多少个朝代的故事,堆积了多少代人飞天的梦想?你饱经沧桑,地老天荒;你浩瀚无垠,孤寂荒凉。初来乍到的人们也许会惊叹你的壮丽和辽阔,过不了多久,又会无比思念都市生活的精彩纷呈,可一旦要离开这个地方却又难舍难分。这个地方让离开的人们对她有着抓心挠肝般的思念,这都是为什么?难道这块戈壁滩才是他们心目中的天堂?

苏林泪流满面地说:"小兵哥,你说这块光秃秃的戈壁滩就是咱们心目中的天堂吗?"

潘志兵说:"应该是吧。这块戈壁滩是我国航天事业的重要基地,是向全世界展示我国的经济实力、国防实力和民族凝聚力的重要窗口,这块戈壁滩为国家做出的贡献,将会载入史册。十年磨一剑啊,这一剑的辉煌里有多少人的青春和生命啊。"

金戈坐在罗梦月的身旁,罗梦月对她说:"你以为我会怪他扔下我和梁秀结婚吗?不是这样的。他和梁秀结婚我难过,但我能理解。我生气的是,他和梁秀订婚不告诉我,结婚也不通知我,他把我当成什么人了?"

金戈说:"梦月姐,二嫂说,要是早知道二哥的心里有你,她说啥也不会和我二哥结婚的。"

"我和你二哥从小在一起长大,我很喜欢他,他也一直对我很好,可是我们从来都没有谈过恋爱。金戈,我说这些你信吗?"

"我信,因为真正的恋爱不是谈出来的,而是打心底里喷发出来的。"

"不对,有爱还是应该说出来,哪怕是没缘分也要说出来,我后悔没在你二哥面前说过我爱他。"

"你们的感情天地可鉴,我问过我二哥,现在还爱你吗。他说,他还爱着你,以前他把你当成知心恋人爱,现在他是把你当成亲妹妹爱,梦月姐,说心里话,你恨我二哥吗?"

"我不恨他,我就是怪他和梁秀结婚没告诉我,他就连跟我说一声的勇气都没有了吗?"

"你说对了,他是没有这个勇气告诉你,他硬着心肠移情别恋,他的心里能好受吗?梦月姐,我二哥他不是神,他也是个有血有肉有感情的人啊。"

"我没想到他会走得这么匆忙,更没想到我还能和他在一起工作,那是一段多么美好的时光啊,可我都干了些什么呀?"

第三十六章　陵园宣誓　再铸辉煌

东风火车站到了，首长和潘志军的生前战友列队迎接他回家。

众人伫立在潘志军的墓前，潘大海一家和罗恩泽一家站在队伍的前面，全体人员列队给潘志军三鞠躬。

潘大海说："感谢首长和同志们来为潘志军送行。潘志军没有辜负党的培养和教育，他在天上看到有这么多的同志和战友为他壮行，会很欣慰的，我代表潘志军谢谢大家了。"

首长说："潘志军工程师的一生虽然短暂，但很辉煌！他把自己完全融入了伟大的航天事业，他对工作兢兢业业、任劳任怨，他在该冲上去的时候没有退却，在该谦让的时候没有伸手。他在生命的最后时刻，想的还是工作。潘志军工程师活得干净，活得磊落，他无法延伸生命的长度，却拓宽了生命的宽度。他是我们航天军人学习的榜样。"

众人先后来到将军墓、无名烈士墓、斯小川、王来、韩梅的墓前默哀。最后他们来到了聂帅的纪念碑前，潘大海恭敬地说："敬爱的聂帅，我把我的儿子给您送来了，他活着的时候是您的兵，死了仍然还是您的兵。"

全体人员在聂帅的纪念碑前三鞠躬。

东风大礼堂的舞台上，文艺战士在歌唱《鲜花铺满你回家的路》："落叶飞舞，骤雨如注，鲜花铺满你回家的路；漠风低鸣，沙海倾诉，鲜花铺满你回家的路；瀚海云天，魂兮归来，回到养育你的故土。请不要心里内疚，你没有愧对父母，你默默承受委屈和责难，烦恼和忧伤却从不说出，你一直心怀感恩，你总是慷慨相助，把真挚的情怀无私地给予，顶天立地你是个伟丈夫。鲜花铺满你回家的路，漫漫的雄关在向你深情眺目，战友的祈祷化作了满天繁星，照亮你的归路。"

舞台的大屏幕上放映着潘志军生前的照片和影像,观众的眼里都闪耀着泪花。

潘志军,中国酒泉卫星发射中心的一名普通的工程师,他的溘然离世引起了航天人的强烈反响,他是那么平凡,却又是那么伟大,他把责任举过头顶,把使命扛在肩上,把苦难踩在脚下,把眼泪滴在心头。他在戈壁滩上唱响了人间最动听的歌。他活着,是发射场的航天兵,他死后,是发射场的航天魂。

中秋节的夜晚,基地的官兵和家属孩子们坐在篮球场上,用桌子围成大圈子,潘大海、金小妹、潘志兵、梁秀、潘光宗、苏林、罗梦月、迟晓锋、夏荣芳、罗恩泽都来了。

金戈和罗卫国手拿话筒,罗卫国说:"首长们、战友们、嫂子们,还有各位小朋友们,先生们、女士们,大家中秋节的晚上好。"

金戈说:"今天是中华民族传统的节日中秋节,在咱们中国人的心里,月亮是中秋的背景,也是中国最动人最纯真的面容。因为中秋,月亮才显得更加晶莹和圣洁;因为有了月亮,中秋节才会如此温馨和美好。中秋,是个团聚的日子,也是个思念的日子。让我们团聚在一起,对月寄相思,遥祝我们远在家乡的父老兄弟姐妹们中秋节快乐!"众人鼓掌。

金戈说:"我们这群来自五湖四海的航天人,今天能团聚在大漠航天城的月光下,这是一种缘分,也是一种幸福。挂在天上的月亮,在以她温柔绮丽的姿态引导着我们的心灵。深邃的夜空,在伸展着我们航天人永不停止的追求,辉映着我们飞天的强军梦。"

罗卫国说:"月亮在召唤着我们,召唤着我们穿越时空,去踏月追风。这种上天揽月的壮举,注定是咱们中国最壮阔、最坚实的中秋背景。下面,让我们可爱的战士们,给大家表演他们自己精心编排的节目:《月光下的军人时装秀》,大家鼓掌欢迎!"阵阵的掌声和笑声再次响起。

金戈说:"时装模特队的二十四名队员,是我们连队的驾驶员、炊事员、卫生员、修理工、管道工、司炉工等二十多个岗位上的战士,今天晚上,他们要用不够新潮的服装和并不专业的台步,来展现发射场保障官兵的风采。"

舞台上,战士演员走了过来,他们故意扭着腰身,脚下却走着军人步伐,把大家都给逗笑了。

罗卫国说:"看,他们走过来了,现在大家看到的这对组合叫水之蕴组合,他们用十二个水壶和腰带组成的裙摆既美观又大方,不仅显示了保障官兵踏实的工作作风,还为他们的业余生活带来了欢乐。你们看,他们的脚步是多么坚定,多么轻盈,他们的神态是多么自信,多么从容。"

金戈说:"现在大家看到的是挎包男孩儿的组合,他们将实用与流行完美的结合,时尚的搭配,个性的造型,既体现了青年官兵的张扬,又突出了时尚的环保特色。看啊,他们的每一步都走得那么潇洒,那么坚定。"

"又一队名模向我们走过来了,他们身上穿的东西是什么?哈,原来是领带!大家看到的是一组用三十条男军人的领带构成的组合,领带柔软飘逸,展现了我们青年战士的自信和洒脱。你们说,他们帅不帅啊?"

众人齐呼:"帅!"

"帅,他们实在是太帅了,让我们用掌声向他们致敬。"

观众群里又响起了一阵掌声和笑声。

"现在向我们走来的这对组合叫锣鼓叮咚组合,我们聪明的战士们用六个不锈钢牙缸组成的腰鼓造型别致,音色悦耳动听,充分展示了青年官兵的青春与活力。你们听,这是不是天籁之音啊?"

"是!"

"现在大家看到的这对组合叫苏格兰风情,战士们用三十条宽窄背包带编织而成的草裙,体现了我们青年官兵的大方与雅致。他们款款地向我们走来,月光下,草裙飘舞,背包带翩跹,他们用军人仅有的服饰,闪耀了军人的智慧,彰显了军人的胸怀。谁说咱们军人土,谁说咱们军人不懂艺术,在这世界上最时髦最威武的服饰是什么?"

"是军装!"

掌声和叫好声响成一片。

潘大海在观众的掌声和笑声中离开,罗恩泽悄悄跟在他的身后。

月光如水,潘大海在月色里走向戈壁滩,他仰望着夜空,仿佛看见了大胡子、小文书、王来、斯小川、潘志军在冲他微笑⋯⋯

潘大海笑得泪流满面,他恍惚听见潘志军在叫他:"爸,您好吗?"

罗恩泽默默地伫立在潘大海的身旁。

一九九二年十月六日,罗恩泽开着面包车,向发射场的方向驶去,车上坐着潘大海、金小妹、夏荣芳、潘光宗、金戈、苏林、罗梦月、梁秀和小剑星。

潘光宗问潘大海:"大爷,你带我们去哪儿呀?"

潘大海说:"一会儿你就知道了。"

"怎么晓锋没来,斯鹏没来,小兵哥哥也没来?"

"他们在自己的岗位上。"

面包车停在戈壁滩上,众人下车,潘大海指着东方大声说:"大家往那边儿看。"

潘光宗说:"啥都看不见啊!"

金戈看着自己的手表大声地说:"三分钟准备!"

苏林立刻欢呼起来:"啊,太好了,潘伯伯带咱们看发射来了。"

大家兴奋地瞪大了眼睛盯着东方。

潘光宗问:"大爷,这次发射的是什么?"

潘大海说:"这是咱们基地再次为国际用户执行的发射任务,就是用长征二号丙火箭发射中国返回式卫星时,搭载发射瑞典空间公司的弗利亚卫星。孩子们,咱们的前边儿已经走向世界了。"

潘光宗说:"我明白了,我大哥和我姐夫还有斯鹏都在发射阵地上坚守岗位呢。"

金戈呼喊:"一分钟准备!"全体安静了。金戈呼喊:"十、九、八、七……"大家跟着金戈喊:"六、五、四、三、二、一。点火,起飞!"

远处火光一闪,寂静的戈壁滩突然燃起了一片彩色的火焰,紧接着是一阵轰鸣巨响,从火焰中拔地而起的火箭,拖着长长的火舌推着卫星飞上了蓝天!飞呀,飞呀,轰隆隆的声音渐飞渐弱,卫星越飞越小,终于在天空潇潇洒洒地拐了一个大弯,向着遥远的天际飞去。

大家仰着脖子张着大嘴,眼睛跟着卫星飞啊、飞啊,小剑星指着卫星喊叫:"爸爸,爸爸!"

潘大海和罗恩泽带领着孩子们徜徉在金色的胡杨林里,胡杨有的站立,有的倒塌,有的卧伏,有的拥抱,有的牵手……秋风把胡杨的每片叶子都吹成了艳丽的金黄色,美丽的色彩仿佛是来自于天堂。夕阳西下,火红的晚霞好似艳丽的大氅,披在万物的身上,硬是把实实在在的美景映照成了虚虚幻幻的仙境。

人们都说,胡杨活着,一千年不死,死了,一千年不倒,倒了,一千年不朽。三千年的额济纳胡杨呵,你是大漠里的崇高。活着,你和风沙对唱;死了，你守护着这片土地；倒下，你的年轮还在静静地生长。大漠边关的苍凉早已潜入了胡杨的年轮，多少年来，一代又一代的航天官兵，面对艰苦和寂寞，面对诱惑与选择，为了信仰和使命，他们默默地坚守着，绵延不绝，生生不息。无论时代变得多么炫目耀眼，流淌在这片土地上的东风精神代代相传！

潘大海说："孩子们，明天我们就要离开这个美丽的地方了，让我们每人捡一片胡杨的叶子留作纪念吧。"

潘志兵捡起一片叶子对着太阳照着，阳光中的胡杨叶子美得不得了，他把胡杨叶子交给罗梦月，罗梦月接过叶子也对着太阳照着……

罗梦月说："我们不管走到哪儿，都是航天城的孩子，就像这片叶子，无论它飘向何处，都不会忘记胡杨是它的母亲。"

一九九四年七月三日，空寂的戈壁滩上红旗招展，热闹非凡。酒泉卫星发射中心的官兵和首长们在中央军委确定的发射工位旁举行了隆重的载人航天发射场的奠基典礼。中央军委副主席刘华清同志、张震同志，国务院副总理邹家华同志分别为奠基题词。参加会议的官兵中有潘志兵、金戈、迟晓锋、罗卫国、斯鹏。

大漠航天人的故事仍在延续……

附记

1999年11月20日6时30分,"神舟一号"宇宙飞船在中国酒泉卫星发射中心发射成功!

2001年1月10日1时03秒,"神舟二号"宇宙飞船在酒泉卫星发射中心发射成功!

2002年3月25日22时15分,"神舟三号"宇宙飞船在酒泉卫星发射中心发射成功!

2002年12月30日0时40分,"神舟四号"宇宙飞船在酒泉卫星发射中心发射成功!

2003年10月15日9时,首飞航天员杨利伟乘坐的神舟五号宇宙飞船,在中国酒泉卫星发射中心发射成功!10月16日6时23分,杨利伟在内蒙古中部阿木古朗草原胜利着陆。

2005年10月12日9时,航天员费俊龙、聂海胜乘坐的"神舟六号"宇宙飞船,在酒泉卫星发射中心发射成功;10月17日4时33分,在内蒙古四子王旗的主着陆场顺利着陆。

2008年9月25日21时10分04秒,航天员翟志刚、刘伯明、景海鹏乘坐的"神舟七号"宇宙飞船,在酒泉卫星发射中心发射成功;翟志刚出舱作业,实现了中国历史上第一次的太空漫步。9月28日17点37分,在内蒙古中部顺利着陆。

2011年9月29日21时16分,中国空间实验室的雏形,中国人自己研发的天宫一号目标飞行器,在酒泉卫星发射中心发射成功。

2011年11月1日05时58分10秒,"神舟八号"宇宙飞船在酒泉卫星发射中心发射成功,与"天宫一号"对接成功后,于11月17日19点32分30秒,在内蒙古四子王旗主着陆场顺利着陆。

2012年6月16日18时37分，航天员景海鹏、刘旺、刘洋（女）乘坐的"神舟九号"宇宙飞船，在酒泉卫星发射中心发射成功；升空后与目标飞行器"天宫一号"对接，6月29日10时，在内蒙古四子王旗主着陆场顺利着陆。

　　2013年2月2日，习近平总书记来到酒泉卫星发射中心接见了中心的官兵。他动情地说，踏上这片承载着中华民族伟大复兴光荣与梦想的土地，看到你们这支功勋卓著的英雄部队我感到很高兴。祖国和人民为你们取得的成就感到骄傲！祖国和人民感谢你们！勉励大家发扬"两弹一星"精神、载人航天精神和"东风精神"，以民族复兴为己任，追求卓越，扎根大漠，报效祖国和人民，为实现强国梦、强军梦做出新的贡献。

　　2013年6月11日17时38分，航天员聂海胜、张晓光、王亚平（女）乘坐的"神舟十号"宇宙飞船，在酒泉卫星发射中心发射成功；升空后与目标飞行器"天宫一号"对接，在轨飞行十五天，并首次开展中国航天员太空授课活动。6月26日8时7分，在内蒙古中部草原上"神十"任务主着陆场预定区域顺利着陆！

　　2016年10月17日7时30分，航天员景海鹏和陈冬乘坐的"神舟十一号"宇宙飞船，在酒泉卫星发射中心发射成功。

　　2016年10月19日凌晨，"神舟十一号"飞船与"天宫二号"自动交会对接成功。

　　2017年9月17日16时15分，在经过近五个月的飞行后，"天舟一号"货运飞船按计划与"天宫二号"空间实验室完成分离，继续开展离轨前的拓展应用和相关试验。

后记

　　我的父亲今年八十六岁,我爱人的父亲九十二岁。一九五八年,两个年轻的父亲被党选中,秘密来到荒原戈壁的中国酒泉卫星发射中心。在那个艰苦卓绝的年代,父亲们感恩党对他们的信任,吃苦、挨饿,与恶劣的环境做斗争,拼命学习,努力工作,在各自的岗位上尽忠尽职,无怨无悔。

　　父亲们离休、退休后,献了青春献子孙,他们的儿子和孙子在大漠继续着他们的事业。

　　有人说,内地的人是生活,而这些大漠航天人却只是活着。说这话的人们只看到了大漠航天人生活的艰苦与孤寂,却看不到他们内心的丰盈和骄傲。六十多年来,中国的航天事业从无到有,从弱到强,人们歌颂科学家的功绩和航天员的伟大,大漠航天人的平凡却鲜为人知。我的父辈对航天事业的执着令我感动,航天城的日益辉煌让我欣喜,党和祖国没有忘记大漠航天人,大漠航天人永远跟党在一起。

　　我写大漠航天人的平凡,用每一个小故事来诠释平凡中的伟大;我写大漠航天人的伟大,用最朴素的语言书写他们最平凡的生活。

　　写作中,我常常泪流满面:大漠航天人的信仰也许现在的年轻人不理解,但它是真实存在的,不能让它淹没在历史的长河里!

　　我写得很艰难,因为无论多么努力,都很难全部呈现出大漠航天人的内心世界。

　　艺术源于生活而高于生活,潘大海一家人的经历是无数航天人的真实写照,他们的喜怒哀乐、悲欢离合是航天人最平凡的一面,也是最光辉的一面。

　　在这里,我要感谢我的首长和同事们对我创作这部小说的鼎力帮助,感谢刘庆贵将军对这部小说的审阅和大力支持,感谢铁血网站将这部小说推荐到中国作家协会,感谢中国作家协会将此部小说选为2018年度重点作品扶持,感谢银河阅读网站在微信公众号推出"长篇推荐第一期:中国航天事业的艺术再现——试析《大漠航天人》的主题思想和艺术成就"。

战雅慧

2019年8月19日

大漠航天人

| 出品人 | 续小强 | 选题策划 | 刘文飞 | 责任编辑 | 刘文飞 |
| 复　审 | 陈学清 | 终　审 | 贾晋仁 | 印装监制 | 巩　璠 |

项目运营　｜　有度文化·刘文飞工作室

投稿邮箱　｜　liuwenfei0223@163.com　　　微信公众号　｜　bywycbs1984

微　　博　｜　http://weibo.com/liuwenfei0223